J. D. Robb

Verführerische Täuschung

AF178159

Buch

Es ist ein ganz normaler Abend in einer ganz normalen Bar in Downtown New York, in der Feierabendgetränke, Meckereien über Chefs und kleine Flirts an der Tagesordnung sind. Alles scheint wie immer – doch dann bricht von einer Minute auf die andere das totale Chaos aus. Zuerst liegt nur eine Art Spannung in der Luft, doch nach nur zwölf Minuten sind achtzig Menschen tot. Eve Dallas ermittelt, spricht mit Augenzeugen, die wirr von Monstern und Bienenschwärmen reden. Sie beschreiben plötzliche, überwältigende Gefühle von Angst und Zorn. Eve findet schließlich heraus, dass den Gästen ein chemischer Drogencocktail serviert wurde, der kurzfristige Wahnvorstellungen auslöst und auch zum Tod führen kann. Aber das erklärt nicht, warum jemand so etwas Schlimmes plante. Und dann wird klar: Die Bar gehört Eves Mann Roarke. Er ist sich sicher, dass dieser Anschlag nicht ihm galt, hier ist etwas Größeres im Gange. Doch trotzdem stellt sich die Frage: Ist auch er in Gefahr?

Autor

J. D. Robb ist das Pseudonym der international höchst erfolgreichen Autorin Nora Roberts. Nora Roberts wurde 1950 in Maryland geboren und veröffentlichte 1981 ihren ersten Roman. Inzwischen zählt sie zu den meistgelesenen Autorinnen der Welt: Ihre Bücher haben eine weltweite Gesamtauflage von 500 Millionen Exemplaren überschritten. Auch in Deutschland erobern ihre Bücher und Hörbücher regelmäßig die Bestsellerlisten. Nora Roberts hat zwei erwachsene Söhne und lebt mit ihrem Ehemann in Maryland.

Liste lieferbarer Titel

Rendezvous mit einem Mörder · Tödliche Küsse · Eine mörderische Hochzeit · Bis in den Tod · Der Kuss des Killers · Mord ist ihre Leidenschaft · Liebesnacht mit einem Mörder · Der Tod ist mein · Ein feuriger Verehrer · Spiel mit dem Mörder · Sündige Rache · Symphonie des Todes · Das Lächeln des Killers · Einladung zum Mord · Tödliche Unschuld · Der Hauch des Bösen · Das Herz des Mörders · Im Tod vereint · Tanz mit dem Tod · In den Armen der Nacht · Stich ins Herz · Stirb, Schätzchen, stirb · In Liebe und Tod · Sanft kommt der Tod · Mörderische Sehnsucht · Ein sündiges Alibi · Im Namen des Todes · Tödliche Verehrung · Süßer Ruf des Todes · Sündiges Spiel · Mörderische Hingabe · Verrat aus Leidenschaft · In Rache entflammt · Tödlicher Ruhm · Verführerische Täuschung · Zum Tod verführt · Das Böse im Herzen · So tödlich wie die Liebe · Geliebt von einem Feind · Der liebevolle Mörder · Im Licht des Todes · Eiskalte Nähe · Sein teuflisches Herz · Kälter als die Lüge · Blutige Verehrung · Teure Rache · So böse sein Ende · Der Kuss der schwarzen Witwe Mörderspiele. Drei Fälle für Eve Dallas

Nora Roberts ist J. D. Robb
Ein gefährliches Geschenk

J.D. Robb

Verführerische Täuschung

Roman

Deutsch von Uta Hege

blanvalet

Die Originalausgabe erschien 2011
unter dem Titel »Delusion in Death« bei G. P. Putnam's Sons,
a member of Penguin Group (USA) Inc., New York.

Penguin Random House Verlagsgruppe FSC® N001967

3. Auflage
Copyright der Originalausgabe © 2012 by Nora Roberts
Published by Arrangement with Eleanor Wilder
Dieses Werk wurde vermittelt durch die Literarische Agentur
Thomas Schlück GmbH, 30827 Garbsen.
Copyright © 2018 für die deutsche Ausgabe by Blanvalet Verlag,
in der Penguin Random House Verlagsgruppe GmbH,
Neumarkter Straße 28, 81673 München
produktsicherheit@penguinrandomhouse.de
(Vorstehende Angaben sind zugleich
Pflichtinformationen nach GPSR.)

Redaktion: Regine Kirtschig
Umschlaggestaltung: www.buerosued.de
Umschlagmotiv: Chris Stein/The Image/Getty Images
LH · Herstellung: sam
Satz: Buch-Werkstatt GmbH, Bad Aibling
Druck und Bindung: GGP Media GmbH, Pößneck
Printed in Germany
ISBN: 978-3-7341-0582-1

www.blanvalet.de

Und ich sah, und siehe, ein fahles Pferd
Und der darauf saß, dessen Name war Tod,
und die Totenwelt folgte ihm nach.

Die Bibel, Offenbarung

Mord rufen und des Krieges Hund' entfesseln.

William Shakespeare, Julius Cäsar

I

Nach einem mörderischen Arbeitstag beruhigte nichts die strapazierten Nerven der in Manhattans Lower West Side arbeitenden Angestellten besser als die Happy Hour in der angesagten Kneipe *On the Rocks*. Bei Drinks zum halben Preis und Reisbällchen mit Käse lästerten sie über ihre Vorgesetzten oder fingen Flirts mit den Kolleginnen oder Kollegen an.

Auch hohe Tiere tauchten dort auf, um in der Nähe ihrer Arbeitsplätze schnell noch etwas zu trinken, ehe es zurück in schicke, in den Vororten New Yorks gelegene Häuser ging.

Zwischen halb fünf und sechs drängten sich kleine Angestellte, deren Vorgesetzte, Sekretärinnen und Assistenten an den niedrigen und hohen Tischen und der lang gezogenen Bar. Manche dieser Leute stürzten sich kopfüber in das Treiben, andere wurden wie Überlebende nach einem Schiffsunglück hereingespült, und wieder andere wollten einfach die Erinnerung an ihren Arbeitstag in Alkohol ertränken, nachdem sie sich einen kleinen Flecken Kneipe mühselig erobert hatten.

Ab fünf herrschte ein Treiben wie in einem Bienenschwarm, und die Theker und die Servicekräfte hatten mit den Gästen, die inzwischen ihren Arbeitstag beendet hatten, alle Hände voll zu tun. Zum Glück hellte der zweite Drink zum halben Preis die Stimmung der Besucher meistens auf, und das anfängliche Gemurre oder Schimpfen wurde durch Gelächter, fröhliche Gespräche, Augenzwinkern, Wimpernklappern und andere Rituale, die zur Paarung führen sollten, ersetzt.

Akten, Geschäftsbücher wurden verdrängt, und unbeantwortete Nachrichten gerieten in dem warmen goldenen Licht, über dem Klirren der Gläser und den Gratisnüssen in den kleinen Schälchen auf den Tischen in Vergessenheit.

Ab und zu wurde die Tür geöffnet, und das *On the Rocks* nahm einen weiteren Überlebenden des grausamen New Yorker Arbeitstages in Empfang. Zusammen mit dem Lärm der Straße wehte kühle Herbstluft in den Raum, doch kaum klappte die Tür zu, wurde es wieder warm und schummrig, und das Summen der zahllosen Stimmen setzte erneut ein.

Mitten in der Happy Hour, die hier statt einer Stunde anderthalb umfasste, brachen einige der Gäste schon wieder auf. Verpflichtungen, Familien oder irgendwelche heißen Dates zogen sie zur U-Bahn, einem Pendelflieger, Taxi oder Maxibus, wer blieb, nutzte die Gelegenheit zum Schwatz mit Freunden und Kollegen noch ein wenig aus, bevor es aus dem warmen goldenen zurück ins grelle Licht der Stadt oder ins abendliche Dunkel ging.

Macie Snyder hatte sich mit Travis, der seit einem guten Vierteljahr ihr Freund war, ihrer besten Freundin CiCi und mit Travis' Kumpel Bren an einem Stehtisch aufgebaut. Sie wollte CiCi schon seit einer halben Ewigkeit mit Bren verkuppeln, denn dann könnten sie häufiger zusammen ausgehen und sich über ihre Freunde unterhalten, wenn sie bei der Arbeit waren. Sie waren eine gut gelaunte, ausgelassene Gruppe, wobei Macie die Fröhlichste von ihnen war.

CiCis und Brens Körpersprache und die Blicke, die sie

miteinander tauschten, zeigten, dass sie eindeutig Gefallen aneinander hatten, und da CiCi ihr inzwischen ein paar kurze eindeutige Textnachrichten geschrieben hatte, wusste Macie, dass ihr Plan, zumindest was die Freundin anging, aufgegangen war.

Während sie eine zweite Runde kommen ließen, überlegten sie, im Anschluss an die Happy Hour noch zusammen in ein Restaurant zu gehen.

Auf ein schnelles Zeichen der Freundin schnappte Macie ihre Tasche und erklärte: »Wir sind sofort wieder da.«

Sie bahnte sich einen Weg vorbei an anderen Tischen, und als jemand an der Theke aufstand und ihr in die Quere kam, befahl sie fröhlich: »Aus dem Weg«, nahm CiCis Hand und zog sie über eine schmale Treppe bis zu der zum Glück nicht allzu langen Schlange vor dem Klo.

»Ich habe es doch gleich gesagt!«

»Ich weiß, ich weiß. Du hast gesagt, er wär attraktiv, und hast mir auch ein Bild gezeigt, aber dass er *so* gut aussieht, hätte ich beim besten Willen nicht gedacht. Vor allem ist er wirklich witzig! Meistens sind Blind Dates todlangweilig, aber mit Bren ist es echt toll.«

»Ich sage dir, wie's weitergeht. Wir werden ihn und Travis dazu überreden, dass wir noch ins *Nino's* gehen. Von dort aus müssen Trav und ich nach dem Essen in die eine und du in die andere Richtung gehen. Dadurch bekommt Bren die Chance, dich heimzubringen, und du kannst ihn fragen, ob er noch kurz mit raufkommen und was trinken will.«

»Ich weiß nicht.« Zögerlich wie eh und je – weshalb sie auch im Gegensatz zu Macie nicht in festen Händen war – knabberte CiCi an der Unterlippe und schüttelte unsicher den Kopf. »Ich will nichts überstürzen.«

»Du brauchst ja nicht mit ihm ins Bett zu gehen, wenn du nicht willst.« Macie rollte ihre runden blauen Augen himmelwärts. »Frag ihn einfach, ob er nicht noch einen Kaffee bei dir trinken möchte, und dann könnt ihr ja ein bisschen knutschen oder so.«

Sie musste wirklich dringend pinkeln, doch bevor sie in die nächste offene Kabine stürzte, bat sie ihre Freundin noch: »Und wenn er passt, schreibst du mir auf der Stelle, wie's gelaufen ist. Und zwar in *allen* Einzelheiten, ja?«

CiCi trat in die benachbarte Kabine und erleichterte sich dort aus Solidarität mit Macie ebenfalls. »Mal sehen. Lass uns erst gucken, wie das Abendessen läuft. Vielleicht hat er danach ja keine Lust mehr, mich heimzubringen.«

»Doch, die hat er ganz bestimmt. Er ist ein echter Schatz, ich würde dich schließlich nicht mit einem Arsch verkuppeln, der dich allein gehen lässt.« Macie trat ans Waschbecken, beschnupperte die Pfirsichflüssigseife und grinste die Freundin an. »Wir werden jede Menge Spaß zusammen haben, wenn es wie geplant läuft. Dann können wir in Zukunft öfter alle vier zusammen ausgehen. Wäre das nicht toll?«

»Okay, ich finde ihn echt nett. Nur macht es mich immer total nervös, wenn mir ein Typ sympathisch ist.«

»Er fährt total auf dich ab.«

»Bist du sicher?«

»Hundert Pro.« Macie bürstete ihr kurzes sonnenblondes Haar und warf einen Seitenblick auf CiCi, die sich den Lippenstift nachzog. Himmel, dachte sie und stellte plötzlich fest, dass sie ein bisschen sauer auf die Freundin war. Sie hatte einfach keine Lust mehr, CiCi ständig aufzubauen.

»Du bist hübsch, klug und amüsant«, erklärte sie und dachte: *Schließlich hänge ich in meiner Freizeit sicher nicht mit irgendeiner dummen Tusse ab.* »Weshalb also solltest du ihm nicht sympathisch sein? Meine Güte, CiCi, mach dich endlich locker, heul mir nicht die Ohren voll, und hör vor allem endlich auf, die nervöse Jungfrau rauszukehren.«

»Ich kehre nicht ...«

»Willst du jetzt was mit ihm anfangen oder nicht?«, fuhr Macie CiCi derart unsanft an, dass der vor Schreck die Kinnlade herunterfiel. »Ich habe mich ganz sicher nicht derart ins Zeug gelegt, um dieses Date zu arrangieren, damit du plötzlich kneifst.«

»Ich ...«

»Verdammt«, fiel Macie ihr ins Wort, während sie die Hände an die Schläfen hob. »Jetzt kriege ich vor lauter Ärger auch noch Kopfschmerzen.«

Die offensichtlich ziemlich heftig waren, denn normalerweise sprang sie nicht derart gemein mit ihrer Freundin um. Und, sagte sich CiCi, vielleicht stellte sie sich wirklich ein bisschen an.

»Bren hat ein nettes Lächeln«, sagte sie und blickte Macie in dem schmalen Spiegel an. »Falls er mich nach Hause bringt, werde ich ihn fragen, ob er noch was bei mir trinken will.«

Macie blickte in die leuchtend grünen Augen ihrer Freundin, die zu der karamellfarbenen Haut einfach fantastisch aussahen, und nickte zufrieden. »Genau.«

Auf dem Weg zurück nach oben fand Macie, dass der Lärm dort plötzlich unerträglich war. Durch die vielen Stimmen, das laute Klappern des Geschirrs und das Scharren der Stühle auf dem Boden wurde die Migräne, die sie plötzlich hatte, noch verstärkt.

Während sie sich selbst leicht verbittert davon abriet, noch etwas zu trinken, wurde ihr für einen kurzen Augenblick der Weg versperrt. Wütend schubste sie den blöden Kerl zur Seite, obwohl er sich schon bei ihr entschuldigte und weiter Richtung Ausgang ging.

»Arschloch«, murmelte sie wütend und bedachte ihn mit einem bösen Blick, als er noch einmal lächelnd über seine Schulter sah.

»Was ist denn los?«

»Nichts ... nur hätte dieser Blödian mich beinah umgerannt.«

»Geht es dir gut? Ich habe sicher noch ein paar Tabletten in der Tasche, falls deine Kopfschmerzen schlimmer werden. Mir tut der Kopf inzwischen auch ein bisschen weh.«

»Immer geht es nur um dich«, murmelte Macie, atmete dann aber erst einmal tief durch. Schließlich waren sie gute Freundinnen, und sie waren hier, um sich zu amüsieren.

Als sie wieder Platz nahm, ergriff Travis wie so häufig ihre Hand und zwinkerte ihr zu.

»Wir wollen noch ins *Nino's* gehen«, erklärte sie.

»Vielleicht gehen wir lieber ins *Tortilla Flats*. Im *Nino's* kriegt man ohne Reservierung sicher keinen Tisch.«

»Wir wollen aber keinen Mist vom Mexikaner, sondern in ein anständiges Restaurant. Meine Güte, meinetwegen können wir die Rechnung teilen, wenn das *Nino's* dir zu teuer ist.«

Wie immer, wenn sie etwas Dummes sagte, zeichnete sich zwischen Travis' Brauen eine schmale Falte ab. Sie *hasste* es, wenn er auf diese Weise das Gesicht verzog.

»Das *Nino's* ist zwölf Blocks von hier entfernt, während der Mexikaner praktisch um die Ecke ist.«

Zitternd vor Wut fuhr sie ihn an: »Verdammt noch mal, hast du es eilig oder was? Vielleicht könnte es zur Abwechslung ja mal nach *mir* gehen statt immer nur nach dir.«

»*Du* hast doch gesagt, du willst ins *On the Rocks.*«

Das Geschrei der beiden wurde von den durchdringenden Stimmen all der anderen Gäste untermalt, mit inzwischen ebenfalls dröhnendem Schädel wandte CiCi sich an Bren.

Er saß ihr gegenüber, starrte mit gebleckten Zähnen in sein Glas und murmelte grauenhafte Dinge vor sich hin.

Er war nicht einmal ansatzweise nett. Nein, genau wie Travis war er eindeutig ein böser Mensch. Er war hässlich und war nur hier, weil er sie ficken wollte. Und wenn sie nicht wollte, nähme er sie mit Gewalt. Sobald er die Gelegenheit bekäme, würde er sie erst zusammenschlagen und sich dann an ihr vergehen. Das war auch Macie klar. Sie *wusste* es und würde sich nach Kräften amüsieren, wenn es dazu kam.

»Zur Hölle mit euch beiden«, fauchte CiCi Bren und Macie an, warf einen Blick auf Travis und fügte hinzu: »Zur Hölle mit euch dreien.«

»Guck mich nicht so an, du Freak«, schrie Macie Travis an, er schlug krachend mit der Hand auf den Tisch.

»Halt dein verdammtes Maul.«

»Aufhören, habe ich gesagt.« Kreischend schnappte sie sich eine Gabel, rammte sie ihm in das linke Auge. Mit einem lauten Heulen, das CiCis Hirn durchbohrte, sprang Travis auf, stürzte sich auf ihre Freundin …

… und löste ein Blutbad in der Kneipe aus.

Lieutenant Eve Dallas stand im *On the Rocks* und sah sich das Gemetzel an. Es gab doch immer wieder etwas Neues, dachte sie. Immer wieder irgendetwas, das sogar noch ein bisschen grauenhafter als die schlimmsten Fantasien hartgesottener Polizisten war.

Bis zum Herbst 2060 war sie als erfahrene Mordermittlerin schon oft genug durch den stinkenden Morast New Yorks gewatet, aber so etwas wie hier hatte sie nie zuvor gesehen.

Leichen trieben in einem See aus Blut, Erbrochenem und Alkohol, kauerten wie Raubtiere kurz vor dem Sprung unter geborstenen Tischen oder hingen schlaff wie Lumpenpuppen über der mit Scherben übersäten langen Bar. Die Scherben auf dem Boden und auf dem, was von den Tischen und den Stühlen übrig war, funkelten wie todbringende Diamanten, was, da sie teilweise mit Blut und Eingeweiden verschmiert waren oder in den Leichen steckten, offenkundig auch zutraf.

Der Gestank, der in der Luft hing, ließ sie an die Aufnahmen von Schlachtfeldern aus alten Zeiten denken, ehe die Verletzten und die Toten der Gemetzel ohne eindeutigen Sieger eingesammelt worden waren.

Leere Augenhöhlen, aufgerissene Hälse, zerfetzte Gesichter, Knochenstückchen und die graue Masse, die aus eingeschlagenen Schädeln quoll, verstärkten noch den Eindruck, dass in diesem Etablissement ein Krieg vom Zaun gebrochen und verloren worden war. Einige der Opfer waren nackt oder zum Teil entblößt, und ihre Haut war wie die Haut von alten Kriegern sorgfältig mit Blut bemalt.

Sie hätte nicht gedacht, dass irgendetwas sie noch schockieren könnte, doch der Anblick, der sich ihr hier bot, brachte sie aus dem Gleichgewicht. Dann aber straffte sie die Schultern, spannte ihren hochgewachsenen, schlanken Körper an, wandte sich an den Kollegen, der als Erster vor Ort gewesen war, und sah ihn reglos aus ihren braunen Augen an.

»Was wissen Sie?«

Er holte zischend Luft, und sie ließ ihm ein wenig Zeit, damit er seine Stimme wiederfand.

»Mein Partner und ich waren gerade in der Pause in dem Diner gegenüber. Als ich wieder rauskam, fiel mir auf, dass eine Frau von vielleicht Ende zwanzig rückwärts aus der Tür der Kneipe kam. Sie hat geschrien wie am Spieß, als ich sie erreichte, hat sie immer noch geschrien.«

»Wann war das genau?«

»Wir sind um 17.45 Uhr in die Pause gegangen, und ich schätze, dass wir höchstens fünf Minuten in dem Diner waren, Ma'am.«

»Okay. Fahren Sie fort.«

»Die Frau war viel zu aufgeregt, um einen geraden Satz herauszubringen, also hat sie einfach auf die Tür gezeigt. Mein Partner hat versucht, sie zu beruhigen, während ich die Tür geöffnet habe, um zu sehen, weshalb die Frau so panisch war.« Er räusperte sich kurz und fuhr mit rauer Stimme fort: »Ich bin seit zweiundzwanzig Jahren bei der Truppe, Lieutenant, aber so was habe ich noch nie gesehen. Überall waren Leichen, einige der Menschen haben noch gelebt. Sie sind auf allen vieren durch den Raum gekrochen, haben geweint, geschluchzt, gestöhnt. Ich habe die Sache umgehend gemeldet und gesagt, dass man uns eine Reihe Krankenwagen schicken soll. Es war unmöglich, nichts am Tatort zu verändern, Ma'am. Die Leute waren dabei zu sterben, wir mussten etwas für sie tun.«

»Verstehe.«

»Acht bis zehn der Leute haben wir, das heißt die Sanitäter, rausgeholt. Tut mir leid, dass ich es nicht genauer sagen kann. Die Leute waren in einem ziemlich schlimmen Zustand, also haben die Sanis sie erst mal hier versorgt und danach ins Gesundheitszentrum Tribeca geschafft. Wir haben den Ort so gut gesichert, wie es ging, aber die Sanitäter waren überall, Lieutenant, weil es selbst in der Küche und auf den Toiletten noch Verletzte gab.«

»Hatten Sie Gelegenheit, die Überlebenden zu fragen, was hier vorgefallen ist?«

»Wir haben ein paar Namen. Die Aussagen der Opfer, die noch sprechen konnten, haben übereingestimmt. Sie alle haben ausgesagt, die anderen hätten sie ermorden wollen.«

»Welche anderen?«

»Alle anderen, die hier waren, Ma'am.«

»Okay. Jetzt müssen wir erst einmal verhindern, dass jemand den Raum betritt.«

Auf dem Weg zur Tür entdeckte Dallas ihre Partnerin. Sie hatte noch Papierkram durchgehen wollen, als Peabody vor weniger als einer Stunde aufgebrochen war, und war selbst auf dem Weg in die Garage des Reviers gewesen, um heimzufahren, als die Meldung von dem Vorfall in der Kneipe bei ihr eingegangen war.

Zumindest hatte sie zur Abwechslung einmal daran gedacht, Roarke eine kurze Textnachricht zu schicken, um zu sagen, dass es bei ihr – wieder einmal – später würde als gedacht.

Eilig trat sie in die Tür und fing Peabody dort ab.

Natürlich war ihr klar, dass Peabody trotz ihrer pinken Cowgirlstiefel, ihrer regenbogenfarbenen Sonnenbrille und des kurzen, sanft wippenden Pferdeschwanzes alles andere als zartbesaitet war. Doch die Dinge, die in diesem Raum geschehen waren, hatten auch sie selbst und einen Streifenpolizisten, der seit über zwanzig Jahren Dienst in seinen harten, schwarzen Schuhen tat, vorübergehend aus dem Gleichgewicht gebracht.

»Fast hätte ich's geschafft«, erklärte Peabody. »Ich war

auf dem Weg nach Hause noch im Supermarkt, denn ich wollte McNab mit einem selbst gekochten Abendessen überraschen.« Sie hielt eine kleine Einkaufstüte hoch. »Nur gut, dass ich nicht schon mit Kochen angefangen habe. Also, worum geht's?«

»Es ist echt schlimm.«

Peabodys Lächeln schwand. »Wie schlimm genau?«

»Beten Sie zu Gott, dass Sie niemals was Schlimmeres zu sehen bekommen werden, und sprühen Sie erst mal Ihre Hände und die Stiefel ein.« Eve warf ihr eine Dose mit Versiegelungsspray zu. »Wir haben mehrere Leichen, die zerstückelt und zerhackt, denen die Schädel eingeschlagen und die Hälse durchgeschnitten worden sind. Am besten stellen Sie erst einmal Ihre Tüte weg, und falls Sie kotzen müssen, gehen Sie raus. Hier drinnen ist schon jede Menge Kotze, und ich will nicht, dass sich Ihr Erbrochenes damit vermischt. Der Tatort weist bereits genügend fremde Spuren auf. Das ließ sich nicht vermeiden, denn die Polizisten, die als Erste hier waren, und die Sanitäter mussten sich um die Verletzten kümmern und haben sie zum Teil noch hier vor Ort versorgt.«

»Es wird schon gehen.«

»Rekorder an.« Mit diesen Worten ging Eve wieder in die Bar und hörte das erstickte Keuchen ihrer Partnerin direkt hinter sich.

»Heilige Mutter Gottes. Himmel. Oh mein Gott.«

»Reißen Sie sich zusammen, Peabody.«

»Was in aller Welt ist hier passiert? Weshalb sind alle diese Leute tot?«

»Um das herauszufinden, sind wir da. Wir haben eine Zeugin, die draußen im Streifenwagen sitzt. Nehmen Sie ihre Aussage entgegen.«

»Keine Angst, ich komme hier schon klar, Dallas.«

»Auf jeden Fall«, stimmte sie tonlos zu. »Aber trotzdem nehmen Sie jetzt die Aussage der Frau entgegen und informieren Baxter, Trueheart, Jenkinson und Reineke. Wir brauchen hier mehr Hände und mehr Augen, denn wir haben es mit über achtzig Toten und zwei Handvoll Überlebender im Krankenhaus zu tun. Außerdem möchte ich Morris am Tatort haben«, fügte sie hinzu und fuhr entschlossen fort: »Halten Sie die Spurensicherung zurück, bis wir mit den Leichen fertig sind. Finden Sie den Eigentümer dieses Ladens sowie alle Angestellten, die heute nicht hier waren, lassen Sie die Anwohner befragen, und dann kommen Sie wieder rein und gehen mir hier zur Hand.«

»Wenn Sie mit der Zeugin sprechen würden, könnte ich die anderen Dinge übernehmen, und dann fangen wir zusammen hier drinnen an.« Unsicher, ob sie sich nicht womöglich doch noch übergeben müsste, sah sich Peabody vorsichtig in der Kneipe um. »Für Sie allein ist das zu viel.«

»Ich sehe mir die Leichen einfach nacheinander an. Also ziehen Sie los und fangen Sie mit der Arbeit an.«

Dann stand Eve wieder allein in dem schrecklich stillen Raum und verschloss ihre Nase vor dem eklig süßlichen Geruch der Eingeweide und des Bluts, der ihr entgegenschlug.

Sie war eine große Frau in ausgelatschten Boots und einer teuren Lederjacke, kurz geschnittenem Haar im selben Bernsteinton wie ihre Augen sowie vollen Lippen, die sie fest zusammenpresste, während sie das Mitleid und das Grauen unterdrückte, das in ihrem Innern aufgestiegen war.

Mit Mitleid und Entsetzen wäre all den Toten, über denen sie hier stand, ganz sicher nicht gedient.

»Lieutenant Eve Dallas«, sprach sie in das Aufnahmegerät. »Wir haben es mit geschätzten achtzig Opfern mit verschiedenen Verletzungen zu tun. Verschiedene Rassen und verschiedene Altersstufen, sowohl Männer als auch Frauen. Die Sanitäter, die die Überlebenden behandelt und geborgen haben, haben genauso Spuren am Tatort hinterlassen wie die Polizisten, die zuerst vor Ort gewesen sind. Sie haben die Toten und die Überlebenden circa 17.50 Uhr entdeckt. Opfer Nummer eins ...« Sie hockte sich neben den ersten Toten und zog ihren Untersuchungsbeutel auf.

»Männlich, mehrere Gesichts- und Kopfverletzungen, Stichwunden in Hals, Händen, Armen, Bauch.« Sie presste seine Finger auf den Fingerabdruckleser und fuhr fort: »Es handelt sich um Joseph Cattery, einen gemischtrassigen Mann von achtunddreißig Jahren, verheiratet, ein Sohn und eine Tochter, gemeldet in Brooklyn, Vizeleiter Marketing bei Stevenson und Reede. Das Unternehmen ist zwei Blocks von hier entfernt. Dann hast du also noch auf einen Drink hier reingeschaut.« Der Lieutenant seufzte.

»Hautreste unter den Fingernägeln.« Sie nahm eine kleine Probe, tütete sie ein und fuhr mit kalter Stimme fort: »Er trägt einen goldenen Ehering und eine goldene Armbanduhr. Außer einer Brieftasche mit seinen Initialen, in der ein paar Kreditkarten, ein bisschen Bargeld und sein Ausweis stecken, Schlüsselkarten sowie einem Handy hat er nichts weiter dabei.«

Auch diese Gegenstände tütete sie ein, beschriftete die Beutel und sah sich den Toten noch einmal genauer an.

Sie klappte seine aufgeschnittene Oberlippe hoch. »Seine abgebrochenen Zähne deuten darauf hin, dass jemand ihm mit aller Kraft in das Gesicht geschlagen hat. Wahrscheinlich hat ihn die Verletzung seines Schädels umgebracht, wobei der Pathologe das bisher noch nicht bestätigt hat.«

Sie zog ein anderes Messgerät hervor. »Der Todeszeitpunkt ist 17.45 Uhr, das heißt, dass er nur fünf Minuten vor dem Eintreffen der Polizei gestorben ist.«

Fünf Minuten? Fünf Minuten bevor der Kollege von der Streife in der Tür erschienen war. Das konnte doch kaum sein.

Sie brauchte nur den Kopf zu drehen, um sich die zweite Leiche anzusehen. »Opfer Nummer zwei«, setzte sie an und war beim fünften Toten angelangt, als Peabody erneut den Raum betrat.

»Die anderen sind unterwegs«, erklärte ihre Partnerin in ruhigem Ton. »Mit der Zeugin habe ich gesprochen. Sie hat ausgesagt, sie wäre mit zwei Freundinnen verabredet gewesen, wäre aber bei der Arbeit aufgehalten worden und deswegen später als die beiden anderen hier aufgetaucht. Sie sagt, dass sie mit einer dieser Freundinnen, einer Gwen Talbert, auf dem Weg hierher gesprochen hat. Gegen halb sechs, was mir die Überprüfung ihres Links bestätigt hat. Da war alles noch gut. Als sie dann gegen zehn vor sechs hier ankam, sah es schon so aus wie jetzt. Es passierte, während sie die Tür geöffnet hat. Sie ist panisch rückwärts auf den Bürgersteig getaumelt und hat so lange geschrien, bis die Officers Franks und Riley bei ihr waren.«

»Gwenneth Talbert, Opfer Nummer drei. Gebrochener Arm – auf dem anscheinend irgendwer herumgetrampelt ist – und durchgeschnittener Hals.«

»Wie konnte das alles in derart kurzer Zeit passieren? Wie kann es sein, dass innerhalb von nicht einmal zwanzig Minuten jemand alle diese Leute attackiert und abgeschlachtet hat?«

Eve stand wieder auf. »Sehen Sie sich den Tatort an. Ich habe bisher fünf Leichen untersucht und gehe davon aus, dass jeder dieser Menschen ganz spontan mit einer Waffe, die sich gerade anbot – einer Flasche, einem Küchenmesser oder auch mit bloßen Händen – angegriffen worden ist. Da drüben liegt ein Typ, in dessen Auge eine Gabel steckt, und eine tote Frau umklammert immer noch das Tischbein, mit dem sie anscheinend auf den Mann an ihrer Seite losgegangen ist.«

»Aber ...«

Manchmal war die einfachste Erklärung vielleicht furchtbar, aber trotzdem wahr.

»Überall hier liegen Brief- und Aktentaschen, Schmuck und Geld herum, und im Regal hinter dem Tresen stehen noch ein paar Flaschen durchaus teuren Alkohols. Wenn hier eine Horde Junkies ausgerastet wäre, wären sie zum einen nicht bereits nach einer Viertelstunde wieder abgehauen und zum anderen hätten sie die Wertsachen nicht einfach liegen lassen, sondern mitgenommen, um damit die nächsten Pillen zu bezahlen. Und eine Gruppe Amokläufer auf der Suche nach dem großen Kick? Sie hätten die Tür verriegelt und wahrscheinlich eine Riesenparty steigen lassen, wenn sie mit den Leuten durch gewesen wären. Vor allem hätte man, um achtzig Leute abzuschlachten und zehn weitere schwer zu verletzen, eine Riesengang gebraucht. Außerdem ist niemand rausgekommen, niemand hat sich irgendwo versteckt, und niemand hat über sein Handy einen Notruf abgesetzt.«

Eve schüttelte den Kopf. »Vor allem bist du selbst, wenn du so viele Leute massakrierst, über und über mit Blut bedeckt. Franks hatte Blut an seiner Uniform, an seinen Schuhen und an seinen Händen, obwohl er lediglich den Sanitätern bei den Überlebenden zur Hand gegangen ist.«

Sie starrte in die trüben Augen ihrer Partnerin. »Diese

Menschen haben sich gegenseitig umgebracht. Sie haben einen Krieg geführt, bei dem es nur Verlierer gab.«

»Aber … wie? Warum?«

»Keine Ahnung.« Doch sie fände es, verdammt noch mal, heraus. »Wir müssen alle Opfer auf Spuren von Drogen untersuchen. Müssen erfahren, ob sie etwas eingeworfen haben, das sie alle Hemmungen hat verlieren lassen. Die Spurensicherung soll das Lokal genau unter die Lupe nehmen, weil vielleicht etwas im Essen oder in den Getränken war. Vielleicht hat jemand absichtlich etwas hineingetan.«

»Ich kann mir nicht vorstellen, dass jeder hier dieselben Speisen oder Drinks zu sich genommen hat.«

»Vielleicht haben ja genügend Gäste von demselben Zeug getrunken, oder vielleicht wurde auch mehr als ein Getränk mit irgendwas versetzt. Wir fangen erst mal mit den Opfern an – Namen, Todesursache und Todeszeitpunkt, die Beziehungen, die sie untereinander hatten, wo sie gewohnt haben und auch, wo sie gearbeitet haben. Dazu gehen wir alle Spuren hier am Tatort durch. Wir bringen alle Gläser, Flaschen, Teller, Kühlschränke, den Grill, die AutoChefs und was auch immer ins Labor, oder wir holen die Laboranten hierher. Außerdem müssen wir gucken, ob etwas im Wasser, in der Lüftung, in den Spülmitteln oder im Putzzeug war.«

»Dann ist dieses Zeug vielleicht noch hier gewesen, und Sie selber waren kurz nach Ende des Gemetzels hier.«

»Ja, auf den Gedanken bin ich auch schon gekommen, als ich mit den ersten beiden Leichen fertig war. Also habe ich die Klinik angerufen, doch die Sanitäter, die die Überlebenden behandelt haben, haben mir erklärt, es ginge ihnen gut. Was auch immer hier passiert ist, ist sehr schnell gegangen. Alle diese Leute sind in einem Zeitraum von knapp über einer Viertelstunde derart ausgerastet, aber ich bin jetzt bereits viel länger hier.«

»Am wahrscheinlichsten ist meiner Meinung nach, dass irgendwas in den Getränken war. Selbst wenn nur die Hälfte dieser Leute etwas davon abbekommen hätte, haben sie die anderen vielleicht einfach überrascht.« Eve schüttelte den Kopf, als sie das geronnene, inzwischen kalte Blut an ihren Händen sah. »Die Vorstellung gefällt mir ganz und gar nicht, aber möglich wäre es. Und jetzt sehen wir uns die nächsten Leichen an.«

Noch während sie dies sagte, trat Chefpathologe Morris durch die Tür.

Er war anscheinend nicht im Dienst, denn er trug Jeans zu einem kragenlosen, pflaumenblauen Seidenhemd und hatte sich das schwarze Haar zu einem schlichten Pferdeschwanz gebunden, der die interessanten Züge seines kantigen Gesichts besonders gut zur Geltung kommen ließ. Er sah sich um. Eve nahm erst den Schock und dann das Mitleid in den dunklen Augen wahr.

»Einen solchen Haufen Opfer haben Sie mir bisher noch nie beschert.«

»Das war jemand anderes. Ich ...«, setzte sie an, brach aber wieder ab, als hinter Morris Roarke den Raum betrat.

Er trug immer noch den schwarzen Maßanzug, den er am Morgen angezogen hatte und der seinen langen, durchtrainierten Körper vorteilhaft betonte, während seine dichte schwarze Mähne leicht zerzaust, als hätte eine Windböe darin getanzt, auf seine Schultern fiel.

Während Morris' Züge interessant und seltsam sexy waren, wirkten Roarkes Gesicht und seine leuchtend blauen Augen wie von Gotteshand gemeißelt.

Die beiden Männer standen nebeneinander, doch neben Schock und Mitgefühl verriet die Miene ihres Gatten todbringenden Zorn.

Dann blickte er sie an, und als er »Hallo, Lieutenant« sagte, hörte sie den melodiösen Klang von Irland, der in seiner Stimme lag.

Entschlossen trat sie auf ihn zu. Nicht, um ihn zu grüßen, und auch nicht, um ihm den Blick auf das Geschehene zu versperren, weil er schließlich bereits unzählige andere grauenhafte Dinge hatte sehen müssen, sondern weil sie hier das Sagen hatte und dies nicht der rechte Ort für Zivilisten oder Ehemänner war.

»Du hast hier nichts verloren.«

»Doch«, verbesserte er sie, »denn mir gehört dieses Lokal.«

Das hätte sie sich denken können, denn schließlich gab es auf der Welt und selbst im Universum kaum etwas, was er nicht besaß. Wortlos wandte sie sich ab und bedachte Peabody mit einem durchdringenden Blick.

»Tut mir leid. Ich habe ganz vergessen, Ihnen zu erzählen, dass ich bei der Suche nach dem Eigentümer dieser Bar auf Roarke gestoßen bin.«

»Ich werde mit dir reden müssen, aber erst einmal muss ich mit Morris sprechen. Warte also bitte draußen, ja?«

»Ich werde ganz bestimmt nicht draußen warten«, gab er kalt zurück.

Sie wünschte sich, sie könnte ihn nicht derart gut verstehen. In den zweieinhalb Jahren, seit sie sich kannten, hatte sie gelernt, ihn besser zu verstehen, als für sie als Polizistin gut und richtig war. Sie unterdrückte das Verlangen, ihn, obwohl sie momentan im Dienst war, zu berühren, und murmelte: »Hör zu, hier herrscht im Augenblick totales Chaos.«

»Ach.«

»Halt dich also bitte erst mal etwas abseits.«

»Wenn es das ist, was du willst.« Anscheinend war er nicht der Ansicht, dass eine Berührung sich nur außerhalb des Diensts gehörte, denn obwohl sie sich dagegen sträubte, drückte er ihr kurz die blutverschmierte Hand. »Trotzdem werde ich bestimmt nicht draußen warten, während du durch einen Albtraum watest, der sich in einem Lokal, das mir gehört, ereignet hat.«

»Warte«, bat sie ihn und wandte sich dem Pathologen zu. »Ich … habe die Toten, die wir identifiziert und untersucht haben, nummeriert. Wenn Sie schon mal mit dem Ersten anfangen, komme ich sofort dazu.«

»Okay.«

»Es müssten jeden Augenblick noch zusätzliche Leute kommen, um sich einerseits den Tatort und zum anderen die Opfer anzusehen.«

»Dann fange ich am besten schon mal an.«

»Geh du bitte zu Peabody«, wandte sich Eve erneut an Roarke. »Die elektronischen Ermittler sind zwar noch nicht da, aber vielleicht kannst du ihr schon mal zeigen, wie die Bar gesichert war.«

»Es gibt hier drinnen keine Kameras. Wenn die Leute herkommen, um was zu trinken, haben sie keine Lust, dass man sie dabei filmt.«

Sie wollten sich entspannen und vielleicht einen privaten Augenblick mit einem anderen Menschen teilen, ohne dass sie dabei aufgenommen wurden. Damit, dass sie jemand über ihrem Feierabendbier ermorden würde, rechneten sie nicht.

»Natürlich haben wir eine Kamera am Eingang«, fuhr er fort. »Und dann noch ein paar andere Kameras für draußen, wenn die Bar geschlossen ist. Aber Aufnahmen aus dem Lokal, die dir zeigen könnten, was genau passiert ist, gibt es leider nicht.«

Da sie keine Kameras im Inneren der Bar entdeckt hatte, war sie bereits davon ausgegangen, dass es keine Bilder gäbe, jetzt rieb sie sich die Augen, um zumindest selber wieder klar zu sehen. »Wir brauchen eine Liste aller Angestellten und den Schichtplan.«

»Beides habe ich dabei. Nach Peabodys Anruf habe ich die Unterlagen rausgesucht.« In dem Bemühen zu verstehen, was unvorstellbar war, und zu akzeptieren, was nie hätte passieren sollen, sah er sich noch einmal um.

»Ich habe das Lokal vor ein paar Monaten gekauft und alles so gelassen, wie es war. Soweit ich weiß, lief er bisher sehr gut. Aber natürlich werde ich ergründen, ob es vielleicht doch Probleme gab.«

»In Ordnung. Gib die Unterlagen Peabody, okay? Ich muss zu Morris.«

»Eve.« Noch einmal nahm er ihre Hand und verzog unglücklich das Gesicht. »Um Gottes willen, gib mir etwas zu tun. Sag mir, was ich machen soll. Ich weiß von diesen Leuten, selbst von meinen eigenen Angestellten, nicht mehr als du, aber trotzdem kann ich jetzt nicht einfach Däumchen drehen.«

»Dann hilf Peabody«, schlug sie ihm vor. »Am besten fangt ihr mit den Handys unserer Opfer an und guckt, ob einer von den Leuten noch jemanden angerufen hat, nachdem es losgegangen ist. Wir wissen relativ genau, wie lange es gedauert hat. Guck, ob es in dieser guten Viertelstunde irgendwelche Video- oder Audioaufnahmen von hier gibt.«

»Eine Viertelstunde? Alle diese Leute wurden innerhalb von einer Viertelstunde massakriert?«

»Vielleicht ging es sogar noch schneller. Bisher wissen wir nur sicher, dass es nicht länger gedauert haben kann. Wenn die elektronischen Ermittler kommen, schickst du Peabody wieder zu mir und bietest ihnen deine Hilfe an, okay? Und jetzt muss ich allmählich wirklich weitermachen.«

Während sie sich zum Gehen wandte, kamen Jenkinson und Reineke herein, sie wandte sich den beiden zu, erklärte ihnen, was geschehen war, und wiederholte dieses Vorgehen, als Baxter mit dem jungen Trueheart kam.

Bis sie endlich bei Morris war, sah er sich schon das dritte Opfer an.

»Ich muss sie mitnehmen, Dallas. Es gibt Abwehrwunden, Angriffswunden, manchmal beides, und die Todesursachen sind immer unterschiedlich, auch wenn alle diese Leute, wie es aussieht, innerhalb von wenigen Minuten umgekommen sind.«

»Es ist alles furchtbar schnell gegangen. Innerhalb von einer Viertelstunde. Eins der Opfer hatte eine Freundin angerufen, die zu spät zu ihrem Treffen kam, da war noch alles gut. Als die Freundin eine Viertelstunde später durch die Tür trat, war es schon vorbei.«

»Sie haben sich gegenseitig umgebracht. Nach allem, was ich bisher sehe, haben sie sich gegenseitig attackiert und umgebracht.«

»So sehe ich das auch. Vielleicht war es ein Gift, ein Halluzinogen, eine verdammte neue Droge, die im Essen, in den Drinks oder vielleicht in der Lüftung war. Wir haben über achtzig Tote, Morris, und nur eine Handvoll Überlebender, die in der Klinik sind.«

»Sie sind mit allem, was sie gerade greifen konnten – Gläsern, Flaschen, Gabeln, Messern, Stühlen, Tischen – zur Not mit bloßen Händen aufeinander losgegangen.«

»Unten, dort, wo die Toiletten sind, und hinten in der Küche liegen noch mehr Leichen, also hat das Gift nicht nur in diesem Raum gewirkt. Doch bisher gibt's keinen Hinweis darauf, dass jemand die Bar verlassen und sich die Gewalt nach draußen ausgebreitet hat.«

»Was wenigstens ein kleiner Segen ist. Ich werde die Toten abholen lassen, um sie mir genauer anzusehen, und dafür sorgen, dass die Untersuchung ihres Bluts noch heute Nacht erfolgt.«

»Ich fahre selber wieder aufs Revier, wenn ich hier fertig bin und mit den Überlebenden gesprochen habe.«

»Also steht uns eine lange Nacht bevor.«

»Und natürlich werden sich die Journalisten wie die Geier auf uns stürzen, wenn von dieser Sache was nach außen dringt. Ich werde den Commander darum bitten, dass er erst mal eine Nachrichtensperre in der Angelegenheit verhängt, aber ich bin mir sicher, dass trotzdem etwas an die Medien durchsickern wird. Also sehen wir zu, dass wir so schnell wie möglich ein paar Antworten bekommen, die ich diesen Typen geben kann.«

Sie stand entschlossen wieder auf.

Zu viele Menschen, dachte sie. Zu viele Tote und zu viele Cops an einem Ort. Natürlich konnte sie den Leuten, die sie einbestellt hatte, vertrauen, aber trotzdem war es bei so vielen Beteiligten wahrscheinlich, dass dem einen oder anderen ein Fehler unterlief.

Sie sah das drahtige, karottenrote Haar von Feeney, ihrem Expartner und Chef der elektronischen Ermittler, der mit Roarke zusammensaß. Wenn es etwas herauszufinden gäbe, fänden diese beiden es heraus.

Als sie in die untere Etage zu den Waschräumen gehen wollte, tauchte Ian McNab, Computerass und große Liebe ihrer Partnerin, am Fuß der Treppe auf. Seine leuchtend blaue Hose mit den Silbernieten auf den Taschen stand in schmerzlichem Kontrast zu all dem Grauen, das sie hier umgab. Doch obwohl er seine Ohren mit Tausenden von hell schimmernden Ringen schmückte, waren seine attraktiven Züge hart und die von einem Cop.

»Ich habe was für Sie.« Er reichte ihr ein Handy, während er in seiner anderen Hand verschiedene Tüten voll mit anderen Handys hielt. »Das Opfer war anscheinend gerade auf dem Klo. Trueheart hat sie identifiziert. Wendy McMahon, dreiundzwanzig Jahre alt.«

»Sie hat in dem Moment telefoniert?«

»Ja. Um 17.32 Uhr hat sie ihre Schwester angerufen, um ihr was von einem Typen zu erzählen, den sie oben in der Bar getroffen hat ... einem gewissen Chip. Anfangs war sie aufgeregt und glücklich, aber plötzlich meinte sie, sie würde Kopfschmerzen bekommen, und ein paar Sekunden später schnauzt sie ihre Schwester an und sagt, dass sie eine verdammte Hure ist. Obwohl die Schwester auflegt, tobt sie weiter. Redet lauter wirres Zeug, und als eine andere Frau hereinkommt und sie grundlos anschreit, kann man hören, wie sie aufeinander losgehen, und sehen, wie sie miteinander kämpfen, bevor sie ihr Handy fallen lässt. Die zweite Frau war nicht zu sehen, also hat sie Wendy umgebracht und wurde selbst später oben in der Bar erwischt, oder sie ist eine der Verletzten, die gerettet worden sind. Nachdem dreißig Sekunden niemand mehr gesprochen hatte, hat das Handy sich von selber ausgestellt – das ist normal.«

Zwölf Minuten, dachte Eve. Nur zwölf Minuten, bis das Opfer nach dem ersten Anzeichen des einsetzenden Wahnsinns tot gewesen war.

»Bringen Sie das Handy sowie alle anderen Handys, die uns vielleicht weiterhelfen können, aufs Revier.«

»Ich habe bisher noch zwei andere Aufnahmen und werde sie für Sie zu einer Datei zusammenstellen, die man sich auf dem Computer anhören kann. Das geht ganz schnell, und wenn Sie nicht extra die Handys brauchen, sparen Sie Zeit. Aber vorher gehe ich noch die anderen Geräte durch.«

»Graben Sie weiter«, meinte Eve und stieg über die Leiche, die am Fuß der Treppe lag. Trueheart hatte sie, wie Ian schon berichtet hatte, identifiziert und wie die anderen Leichen nummeriert und setzte seine Arbeit unten fort. Wahrscheinlich hatte Baxter seinen jungen Partner extra mit dieser Aufgabe betraut, damit er von dem Grauen oben möglichst wenig mitbekam.

Sie selbst ging in die Bar zurück und wandte sich an Roarke. »Bleib bei den elektronischen Ermittlern, ja?«

»Wir haben ein paar Sachen auf verschiedenen Handys ausfindig gemacht.«

»Das hat McNab mir schon erzählt. Ich rede zuerst mit den Überlebenden, dann fahre ich aufs Revier. Meine Leute setzen hier die Arbeit fort und machen dein Lokal dann erst mal dicht.«

»Verstehe.« Während er noch nickte, wandte sie sich schon zum Gehen.

»Peabody, Sie kommen mit. Die anderen bleiben hier, identifizieren und nummerieren die Leichname und tüten alle Handys, alle Waffen sowie alles andere, was die Toten bei sich haben, ein. Baxter, sorgen Sie dafür, dass eine Liste mit den Namen aller Opfer schnellstmöglich auf meinem Schreibtisch liegt. Wir werden die Angehörigen noch heute Abend informieren. Außerdem will ich die Aufnahmen der Kamera über der Eingangstür. Jenkinson, Sie weiten die Befragung auf vier Häuserblocks aus. Morris, schicken Sie die Kleider aller Opfer ins Labor, und setzen Sie Harpo auf die Untersuchung an. Außerdem müssen auch alle Speisen und Getränke als mögliches Gift markiert werden und wie die Kleidungsstücke ins Labor.«

Sie legte eine kurze Pause ein und sah sich um. Ja, sie konnte jedem Einzelnen von ihnen trauen. Sie sah auf ihre Uhr und rechnete kurz nach. »Um 22.30 Uhr halte ich auf dem Revier ein Briefing für die ganze Truppe ab. Von diesem Fall darf erst einmal nichts nach außen dringen, also hütet eure Zungen, ja? Ihr alle arbeitet an diesem Fall, bis ihr etwas anderes von mir hört.«

Mit einem letzten Blick auf ihren Angetrauten trat sie in die kühle Abendluft und in den wunderbaren Großstadtlärm hinaus.

»Wir fahren jetzt in die Klinik«, sagte sie zu ihrer Partnerin. »Wollen wir doch mal sehen, ob einer der Verletzten uns was sagen kann. Sie fahren.«

Sie schwang sich auf den Beifahrersitz, zerrte ihr Handy aus der Tasche, atmete tief durch und rief bei ihrem Vorgesetzten an.

2

Sie hatte Krankenhäuser immer schon gehasst. Auch wenn sie inzwischen wusste, dass ihr ausgeprägter Widerwille daher rührte, dass man sie als kleines Mädchen schwer misshandelt, vergewaltigt und gebrochen in ein Krankenhaus in Dallas eingeliefert hatte, blieb er weiterhin bestehen. Für sie verströmten Krankenhäuser, Kliniken, Gesundheitszentren und selbst Krankenwagen den Geruch von Schmerz und Angst.

Trotzdem musste sie mit diesem Widerwillen und vor allem damit leben, dass sie wegen ihrer Arbeit häufig als Patientin oder als Besucherin an diesen Orten anzutreffen war.

Wahrscheinlich waren die Notaufnahmen großstädtischer Krankenhäuser niemals angenehme Orte, aber heute Abend war es sicher noch ein bisschen schlimmer als gewöhnlich, nachdem zehn teilweise schwer verletzte Menschen gleichzeitig dort eingeliefert worden waren.

Sie bahnte sich den Weg vorbei an qualvollem Stöhnen, trüben, abgrundtief erschöpften Augen und dem süßlichen Gestank von Fieberschweiß und von Erbrochenem, bis sie eine Schwester fand. Die fröhlichen Smileys auf dem Oberteil der Uniform standen in deutlichem Kontrast zum grimmigen Gesicht der Trägerin.

»Sie müssen sitzen bleiben. Wir werden so schnell es geht nach Ihnen sehen.«

Eve zückte ihre Marke und verfolgte aus dem Augenwinkel, wie ein klapperdürrer Mann, der offensichtlich auf Entzug war, zitternd von einem der Plastikstühle glitt und sich verstohlen Richtung Ausgang schob.

»Vor nicht ganz zwei Stunden haben Sie zehn Verletzte reingekriegt. Die muss ich sehen.«

»Warten Sie«, befahl die Schwester, und als sie davonmarschierte, wurde Eve von Dutzenden aufgekratzter Smileys auf ihrem Rücken angegrinst.

Einen Moment später kam ein Mann den Gang herauf, der nicht viel kräftiger als der kurz zuvor verschwundene Junkie war. Er hatte einen weißen Kittel an und wirkte vollkommen erschöpft.

»Ich bin Dr. Tribido«, stellte er sich vor, und seine melodiöse Stimme konnte nicht verbergen, dass er kurz vor dem Zusammenbrechen war.

»Lieutenant Dallas, Detective Peabody. Ich muss die Opfer sehen.«

»Von den zehn Personen, die wir reinbekommen haben, ist eine schon auf dem Transport verstorben, zwei andere sind ihren Verletzungen hier erlegen, noch bevor ich dazu kam, sie mir genauer anzusehen. Drei werden augenblicklich operiert, eine weitere ist auf dem Weg in den OP, und eine liegt im Koma.«

»Wo sind die beiden anderen?«

»In den Untersuchungsräumen drei und vier.«

»Dann fange ich mit ihnen an.«

»Bitte kommen Sie mit. Die Patientin in der Drei hat ein gebrochenes Schlüsselbein, drei gebrochene Finger, eine Gehirnerschütterung, Gesichtsverletzungen und mehrere Stichwunden, die noch vor Ort von unseren Sanitätern behandelt worden sind. Wobei die meisten Stichverletzungen eher oberflächlich waren. Sie hat wirklich Glück gehabt.«

»Haben Sie auch einen Namen?«

»CiCi Way. Sie ist relativ klar und konnte uns ihren Namen, ihre Adresse und das Datum nennen, hat aber keine Ahnung, wie es zu diesen Verletzungen gekommen ist. Wir haben bisher noch keine Einzelheiten, Lieutenant. Was zum Teufel ist in dem Lokal passiert?«

»Um das herauszufinden, bin ich hier.«

Sie folgte ihm durch eine Schwingtür zu dem Untersuchungstisch, an dem eine Schwester kontrollierte, ob die Flüssigkeit aus einem der diversen Tropfe so in CiCis Körper lief, wie es vom Arzt angeordnet worden war.

Die Frau lag mit geschlossenen Augen auf dem Tisch. Das linke hätte sie wahrscheinlich sowieso nicht öffnen können, weil es kräftig angeschwollen war. Die Ärzte hatten ihr Gesicht so dick mit Gel und Nu Skin eingerieben, dass es wie eine geölte Maske glänzte, ihren rechten Arm und die Hand bis zu den Fingern eingegipst, und oberhalb ihres geblümten Kittels und entlang des nicht gebrochenen Armes konnte Eve zahlreiche leuchtend rote Kratzer sowie frisch versorgte Wunden sehen.

Der Arzt bedeutete der Schwester, sie allein zu lassen, während er an den Behandlungstisch trat. »CiCi? Ich bin es, Dr. Tribido. Erinnern Sie sich noch an mich?«

»Ich …« Sie schlug das rechte Auge auf und sah nervös unter dem violett verfärbten Lid hervor. »Ja. Ich glaube. Krankenhaus. Ich bin im Krankenhaus.«

»Das stimmt. Sie machen Ihre Sache wirklich gut.«

»Macie? Ist Macie auch hier?«

»Ich werde mich erkundigen, okay?« Trotz der Erschöpfung hatte seine Stimme plötzlich einen sanften, mitfühlenden Klang. »Hier ist eine Polizistin, die mit Ihnen sprechen möchte. Wäre das für Sie okay?«

»Eine Polizistin? Jemand von der Polizei? Wegen meines Unfalls? Die Polizei war doch schon hier. Aber vielleicht habe ich das ja auch nur geträumt. Es war ein Polizist. Er hat zu mir gesagt, es würde alles gut.«

»Das stimmt. Sie werden wieder ganz gesund. Ich bin draußen vor der Tür, falls Sie mich brauchen.«

»Macie ...« Ihre Stimme wurde schrill. »Wird Macie auch wieder gesund? Und, und Travis. Und ... ich kann mich nicht erinnern, wie er hieß.«

»Schon gut. Am besten gehen Sie es langsam an.« Mit leiser Stimme wandte sich der Arzt an Eve: »Immer wenn sie zu sich kommt, fragt sie nach dieser Macie. Und auch diesen Travis und jemanden namens Bren hat sie schon des Öfteren erwähnt. Ein paarmal hat sie laut geschrien. Wir haben ihr ein leichtes Schmerzmittel verabreicht und versuchen, sie so gut wie möglich zu beruhigen, wenn sie diese Fragen stellt. Wie gesagt, sie ist vollkommen klar, aber sie kann sich nur undeutlich daran erinnern, was in der Bar geschehen ist. Wahrscheinlich würde sie sich besser fühlen, wenn wir diese Macie fänden.«

Nein, sagte sich Eve, sie würde sich bestimmt nicht besser fühlen, wenn sie wüsste, dass die Freundin auf dem Weg ins Leichenschauhaus war, deshalb erwiderte sie nur: »Wir gehen es behutsam an«, und trat neben den Tisch.

»Ich bin Lieutenant Dallas, und das hier ist meine Partnerin, Detective Peabody. Was ist passiert, CiCi?«

»Ich wurde verletzt.«

»Ich weiß. Von wem?«

Das offene Auge zuckte ängstlich hin und her. »Das weiß ich nicht. Sie müssen Macie finden.«

»Sie ist Ihre Freundin«, meinte Peabody auf die ihr eigene ruhige Art.

35

»Ja. Wir arbeiten zusammen bei Stuben-Barnes. Und wir hängen auch in unserer Freizeit oft zusammen ab.«

»Sie und Macie waren im *On the Rocks*. Nach der Arbeit?«

»Uhh.« Sie lenkte ihren Blick wieder auf Eve. »Ja. Genau. Wir arbeiten zusammen, und wir hängen oft zusammen ab. Ich und Macie. Sie und Travis sind zusammen. Sie sind wirklich dicke, und sie denkt, dass sie vielleicht bald bei ihm einziehen wird.«

»Sie und Macie waren also nach der Arbeit noch auf einen Drink im *On the Rocks*. Sie haben dort zusammen abgehangen.«

»Ja, wahrscheinlich. Ja. Ich und Macie waren dort auf einen Drink. Es ist eine schöne Kneipe, und die Happy Hour dort ist wirklich toll. Ich mag vor allem die Nachos, die sie servieren. Man muss sie mit einer Gabel essen, weil sie …«

Ihre Stimme wurde unsicher, etwas wie Entsetzen blitzte in ihrem gesunden Auge auf. »Die Kneipe liegt nicht weit von unserem Büro entfernt. Geht's Macie gut?«

»Es ist schön, eine Freundin zu haben, mit der man zusammen abhängen kann«, bemerkte Peabody.

»Sie ist wirklich witzig. Macie. Manchmal gehen wir an unserem freien Tag zusammen shoppen.«

»Aber heute Abend waren Sie auf einen Drink im *On the Rocks*«, rief Eve ihr in Erinnerung.

»Wir haben uns dort mit Travis und mit seinem Freund getroffen. Für mich war es so was wie ein Blind Date.«

»Können Sie uns die Nachnamen von Macie und von Travis sagen?«

»Oh. Oh. Daran habe ich gar nicht gedacht. Sie brauchen schließlich auch die Nachnamen, wenn Sie sie finden

36

sollen. Macie Snyder und Travis Greenspan. Ich habe Fotos von den beiden auf meinem Handy! Ich kann Ihnen Fotos zeigen, wenn Sie wollen, aber ich weiß nicht, wo mein Handy ist.«

»Das ist im Augenblick auch gar nicht wichtig. Dann haben Sie vier also dort abgehangen und etwas getrunken.«

»Wir hatten gerade die zweite Runde bestellt, und Bren war wirklich süß. Bren!« Sie riss das Auge auf, kniff es dann zu, und eine vereinzelte Träne kullerte ihr über das Gesicht. »Jetzt fällt's mir wieder ein. Brendon Wang. Er ist ein Kollege von Travis, und Travis und Macie wollten uns verkuppeln. Aber ich kann sein Gesicht gar nicht mehr deutlich sehen.« Sie bedachte Eve mit einem müden, unglücklichen Blick. »Es tut mir leid. Ich habe Kopfschmerzen und mir ist schlecht.« Abermals kniff sie das Auge zu.

Eve beugte sich leicht über sie und bat mit eindringlicher Stimme: »CiCi, sehen Sie mich an. Sehen Sie mir ins Gesicht. Wovor haben Sie solche Angst?«

»Ich weiß nicht. Mir tut alles weh.«

»Wer hat Ihnen wehgetan?«

»Das weiß ich nicht! Sind wir noch ins Restaurant gegangen?« Ihre Finger griffen nach dem Laken und zerknüllten es. »Wir wollten noch zusammen essen gehen. Macie hat gesagt, dass sie ins *Nino's* will, aber ... waren wir noch im Restaurant?«

»Nein. Sie waren in der Bar.«

»Ich will dort nicht mehr sein. Ich will nach Hause.«

»Was ist in der Bar passiert?«

»Es ergibt nicht den geringsten Sinn.«

»Das ist auch nicht nötig«, mischte Peabody sich abermals mit ihrer ruhigen Stimme ein und drückte CiCis unverletzte Hand. »Es wird uns bereits weiterbringen, wenn

Sie uns erzählen, was Ihrer Meinung nach passiert ist. Wir sind hierhergekommen, weil wir Ihnen helfen wollen.«

»Sie ist ein Monster. Sie hat spitze Zähne, und ich sehe all das Blut, das aus ihren Augen läuft.«

»Wer?«

»Das Monster sieht wie Macie aus, nur dass sie kein Monster ist. In meinem Kopf geht alles durcheinander.«

»Was hat das Monster, das wie Macie ausgesehen hat, getan?«

»Es hat Travis eine Gabel ins Gesicht gerammt. Es hat Macies Gabel in die Hand genommen und ihm dann ein Auge ausgestochen – Gott, oh Gott. Es hat geschrien, und dann ist das totale Chaos ausgebrochen. Ich hatte eine spitze Scherbe in der Hand und habe immer wieder auf sie eingestochen, und sie hat geschrien, während sie mit beiden Fäusten auf mich losgegangen ist. Es tut so weh! Ich muss ihr, der anderen und allen anderen wehtun, aber dann liege ich auf dem Boden und mein Arm ... Alle schreien, und überall ist Blut. Dann bin ich aufgewacht, jemand hat mich mitgenommen und hierhergebracht. In einem Krankenwagen oder so. Ich weiß es nicht.«

Tränen strömten über ihr Gesicht. »Ich weiß es einfach nicht. Ich glaube, ich habe jemanden getötet, aber das ergibt ganz einfach keinen Sinn. Bitte«, flehte sie. »Sie müssen Macie finden. Sie ist wirklich klug. Sie wird wissen, was geschehen ist.«

»Lassen Sie es uns mal so probieren. Was haben Sie in dem Augenblick getan, bevor plötzlich das Monster kam?«

»Es gibt gar keine Monster, nicht in Wirklichkeit. Nicht wahr?«

Da irrst du dich gewaltig, dachte Eve. *Es gibt mehr Monster, als du zählen und als du beim Namen nennen kannst.*

»Keine Angst. Versuchen Sie einfach, sich dran zu erinnern, wie es vorher war. Sie, Macie, Travis und Bren hatten einen Tisch neben der Bar?«

»Einen Tisch. Oh ja. Wir hatten einen Tisch. Er stand dicht neben der Bar. Ich meine, neben der Theke in der Bar.«

»In Ordnung, das ist gut. Und Sie haben alle etwas getrunken? Schließlich war dort gerade Happy Hour. Was für Drinks haben Sie bestellt?«

»Also, ich hatte den weißen Wein des Hauses. Er hat wirklich gut geschmeckt. Macie hatte einen Pink Passion, und die beiden Männer hatten Bier. Dazu hatten wir noch eine Riesenportion Nachos, nur habe ich nicht gewagt, etwas davon zu essen, weil man sich dann meistens etwas von der Soße auf die Sachen kleckert und ich möglichst gut aussehen wollte wegen des Blind Dates.«

»Okay. Sie haben sich also amüsiert und nach der Arbeit mit den anderen relaxt. Sie haben alle etwas getrunken, hatten eine Portion Nachos auf dem Tisch und dann?«

»Hm. Oh. Okay. Wir haben uns unterhalten, wollten eine zweite Runde Drinks bestellen, und dann bin ich mit Macie kurz aufs Klo. Die Schlange dort war ziemlich kurz, wir hatten also Glück. Während wir gewartet haben, sprachen wir darüber, dass wir noch etwas essen gehen wollten und dass ich Bren bitten sollte, noch mit raufzukommen, wenn er mich nach Hause bringt.«

Sie knetete das Laken immer schneller, ihr Atem griff den Takt der Finger auf. »Ich wusste nicht, ob ich das wirklich machen sollte, aber Macie war sich sicher, und sie hat mich, nun, sie hat mich deshalb angefahren. Das hat sie bis dahin noch nie gemacht. Aber sie meinte, dass sie Kopfweh kriegen würde, und ich dachte, dass es vielleicht daran lag. Dann sind wir wieder rauf, und offenbar hat ihr

Kopf tatsächlich furchtbar wehgetan, denn sie hat einen Typen aus dem Weg geschubst. Ich glaube wenigstens, dass es ein Mann gewesen ist. Er hatte sie vorher aus Versehen angerempelt, als wir auf dem Weg in Richtung der Toiletten waren.«

»Derselbe Mann?«

»Ich glaube, ja, aber ich weiß es nicht genau. Ich habe mich erschreckt, als sie ihn weggestoßen hat. In der Bar war es entsetzlich laut und furchtbar hell, und sie war so gemein. Dann haben wir uns wieder an den Tisch gesetzt, und ich dachte, dass ich gucken sollte, ob ich Schmerztabletten in der Tasche hätte, aber dann haben sie und Travis sich mit einem Mal entsetzlich angeschrien. Sie streiten sich sonst nie, vor allem schreien sie niemals so herum, und mir kam es so vor, als ob mir langsam selbst der Schädel platzt. Sie haben furchtbar rumgebrüllt, ich hatte schlimme Kopfschmerzen, und Bren sah plötzlich hundsgemein und schrecklich böse aus. Ich weiß nicht, wie das kam, dann brach urplötzlich die Hölle los.«

Eve versuchte es mit ein paar zusätzlichen Fragen und hakte bei CiCi nach, ob vor dem Auftauchen des »Monsters« jemand in die Bar gekommen oder rausgegangen war.

Doch die Erinnerung der jungen Frau drehte sich nur um Monster und um Blut. Als sie anfing, laut zu schluchzen, überließen sie sie abermals der Krankenschwester und suchten den zweiten ansprechbaren Überlebenden des grässlichen Massakers auf.

James L. Brewster, Buchhalter bei einer großen Firma, blieb beinah gespenstisch ruhig. Er hatte diverse Stichwunden und mehrere gebrochene Rippen, unterhalb des linken Auges verlief eine wild gezackte Wunde bis zu seinem Kinn, auf seiner breiten Stirn prangte eine riesengroße Beule, und die aufgerissenen Knöchel seiner Hände, die zu beiden Seiten seines Körpers lagen, waren unter einer dicken Gelschicht kaum zu sehen.

Mit leiser Stimme fing er an: »Ich bin dort mindestens einmal die Woche, meist wenn ich mich nach der Arbeit noch mit einem Kunden treffe. Ich bin in der Buchhaltung bei Strongfield und Klein. Offiziell wird das natürlich nicht gebilligt, aber trotzdem habe ich wie praktisch alle anderen Kollegen auch noch Kunden außerhalb. Wobei die meisten kleine Fische sind. Ich hatte einen Termin mit einer neuen Kundin und kam extra eine halbe Stunde früher, um die Infos, die sie mir bereits gegeben hatte, noch einmal durchzugehen. Brauchen Sie die auch?«

»Name und Adresse wären nicht schlecht.«

»Natürlich. MaryEllyn – in einem Wort, aber mit großem E und mit zwei Y – Geraldi. Ich fürchte, die Adresse habe ich nicht mehr im Kopf, aber sie steht in meinen Unterlagen. Wobei ich nicht weiß, wo die geblieben sind.«

»Kein Problem, Mr. Brewster«, mischte Peabody sich ein.

»Ich war gegen halb sechs, vielleicht auch schon ein paar Minuten früher in der Bar. Sie kennen mich im *On the Rocks,* und nachdem ich angerufen hatte, um zu sagen, dass ich eine Kundin treffen wollte, hat Katrina – die Bedienung – extra den gewohnten Tisch für zwei Personen in der Ecke für mich reserviert.«

Er war erschreckend bleich und klappte kurz die blauen, blutunterlaufenen Augen zu.

»Es war alles ganz normal. Aber das ist es jetzt nicht mehr. Ich bestellte eine Soja-Latte und ging meine Unterlagen durch. Ich habe bei Terminen gerne die Hauptinfos im Kopf. Es war relativ voll. Wissen Sie, die Bar ist nicht besonders groß, aber das Personal ist freundlich, und sie wird sehr gut geführt. Deshalb treffe ich mich gerne dort mit Kunden und sitze bei diesen Treffen vorzugsweise an dem kleinen Zweiertisch, der in der Ecke steht. Katrina brachte meine Latte, ich hätte sie noch um ein Glas Wasser für meine Tablette bitten wollen, weil ich plötzlich Kopfweh hatte, aber dann waren die Bienen da.«

»Bienen?«, wiederholte Eve.

»Oder eher Wespen, sie waren riesengroß.« Er atmete erschaudernd ein. »Sie waren unglaublich groß. Ich wurde als Junge mal gestochen, auf der Farm von meinem Großvater in Pennsylvania. Sie kamen in einem riesengroßen Schwarm. Ich kann mich noch genau daran erinnern, wie sie summend auf mich eingestochen haben, während ich davongelaufen bin. Seither habe ich eine Todesangst vor diesen Biestern. Das klingt sicher dämlich, aber …«

»Nein, das tut es nicht«, fiel ihm Peabody ins Wort.

Obwohl er dankbar lächelte, holte er weiter hektisch Luft. »Ich glaube, ich bin aufgesprungen, denn der Anblick dieser Viecher hat mich unglaublich erschreckt. Ich habe auf sie eingeschlagen, als sie dann auf Katrina losgegangen sind, habe ich auch sie geschlagen, um die Biester zu verscheuchen, und mit einem Mal … meine Phobie hat offensichtlich Halluzinationen bei mir ausgelöst, denn plötzlich hat Katrina ihren Mund geöffnet, und die Bienen sind aus ihr herausgeschwärmt. Das war total verrückt. Ich muss in vollkommene Panik ausgebrochen sein. Sie kamen aus ihr heraus, und ihre Augen und ihr Körper haben sich total verändert. Mir ist klar, das klingt vollkommen irre, aber plötzlich sah das arme Ding wie eine riesengroße Biene aus. Wie in einem Horrorfilm. Was Sie bestimmt nicht weiterbringt.«

»Uns hilft alles, was Sie uns erzählen können, ganz egal wie abgefahren es auch klingt.«

»Hübsche Serviererinnen werden nicht einfach zu riesengroßen Bienen, aber es wirkte erschreckend echt. Überall um mich herum hörte ich Summen und Geschrei, dann brach in der Bar die Hölle los. Ich glaube … ich bin mir nicht sicher, aber offenbar habe ich meinen Stuhl gepackt und bin damit auf Katrina losgegangen. Ich habe in meinem ganzen Leben niemals irgendjemandem auch nur ein Haar gekrümmt, aber ich habe Katrina mit dem Stuhl geschlagen und versucht davonzulaufen, doch die Bienen haben mich gestochen, eins der Biester hat mir seinen Stachel quer durch das Gesicht gezogen, es hat sich angefühlt, als gingen diese Bestien mit Messern auf mich los. Dann bin ich gestürzt, und die verdammten Viecher waren überall, bevor ich ohnmächtig geworden bin. Als ich wieder zu mir kam, sah ich jede Menge Leute auf dem Boden liegen, überall war Blut, und etwas – jemand – lag auf meinem Bauch. Ich schob ihn von mir herunter und erkannte, dass er tot war. So wie all die anderen Leute auch. Kurz darauf erschien die Polizei, und ich wurde ins Krankenhaus gebracht.« Er schluckte erschüttert.

»Ich weiß nicht, ob Katrina noch am Leben ist. Sie ist so jung und träumt davon, zum Film zu gehen.«

Eve trat wieder in den Flur, blieb dort kurz stehen und wog ihre Möglichkeiten ab. »Versuchen Sie, auch noch mit anderen Überlebenden zu sprechen«, bat sie ihre Partnerin. »Falls Ihnen das gelingt, erwarte ich so schnell es geht einen ausführlichen Bericht. Ich muss wissen, wie genau es zeitlich abgelaufen ist. Ich selber fahre erst einmal ins Leichenschauhaus, um zu hören, ob Morris uns bereits etwas sagen kann.«

»Ich habe keine Bienen, weder groß noch klein, und keine Monster in der Bar gesehen. Was könnte der Grund für diese kurzfristigen, ausgeprägten Halluzinationen unserer beiden Überlebenden gewesen sein?«

»Das finden wir am besten schnellstmöglich heraus. Denken Sie an den Bericht, und schreiben Sie dort alles, was wir bisher herausgefunden haben, sowie alles, was Sie hier vielleicht noch in Erfahrung bringen, rein«, meinte Eve und fügte nachdenklich hinzu: »Er wurde gerade erst bedient.«

»Wer? Brewster?«

»Ja. Er hat gesagt, die Bienen wären gekommen, als die Kellnerin mit seiner Latte kam. Die Halluzinationen haben also angefangen, noch bevor er auch nur einen Schluck getrunken hat. Das heißt, dass die Getränke und das Essen sauber waren. Wir sehen uns auf dem Revier.«

Auf dem Weg zurück zum Parkplatz rief sie Feeney an. »Habt ihr schon was rausgefunden?«

»Wie bei Aufnahmen vom Eingang einer Bar nicht anders zu erwarten, sieht man Leute rein- und rausgehen. Um 17.22 Uhr kommt eine Frau im Businesskostüm, vielleicht Mitte dreißig, raus. Zehn Sekunden später gehen zwei andere Frauen rein. Um 17.29 Uhr haben wir einen Mann und eine Frau – Mitte bis Ende zwanzig – die beim Rausgehen miteinander streiten. Dann stürmt sie davon, er ruft ihr hinterher, geht in Richtung seines Wagens, überlegt sich's dann noch einmal, will wieder in die Bar, überlegt es sich ein zweites Mal und geht ihr nach. 17.32 Uhr kommen zwei Anzugträger raus und trennen sich, bevor der eine Richtung Norden und der andere nach Süden geht.«

»Eine Gesichtserkennung dieser Leute wäre nicht schlecht.«

»Wird erledigt«, sagte er ihr zu. »Auf den Handys, die wir bisher durchgegangen sind, sehen wir jede Menge Leute, die erst locker drauf sind und dann plötzlich fluchen oder anfangen herumzuschreien. Wir haben ein paar Audioaufnahmen, die sehr hässlich, aber davon abgesehen nicht wirklich hilfreich sind.«

»Ich bin auf dem Weg ins Leichenschauhaus. Vielleicht hat ja Morris was für mich. Bring alles, was du hast, zum Briefing mit, dann gehen wir es zusammen durch.«

»Die Sache ist schon zu den Medien durchgedrungen, Dallas. Es waren einfach zu viele Leute – Polizisten, Sanitäter, Schaulustige – da. Wobei bisher niemand Einzelheiten weiß. Bisher ist die Rede entweder vom Anschlag einer Gang oder von einer Kneipenschlägerei, die ausgeartet ist.«

»Wir selber geben keinen Kommentar ab, bis wir wissen, was es wirklich war, und achten darauf, dass aus unseren Abteilungen auch weiter nichts nach außen dringt.«

»Auf jeden Fall. Dein Mann hat mir die Liste aller Angestellten und den Schichtplan überlassen und sieht sich die elektronischen Geräte seines Ladens an.« Feeney machte eine Pause, blickte über seine Schulter, und als niemand in der Nähe war, erklärte er: »Bisher spricht niemand aus, was jeder denkt.«

»Dabei sollte es auch erst mal bleiben«, antwortete Eve, denn ihr war klar, dass er von Terrorismus sprach. »Wir bleiben in Kontakt.«

Sie legte auf, fuhr los und sagte sich, dass sie sich besser erst einmal einfach an die Fakten – handfeste Beweise, den zeitlichen Ablauf, Namen und Motive – hielt und wie in jedem anderen Fall eins nach dem anderen tat.

CiCi Way und ihre Freunde hatten etwas getrunken, eine Kleinigkeit gegessen, beide Frauen hatten die Toilette aufgesucht und waren in die Bar zurückgekehrt. Dann hatte CiCis Freundin plötzlich nicht mehr als sie selbst, sondern als Monster ihrem Freund gewaltsam eine Gabel ins Gesicht gerammt.

Brewster war allein im *On the Rocks* gewesen. War hereingekommen, hatte seinen Stammplatz eingenommen, und bevor er etwas trinken oder essen konnte, hatte die Bedienung sich urplötzlich in ein riesiges Insekt verwandelt, woraufhin er auf sie losgegangen war.

Eine ganze Kneipe voll mit Angestellten und mit Anzugträgern hatte sich in eine mörderische Kampfzone verwandelt, in der circa zwölf Minuten lang jeder auf jeden losgegangen war. Neben über achtzig Toten hatten nicht einmal zwei Handvoll Menschen das Massaker überlebt.

Die beiden Überlebenden, mit denen sie sich hatte unterhalten können, hatten plötzlich Kopfschmerzen gehabt und konnten sich nur undeutlich daran erinnern, was passiert war, doch die Halluzinationen hatten sich nach kurzer Zeit wieder gelegt.

Zumindest für den Augenblick waren sie wieder völlig klar. Doch niemand wusste, ob sich nicht noch einmal wiederholen würde, was ihnen im *On the Rocks* geschehen war.

Sie betrat das Leichenschauhaus und nahm ungewohntes Treiben in dem langen, weißen, für gewöhnlich totenstillen Tunnel wahr. In Schutzkleidung gehüllte Angestellte liefen mit erschöpften Mienen eilig hin und her, auf dem Weg zu Morris' Autopsieraum roch es nach noch frischem Tod.

Er hatte drei Leichen auf den Tischen liegen, wahrscheinlich bewahrte er noch andere in der Nähe auf. Er trug einen durchsichtigen Kittel über seinem Hemd und seiner Hose, hörte eine leise, wehmütige Melodie und hielt seine versiegelten Hände mit dem Blut der Toten in die Luft.

»Wir beide haben heute Abend wirklich alle Hände voll zu tun«, bemerkte er. »Auf die uns eigene seltsame, verdrehte Weise lieben Sie und ich die Arbeit, die wir tun. Aber das hier? Das ist etwas, was uns beide auf die Probe stellt.«

Er legte behutsam ein Gehirn auf eine Waage und gab den Befehl zur Analyse ein.

»So viele Tote«, fuhr er fort. »Ich frage mich, auf wessen Konto all diese Leben gehen. Weshalb sollte irgendjemand wollen, dass sich viele Menschen, die ihm größtenteils wahrscheinlich nie zuvor begegnet sind, einander an die Gurgel gehen?«

»Ist es so? Sind Sie sich sicher, dass es so war?«

»Unsere Nummer drei.« Er wies auf eine tote Frau. »Unter ihren Nägeln und selbst zwischen ihren Zähnen hat sie fremdes Fleisch. Unser erster Toter ist nicht nur mit seinem eigenen, sondern auch mit fremdem Blut verschmiert, und unsere Nummer zwei hat tiefe Schnittwunden in den Fingern und in der Handfläche der rechten Hand. Sie stammen von einer Glasscherbe, die er sogar im Tod noch festgehalten hat. Und zwar auf diese Art.«

Morris packte seine Hand, als hielte er ein Messer fest. »Seine Handfläche ist bis zum Knochen aufgeschlitzt. Ich habe Mitarbeiter auf die anderen Leichen angesetzt, und die Berichte, die sie mir bisher erstattet haben, stimmen alle überein. Angriffs- und Abwehrverletzungen, Kratz- und Bisswunden, Fleisch und Blut unter Nägeln und auch zwischen Zähnen. Einige der Bisswunden sind gravierend, in ein paar Speiseröhren haben wir Menschenfleisch entdeckt.«

»Herr im Himmel.«

»Oder welche andere Gottheit man auch immer hier um Beistand bitten will.« Er trat vor eine Spüle und wusch Blut und anderes von seinen Händen ab. »Ihre Überlegungen vor Ort zum Todeszeitpunkt und zur Todesursache in allen drei Fällen waren korrekt. Wollen Sie meine Meinung hören?«

»Unbedingt.«

»Die genauen Todesursachen in diesen Fällen sind wahrscheinlich weniger bedeutsam als die Frage, was diese normalen Menschen derart hat durchdrehen lassen. Würgemale, Stich- und Bissverletzungen, zertrümmerte Knochen, eingeschlagene Schädel. Es gibt praktisch nichts an Grauen, was es hier nicht gegeben hat.«

»Trotzdem brauchen wir die Todesursachen in allen Fällen.«

»Alles klar.«

Sie ergriff die rechte Hand von Opfer Nummer zwei und betrachtete den breiten, tiefen Schnitt. »Eine solche Wunde hätte ihn doch dazu bringen sollen, dass er wie ein Baby schreit und die verdammte Scherbe fallen lässt.«

»Das sollte man meinen.«

»Ich muss so schnell wie möglich wissen, ob etwas im Blut der Leute war.«

»Okay. Wir haben im Labor Bescheid gegeben, dass es wirklich dringend ist. Womit man sich dort keine Freunde macht.«

»Höchste Zeit, dass der verdammte Sturschädel einmal von seinem hohen Ross herunterkommt.«

»Ich habe gehört, er würde an gebrochenem Herzen leiden«, klärte Morris sie mit amüsierter, aber gleichzeitig auch mitfühlender Stimme auf.

»Vor allem leidet er an grenzenloser Arroganz.«

»Da haben Sie leider recht. Aber wie dem auch sei, sind er und ein paar andere extra ins Labor gekommen, um die Untersuchungen noch heute Abend durchzuführen, und ihr erster Bericht bestätigt, wovon ich selbst schon ausgegangen bin.«

Er sah sie fragend an. »Wollen Sie es kurz und einfach oder wissenschaftlich und komplex?«

»Kurz und einfach reicht mir erst mal aus.«

»Die bisherigen Proben weisen Spuren eines hochkomplexen Chemikaliencocktails auf ... in den Nasenschleimhäuten der Opfer, auf der Haut, in Mund und Hals sowie in ihrem Blut.«

»Sie haben es eingeatmet. Also war es in der Luft.«

»Sie haben es eingeatmet«, pflichtete Morris ihr bei. »Diesen ganz speziellen Cocktail – eine Abwandlung von Zeus, konzentriertem LSD, Rush, Peyote, synthetischem Adrenalin und Testosteron sowie ein, zwei anderen Elementen, die ich noch nicht eindeutig benennen kann – habe ich bisher noch nicht gehabt.«

»Das ist ja wohl kein Cocktail, sondern ein Gebräu aus der Hexenküche.«

»Ja, Sie haben recht. Der Ausdruck trifft es eher. Sie haben das Zeug vermischt und einen hochreaktiven Virus draus gekocht. Meiner Meinung nach kann dieses seltsame Rezept jeden dazu bringen, dass er Dinge sieht, die es nicht gibt, und mit Gewalt auf diese Bilder reagiert.«

»Glauben Sie?« Eve wandte sich an Opfer Nummer eins. Joseph Cattery, erinnerte sie sich, oder zumindest das, was von ihm übrig war.

Er verzog den Mund zu einem schmalen Lächeln. »Um es wieder kurz und einfach auszudrücken: Wenn man einen Menschen dieser Mischung aussetzt, dreht er völlig durch. Wobei ich davon ausgehen muss, dass die besonders schnelle Infektion zumindest teilweise auf die Bestandteile, die ich noch nicht benennen kann, zurückzuführen ist.«

»Die Wirkung hält nicht lange an. Nach circa zwölf Minuten war's vorbei.«

»Diese zwölf Minuten haben völlig ausgereicht. Aber wie die Mischung in die Luft gekommen ist, ob und wenn ja, weshalb der Mensch, der sie freigesetzt hat, selbst entkommen ist, und warum die Symptome innerhalb von wenigen Minuten bereits wieder abgeklungen sind, weiß ich bisher noch nicht.«

»Er hat die Mischung freigesetzt?« Wenn ja, dann ganz eindeutig innerhalb der Bar. Kurz vorher waren Leute ungeschoren rein- und rausgegangen, unter anderem das Paar, das Feeney auf den Bildern hatte streiten sehen.

Wie genau hatten die Leute sich mit dem verdammten Cocktail infiziert?

»Niemand hat davon gesprochen, dass er eine Wolke hat niedergehen sehen. Jemand hat die Luft in der Bar mit einem halluzinogenen Cocktail versetzt, damit sich die Leute entweder über die Lunge oder durch Berührung damit infizieren? Und zwar gleichzeitig im Hauptraum, in der Küche und auf den Toiletten, ohne dass, soweit wir wissen, etwas von dem Zeug nach außen dringt? Wer zum Teufel denkt sich eine solche Scheiße aus?«

»Das herauszufinden wäre Ihrer oder Miras Job. Ich kann Ihnen nur sagen, dass diese drei Leute heute früh noch relativ gesund gewesen sind. Mit Drogen hatten sie anscheinend nichts zu tun, sie alle haben in der letzten halben Stunde vor dem Tod noch Alkohol getrunken und etwas gegessen, und sie alle weisen Angriffs- und Abwehrverletzungen auf.«

»Wie sieht's mit den Gehirnen aus?« Sie nickte mit dem Kopf in Richtung des Gehirns, das auf der Waage lag. »Bei den Selbstmorden durch Gedankenkontrolle hatten alle Opfer winzige Verbrennungen am Hirn.«

»Die gibt's hier nicht.« Er trat vor den Computer und rief alle bisherigen Analysen auf. »Weder bei einem dieser drei noch bei einem von den anderen Toten, für die die Kollegen zuständig sind. Natürlich sind die Untersuchungen noch nicht abgeschlossen, aber bisher sieht es aus, als verursache der Cocktail keine anderen dauerhaften Schäden als den Tod.«

»Was Dauerhafteres als den Tod gibt es wohl kaum.« Sie steckte ihre Hände in die Taschen und sah sich die Toten noch mal an. »Sobald Sie noch etwas finden, geben Sie mir umgehend Bescheid.«

»Sie gehen davon aus, dass dies die erste, aber nicht die letzte derartige Tat gewesen ist?«

»Wenn es nicht eine vollkommen verdrehte Form von Selbstmord war und wer auch immer das getan hat, hier auf einem Ihrer Tische liegt, dann ja. Warum sollte er jetzt aufhören, nachdem es das erste Mal so gut gelaufen ist?«

»Dann lassen Sie uns hoffen, dass er irgendwo hier liegt. Weil es ansonsten jederzeit und überall jeden von uns treffen kann.«

Morde konnten jeden treffen, jederzeit und überall, dachte sie auf der Rückfahrt zum Revier. Sie hatte oft genug gesehen, wozu Menschen entweder aus Liebe oder Rache oder des verdammten Geldes oder irgendwelcher Machtgelüste wegen fähig waren. Oder einfach weil es möglich war. Ein Massenmord jedoch zeichnete ein noch düstereres Bild, und wenn ein Täter seine Opfer selbst als Waffen nutzte, zeigte das, dass er besonders grausam war.

Morris hatte recht. Das war eindeutig Miras Fachgebiet. Sie blickte auf die Uhr, schüttelte den Kopf und rief Chefpsychologin Dr. Charlotte Mira statt in ihrer Praxis kurzerhand zu Hause an.

Nach dem dritten Läuten tauchten Miras ruhige, hübsche Züge auf dem Bildschirm auf. »Eve. Was kann ich für Sie tun?«

»Ich habe einen neuen Fall.«

»Wir haben in den Nachrichten gehört, dass es in einer Kneipe in der Innenstadt mehrere Tote gab.«

»Genau das ist der Fall. Tut mir leid, dass ich mit meinem Anruf Ihren Feierabend störe, aber bitte kommen Sie umgehend aufs Revier. Ich habe für halb elf ein Briefing in der Sache angesetzt. Wir haben momentan eine Nachrichtensperre in der Angelegenheit verhängt. Es wird bestimmt nicht lange dauern, bis die Journalisten wissen, was passiert ist, aber zunächst informieren wir die Öffentlichkeit besser nicht. Ich brauche Sie in diesem Fall, und zwar so schnell es geht.«

»Ich fahre sofort los.«

»Danke. Übrigens, ist Mr. Mira auch zu Hause?« Dennis Mira mit seinen verschiedenen Socken und dem warmen, warmen Blick.

»Ja. Er sitzt hier neben mir.«

»Vielleicht könnten Sie ihm sagen, dass er heute Abend nur zur Vorsicht das Haus besser nicht verlässt.«

»Wie schlimm ist es, Eve?«

»Das kann ich noch nicht sagen. Das ist das Problem. Sie werden bei dem Briefing hören, worum es genau geht.«

Sie legte auf, und plötzlich fielen ihr Mavis, Leonardo

und das Baby ein. Sie könnte Mavis anrufen und sagen, dass sie erst einmal zu Hause bleiben sollten. Was jedoch auf Dauer keine Lösung war.

Trotzdem schrieb sie ihrer Freundin eine kurze Textnachricht, als sie in der Garage des Reviers aus ihrem Wagen stieg.

Kann nicht reden und auch nichts erklären. Bleib einfach in der Wohnung, bis ihr wieder von mir hört.

Dann dachte sie an ihre Stadt und die Millionen Menschen, die in Bars, in Restaurants, in Läden, in Museen und Theater gingen und mit Bussen, Taxis oder mit der U-Bahn fuhren.

Sie hatte keine Möglichkeit, sie alle zu beschützen, die hatte sie auch vorher nie gehabt. Wenn nicht einer von den Toten, die im Leichenschauhaus lagen, schuld an über achtzig Todesfällen wäre, würden auch noch andere sterben.

Auch wenn sie nicht wusste, wo und wann.

3

Sie ging direkt in ihr Büro und schloss die Tür hinter sich, was sie nur selten tat.

In dem kleinen Raum mit seinem einen, winzig kleinen Fenster ließ sie sich in den Schreibtischsessel fallen und achtete nicht auf das Blinken des ABs von ihrem Link.

Wenn es ihr gelänge, würde sie die nächste Viertelstunde nutzen und sich darauf konzentrieren, alles, was sie bisher wusste, alles, was sie selbst gesehen und erzählt bekommen hatte, jede Einzelheit, jedes Gespräch und jede Überlegung schriftlich festzuhalten, um zu sehen, ob ihr unter Umständen ein winziges Detail nicht aufgefallen war.

Während sie alle Informationen noch einmal rückwärts durchging, um das Timing sowie ein paar andere Details zu überprüfen, teilte Peabody ihr mit, sie wäre auf dem Weg.

Da sie trotzdem keine Zeit damit verlieren wollte, die Routinearbeit ihrer Partnerin zu überlassen, druckte sie persönlich Aufnahmen vom Tatort und von den Opfern aus, rief die eingegangenen Nachrichten auf dem Computer auf und trug die eingegangenen Namen der inzwischen identifizierten Überlebenden und Todesopfer in die Liste ein.

Die Verständigung der nächsten Angehörigen würde ein Albtraum, dachte sie, denn schließlich hatten sie es in diesem Fall mit Dutzenden von Hinterbliebenen zu tun.

Als es an der Tür klopfte, öffnete sie den Mund, ohne aufzusehen, doch bevor sie eine harsche Antwort geben konnte, wurde die Tür bereits geöffnet und ihr Mann betrat den Raum.

Offenbar war er nicht weniger gereizt und angespannt als sie.

»Man sagte mir, du wärst zurück«, erklärte er ihr knapp. »Ich brauche erst mal einen anständigen Kaffee statt der Plörre, die es bei den elektronischen Ermittlern gibt.« In ihrem AutoChef gab es immer den Kaffee, den er ihr persönlich besorgte und mit dem er sie umworben hatte. Da er auf ihrem Schreibtisch keinen Becher stehen sah, bestellte er ihr einen Kaffee mit.

»Ich weiß, dass du beschäftigt bist.« Er hielt ihr den vollen Becher hin.

»Das sind wir alle.«

»Leider können wir dir kaum etwas anders sagen, als du bereits weißt.« Er blickte auf die Aufnahmen, die sie sortierte, und stieß einen leisen Seufzer aus. »Wir können nur bestätigen, wann das Gemetzel angefangen, wie lange es gedauert und dass es nur in der Kneipe stattgefunden hat. Man hört sie schreien. Man hört die Leute furchtbar schreien.«

»Ich könnte sagen, dass du uns nicht helfen musst.«

»Das könntest du.«

»Aber das werde ich nicht tun.«

»Obwohl es besser wäre, auch wenn es im Grunde keine Rolle spielt, dass mir die Bar gehört.«

»Das wissen wir noch nicht. Es könnte schließlich sein, dass dieser Anschlag dir gegolten hat, dass sich jemand an dir rächen will oder einfach wütend auf dich ist.«

Er strich ihr sanft über das Haar. »Aber das glaubst du

nicht, denn wenn es so wäre, hätte man doch besser einen Ort gewählt, an dem ich mich selber aufgehalten hätte. Eins der Restaurants, in denen ich Geschäftsessen abhalte, oder vielleicht sogar das Foyer von meinem Firmensitz.« Er trat ans Fenster, starrte auf das großstädtische Treiben und fügte hinzu: »Es geht bei diesem Anschlag nicht um mich. Er hat wirklich nichts mit mir zu tun.«

»Die Chance ist gering, aber ganz ausschließen kann ich es nicht. Genauso wenig wie die Möglichkeit, dass eins der Opfer im Visier des Täters stand oder dass es ihm im Grunde nicht um diese Leute, sondern um etwas ganz anderes geht. Die ganze Sache ist erst ein paar Stunden her. Vielleicht bekommen wir oder wahrscheinlich eher die Medien ja noch eine Mitteilung, in der sich irgendjemand oder irgendeine Gruppe zu der Tat bekennt.«

»Das ist es, was du hoffst.« Er wandte sich ihr wieder zu. »Ein Bekenneranruf oder -schreiben wäre eine Spur, die du verfolgen kannst.«

»Ja. Wobei es natürlich noch besser wäre, wenn wir einen wirren Abschiedsbrief in der Tasche, in der Wohnung oder meinetwegen auch am Arbeitsplatz von einem unserer Opfer fänden.«

Er kannte ihr Gesicht und ihre Stimme ganz genau. »Aber du glaubst nicht, dass das passieren wird.«

»Ausschließen kann ich es bisher nicht. Und tatsächlich wäre das die beste Lösung dieses Falls.«

»Doch zynisch, wie wir beide nun mal sind, glauben wir nicht, dass man die Antworten auf ein Problem auf einem silbernen Tablett serviert bekommt.«

Ihm konnte sie Dinge sagen, über die sie sonst mit kaum jemandem sprach. »Es ist noch nicht vorbei. Das habe ich sofort gespürt, nachdem mir klar wurde, was dort geschehen war. Vielleicht sogar, bevor ich mit den beiden Überlebenden im Krankenhaus gesprochen habe. Die paar Leute, die bei dem Gemetzel nicht gestorben sind, werden die Erinnerung ihr Leben lang mit sich herumtragen. Verdammt, wahrscheinlich haben diese Menschen Mitmenschen, die sie kannten, mochten und womöglich sogar liebten, umgebracht. Wie sollen sie damit zurechtkommen, wenn ihnen aufgeht, was genau geschehen ist?«

Sie konnte sich nicht erinnern, dass je zuvor ein Täter derart grausam vorgegangen war.

»Es ist schon schwer genug, damit zu leben, wenn man einen Menschen, um sein eigenes Leben oder das von jemand anderem zu schützen, töten muss. Nach dem Briefing müssen wir damit beginnen, die Angehörigen der Opfer zu verständigen. Das heißt, dass es bis morgen früh Dutzende von trauernden Familien geben wird. Wer auch immer hinter diesem Anschlag steckt, wird das als riesigen Erfolg verbuchen.«

Er trat neben sie, weil sie es brauchte, selbst wenn sie sich das nicht eingestand.

»Hat Feeney schon mit der Gesichtserkennung von den Gästen, die er vor der Bar gesehen hat, begonnen?«

»Als ich eben ging, hatte er gerade einen seiner Leute darauf angesetzt. Es dürfte nicht besonders schwierig sein, die beiden Frauen zu identifizieren, die zusammen reingegangen sind, denn die Gesichter waren sehr gut zu sehen. Die Leute zu erkennen, die die Bar verlassen haben, dürfte etwas länger dauern, weil die Kamera sie nur von hinten oder von der Seite aufgenommen hat.«

»Die Frauen, die das Lokal betreten haben, sind nicht wieder rausgekommen. Sie sind also tot oder liegen im Krankenhaus.«

Er berührte fast unmerklich ihre Hand. »Weißt du, wie er es angestellt hat?«

»Wenigstens zum Teil. Aber darauf gehe ich gleich bei dem Briefing ein.«

»Okay.« Abermals trat er ans Fenster und sah auf die Flieger in der Luft, die Wolkenkratzer und die Straßenschlucht. »In Dublin fanden während meiner Kindheit teilweise noch letzte Kämpfe statt, obwohl die Innerstädtischen Revolten längst vorüber waren. Manche Aufständische und Soldaten waren einfach zu wütend oder unbeugsam, um die Kämpfe einzustellen, und hin und wieder gingen irgendwelche selbst gebauten Bomben hoch, die alles andere als berechenbar waren. In einem Wagen, einem Laden oder auch nach einem Wurf durchs Fenster irgendeines Wohnhauses. Man lernte, mit der Angst zu leben und mit seinem Alltag fortzufahren.«

Er sah sie wieder an. »Aber das hier ist eine Steigerung. Das ist bedrohlicher als eine gut platzierte Bombe, weil man so auf einen Schlag noch mehr Menschen treffen kann.«

»Bisher sprechen wir noch nicht von Terrorismus.«

Eine Spur des Zorns, den sie schon in der Bar gesehen hatte, huschte über sein Gesicht. »Natürlich ist es Terrorismus, was denn sonst? Selbst wenn sich herausstellt, dass es eine einmalige Aktion war. Falls es noch einen Anschlag gibt, mischt sich garantiert der Heimatschutz in diese Sache ein.«

Sie sah ihn reglos an und hatte das Gefühl, als steigere seine Wut sich noch. »Wegen dieser Typen mache ich mir keine Sorgen. Damit werde ich mich auseinandersetzen, wenn es so weit ist.«

Er trat auf sie zu und nahm zärtlich ihre Hand. »Dann verspreche ich dir, dass du dir auch meinetwegen keine Sorgen wegen dieser Typen machen musst.«

Er hatte einzig ihr zuliebe seinen Wunsch nach Rache an den Mitgliedern des Heimatschutzes unterdrückt. Seinen Wunsch nach Rache an den Typen, die sich für ihre Hilferufe und ihr Flehen taub gestellt hatten, während sie als kleines Kind in Dallas ein ums andere Mal von ihrem Vater vergewaltigt und misshandelt worden war. Sie hatte es gebraucht, dass er die Angelegenheit auf sich beruhen ließ, und ihr zuliebe hatte er von einer Umsetzung seiner Vergeltungspläne abgesehen.

»Das mache ich auch nicht«, gab sie zurück und drückte seine Hand. »Und genauso wenig möchte ich, dass du dir meinetwegen Sorgen wegen dieser Typen machst.«

»Du leidest immer noch darunter, dass du noch einmal in Dallas warst, und unter all den Dingen, die erst vor ein paar Wochen dort geschehen sind. Das sieht man dir vielleicht nicht an, geliebte Eve, aber ich weiß, dass es so ist. Dass ich mir manchmal Sorgen um dich mache, ist einfach ein Teil von meinem Job. Das gehört zum Eheleben nun einmal dazu.«

»Auch damit werden wir uns auseinandersetzen, wenn es so weit ist. Und jetzt muss ich in den Besprechungsraum, denn schließlich löst sich dieser Fall nicht von allein.«

»Ich komme mit und helfe dir dort bei den Vorbereitungen«, bot er an und folgte ihr ins Konferenzzimmer, wo Peabody schon bei der Arbeit war.

»Ihre Tür war zu«, wandte sie sich an Eve. »Also bin ich gleich hierhergegangen. Ich habe schon mal den zeitlichen Ablauf und die Liste unserer Opfer an der Tafel aufgehängt, jetzt drucke ich noch die Passfotos der Toten und die Aufnahmen vom Tatort aus.«

»Das habe ich bereits getan.«

»Oh«, entfuhr es Peabody. Sie wirkte leicht gekränkt, doch schließlich riss sie sich zusammen und nickte zustimmend. »Okay. Dann hänge ich sie auf. Wir haben übrigens noch einen Toten mehr. Eins der operierten Opfer ist verstorben, dem zweiten geht es gut und das dritte, eine Frau, ist noch nicht über den Damm. Das vierte Opfer ist noch im OP, und der Typ, der im Koma lag, als wir dort waren, ist immer noch nicht aufgewacht. Dafür war ein anderes Opfer ansprechbar, ein gewisser Dennis Sherman, der ein Auge eingebüßt hat. Er arbeitet bei Copley Dynamics, einer Firma, die im selben Haus, aber in einem anderen Stock liegt als die Firma, bei der CiCi tätig ist.«

»Die Welt ist echt ein Dorf.«

»Wir leben hier in einer riesengroßen Stadt, aber jedes Viertel ist für sich genommen wirklich wie ein Dorf.«

»Ich wette, er war regelmäßig in der Bar.«

»Die Wette haben Sie gewonnen«, bestätigte Eves Partnerin. »Sie war sein Stammlokal. Heute Abend war er nach der Arbeit noch mit zwei Kollegen dort. Die beiden anderen waren schon gegangen, aber er hat sich noch mit dem Theker unterhalten, weil sie beide ausgemachte Sportfans sind. Soweit er sich erinnert, haben sie im einen Augenblick noch miteinander rumgeblödelt und im nächsten knallt der Theker eine Flasche auf den Tresen und zieht Sherman eine Scherbe durchs Gesicht. An viel mehr kann er sich nicht erinnern. Ich habe die Unterhaltung aufgezeichnet, er hat davon gesprochen, dass der Laden plötzlich voller Wasser war und Haie ihn umkreist haben, die Stücke aus seinem Gesicht herausgerissen haben, und dass er, um sich zu wehren, mit einem Messer auf sie losgegangen ist.«

»Haben Sie die Namen der Kollegen?«

»Ja, Ma'am. Ich habe so viel wie möglich aus ihm rausgeholt, obwohl man mich nur fünf Minuten mit ihm hat reden lassen. Der Patient, der's nicht geschafft hat, war im Übrigen der Theker, von dem Sherman sprach.« Sie blickte kurz auf Roarke. »Es tut mir leid.«

»Mir auch.«

»Dann hängen wir jetzt besser erst einmal die Bilder und die anderen Ausdrucke, die ich hier habe, auf«, erklärte Eve.

»Das übernehme ich«, erbot sich Roarke.

»Konnte Morris Ihnen schon was sagen?«, fragte Peabody, als sie und Eve mit der Tafel fertig waren.

»Sie haben ein ekliges Gebräu aus Psycho- und anderen Drogen in die Bar gepustet.«

»Es war in der Luft?«

»Die Leute haben es eingeatmet und zum Teil auch auf der Haut. Wir wissen noch nicht alle Einzelheiten, aber das Labor ist dran, nach dem Briefing fahren wir dort vorbei.«

Es dauerte ewig, die Gesichter mit den Namen zu verbinden und die Tafel mit den Aufnahmen von Blut und Tod zu übersäen. Kurz bevor sie damit fertig waren, wurde die Tür geöffnet, und Commander Whitney kam herein.

»Wir haben fast alles vorbereitet, Sir.«

»Lieutenant, Ihr Bericht war kurz, hat aber seine Wirkung nicht verfehlt.«

»Ich wollte, dass Sie umgehend möglichst viele wichtige Informationen zu dem Fall bekommen. Wir haben noch ...«

Durch Heben einer Hand gebot er ihr zu schweigen und sah sich die Bilder an der Tafel an.

Er war ein großer, breitschultriger Mann mit einem dunklen, breitflächigen Gesicht und Silberfäden in dem kurz geschnittenen Haar. Als er die Bilder ansah, konnte sie die Anspannung in seiner Haltung und den mühsam unterdrückten Stress in seiner Miene sehen, denn die Falten rund um seinen Mund traten noch deutlich hervor als sonst.

Commander Jack Whitney war von Kopf bis Fuß eine Respektsperson, die eine schwere Last auf ihren Schultern trug.

»All das ist in weniger als einer Viertelstunde passiert?«

»Innerhalb von zwölf Minuten, Sir.«

»Und es gibt zweiundachtzig Tote.«

»Dreiundachtzig. Einer der Überlebenden ist im OP verstorben, Sir.«

Schweigend wandte er sich abermals der Tafel zu, als Mira tadellos frisiert und in einem taubenblauen Kostüm hereinkam und neben ihn vor die Tafel trat.

»Danke, Dr. Mira, dass Sie gleich gekommen sind.«

Sie schüttelte den Kopf. »Ich habe Ihren knappen, vorläufigen Bericht gelesen, Eve, und ich bin froh, dass Sie mich angerufen haben.«

Nacheinander tauchten auch die anderen auf. Die elektronischen Ermittler Feeney, Ian McNab sowie Detective Callendar, Trueheart, Baxter und der Rest des Teams. Sie alle sahen sich die Tafel an, bevor sie Platz nahmen, und es war völlig still im Raum, obwohl er voller Polizisten war.

Fang an, sagte sich Eve und trat ans Kopfende des Tischs.

»Heute Abend um kurz nach halb sechs wurden neunundachtzig Menschen mit einer Substanz infiziert, mit der jemand anscheinend vorsätzlich die Luft im *On the Rocks,* einer Kneipe in der Lower West, versetzt hat. Zeugenaussagen und Kamera- und Handyaufnahmen zufolge wissen wir, dass in der Bar zwischen drei nach halb sechs und Viertel vor die Hölle los gewesen ist. Das war der Moment, in dem das letzte bisher untersuchte Opfer in der Bar verstorben ist.«

Die anderen Polizisten rechneten kurz nach und rissen ihre Augen auf, als sie erkannten, dass all diese Menschen innerhalb von zwölf Minuten umgekommen waren.

»Wann genau diese Substanz dort freigesetzt wurde, ist bisher nicht bekannt«, fuhr Eve mit kalter Stimme fort. »Aber was wir wissen, ist, dass die Mischung Halluzinationen bei den neunundachtzig Menschen ausgelöst hat, woraufhin sie aufeinander losgegangen sind. Dreiundachtzig dieser Menschen sind jetzt tot, und von den sechs Überlebenden waren drei bisher nicht ansprechbar. Die Aussagen der anderen drei weisen gewisse Ähnlichkeiten auf. Sie alle hatten plötzlich Kopfschmerzen, haben Wahnvorstellungen entwickelt und sich gegen eine eingebildete Gefahr gewehrt. Dem vorläufigen Bericht des Pathologen nach haben sie die Substanz wahrscheinlich inhaliert.«

Sie nannte die Bestandteile des teuflischen Gebräus, und die Gesichter ihrer Cops verdunkelten sich immer mehr.

»Die meisten von Ihnen haben vor Ort gesehen, was dann geschehen ist. Trotzdem schauen Sie sich bitte noch einmal die Aufnahmen der Opfer eins bis acht auf dem Wandmonitor an.«

Sie rief die Bilder nacheinander auf und wartete kurz ab, bevor sie weitersprach.

»Die elektronischen Ermittler haben ein paar Handyaufnahmen aus dem Lokal zusammengestellt. Captain Feeney?«

Er stand auf und blies die Backen auf. »Einige der Opfer haben telefoniert, kurz bevor sie mit der Substanz in Kontakt gekommen sind. Wir haben elf Anrufe gefunden, von diesen fanden sieben auch noch während des Geschehens statt. In den meisten Fällen ist am anderen Ende gleich die Mailbox angesprungen oder der andere Teilnehmer hatte schon wieder aufgelegt, doch zwei Gespräche wurden fortgesetzt. Ein Anruf ging nach Freeport, wir haben die angerufene Partei schon kontaktiert, damit sie uns die Aufnahme, die ihr Gerät gemacht hat, schickt. Die betreffende Partei war jedoch während des Gesprächs und auch danach vollkommen high, deshalb haben wir die Polizei vor Ort gebeten, dieser Sache nachzugehen. Der andere Anruf ging an jemanden in Brooklyn, der Detective Callendar sein Handy bereits überlassen hat.«

Callendar, in eine enge, rote Hose und tief ausgeschnittene, gelbe Bluse gekleidet, die ihren phänomenalen Vorbau vorteilhaft zur Geltung kommen ließ, rutschte nervös auf ihrem Stuhl herum. »Jacob J. Schultz, vierundzwanzig, Single. Er war kooperativ und wenn auch nicht bekifft, so doch auf alle Fälle alkoholisiert. Er hat mir den Anruf vorgespielt und mir erklärt, sein Freund hätte sich offensichtlich einen blöden Scherz mit ihm erlaubt. Ich habe ihm nicht widersprochen, denn das hätte keinen Sinn gehabt.«

Wieder rutschte sie auf ihrem Stuhl, und die dichte Wolke schwarzer Locken wippte wild um ihren Kopf. »Er muss wirklich hackedicht gewesen sein, sonst wäre er niemals auf die Idee gekommen, dass das Zeug, das er gesehen und gehört hat, nur ein blöder Witz gewesen ist.«

»Spielen Sie uns die Aufnahme doch einmal vor.«

Nickend stand sie auf. »Das Handy ist versiegelt und liegt in der Asservatenkammer, aber wir haben eine Kopie der Aufnahme gemacht.« Sie trat vor den Computer und schob die Disketten in den Schlitz. »Auf den großen Bildschirm, Lieutenant?«

»Auf den großen Monitor.«

»Lanc Abrams, vierundzwanzig Jahre alt und Opfer Nummer ... neunundzwanzig.«

Callendar trat einen Schritt zurück, und sie sahen einen attraktiven, jungen Burschen auf dem Monitor.

»Hi, Jake! Was geht?«

»Ich räume gerade meine Kiste auf. Statt einem halben Tag braucht das verdammte Ding fast zwei. Ich bin nur froh, dass mir der Bölkstoff noch nicht ausgegangen ist.«

»Das höre ich. Ich zische gerade selbst ein Bier, und die süße Blondine, von der ich dir schon erzählt habe, sitzt direkt neben mir.«

»Die mit den Riesentitten? Nicht einmal in deinen feuchten Träumen, Mann.«

»Doch, im Ernst, und obendrein ist sie mit einer Freundin da. Warum kommst du nicht vorbei? Wir wollen noch durch ein paar Clubs ziehen und was futtern gehen. Sie hat mir erzählt, ihr Freund wäre Geschichte und sie hätte jetzt schon ewig keinen Typen mehr im Bett gehabt.«

Eve vernahm ein schlürfendes Geräusch, als Abrams' Kumpel sich den nächsten Bölkstoff durch die Kehle rinnen ließ.

»Ich soll mich extra auf die Socken machen, nur damit du bei ihr landen kannst?«

»Wie gesagt, sie ist mit einer Freundin hier.«

»Mit genauso großen Titten?«

Abrams zog eine Grimasse, während er die Hand an seine Schläfe hob. »Verdammt, am besten werfe ich erst mal eine Tablette ein. Also, wie sieht's aus? Willst du Party machen oder nicht?«

»Ich habe Bier, genug zu rauchen, und vor allem bin ich blank. Komm doch einfach mit den beiden Tussen her, dann zeige ich dir, was 'ne echte Party ist.«

»Blöder Wichser.« Abrams verzog wütend sein bisher so hübsches fröhliches Gesicht. »Wenn du keinen Bock hast, fick dich doch ins Knie.«

»Da hole ich mir lieber einen runter«, antwortete Jake ihm gut gelaunt.

»Du blöder Arsch. Wenn du nicht aufpasst, ficke *ich* dir gleich ins Knie.«

»Na klar, und bringst noch deine Ninja-Kämpfer mit. Mach ein Bild von dieser Freundin, ja? Ich möchte schließlich sehen, mit wem ich in die Kiste springen soll. Was ist das überhaupt für ein Geschrei im Hintergrund? Bist du in einem Sado-Maso-Sexclub, oder was?«

»Sie kommen.«

Hinter Abrams spritzte Blut, und jemand lief mit wie zu Krallen geformten Fingern und blutigem Gesicht an ihm vorbei.

»Sie kommen«, brüllte Abrams außer sich vor Angst. »Sie wollen uns alle umbringen.«

»Wer? He, Lance!«, rief Jake etwas besorgt, denn plötzlich wackelte das Bild, und immer wieder blitzten fremde Leute oder eher die Füße derer, die auf allen vieren durch die Kneipe krochen, auf dem Bildschirm auf. »He, Mann, ist das etwa Performance Art? Echt cool. Wo bist du, Bruder? Vielleicht komme ich ja doch noch kurz vorbei. He, Lance! Das ist echt widerlich«, stellte er lachend fest, als eine Frau, die ihre aufgerissene Kehle mit der Hand umklammerte, vornüberfiel. Jemand stolperte über die Frau, während ein anderer ihm mit einem abgebrochenen Stuhlbein auf den Schädel schlug.

»Scheiße, Mann, ich muss jetzt erst mal pissen. Ruf mich später noch mal an, okay?«

Jake legte auf, und auf dem Bildschirm war nichts mehr zu sehen.

Feeney räusperte sich und stand auf. »Wir haben das Gespräch auch auf dem Handy unseres Opfers, aber ohne Bild. Wir haben uns auch die anderen Gespräche angehört, bevor sie abgebrochen sind, und werden die Audioaufnahmen gründlich auseinandernehmen, um herauszufinden, ob es irgendwelche Schlüsselwörter oder Muster darin gibt. Ein so ausführliches Gespräch wie dieses aber gibt es nicht noch mal. Trotzdem kann ich auch die anderen zeigen, falls das von Interesse ist.«

»Nicht jetzt. Schick mir einfach eine Kopie von allem zu. Bisher haben wir keine Ahnung, wie der Cocktail in die Luft gelangt ist und was das Motiv des Täters ist. Wir haben keine Ahnung, ob der Täter oder vielleicht auch die Tätergruppe, die dahintersteckt, noch lebt oder womöglich selber umgekommen ist.«

»Sie halten es für möglich, dass das nur ein kranker Selbstmord war?«, warf Baxter ein.

»Manche Menschen wollen nicht allein oder ohne Schmerzen sterben, aber eigentlich denke ich, dass etwas anderes dahintersteckt. Denken Sie nur an die Reaktion von diesem Schultz. Er fand die Aufnahmen voll cool. Ja okay, er dachte, dass sein Freund sich einen Scherz mit ihm erlaubt, aber offensichtlich ist es unterhaltsam, dabei zuzusehen, wie sich andere Menschen gegenseitig massakrieren. Wer auch immer das getan hat, hat es meiner Meinung nach genossen, dass auf sein Betreiben hin die Hölle in der Kneipe ausgebrochen ist. Vielleicht hatte er es ganz speziell auf eins oder auf mehrere der Opfer abgesehen, trotzdem muss es wie ein Rausch für ihn gewesen sein, dass seinetwegen innerhalb von wenigen Minuten eine ganze Bar voller Leute umgekommen ist. Dr. Mira, sehen Sie das auch so, oder schätzen Sie den Täter anders ein?«

»Ich sehe es genauso«, stimmte ihr die Psychologin zu. »Er hat es ganz bestimmt genossen, in einem so kurzen Zeitraum derart viele Menschen wie Marionetten dazu zu bewegen, aufeinander loszugehen. Und er musste sich nicht einmal selbst die Hände schmutzig machen, weil die Drecksarbeit ihm von den Opfern abgenommen worden ist.«

Mit einem ruhigen Blick aus ihren blauen Augen sah sie sich die Aufnahmen der Toten an. »Ganz normale Leute«, fügte sie hinzu. »Die am Ende ihres Arbeitstages ganz normal noch einen trinken gehen. Der Täter hat mit seinem Vorgehen Gott gespielt – einen bösartigen, rachsüchtigen Gott. Ein intelligenter, gut organisierter Soziopath. Er oder die Gruppe, falls es eine ist, hat unterschwellig eine Neigung zur Gewalt. Das Ganze ist für ihn ein Spiel. Performance Art, da hatte dieser junge Mann ganz recht. Er ist ein Beobachter, der selber keine Bindung eingehen kann. Höchstens an der Oberfläche, aber tiefer geht sie nicht. Er – vielleicht auch sie – hat diese Morde sorgfältig geplant, hat aber durchaus Spaß am Risiko. Vielleicht ist er neidisch auf die Menschen, die nach einem Arbeitstag Geselligkeit mit anderen genießen, wahrscheinlich hatte er eine besondere Zielperson in dieser Bar, eine besondere Beziehung zu oder auch einen Groll gegen den Ort.«

»Er kannte die Routine dort und wusste, wie's dort in der Happy Hour läuft.«

»Ja.« Die Psychologin schlug die Beine übereinander und nickte Eve zu. »Er war kein Fremder dort, und wenn es, wie ich annehme, kein komplizierter Selbstmord war, ist er auch sehr diszipliniert. Denn dann hat er den Ort verlassen, statt zu bleiben und mit anzusehen, was auf sein Betreiben hin geschehen ist. Wobei es ihm bestimmt nicht leichtgefallen ist, nicht mit eigenen Augen zuzusehen, während das Gemetzel, das er dort verursacht hat, stattgefunden hat. Dafür wird er die Geschichte mit fast religiösem Eifer in den Medien verfolgen und wenn möglich dafür sorgen, dass er Teil dieser Geschichte wird. Er wird diese Verbindung suchen – nicht die zu den Opfern, sondern die zu der von ihm, wenn auch nur im Verborgenen, ausgeübten Macht.«

»Er wird es wieder tun.«

»Ja. Und sein Vorgehen wird wahrscheinlich eskalieren, indem er sich noch größere Gruppen sucht. Irgendwo hat unser Täter ein Labor, in dem er seinen todbringenden Cocktail braut. Und er hat oder er hatte Testpersonen oder vielleicht Tiere, um zu sehen, wie die Mischung wirkt. Wenn er vorher schon mal zugeschlagen hätte, hätten wir davon gehört … ich nehme also an, dies war der erste große Test. Das erste Mal, dass eine Gruppe Menschen diesem Cocktail ausgeliefert wurde.«

»Vielleicht ist diese Tat ja auch politisch motiviert«, schlug Whitney vor.

»Das könnte sein«, stimmte ihm Mira zu. »Doch selbst wenn dies das Werk von einer Gruppe ist, trifft das Profil auch auf die Gruppe zu. Dann würden sie nach einer Plattform suchen, um ihr Anliegen mit größtmöglichem Echo zu verbreiten, doch nachdem sich bisher niemand zu der Tat bekannt hat, gehe ich vorläufig nicht von einer solchen Gruppe aus. Je länger wir nichts hören, umso wahrscheinlicher ist es ein Einzeltäter oder eine kleine Gruppe, die keine spezielle Botschaft an die Menschen hat.«

Sie legte eine Pause ein und sah sich abermals die Tafel an. »Trotzdem gibt der Täter durch sein Vorgehen ebenfalls ein Statement ab. Er nutzt für seine Tat einen öffentlichen Ort geselligen Zusammenseins. Und er tötet auf Distanz. Er braucht seine Opfer nicht zu sehen, zu berühren, zu spüren.«

»Er fühlt sich ihnen überlegen«, warf Eve ein. »Er macht sich mit seinen Opfern nicht gemein.«

»Genau. Seine Zielpersonen waren überwiegend Angestellte, hohe Tiere oder Leute, die den Ehrgeiz hatten, einmal selbst ein hohes Tier zu werden … Assistenten der Geschäftsleitung, Abteilungsleiter oder Ähnliches. Er arbeitet mit diesen Leuten entweder zusammen oder ihnen zu. Auf alle Fälle kennt er sie. Wahrscheinlich hatte oder hat er selber einen Job in dem Bereich, aus dem die Happy-Hour-Klientel der Kneipe kommt, oder er war oder ist immer noch selbst dort angestellt. Vielleicht wurde er gefeuert oder nicht befördert, als er an der Reihe war.«

»Ich habe die Entlassungen schon überprüft«, erklärte Roarke. »Seit der Laden mir gehört, wurde dort niemand an die Luft gesetzt. Ich habe das gesamte Personal behalten, und der Manager, der das Lokal schon seit zwei Jahren führt, macht seine Sache wirklich gut. Er war heute nicht dort. Der Theker, der unter den Opfern ist, war stellvertretender Geschäftsführer des *On the Rocks*.«

»Trotzdem werden wir alle Angestellten des Lokals vernehmen«, meinte Eve. »Alle, die heute frei hatten, aber vor allem diejenigen, die heute überraschend freigenommen haben oder nicht unter den Opfern sind, obwohl sie zu der Zeit hätten arbeiten sollen. Außerdem werden wir mit Kollegen, Freunden und Verwandten aller Opfer und mit den drei Leuten sprechen, die unmittelbar vor Ausbruch des Gemetzels aus der Bar gekommen sind. Das ist jede Menge Arbeit, deshalb bekommt jeder eine Gruppe Opfer zugeteilt. Sie werden einzeln und im Team ermitteln, als Erstes fahren Sie zu den Angehörigen der Opfer, die auf Ihren jeweiligen Listen stehen. Danach vernehmen Sie die Leute, die mit Ihren Opfern in Beziehung standen. Jedes Gespräch, jeder Bericht, jede Vermutung, jeder Schritt, jede Phase der Ermittlungen und jeder Nieser wird dokumentiert und geht direkt an den Commander, Dr. Mira und an mich. Morgen früh um acht findet das nächste Briefing statt, Überstunden werden so lange genehmigt, bis der Täter hinter Gittern sitzt.«

»Baxter, Trueheart«, fing sie an und teilte ihre Opfer auf die Cops auf.

Nachdem sie fertig war, erhob Whitney sich von seinem Platz. »Lieutenant, falls Sie noch mehr Leute brauchen, kriegen Sie die zugeteilt. Auch wenn es richtig war, erst mal den Deckel auf der Angelegenheit zu halten, sickern sicher bald die ersten Einzelheiten an die Medien durch. Es gibt bereits undichte Stellen, was bei derart vielen Mitwissern – darunter jede Menge Zivilisten – einfach unvermeidbar ist. Wir und auch der Bürgermeister werden uns der Presse stellen, aber erst mal spreche ich an Ihrer Stelle für die Polizei.«

Sie atmete erleichtert auf. »Danke, Sir. Wenn Miras Einschätzung des Täters richtig ist, ist das Interesse durch die Medien genau das, was er will. Vielleicht befriedigt es ihn ja lange genug, dass wir ihm auf die Schliche kommen, ehe er noch einmal zuschlagen kann. Aber vielleicht geht der Medienrummel ihm auch so gut ab, dass er sofort die nächste noch größere Sache durchziehen will.«

»Das sehe ich genauso«, stimmte Mira zu und blickte den Commander an. »Ich würde deshalb gern mit Ihnen und dem Pressesprecher an der Stellungnahme feilen. Die Formulierungen, die wir verwenden, und die Art, wie wir die Stellungnahme abgeben, könnte uns ein bisschen zusätzliche Zeit verschaffen, bevor er wieder zuschlägt.«

»Dann machen wir uns besser sofort an die Arbeit. Sie bekommen alles von mir, was Sie brauchen«, sagte er zu Eve, wünschte ihnen allen »Waidmannsheil« und wandte sich zum Gehen.

»An die Arbeit«, wiederholte Eve die Worte des Commanders. »Zuerst verständigen Sie alle Angehörigen.« Denn keiner dieser Menschen sollte aus den Medien erfahren, dass Mann, Kind, Vater oder Mutter, Schwester oder Bruder umgekommen war. »Wenn nötig, nehmen Sie einen Muntermacher, aber fangen Sie auf alle Fälle auch schon heute Nacht mit den Vernehmungen an, und morgen früh um acht erstatten Sie Bericht. Das war's«, entließ sie den Trupp und wandte sich an ihre Partnerin.

»Wir behalten diesen Raum bis zum Abschluss des Falls. Wenn keiner von uns hier ist, muss er immer abgeschlossen sein. Am besten teilen wir uns für die Benachrichtigung unserer Hinterbliebenen auf. Nehmen Sie einen Beamten mit, der damit umgehen kann. Wir haben die ersten fünfundzwanzig Opfer auf der Liste, von denen nehmen Sie die letzten zwölf. Wenn Sie damit durch sind, gehen Sie die Berichte von der Spurensicherung, der Pathologie, dem Labor und von den elektronischen Ermittlern durch, fassen die in einem eigenen Bericht zusammen und schicken ihn mir zu.«

»Zu Befehl, Ma'am.«

»Dann hauen Sie sich kurz aufs Ohr, um acht sind Sie wieder auf dem Revier.«

»Ich nehme Carmichael mit, wenn er noch nicht vergeben ist. Sonst...«

»Nehmen Sie Carmichael, wenn er der ist, den Sie wollen. Falls er gerade nicht im Dienst ist, rufen Sie ihn an und sagen, dass er kommen soll.«

»Okay.«

Während sich Peabody zum Gehen wandte, tauchte Feeney auf.

»Wir haben die beiden Frauen, die in die Bar gegangen sind.« Als er wieder auf die Tafel blickte, wusste Eve Bescheid.

»Welche beiden sind es?«

»Die Zweiundvierzig und die Sechzig. Cate und Hilly Simpson. Schwestern. Hilly Simpson lebte in Virginia, und Cate war Einkäuferin bei City Girl, einer Boutique ein Stückchen unterhalb der Bar.«

»Vielleicht war Hilly bei ihr zu Besuch. Sie wollten etwas trinken und vielleicht noch ein paar Freunde der New Yorker Schwester treffen. Gott.«

»Sie waren gerade einmal drei- beziehungsweise sechsundzwanzig Jahre alt.« Feeney fuhr sich mit der Hand durch das Gesicht. »Manchmal gibt es Fälle, die einen erschöpfen, noch bevor man richtig mit der Arbeit angefangen hat.«

»Am besten gehst du erst einmal in mein Büro und trinkst dort einen anständigen Kaffee.«

»Gern.« Als sein Handy schrillte, drückte er den grünen Knopf. »Wir haben einen weiteren Treffer. Das Paar, das sich beim Rausgehen gestritten hat. Oder auf alle Fälle sie. Shelby Carstein von Strongfield und Klein.«

»Da arbeitet auch Brewster, einer unserer Überlebenden.«

»Ich habe auch ihre Adresse.«

»Schick sie mir, damit ich mit ihr reden kann.«

»Schon passiert. Hör zu, wir können dir nicht mehr zu diesen Handys sagen, solange wir nicht Daten aus anderen Geräten zum Abgleich haben«, fing er an. »Wenn du uns die elektronischen Geräte der Opfer besorgst, sehen wir sie uns gern an. Am besten fangen wir mit den elektronischen Kalendern an und gucken, ob darin etwas zu finden ist. Wobei wir natürlich erst einmal im Dunkeln tappen, wenn nicht einer dieser Menschen vorsätzlich von unserem Täter ins Visier genommen worden ist oder selber hinter dem Anschlag steckt.«

»Verstehe. Ich fahre jetzt erst mal ins Labor, gucke, was ich aus dem Sturschädel herausbekomme, und dann fahre ich zu Shelby Carstein.«

»Ich komme mit«, erbot sich Roarke. »Die elektronischen Ermittler kommen im Moment auch allein zurecht.«

In diesem Augenblick kam Trueheart noch einmal in das Konferenzzimmer gejoggt. »Tut mir leid, Lieutenant, aber es sind ein paar Leute aufgetaucht. Zwei von ihnen haben ausgesagt, sie wären in der Bar gewesen und hätten einen Kollegen dort zurückgelassen, als sie heimgegangen sind, ein anderer sagt, er wäre der Manager der Bar.«

»Wo sind diese Leute jetzt?«

»Der diensthabende Sergeant hat den Manager in den Verhörraum A und die beiden anderen in den Pausenraum gesetzt. Er dachte, dass es Ihnen lieber wäre, wenn sie nicht zusammen sind.«

»Da hat er vollkommen recht. Ich spreche erst mit den Besuchern und dann mit dem Manager.«

»Ich verständige schon mal die ersten Angehörigen«, erbot sich ihre Partnerin. »Ich fange unten auf der Liste an, falls Sie hier ein bisschen länger brauchen, fahre ich mit Ihren Leuten fort, bis Sie dazu kommen oder bis alle aufgelisteten Personen abgeklappert sind.«

»Okay.« Die Augen auf der Tafel, sagte sie zu Roarke: »Meinetwegen komm ruhig mit in den Pausenraum und nimm an einem Tisch in unserer Nähe Platz. Du hast einen guten Blick und sehr gute Instinkte, und ich wüsste gern, was du von den beiden hältst. Wenn ich im Verhörraum bin, hätte ich gern, dass du in den Observationsraum gehst. Wie gut kennst du deinen Manager?«

»Nicht wirklich gut«, räumte er ein. »Ich habe nach der Übernahme des Lokals mit ihm gesprochen, und natürlich haben wir den gewohnten Backgroundcheck gemacht. Dazu habe ich mich auch noch mit den Angestellten unterhalten und mir dadurch einerseits ein Bild von ihnen selbst und andererseits ein Bild von ihrem Boss gemacht. Er ist allgemein beliebt, und auch mein eigener Eindruck von dem Mann war durchweg positiv. Seither hatte ich persönlich keinerlei Kontakt mehr zu dem Mann. Das war nicht nötig, weil er alles, was zu regeln ist, mit dem Leiter der Gastronomieabteilung meines Unternehmens klärt.«

»Das heißt, dass ich vielleicht auch noch mit diesem Typen sprechen muss.«

»Wenn nötig, werde ich ein Treffen arrangieren.«

»Am besten gehst du vor mir rein. Hol dir einen Kaffee und …«

»Oh nein, auf keinen Fall«, erklärte er bestimmt. »Aber mir fällt sicher eine andere gute Tarnung ein.«

»Okay. Dann komme ich gleich nach.«

Sie gab ihm drei Minuten Vorsprung und betrat dann selbst den Pausenraum.

Eine Handvoll Polizisten ging das Wagnis ein, den widerlichen Kaffee zu trinken und Schokoriegel aus dem Automaten zu essen. Roarkes Mut hingegen hatte nur für eine Flasche Wasser ausgereicht, die neben seinem Handcomputer auf dem Tisch stand. Am Nebentisch saßen die ängstlich und erschöpft wirkenden Zivilisten.

Die Frau strich sich nervös die langen, blonden Haare aus der Stirn. Sie trug einen leichten Pulli, Jeans und Turnschuhe, während der Mann ein blaues Hemd und eine dunkle Hose über ausgelatschten Stiefeln trug.

Eve schätzte die Frau auf Ende und den Mann auf Anfang dreißig, obwohl sie ohne Aktentaschen und nicht in Kostüm und Anzug vor ihr saßen, sahen sie wie auf den Aufnahmen der Kamera über dem Kneipeneingang aus.

»Ich bin Lieutenant Dallas«, stellte sie sich vor, und sofort richteten die beiden sich auf ihren harten Plastikstühlen auf.

»Ich bin Nancy Weaver, und das hier ist mein Kollege Lewis Callaway. Ich habe Lew gleich angerufen, als ich von den Todesfällen im *On the Rocks* erfuhr. Wir waren nach der Arbeit dort. Wir waren in dem Lokal, zusammen mit Joe – mit Joseph Cattery – und Stevenson Vann. Steve habe ich genau wie Lew erreicht. Er war schon vor uns aufgebrochen, denn er musste noch nach Baltimore. Er hat dort morgen früh einen geschäftlichen Termin. Aber Joe konnte ich nicht erreichen, und Lew hat mir erzählt, dass er noch bleiben wollte, als er selbst gegangen ist.«

Eve ließ sie einfach reden, denn offensichtlich war sie eine klare Ausdrucksweise und präzise Formulierungen gewöhnt, auch wenn sie manchmal stockte und das leichte Zittern ihrer Stimme nicht zu überhören war.

Doch schließlich wandte sie sich an den Mann. Er war glatt rasiert und hatte kurzes, braunes Haar. »Sie arbeiten zusammen.«

»Ja. Im Marketing bei Stevenson und Reede. Wir hatten gerade eine riesige Kampagne abgeschlossen, wollten noch zusammen überlegen, wie wir sie am besten präsentieren, und ein bisschen Dampf ablassen. Deshalb waren wir im *On the Rocks*. Wobei Steve nicht lange bleiben konnte wegen des Termins in Baltimore.«

»Wann sind Sie dort angekommen?«

»Gegen Viertel vor fünf? Ich weiß es nicht genau.« Hilfe suchend sah er Nancy an.

»Wir haben das Büro gegen zwanzig vor fünf verlassen, und zu Fuß ist man in fünf Minuten dort. Vielleicht auch nur in drei. Steve ist nach circa einer Viertelstunde wieder aufgebrochen und ich selbst gegen zwanzig nach fünf. Ich hatte eine Verabredung um acht, und wollte zu Hause noch etwas die Füße hochlegen und mich in Ruhe umziehen.«

»Joe und ich haben uns noch was bestellt«, fügte Callaway hinzu. »Seine Frau und seine Kinder sind im Urlaub, und er hat gefragt, ob ich ihm nicht Gesellschaft leisten will. Er wollte auch etwas essen gehen, aber ehrlich gesagt, wollte ich nur noch heim.«

Er hob die Hände in die Luft und ließ sie wieder fallen.

»Wir hatten für die Kampagne jede Menge Überstunden eingelegt, und ich war hundemüde. In der Tat lag ich halb schlafend auf der Couch, als Nance mich angerufen hat. Ich nehme an, dass Joe einfach sein Handy ausgeschaltet hat und noch in irgendeinen Club gegangen ist.«

»Also bitte, Lew.«

»Seine Frau ist ein paar Tage weg, und du weißt selbst,

an was für einer kurzen Leine sie ihn hält«, stellte er augenzwinkernd fest. »Wahrscheinlich will er einfach mal ein bisschen auf den Putz hauen. Aber Nancy macht sich Sorgen, und nachdem sie bei mir angerufen hatte, war auch ich plötzlich beunruhigt.«

»Vor allem macht mir Angst, dass die Berichte derart vage sind«, verteidigte Weaver sich. »Wir waren *dort*. Wir waren in dieser Kneipe, und in einem der Berichte heißt es, dass es über siebzig Tote gibt.«

»Immer mit der Ruhe.« Callaway drückte ihr kurz die Hand. »Du weißt doch, dass die Medien gern übertreiben.«

»Es gab Tote.« Nancy Weavers bisher sanfte Miene wurde hart. »Was sicher keine Übertreibung ist. Wie konnte das passieren? Das *On the Rocks* ist schließlich keine zwielichtige Absteige, sondern ein anständiges Lokal. Verdammt, ich war sogar einmal mit meiner Mutter dort. Niemand ist bereit, uns irgendwas zu erklären«, wandte sie sich abermals an Eve. »Sie haben uns gesagt, dass wir hier auf Sie warten sollen. Ich kenne Sie. Ich sehe so begeistert Nachrichten, wie Kinder Süßigkeiten essen, und ich weiß, dass Sie für Mord zuständig sind. Wurden diese Menschen umgebracht?«

»Ich werde Ihnen sagen, was ich kann. Es gab heute Abend einen Vorfall in der Bar, bei dem zahlreiche Menschen umgekommen sind.«

»Oh Gott. Was ist mit Joe?«

»Es tut mir leid, aber einer der Toten wurde als Joseph Cattery identifiziert.«

»Himmel.« Callaways fast schwarze Augen wurden völlig ausdruckslos. »Mein Gott. Oh Gott! Joe ist tot? Er ist tot? Wie ist das passiert? Er saß dort einfach in der Bar und hat etwas getrunken. Wir alle haben dort etwas getrunken, weiter nichts.«

»Ich kann Ihnen noch keine Einzelheiten nennen. Ist einem von Ihnen irgendetwas in der Kneipe aufgefallen, was anders war als sonst?«

»Nichts«, murmelte Weaver und sah Eve aus tränenfeuchten Augen an. »Es war alles ganz normal. Es war gerade Happy Hour, und die meisten Tische waren besetzt. Ich wollte sowieso nichts essen, also haben wir uns an die Bar gesetzt und uns über die Arbeit unterhalten, die Kampagne, die Präsentation und so.«

»Und Sie beide sind jeweils allein gegangen?«

»Ja.«

»Ja«, meinte auch Callaway. »Das heißt, ich bin zur gleichen Zeit wie jemand anders aus dem Unternehmen los. Der allerdings in einer anderen Abteilung ist. Whistler«, sagte er zu Weaver. »Ich wusste gar nicht, dass er dort gewesen war, aber dann sind wir gleichzeitig zur Tür marschiert. Wir haben uns kurz gegrüßt, bevor jeder seiner Wege ging.«

»Wie ist er gestorben?«

»Tut mir leid, Miss Weaver, aber das kann ich nicht sagen.«

»Aber seine Frau und seine Kinder ... Er hat einen Sohn und eine Tochter.«

»Wir werden mit ihr sprechen. Bitte rufen Sie sie frühestens morgen an, denn vorher müssen wir sie offiziell verständigen.«

»Es muss doch etwas geben, was Sie uns erzählen können«, drängte Callaway. »Was sollen wir jetzt tun? Joe ... wir alle waren mit Joe zusammen in der Bar.«

»Wir ermitteln aktiv in dem Fall, gehen allen Hinweisen und Spuren nach und geben so bald wie möglich eine Presseerklärung ab. Aber vorher können Sie mir sagen, ob es jemanden gegeben hat, der Mr. Cattery etwas hätte antun wollen.«

»Nein, auf keinen Fall.« Weaver atmete tief durch. »Er ist der Inbegriff des netten Kerls von nebenan. Er ist Trainer einer Fußballmannschaft, er hilft anderen, wo er kann, er ist seit … keine Ahnung, mindestens zwölf Jahren mit der Frau verheiratet, die seine erste Freundin war, und er vergisst niemals, wenn irgendwer Geburtstag hat.«

»Alle haben Joe gemocht. Man musste ihn ganz einfach mögen«, stimmte Callaway ihr zu.

»Wie lange haben Sie mit ihm zusammengearbeitet?«

»Ich bin seit fast neun Jahren bei S&R«, erklärte Weaver. »Joe fing nur ein paar Monate nach mir an.«

»Ich arbeite schon seit fast zehn Jahren dort«, fuhr ihr Kollege fort. »Wobei natürlich jeder seine eigene Arbeit hat. Wir arbeiten im Team, aber mitunter auch allein.«

»Und Stevenson Vann … ist er mit dem Eigentümer Ihres Unternehmens irgendwie verwandt?«

Weaver nickte. »Ja. Er ist der Neffe unseres Vorstandsvorsitzenden und seit circa fünf Jahren dabei. Er ist echt gut. Er hat den Bogen einfach raus. Tatsächlich waren er und Joe recht gut befreundet. Ihre Jungen haben ungefähr das gleiche Alter, und obwohl Steves Frau sich hat scheiden lassen, teilen sie sich das Sorgerecht, weshalb die Kinder regelmäßig Thema für die beiden Männer waren. Sie haben sich auch heute Abend kurz über die Kinder unterhalten. Oh mein Gott, wer ruft Steve an, um es ihm zu sagen?«

»Das übernehme ich«, erbot sich Callaway und atmete tief durch. »Ich gebe ihm Bescheid.«

Dankbar drückte Weaver ihm den Arm, und er tätschelte aufmunternd ihre Hand.

»Kannten Sie sonst noch jemanden in der Bar?«

Callaway blinzelte verwirrt. »Wie bitte?«

»Sie haben gesagt, dass Sie beim Rausgehen jemanden getroffen haben, den Sie kannten. Haben Sie sonst noch jemanden in der Bar gekannt?«

»Ich ... ehrlich gesagt, ich weiß es nicht. Ich meine, man sieht dort häufiger Gesichter, die man kennt, denn die Bar ist bei den Leuten, die bei S&R und in der Gegend arbeiten, beliebt.«

»Wir hatten dem Raum die meiste Zeit den Rücken zugewandt.« Weaver kniff die Augen zu. »Es könnten also durchaus noch Leute, die ich kenne, dort gewesen sein, ohne dass ich sie gesehen hätte, die vielleicht auch nicht mehr am Leben sind.«

Eve schrieb sich die Adressen beider Zeugen auf, brachte sie an die Tür und wartete auf Roarke.

»Was hältst du von den beiden?«

»Die Frau ist sehr emotional, auch wenn sie sich sehr zusammengerissen hat.«

»Das heißt, sie ist beherrscht.«

»Genau wie er.«

»Was macht dieses Unternehmen überhaupt?«

»Reinigungsprodukte. Industrie, Heim, Körper. Ein grundsolides Unternehmen und seit über hundert Jahren auf dem Markt. Und um dir ein bisschen Zeit und Arbeit zu ersparen: Weaver ist die Vizechefin der Abteilung Marketing, und dein Opfer, Vann und Callaway haben unter ihr gearbeitet beziehungsweise arbeiten noch immer unter ihr. Obwohl Vann unter ihrer Aufsicht die Leitung über die neue Kampagne hat, die sie gerade vorstellen wollen, und Callaway genau wie Cattery als Marketingexperte gilt. Weaver ist alleinstehend, hatte in der Vergangenheit zwei eingetragene Partnerschaften, Vann ist, wie du bereits weißt, geschieden, Callaway ist Single, und das Opfer war, wie du ja ebenfalls schon weißt, verheiratet und Vater einer Tochter sowie eines Sohns. Sein Junge ist genau wie der von Vann acht Jahre und die Tochter fünf. Weaver und Callaway sind kinderlos.«

»Du gäbst einen wirklich guten Assistenten ab.«

»Ich kann auch noch mehr für dich herausfinden, wenn's nötig ist.«

»Für einen ersten Eindruck reicht's. Kam es dir so vor, als ob was zwischen Callaway und Weaver läuft?«

»Sexuell oder romantisch? Nein.«

»Das Gefühl hatte ich auch nicht, aber trotzdem hat ein Anruf von ihr ausgereicht, damit er angelaufen kam. Wir werden sehen, ob das Gehorsam gegenüber seiner Vorgesetzten ist oder ob die zwei befreundet sind.«

Vor dem Verhörraum blieb sie stehen. »Erzähl mir etwas von diesem Typen.«

»Devon Lester, dreiundvierzig, kinderlos, zum zweiten Mal verheiratet ... mit einem Mann. Er ist seit über zwanzig Jahren in der Branche tätig und hat sich vom Kellner bis zum Manager des Ladens hochgearbeitet. Er führt das *On the Rocks* seit gut zwei Jahren. Mit dem Gesetz ist er bisher nur wegen irgendwelcher Kleinigkeiten in Konflikt geraten. Ein paar Festnahmen wegen Dope als Teenie und in seinen Zwanzigern und eine Anzeige wegen tätlichen Angriffs, die jedoch zurückgezogen wurde, als bewiesen werden konnte, dass er durch sein Eingreifen nur eine Schlägerei in einer Bar hatte beenden wollen. Er macht sein eigenes Bier, das so gut ist, dass es in unserer Kneipe angeboten wird.«

»Dann weiß er also, wie man etwas zusammenbraut.«

»So sieht es aus.«

»Jetzt wollen wir mal sehen, was er zu sagen hat. Du gehst nach nebenan und hörst und siehst von dort aus zu.«

»Zu Befehl, Lieutenant.«

4

Devon Lester hatte koboldrotes Haar, das er in wilden Dreadlocks trug. Sie schäumten kraus um ein Gesicht, das aussah wie gebleichte Jute und das wie ein Wasserball auf einem Hals vom Umfang eines Baumstamms saß.

Aus diesem Gesicht quollen Augen in der Farbe dunkler Weintrauben hervor, er trommelte nervös mit seinen Fingern auf den Tisch und klopfte mit den Füßen einen Takt.

Er wirkte wie ein Junkie auf Entzug, doch als er Eve erblickte, wurde er vollkommen ruhig.

»Sie sind Roarkes Cop.«

»Ich arbeite für die New Yorker Polizei.«

»Ich wollt damit sagen … ach egal, ich bin der Manager des *On the Rocks*. Roarke hat mich angerufen und gesagt, dass es dort Ärger gab und Leute dabei umgekommen sind. Ich habe hier eine Kopie der Liste aller Angestellten, die heute Nachmittag gearbeitet haben.« Er zog sie aus der Tasche, legte sie ihr auf den Tisch und strich sie sorgfältig mit beiden Händen glatt. »Aber vielleicht brauchen Sie die ja nicht mehr, denn schließlich habe ich sie Roarke bereits geschickt, und Sie sind schließlich seine Frau.«

»Gehören tue ich ihm deshalb nicht.«

»Ich wollte damit sagen … tut mir leid, es geht mir gerade nicht so gut.« Er fuhr sich mit seinen großen, breiten Händen durch das Ballgesicht. »Ich begreife ganz einfach nicht, was los ist. Er – Ihr Mann – hat nur gesagt, dass es während der Happy Hour Ärger gab, dass dabei Leute umgekommen sind und dass ich ihm die Namen und Adressen aller Angestellten sowie eine Liste aller, die heute Dienst hatten oder die Dienst hatten, aber nicht angetreten sind, schicken soll. Ich dachte, dass es eine Schlägerei gegeben hätte oder etwas in der Art. Normalerweise gibt es so etwas im *On the Rocks* nicht, denn es ist eine ruhige Bar. Aber das dachte ich nur, bis ich aus den Nachrichten erfuhr, wie viele Menschen gestorben sind. Doch als ich mit Bidot gesprochen habe, konnte der mir auch nicht sagen, was genau geschehen ist.«

Eve nahm ihm gegenüber Platz. »Bidot?«

»Oh, ich dachte, dass Sie alle diese Leute kennen würden. Bidot kümmert sich um die Kneipen, die Roarke besitzt.«

»Ich dachte, Sie wären der Manager des *On the Rocks*.«

»Das bin ich auch. Aber wenn was anliegt, spreche ich mit Bidot. Man wendet sich nicht jedes Mal, wenn man was wissen will, an Roarke. Ein Mann wie er hat schließlich jede Menge Bälle in der Luft, nicht wahr?«

»Auf jeden Fall.«

»Es gibt eben eine bestimmte Hackordnung wie überall. Ich spreche mit Bidot und der mit Roarke, falls etwas für ihn von Interesse ist. So laufen diese Dinge nun einmal.«

»Okay.«

»Okay.« Devon atmete erleichtert auf. »Er, das heißt Bidot, hat mir gesagt, die Cops wären an der Sache dran, und es sähe ziemlich übel aus. Das heißt, nicht ziemlich, sondern wirklich übel. Vielleicht ...« Er musste hörbar schlucken und fuhr mit gepresster Stimme fort: »Er meint, vielleicht wären achtzig oder sogar noch mehr Menschen tot. In meiner Bar. Mitarbeiter von meinem Team. Er konnte mir nicht sagen, wie es ihnen geht. Ich bin hergekommen, um bei Ihnen nachzufragen, was mit meinen Leuten ist. Ich kriege einfach niemanden, der Dienst hatte, ans Telefon, aber ich muss wissen, was mit meinen Leuten ist und ... meine Güte, Lady, was zur Hölle ist in meiner Bar passiert?«

Er war völlig durch den Wind, erkannte Eve, und trotzdem war es ihm gelungen, ihr die Dinge zu erklären, die ihm wichtig waren. »Lieutenant, Lieutenant Dallas«, rief sie ihm zum einen ihren Dienstrang und zum anderen ihren Namen in Erinnerung. »Sie waren heute Abend nicht im *On the Rocks*. War es Ihr normaler freier Abend?«

Devon nickte knapp. »Ich mache die Schichtpläne für das gesamte Team immer für zwei Wochen im Voraus. So sind wir flexibel, falls mal jemand etwas vorhat und den Dienst mit jemand anderem tauschen will. Ich leite eine anständige Bar mit einem wirklich guten Team. An meinen freien Tagen ist D.B. der Boss. Er ist mein Stellvertreter, doch auch ihn habe ich bisher nicht erreicht. Als Erstes war ich bei der Bar, aber die ist versiegelt und wird von der Polizei bewacht. Sie wollten mir nicht sagen, was passiert ist, obwohl ich der Manager des Ladens bin. Ich meine ...«

»Es gab heute Abend einen Zwischenfall im *On the Rocks,* in dessen Folge dreiundachtzig Menschen umgekommen sind.«

»Heilige Maria, Mutter Gottes.« Devons auch schon vorher kreidiges Gesicht nahm einen leichten Grünton an. »Ist dort eine Bombe hochgegangen oder ...«

»Die Ermittlungen sind noch nicht abgeschlossen, Mr. Lester.«

»Meine Leute. Ich habe die Namen aller Leute, die

dort heute Dienst hatten, dabei. Mein Stellvertreter D. B. Graham, unsere Köchin Evie Hydelburg, Marylee Birkston, Leiterin des Servicepersonals ...«

»Ich habe diese Namen schon. Als ich in der Klinik war, wurde Miss Birkston gerade operiert. Andrew Johnson ...«

»Drew. Er wird von allen Drew genannt. Er räumt bei uns die Tische ab.«

»Er liegt wie Miss Birkston im Tribeca, aber bisher ist er aus dem Koma nicht erwacht.«

Lester wartete kurz ab, und als sie nichts mehr sagte, blickte er sie fragend an. »Und die anderen? Was ist mit dem Rest? Sie waren insgesamt zu neunt.«

»Es tut mir leid, aber die beiden sind die Einzigen aus Ihrem Team, die noch am Leben sind.«

»Das muss ein Irrtum sein.« Er hob die Finger an, drückte aber gleichzeitig die Handballen weiter auf den Tisch, und fuhr mit unnatürlich ruhiger Stimme fort. »Das muss ein Irrtum sein. Ich möchte sicher nicht respektlos sein, Mrs. Roarke, aber ...«

»Lieutenant Dallas.«

»Was auch immer.« Plötzlich blitzte heißer Zorn gefolgt von kalter Angst in seinen Augen auf. »Es können ganz unmöglich sieben meiner Leute umgekommen ein. So etwas gibt es nicht.«

»Es tut mir leid, Mr. Lester. Ich verstehe, dass das schwer zu akzeptieren ist.«

»Das müssen Sie gar nicht verstehen, denn ich akzeptiere es ganz sicher nicht.« Mit diesen Worten sprang er auf. »Weil das einfach nicht akzeptabel ist. Wer leitet die Ermittlungen in diesem Fall? Ich verlange, dass er mir persönlich sagt, worum es geht.«

Eve erhob sich ebenfalls. »Die Ermittlungsleiterin bin

ich. Ich komme gerade von einer Besprechung mit meinem Commander und mit meinen Leuten und kann nur noch einmal wiederholen, dass sieben Ihrer Leute umgekommen und die beiden anderen in der Klinik sind. Ich hoffe mindestens so sehr wie Sie, dass diese beiden überleben und uns sagen werden, was genau geschehen ist.«

»Das ist ja wohl totaler Schwachsinn.«

Plötzlich hörte sie ein leises Klopfen, zog die Tür des Zimmers einen Spaltbreit auf und war nicht wirklich überrascht, als Roarke dort draußen stand.

»Ich kann dir helfen«, sagte er. Widerwillig trat sie einen Schritt zurück und ließ ihn ein.

Er hatte eindeutig nicht übertrieben, denn sofort erlosch der Zorn in Lesters Blick, und ein Ausdruck der Trauer legte sich auf sein Gesicht. »Nein. Nein.«

»Setzen Sie sich, Devon. Setzen Sie sich erst mal wieder hin.«

Er befolgte den Befehl vor allem, weil ihn seine Beine nicht mehr trugen, merkte Eve.

»Und Marylee und Drew? Alle anderen, *alle* anderen sind tot?«

»Ja. Und deshalb müssen Sie dem Lieutenant helfen, Devon. Sie müssen ihr helfen, damit sie ihr Bestes für all diese Menschen geben kann.«

»D. B. wollte heiraten. Er und seine Freundin waren seit drei Jahren zusammen und hätten im Mai heiraten wollen. Evie hatte gerade erst ihr erstes Enkelkind bekommen, und Katrina hatte heute extra ihre Schicht getauscht, damit sie schon um acht nach Hause gehen konnte. Sie hatte eine Einladung zum Vorsprechen für morgen früh und hätte sich in Ruhe darauf vorbereiten wollen.«

Roarke ließ ihn einfach über all die Toten reden, die

auch seine Toten waren, obwohl er ihnen selbst niemals direkt begegnet war. Er lenkte seinen Blick auf Eve, und sie konnte die Trauer auch in seinen Augen sehen, als sie Lester ein Glas Wasser holen ging.

»Was ist passiert? Bitte. Gott im Himmel, bitte sagen Sie mir endlich, was geschehen ist.«

»Das kann ich Ihnen noch nicht sagen.« Sie stellte ihm das Wasser hin und setzte sich wieder ihm gegenüber an den Tisch. »Aber ich muss Ihnen ein paar Fragen stellen.«

»Also gut. Na gut.«

»Sie haben gesagt, Sie hätten ein echt gutes Team gehabt, aber trotzdem gab's doch sicher ab und zu mal Ärger oder Spannungen? Mussten Sie mal jemanden verwarnen oder irgendwo dazwischengehen?«

»Hören Sie.« Er fuhr sich mit dem Unterarm durch das Gesicht und holte zitternd Luft. »In Ordnung, hören Sie, irgendwelche Dramen gibt es überall einmal. Manchmal hatte jemand Streit mit seiner Frau, mit seinem Freund oder wem auch immer, oder einer von den Gästen war nicht nett. So laufen diese Dinge nun einmal. Aber meine Leute kamen prima miteinander aus, es ist eine gute Bar, in der es guten Lohn und gutes Trinkgeld gibt. Wenn jemand mal die Schicht mit einem anderen tauschen muss, ist das in Ordnung, und falls jemand ausfällt, springt ein anderer für ihn ein.«

»Sie selber waren heute gar nicht dort?«

»Nein. Erst habe ich ausgeschlafen, dann war ich mit meinem Mann, der gern in Galerien geht, in einer Galerie in SoHo, danach haben wir ein spätes Mittagessen eingenommen, und dann haben wir noch ein bisschen eingekauft.«

»Hat Sie heute jemand aus der Kneipe kontaktiert?«

»Nein. Natürlich kommt das hin und wieder vor. Heute aber nicht. Der erste Anruf heute kam von Roarke. Bis dahin hatten Quirk und ich uns einen ruhigen Tag gemacht.«

»Gab es irgendwen, mit dem Sie Ärger hatten? Entweder persönlich oder in der Bar?«

»Nicht wirklich, nein. Ich meine, unser Nachbar hat mir vor zwei Wochen Scherereien gemacht. Bei uns fand eine Party statt, und er hat sich ins Hemd gemacht, weil wir aus seiner Sicht zu laut gewesen sind. Er ist einfach ein Arschloch. Nicht mal seine eigene Frau kommt mit ihm klar.«

»Und wie heißt er?«

»Also bitte, er ist nur ein blöder Nachbar, weiter nichts.«

»Wenn ich mich um die Leute kümmern will, die heute Nachmittag gestorben sind, muss ich auch mit diesem blöden Nachbarn reden, Mr. Lester.«

Widerstrebend nannte er ihr Namen und Adresse, starrte seine Hände an und stieß mit rauer Stimme aus: »Mein Benehmen eben tut mir leid. Ich war Ihnen gegenüber sehr respektlos.«

»Es genügt vollkommen, wenn wir beide Ihren toten Freundinnen und Freunden mit Respekt begegnen.«

Hilfe suchend blickte er von Eve zu Roarke. »Was soll ich jetzt nur machen? Ich muss es meinen anderen Leuten sagen. Sollte ich persönlich hinfahren? Meiner Meinung nach ist dies wohl kaum etwas, was man am Telefon erfahren soll. Und die Familien. Ich muss es auch … Himmel, Drew hat sogar noch daheim gewohnt. Im Grunde war er noch ein Kind.«

»Wir verständigen die Angehörigen«, erklärte Eve. »Überlassen Sie das einfach uns.«

»Sie sollten erst einmal nach Hause fahren, Devon«,

lenkte Roarke den Blick des Managers mit ruhigem Ton zurück auf sich. »Sprechen Sie mit Ihren Leuten morgen früh. Bidot kann Sie begleiten, wenn Sie wollen.«

»Ich nehme lieber Quirk mit, denn den kennen sie besser als Bidot. Falls das in Ordnung ist.«

»Tun Sie, was aus Ihrer Sicht das Beste ist. Falls Sie irgendetwas von mir brauchen, rufen Sie mich direkt an, okay? Wie sind Sie hierhergekommen?«

»Bitte? Was?«

»Wie sind Sie aufs Revier gekommen?«

»Mit der U-Bahn.«

»Dann lasse ich Sie heimfahren. Sie werden sich nach Hause fahren lassen«, wiederholte Roarke, als Devon protestieren wollte. »Meine Limousine wartet vor dem Haupteingang. Morgen früh wird ein Chauffeur Sie und Quirk zu Ihren Leuten fahren.«

»Danke.«

»Schließlich waren sie auch meine Leute.«

»Ja, wahrscheinlich, Sir.«

Eve ließ Devon gehen und blieb Roarke gegenüber sitzen, während er mit seinem Fahrer sprach.

Nach Ende des Gesprächs sah sie ihn reglos an. »Diesmal brauche ich dich nicht zu fragen, was du von ihm hältst.«

»Dann tue ich das diesmal andersrum.«

»Auch wenn dir meine Antwort vielleicht nicht gefällt?«

»Es wäre nicht das erste Mal.«

»Er hat alle Leute dort gekannt. Du weißt genauso gut wie ich, wie sauer man gelegentlich auf seine Untergebenen ist, wenn sie bestimmte Knöpfe drücken oder nicht das machen, was sie sollen.«

»Also löst du das Problem, indem du alle diese Leute einem Gift aussetzt, das dazu führt, dass sie sich gegenseitig an die Hälse gehen? Das ist totaler Schwachsinn, Eve.«

»Ich habe diesen Lester überprüft. Er ist mit einem Kunstlehrer verheiratet, einem gewissen Quirk McBane. Sieht völlig sauber aus.«

»Und das macht ihn verdächtig?«

»Außerdem hat er auch einen Bruder, Christopher. Einen Chemiker mit jeder Menge Buchstaben hinter dem Namen, Leiter eines hochmodernen Privatlabors. Er hatte heute seinen freien Tag, kennt sich in der Kneipe wie in seiner Westentasche aus und hätte die Substanz dort jederzeit problemlos deponieren können. Vielleicht wurde sie ja mithilfe einer Zeitschaltuhr oder einer Fernbedienung freigesetzt. Das wissen wir noch nicht. Devon wird seine anderen Angestellten morgen früh persönlich informieren und rückt dadurch ins Zentrum des Geschehens.«

»Mein Gott.«

»Hör zu, natürlich ist es ätzend, wenn man Menschen sagen muss, dass jemand anderes gestorben ist. Außer man erzählt es ihnen, weil man ihre Reaktionen aus direkter Nähe mitverfolgen will. Er hat den Tag also mit diesem Kunstlehrer verbracht. Das ist ein nettes Alibi. Ich wette, dass man uns auch in der Galerie und in dem Restaurant, wo sie gegessen haben, bestätigen wird, dass man sie dort gesehen hat. Das heißt, dass auch sein Alibi blitzsauber ist.«

»Dann hältst du ihn also für einen potenziellen Massenmörder und den Mörder seiner Angestellten, die er jeden Tag gesehen hat, weil sein Bruder sich mit Chemikalien auskennt und er selbst ein lupenreines Alibi aufweisen kann.«

»Hast du Mira nicht zugehört? Ich stimme mit ihr überein. Der Mörder kennt die Bar, weil er dort arbeitet oder schon häufiger zu Gast gewesen ist. Er wird versuchen, sich in unsere Arbeit einzumischen, und genau das hat der gute Devon eindeutig versucht. In Ordnung, seine Reaktionen wirkten vollkommen normal, und nein, sie wirkten nicht gespielt. Aber wer auch immer der Täter ist, hätte von Beginn an mit der Polizei und anderen sprechen wollen und sein Vorgehen dabei sorgfältig geplant. All das muss ich in die Ermittlungen mit einbeziehen.«

»Du hast recht. Natürlich passt mir das nicht in den Kram.« Bei diesen Worten stand er auf und stapfte durch den Raum. »Aber die vielen Toten sind natürlich wichtiger als mein Gefühl. Wie soll es jetzt weitergehen?«

»Als Nächstes gehe ich ins Labor. Ich will gucken, was sie bisher rausgefunden haben, und dem Sturschädel wenn nötig etwas Feuer unterm Hintern machen.«

»Was am besten mit Bestechung geht.«

»Ich hoffe wirklich, dass das dieses Mal nicht nötig ist. Aber falls doch, ist es natürlich gut, etwas dabeizuhaben.« Sie erhob sich ebenfalls von ihrem Platz. »Danach will ich mit Shelby Carstein reden, weil natürlich erst mal jeder, der die Bar vor Ausbruch dieser Infektion verlassen hat, verdächtig ist. Und dann muss ich ein bisschen nachdenken. Wobei ich auch noch kurz mit Morris sprechen will.«

»Dann fahre ich.«

»Das hatte ich mir schon gedacht.« Auf dem Weg zum Wagen zerrte sie ihr Handy aus der Tasche und rief ihren Lieblingspathologen an.

Laborchef Dick Berenski hockte wie ein Wasserspeier vor dem Schreibtisch, auf dem eine Reihe von Computern stand. Sein Eierkopf saß auf den Schultern eines weißen Kittels, den er über einem grell orangefarbenen Hemd und einer pflaumenblauen Hose trug. Am liebsten hätte Eve sofort die Augen zugekniffen, als sie sah, wie eng die Hose war.

Passend dazu trug er schicke, pflaumenblaue Schuhe sowie einen goldenen Ring im Ohr, nur die säuerliche Miene, die er machte, war ihr alles andere als neu.

»Ich war beim Salsa«, klärte er sie düster auf, und sofort wünschte Eve, sie wäre nie gezwungen, ihm beim Tanzen zuzusehen.

»Meine Güte, tut mir leid, dass Ihnen jetzt die Arbeit in die Quere kam. Den dreiundachtzig Toten tut es sicher ebenfalls sehr leid.«

»Ich hab ja nur gemeint ... Wissen Sie, ich kenne diese Bar. Die Happy Hour dort ist wirklich toll.«

»Die heute war nicht ganz so schön.«

»Wahrscheinlich nicht. Alle bisher untersuchten Leichen hatten eine hohe Dosis einer hochgefährlichen Substanz im Blut. Aber das wissen Sie ja schon.«

»Dann erzählen Sie mir was Neues.«

»Ich habe auch das Blut der Überlebenden getestet, weil ich davon ausgehen musste, dass die Wirkung der Substanz bei ihnen eine andere war oder dass sie vielleicht anhält, bis das Herz aufhört zu schlagen, das Gehirn die Arbeit einstellt oder so.«

»In Ordnung. Und?«

»Bei ihnen war's genau wie bei den Toten. Auch bei ihnen war die Wirkung innerhalb von kurzer Zeit verpufft. Die meisten Drogen wirken deutlich länger, denn was hat man schon davon, nur zwölf Minuten high zu sein?«

»Nach zwölf Minuten war es also tatsächlich vorbei?«

»So lange hält die Wirkung an. Wobei die Dauer abhängig von Größe, Alter und Gewicht und der Menge von Alkohol, Medikamenten oder Nahrung, die jemand im Magen hat, um ein bis zwei Minuten variieren kann. Wir haben also ein Zeitfenster von zehn Minuten bis zu höchstens einer Viertelstunde, wobei zwölf Minuten Durchschnitt sind.«

Er drehte sich mit seinem Hocker, während er die langen, dünnen Spinnenfinger über einen Bildschirm krabbeln ließ. »Ich habe die Substanz kopiert, und obwohl ich noch ein paar Bestandteile genau bestimmen muss, habe ich die grundlegende Mischung raus.«

»So was können Sie?«

Er verzog den Mund zu einem selbstzufriedenen Grinsen. »Es gibt kaum etwas, was ich nicht kann. Ich habe erst versucht, diese Substanz computertechnisch wiederherzustellen, aber man braucht das echte Zeug, wenn man genaue Infos haben will. Also habe ich vier Mikrogramm von dem Gebräu gemixt und zwei Ratten damit infiziert. Erst war es wirklich witzig, aber dann ... wurde es ernst.«

»Das heißt, sie haben sich gegenseitig umgebracht.«

»Sie haben sich gegenseitig abgeschlachtet. Meine Assistentin musste brechen, als sie es gesehen hat. Normalerweise reiße ich den Leuten ihren Hintern auf, wenn sie sich nicht zusammenreißen können, doch in diesem Fall ... Das Zeug ist wirklich übel, Dallas.«

»Was heißt das genau?«

»Als Grundlage dieser Mixtur dient Lysergsäurediethylamid – auch LSD genannt. Das ist unser Halluzinogen. Normalerweise schluckt oder spritzt man dieses Zeug.«

»Ich weiß.«

»Tja, nun, nur dass es diesmal anders war. LSD ist schon für sich genommen ein hochwirksames Gift, aber in diesem

Fall hat es der Täter konzentriert und seine Wirkung dadurch um ein Vielfaches verstärkt. Er hat es destilliert. Was ein genialer Schachzug ist. Er hat auf diese Weise so etwas wie Super-LSD erzeugt. Dann hat er es mit einem synthetischen Stoff, den wir noch nicht ermittelt haben, aufgepeppt und die halluzinogene Wirkung der Mixtur durch die Zugabe von konzentrierten Pilzen noch verstärkt. Dazu kamen außerdem Zeus, konzentriertes Testosteron und künstliches Adrenalin, um die Energie und die Gewaltbereitschaft zu erhöhen, und eine Spur Arsen.«

»Arsen?«

»Wir hatten den Bericht an Sie schon abgeschickt, als Harpo mit den Haaren Ihrer Opfer angefangen hat. In allen Proben war Arsen. Nur in geringen Dosen, doch zusammen mit den anderen Faktoren ruft es Wahnvorstellungen hervor. Jetzt wissen Sie, warum das Zeug so übel ist.«

Erklärend fügte er hinzu: »Man kriegt also neben einem Energieschub Wahnvorstellungen, wird panisch und rastet für circa zwölf Minuten völlig aus. Bei den Ratten hat die Wirkung drei bis vier Minuten nach der Einnahme des Mittels eingesetzt, dann haben sie zwölf Minuten lang gekämpft, und genauso plötzlich, wie die Wirkung dieses Mittels eingesetzt hat, ließ sie wieder nach.«

»Aha.«

»Die gute Nachricht ist, wenn man die zwölf Minuten überlebt, bleiben keine Schäden am Gehirn, den Nieren oder dem Herzen zurück. Die schlechte Nachricht ist, dass man die Zeit erst einmal überstehen oder möglichst umgehend an die frische Luft gelangen muss.«

»An die frische Luft?«

»Das Zeug ist konzentriert, und wenn man an die frische

Luft kommt, lässt die Wirkung schneller nach. Wobei ich noch nicht rausgefunden habe, wie viel frische Luft genau man braucht und um wie viel Minuten sich die Wirkzeit dann genau verkürzt.«

»Wie sieht's mit einem Gegenmittel oder einem Blocker aus?«

»Ich wüsste nicht, was gegen eine solche Mischung helfen sollte.«

»Haben Sie nicht selbst gesagt, es gäbe nichts, was Sie nicht hinbekommen?«

Er runzelte die Stirn, verzog beleidigt das Gesicht, dachte dann aber kurz nach und meinte: »Ja, okay, vielleicht.«

»Ich wette, dass der Täter einen Blocker hat.« Es gab verschiedene Arten der Bestechung, dachte sie, und wenn es reichte, dass sie jemanden bei seinem Ego packte, könnte sie sich die Geschenke sparen. »Ein Arsch, der sich so etwas ausdenkt, will doch sicherlich vermeiden, dass er selber durchdreht, falls er auf irgendeine Weise in Kontakt mit dieser Mischung kommt. Für die Entwicklung der Substanz und auch des Gegenmittels hat er doch wahrscheinlich ein Labor gebraucht.«

»Das hätte sicher nicht geschadet, doch im Grunde hätten ein paar Reagenzgläser, Messbecher und eine Wärmequelle völlig ausgereicht. Verdammt, ich könnte dieses Zeug in meiner eigenen Küche brauen, wenn ich keine Angst hätte, was davon abzukriegen und dann durchzudrehen. Am problematischsten war meiner Meinung nach das LSD. Bestimmt musste er lange rumprobieren, bis die Mischung hingehauen hat. Der Rest war dann das reinste Kinderspiel. Ich habe übrigens die Formel so gesichert, dass sie niemand außer mir verstehen kann. Sie sollten unbedingt vermeiden, dass noch jemand anderes an das Rezept gelangt, sonst können Sie bald nicht einmal mehr in Ruhe in den Feinkostladen an der Ecke gehen.«

»Er hat recht«, erklärte Eve, als sie wieder im Wagen saß. »Falls das Rezept für diesen kranken Cocktail durchsickert, wird garantiert bald auch noch jemand anderes oder viele andere ihn zusammenbrauen.«

»Die Regierung hält bereits diverse Viren unter Verschluss, die imstande wären, den größten Teil der Menschheit auszulöschen, hier auf Erden und auch außerhalb.«

»Was aus meiner Sicht nicht unbedingt beruhigend ist.«

»Was ich damit sagen will, ist, dass die Welt nie wirklich sicher ist. Wahrscheinlich ist es realistisch zu behaupten, dass im Grunde niemand nirgends wirklich sicher ist. Was du besser als die meisten anderen Menschen weißt. Wir alle leben immer nur von einem auf den anderen Tag, aber trotzdem essen, shoppen, schlafen, lieben wir und setzen Kinder in die Welt. Denn ein anderes Leben haben wir nun einmal nicht.«

»Wobei das Leben, das wir haben, manchmal echt beschissen ist. Jetzt tragen wir unsere Lebensfreude weiter und erzählen dieser Shelby Carstein, was geschehen ist.«

Kurz darauf betraten sie ein Haus mit einem winzigen Foyer und einem Treppenhaus, in dem es durchaus angenehm nach Knoblauch roch. Sie gingen in den dritten Stock, hörten hinter einer Tür ein Baby schreien, hinter einer anderen grölendes Gelächter, weil anscheinend gerade jemand etwas Lustiges im Fernsehen sah, und hinter einer dritten die schluchzenden Klänge eines Violinkonzerts.

»Auf Sicherheit wird hier kein allzu großer Wert gelegt!«, bemerkte Eve, als sie ein rotes Licht, doch keine

Kamera und auch kein Handlesegerät neben der Tür von Shelbys Wohnung sah.

»Es ist eine ziemlich anständige Gegend.«

»Unten an der Ecke dealen sie mit Zeus.«

»Deshalb sage ich ja auch nur ziemlich«, klärte Roarke sie lächelnd auf. »Und warum hast du dem Dealer nicht den Tag versaut, wie du es sonst so gerne tust?«

»Ich habe gerade Wichtigeres vor.« Sie klopfte, wartete kurz ab und wollte gerade noch einmal klopfen, als sie hinter dem Spion eine Bewegung sah und ihre Marke vor das Sichtloch hielt. »Polizei. Machen Sie auf.«

Eine Reihe Riegel wurden aufgeklappt, die Tür wurde geöffnet, und sie sahen eine Frau, die offensichtlich frisch aus dem Bett kam. Sie knotete den Gürtel ihres kurzen Morgenmantels zu, wippte ungeduldig auf den nackten, grell orangefarben lackierten Zehen und schob sich die ebenfalls orangefarbenen Haare aus dem schläfrigen Gesicht.

Sie hüllte sich ein wenig fester in den Morgenmantel ein, verdeckte aber nicht die von den Bartstoppeln ihres Geliebten rot aufgeraute Haut an ihrem Hals.

»Gibt es ein Problem?«, fragte sie heiser und sah Eve und Roarke halb neugierig und halb erbost aus schwerlidrigen, grünen Augen an.

»Miss Carstein?«

»Ja. Was gibt's?«

»Ich bin Lieutenant Dallas, und das hier ist mein Berater. Wir würden gern mit Ihnen reden.«

»Worüber?«

»Über das, was heute Nachmittag im *On the Rocks* geschehen ist.«

»Das … also bitte … ja, okay, wir hatten Streit. Aber schließlich haben wir nicht mit irgendwelchem Zeug geworfen oder sonst etwas kaputt gemacht. Ich habe dieser blöden Schlampe nicht mal eine reingehauen. Ich habe nur gesagt, dass sie verduften soll, wenn sie sich keine fangen will. Ja, okay, ich war ihr gegenüber nicht besonders nett, aber ich habe sie nicht angerührt.«

»Was für eine blöde Schlampe war das?«, fragte Eve.

»Keine Ahnung, einfach so ein Weib mit Riesentitten. Rocky meint, sie wäre hackevoll gewesen, sie hat ihn direkt vor meiner Nase angemacht.« Für den Fall, dass Eve sie nicht verstand, wies Shelby mit zwei Fingern auf ihr eigenes Gesicht. »So was muss ich mir ja wohl nicht bieten lassen, ob das Weib nun voll war oder nicht.«

»Vielleicht dürften wir kurz reinkommen, Miss Carstein?«

»Muss das sein?« Inzwischen hatte aufblitzender Zorn die Schläfrigkeit in ihrem Blick ersetzt, widerstrebend trat sie einen Schritt zurück. »Rocky! Rocky, komm mal her. Wegen dieser blonden Tussi aus dem *On the Rocks* stehen jetzt die Bullen vor der Tür.«

»Red doch keinen Scheiß«, ertönte eine müde Stimme aus dem Zimmer, zu dem eine Spur aus abgelegten Kleidern – einer Männerhose, einem Hemd, einem Rock und zwei Paar Schuhen – führte, die in einem überladenen Wohnraum hinterlassen worden war.

Eve sagte sich, sie müsste keine Polizistin sein, um zu erkennen, was nach der Rückkehr aus der Bar hier abgelaufen war.

Ein Mann mit wirrem, dunklem Haar und einem Knutschfleck auf der nackten Schulter schlurfte durch die Tür und band sich das Stoffband seiner Jogginghose zu.

Offenbar hatten Rockys Sachen also einen Platz in Shelbys Schrank.

»Himmel, Shel, was ist hier los?«

»Am besten fassen wir uns möglichst kurz«, erklärte Eve. »Wie heißen Sie?«

»Rockwell Detweiler«, erklärte er ihr barsch.

Rockwell, dachte Eve. *Das ist ja wohl ein Witz.*

»Sie und Miss Carstein waren heute Nachmittag im *On the Rocks*, und um 17.29 Uhr haben Sie die Bar wieder verlassen.«

»17.29 Uhr? Meine Güte!« Shelby warf entnervt die Hände in die Luft. »Regiert in unserem Land etwa mit einem Mal das Militär? Ich habe nichts angestellt.«

»Das stimmt«, pflichtete Rocky ihr gehorsam bei.

»Du fandest das noch witzig.« Wütend pikste Shelby ihn mit ihrem Zeigefinger an. »Dieses verdammte Flittchen hat sich an ihn rangemacht, als er zur Theke ging. Er fand das witzig, selbst als sie dann zu unserem Tisch gewackelt kam und ihm ihre verdammte Nummer zugesteckt hat, hat er noch gelacht.«

»Was einfach zeigt, wie unreif Männer manchmal sind«, erklärte Eve.

»Genau«, bestätigte ihr Roarke. »Das ist Teil unseres besonderen Charmes.«

»Ich habe den verdammten Zettel mit der Nummer liegen lassen«, setzte Rocky sich zur Wehr.

»Aber trotzdem hast du breit gegrinst. Direkt vor meinen Augen.« Wieder wies sie mit zwei Fingern auf ihr eigenes Gesicht. »Okay, ich habe ihr gesagt, wohin sie sich die Nummer schieben kann und dass sie endlich Land gewinnen soll, vielleicht bin ich auch gegen mein Glas gestoßen, und sie hat zufällig die Brühe abgekriegt. Aber, meine Güte, schließlich habe ich ihr keine reingehauen. Und ihm auch nicht.« Diesmal wies sie mit dem Daumen auf den

Kerl, mit dem sie eben noch im Bett gewesen war. »Ich bin einfach nur gegangen!«

»Das bin ich auch, okay? In Ordnung, meinetwegen war es dumm, ihr nicht sofort zu sagen, dass ich schon vergeben bin.« Er sah erst Eve, dann Roarke und schließlich seine Freundin flehend an. »Ich fand es einfach witzig, sie war ganz schön angeschickert, und … okay, ich gebe zu und habe es schon vorher zugegeben, Shel … natürlich hat es mir geschmeichelt, dass sie etwas von mir wollte, aber eigentlich war es vor allem witzig, weil du schließlich direkt neben mir gesessen hast. Ich habe wirklich nichts gemacht. Ich liebe dich, das sage ich dir jeden Tag. Als wir rausgegangen sind und du gesagt hast, dass ich dir den Buckel runterrutschen soll, bin ich dir sofort hinterhergelaufen, Shel. Bin ich nicht drei verdammte Blocks hinter dir hergerannt, habe mich bei dir entschuldigt und dir noch einmal gesagt, wie wichtig du mir bist? Ich meine, schließlich war es Liebe auf den ersten Blick, als ich dir in der Chambers Street begegnet bin, und inzwischen liebe ich dich noch viel mehr.«

»Oh, Rocky«, Shelbys böse Miene machte einem butterweichen Lächeln Platz.

»Wo sind Sie hingegangen, nachdem Sie die Bar verlassen hatten?«, mischte sich Eve wieder in die Unterhaltung ein.

»Direkt hierher.« Die junge Frau behielt ihr weiches Lächeln bei. »Wir sind direkt zu mir gegangen.«

»Ich nehme an, dass Sie danach nicht noch einmal weggegangen sind. Und Sie haben auch nicht ferngesehen und nicht telefoniert.«

»Wir waren beschäftigt«, klärte Rocky sie mit einem mindestens genauso weichen Lächeln auf den Lippen auf.

»Hören Sie, falls es wegen der Geschichte in der Bar ein Bußgeld gibt, bezahle ich für Shel.«

»Es wird kein Bußgeld geben, aber setzen Sie sich trotzdem besser erst einmal hin«, bat Eve in dem Bewusstsein, dass die beiden sicher nicht mehr lächeln würden, wenn sie erst erführen, was der wahre Grund für ihr Erscheinen war.

Die Unterhaltung hatte nicht das Mindeste ergeben, dachte sie und legte Peabodys Bericht und ihren Handcomputer fort, als Roarke in ihre Einfahrt bog. Außer Trauer und Verwirrung hatten Shelby und ihr Partner keine Reaktion auf die schrecklichen Enthüllungen gezeigt.

Sie blickte auf die warmen, einladenden Lichter hinter all den großen Fenstern der von Roarke erbauten eleganten Festung, in der sie inzwischen ebenfalls zu Hause war.

Sie kehrte heim, doch allzu viele Menschen waren heute Abend nicht mehr heimgekehrt.

»Nach der Rocky-Shelby-Show ist es zu spät, um noch jemand anderen zu vernehmen«, murmelte sie rau.

»Der Auftritt von den beiden war zumindest unterhaltsam. Ein bisschen Komik hat nach diesem grauenhaften Nachmittag und Abend durchaus gutgetan.«

»Vielleicht … okay, auf jeden Fall … und vor allem musste ich mit den beiden sprechen, auch wenn dadurch jede Menge Zeit verloren ging. Aber für Gespräche mit Kollegen und mit Freunden unserer Opfer hätte es wahrscheinlich heute Abend sowieso nicht mehr gereicht.«

»Was glaubst du, wie viel Zeit dir bleibt?«

Sie wusste, was er mit der Frage meinte, und sah reglos geradeaus. »Das weiß ich nicht, und genau das ist das Problem. Ich hoffe mindestens auf ein, zwei Wochen, aber ich an seiner oder ihrer Stelle würde höchstens ein, zwei Tage mit dem nächsten Anschlag warten, die Polizei auf diese Art auf Trab halten und dafür sorgen, dass die Allgemeinheit panisch wird. Ist es nicht das, worum es geht? Panik, Angst, Gewalt und Tod? Ich an seiner Stelle würde ganz bestimmt nicht eine Woche warten, also muss ich überlegen, was für Ziele er vielleicht ins Auge fasst.«

Sie stieg aus dem Wagen und war dankbar für die Jacke, die sie trug. Der dunkle Abendhimmel hatte die gesamte Wärme des vergangenen Tages aufgesaugt.

Die Tage wurden wieder kürzer und die Nächte länger, was ihr zeigte, dass der Sommer endgültig vorüber war.

»Ich habe selber noch zu tun.« Roarke nahm ihre Hand, als er merkte, dass sie kalt war, küsste er sie sanft. »Wenn ich damit fertig bin, rufe ich Feeney an.«

In der großen Eingangshalle lauerte ihnen die ganz in schwarz gehüllte Vogelscheuche, die der Majordomus ihres Mannes und ihre private Nervensäge war, zusammen mit dem fetten Kater auf. Schwerfällig kam Galahad durch das Foyer getrottet, strich erst ihr und danach Roarke laut schnurrend um die Beine und kehrte dann an seinen Platz zurück.

»Ich habe vorhin Nachrichten gesehen«, erklärte Summerset, und Eve zog überrascht die Brauen hoch, weil er sich die beleidigenden Worte sparte, die ein Teil der rituellen Begrüßung zwischen ihnen waren. »Einzelheiten haben sie natürlich nicht genannt, aber es hieß, dass es in einer Ihrer Kneipen eine große Zahl von Toten gab«, wandte er sich an Roarke.

»Wir sind ebenfalls beunruhigt«, antwortete Eve und trat entschlossen auf die Treppe zu.

Summerset bedachte Roarke mit einem durchdringenden Blick. »Galt dieser Anschlag Ihnen?«

»Nein.«

»Das sieht der Lieutenant anders.«

Jetzt wandten sich der Butler und auch Roarke zu ihr. Einer sah sie fragend und der andere warnend an, und sie erklärte: »Ich halte es für äußerst unwahrscheinlich, dass der Anschlag ihm gegolten hat.«

»Ich will nicht, dass Sie das nur sagen, um mich zu beruhigen.«

»Bei diesem Anschlag ging's ganz sicher nicht um mich.« Roarke fuhr sich entnervt mit beiden Händen durch das Haar. »Eve sagt nur deshalb, dass es unwahrscheinlich ist, weil sie als Polizistin alle Möglichkeiten in Erwägung ziehen muss, egal wie abwegig sie sind.«

»Wie sind sie gestorben? Es wird sowieso bald in den Medien kommen«, kam der Butler Eves Protest zuvor. »Sie spekulieren, ob es Gift, ein chemischer Stoff oder ein Virus war. Anonymen Quellen zufolge soll die Kneipe wie ein Schlachtfeld ausgesehen haben, und der Boden war mit Leichen übersät.«

»Scheiße«, fluchte Eve.

»Genau so war's«, erklärte Roarke und sah sie böse an. »Jetzt stell dich nicht so an. Es stimmt, er wird es sowieso erfahren, und vor allem hat er, verdammt noch mal, das Recht zu wissen, was geschehen ist.«

»Ich entscheide selber, wer, verdammt noch mal, das Recht hat, etwas über diese Sache zu erfahren. Schließlich ist dies mein Fall.«

»Dies ist ein Massaker, das in einer meiner Kneipen stattgefunden hat, und infolge dessen eine Reihe meiner Angestellten heute Nacht im Leichenschauhaus liegen, also kann ich jawohl selbst entscheiden, ob ich ihm etwas von dieser Angelegenheit erzähle oder nicht.«

»Du ...«

»So zanken Sie normalerweise immer, wenn Sie nichts gegessen haben«, fiel der Butler ihnen kalt ins Wort. »Also gehen Sie jetzt ins Esszimmer und setzen sich wie zwei Erwachsene an den Tisch.«

Er marschierte hocherhobenen Hauptes in die Küche, und nach kurzem Zögern trottete der fette Galahad ihm hinterher.

»Ich gehe erst mal rauf.«

»Den Teufel wirst du tun. Du pflanzt deinen Hintern erst einmal auf einen Stuhl im Esszimmer.« Als Roarke sie Richtung Speisezimmer führen wollte, bohrte sie die Fersen in den Boden und blieb stehen.

»Ich habe noch zu tun. Verdammt, ich lasse mir bestimmt nicht von euch vorschreiben, wann ich was essen soll.«

»Wir setzen uns jetzt an den Tisch und essen etwas, weil er darum gebeten hat. Wann hat dich Summerset zum letzten Mal um irgendwas gebeten? Wann?«

Sie wollte eine böse Antwort geben, doch ihr fiel beim besten Willen keine ein. »Schließlich bitte ich ihn auch niemals um irgendwas.«

»Aber wenn du nicht vergisst zu essen, isst du das, was er dir kocht, du läufst in sauberen Kleidern rum, weil er sie waschen lässt, und lebst in einem gut geführten Haus, in dem sich keiner von uns beiden je um irgendetwas kümmern muss.«

»Warum bist du mit einem Mal so *angepisst?* Vor zwei Sekunden hast du meine Hand geküsst, und jetzt machst du mich plötzlich dämlich von der Seite an.«

»Er hat seit den ersten Meldungen im Fernsehen darauf gewartet zu erfahren, ob ich in Ordnung bin, und ich habe ihm nicht Bescheid gegeben, wo ich bin und was geschehen ist. Ich habe einfach nicht daran gedacht, weil ich völlig mit dieser Angelegenheit und dir beschäftigt war.«

Das Bewusstsein, dass er derart nachlässig gewesen war, erfüllte ihn mit Scham.

»Natürlich hat er sich erkundigt und gewusst, dass wir in Ordnung sind. Aber trotzdem hätte ich ihn selber sprechen sollen. Das habe ich versäumt, und obwohl es nicht deine Schuld ist, dass ich deshalb wütend auf mich selbst bin, tun wir jetzt bitte, was er sagt, setzen uns an den Tisch und essen was. Danach werden wir ihm das erzählen, was wir ihm erzählen können, denn auch wenn dir das vielleicht nicht passt, ist er Familie.«

»Meinetwegen. Also gut. Aber ich habe nicht viel Zeit.«

Sie ging ins Esszimmer und nahm das Feuer im Kamin, den warmen Schein der Kerzen auf dem Tisch, das selbst gebackene Brot, den Käse und die Butter, die funkelnden Gläser und die Suppenschalen auf den Platztellern aus blank poliertem Silber wahr.

Einen Moment später trug der Butler ein Tablett mit einer Suppenschüssel in den Raum.

»Ich hätte mich viel eher bei Ihnen melden sollen«, begann Roarke.

»Ich nehme an, Sie hatten genug anderes im Kopf.«

»Trotzdem war mein Verhalten rücksichtslos und dumm.«

Summerset zog beide Brauen hoch. »Das stimmt.«

»Es tut mir wirklich leid.«

»Dann sei Ihnen verziehen.« Er nahm den Deckel von der Schüssel und tauchte die Suppenkelle in die dampfend heiße Flüssigkeit. »Jetzt essen Sie erst einmal.«

»Diese Schale gehört Ihnen. Lassen Sie mich eine dritte Schale holen, bitte.«

Was auch immer diese Worte zu bedeuten hatten, nahm der Butler nickend Platz. »Da bisher nur der Kater etwas gegessen hat, kommt mir ein Teller Suppe gerade recht.«

Als Roarke den Raum verließ, wandte sich Eve an Summerset. »Ich habe ihn ziemlich auf Trab gehalten«, fing sie an.

»Sie brauchen mir nichts zu erklären. Im Allgemeinen gibt er mir immer Bescheid, wenn irgendwas passiert. Dieses Mal hat er sich nicht gemeldet, doch nach den beunruhigenden Nachrichten im Fernsehen hätte er sich denken sollen, dass ich in Sorge bin. Und jetzt essen Sie, bevor die Suppe kalt wird.«

Es war wirklich seltsam, hier zu sitzen und mit Summerset zu essen, dachte Eve. Die Suppe allerdings war wirklich gut – sämig, warm und tröstlich –, und als Roarke zurückkam und sich selbst bediente, kam es ihr schon nicht mehr ganz so seltsam vor.

»Bleiben Sie am besten in den nächsten ein, zwei Tagen hier, und machen Sie Ihre Einkäufe und was Sie vielleicht sonst noch machen, online«, sagte sie zu Summerset und nahm sich ein Stück Brot. »Wenigstens so lange, bis ich rausgefunden habe, was genau hinter dem Anschlag steckt.«

Roarke drückte ihre Hand und sah sie dankbar an.

»War es ein Terroranschlag?«

»Nein, ich glaube nicht. Zumindest nicht, wie wir ihn bisher kennen, auch wenn Terrorismus als Motiv bisher nicht völlig ausgeschlossen werden kann. Ein unbekanntes Individuum oder eine unbekannte Gruppe hat die Luft im *On the Rocks* mit einem hochwirksamen Halluzinogen versetzt. Die Leute haben sie eingeatmet, Wahnvorstellungen entwickelt und sind aufeinander losgegangen. Zwölf

Minuten später waren neunundachtzig Menschen, unter anderem fast das ganze Personal der Kneipe, tot. Nur sechs haben bisher überlebt.«

»Sie sagen, diese Menschen haben sich selbst getötet.«

»Wie es aussieht, haben sie sich gegenseitig umgebracht. Hinweise auf Selbstmord hat der Pathologe bisher nicht entdeckt.«

Er schwieg einen Moment, und Roarke schenkte erst ihm, dann Eve und schließlich sich selbst aus einer Flasche guten Rotweins ein. »Ich erinnere mich, dass es während der Innerstädtischen Revolten etwas Ähnliches gegeben hat.«

Eve wurde schreckensstarr. »So etwas ist schon mal passiert?«

»Natürlich weiß ich nicht mit Sicherheit, dass es genau so war. Ich war damals nicht selbst dabei, aber jemand, den ich kenne, hat den ersten Angriff aus der Nähe miterlebt. Er war damals auf dem Weg in ein Café, in dem sich ein paar Leute aus dem Untergrund getroffen hatten und in dem er selbst ein junges Mädchen, das er gerne hatte, hätte treffen wollen. Er war damals noch jung, ich schätze, dass er vielleicht achtzehn war. Es war in London, in South Kensington. Die schlimmsten Kämpfe waren zu der Zeit bereits vorbei. Er war einen halben Block von dem Café entfernt. Als er die Schreie, die Schüsse und die Explosionen hörte, rannte er den Rest des Wegs. Um diese Tageszeit waren vielleicht zwanzig Leute dort. Bei seiner Ankunft war niemand mehr am Leben, und die Fenster waren geborsten von den Kugeln, die man abgefeuert hatte, und den Leichen, die hinausgeworfen worden waren.«

Summerset schluckte und fuhr fort: »Er hatte all die Toten gut gekannt, und wie die meisten anderen, die dazukamen, ging er davon aus, dass es ein Angriff der Armee gewesen war.«

»Wodurch wurde das Massaker ausgelöst?«

Er schüttelte den Kopf. »Das Militär hat das Gebäude abgesperrt und das Café geschlossen, aber nie bekannt gegeben, was der Auslöser dieses Gemetzels war. Ein paar Wochen später passierte es dann erneut, diesmal in Italien, in Rom, danach waren wir alle auf der Hut. Man sagte uns, es wäre was im Wein gewesen, und die Weintrinker hätten in ihrer Raserei auch alle anderen, die keinen Wein getrunken hatten, umgebracht.«

»Was soll in dem Wein gewesen sein?«

»Das haben wir nie herausgefunden; soweit wir wussten, ist danach nie wieder etwas in der Art passiert. Wir haben damals früher oder später alles mitbekommen, was geschah. Das Militär und die Politiker haben die Untersuchungsakten sorgfältig unter Verschluss gehalten. Obwohl unsere Agenten damals wirklich gut waren, haben sie nie rausgefunden, was genau die Ursache des zweimaligen Blutvergießens war. Damals dachte ich, dass das vielleicht das Beste ist.«

Eve griff nach ihrem Glas und sah ihn reglos an. »Ich wette, dass Sie heutzutage in der Lage wären herauszufinden, was genau damals geschehen ist.«

5

Auf dem Weg nach oben nahm Roarke wieder ihre Hand.

»Das war wirklich nett von dir.«

»Was?«

»Dass du mit uns gegessen und dich mit ihm unterhalten hast. Natürlich ist mir klar, dass dich das Zeit gekostet hat.«

»Die Infos, die er hatte, waren durchaus nützlich, also hat das Essen sich immerhin für mich gelohnt.«

Am Kopf der Treppe blieb er stehen und sah sie einfach an.

Sie versuchte, seinen Blick mit einem Schulterzucken abzutun, stieß dann aber einen leisen Seufzer aus.

»Hör zu, auch wenn mir das vielleicht nicht passt, gehört der Mann nun mal zu dir, und ich werde ihm bestimmt nicht gegen das Schienbein treten, weil er sich Sorgen um dich macht. Damit warte ich, bis er wieder der Alte ist.«

Das brachte ihn zum Lachen, und er schwenkte ihre Hand, die immer noch in seiner lag. »Okay. Du hast ihm eine Aufgabe gegeben, und er ist die Art von Mensch, die dann am besten funktioniert, wenn sie eine Aufgabe bekommt.«

Sie ging spontan ins Schlafzimmer statt wie geplant in ihr Büro. Sie könnte es sich schließlich ruhig bequem machen, bevor es wieder an die Arbeit ging.

»Er hat immer noch seine Kontakte aus der Zeit der Innerstädtischen Revolten, und mich würde wirklich interessieren, was er in Erfahrung bringen kann. Natürlich weiß ich nicht, ob das, was heute Nachmittag passiert ist, mit den beiden Angriffen in England und Italien, die inzwischen ewig her sind, tatsächlich zusammenhängt, aber trotzdem ist es gut zu wissen, was damals geschehen ist. Ich habe mich bisher nicht wirklich für die Innerstädtischen Revolten interessiert, aber in der Schule haben wir sie durchgenommen, und bei meiner Ausbildung haben wir Vorlesungen über Taktik, Straßenkampf, biologische und chemische Kampfstoffe am Beispiel dieser Zeit gehabt. Aber von den Vorfällen, die Summerset erwähnt hat, habe ich noch nie etwas gehört.«

»Ich auch nicht, schließlich hat anscheinend auch das Militär die beiden Anschläge damals vertuscht. Falls jetzt so etwas in Amerika unter den Teppich gekehrt wird, hat auf jeden Fall der Heimatschutz die Hand im Spiel«, fügte er kalt hinzu. »Im Vertuschen sind sie schließlich wirklich gut.«

»Bisher haben wir mit diesen Typen nichts zu tun.« Sie öffnete ihr Waffenhalfter, zog es aus und warf es auf den Tisch. »Je mehr wir wissen, umso besser, falls es wirklich dazu kommt.« Sie setzte sich aufs Bett und zog die Stiefel aus. »Falls wir rausfinden, dass sie etwas von dieser Formel und der Möglichkeit, dass es zu einem solchen Anschlag kommen könnte, wussten und nichts unternommen haben, mache ich sie platt.«

»Aber das machst du nicht allein.«

Wenn es dazu käme, würde sie auf alle Fälle dafür sorgen, dass auch Roarke eine aktive Rolle dabei spielen könnte, die Personen, die in diese Angelegenheit verwickelt waren, bloßzustellen. Doch natürlich würde er den Typen schon von selber an den Karren fahren, sobald er die Gelegenheit dazu bekäme, also könnte sie sich diese Mühe sparen.

Es würde ihm dabei um Rache gehen, um eine eigene Art Gerechtigkeit, die ihr als Cop verboten war.

»Bevor ich mit der Arbeit weitermache, dusche ich noch kurz.« Sie ging in Richtung Bad, blieb stehen und winkte ihn zu sich heran.

»Ist das dein Ernst?« Er zog verblüfft die Brauen hoch.

»Die Entscheidung liegt bei dir, Kumpel, aber in spätestens dreißig Sekunden bin ich heiß und nass. Am besten siehst du also langsam zu, dass du aus diesem schicken Anzug steigst.«

Eine Runde Wassersport wäre vielleicht genau das Richtige, um ihnen in Erinnerung zu rufen, dass es neben all der Hässlichkeit dieses Tages auch noch schöne Dinge gab.

Vor allem war das Leben nun einmal zum Leben da.

Wie nicht anders zu erwarten, quoll hinter den Glaswänden der großen Duschkabine bereits eine dichte Wolke Dampfs hervor. Sie hatte alle Düsen angestellt, und wieder einmal empfand er es als Wunder, dass das kochend heiße Wasser, das auf ihren Körper trommelte, sie nicht vor Schmerzen schreien ließ. Doch sie stand hochgewachsen und geschmeidig mit glitzernder Haut und ins Genick geworfenem Kopf inmitten all des Wassers und des Dampfs, und ihre kurz geschnittenen, nassen Haare sahen wie das Fell von einem Seehund aus.

Lautlos trat er hinter sie und zuckte leicht zusammen, als der kochend heiße Wasserfall sich über ihn ergoss. Doch das war ein geringer Preis, den er mit Freuden dafür zahlte, dass er seine Arme um sie schlingen durfte, während er mit seinen Lippen bereits über ihren Hals in Richtung ihrer Schulter strich.

»Ich wusste, dass ich auf dich zählen kann.« Sie schlang ihm ihrerseits die Arme um den Hals und lehnte sich rücklings an ihn. »Du fühlst dich wirklich gut an.«

»Du dich auch.« Begierig glitt er mit den Händen über ihren Körper, bis er ihre straffen Brüste fand. »Auch wenn das Wasser wieder einmal kochend ist.«

»Auf diese Art verbrennen wir die Gifte, die vielleicht in unseren Körpern sind.«

»Ach ja?«

»Ach ja.« Sie drehte sich blitzschnell zu ihm herum, klammerte sich an ihm fest, küsste ihn begierig auf den Mund, und die ansteigende Flut ihres Verlangens riss sie beide mit.

In seinem Kopf war nur noch Platz für sie, für ihren Mund und ihren eng an seine Brust gepressten Leib. Der Wasserdampf wogte um sie herum, als er mit seinen Händen über all die herrlichen, vertrauten Stellen ihres Körpers glitt, bis sie sich stöhnend wand.

Dann drehte er sie wieder um, presste sie gegen die Wand und zog die unter seidig weicher Haut verborgenen harten Muskeln ihres Rückens nach.

Er klopfte gegen eine Fliese, füllte seine Hände mit duftender Flüssigseife und rieb langsam ihren Rücken, ihre Schultern, Hüften, Schenkel, ihren Bauch und ihre Brüste damit ein, bis sie anfing zu keuchen und der Duft des Seifenschaums sich mit dem heißen Wasserdampf verband.

Mit Mund und Händen zog er die Konturen ihres Körpers nach, bis seine Polizistin, seine Kriegerin und Ehefrau genauso bebte wie sein eigenes Herz.

Dann schob er die Finger millimeterweit in sie hinein und unterzog sie einer federleichten Qual, bis sie die Fäuste an den nassen Fliesen ballte und ihm völlig ergeben war. Sie wollte sich ihm wieder zuwenden, um ihn ganz in sich aufzunehmen, doch er hielt sie weiter fest, ergötzte sich an ihr und brachte sie um den Verstand.

Er trieb sie immer weiter an, doch ehe sie ihr Ziel erreichte, brach er ab, und vollkommen gefangen in der Freude, die er ihr bereitete, doch gleichzeitig erfüllt von schmerzlichem Verlangen nach Erleichterung stieß sie mit rauer Stimme aus: »Ich kann nicht mehr.«

»Oh doch.«

Wieder presste er ihr seine Lippen auf den Hals, und in ihrem Innern wogte eine Welle der glückseligen Erfüllung auf. Sie konnte nicht mehr atmen, ohne dass sie eine Vielzahl von Gefühlen übermannten, ihr wurde schwindlig vor Verlangen und dem gleichzeitigen grenzenlosen Glück, das sie empfand.

Dann drehte er sie endlich um, sie sah in seine wilden, blauen Augen, und er küsste sie begierig auf die Lippen und drang kraftvoll in sie ein.

Ihre nassen Körper klatschten aufeinander, das kochend heiße Wasser trommelte auf ihre Schultern, während er sie nahm. Er löschte sämtliche Gedanken an das Grauen des Tages aus und füllte alle leeren Stellen ihres Leibs und Herzens an.

Sie packte Strähnen seines Haars und zerrte den Kopf zurück, damit er sein Gesicht in ihren Augen sah.

»Du. Nur du.«

Der Zauber dieser Worte traf ihn mitten in die Seele, und begierig sog er ihren Duft in seine Lunge ein und löste dann den Mund von ihrem Hals.

Zum Glück jedoch hielt er sie weiter fest. Wahrscheinlich bräuchte sie ein bis zwei Tage, bis sie wieder Luft bekäme, und noch länger, bis sie wieder ohne Hilfe stehen könnte, aber davon abgesehen ging es ihr gut.

Sie wollte einen Quickie zur Entspannung, doch abgesehen vom Wackeln ihrer Knie hatte das Zusammensein ihr neben der Entspannung zusätzlich noch jede Menge neuer Energie verliehen.

»Ich nehme an, wir sollten uns allmählich wieder anziehen«, stieß sie mühsam aus.

»Noch nicht.«

»Auf allen vieren schaffe ich es sicher bis ins Schlafzimmer.«

»Ich werde dafür sorgen, dass du wieder laufen kannst. Wassertemperatur auf dreißig Grad.«

»Moment mal…«

Im Vergleich zu vorher war das Wasser plötzlich eisig, und obwohl sie kreischte, fluchte und versuchte, sich ihm zu entwinden, lachte er und hielt sie einfach weiter fest.

»Das wird dich wieder munter machen, und außerdem ist das Wasser auch nicht kälter als im Pool. Ein Eisbad ist dies also ganz eindeutig nicht.«

Aber so fühlte es sich an. »Wasser aus! Aus, aus, verdammt, geh endlich aus!«

Sie schob sich die tropfnassen Haare aus den Augen, aber als sie ihn mit einem bitterbösen Blick bedachte, lächelte ihr Peiniger sie fröhlich an.

Hatte sie nicht heute Abend erst erklärt, dass Männer manchmal furchtbar unreif waren?

»Fandest du das etwa witzig?«

»Ja, natürlich. Und erfrischend. Ich wette, dass du jetzt auch wieder ohne Hilfe laufen kannst.«

Da sie das auf alle Fälle konnte, trat sie hocherhobenen Hauptes aus der Duschkabine, schaltete den Trockner an und atmete erleichtert auf, als ihr die warme Luft entgegenschlug.

Durch das Kabinenglas verfolgte sie, wie er nach einem Handtuch griff. Er trocknete sich grinsend ab, schlang sich das Handtuch um die Hüften und kehrte ins Schlafzimmer zurück.

Als Eve ihm folgte, trug er bereits Jeans und T-Shirt. Entschlossen zog auch sie sich wieder an.

Die meisten Menschen waren um diese Uhrzeit längst im Bett oder zumindest auf dem Weg dorthin.

Doch leider war es so, dass Polizisten anders als die meisten Menschen waren.

»Dann mache ich mich wieder an die Arbeit«, sagte sie.

»Ich auch«, erklärte er und ging mit ihr zur Tür. »Ich muss selbst noch ein paar Dinge klären, aber dann kann ich dir helfen, wenn du willst.«

Sie gingen jeder in sein Arbeitszimmer. Als Erstes hängte Eve die Aufnahmen der Toten, der Überlebenden und derer, die mit ihnen in Verbindung standen, an der Tafel auf.

In ihrer kleinen Küche kochte sie sich eine Kanne Kaffee, setzte sich damit an ihren Schreibtisch, legte die Füße auf die Platte, sah die Tafel an und ließ ihren Gedanken freien Lauf.

Der Täter war beherrscht. Und oberflächlich, denn wer alles bei dem Anschlag sterben würde, hatte ihn nicht interessiert. Selbst wenn er eins oder ein paar der Opfer ins Visier genommen hätte, hatten ihn die vielen anderen Toten nicht im Mindesten gestört.

Wobei es ja vielleicht genau darum gegangen war. Darum, dass möglichst viele Menschen starben.

Ein politisches Motiv war unwahrscheinlich, denn dann hätte sich inzwischen jemand zu der Tat bekannt. Also war es etwas Persönliches, doch nicht intim, nicht sexuell, und –

zumindest sah es bisher so aus – es ging auch nicht um Geld.

Er spielte Gott, das hatte Mira festgestellt, und so sah es tatsächlich aus.

Sie fuhr ihren Computer hoch, führte mehrere Wahrscheinlichkeitsberechnungen zu Tat und Täter durch, schrieb eine Notiz zu dem Gespräch mit Shelby Carstein und Rocky Detweiler, ging ihre E-Mails durch und brachte den Bericht an den Commander auf den neuesten Stand.

Solange sie nicht mehr über die mögliche Verbindung zu den Innerstädtischen Revolten wüsste, würde sie darüber erst einmal Stillschweigen bewahren, denn falls das FBI oder der Heimatschutz sich in ihre Ermittlungen zu dieser Sache einmischte, würden sie verlangen, dass man ihnen sämtliche Berichte und Notizen überließ.

Als Roarke durch die Verbindungstür aus seinem Arbeitszimmer kam, hatte sie sich schon den zweiten Becher Kaffee eingeschenkt und ging vor der Tafel auf und ab.

»Was kann ich tun?«

»Die Angehörigen der Opfer wurden von den anderen verständigt. Entweder persönlich oder, falls sie nicht hier wohnen, über ein Link. Während der Gespräche mit diesen Leuten wurden ein paar Dinge angesprochen, denen nachgegangen werden muss. Nicht einvernehmliche Trennungen, Probleme in der Ehe oder Partnerschaft, Spannungen in der Familie oder am Arbeitsplatz. Eins der Opfer hat vor Kurzem ein Kontaktverbot wegen Misshandlung gegen seinen Freund und ein anderes wegen Vergewaltigung innerhalb der Ehe gegen seinen eigenen Ehemann erwirkt.«

»Aber du glaubst nicht, dass ein gewalttätiger Ehemann,

ein eifersüchtiger Freund, eine wütende Schwester oder eine undankbare Tochter hinter dieser Sache steckt.«

»Die Wahrscheinlichkeit ist eher gering, trotzdem muss ich allen Spuren nachgehen. Vielleicht wollte der Täter durch sein Vorgehen ja vertuschen, dass es ihm im Grunde nur um eine einzige Person gegangen ist.«

Aber wer würde so was tun? Wer würde Dutzende von Menschen töten, nur damit ein ganz bestimmter Mensch zu Schaden kam?

Sie schüttelte den Kopf und beantwortete sich diese Frage selbst. »Manche Menschen sind echt krank. Deine Frau verlässt dich oder zeigt dich an, nur weil du ihr mal eine gescheuert hast? Das kannst du dir nicht bieten lassen, also ziehst du sie und ihre Freundinnen, die blöden Kühe, oder vielleicht auch gleich ihren neuen Kerl aus dem Verkehr. Du bringst auf einen Schlag mehrere Dutzend Leute um, und was das Allerbeste ist, du hast die Möglichkeit, dafür zu sorgen, dass sich diese Leute gegenseitig massakrieren, sodass kein Blut an deinen Händen kleben bleibt.«

»Ein Mann, der seine Frau missbraucht oder misshandelt, wirkt auf mich nicht unbedingt beherrscht.«

»Oh doch, das gibt's durchaus. Mein Vater war auf seine Art durchaus beherrscht. Er hat mich bis zu meinem achten Lebensjahr vollkommen isoliert gehalten, hat mir Angst gemacht und konnte mit mir tun und lassen, was auch immer ihm gefiel.«

»Du warst damals noch ein Kind.«

»Das spielt keine Rolle«, beharrte sie auf ihrer Position. »Er hat auch Stella kontrolliert. Ebenfalls auf seine eigene Art. Er hat sie dazu gebracht, dass sie sich von ihm schwängern lassen, mich geboren und sich mit mir abgegeben hat. Falls Mira sein Profil erstellen würde, käme ungefähr der Typ raus, nach dem wir suchen. Nur dass bei dem Anschlag heute meines Wissens nach nichts für den Täter rausgesprungen ist, während es meinem Vater bei allem stets um die Kohle ging.«

»Er geht dir nicht mehr aus dem Kopf«, bemerkte Roarke. »Er, McQueen und Stella gehen dir nicht mehr aus dem Kopf.«

»Ich denke nur am Rand an diese drei. Sie haben die Leben anderer zerstört, und das hat unser Täter oder haben unsere Täter heute auch. Und zwar im großen Stil. Also … denke ich auch an Cassandra, denn sie wollten mehrere New Yorker Wahrzeichen zerstören und haben in Kauf genommen, dass bei diesen Attentaten unschuldige Menschen umgekommen sind. Natürlich waren das Terrorakte, aber gleichzeitig war diese Gruppe ebenso besessen, wie es unser aktueller Täter ist.«

»Wo liegt der Unterschied?«, half er ihr auf die Sprünge, denn er kannte ihre Denkweise genau.

»Er will Blut sehen, ohne dass er selber etwas davon abbekommt. Er will den Tod, aber er will nicht töten, zumindest nicht direkt. Er muss nicht sehen, wie sie sterben, muss die Angst nicht riechen, muss nicht den Geschmack der Schmerzen auf der Zunge spüren. Er spielt Gott, okay, aber er nutzt dafür die Wissenschaft.«

»Diese beiden Dinge schließen sich nicht gegenseitig aus.«

»Nein, obwohl es Menschen gibt, die genau darauf bestehen. Für sie gibt es nur Gott, und wenn er mit dem Finger schnippst, kommen dadurch die Orang-Utans auf die Welt.«

»Ich liebe deine Art zu denken.«

»Tja, nun, das ist nicht meine Art zu denken, sondern

die der einen Seite, und am anderen Ende dieses Spektrums denkt man das genaue Gegenteil. Dass es keine höhere Macht gibt und dass unsere Erde einfach nur entstanden ist, indem das Universum einen Riesenfurz gelassen hat.«

»Wie gesagt, ich liebe deine Art zu denken«, wiederholte er. »Dann sind für diese Menschen also auch die Orang-Utans einzig wegen eines Riesenfurzes auf der Welt?«

»Genau. Wobei es eine große Gruppe in der Mitte gibt, die Gott und gleichzeitig die Wissenschaften gelten lässt. Für einige von diesen Menschen hat Gott die Wissenschaften vielleicht sogar selbst erschaffen. Also macht sich jemand einen Jux und nutzt die Wissenschaft, um Gott zu spielen. Denn die Entwicklung der Substanz basiert auf Wissenschaft. Die Wissenschaft hat Zeug wie LSD entdeckt. Also …«

Wieder ging sie vor der Tafel auf und ab. »Ist er vielleicht selber Wissenschaftler, oder kennt er jemanden, der in der Branche tätig ist? Und was war der Auslöser für die Tat? Warum hat er sie zu dieser Zeit an diesem Ort verübt? Warum ausgerechnet jetzt? Er hat damit ein Statement abgegeben, also muss es einen Grund dafür gegeben haben, dass er ausgerechnet jetzt in dieser Kneipe zugeschlagen hat.«

»Falls er wirklich etwas mit den Anschlägen zu tun hat, die während der Innerstädtischen Revolten stattgefunden haben, ist oder war der Kerl vielleicht beim Militär. Oder bei einer der Behörden, bei denen die Akten zu den damaligen Anschlägen gelagert sind.«

»Vielleicht, aber nach Militär fühlt es sich irgendwie nicht an. Bei Cassandra war sofort zu spüren, dass es eine militärische oder vielleicht auch paramilitärische Verbindung gab. Sie haben große Ziele ausgesucht, gedroht, gewarnt und sich zu den von ihrem Trupp verübten Anschlägen bekannt. Aber das von heute Nachmittag war etwas Persönliches, bei dem es nicht um Symbole oder Dinge, sondern nur um Menschen ging. Es ist etwas Persönliches, und ich muss rausfinden, was dieses Etwas ist.«

Sie wippte auf den Fersen. »Ich muss wissen, ob es diesem Kerl um Geld geht. Am besten gucken wir, ob irgendwelche Opfer volle Konten hatten oder hoch versichert waren, und falls ja, wer diese Kohle jetzt bekommt. Aber vielleicht geht es ihm auch um Macht oder um irgendeine Position. Viele unserer Opfer waren hohe Tiere oder auf dem Weg, es irgendwann zu werden oder haben Leuten zugearbeitet, die hohe Tiere sind oder es noch hätten werden wollen oder sollen. Wer also steigt auf der Karriereleiter auf, wenn sein Kollege oder Konkurrent herunterfällt?«

Sie wandte sich ihm wieder zu. »Am besten kümmerst du dich um das Geld, die Positionen und die Macht, denn schließlich kennst du dich mit diesen Dingen aus.«

»Okay.«

»Ich kümmere mich dann um Eifersucht, persönliche Querelen und den Rest.«

»Weil das deine Spezialgebiete sind?«

Sie zuckte mit den Achseln. »Wenn du mich betrügen würdest, brächte ich deshalb bestimmt nicht Dutzende von Leuten um. Du wärst der Einzige, den ich dann töten würde«, stellte sie mit einem breiten Lächeln fest. »Und ich würde es mit meinen eigenen Händen tun, weil du mir wirklich wichtig bist.«

»Rührend.« Er trat auf sie zu und legte ihr die Hände ans Gesicht. »Sieh bitte zu, dass du noch etwas Schlaf bekommst. Denn schließlich musst du morgen früh um acht schon wieder auf dem Posten sein.«

»Ich bin okay.«

»Dann guck, dass es so bleibt.« Er küsste sie und kehrte in sein eigenes Büro zurück.

Um fit zu bleiben, schenkte sie sich einen dritten Becher Kaffee ein, sah sich die früheren und aktuellen Ehe- oder Lebenspartner, Liebhaber und die Verwandten ihrer Opfer an, suchte nach Anzeigen, Zivilklagen und Strafverfahren und nach Personen mit Verbindungen zum Militär, Labors oder im praktischen und wissenschaftlichen Bereich der Medizin.

Sie hatte das Gefühl, als wate sie knietief durch zähflüssigen Schlamm, und da sie besser denken konnte, wenn sie Bilder vor sich hatte, hängte sie die Aufnahmen der möglichen Verdächtigen an einer zweiten Tafel auf und stellte die Verbindungen zu einzelnen oder zum Teil auch mehreren der Opfer her.

Es gab einen Scheidungskrieg mit Streit ums Sorgerecht, einen Expartner, der wegen der Misshandlung eines Opfers eingefahren war, ein Opfer aus einer Gemeinschaftspraxis, eines, dessen Bruder Internist in einer großen Klinik war, und eines, dessen Mutter Corporal bei der Armee gewesen war. Außerdem stieß sie auf sechs Zivilklagen und eine Reihe von Verwandten sowie auf frühere und aktuelle Eheoder Lebenspartner, die aufgrund verschiedener Delikte irgendwann einmal verurteilt worden waren.

Es waren nicht so viele wie befürchtet, aber trotzdem würde sie wahrscheinlich eine ganze Weile brauchen, um sich all diese Individuen genauer anzusehen. Seufzend setzte sie sich wieder hinter ihren Schreibtisch, legte die Füße hoch und sah sich die Gesichter der Leute an. Alle diese Leben musste sie durchleuchten, allen Fragen stellen.

Ein paar der Namen tauchten vielleicht auch bei Roarkes Recherchen auf, die nähme sie sich dann als Erste vor, weil zwei Motive besser waren als eins.

Es würde die Ermittlungen zumindest teilweise in eine Richtung lenken, und falls diese Richtung stimmte, wäre hinter einem der Gesichter an der Tafel eine kalt-berechnende, psychotische Natur versteckt.

Was sich bei aller Cleverness und Selbstbeherrschung kaum je vollkommen verbergen ließ. Meistens gab es irgendeinen Riss in der Fassade, irgendeinen Hinweis, irgendeine Angewohnheit, die das wahre Wesen eines solchen Menschen zu erkennen gab.

Die meisten Psychopathen führten irgendwo ein ruhiges und zurückgezogenes Leben, darin stimmten Nachbarn und Kollegen *nach* der Überführung dieser Täter häufig überein.

Allerdings glaubte sie nicht, dass dieser Täter den ganzen Tag allein in seiner Bude saß.

Er war entweder Stammgast oder Angestellter dieser Kneipe, konnte gut mit Menschen umgehen und verstand es, sich zu integrieren. Sein Ego ließe es nicht zu, dass er sich ganz allein irgendwo im Abseits hielt.

Das hätte auch ihr Vater nie getan, obgleich er ständig unterwegs gewesen und nie allzu lange irgendwo geblieben war. Doch egal an welchem Ort, hatte er sie häufig tagelang in ihrem Zimmer eingesperrt, sich selber unters Volk gemischt, diverse Deals gemacht, Betrügereien abgezogen und sein Spiel gespielt.

Genau wie Stella. Sie hatte sich verschiedene Rollen zugelegt und sie perfekt gespielt. Trotzdem hatte die Fassade neben den Rissen, die dem Kind schon Jahre vor Beginn seines größten Albtraums an Stella aufgefallen waren, auch noch andere Risse aufgewiesen: ihre Sucht nach Drogen, Sex und Geld und ihre reine Freude daran, wenn sie auf dem Weg in Richtung ihres Ziels andere zerstören konnte.

Eve richtete sich stirnrunzelnd im Schreibtischsessel auf. Sie hatte keinen Grund, an diese zwei zu denken, denn sie hatten nichts mit ihrem Fall zu tun. Trotzdem kehrte sie gedanklich ein ums andere Mal zu ihrem Vater und zu Stella, ins verfluchte Dallas und zu all dem Schmerz, der ihr dort widerfahren war, zurück.

Vergiss es, sagte sie sich streng.

Obwohl es sicher reine Zeitvergeudung war, wählte sie willkürlich drei Gesichter von der Tafel, ließ ihren Computer die Wahrscheinlichkeit berechnen, mit der einer von den dreien ihr Täter war, und weitete die Überprüfung dieser Leute aus in der Hoffnung, einen Auslöser, eine Anomalie oder vielleicht auch einfach eine seltsame Verbindung zu entdecken.

Um sich wach zu halten, glich sie Aufnahmen vom Tatort mit dem Hochglanzbild der Kneipe vor dem Blutbad ab, schloss kurz die Augen und versuchte, sich den Killer vorzustellen. Hatte er dort Drinks serviert oder bestellt? War er heute Nachmittag mit einem Lächeln im Gesicht allein, in Gesellschaft oder um zu arbeiten im *On the Rocks* erschienen? Hatte er dort an der Theke Platz genommen, oder hatte er dahinter Position bezogen und die anderen bedient?

Ob davor oder dahinter, er hatte auf alle Fälle seinen Platz unweit der Bar gehabt. Sie war der Mittelpunkt des Raums. Die Kneipe war nicht allzu groß, alle hatten an der Bar etwas zu essen oder Drinks bestellen wollen, solange sie zum halben Preis zu haben waren.

Wahrscheinlich hast du mit dem Rücken zu den Tischen an der Bar gesessen, dachte sie. Du konntest dich auf deinem Hocker umdrehen oder in den Spiegel an der Wand hinter dem Tresen schauen, damit dir nichts entgeht.

Sie legte ihre Füße wieder auf der Schreibtischplatte ab und dachte an das Treiben, die Gerüche und Geräusche in der Bar.

Es war ein anstrengender Tag gewesen, aber gerade weil sie nicht mehr richtig wach war, konnte sie sich ganz auf diese Bilder konzentrieren.

Stimmen schwirrten durch den Raum, mit laut klapperndem Besteck machten die Leute sich über die Nachos, Reisbällchen und Bratkartoffeln her, erhoben ihre Gläser, stießen klirrend miteinander an und spülten die Anstrengung des Arbeitstages mit herbem Wein oder mit süßen Cocktails weg.

An einem Tisch saß CiCi Way mit ihrer Freundin Macie Snyder, deren Freund und ihrem eigenen Blind Date und lachte fröhlich über irgendeinen Scherz.

Nancy Weaver, Lewis Callaway, Stevenson Vann und Joseph Cattery hockten zusammen an der Theke, während Brewster über seihen Unterlagen an dem Ecktisch saß und auf die Latte wartete, die er nie trinken würde, weil ein Bienenschwarm dazwischenkam.

Der Theker, der das Bier für die Gäste zapfte und sich gut gelaunt mit einem Mann, den er schon kurz darauf würde ermorden wollen, über Baseball stritt.

Als Erster wandte sich Joe Cattery an sie.

»In ein paar Minuten werde ich nicht mehr am Leben sein. Warum verhindern Sie das nicht, wenn Sie schon einmal in der Nähe sind? Ich würde wirklich gerne meine Frau und meine Kinder wiedersehen.«

»Tut mir leid. Es ist bereits geschehen. Ich bin nur hier, um rauszufinden, wie es dazu kam.«

»Ich wollte nur was trinken. Ich habe keinem Menschen je auch nur ein Haar gekrümmt.«

»Nein, aber das werden Sie gleich tun.«

Dann erhoben sich die beiden Frauen und suchten die Toilette auf.

»Wir wollten noch ins Restaurant«, erklärte Macie ihr. »Ich habe einen tollen Freund und einen anständigen Job. Ich bin glücklich, aber gleichzeitig bin ich ein Niemand. Ich bin völlig unwichtig, nicht wahr?«

»Mir sind Sie jetzt wichtig.«

»Aber dafür musste ich erst sterben.«

»Das müssen sie alle, oder nicht?« Plötzlich drehte Stella sich auf ihrem Barhocker zu ihr herum. Sie hatte einen Drink in ihrer Hand und Blut quoll aus dem Riss in ihrem Hals. »Solange sie nicht blutend auf der Erde liegen, sind die Menschen dir doch scheißegal.«

»Ich habe einen Mann, den ich von Herzen liebe, habe Freunde, eine Partnerin und eine Katze.«

»Du hast nichts, weil du nichts in dir hast. Du bist innerlich zerbrochen, deshalb ist dort nichts.« Stella prostete ihr zu und schüttelte sich ihre blutverklebten Haare aus der Stirn. »Du bist eine Mörderin.«

»Das bin ich nicht. Ich bin ein Cop.«

»Die Dienstmarke dient dir doch nur als Vorwand, als verdammter Freifahrtschein. Du hast ihn umgebracht, nicht wahr? He, Richie.«

Auch ihr Vater drehte sich auf seinem Hocker zu ihr um. Blut strömte aus den unzähligen Löchern, die sie ihm als achtjähriges Mädchen zugefügt hatte, nachdem er auf sie losgegangen war.

»Hallo, Kleine. Los, stoß mit uns an. Dies ist schließlich ein Familientreffen.«

Früher war er einmal durchaus attraktiv gewesen, ehe sein Gesicht infolge allzu vieler Drinks und zahlreicher Betrügereien schlaff und grau geworden war. Sie beide waren wahrscheinlich mal ein hübsches Paar gewesen, aber was in ihrem Innern lebte, hatte sie verrotten lassen, bis es ihnen auch von außen anzusehen gewesen war.

Sie könnte und sie würde niemals ihre Tochter sein. »Ich gehöre nicht zu euch.«

»Wenn du das wirklich glaubst, lass einfach noch mal einen DNA-Test machen.« Ihr Vater zwinkerte ihr zu und nippte an dem schaumigen Gebräu in seinem Glas. »Du bist mein Fleisch und Blut. Du hast mich genau wie Stella in dir. Und du hast mich umgebracht.«

»Du hast mich zum wiederholten Mal geschlagen und missbraucht. Du hast mir den Arm gebrochen. Du hast mich gewürgt. Du hast mich unter dir begraben und mich vergewaltigt. Dabei war ich noch ein Kind.«

»Ich habe mich um dich gekümmert.« Wütend knallte er sein Bierglas auf den Tresen, ohne dadurch das Gelächter und die Unterhaltungen der anderen Gäste zu unterbrechen. »Und das kann ich jetzt immer noch. Vergiss das lieber nicht.«

»Du kannst mir nichts mehr tun.«

Er verzog den Mund zu einem Lächeln, und sie konnte seine plötzlich spitzen, scharfen Zähne sehen. »Ach nein?«

»Mich hat sie auch getötet«, rief ihm Stella in Erinnerung. »Was für eine kranke Fotze bringt denn ihre eigene Mutter um?«

»Ich habe dich nicht umgebracht. Das war McQueen.«

»Du hast ihn dazu getrieben. Hast mich reingelegt und schamlos ausgenutzt. Denkst du, dass du dich von diesem Schock jemals erholen kannst? Denkst du wirklich, dass du danach einfach weiterleben kannst, als wäre nichts geschehen?«

Tief in ihrem Innern konnten ihr die zwei noch immer wehtun, merkte sie, aber geschlagen gäbe sie sich deshalb nicht. »Das kann und werde ich.«

»He. Stell, die Show fängt an.«

Rund um sie herum fingen die Menschen an zu schreien, beißen, kratzen, mit Scherben aufeinander loszugehen, sie schlugen oder trampelten diejenigen, die blutend auf dem Boden lagen, tot. Mit einem irren Lachen drehte eine Frau verrückte Pirouetten, während sie das Blut aus ihrer aufgerissenen Kehle in Gesichter, an die Wände, auf die Möbel spritzen ließ.

»Wollen wir mitspielen?«, fragte Richie Stella.

»Wir haben nur zwölf Minuten Zeit.«

»Dann legen wir am besten sofort los.«

Achselzuckend leerte sie ihr Glas, beide wandten sich an Eve.

»Die Zeit der Rache ist gekommen«, stellte Stella fröhlich fest.

»Du kannst nicht umbringen, was schon tot ist. Damit musst du leben.« Mit zu Krallen geformten Fingern sprang sie auf.

Eve kämpfte um ihr Leben und ihren Verstand. Sie rutschte auf dem blutverschmierten Boden aus, trat um sich und schrie auf. Ein stechender Schmerz durchzuckte ihren Arm, und wie damals als Kind konnte sie beinah hören, wie der Knochen brach.

Wach auf! Wach auf, schrie ihr Gehirn sie an.

Dann hörte sie, dass er sie rief, spürte, dass er seine Arme um sie schlang, und schmiegte ihr Gesicht an seine Brust.

»Wach auf, Eve, komm zurück. Ich bin bei dir, ich bin da.«

»Ich bin okay. Es geht mir gut.«

Sie schlug die Augen noch nicht auf, sondern sog statt des Geruchs von Blut und Stellas schwülstigem Parfüm Roarkes herben Duft in ihre Lunge ein.

»Es ging plötzlich alles durcheinander. Plötzlich waren Stella und mein Vater in der Bar.«

Ebenfalls um sie zu trösten, schmiegte sich der Kater an sie, und sie zwang sich zu atmen, bis es nicht mehr schmerzlich war. Dann öffnete sie ihre Augen und erkannte, dass sie auf dem Boden ihres Arbeitszimmers lag und Roarke sie tröstend in den Armen hielt.

»O Gott. Ich habe dir doch wohl nicht wehgetan?« Sie rappelte sich panisch auf, denn niemals würde sie vergessen, wie sie während ihres Aufenthalts in Dallas in den Klauen eines grauenhaften Albtraums auf ihn losgegangen war.

»Keine Angst. Mir geht es gut. Bitte bleib noch etwas liegen, ja?«

»Ich sollte nicht mehr an sie denken, aber trotzdem habe ich sie abermals in meinen Kopf gelassen. Habe sie nicht ausgesperrt.« Diese Erkenntnis widerte sie an und rief gleichzeitig Wut und eine Heidenangst in ihrem Innern wach.

»Schwachsinn.« Wieder zog er sie in seinen Schoß, und sie nahm neben Sorge einen Ausdruck heißen Zorns in seinen Augen wahr. »Seit wir in Dallas waren, hast du nicht eine wirklich ruhige Nacht gehabt. Statt besser wird es immer schlimmer.«

»Heute war ein anstrengender Tag und ich …«

»Das ist totaler Unsinn, Eve. Aber jetzt reicht es mir. Es

ist inzwischen allerhöchste Zeit, dass du mit Mira über diese Sache sprichst.«

»Ich komme auch allein damit zurecht.«

»Wie genau willst du das anstellen und vor allem, warum solltest du das tun?«

»Wie, kann ich noch nicht sagen.« Ihre Augen fingen an zu brennen, entschlossen stand sie auf. Sie wollte verdammt sein, bräche sie jetzt wie ein Schwächling wegen dieser Angelegenheit in Tränen aus. »Das habe ich auch vorher schon geschafft, als es um meinen Vater ging. Es hatte aufgehört. Ich hatte es gestoppt, und das bekomme ich jetzt wieder hin.«

»Und bis dahin willst du weiter leiden wie ein Schwein? Warum?«

»Es ist mein Hirn und mein Problem. Ich habe dir gesagt, dass ich mit Mira reden werde, aber jetzt bin ich dazu noch nicht bereit. Bedräng mich also bitte nicht.«

»Dann werde ich dich darum bitten, dass du es, wenn schon nicht dir, dann mir zuliebe tust.«

»Versuch bitte nicht, mich mit meinen Gefühlen zu erpressen.«

»Leider lässt du mir keine andere Wahl, außerdem stehen hierbei auch meine eigenen Gefühle auf dem Spiel. Ich übertreibe nicht, wenn ich behaupte, dass mich diese Sache langsam, aber sicher umbringt, Eve.«

Sie spürte, wie ihr Magen sich bei diesem Satz zusammenzog, denn ihm war deutlich anzusehen, dass das die Wahrheit war.

»Ich habe gesagt, ich würde mit ihr reden. Und das werde ich auch tun.«

»Wann?«

»Dafür ist jetzt keine Zeit.« Sie musste diese Angelegenheit verdrängen und sich erst ganz auf ihre Arbeit konzentrieren. »Meine Güte, Roarke, sieh dir doch nur all die Gesichter an den Tafeln an.«

Er packte ihre Schultern und zwang sie, stattdessen in sein eigenes Gesicht zu schauen.

»Ich werde dir sagen, was ich sehe. Ich sehe den Menschen, den ich mehr als alles andere liebe, wie er mit kreidebleicher Miene und am ganzen Körper zitternd vor mir steht. Ich brauche es, dass du mit Mira sprichst.«

Es war ihr lieber, wenn er wütend auf sie war. Mit Wut kam sie zurecht. Mit seiner mühsamen Beherrschung und dem unglücklichen Blick der blauen Augen aber brachte er sie völlig aus dem Gleichgewicht.

»Also gut, ich werde mit ihr reden.«

»Morgen.«

»Ich muss …«

»Morgen, Eve. Versprich es mir.« Er küsste zärtlich ihre Stirn. »Mir und allen diesen Menschen hier zuliebe«, fügte er hinzu und drehte sie, bis sie die Aufnahmen der Opfer sah.

Er konnte so geschickt mit einer Waffe umgehen, dass die Wunden, die er ihr damit schlug, fast nicht zu spüren waren. Die Tränen hatte sie erfolgreich unterdrückt, doch gegen seine Sorge um ihr Wohlergehen kam sie einfach nicht an.

»Also gut. Ich werde morgen mit ihr reden. Ich verspreche es.«

»Danke.«

»Deinen Dank kannst du dir sparen. Ich kann es nämlich echt nicht leiden, wenn du mich auf diese Art erpresst.«

»Also gut, dann danke ich dir nicht. Ich kann es nämlich auch nicht leiden, wenn ich dich auf diese Art erpressen muss. Jetzt lass uns ins Bett gehen«, meinte er, und als sie protestieren wollte, fügte er hinzu: »Ich wecke dich früh genug, damit du vor dem Briefing noch einmal alles, was du hast und was ich für dich herausgefunden habe, durchgehen kannst. Du wirst einen Muntermacher brauchen, wenn du nicht zumindest ein paar Stunden Schlaf bekommst. Und dieses Zeug hasst du genauso sehr, wie eine … Diskussion mit mir zu verlieren.«

Er hatte recht, widerstrebend meinte sie: »Wenn ich um halb sechs wieder aufstehe, ist das wahrscheinlich früh genug.«

»Dann also halb sechs.«

Wortlos gingen sie ins Schlafzimmer, zogen sich schweigend aus, sie legte sich ins Bett, kniff ihre Augen zu und sah den Zorn, die Sorge und das Elend, die in seinem Blick gelegen hatten, als er wieder einmal hatte miterleben müssen, dass der Albtraum ihrer Kindheit längst noch nicht bewältigt war.

»Ich weiß, das ist nicht leicht für dich«, erklärte sie, ohne ihn anzuschauen. »Es tut mir leid.«

Er legte einen Arm um sie. »Und ich weiß, dass es andersrum für dich nicht einfach ist, über diese Angelegenheit zu reden. Nicht einmal mit jemandem wie Mira, dem du blind vertraust. Es tut mir leid.«

»In Ordnung. Aber trotzdem bin ich immer noch ein bisschen sauer.«

»Kein Problem. Ich auch.«

Sie wandte sich ihm zu, schmiegte sich eng an seine Brust und schlief zum ersten Mal seit Wochen ohne Ängste ein.

6

Sie wurde von verführerischem Kaffeeduft geweckt und fragte sich, ob es wohl im Himmel morgens so roch. Sie schlug die Augen auf und sah, dass Roarke im warmen Halbdunkel des Zimmers auf dem Rand des Bettes saß.

Sie musste tatsächlich im Himmel sein.

»Ich sollte dich doch wecken, Lieutenant.«

Knurrend setzte sie sich auf und streckte ihre Hand begierig nach dem Kaffeebecher aus, doch eilig zog er seinen Arm zurück.

»Wie kommst du darauf, dass der Kaffee dir gehört?«

»Weil du du bist.«

»Ja, okay, das stimmt.« Er strich ihr sanft die Haare aus der Stirn und sah ihr forschend ins Gesicht. »Anscheinend hast du ziemlich gut geschlafen.«

»Allerdings.« Sie nahm den Becher, atmete den Kaffeeduft wie Frischluft ein, genehmigte sich einen ersten großen Schluck, und endlich nahm auch ihr Gehirn die Arbeit wieder auf.

Er war schon angezogen, trug aber noch keinen Schlips und kein Jackett. Der Kater hatte sich wie eine dicke Felldecke am Fußende des Bettes ausgestreckt und tat, als sähe er sie beide nicht.

Eve sah auf den Wecker auf dem Nachttisch, der natürlich haargenau auf 5.30 Uhr stand.

Wie machte er das nur?

Roarke verfolgte, wie sie langsam zu sich kam und einen wachen, konzentrierten Blick bekam.

»Jetzt bist du wieder du.«

»Wenn es keinen Kaffee gäbe, würden wir wahrscheinlich alle permanent wie Zombies durch die Gegend schlurfen.«

Aber schließlich gab es Kaffee, deshalb schwang sie munter ihre Beine aus dem Bett, und bis sie angezogen war, stand das Frühstück auf dem Tisch im Sitzbereich.

Als sie argwöhnisch den Haferbrei beäugte, meinte Roarke: »Das ist genau das, was du brauchst«, und legte zärtlich einen Finger auf das Grübchen in der Mitte ihres Kinns. »Also sei nicht kindisch, ja?«

»Ich bin eine erwachsene Frau. Und ich dachte, dass ich als Erwachsene selbst entscheiden könnte, was ich essen will.«

»Das kannst du, sobald auch dein Magen erwachsen wird.«

Da es reine Zeitvergeudung wäre, sich mit ihm zu streiten, setzte sie sich auf die Couch, schob sich den ersten vollen Löffel in den Mund, schmeckte Zimt und frischen Apfel und versuchte sich einzureden, dass der Haferbrei im Grunde kaum was anderes als ein seltsam ausgefallenes Plunderteilchen war.

»Ich habe dir eine Datei mit allem geschickt, was ich herausgefunden habe«, fing er an. »Aber wenn du möchtest, fasse ich es schon mal kurz zusammen, während du am Essen bist.«

»Schieß los.«

»Die Lebensversicherungen einiger Opfer sind groß genug, um ein mögliches Motiv zu sein.«

Zum Ausgleich für die Plunderteilchenpampe löffelte sie

einen Berg von Marmelade auf ein Stückchen Toast. »Du legst bei diesen Dingen einen völlig anderen Maßstab als die meisten anderen Menschen an.«

»Aber das war nicht immer so.« Anders als sie selbst aß er den Haferbrei mit unverhohlenem Genuss und brauchte sich wahrscheinlich nicht einmal einzureden, dass es etwas anderes war. »Natürlich würden manche schon für etwas Kleingeld einen Mord begehen, aber zwei der Opfer hätten früher oder später von ihren Familien im großen Stil geerbt, ein paar andere haben beachtliche Gehälter und auch Boni eingestrichen, und Dutzende von ihnen waren in hohen Positionen und standen dadurch auf der Karriereleiter sicher irgendwelchen Untergebenen im Weg.«

Er hob einfach einen Finger, ohne dass er seine Rede unterbrach, und Galahad, der sich wie ein Krieger bäuchlings Richtung Couchtisch hatte robben wollen, hielt an und streckte sich, als hätte er die ganze Zeit nichts anderes im Sinn gehabt.

»Wenn sie nicht mehr da sind, ist der Weg nach oben für die Untergebenen frei«, fuhr Roarke mit ruhiger Stimme fort. »Die Opfer haben in ihren Positionen für das Anwerben von Kunden, das Erreichen oder Übertreffen von Verkaufszielen oder erfolgreiche Kampagnen dicke Boni eingesackt. Doch das Geld für Boni und für Provisionen ist begrenzt, und wenn einer was davon bekommt ...«

»... gibt es für jemand anderen nur noch einen warmen Händedruck.«

»Genau. Oder jemand wird nicht wie erhofft befördert, wenn ein anderer einen großen Kunden wirbt oder besser als er selbst verkauft.«

»Menschen werden sauer, wenn sie übergangen werden oder jemand anderes die Kirschen aus dem Kuchen kriegt.«

»Rosinen. Die Rosinen aus dem Kuchen«, korrigierte Roarke.

»Wobei manche nicht nur die Rosinen oder Kirschen, sondern gleich den ganzen Kuchen wollen. Ich glaube nicht, dass es in diesem Fall um ganz normale Ich-will-alles-haben-Gier ging, aber Gier hat vielleicht trotzdem mitgespielt. Durch Ehrgeiz, Gier und Neid wurden schon jede Menge Kriege ausgelöst. Du willst was, was der andere hat, und kämpfst, damit du es bekommst. Für mich hat unser Täter Krieg geführt. Das ist auch der Grund, warum mich das, was Summerset erzählt hat, sofort angesprochen hat.«

»Aber es ist kein altmodischer Krieg, in dem sich die Parteien direkt gegenüberstehen. Unser Täter ist so nüchtern, distanziert und wissenschaftlich vorgegangen, wie es in modernen Kriegen, wo man Bomben aus dem Himmel fallen lässt, über Tausenden von Meilen Entfernung Drohnen auf die Gegner lenkt oder Viren und Bakterien einsetzt, üblich ist.«

»Er führt tatsächlich einen Krieg aus der Distanz. Doch um einen Krieg vom Zaun zu brechen, um in eine Schlacht zu ziehen, muss man etwas *wollen*.«

»Vielleicht ging's ihm ja einfach nur darum zu töten und zu sehen, ob, und wenn ja, wie gut das Zeug, das er benutzt hat, funktioniert.«

»Möglich, aber wenn das alles wäre, hätte er sich meiner Meinung nach zu seiner Tat bekennen oder uns auf jeden Fall unter die Nase reiben wollen, wie unglaublich clever und intelligent er ist. Bisher aber haben wir kein Wort von ihm gehört. Ich gehe also davon aus, dass es eine Verbindung zu der Bar oder zu einem von den Opfern gibt, die wir nicht zurückverfolgen können sollen.«

Sie stand entschlossen auf, marschierte durch den Raum und legte ihr Waffenhalfter an. »Natürlich könnte es auch sein, dass dieser Anschlag einem Unternehmen galt, dessen hohe Tiere regelmäßig in der Kneipe anzutreffen sind. Weil unserem Täter die Beförderung oder die Bonuszahlung, die er sich erhofft hat, vorenthalten oder er vielleicht sogar zurückgestuft oder gefeuert worden ist.«

»Die meisten dieser Infos habe ich dir ebenfalls herausgesucht. Wenn du alle Namen, die du bisher hast, zusammennimmst, haben du und deine Leute mehr Verdächtige ...«

»Personen von Interesse.«

»Ganz egal, wie du sie nennst, werdet ihr wahrscheinlich eine Woche brauchen, um sie alle eingehend zu überprüfen und zu vernehmen«, prophezeite Roarke.

»Dann gleiche ich am besten erst einmal die Namen, die du rausgefunden hast, mit meinen Namen ab und knöpfe mir die Leute, die auf beiden Listen stehen, als Erste vor. Außerdem werde ich sehen, mit welcher Wahrscheinlichkeit die Leute, die wir haben, für die Tat infrage kommen, weil ich dann bestimmt noch einmal eine ganze Reihe Namen streichen kann. Trotzdem bin ich froh, dass der Commander mir für den Papierkram und die Laufarbeit noch ein paar zusätzliche Leute überlässt. Er wird heute mit den Journalisten sprechen, was bedeutet, dass sich jede Menge Irrer bei uns melden werden, trotzdem werden wir auf jede Meldung reagieren, denn vielleicht kommt ja tatsächlich irgendwas dabei heraus.«

Sie legte eine kurze Pause ein und zog sich eine Jacke an. »Am besten lese ich mir schnell noch durch, was du herausgefunden hast, und gleiche diese Namen mit den Tafeln ab. Vielleicht kann ich auf diese Weise das Feld der möglichen Verdächtigen ja vor dem Briefing noch ein bisschen eingrenzen.«

»Ich werde Feeney und, falls du das willst, auch dir zur Hand gehen, wo ich kann.« Er legte eine Hand auf ihre Schulter, und gemeinsam gingen sie zur Tür. »Du rufst heute Mira an und machst einen Termin mit ihr.«

Sie konnte deutlich spüren, wie sich ihre Nackenhaare sträubten, und stieß knurrend aus: »Das habe ich doch schon gesagt.«

»Dann hoffe ich, dass du es nicht vergisst.«

Noch ehe sie die Tür von ihrem Arbeitszimmer hinter sich geschlossen hatte, erschien Summerset in der Verbindungstür zu Roarkes Büro. Entweder der Mann verfügte über einen unheimlichen siebten Sinn, oder er hatte lauter Peilsender im Haus verteilt.

Auf alle Fälle fand sie es gespenstisch, dass er immer wusste, wo sie gerade war.

Er reichte ihr eine CD und sah sie reglos an. »Ich habe hier ein paar Informationen, die Sie interessieren dürften. Die Gespräche mit den Leuten, deren Namen Sie auf der CD finden, waren vertraulich. Niemand darf erfahren, wer sie sind.«

»Okay.«

»Ein Teil der Dinge, die sie mir berichtet haben, kann nicht offiziell bestätigt werden, denn die Akten werden immer noch unter Verschluss gehalten oder wurden in der Zwischenzeit zerstört.«

Sie nahm ihm die CD ab. »Sind das Spekulationen oder Fakten?«

»Die Überfälle haben sich tatsächlich so ereignet. Es gab Zeugen, einschließlich des Jungen, von dem ich gestern Abend sprach ... auch wenn er längst erwachsen ist.

Sein Name und auch seine Aussage sind auf dieser CD. Andere, mit denen ich gesprochen habe, die entweder was von der Sache wussten oder in der Lage waren herauszufinden, was damals passiert war, haben berichtet, damals hätte man analysiert, woraus die Substanz zum größten Teil bestand. Grundlage war Lysergsäurediethylamid, meist einfach ...«

»LSD genannt, ich weiß.«

»Es werden auch noch andere Bestandteile genannt, doch wie gesagt, das alles ist nicht offiziell. Eine der Kontaktpersonen, die ich angesprochen habe, war damals beim königlichen Militär. Sie hat ausgesagt, sie hätten nach dem zweiten Anschlag jemanden verhaftet, aber plötzlich hätten ihre Vorgesetzten die Ermittlungen eingestellt und den Vorfall als Unfall abgetan.«

»Als Unfall?«

»Ja. Wobei es damals zahlreiche Gerüchte gab. Der Verdächtige wurde an einen unbekannten Ort verbracht, und mein Bekannter denkt, dass er dort hingerichtet wurde, auch wenn er das nicht beweisen kann. Andere denken, dass man ihn gefangen hielt und zwang, ein Gegenmittel zu entwickeln, während wieder andere sagen, dass das Militär ihn mehr von der Substanz und vielleicht auch noch andere, genauso tödliche Mixturen hat herstellen lassen.«

»Und man weiß nicht, wer dieser Mann war?«

»Einer allgemeinen Theorie zufolge war er Teil von einer Randgruppe, die glaubte, dass man die Gesellschaft erst zerstören muss, bevor man sie ganz neu errichten kann. Sie nannten das die Große Säuberung. Zum Glück war er nur eine kleine Gruppe, doch sie haben immer wieder Fahrzeuge, Privathäuser und öffentliche Einrichtungen zerstört, vorzugsweise Kliniken, und ihrer Gruppe immer wieder Kinder zugeführt.«

»Kinder?«

»Ja. Sie haben sie gekidnappt und indoktriniert oder auf jeden Fall versucht, ihnen mit allen Mitteln ihre kruden Theorien einzubläuen. Sie wollten sie von ihren eigenen Familien, der bisherigen Kultur, der Technologie und dem Materialismus ihrer alten Existenz ›befreien‹ und dann mit diesen ›reinen‹ Kindern eine neue Welt aufbauen.«

»Warum habe ich davon noch nie etwas gehört?«

»Vielleicht haben Sie ja in Geschichte nicht immer aufgepasst, denn in den Schulen wird die Große Säuberung zwar nur am Rande und in abgeschwächter Form erwähnt, aber auf jeden Fall thematisiert.«

»Verdammt.« Sie wandte sich der Tafel zu. »Vielleicht hat ja tatsächlich eine Splitterterrorgruppe ihre Hand bei diesem Attentat im Spiel, und ich ermittele in der völlig falschen Richtung.«

»Hat jemand die Behörden kontaktiert und sich zu dieser Tat bekannt?«

»Nein. Und ja, verdammt, natürlich würde eine solche Gruppe *wollen*, dass man weiß, dass sie dahintersteckt.«

»Auf jeden Fall. Auf jeden Anschlag dieser Splittergruppe damals folgte direkt eine Nachricht an das Militär oder die Polizei. Wobei in diesen Schreiben stets dieselbe Botschaft stand. ›Siehe ein rotes Pferd.‹«

»Ein Pferd? Was zum Teufel hat ein Pferd damit zu tun?«

»Jetzt fällt's mir wieder ein«, mischte sich Roarke in das Gespräch. »Ich habe davon gelesen. Diese Gruppe hatte keinen Anführer, keine Galionsfigur. Es war ein wild verstreuter, desorganisierter Haufen, aber trotzdem haben sie voller Leidenschaft für ihr verrücktes Anliegen gekämpft. Sie glaubten, dass die Innerstädtischen Revolten und auch die vorangegangenen sozialen und wirtschaftlichen Unruhen die Vorboten der Endzeit wären. Was sie nicht nur willkommen hießen, sondern aktiv unterstützen wollten, weil sie dachten, dass auf diese Weise ihre eigenen Ziele zu erreichen wären.«

»Na toll.« Sie steckte die CD ein und fuhr sich mit der Hand durchs Haar. »Irgendwelche durchgedrehten religiösen Fundamentalisten haben mir als Verdächtige natürlich noch gefehlt. Was ist mit diesem roten Pferd?«

»Auf ihm saß der zweite apokalyptische Reiter«, klärte Summerset sie auf. »›Als sie das zweite Siegel aufbrach, hörte ich die zweite Gestalt sagen: Komm! Da kam ein zweites Pferd, das war feuerrot. Und dem, der darauf saß, wurde aufgetragen, den Frieden von der Erde wegzunehmen, damit die Menschen sich gegenseitig umbringen sollten, und ihm wurde ein großes Schwert gegeben.‹«

»Gott.«

»Bitte gib nicht ihm die Schuld«, bat Roarke. »Er hat das nicht aufgeschrieben.«

»Das rote Pferd wird oft als Repräsentant des Kriegs interpretiert«, fügte Summerset hinzu. »Deshalb haben sie es als Symbol und diese Stelle aus der Bibel als Symbol für ihre Überzeugung und als Rechtfertigung für die Tötung unschuldiger Menschen ausgewählt.« Er schaute sich die Tafeln an. »Ich weiß nicht, ob es diesmal auch so ist.«

»Schwer vorstellbar, dass jemand derart lange mit dem nächsten Anschlag hätte warten sollen, aber völlig auszuschließen ist es nicht. Danke für die Infos.«

»Gern geschehen.«

Als Summerset den Raum verließ, sah Roarke ihm hinterher. »Du weißt selbst, wie weh manche Erinnerungen tun.«

»Das stimmt. Am schlimmsten ist es, wenn sich Dinge,

die man nicht noch einmal hätte erleben wollen, wiederholen. Diese Pferdesache aus der Bibel ...«

»Sie steht in der Offenbarung.«

»Am besten sehe ich mir die und alles, was du für mich
rausgefunden hast, gleich genauer an. Vielleicht gibt's ja
noch eine andere Verbindung als persönliche Rache oder
Gier. Eine sektiererische Religion und entführte Kinder hatten wir bisher noch nicht. Vielleicht ist ja der Killer selber
ein entführtes Kind, das unter diesen Irren aufgewachsen ist
und sich jetzt selber auf das rote Pferd geschwungen hat.«

Sie schüttelte den Kopf. »Ich muss darüber nachdenken.«

»Dann lasse ich dich das jetzt tun.« Er legte ihr die Hände auf die Schultern, zog sie sanft an seine Brust und gab
ihr einen Kuss. »Wenn ich's schaffe, komme ich nachher
noch aufs Revier.«

Allein in ihrem Arbeitszimmer, nahm sie hinter dem
Schreibtisch Platz, rief die ihr von Roarke geschickten Daten auf, ging sie nach einem Blick auf ihre Uhr jedoch nur
flüchtig durch und wies ihren Computer an, die Namen
mit den Namen ihrer eigenen Liste abzugleichen und die
Resultate des Vergleichs auf ihre Kiste auf der Wache zu
kopieren.

Während der Computer seine Arbeit erledigte, öffnete
sie Summersets Datei und brachte ihre Aufzeichnungen auf
den neuesten Stand. Irgendwo gab es doch sicher eine Akte
über die bekannten Mitglieder des Kult des Roten Pferdes.
Es musste eine Akte über diese Leute geben, auch wenn sie
versiegelt und so tief es ging vergraben worden war.

Sie bereitete das Briefing vor, packte alles, was sie
bräuchte, ein, riss auf dem Weg nach draußen ihre Jacke

von dem Haken an der Tür und nahm sich vor, die Offenbarung einfach auf der Fahrt zu hören.

Sie wollte statt in ihr Büro direkt ins Konferenzzimmer marschieren, um die neuen Bilder aufzuhängen und die Tafel auf den aktuellen Stand zu bringen, als sie Nadine Furst, die Starreporterin des Channel 75, Bestsellerautorin und erfahrene Polizeiberichterstatterin, im Korridor vor ihrem Dezernat mit forschen Schritten auf und ab marschieren sah.

Obwohl sie befreundet waren, hatte ein Zusammentreffen mit der allzeit telegenen, scharfsichtigen Journalistin ihr jetzt gerade noch gefehlt.

Die nadeldünnen, feuerroten Absätze von Nadines Schuhen klapperten auf dem Linoleum, während sie in einer ihrer Hände eine schimmernd pinkfarbene Schachtel voller süßer Köstlichkeiten schwang.

Eve fragte sich, warum zum Teufel ihre Leute nicht schon längst dem Duft der feinen Backwaren erlegen waren und die Reporterin in ihr Büro gelassen hatten, weil sie ihnen ihre Donuts überließ.

Trotzdem wäre sie auch dann nicht unbemerkt an ihr vorbei in den Besprechungsraum gekommen, und um es hinter sich zu bringen, trat sie auf die Journalistin zu.

Das Klicken der Absätze und die noch immer wild schwingende Schachtel machten deutlich, dass die Frau auf hundertachtzig war.

»Sie sind heute aber zeitig auf den Beinen«, meinte Eve, als ihr Nadine entgegenkam und sie das böse Blitzen ihrer grünen Katzenaugen sah.

»Aus Ihrem Pressesprecher ist nichts rauszukriegen, Sie haben auf keinen meiner halben Dutzend Anrufe seit gestern Abend reagiert, und ausgerechnet Jenkinson verzichtet auf drei Dutzend frisch gebackener Teilchen und erklärt mir, dass ich entweder im Pausenraum oder hier draußen auf Sie warten soll. Verdammt, ich habe Besseres verdient.«

»Ich habe bisher weder Sie noch irgendeinen anderen Journalisten kontaktiert. Keiner von uns ist befugt, sich zu dem Fall zu äußern, bis Commander Whitney eine offizielle Stellungnahme zu der Angelegenheit abgibt«, erklärte Eve und hob, bevor Nadine sie anfahren konnte, abwehrend die Hand. »Jenkinson und meine anderen Leute haben augenblicklich anderes als Gebäck im Sinn, und was auch immer Sie aus Ihrer Sicht verdienen, müssen Sie sich eben ab und zu gedulden, bis ich Ihnen irgendwas verraten kann.«

»Wenn Sie mir trotz allem, was ich schon für Sie getan habe, noch immer nicht vertrauen ...«

»Es geht nicht um Vertrauen, sondern um Zeit und das, was unbedingt so schnell es geht erledigt werden muss. Ich kann Ihnen fünf Minuten geben, aber mehr auch nicht.« Sie öffnete die Tür, winkte nach der Kuchenschachtel, und mit Leichenbittermiene drückte ihr Nadine die Schachtel in die Hand.

»Gehen Sie schon mal vor in mein Büro. Ich komme sofort nach.«

Sie selbst ging erst zu dem größten Kuchenfreund ihrer Abteilung.

»Tut mir leid, Lieutenant. Ich konnte sie nicht zwingen, die Wache zu verlassen, aber ...«

»Kein Problem.« Sie stellte ihre Aktentasche auf den Tisch. »Wenn Peabody gleich kommt, geben Sie ihr die, und sagen Sie ihr, dass sie schon einmal alles für das Briefing vorbereiten soll.«

»Wird erledigt, Ma'am.«

Dann stellte sie ihm auch die leuchtend pinkfarbene Schachtel hin. »Und jetzt hauen Sie erst mal alle rein. Es wird bestimmt ein langer, anstrengender Tag.«

Sofort hellte sich die erschöpfte Miene ihres Untergebenen auf. »Zu Befehl, Ma'am!«

Während sich ihre Detectives auf die ihnen überlassenen Leckereien stürzten, ging sie selbst in ihr Büro, in dem Nadine, statt auf dem unbequemen Stuhl vor ihrem Tisch zu sitzen, mit verschränkten Armen an dem kleinen Fenster stand.

»Welche Gruppe steckt hinter dem Anschlag auf die Bar? Hat sich schon der Heimatschutz oder irgendeine Antiterroreinheit der Regierung in Ihre Ermittlungen gemischt? Wie viele Täter haben die Kneipe infiltriert? Ist schon eine Festnahme erfolgt? Können Sie bestätigen, dass bei dem Anschlag ein biologisches Kampfmittel zum Einsatz kam und dass, wie eine Reihe Quellen behaupten, einige der Opfer selbst auf andere losgegangen sind?«

Eve lehnte sich an ihren Tisch und wartete darauf, dass die Reporterin zum Ende ihres Fragenkatalogs kam.

»Wenn Sie wenigstens noch einen kleinen Teil der fünf Minuten, die Sie von mir kriegen, nutzen wollen, sollten Sie vielleicht die Klappe halten und sich anhören, was ich Ihnen sagen will und kann. Aber meinetwegen höre ich auch einfach weiter Ihnen zu.«

»Das ist ja wohl totaler Schwachsinn, Dallas«, fuhr Nadine sie ungehalten an.

»Es ist bestimmt kein Schwachsinn, wenn's um über achtzig Tote geht. Wenn Dutzende Familien, Freunde, Nachbarn einen furchtbaren Verlust erlitten haben und wenn eine Handvoll Überlebender körperlich und seelisch stark traumatisiert in einer Klinik liegt.«

»Ich habe gestern Zeit mit einigen der Freunde und Familien verbracht. Ich habe selbst gesehen, wie es ihnen geht. Sie brauchen Antworten, die ihnen bisher niemand gibt.«

»Weil das bisher nicht möglich ist. Ich habe Sie nicht deshalb mit in mein Büro genommen, weil wir zwei befreundet sind. Wir müssen beide unsere Arbeit machen, und wir beide machen unsere jeweilige Arbeit wirklich gut. Ich habe Sie hier reingelassen, weil ich keine bessere Journalistin kenne und weil mir bewusst ist, dass Sie nichts nach außen dringen lassen werden, was noch nicht nach außen dringen darf. Das brauchen Sie nicht zu versprechen, denn ich weiß, dass es so ist. Sie sind hier, weil Ihr Job für Sie genauso wenig nur ein Job ist wie mein Job für mich. Also halten Sie den Mund, und hören Sie mir zu, oder verschwinden Sie, damit ich meine Arbeit machen kann.«

Nadine holte tief Luft, ließ ihre Schultern kreisen, schüttelte sich ihre blond gesträhnten Haare aus der Stirn und setzte sich auf den Besucherstuhl.

»Okay. Ich höre zu.«

»Ich weiß nicht, was der Commander auf der Pressekonferenz erzählen wird, und hatte bisher keine Zeit, um unseren Pressesprecher selbst zu kontaktieren. Was auch immer ich Ihnen erzähle und was nicht auch offiziell von der New Yorker Polizei bekannt gegeben wird, bleibt erst mal unter uns.«

»Okay. Ich werde unsere Unterhaltung trotzdem aufneh…«

»Nein. Schreiben Sie, wenn's sein muss, in dem Ihnen eigenen, seltsamen Gekritzel mit, doch sorgen Sie auf jeden Fall dafür, dass niemand anders die Notizen zu Gesicht bekommt.«

»Langsam machen Sie mir Angst«, meinte Nadine, während sie ein Notizbuch aus der Tasche zog.

»Dabei habe ich noch gar nicht angefangen«, antwortete Eve, setzte dann aber endlich zu einer Erklärung an. »Die Luft im *On the Rocks* wurde mit einer chemischen Substanz auf Basis eines Halluzinogens versetzt, die paranoide Wahnvorstellungen und Aggressionen bei den Gästen und beim Personal hervorgerufen hat. Die Wirkung hat bereits nach wenigen Minuten wieder nachgelassen, aber diese Zeit hat ausgereicht. Wie gesagt, die Substanz war in der Luft und hat unseres Wissens nach nur innerhalb der Bar gewirkt.«

»Die Türen und Fenster waren geschlossen und die Klimaanlage hat dieses Zeug wahrscheinlich im gesamten Raum verteilt.«

Zumindest brauchte Eve bei den Gesprächen mit Nadine nicht alle Einzelheiten zu erklären, weil die Reporterin auch so verstand. Sie gab ihr nur, was sie ihr geben konnte, doch das journalistische Interesse ihrer Freundin war bereits geweckt.

»Da sich bisher keine Gruppe zu der Tat bekannt hat, glauben Sie, dass hinter diesem Attentat ein Einzeltäter steckt.«

»Davon gehen wir zumindest bisher aus.« Eve nickte knapp. »Trotzdem habe ich ein paar Informationen, die womöglich von Interesse für uns sind.« Und hier kämen Nadine und ihr Rechercheteam ins Spiel.

Sie berichtete in kurzen Worten von der Sekte und der Großen Säuberung. »Ich hatte bisher keine Zeit, um dieser Sache weiter nachzugehen. Natürlich setze ich auch einige von meinen eigenen Leuten auf die Sache an, aber wenn Sie wollten, könnten Sie ja selbst ein bisschen graben, ohne jemandem zu sagen, dass diese Recherche mit dem Fall zusammenhängt.«

»Okay. Es ist schon eine Weile her, dass ich das Thema in der Schule in Geschichte hatte, aber trotzdem bin ich ziemlich sicher, dass von der Entführung irgendwelcher Kinder damals nicht die Rede war.«

»Es ist eine Spur, und der Anschlag gestern weist genügend Ähnlichkeiten mit den damaligen Attentaten auf, um ihr auf alle Fälle nachzugehen«, erklärte Eve. »Mehr kann ich Ihnen jetzt nicht erzählen, ich muss in den Besprechungsraum.«

Nadine stand auf. »Ich werde mehr von Ihnen hören wollen.«

»Sobald ich wieder etwas für Sie habe, rufe ich Sie an. Ich kann Ihnen aber nichts versprechen.«

»Sie müssen mir genauso wenig was versprechen wie ich Ihnen. Weil wir uns beruflich respektieren, aber auch weil wir befreundet sind.«

Sie wandte sich zum Gehen, blieb noch einmal stehen und schaute Eve mit einem schmalen Lächeln an. »Ich gebe es nur ungern zu, aber dass Jenkinson die Donuts abgelehnt hat, hat mir wirklich wehgetan.«

»Glauben Sie mir, für ihn war es deutlich härter als für Sie.«

»Ich habe einfach eine Schwäche für den Mann, genau wie für Ihr ganzes Team. Dann also Waidmannsheil«, wünschte sie Eve und marschierte flotten Schritts auf ihren hochhackigen Powerschuhen aus dem Raum.

Eve trat vor ihren AutoChef, bestellte einen Becher Kaffee und trug ihn in den Besprechungsraum, in dem die treue Peabody schon vor der Tafel stand.

»Damit nicht alles durcheinandergeht, habe ich die Bilder all der anderen Leute, die inzwischen von Interesse für uns sind, an einer Extratafel aufgehängt«, erklärte ihre Partnerin.

Eve nickte, denn genau das hatte sie zu Hause auch gemacht. »Wir brauchen eine dritte Tafel, denn ich habe noch eine andere Spur. Haben Sie schon mal etwas vom Roten Pferd gehört?«

»Das war eine religiöse Sekte in der Zeit der Innerstädtischen Revolten. Sie haben die Offenbarung des Johannes auf ganz eigene Art interpretiert. Fanatiker, die glaubten, dass mit den Revolten gleichzeitig die Endzeit angebrochen wäre, und sich als Gefolgsleute oder als Diener des zweiten apokalyptischen Reiters, der für Krieg und für Gewalt steht, sahen. Kleine, weit verstreute Gruppen hatten sich als Teil ihrer Mission auf Brand- und Bombenanschläge, vor allem aber auf die Entführung kleiner Kinder, die nicht älter waren als acht, spezialisiert. Sie wollten die noch reinen Seelen und Köpfe dieser Kinder ganz mit ihrer Lehre füllen, und wenn der Rest der Menschheit erst vernichtet wäre, sollten sie die Erde erben, um sie dann mit wahren Gläubigen zu füllen. Das nannten sie die Große Säuberung.«

Eve sah sie aus zusammengekniffenen Augen an. »Woher zum Teufel wissen Sie all dieses Zeug?«

Peabody polierte ihre Nägel an der selbst gewebten, dunkelroten Jacke, die sie trug, und gab mit höchstens einem Hauch von Selbstgefälligkeit zurück: »Das war bei uns im achten Schuljahr dran.«

»Ich dachte immer, Hippies würden nur was über Kräuter, Blumen, Rehe und Kaninchen oder Handarbeiten lernen.«

»Das und jede Menge anderes Zeug. Genauso haben uns unsere Lehrer alles über Kriege, religiösen Fanatismus und verschiedene andere Übel der Gesellschaft beigebracht. Wir sollten das Gesamtbild kennen, weil man, nur wenn man Bescheid weiß, seinen Weg frei wählen kann.«

»Aha. Haben Sie die Offenbarung selbst einmal gelesen?«

»Nur zum Teil. Der Text ist echt beängstigend«, gab Peabody erschaudernd zu. »Ich hatte fürchterliche Albträume davon.«

»Mörderische Engel, Seuchen, Feuersbrünste, Tod. Ich verstehe wirklich nicht, was so was soll. Wenn wir beim Briefing auf das Thema kommen, fassen Sie die Sache bitte auch noch einmal für die anderen zusammen, ja?«

»Hinter diesem Anschlag steckt das Rote Pferd?«

»Bisher haben Sie Ihre Sache wirklich gut gemacht, und jetzt preschen Sie plötzlich einfach vor. Als Ermittlerin sollen Sie ermitteln und nicht irgendwelche voreiligen Schlüsse ziehen. Vor allem kann ich nicht verstehen, wie eine mörderische Sekte auf einen so schwachsinnigen Namen kommt. Der Name suggeriert, sie würden den ganzen Tag vergnügt auf einer Wiese rumspringen oder so.«

»Vielleicht war gerade das ja die Absicht.«

»Könnte sein.«

»Damals haben sie Familien umgebracht, Kranke, Alte, Ärzte sowie alle Kinder über zehn. Ziel war es, die anderen Kinder mitzunehmen, nur dass gestern in der Kneipe keine Kinder waren.«

»Ich werde die mögliche Verbindung zwischen damals und dem aktuellen Fall erklären. Stellen Sie einfach die dritte Tafel auf.« Sie drückte Peabody die Akte und eine CD in die Hand. »Ich brauche einen Augenblick, nachdem Nadine mir eben aufgelauert hat.«

Sie setzte sich mit ihrem Handcomputer an den Tisch,

um ihre Aufzeichnungen noch einmal durchzugehen, bis Mira auf der Bildfläche erschien.

»Ich bin etwas zu früh, ich weiß, aber ich wollte ...« Sie brach ab, als sie die Tafeln sah. »Sie haben schon große Fortschritte gemacht.«

»Es sind einfach jede Menge Namen und Gesichter, Spuren und Möglichkeiten. Ich weiß nicht, ob das unbedingt ein Fortschritt ist.«

»Mögliche Motive wären also Gier, Macht, Eifersucht und Geld.«

»Die üblichen Verdächtigen.«

»Und religiöser Fanatismus«, fügte Mira interessiert hinzu. »Das Rote Pferd? Die Sekte hat sich meines Wissens nach doch schon zur Zeit der Innerstädtischen Revolten wieder aufgelöst. Glauben Sie, dass es jetzt wieder eine solche Gruppe gibt?«

»Eher nicht, aber im Grunde sind Fanatiker doch alle gleich.«

»Wo ist die Verbindung zwischen Rotem Pferd und Ihrem aktuellen Fall?«

»Das erläutere ich gleich.«

»In der kurzen Zeit, in der die Organisation ihr Unwesen getrieben hat, war sie vor allem in Europa sehr gefürchtet.«

»Ich gehe gleich beim Briefing näher auf das Thema ein, und dann wüsste ich gern, wie Sie die Sache sehen.« Vor allem aber müsste sie mit Mira über etwas anderes sprechen, auch wenn das Versprechen, das sie Roarke gegeben hatte, ihr noch immer schwer im Magen lag. »Vielleicht hätten Sie ja heute irgendwann kurz Zeit für mich.«

»Ich habe wegen dieser Sache alle anderen heutigen Termine abgesagt und stehe Ihnen zur Verfügung.«

»Ah, im Grunde ist es eine eher private Angelegenheit ...«

»Natürlich.« Mira sah ihr ins Gesicht. »Kommen Sie vorbei, sobald es Ihnen passt.«

Bring's einfach hinter dich, sagte sich Eve. *Am besten ist es, wenn du diese bittere Pille auf der Stelle schluckst.*

»Vielleicht hätten Sie ja nach dem Briefing noch ein paar Minuten Zeit. Dann wäre diese Sache abgehakt.«

»In Ordnung.« Mira nickte knapp, und nacheinander tauchten die Detectives, Streifenpolizisten und die elektronischen Ermittler auf und füllten den Besprechungsraum mit dem Schlurfen ihrer Füße, dem Scharren von Stuhlbeinen und ihren Stimmen aus.

Eve setzte sich und wartete kurz ab, doch schließlich meinte sie: »Bevor jeder Bericht erstattet, werde ich noch kurz zusammenfassen, was bei den Ermittlungen bisher herausgekommen ist. Wie Sie sehen können, haben wir die Bilder einer Reihe Personen, die für uns womöglich von Interesse sind, an einer zweiten Tafel aufgehängt.«

Sie stellte die Personen vor und konzentrierte sich vor allem auf die zwölf, auf die nicht nur sie selbst, sondern auch Roarke gestoßen war.

»Dazu kommt noch eine mögliche Verbindung zu einer politischen beziehungsweise religiösen Splittergruppe namens Rotes Pferd. Diese Sekte hat zur Zeit der Innerstädtischen Revolten ähnliche Anschläge wie gestern durchgeführt. Peabody, erklären Sie den Kollegen, was es mit der Sekte auf sich hatte oder hat.«

Nachdem Peabody geendet hatte, stellte Feeney fest: »Wir hatten in New York mit dieser Sekte kaum etwas zu tun. Sie haben sich zu ein, zwei Attentaten bekannt, es aber nicht geschafft, hier wirklich Fuß zu fassen, denn als sie den Leuten ihre Kinder nehmen wollten, haben die sich mit aller Macht gewehrt.«

»Meine Quelle hat bestätigt, dass es damals in Europa Anschläge auf zwei Cafés gegeben hat. In beiden Fällen hat sich das Rote Pferd zu den Anschlägen bekannt, und wir wissen mit Bestimmtheit, dass die Substanz und deren Wirkung mit der von gestern Nachmittag identisch war. Die Ermittler damals haben dasselbe Zeug entdeckt wie wir, doch dann haben die Regierungen in beiden Fällen die Ermittlungen urplötzlich eingestellt, die Akte geschlossen und die Angelegenheit vertuscht. Im Rahmen der Vertuschung wurde ein Verdächtiger verhaftet, doch wir haben keine Ahnung, wer er war und was aus ihm geworden ist. Wir wissen nicht, ob er exekutiert, zu einer Haftstrafe verurteilt oder unter Umständen gezwungen wurde, die Substanz und vielleicht auch noch andere biologische oder chemische Waffen herzustellen.«

Wie nicht anders zu erwarten, regten die Kollegen sich mit lauten Stimmen über käufliche Politiker und die Vertuschung nachgewiesener Straftaten durch die Nachrichtendienste auf.

»Es gibt eine Verbindung«, fuhr sie schließlich fort. »Und wir müssen herausfinden, wie die geartet ist. Ich gehe sicher davon aus, dass Mira unseren Täter gut beschrieben hat. Es geht ihm nicht um Politik oder einen großartigen Plan. Aber er hat etwas mit dem Roten Pferd, mit der Vertuschung der vor Jahren erfolgten Attentate oder vielleicht auch mit dem Erfinder der Substanz zu tun.«

Sie wandte sich an ihren Expartner. »Feeney, ich hätte gerne, dass Detective Callendar und wer auch immer deiner Meinung nach sonst noch dafür infrage kommt, nach der Verbindung suchen. Wir brauchen dafür wirklich gute

Leute, denn die Aufzeichnungen aus der damaligen Zeit sind lückenhaft.«

»Sie arbeiten mit Nickson«, wies der Chef der elektronischen Ermittler seine Untergebene an.

»Okay.«

»Habt ihr selbst schon was herausgefunden, Feeney?«

Er schüttelte den Kopf. »Nichts, was dich weiterbringt.«

»Baxter?«

»Adam Stewart. Er hängt an der Tafel, weil die Schwester, Amie Stewart, eins der Opfer ist.«

Eve blätterte die Namensliste durch. »Kinder reicher Eltern. Sie war als Anwältin bei Dynamo, er ist augenblicklich arbeitslos und greift immer wieder Gelder der Familie ab.«

»Genau«, stimmte ihr Baxter zu. »Irgendetwas stimmt nicht mit dem Kerl. Er ist eindeutig nicht sauber, Dallas, und vor allem war er total nervös, hat aber gleichzeitig versucht, den trauernden Bruder rauszukehren und seinen Eltern beizustehen. Er hat versucht, uns etwas vorzumachen, am besten nehmen wir ihn uns noch einmal vor.«

»Dann holen Sie ihn aufs Revier, nehmen Sie ihn in die Zange. Haben Sie sonst noch was?«

Außer diesem nannte Baxter noch zwei andere Namen, von denen einer ebenfalls auf ihrer Liste stand.

Jenkinson und Reineke brachten vier Namen vor, von denen drei ihr bereits selber aufgefallen waren.

»Peabody, Sie bringen die Tafel auf den neuesten Stand. Hängen Sie Adam neben Amie Stewart, Ivan Berkowitz zu Cherie Quinz, Lewis Callaway zu Joseph Cattery, Annalisa Burke neben John Burke, Sam McBride neben Paul Garrison und Devon, unseren Manager, zu seinem Bruder Christopher, den Chemiker.«

Sie wandte sich wieder an das Team. »Knöpfen Sie sich diese Leute noch einmal vor, suchen Sie nach einer Verbindung entweder zum Roten Pferd oder zur Vertuschung der durch diese Organisation verübten Attentate, und sehen Sie sich ihre elektronischen Geräte und Finanzen genauer an. Die Lesters übernehmen Peabody und ich.«

Sie übertrug die Laufarbeiten und den Telefondienst den Kollegen, die neu zum Team gestoßen waren, und beraumte für den Nachmittag das nächste Briefing an.

Ehe sie die Teambesprechung schließen konnte, erhob der Commander sich von seinem Platz und sah sie an. »Wir geben heute Morgen noch ein offizielles Statement ab, vor der Pressekonferenz um 13 Uhr sprechen Sie sich bitte noch mit unserem Pressesprecher ab.«

»Zu Befehl, Sir.«

»Wählen Sie außerdem noch zwei Beamte aus, die Ihnen helfen herauszufinden, wie und wo der Täter an die einzelnen Bestandteile der tödlichen Substanz gekommen ist.«

»Ich hätte gern Detective Strong vom Drogendezernat, falls das für Sie in Ordnung ist.«

»Nehmen Sie, wen Sie wollen. Hauptsache, Sie finden möglichst schnell etwas heraus. Sobald die Medien etwas von der Substanz erwähnen, machen Ihre Informanten vielleicht dicht. Und denken Sie an den Termin mit unserem Pressesprecher.«

»Ja, Sir«, sagte sie ihm zu und wandte sich noch einmal an ihre Partnerin. »Auf geht's. Peabody, Sie rufen Devon Lester an und bitten ihn noch mal auf das Revier.«

»Und was ist mit dem Bruder?«

»Den holen am besten zwei Uniformierte ab, wenn Devon auf der Wache sitzt. Sagen Sie den beiden, dass sie dabei möglichst grimmig gucken sollen, vielleicht schüchtert ihn das schon mal ein. Außerdem muss ich noch einmal mit Morris und dem Sturschädel Berenski sprechen und mich selbst in der Bar umsehen. Also schaffen Sie mir Devon her, nach dem Treffen mit dem Pressesprecher knöpfen wir uns ihn und dann den Bruder vor, danach fahren wir los.«

»Okay.«

Als Peabody den Raum verließ, sah sie noch einmal die Tafel an.

»Eve«, ertönte Miras Stimme hinter ihr. »Sie haben jetzt eine Stunde Zeit. Warum gehen wir nicht in mein Büro?«

»Ich sollte wirklich …«

Nein, am besten bringst du's einfach hinter dich.

»Ja, sicher. Gehen Sie schon mal vor. Ich bin in fünf Minuten da.«

7

In der sicheren Erwartung, dass der Drache, der über das Vorzimmer der Psychologin wachte, missbilligend schnauben und erklären würde, dass sie warten müsste, machte Eve sich auf den Weg. Zu ihrer Überraschung aber nickte ihr das Weib nur flüchtig zu und stellte fest: »Frau Doktor wartet schon auf Sie. Am besten gehen Sie gleich rein.«

Sie hatte keine andere Wahl, also atmete sie durch und betrat das sonnige, gemütliche Büro.

»Sie sind auf die Minute pünktlich.« Mira stand vor ihrem AutoChef und lächelte sie freundlich an. »Ich hole gerade Tee. Am besten nehmen Sie schon mal Platz und entspannen sich.«

»Ich stehe gerade etwas unter Druck.«

»Ich weiß. Ich werde mir die Daten, die Sie mir geschickt haben, und Ihre Notizen ansehen und schauen, ob ich Ihnen weiterhelfen kann. Aber erst einmal …«

Mira reichte Eve eine der beiden Tassen aus hauchzartem Porzellan, setzte sich in einen der beiden blauen Klubsessel und nippte stumm an dem süß duftenden Tee, bis sich Eve verpflichtet fühlte, es ihr gleichzutun.

Seelenklempner, dachte Eve, wussten genau wie Polizisten während des Verhörs, dass man manchmal am besten einfach schwieg.

»Sie sehen gut aus«, stellte Mira schließlich fest. »Was macht Ihr Arm?«

»Dem geht es wieder gut.« Sie ließ die Schulter kreisen und erinnerte sich flüchtig an den Schmerz. »Bei mir heilen Verletzungen meist schnell.«

»Weil Sie körperlich in ausgezeichneter Verfassung sind.«

»Das heißt, dass sich mein Körper immer schnell wieder erholt.«

Mira sah sie ruhig aus ihren blauen Augen an. »Und wie fühlen Sie sich sonst?«

»Gut. Es geht mir meistens gut. Das sollte reichen, denn wahrscheinlich ist jeder mal schlecht drauf. Weil immer etwas ist, weil es immer mal ein Tief, einen Rückschlag oder irgendeine andere Scheiße gibt. Vor allem für uns Cops.«

»Sie haben gesagt, es wäre etwas Persönliches.«

»Für mich gibt's zwischen Arbeit und Privatleben kaum einen Unterschied. Das ist für mich okay. Damit komme ich zurecht.«

Sie versucht, Zeit zu schinden, dachte Mira, denn es widerstrebt ihr, dass sie ihr als Patientin gegenübersaß. »Sie haben einen Weg gefunden, beides auf perfekte Weise miteinander zu verbinden. Werden Sie mir sagen, was Ihnen Probleme macht?«

»Ich bin nicht meinetwegen, sondern Roarke zuliebe hier.«

»Verstehe.«

»Hören Sie, dass ich heftig träume, ist für mich nicht neu.« Sie war nicht in der Stimmung, so zu tun, als tränke sie den Tee, der ihr von Mira freundlich aufgezwungen worden war, und stellte die Tasse auf den Tisch. »Das tue ich schon, seit ich denken kann. Die Träume sind nicht immer schön, aber warum sollten sie das auch sein? Schließlich tauchen meine eigene Vergangenheit und all die Dinge, die ich heutzutage täglich tun muss oder sehe, darin auf. Vielleicht haben meine Träume mir die Möglichkeit zur Flucht geboten, als ich noch ein kleines Mädchen war. Wenn ich mir Mühe gab, konnte ich während meiner Träume aus dem Raum fliehen, in dem ich eingesperrt war, und selbst wenn der Ort, an den ich mich geflüchtet habe, alles andere als warm oder gemütlich war, war er auf alle Fälle besser als die Wirklichkeit. Und die Albträume, die Flashbacks im Zusammenhang mit meinem Vater hatte ich im Griff. Die hatte ich am Ende überwunden, sie waren kein Thema mehr für mich.«

Mira sah sie an, und als sie eine Pause machte, fragte sie: »Und jetzt?«

»Sie sind nicht mehr so schlimm, wie sie mal waren, aber okay, ich habe ein Problem, seit ich in Dallas war.«

Kein Wunder, dachte Mira, nickte aber einfach. »Und das manifestiert sich in neuen Albträumen?«

»Sie sind nicht mehr so schlimm wie früher«, wiederholte Eve. »Vor allem weiß ich, dass es Träume sind. Ich träume, doch ich weiß, die Träume sind nicht echt. Sie sind bei Weitem nicht so schlimm wie der in Dallas, der mich so gefangen hielt, dass ich auf Roarke losgegangen bin. Ich habe ihn verletzt, aber ich lasse ganz bestimmt nicht zu, dass mir so etwas noch einmal passiert.«

Sie hielt es nicht mehr aus zu sitzen. Wie zum Teufel schafften andere es, im Sitzen ihre Seelenqualen zu offenbaren? Entschlossen stand sie auf und stapfte durch den Raum. »Vielleicht war der Traum letzte Nacht ein bisschen intensiver als die anderen, aber schließlich hatte ich auch einen wirklich üblen Tag gehabt. Da ist es doch bestimmt nicht überraschend, wenn in meinen Träumen alles durcheinandergeht.«

»Und was hat sich in Ihrem Traum vermischt?«

»Die Bar, die Opfer und das ganze Chaos, das dort ausgebrochen war.«

Sie musste ruhig bleiben und Mira so Bericht erstatten, wie sie es sonst immer dem Commander gegenüber tat. Verdammt, das müsste doch auf alle Fälle machbar sein.

»Ich kann das Geschehen an einem Tatort immer deutlich vor mir sehen. Das gehört zu meinem Job. Ich kann sehen, was passiert und wie es abgelaufen ist, manchmal führt mich das zum Täter und zu seinem möglichen Motiv. Ich kann es sehen, riechen und beinah mit Händen greifen. Und, mein Gott, ich hatte während des gesamten Abends an nichts anderes gedacht.«

Sie hörte selber, wie gereizt sie klang, und zwang sich abermals zu einem ruhigeren Ton. »Also bin ich in Gedanken oder eher in meinem Traum noch einmal in diese Bar zurückgekehrt. Aber plötzlich waren auch die beiden dort. Stella, die mit aufgeschlitzter Kehle an der Theke saß. Genauso hat sie auch ausgesehen, nachdem McQueen mit einem Messer auf sie losgegangen war. Genauso lag sie auf dem Boden seiner Wohnung. In meinen neuen Träumen taucht sie entweder allein oder auf jeden Fall als Erste auf. Sie gibt mir die Schuld an ihrem Tod, genauso wie sie mir auch früher stets die Schuld an allem gegeben hat.«

»Sind Sie denn schuld an ihrem Tod?«

»Ich habe sie nicht umgebracht.«

»Das war nicht die Frage.«

»Früher oder später hätte er sie sowieso getötet, weil er immer nach demselben Muster vorgegangen ist. Vielleicht habe ich die Sache ein bisschen beschleunigt.«

»Inwiefern?«

»Inwiefern?« Eve starrte sie verwundert an. »Ich habe

sie erwischt und festgenommen. Es war meine Schuld, dass sie im Krankenhaus gelandet ist. Als sie McQueen verraten sollte, hat ihr das eine Heidenangst gemacht.«

»Lassen Sie mich noch einmal zusammenfassen.« Mira stellte ihre elegante Tasse süß duftenden Tees auf der Untertasse ab und sah sie forschend an. »Sie haben sie erwischt und festgenommen. Während der Verfolgungsjagd kam es zu einem Unfall mit dem Van, mit dem Melinda Jones und die dreizehnjährige Darlie Morgansten von ihr und von McQueen gekidnappt worden waren. Es war also ihre eigene Schuld, dass sie im Krankenhaus gelandet ist, Sie haben einfach Ihren Job gemacht, indem Sie sie dazu bewegen wollten, Ihnen zu verraten, wo McQueen das Mädchen und das Kind gefangen hielt. Ist das korrekt?«

»Ja.«

»Haben Sie ihr dabei geholfen, aus dem Krankenhaus zu fliehen? Haben Sie ihr geholfen, als sie auf die Schwester und ihren Bewacher losgegangen ist? Haben Sie ihr geholfen, einen Wagen von dem Parkplatz vor dem Krankenhaus zu klauen und zu McQueen zu fahren, damit sie ihn vor Ihnen warnen kann?«

»Natürlich nicht, aber …«

»Wie haben Sie dann ihren Tod beschleunigt?«

Eve nahm wieder Platz. »Es fühlt sich einfach an, als hätte ich's getan, auch wenn das vielleicht Unsinn ist. Trotzdem fühlt es sich für mich so an.«

»Jetzt auch?«

»Sie meinen, ob ich mich jetzt schuldig fühle? Nein«, erklärte Eve. »Nicht, wenn ich es genau betrachte. Vielleicht bin ich verantwortlich für ihre Festnahme und dafür, dass ich in der Klinik ziemlich unsanft mit ihr umgesprungen bin. Aber das hätte ich in dem Moment mit jedem anderen auch getan, und ich bin sicher nicht verantwortlich für das, was sie getan hat, und auch nicht für den Menschen, der sie war.«

»Sie war nicht irgendjemand. Sie hat Sie auf die Welt gebracht.«

»Auch dafür kann ich nichts.«

»Nein.« Zum ersten Mal seit Anfang des Gesprächs sah Mira sie mit einem sanften Lächeln an. »Dafür können Sie nichts.«

»Sie hatte keine Ahnung, wer ich bin. Sie hat mir direkt ins Gesicht gesehen und hatte keine Ahnung, wer ich bin. Für sie war ich nur der verfluchte Cop, der ihr die Tour vermasselt hat. Aber in meinen Träumen weiß sie, wer ich bin.«

»Hätten Sie gewollt, dass Stella Sie erkennt, bevor sie stirbt?«

»Nein.«

»Sind Sie sich da sicher?«

»Absolut.« Es laut auszusprechen und zu wissen, dass es stimmte, tat ihr gut. »Ich hatte in dem Augenblick kaum Zeit, um nachzudenken. Alles ging unglaublich schnell, und ich gebe zu, es hat mich ziemlich aus dem Gleichgewicht gebracht, als ich ihr plötzlich direkt gegenüberstand und wusste, wer sie war. Hätte sie mich ebenfalls erkannt, wäre dadurch einer meiner schlimmsten Träume Wirklichkeit geworden, denn sie hätte garantiert nichts unversucht gelassen, um mich selbst und Roarke zu ruinieren. Auf alle Fälle hätte sie versucht, Geld aus uns herauszuholen, mein Leben wäre jetzt die Hölle, wenn sie überlebt hätte und wüsste, wer ich bin.«

Sie atmete tief durch, denn plötzlich wurde ihr noch etwas anderes bewusst. »Aber zugleich ist es auch schmerzlich, dass sie keine Ahnung hatte, wer ich bin. Sie hat mich zur Welt gebracht Vielleicht hat sie mich dafür gehasst, aber sie hat mich zur Welt gebracht und ein paar Jahre lang mit mir zusammengelebt. Wahrscheinlich hat sie mich zumindest ab und zu gefüttert oder frisch gemacht. Trotzdem wusste sie nicht, wer ich bin. Ich weiß nicht, warum sie mich nach all der Zeit hätte erkennen sollen, und danke Gott dafür, dass sie nicht mal ein paar Sekunden lang gewusst hat, wer ich bin. Ich bin also froh, dass sie mich nicht erkannt hat, aber trotzdem denke ich, sie hätte mich erkennen sollen. Was einfach keinen Sinn ergibt.«

»Doch, natürlich. In Ihren Träumen sorgen Sie dafür, dass das passiert, und setzen sich ihrer Wut, dem Gift, das sie versprüht, und ihren Schuldzuweisungen aus.«

»Aber warum? Sie lebt nicht mehr. Sie ist Geschichte, und sie kann mir nichts mehr tun.«

»Sie hat Sie im Stich gelassen, und das Kind, das sie misshandelt und mit einem anderen Peiniger allein gelassen hat, hatte nie Gelegenheit, sie für ihr Tun zur Rechenschaft zu ziehen. Auch die Frau, die diese Dinge überlebt hat, konnte sie niemals dafür zur Rede stellen. Was würden Sie tun, was würden Sie ihr sagen, wenn Sie die Gelegenheit dazu bekämen?«

»Ich wollte wissen, woher sie selber kam, was sie zu der gemacht hat, die sie war. Ob sie es einfach in den Genen hatte, oder ob jemand sie so, wie die beiden es mit mir gemacht haben, zu der elenden Kreatur gemacht hat, die sie war. Ich wollte wissen, weshalb sie nur Verachtung für das Kind übrig hatte, das sie geboren hat. Wobei ihre Antworten im Grunde keine Rollen spielen würden«, fügte sie hinzu.

»Ach nein?« Mira zog die Brauen hoch. »Und warum nicht?«

»Weil sowieso alles an ihr nur eine große Lüge war. Sie hat immer nur an sich selbst gedacht, ihre Antworten auf meine Fragen wären dementsprechend ausgefallen. Warum also hätte ich ihr glauben sollen?«

»Trotzdem?«

»Ja, okay, es tut mir trotzdem leid, dass ich nicht die Chance hatte, ihr ins Gesicht zu sehen und sie danach zu fragen, auch wenn ihre Antworten mir sowieso egal gewesen wären. Und ihr dann zu sagen, dass sie selbst für mich ein Niemand ist. Ein *Nichts.*«

Verdammt, sie hatte keine Lust mehr, ruhig zu bleiben, dachte sie mit zunehmendem Zorn. *Endlich, endlich einmal spräche sie jetzt alle diese Dinge aus.*

»Sie haben versucht, ein Nichts aus mir zu machen – namenlos und ohne Heim, Gesellschaft oder Trost. Voller Angst und Schmerzen, ganz allein in kalter Dunkelheit. Ich will ihr ins Gesicht sehen und ihr sagen, dass egal was sie getan, egal wie sehr sie mich verletzt und wie sie mich erniedrigt hat, ein anständiger Mensch aus mir geworden ist. Sie hat mich nicht zu einer solchen Person gemacht, wie sie selbst eine war.«

Sie atmete erschaudernd aus, und als sie die Feuchtigkeit auf ihren Wangen spürte, wischte sie die Tränen ungeduldig wieder fort.

»Scheiße. Ich benehme mich vollkommen lächerlich. Es tut weh, darüber nachzudenken, warum also sollte ich das tun?«

»Weil diese Überlegungen, solange Sie versuchen, sie zu unterdrücken, immer wieder nachts, wenn Sie verletzlich sind, in Ihren Träumen in Erscheinung treten«, klärte Mira sie mir ruhiger Stimme auf.

Noch immer rastlos stand sie wieder auf. »Mit den Träumen kann ich leben. Gegen sie komme ich an. Das habe ich auch vorher schon geschafft, obwohl sie da viel schlimmer waren. Aber Roarke … ich weiß zwar nicht, warum, aber ich habe das Gefühl, dass es für ihn jetzt schwieriger ist. Schwieriger, mit den Träumen und mit mir klarzukommen.«

»Auch er konnte sie nicht zur Rede stellen. Und er hat die Erfahrungen in Dallas mit Ihnen geteilt. Er liebt Sie, Eve, wenn Sie leiden, leidet er mit Ihnen.«

»Das ist mir klar. Das sehe ich. Nur deshalb bin ich schließlich hier. Und es kotzt mich an, dass sie mir tot noch mehr Probleme macht als lebendig. Mit den Gesichtern all der anderen Toten, die mir nicht mehr aus dem Kopf gehen, komme ich zurecht. Ich habe mein Möglichstes für sie getan, nachdem man sie mir überlassen hat. Ich komme auch mit ihr zurecht, aber ich möchte einfach nicht, dass sie diese Macht über mich hat und mich noch immer schwächt.«

Jetzt kommen wir zum Punkt, ging es der Psychologin durch den Kopf. »Denken Sie, die Albträume machen Sie schwach?«

»Auf jeden Fall. Das haben Sie schließlich selbst gesagt.«

»Ich habe gesagt, dass Sie in Ihren Albträumen verletzlich sind. Das ist ein großer Unterschied. Wenn Sie nicht verletzlich wären, wären Sie spröde, unbeugsam und kalt. Aber das sind Sie nicht. Sie sind ein ganz normaler Mensch.«

»Aber ich will ihr gegenüber nicht verletzlich sein.«

»Sie ist nicht mehr am Leben, Eve.«

»Gott.« Ihr wurde flau im Magen, und sie presste sich die Hände gegen das Gesicht. »Das ist mir klar. Das ist mir klar. Ich habe schließlich ihren Leichnam untersucht und den Todeszeitpunkt und die Todesursache bestimmt. Ich habe in dem Fall ermittelt. Aber ja, in Ordnung, trotzdem ist sie für mich immer noch ... lebendig. Und zwar so lebendig, dass ich, wenn ich von ihr träume, Angst habe und wütend bin. Sie sieht mich in meinen Träumen an, weiß, wer ich bin, und ich kann deutlich spüren, wie sich etwas in meinem Innern zusammenzieht.« Eve starrte vor sich hin.

»Ich bin ein Teil von ihr. So laufen diese Dinge nun einmal. Wie eine Frau sich in der Schwangerschaft ernährt, was auch immer sie in der Zeit zu sich nimmt und was auch immer sie im Blut hat, überträgt sich auf das Wesen, das in ihrem Innern wächst. Weil sie durch die Nabelschnur mit ihrem Kind verbunden ist. Sie war total kaputt, müsste also während der neun Monate, bevor ich auf die Welt gekommen bin, nicht auch in mir etwas kaputtgegangen sein?«

»Glauben Sie, dass jedes Kind sämtliche Vorzüge und Makel seiner Mutter erbt?«

»Nein. Das heißt, ich weiß es nicht.«

»Setzen Sie sich bitte noch einmal hin.«

Als sie tat wie ihr geheißen, streckte Mira einen Arm in ihre Richtung aus, nahm ihre Hand und sah sie reglos an. »Sie sind nicht gebrochen, Eve. Sie wurden verwundet, und die Wunden sind noch nicht völlig verheilt, aber gebrochen sind Sie nicht. Das können Sie mir glauben, denn mit diesen Dingen kenne ich mich von Berufs wegen besser aus als die meisten anderen Menschen aus.«

Eve lachte leise auf, gleichzeitig schüttelte sie den Kopf.

»Die beiden haben Sie vor all den Jahren gebrochen, als Sie unschuldig und wehrlos waren. Aber Sie haben diese Bruchstücke zu einer starken, zielstrebigen Frau zusammengesetzt, die anders als die Menschen, die sie nicht auf Dauer brechen konnten, lieben kann. Vor allem kenne ich beruflich und privat sonst niemanden, der auch nur annähernd so eigenständig ist wie Sie.«

»Ich muss endlich einen Schlussstrich unter diese Sache ziehen, das ist mir klar. Ich kann nicht zulassen, dass diese Frau mir weiter durch den Kopf spukt und dass jetzt auch noch mein Vater wieder auf der Bildfläche erscheint.«

»Den ersten Schritt haben Sie getan, indem Sie hergekommen sind. Ich habe Sie schon mal gefragt, ob Sie wüssten, warum Sie sie Stella nennen, während er für Sie Ihr Vater ist. Haben Sie inzwischen rausgefunden, warum das so ist?«

»Nachdem Sie mich darauf angesprochen hatten, habe ich darüber nachgedacht. Bis dahin war mir gar nicht klar, dass es so ist. Aber ich schätze, was er mir angetan hat, einem ... seinem eigenen Kind! Ich nehme an, er war ein schlechter Mensch. Ich benutze diesen Ausdruck nur sehr ungern, weil er abgedroschen klingt, aber das war er nun einmal. Obwohl ...«

Mit plötzlich trockenem Mund griff sie nach ihrer Tasse und trank, wenn auch widerstrebend, einen Schluck von dem Tee.

»Ich hatte ständig Hunger, doch verhungert bin ich nicht. Ich habe permanent gefroren, aber ich war niemals nackt. Und obwohl ich mich nicht wirklich dran erinnern kann, hat er mir offenbar Laufen und Sprechen beigebracht. Nicht, weil ihm etwas an mir lag. Ich glaube nicht, dass er zu wirklichen Gefühlen fähig war. Er hat mich nicht geliebt, aber genauso wenig hat er mich gehasst. Ich war für ihn ein Werkzeug, eine Ware, die er nach Belieben nutzen und missbrauchen konnte und mit der er hätte

Geld verdienen wollen. Ich war mit ihm zusammen, bis er irgendwann durch meine Hand gestorben ist. Er hat mich missbraucht und gleichzeitig ernährt, geschlagen und mir etwas zum Anziehen gekauft. Er hat mir Angst gemacht, mir aber auch ein Dach über dem Kopf gegeben, und obwohl er mir kein Vater war, wie Leonardo es für Belle, wie Mr. Mira es für ihre Kinder oder Feeney oder jeder andere normale Mann für seine Söhne oder Töchter ist, habe ich immer akzeptiert, dass er mein Vater war.«

»Damit haben Sie sich arrangiert.«

»Ich schätze, schon. Aber sie hat mich einfach bei ihm zurückgelassen, ich kann mich lange nicht so gut an sie erinnern wie an ihn. Das Einzige, was ich noch weiß, ist, dass sie meist gemein und hässlich zu mir war. Sie hat mich geschlagen und gekniffen, mich in einen dunklen Schrank gesperrt, mich hungern lassen und ihm dann erklärt, sie hätte mir etwas zu essen gemacht. In ihrem Blick lag blanker Hass, wenn sie mich angesehen hat. Sie war zu Gefühlen fähig. Vielleicht waren die Gefühle, die sie hatte, egoistisch und verdreht, aber im Gegensatz zu ihm hat sie welche gehabt. Und mich hat sie gehasst.« Sie nippte an dem Tee.

»Wenn er mich bei ihr zurückgelassen hätte, hätte sie mich umgebracht. Hätte mich irgendwo eingesperrt und dort verhungern lassen oder mich erstickt. Das hätte sie gekonnt, weil sie im Gegensatz zu ihm Gefühle hatte und ich ihr zuwider war. Sie war meine Mutter, doch so nennen werde ich sie nicht. Vielleicht ist das ein kleiner, erster Schritt, um mich endgültig von ihr zu befreien.«

»Das ist gut«, versicherte ihr Mira. »Das ist wirklich gut.«

»Ich habe in den letzten Tagen oft über die beiden nachgedacht. Ich hätte wissen sollen, dass sich etwas in mir zusammenbraut. Ich habe mir eingeredet, dass ich das Problem allein in den Griff bekommen würde, doch inzwischen ist mir klar, dass ich schon eher zu Ihnen hätte kommen sollen.«

»Sie sind gekommen, als Sie dazu bereit waren.«

»Im Grunde war eher Roarke dafür bereit«, gab Eve zurück, und Mira lachte leise auf.

»Vielleicht sind Sie ihm zuliebe hergekommen, doch Sie hätten nicht so offen über diese Angelegenheit mit mir gesprochen, wenn Sie nicht auch selbst dazu bereit wären.«

»Es stört mich, dass es mir jetzt wirklich besser geht. Er hat mich genötigt herzukommen, und jetzt sieht es so aus, als hätte er tatsächlich recht damit gehabt. So, jetzt gehe ich zu Whitney.«

»Aber vorher haben Sie doch sicher noch kurz Zeit, um etwas Luft zu holen.«

»Das wird leider warten müssen, denn ich glaube nicht, dass dieser Irre mit dem nächsten Anschlag wartet, bis mein Seelchen sich berappelt hat.«

»Von einem Seelchen kann bei Ihnen wahrlich keine Rede sein. Wer auch immer hinter all diesen Todesfällen steckt, wird schnell genug erkennen, dass Sie ihm psychisch haushoch überlegen sind. Sie wissen, dass Sie mich zu jeder Zeit hier im Büro und auch daheim erreichen, falls noch einmal Gesprächsbedarf besteht. Sie werden diesen Fall wahrscheinlich nicht in ein, zwei Tagen lösen, aber ich verspreche Ihnen: Sie werden den Täter überführen.«

»Dann kennen Sie sich also von Berufs wegen auch damit aus?«

»Genau.«

»Danke.« Wieder stand Eve auf.

»Ich hätte da noch einen Vorschlag. Eine Art Experiment.«

»Geht's dabei um irgendwelche Spritzen oder darum, dass mir jemand sagt, dass ich ganz müde werde und die Augen nicht mehr offen halten kann?«

»Nein. Es geht um Ihre Willensstärke und die Flexibilität Ihres Unterbewusstseins, die Ihnen durchaus etwas nützen kann. Ich frage mich, ob Sie bereit wären, an mich zu denken, wenn Ihnen Stella das nächste Mal im Traum erscheint.«

»Warum?«

»Wie gesagt, es wäre ein Versuch.« Mira hob die Hand, berührte flüchtig ihre Wange und fügte hinzu: »Würde mich interessieren, ob es funktioniert.«

»Versuchen kann ich es ja mal. Obwohl ich hoffe, dass sie mich jetzt erst mal in Ruhe lassen wird. Denn schließlich muss ich einen Massenmörder finden.«

»Dann gehe ich jetzt Ihre Unterlagen durch und melde mich, sobald ich etwas dazu sagen kann.«

»Das wäre nett.« Eve wandte sich zum Gehen, blieb aber in der Tür noch einmal stehen und sah die Psychologin an. »Und vielen Dank für das Gespräch.«

Zuerst ging sie in ihr Büro. Den Besuch bei Morris könnte sie sich sparen, denn er hatte ihr inzwischen neue Berichte zugeschickt, in denen allerdings, genau wie in den Mails aus dem Labor, nichts wirklich Neues stand.

Also grub sie noch ein wenig tiefer, um so viel wie möglich über die Gebrüder Lester zu erfahren, bevor sie mit ihnen spräche, und brach dann zu dem Gespräch mit dem Commander und dem Pressesprecher auf.

Da sie den Medienrummel hasste, war sie froh, dass sie sich zuerst nur mit Kyung besprechen würde, der – wie sie ihm schon nach ihrem ersten Treffen zu verstehen gegeben hatte – eindeutig kein Arschloch war.

Er trug einen taubenblauen Anzug über einem dunkelgrauen Hemd und einem leuchtend roten Schlips. Maßgeschneidert, merkte sie, wodurch sein schlanker, durchtrainierter Körper vorteilhaft zur Geltung kam. Er war wie immer tadellos rasiert, und die Attraktivität seines Gesichts wurde durch ein anziehendes Lächeln noch verstärkt.

»Freut mich, Sie zu sehen, Lieutenant, auch wenn die Situation, in der wir uns befinden, wieder einmal ziemlich knifflig ist.«

»Ein Attentat mit mehr als achtzig Toten ist bestimmt kein Spaß.«

»Das heißt, wir müssen mit den Medien ganz besonders vorsichtig umgehen. Es gibt bereits Spekulationen, ob es vielleicht ein Terrorakt gewesen ist, und wir sollten uns alle Mühe geben, diese Ängste zu zerstreuen.«

»Vielleicht *war* es ja ein Terrorakt.«

»Das Wort *vielleicht* benutzen wir in dem Zusammenhang nicht gern.«

»Da haben Sie recht.«

»Commander Whitney wird eine Erklärung abgeben und dann auf ein paar Fragen eingehen. Chief Tibble hat entschieden, nicht zu kommen, denn dann hält es auch der Bürgermeister nicht für nötig zu erscheinen, und die Sache wird nicht noch unnötig aufgebauscht.«

Auf diese Weise blieb die Politik erst einmal außen vor.

»Sehr gut.«

»Sie selber sagen erst mal nichts.«

»Noch besser.«

»Der Commander wird einfach erklären, dass Sie als Leiterin eines erfahrenen Ermittlerteams fungieren, bereits verschiedenen Spuren nachgehen, Vernehmungen durchführen, Beweise untersuchen und so weiter und so fort.«

»Und was erzählen wir über die Sache selbst?«

Wieder sah er sie mit einem sanften Lächeln an. »Die New Yorker Polizei hat eine Substanz sichergestellt, die von einer oder mehreren Personen in der Kneipe freigesetzt wurde und Aggressionen hervorgerufen hat.«

»Da erzählen wir aber ganz schön viel.«

»Durch die vielen undichten Stellen direkt nach dem Anschlag ist doch sowieso längst durchgesickert, dass was in der Luft gewesen ist. Ihre Aufgabe wird sein, nicht von der offiziellen Erklärung abzuweichen, falls ein Journalist Sie fragt.«

»Kein Problem. Außer dass ich schon mit Nadine Furst gesprochen und ihr das erzählt habe, von dem ich denke, dass sie es erfahren soll.«

Obwohl der Pressesprecher schmerzlich das Gesicht verzog, fuhr sie entschlossen fort: »Sie wird die Informationen so lange nicht bringen, bis ich es ihr erlaube, aber ich gehe davon aus, dass sie aufgrund der Dinge, die sie weiß, selbst Informationen über das Rote Pferd und seine mögliche Verbindung zu dem aktuellen Anschlag sammeln und uns überlassen wird.«

»Wie viel haben Sie ihr erzählt?«, mischte sich Whitney ein.

»Genug, damit sie sich vertraulich mit der Sekte und mit jedem befasst, der tatsächlich oder angeblich in Verbindung damit stand.«

»Ich weiß, dass Sie und Nadine Furst auch privat verkehren«, begann Kyung.

»Hierbei geht es nicht um unsere Freundschaft, sondern um die Arbeitsethik, die sie hat. Sie hat mir zugesagt, die Infos, die ich ihr gegeben habe, erst zu bringen, wenn ich es ihr sage. Und genau das wird sie tun. Es gibt eine Verbindung«, sprach Eve beide Männer an. »Und sie wird so lange graben, bis sie sie entdeckt ... außer ich finde sie zuerst.«

»Ich hatte bisher nie Veranlassung, an ihrer Arbeitsethik oder ihrem Wort zu zweifeln«, stellte der Commander fest. »Aber falls durchsickert, dass unter Umständen das Rote Pferd in diese Angelegenheit verwickelt ist ...«

»Von ihr oder von meinem Team wird niemand etwas davon erfahren. Falls davon etwas nach außen dringt, gehe ich jede Wette ein, dass unser Täter selbst dahintersteckt. Sir?«

»Fahren Sie fort, Lieutenant.«

»Wir gehen diese Angelegenheit den Medien gegenüber direkt an. Zwar halten wir uns bei den Einzelheiten eher bedeckt, aber wir werden nicht vertuschen, dass all diese Menschen Opfer eines Anschlags waren. Meiner Meinung nach ist das der beste Weg. Bisher gehen wir davon aus, dass es ein Einzeltäter oder eine kleine Gruppe war. Er wird es genießen, jetzt derart im Rampenlicht zu stehen. Genau wie die Fragen, die gleich auf uns abgefeuert werden, und dass wir uns sorgsam überlegen, wie am besten damit umzugehen ist. Aber das wird ihm nicht reichen. Der Commander ist ein ruhiger und, okay, beeindruckender Mann. Doch auch wenn der Kerl sich freuen wird, weil ein so hohes Tier wegen des Anschlags mit der Presse spricht, wird er sich daran stören, dass nicht auch der Bürgermeister sofort auf der Bildfläche erscheint und dort nach seiner Pfeife tanzt. Trotzdem wird er sich erst einmal darin aalen, dass in allen Medien über ihn berichtet wird. Was ihm auf Dauer jedoch ebenfalls nicht reichen wird.«

Der Pressesprecher sah sie fragend an. »Sie gehen also davon aus, dass er diese Erfahrung wiederholen will.«

»Wenn wir ihn nicht rechtzeitig erwischen, schlägt der Kerl, egal wie wir die Angelegenheit der Presse gegenüber drehen, auf jeden Fall noch einmal zu. Niemand macht sich solche Mühe, entwirft einen derartigen Plan und zieht ihn dann erfolgreich durch, um danach einfach händereibend mit seinem normalen Leben fortzufahren.«

»Das ist …« Der Pressesprecher überlegte kurz. »… beunruhigend.«

»Oh ja. Aber es wäre auch nicht beruhigend, falls sich unsere andere Theorie als zutreffend erweist und eine durchgedrehte religiöse Sekte ihre vor Jahrzehnten unterbrochene Arbeit wieder aufgenommen hat. Auf jeden Fall braucht unser Täter immer neue Nahrung, denn sein Appetit aufs Töten und die Selbstzufriedenheit, die er danach verspürt, ist grenzenlos. Vor allem steht er jetzt im Mittelpunkt, und das Gerede über ihn und die ganze Trauer auf all den Gedenkfeiern für all die Toten setzt der Mahlzeit noch das Sahnehäubchen auf.«

»Dann soll ich mich also auf weitere Erklärungen und Briefings vorbereiten«, meinte Kyung.

»Planen Sie zumindest erst mal keinen Urlaub«, antwortete Eve und wandte sich ihrem Commander zu. »Sir, ich müsste gleich in den Vernehmungsraum.«

»Gehen Sie, falls die Vernehmung länger dauert oder Sie bis dahin eine andere Spur verfolgen, kommen wir auf der Pressekonferenz auch ohne Sie zurecht. Die Medien und die Öffentlichkeit«, kam er Kyungs Protest zuvor, »werden es zu schätzen wissen, wenn die Leiterin unseres Ermittlungsteams sich nicht bei ihrer Arbeit unterbrechen lässt.«

»Danke, Sir.« Bevor er es sich noch einmal anders überlegen konnte, kehrte sie so schnell wie möglich in das rege Treiben ihres Dezernats zurück.

Die Kollegen, die nicht gerade bei Verhören oder unterwegs waren, saßen vor ihren Computern oder Links, wie immer war die Luft vom beißenden Gestank des widerlichen Kaffees, den sie literweise in sich reinkippten, erfüllt.

»Dallas«, fing Peabody sie ab. »Ich habe Devon Lester in Verhörraum B gesetzt. Er kam auf meinen Anruf sofort her.«

»Das nenne ich mal kooperativ.«

»Baxter und Trueheart haben Adam Stewart in Verhörraum A. Wie weit sie mit ihm sind, kann ich nicht sagen, aber dafür weiß ich, dass Christopher Lester eben angekommen ist. Er kriegt Verhörraum C, und die Beamten, die ihn aufs Revier begleitet haben, geben mir Bescheid, wenn er dort sitzt.«

»Okay. Die beiden Lesters stehen einander ziemlich nah. Der Ältere der beiden, Christopher, ist hochintelligent, hat in der Schule zweimal eine Klasse übersprungen, sein Chemie-, Biologie- und Nanotechnikstudium in Rekordzeit abgeschlossen und hat bei Amalgom eine Abteilung unter sich, die neue Impfstoffe entwickelt und erprobt.«

»Die Entwicklung eines psychedelischen Gebräus wäre für ihn bestimmt das reinste Kinderspiel.«

»Er wüsste oder könnte sicher rausfinden, wie so was geht. Aber eine Verbindung zwischen ihm und dem Roten Pferd habe ich bisher nicht entdeckt. Er gehört genau wie Devon keiner Kirche an. Devon hat nach einer durchschnittlichen Schulkarriere einen Bachelor in Wirtschaftswissenschaft und Management gemacht und hat innerhalb von drei Jahren den zweiten Ehemann, während Christopher seit zwölf Jahren verheiratet und Vater zweier Söhne ist.«

»Er hat abgesehen von ein paar Verkehrsverstößen eine lupenreine Weste«, meinte Peabody. »Wie es aussieht, fährt er einfach gerne schnell.«

»Die Finanzen beider Brüder unterscheiden sich genauso wie ihre Ausbildung«, ging Eve über den Einwurf ihrer Partnerin hinweg. »Christopher verdient ein Vielfaches von dem, was Devon macht. Aber Devon war sein Trauzeuge und ist der Patenonkel eines Sohns. Eine interessante Kleinigkeit wäre da noch. Devon hat versucht, einen Kredit zu bekommen, um die Kneipe selbst zu kaufen, ehe Roarke den Laden übernommen hat.«

»Und weil das nicht geklappt hat, hat er auf spektakuläre Weise alle Gäste und selbst seine eigenen Leute umgebracht? Vielleicht in der Hoffnung, dass er den Laden dann billiger bekommt?« Peabody spitzte nachdenklich die Lippen. »Wäre durchaus eine Möglichkeit.«

»Dann lassen Sie uns sehen, ob es so war. Geben Sie sich beschäftigt«, riet ihr Eve. »Und ruhig auch etwas angespannt.«

»Das bin ich schließlich auch.«

»Aber seien Sie gleichzeitig auch sanft und mitfühlend.«

Peabody stieß einen Seufzer aus. »Was denn wohl sonst?«

Eve ging forschen Schritts in den Vernehmungsraum, in dem der Manager der Bar, die Hände auf dem Tisch verschränkt, in einem langärmligen, engen T-Shirt saß.

»Rekorder an. Lieutenant Eve Dallas und Detective Delia Peabody vernehmen Devon Lester zum Fall M-3597-D.

Mr. Lester, vielen Dank, dass Sie noch einmal vorbeigekommen sind.«

»Das habe ich doch gern getan. Ich möchte Ihnen schließlich helfen, wo ich kann.«

»Wir nehmen das Gespräch mit Ihnen auf. Wie Sie sich sicher denken können, nehmen wir gerade Aussagen von jeder Menge Leute auf.« Sie nahm ihm gegenüber Platz und rieb sich das Genick, als täte es ihr weh. »Dabei klären wir Sie auch routinemäßig über Ihre Rechte auf. Das dient Ihrem eigenen Schutz, und so hat alles seine Richtigkeit.«

Er erbleichte unter den feuerroten Dreadlocks, nickte aber. »Sicher. Kein Problem.«

Sie leierte die Litanei herunter und blickte ihn fragend an. »Also, haben Sie alles verstanden?«

»Sicher, klar. Ich muss immerzu an meine Leute denken. An D. B., Evie und die anderen. Drew liegt immer noch im Koma. Gibt es irgendwas, was Sie mir sagen können? Irgendwas?«

»Bisher sichten wir noch die Beweise, Mr. Lester.«

»Nennen Sie mich bitte Devon, ja? Ich weiß, Sie tun Ihr Möglichstes, doch alle diese Menschen … Quirk und ich haben alle besucht, die gestern keinen Dienst hatten. Er war mir dabei eine große Stütze, aber trotzdem war es grauenhaft, vor allem weil ich ihnen nicht sagen konnte, was genau geschehen war. Im Grunde konnte ich ihnen nicht das Geringste sagen, denn obwohl ich gestern hier war, bin ich schließlich selber völlig ahnungslos.«

»Das ist hart«, mischte sich Peabody mit sanfter Stimme ein, »selbst jemanden zu verlieren und dann auch noch anderen mitteilen zu müssen, dass etwas Entsetzliches geschehen ist.«

»Ich wusste nicht, wie hart. Jedes Mal, wenn wir bei einem meiner Leute waren, kam es mir so vor, als würde alles noch einmal passieren.«

»Vielleicht sollten wir erst mal versuchen rauszufinden, was genau geschehen ist«, schlug Eve ihm vor. »So gut wie Sie kennt niemand sonst die Räumlichkeiten dort.«

»Tja, nun, D.B. und alle anderen wussten oder wissen dort bestimmt genauso gut Bescheid.«

»Aber Sie sind der Geschäftsführer der Bar.«

»Trotzdem weiß ich nicht, wie ich jemals dorthin zurückkehren soll. Ich weiß nicht, wie das funktionieren soll. Ich weiß nicht, was Roarke jetzt mit dem Laden vorhat.« Er klappte unglücklich die Augen zu. »Im Grunde weiß ich überhaupt nichts mehr.«

»Warum erzählen Sie mir nicht, wie es routinemäßig in der Kneipe abgelaufen ist? Wer sie aufmacht, wer sie schließt, wer wohin Zugang hat?«

»Okay.« Er atmete tief durch. »Entweder ich selbst oder D.B. haben auf- und zugemacht.«

»Sonst niemand?«

»Niemand außer uns hatte den Zugangscode. Nun, natürlich haben auch Roarke und sicher auch Bidot den Code, aber von den Leuten, die dort täglich gearbeitet haben, waren das nur D.B. und ich. Das heißt, der Erste und der Letzte in der Bar war immer einer von uns beiden. Auch die Kasse haben stets wir beide gemacht. Die wenigsten von unseren Gästen zahlen bar, aber trotzdem hatten wir natürlich immer etwas Bargeld da. Und natürlich geht man auch die Bons des Tages immer durch. Das Büro ist nie verschlossen, aber außer mir oder D.B. hält sich dort niemand auf. Es ist Standard, dass die Schubladen des Schreibtischs und auch der Computer abgesperrt und mit Passwörtern gesichert sind. Außerdem werden die Vorräte vor dem Öffnen überprüft«, erläuterte er erst das Vorgehen bei der Öffnung und danach beim abendlichen Schließen des Lokals.

»Könnte D.B. die Zugangscodes an jemanden weitergegeben haben?«

»Nie im Leben. So was hätte er niemals getan.«

»Und Sie?«

»Lieutenant. Ma'am. Als Manager hat man Verantwortung und muss vertrauenswürdig sein. Man kann nicht schludern und erwarten, dass man seinen Job behält. Ich vertraue meinen Leuten, aber niemand außer mir und meinem Stellvertreter konnte die Bar öffnen oder schließen oder hatte Zugriff auf das Geld oder die Rechnungen.«

»Mit Ihrem Partner oder Ihrem Bruder haben Sie diese Informationen also nie geteilt?«

»Nein. Was hätten sie damit denn auch anfangen sollen?« Er beugte sich über den Tisch. »Sie denken, jemand wäre reingekommen und hätte was auch immer in der Kneipe deponiert? Ich wüsste nicht, wie das passiert sein sollte. Das hätte die Überwachungskamera doch aufgezeichnet, und vor allem hätte man dann die Alarmanlage ausgelöst.«

»Nicht, wenn man den Zugangscode verwendet hätte«, widersprach ihm Eve. »Die Alarmanlage lässt sich einfach ausstellen, und genauso einfach ist das Löschen irgendwelcher Aufnahmen der Kamera über der Tür. Sie sind sich völlig sicher, Devon? Völlig sicher, dass der Zugangscode nur Ihnen und D.B. bekannt gewesen ist?«

»Sonst kannte ihn niemand«, wiederholte er und lehnte sich auf seinem Stuhl zurück. »Aber, he, vielleicht hat jemand einen Störsender benutzt oder die Codes geklont, so wie man es im Fernsehen immer sieht. So könnte es gewesen sein. Vielleicht haben sie ja einen Zeitzünder benutzt, wie man es bei Bomben macht. Ich denke, dass der Anschlag eigentlich nicht mir oder der Kneipe, sondern Roarke gegolten hat.«

»Ach ja?«

»Ich habe nachgedacht. Ich kann an nichts anderes mehr denken. Es ergibt ganz einfach keinen Sinn, alle diese Menschen umzubringen, die man nicht mal kennt. Aber Roarke kennt jeder, oder nicht? Und es ist seine Bar. Es ist in seiner Bar passiert, vielleicht macht er sie jetzt nicht wieder auf. Für ihn ist es ein Verlustgeschäft. Und all die Toten machen ihm ebenfalls zu schaffen, schließlich ist es seine Kneipe. Es gibt eben einfach kranke Menschen, und vielleicht ist irgendwer ja krank genug, all diese Menschen umzubringen, nur um Roarke eins auszuwischen oder so.«

»Das ist auf alle Fälle eine Überlegung wert. Allerdings hat er die Kneipe erst vor zwei Jahren gekauft, und vor allem hat er auch noch jede Menge anderer Läden, die erheblich größer sind. Sie wollten die Kneipe selber kaufen, richtig, Devon?«

Errötend rutschte er auf seinem Stuhl herum. »Ich habe kurz daran gedacht. Aber der Kaufpreis, die Steuern und der ganze andere Kram waren zu viel für mich. Trotzdem hatte ich mir vorgestellt, wie es wohl wäre, eine eigene Bar zu haben, aber jetzt kann ich wahrscheinlich froh sein, dass es nicht dazu gekommen ist. Denn so etwas wie gestern? Ich weiß wirklich nicht, wie man sich je von einem solchen Schock erholen soll.«

»Das ist nicht leicht. Aber wo wir gerade davon reden, vielleicht hat ja jemand, der gern eine eigene Kneipe haben wollte, sich das aber nicht leisten konnte, einen Weg gefunden, um den Preis zu drücken. Für jemanden, der sich dort auskennt und weiß, wie die Dinge laufen, dürfte das das reinste Kinderspiel gewesen sein. Für jemanden, der nach Belieben in der Kneipe aus und ein gehen konnte und dazu noch einen Chemiker als Bruder hat. Das heißt, für jemanden wie Sie.«

8

Schweigend starrte Devon sie aus rot unterlaufenen, von dicken schwarzen Ringen untermalten Augen an.

»Ihr Bruder ist ein angesehener Chemiker, der nicht nur einen Doktortitel, sondern auch noch jede Menge anderer Buchstaben vor seinem Namen hat, nicht wahr? Ein hochintelligenter Mann.« Sie schlug einen Aktenordner auf, überflog das erste Blatt und nickte. »Ein Wissenschaftler.«

»Und?«

»Hat Ihr Bruder Christopher sich auf die Entwicklung und Erprobung von Medikamenten spezialisiert?«

»Er ... ja. Aber was hat das mit diesem Fall zu tun?«

»Denken Sie doch mal kurz nach. Sie konnten sich die Bar nicht leisten und waren deshalb weiter nur dort angestellt. Bei jemandem, der viel mehr Geld und bessere Beziehungen hat als Sie. Bei jemandem, der, wie Sie selbst gesagt haben, bekannt ist wie ein bunter Hund. Ich wette, dass Sie deshalb ziemlich angefressen waren.«

»Nein ... ich ...«

»Ihr Bruder kommt problemlos an Medikamente und an Chemikalien und weiß, wie man sie mischen muss.« Sie schlug den Aktenordner wieder zu, sah Devon aber weiter an. »Dann wird während Ihres freien Tages eine hochgefährliche Substanz in der Kneipe, die Sie führen, freigesetzt. Wenn das nicht praktisch ist. Es findet ein Massaker statt, bei dem die Menschen wie die Fliegen sterben, durch den

Skandal dürfte der Preis des Ladens in den Keller gehen. Sie haben selbst vermutet, dass Roarke den Laden wegen dieser Angelegenheit vielleicht verkaufen wird. Genauso haben Sie selbst spekuliert, dass dieser Anschlag ihm gegolten hat. Aber vielleicht ging es vor allem darum, dass der Preis der Bar sinken soll.«

»Sie ... Sie denken doch wohl nicht im Ernst, ich hätte einen Anschlag auf mein eigenes Lokal verübt und meine eigenen Leute umgebracht.«

»Es ist Roarkes Lokal, und es sind seine Leute.«

Vor lauter Zorn nahm sein Gesicht die Farbe der Dreadlocks an. »Ich führe diesen Laden, auch wenn er der Eigentümer ist.« Er ballte eine Faust und schlug sich an die Brust. »Ich führe diese Bar! Ich kenne jeden Einzelnen der Leute, die dort arbeiten, und mit den Stammgästen bin ich per Du. Ich kannte die meisten Leute, die dort gestern umgekommen sind. Sie haben mir etwas *bedeutet,* ich bin hierhergekommen, weil ich helfen will herauszufinden, was geschehen ist und wer hinter dem Anschlag steckt. Und jetzt beschuldigen Sie mich?«

»Ich beschuldige Sie nicht. Ich entwerfe nur ein mögliches Szenario.«

»Das ist doch totaler Schwachsinn. Sie sagen, vielleicht hätte ich den Anschlag selber verübt. Und was noch schlimmer ist, Sie versuchen jetzt auch noch, meinen Bruder in die Sache reinzuziehen. Chris ist ein Held. Verstehen Sie? Ein Held. Er arbeitet in dem Labor, weil er Leben retten, weil er Leben besser machen, weil er Menschen *helfen* will. Sie haben nicht das Recht, den Namen meines Bruders in den Dreck zu ziehen.«

»Wir müssen diese Fragen stellen«, mischte sich Peabody mit ruhiger Stimme ein, während ihr Devons Zorn

tsunamigleich entgegenschlug. »Wir müssen alle Möglichkeiten durchgehen, um zu sehen, in welche Richtung die
Ermittlung weiterlaufen soll.«

»Wenn Sie mich durchleuchten wollen, tun Sie das. So
gründlich, wie Sie wollen. Schließen Sie mich meinetwegen an einen Lügendetektor an, oder schieben Sie mir eine
Sonde in den Arsch. Aber Hände weg von meinem Bruder.
Hände weg von Chris.«

»Sagen Sie mir eins«, bat Eve und lehnte sich auf ihrem
Stuhl zurück. »Falls Roarke verkauft und falls Sie sich den
Kaufpreis leisten können, schlagen Sie dann zu?«

»Auf jeden Fall.« Er verschränkte die Arme vor der
Brust. »Machen Sie mit dieser Antwort, was Sie wollen.«

»Wenn Sie die Kneipe vor zwei Jahren kaufen wollten
und noch immer gerne kaufen würden, warum haben Sie
dann nicht bei Ihrem Bruder wegen eines Darlehens ange-
fragt? Er könnte es sich doch problemlos leisten, Ihnen etwas vorzuschießen, oder nicht?«

»Wenn ich mir diese Bar nicht selber leisten kann, gehört
sie, selbst wenn ich sie mit einem Kredit kaufe, immer noch
nicht mir. Chris zapfe ich deshalb ganz bestimmt nicht an.
Er ist mein Bruder und keine verdammte Bank. Mehr habe
ich zu diesem Thema nicht zu sagen, und wenn Sie mich
nicht verhaften, würde ich jetzt gerne gehen.«

»Wir haben ganz bestimmt nicht vor, Sie festzunehmen.
Also gehen Sie, wenn Sie wollen.«

Entschlossen schob er seinen Stuhl zurück, stand auf
und lief zur Tür, blieb dort aber noch einmal stehen und
sah sie über seine Schulter an. »Ich würde es hassen, wenn
ich immer nur das Schlechte in den Menschen sehen würde so wie Sie.«

Mit diesen Worten trat er in den Flur hinaus, und Peabody zog schuldbewusst die Schultern an. »Da hat er nicht ganz unrecht.«

»Sie sind Polizistin, Sie werden von der Stadt dafür bezahlt, dass Sie das Schlechte in den Menschen sehen.«

»Ich finde, es klingt netter, wenn ich sage, dass ich auf der Jagd nach schlechten Menschen bin.«

Eve massierte sich den Nacken, auch wenn das nicht wirklich gegen die Verspannung ihrer Muskeln half. »Wollen Sie vielleicht mal zählen, wie oft uns hier schon jemand gegenübersaß, der gewirkt hat wie der nette Kerl von nebenan und trotzdem ein eiskalter Killer war?«

»Dafür reichen meine Finger nicht.«

»Genau. Deshalb nehmen wir uns jetzt den Bruder vor.«

Genau wie Devon Lester hatte auch sein Bruder eine stämmige Figur, einen kugelrunden Kopf und feuerrotes Haar. Statt in Dreadlocks trug er es aber als Topfschnitt über einem gut geschnittenen, dunkelbraunen Anzug und einer perfekt geknoteten Krawatte, die den Ton des Anzugs wiedergab.

Als Eve den Raum betrat, schob er gerade den Ärmel seiner Jacke über einer goldenen Armbanduhr zurück.

»Dr. Lester«, fing sie an. »Danke, dass Sie hergekommen sind.«

»Ich helfe gern. Ich nehme an, es geht um diesen fürchterlichen Anschlag gestern Nachmittag im *On the Rocks*. Mein Bruder ist deshalb am Boden zerstört.«

»Dann haben Sie also mit ihm gesprochen.«

»Ja, natürlich. Ich habe ihn sofort angerufen, als ich hörte, dass dort was geschehen war. Wenn er dort gewesen wäre ...«

»Verstehe«, fiel ihm Eve ins Wort. »Wir würden das Gespräch gern aufzeichnen«, erklärte sie und stellte den Rekorder an. »Erst kläre ich Sie noch über Ihre Rechte auf. Das ist bei uns Routine.«

Chris zog überrascht die Brauen hoch. »Ach ja?«

»Wie gesagt, es ist Routine, und vor allem dient es Ihrem Schutz.« Wieder sagte sie ihr Sprüchlein auf und sah ihn fragend an. »Haben Sie alles verstanden, Dr. Lester?«

»Ja.« Er faltete die sorgsam manikürten Pranken auf dem Tisch. »Auch wenn ich keine Ahnung habe, was ich Ihnen Ihrer Meinung nach erzählen oder auf welche Art ich Ihnen helfen kann.«

»Das weiß man nie. Ihr Bruder hatte gestern seinen freien Tag.«

»Gott sei Dank. Das klingt wahrscheinlich egoistisch, aber er ist nun mal mein Bruder.«

»Sie haben gesagt, Sie hätten sofort bei ihm angerufen, als Sie von dem Attentat erfuhren.«

»Eine Freundin hatte davon in den Nachrichten gehört und es mir erzählt. Ich hatte sie einmal auf einen Drink dorthin eingeladen, und sie weiß, dass Devon der Geschäftsführer des Ladens ist. Ich habe sofort bei ihm angerufen, ja.«

»Wo waren Sie zu dem Zeitpunkt?«

»Ich war noch im Labor. Ich wollte gerade Feierabend machen, aber dann habe ich erst bei ihm angerufen und war unglaublich erleichtert, als er sofort an den Apparat gegangen ist.«

»Sie kennen seine Arbeitszeiten also nicht?«

»Nein, genau wie meine eigenen Arbeitszeiten wechseln sie von einem auf den anderen Tag. Als ich ihn anrief, war er noch beim *On the Rocks*. Nicht drinnen, denn das hat die Polizei ihm nicht erlaubt. Er hat gesagt, er wollte sofort aufs Revier, um herauszufinden, was genau geschehen war. Als wir später noch einmal miteinander sprachen, meinte er, er und sein Partner würden heute früh die anderen Angestellten der Bar besuchen gehen.«

Er wandte sich kurz ab. »Mein Bruder ist ein starker Mann und ein guter Manager, der es versteht, gelassen mit Problemen umzugehen. So gebrochen wie nach diesem Anschlag habe ich ihn nie zuvor erlebt, und ich will ihn nie wieder in so einem Zustand sehen.«

Er lenkte seinen Blick wieder auf Eve und sah sie direkt an. »Deshalb bin ich sofort hergekommen, als mir die Beamten sagten, dass Sie mit mir sprechen wollen. Ich werde Ihre Fragen umfänglich beantworten, obwohl Sie davon ausgehen, dass mein Bruder hinter diesem Anschlag steckt. Ich werde sie beantworten, Lieutenant, damit Sie sehen, dass Devon nicht nur Stärke, sondern auch Loyalität und Mitgefühl besitzt. Dass er nicht nur seine Arbeit liebt, sondern dass ihm auch oder vor allem etwas an den Menschen liegt, die für ihn tätig sind. Er kennt nicht nur ihre, sondern auch die Namen ihrer Verwandten, ihrer Freundinnen und Freunde und selbst ihrer Haustiere, weil sie für ihn Familie sind.«

»Er wollte die Kneipe kaufen.«

»Das ist mir bewusst. Sein Partner Quirk hat mir erzählt, er hätte überlegt, ob er sie kaufen soll, doch dafür hätten seine finanziellen Mittel nicht gereicht.«

»Sie haben das erforderliche Geld.«

»Ja. Und natürlich hätte ich es ihm geliehen, doch das hätte Devon nicht gewollt. Wir können beide ziemlich sture Hunde sein. Der Stolz liegt bei uns in der Familie, und manchmal steht er uns durchaus im Weg. Aber ich kann Ihnen versichern, dass mein Bruder froh war, als Roarke den Laden übernahm, denn der Name spricht für finanzielle Sicherheit und ein gewisses Renommee.«

»Trotzdem dürfte nach dem Anschlag gestern Nachmittag der Preis für das Lokal erst mal in den Keller gehen.«

Er bedachte Eve mit einem schmerzlich amüsierten Blick. »Lieutenant, denken Sie im Ernst, ein Mann wie Devon würde etwas so Entsetzliches tun, damit der Marktwert dieser Kneipe so weit sinkt, dass er den Kaufpreis ohne fremde Hilfe stemmen kann? Er würde nie mit Vorsatz einem anderen Menschen wehtun, und vor allem hätten ihm die Mittel zur Begehung einer solchen Tat gefehlt. Er hätte schlicht und einfach nicht gewusst, wie … ah.«

Er lehnte sich auf seinem Stuhl zurück und nickte langsam. »Ich hätte das Know-how. Die Berichte waren bisher eher vage, aber offenbar wurden die Leute in der Bar mit einer biologischen oder vielleicht auch chemischen Substanz infiziert, die in der Luft war. Also haben Dev und ich die Sache ausgeheckt, und ich habe ihm die Substanz besorgt.«

»Er wollte die Bar, und Sie hatten die Mittel, um ihm dazu zu verhelfen. Möglich wäre es auf jeden Fall.«

»Mein Bruder ist kein reicher Mann, aber trotzdem hat er schon eine Gedenkfeier für all die Menschen geplant, die dort gestern umgekommen sind. Von seinem eigenen Geld. Menschen sind ihm wichtiger als Geld, so war es immer schon. Das brauchen Sie mir nicht zu glauben, aber alle, die ihn kennen, werden es bestätigen.«

»Kamen Sie im Rahmen Ihrer Arbeit schon einmal mit Halluzinogenen und mit anderen psychedelischen Substanzen in Kontakt?«

»Ja.«

»Auch in letzter Zeit?«

»Falls meine Vorgesetzten die Erlaubnis dazu geben, kläre ich Sie gerne über die Projekte auf, die ich leite oder irgendwann einmal geleitet habe. Aber ohne die Genehmigung unseres Verwaltungsrats darf ich nicht darüber sprechen, nicht einmal, um mich selbst oder meinen Bruder von dem schrecklichen Verdacht, den Sie uns gegenüber hegen, zu befreien.«

»In Ordnung. Nochmals vielen Dank, dass Sie vorbeigekommen sind. Die Vernehmung ist beendet.«

»Einfach so?«

»Fürs Erste ja.«

Er stand auf und sah sie an. »Selbst wenn er nicht mein Bruder wäre, hätte ich gesagt, dass er der beste Mensch ist, der mir je begegnet ist. Ich hoffe, dass Sie rausfinden, wer für diesen Anschlag verantwortlich ist, denn Devon wird die Sache erst verwinden, wenn der Täter hinter Schloss und Riegel sitzt.«

»Besorgen Sie uns die Erlaubnis, Dr. Lesters Arbeitsunterlagen einzusehen«, sagte Eve zu Peabody, als sie allein waren.

»In Ordnung.«

»Gibt es irgendein Problem?«

»Es ist nur ... wie die beiden übereinander reden, wie sie füreinander eingetreten sind ... Ich bin nicht übertrieben weich«, erklärte ihre Partnerin. »Aber irgendwie fällt es mir schwer, mir diese Art der Zuneigung, der Liebe, des Respekts bei zwei Massenmördern vorzustellen.«

»Haben Sie genug Finger, um die Menschen aufzuzählen, die irgendwann aus Zuneigung, Respekt und vielleicht sogar Liebe Partnerschaften eingegangen sind, bevor der andere irgendwann von ihnen vergewaltigt, seelisch oder körperlich misshandelt und am Schluss ermordet worden ist?«

»Wahrscheinlich nicht.«

»Wir gehen dieser Sache nach und überprüfen jede Einzelheit, auch wenn die Chance groß ist, dass die Spur im Sand verläuft.«

»Sie glauben also nicht, dass Devon und sein Bruder in das Attentat verwickelt sind?«

»Nein, aber bisher fehlen die Beweise dafür, dass sie unschuldig oder vielleicht auch schuldig sind. Also lassen Sie uns sehen, dass wir Fakten finden.«

Sie warf einen Blick auf ihre Uhr. »Oje, jetzt habe ich die Pressekonferenz versäumt. Das ist natürlich Pech.«

»Was eine dreiste Lüge ist.«

»Kann sein, aber sie fühlt sich super an. Jetzt setze ich mich kurz in mein Büro, checke meine Anrufe und meine Mails, und danach sehen wir uns noch mal am Tatort um.«

»Aus welchen Gründen glauben Sie, dass die Brüder nicht in dieses Attentat verwickelt sind?«

»Bestimmt aus anderen als Sie.« Eve wandte sich zum Gehen und lief so schnell den Flur hinab, dass Peabody fast rennen musste, um nicht zurückzufallen. »Devon ist nicht dumm. Die Leute, die Roarkes Läden führen, sind niemals dumm. Aber als ich von ihm wissen wollte, ob er das Lokal kaufen würde, wenn er könnte, war er angepisst, hat aber trotzdem direkt Ja gesagt. Schlauer wäre es gewesen zu behaupten, dass der Ort besudelt ist, weil Freunde dort gestorben sind. Genauso hätte er sich schlauerweise sofort angefressen oder meinetwegen auch schockiert gegeben, als ich angedeutet habe, dass der Anschlag vielleicht auf sein Konto oder das von ihm und seinem Bruder geht. Stattdessen war er erst mal vollkommen verwirrt. Er wusste nicht, was er auf manche meiner Fragen sagen sollte, und ein Teil der Antworten, die er gegeben hat, waren schlichtweg falsch. Wenn dem nicht so gewesen wäre, stünde er für mich auch weiterhin unter Verdacht.«

Eve fuhr fort: »Der Bruder ist ausnehmend clever und viel zynischer als Devon. Er hat sofort kapiert, worum es ging. Ich will mir seine Projekte ansehen, um ein Gefühl dafür zu kriegen, was genau er macht. Aber es wäre dumm von ihm gewesen, einen Haufen Leute in der Kneipe seines Bruders zu ermorden. Wenn er so was hätte machen wollen, hätte er das garantiert an einem anderen Ort getan, zu dem er keine direkte Verbindung hat.«

»Zum Teil sehen Sie die Angelegenheit wie ich. Sie halten die beiden Lesters auch deshalb nicht wirklich für die Täter, weil sie sich nicht gegenseitig in die Pfanne hauen.«

»Das ist auf jeden Fall ein halber Punkt.«

»Dreiviertel.«

»Meinetwegen, denn ich habe keine Zeit zum Streiten.«

»Yeah!«, rief Peabody vergnügt, und Eve trat grinsend durch die Tür ihres Büros.

Kaum hatte sie die erste E-Mail aufgerufen, erschien Baxter in der Tür.

»Ich müsste Sie kurz sprechen.«

»Schießen Sie los.«

»Es geht um Adam Stewart«, fing er an. »Wir sind gerade mit ihm durch. Er hat ein Alibi für gestern Nachmittag, nichts weist darauf hin, dass er gestern oder überhaupt jemals in dieser Kneipe war.«

»Aber?«

»Er ist ein verdammter Schweinehund und ausnehmend gewieft. Ich bin mir sicher, dass so ein gewiefter Schweinehund wie er hinter diesem Anschlag steckt.«

Er blickte sehnsüchtig in Richtung ihres AutoChefs,

was unter den gegebenen Umständen durchaus verständlich war. »Na los«, gestattete ihm Eve, sich zu bedienen. »Aber erzählen Sie bloß nicht rum, dass es hier einen Kaffee für Sie gab.«

»Ich werde schweigen wie ein Grab.« Ehe sie es sich noch einmal anders überlegen konnte, holte er zwei Becher ihres köstlichen Kaffees, stellte ihr einen auf den Tisch und setzte sich mit seinem eigenen Becher auf den wackligen Besucherstuhl.

»Aber ...«, drängte Eve.

»Als gwieftem Schweinehund wäre ihm dieser Anschlag durchaus zuzutrauen, aber aus meiner Sicht hatte er weder die erforderlichen Mittel noch die Möglichkeit dazu. Vor allem war die Schwester – Amie Stewart – ebenfalls nur selten in der Bar. Sie hat dort hin und wieder nach der Arbeit etwas getrunken, aber Stammkundin war sie dort nicht. Und woher hätte Adam wissen sollen, dass sie gestern dort etwas trinken würde? Schließlich standen sich die beiden nicht wirklich nahe, haben sich nur selten angerufen und waren nie zusammen unterwegs. Trotzdem ...«

Baxter unterbrach sich kurz in seiner Rede und hob den Becher an den Mund. »Er war bei der Vernehmung echt nervös. Ist uns nach Kräften ausgewichen und hat es nicht einmal geschafft so zu tun, als mache ihm der Tod der Schwester etwas aus. Ich habe Trueheart auf seine Finanzen angesetzt, und es sieht aus, als hätte er es irgendwie geschafft, Geld von dem Treuhandkonto für sich abzuzwacken, das von der Familie für ihn und seine Schwester eingerichtet worden ist. Vielleicht könnten wir ihn deswegen ja drankriegen.«

»Wir haben gerade nicht die Zeit, um irgendeinen miesen Typen dafür dranzukriegen, dass er Geld veruntreut hat.«

»Das ist mir klar, nur dass das noch nicht alles ist. Der Verwalter dieses Kontos ist seit zwei Wochen verschwunden, und als Schnüffler rieche ich, dass der Verwalter entweder mit Stewart unter einer Decke steckt und auf Tauchstation gegangen ist oder dass er rausgefunden hat, was Stewart treibt und dass Stewart ihn deshalb hat verschwinden lassen. So oder so …«

»Okay.« Sie dachte eilig nach. »Macht's Ihnen etwas aus, den Fall an Sanchez und Carmichael abzutreten?«

Baxter fuhr zusammen, tröstete sich aber mit dem nächsten Schluck Kaffee. »Natürlich würde ich ihm lieber selbst das Handwerk legen. Dieser Kerl hat Dreck am Stecken, so was macht mich nervös. Aber trotzdem kann ich damit leben, diese Sache abzugeben, während wir noch mit dem anderen Fall beschäftigt sind.«

»Tun Sie das und nehmen Sie sich dann die nächsten auf der Liste vor.«

»Das dürften Callaway und Weaver sein. Sie waren den ganzen Vormittag in irgendwelchen Meetings, aber wir fahren rüber in die Firma, schnappen sie uns dort, vernehmen sie getrennt und sprechen noch mit ein paar anderen Leuten dort. Das Unternehmen hat fünf seiner Angestellten in der Bar verloren.«

Er stand auf und stellte den leeren Becher fort. »Ich wünschte mir, dass Stewart unser Täter wäre, denn der Kerl gehört eindeutig weggesperrt.«

Sie machte sich eine Notiz, die Sache Stewart weiterzuverfolgen, wandte sich dann wieder den Berichten zu, las den von Strong und stellte fest, dass die Kollegin von der Drogenfahndung gerade einer Spur zu LSD-Käufen im großen Stil nachging.

Wieder zurück zum Anfang, dachte sie und machte sich entschlossen auf den Weg. »Peabody, Sie kommen mit. Die anderen finden sich um sechzehn Uhr im Konferenzraum für das nächste Briefing ein. Ich bin bis dahin unterwegs.«

»Ich habe Reo angerufen wegen der Erlaubnis, uns die Arbeitsunterlagen von Christopher Lester anzusehen«, erklärte Peabody ihr auf dem Weg in die Garage des Reviers. »Sie meint, die kriegen wir bestimmt im Handumdrehen, weil auch die Richter wollen, dass der Täter schnellstmöglich gefunden wird.«

»Dann schicken wir am besten mindestens zwei Mitarbeiter los, die von diesen Dingen Ahnung haben. Rufen Sie bei Whitney an, und sagen Sie, dass er sie uns zur Verfügung stellen soll.«

»Der Sturschädel hat doch wahrscheinlich Leute, die dafür infrage kommen.«

»Ja, wahrscheinlich«, stimmte Eve ihr seufzend zu. »Dann bitten Sie am besten ihn, zwei Mitarbeiter auszusuchen, die sich Lesters Unterlagen und auch das Labor ansehen und dann einen Bericht verfassen sollen, den auch ein Nichtfachmann versteht.«

»Ich habe eben kurz mit Ian gesprochen.«

»Behalten Sie Ihre perversen Sex-Chats bloß für sich«, bat Eve, als sie beim Wagen ankam.

»Darum ging es höchstens zehn Sekunden«, klärte ihre Partnerin sie unbekümmert auf. »Die elektronischen Ermittler sind inzwischen mit den Links so gut wie durch. Sie haben noch zwei gefunden, die im Augenblick der Infektion angeschaltet waren, und zwei andere, auf denen direkt nach dem Ausbruch des Infernos angerufen worden ist. Er hat gesagt, es bricht einem das Herz, sich die Gespräche anzuhören. Alle anderen elektronischen Geräte aus der Kneipe haben sie sich inzwischen ebenfalls angesehen. Handcomputer, Note- und Memobooks. Ein paar von diesen Dingern waren eingeschaltet, aber wie es aussieht, ist nichts drauf, was uns irgendwie weiterhelfen kann. Mit dem Täter hat anscheinend keiner von den Leuten in der Bar kommuniziert. Das Einzige, was man auf diesen Aufnahmen erkennt, ist, wie schnell und durchschlagend die Wirkung der Substanz ist.«

»Was ist mit der Kamera über der Eingangstür?«

»Sie haben sich die Bilder der vergangenen achtundvierzig Stunden angesehen. Es gibt keine Unterbrechung und auch sonst weist nichts auf eine Manipulation der Aufzeichnungen hin. Ein paar der Opfer haben sie schon am Vortag ungefähr zur selben Uhrzeit in die Kneipe gehen sehen, jetzt suchen sie nach Leuten, die eine Beziehung entweder zu Todesopfern oder Überlebenden des Anschlags hatten und die in den letzten beiden Tagen in der Kneipe waren. Bis zum Briefing liegen diese Namen sicher vor. Nach Geschäftsschluss sieht man, wie die Angestellten entweder allein oder in Gruppen gehen, wobei der jeweils Letzte in den beiden Nächten vor dem Anschlag Devon Lester war. Was laut Schichtplan auch so vorgesehen war.«

Es war also alles ganz normal gewesen, dachte Eve. Bis gestern Nachmittag mit einem Mal die Hölle in dem Laden losgebrochen war.

»Wer auch immer hinter diesem Anschlag steckt, wusste, dass es diese Kamera dort gibt. Wobei sie allerdings auch kaum zu übersehen ist. Und wenn die Aufnahmen nicht unterbrochen wurden, heißt das, dass der Täter entweder als Gast oder als Angestellter ganz normal hinein- und dann wieder hinausgegangen ist.«

»McNab behauptet, dass es keine Unterbrechung gibt. Sie haben die Aufnahmen genau analysiert, und außerdem hören und sehen zwei von Feeneys Leuten sich im Netz nach Kommentaren zu dem Anschlag und nach irgendwelchen Leuten um, die vielleicht schon vorher wussten, dass es zu dem Anschlag kommen würde, oder die sich damit brüsten, dass sie selbst die Täter sind. Natürlich ist die Aufregung im Netz wie überall echt groß, aber was Besonderes war bisher nicht dabei.«

»Auf alle Fälle wird der Täter oder vielleicht auch die Tätergruppe auf die Pressemitteilung von Whitney reagieren. Natürlich gab es auch schon vorher viel Gerede, aber er wird die Erklärung des Commanders und die Art, wie er sie abgegeben hat, als Herausforderung sehen. Bestimmt stößt es ihm sauer auf, wie zuversichtlich, ruhig und stoisch Whitney wirkt. Das Einzige, was ihm wahrscheinlich gut abgeht, ist der Hauch von Zorn, der bei der Pressekonferenz in Whitneys Stimme lag.«

»Sie glauben also, dass der Kerl Kontakt aufnehmen wird.«

»Das hoffe ich.«

Eve brach das Siegel an der Tür der Kneipe, ignorierte den vertrauten, hässlichen Geruch von Blut und Chemikalien, Tod und dem besonderen Puder, den die Spurensicherung verwendete, und schaute sich im Dämmerlicht des Raumes um.

»Licht hundert Prozent.« Sofort wurde es hell, und sie stellte sich die Kneipe ohne die zerbrochenen Möbel, Glasscherben und Blut- und Eingeweideflecken auf dem Boden und den Wänden vor.

»Devon hat erzählt, wie's vor dem Öffnen immer abgelaufen ist«, wandte sie sich an Peabody. »Tun Sie so, als ob Sie Devon wären, und erzählen Sie mir, was Sie tun.«

»Ich gehe erst mal ins Büro, um die Rechnungen und Lieferscheine durchzugehen.«

»Was ist mit der Klimaanlage?«, erkundigte sich Eve.

»Okay, die kommt zuerst.«

Während Peabody die Checkliste durchging, schaute Eve sich weiter um.

Beim Öffnen klapperte man alle Räumlichkeiten – Büro, Küche, Lagerraum, Toiletten und den Gastraum – nacheinander ab.

»Alles ist wie sonst«, stellte sie fest. »Wobei Leute manchmal Dinge, die sie nicht erwarten, einfach übersehen. Aber Devon Lester geht bei seiner Arbeit gründlich vor. Er sieht das *On the Rocks* als seinen Laden an. Und wahrscheinlich war der Theker auch so, denn sonst hätte er ihn sicher nicht zum stellvertretenden Geschäftsführer gemacht.«

»Auf jeden Fall«, pflichtete Peabody ihr bei. »Ich habe gestern die Verlobte informiert, sie hat mir erzählt, er hätte diese Kneipe als zweites Zuhause und nicht nur als Arbeitsplatz gesehen.«

»Ich habe den Bericht gelesen«, meinte Eve. Und Roarke hatte den Theker und die anderen Angestellten eingehend durchleuchtet, ohne dass dabei etwas herausgekommen war.

»Falls ein Gast der Täter ist, muss die Substanz an einem einfach zugänglichen Ort versteckt gewesen sein. Und wenn ein Angestellter dieses Zeug hereingeschmuggelt hätte, hätte er es nirgendwo verstecken können, ohne dass der Manager, sein Stellvertreter oder jemand anderes vom Personal es im Verlauf des Tages dort entdeckt hätte.«

»Die Kneipe macht schon mittags auf.«

»Ja. Und weshalb sollte irgendwer das Wagnis eingehen, eine hochgefährliche Substanz hier in der Bar zu deponieren, wo jemand sie finden oder aus Versehen mit ihr in Berührung kommen könnte, ehe sie sich mit der Luft vermischt? Besser wäre es, man bringt sie mit und behält sie bei sich, bis man sie freisetzen will.«

Sie trat hinter die Theke, schaute sich darunter um und richtete sich wieder auf.

»Ein Selbstmord war es nicht.«

»Warum nicht?«, fragte Peabody verblüfft.

»Wir haben die nächsten Angehörigen sämtlicher Opfer informiert, und inzwischen haben viele Freunde und Kollegen ihre Aussagen gemacht. Natürlich geht das nicht von heute auf morgen, aber trotzdem sehen wir uns auch in den Wohnungen und an den Arbeitsplätzen aller Opfer um. Unser Täter hat mit diesem Attentat ein Statement abgegeben.«

Wieder konnte sie das Schlachtfeld deutlich vor sich sehen, das die Bar am Tag zuvor mit all den Toten und dem Blut gewesen war.

»Wenn jemand sich umbringen und dabei noch einen Haufen Leute mitnehmen wollte, hätte er doch sicher ein Abschiedsvideo oder einen Brief verfasst. Normalerweise wollen Selbstmörder, dass andere wissen, was sie in den Tod getrieben hat. Und Selbstmörder, die im Zusammenhang mit ihrem Selbstmord Amok laufen, sind nicht einfach lebensmüde, sondern auch oder vor allem angepisst. Sie haben eine Mission, sie haben ihr Vorgehen sorgfältig geplant und geben den Grund für ihre Tat meist öffentlich bekannt.«

»Nein«, erklärte sie erneut. »Es war kein Selbstmord.

Unser Täter ist hier rein- und wieder rausspaziert, er läuft noch irgendwo da draußen rum.«

Sie ging zurück zur Tür und stellte sich den Lärm, die Farben, die Bewegung, das Gedränge an der Theke und die voll besetzten Tische vor. »Er war schon vorher hier und kennt sich in der Kneipe aus. Er ist kein auffälliger Typ, manchmal nimmt er nach der Arbeit hier noch einen Drink, bevor er sich auf den Heimweg macht. Er trägt einen Anzug und hat eine Aktentasche oder etwas in der Art dabei. Etwas ganz Normales, in dem er die tödliche Substanz problemlos transportieren kann.«

»Er ist nicht allein.«

»Aber ...«

»Allein fällt man in einer Bar eher auf«, erklärte Eve. »Und schließlich muss er davon ausgehen, dass der eine oder andere oder vielleicht sogar eine große Gruppe diesen Anschlag überleben wird. Dies ist schließlich das erste Mal, er kann sich also nicht ganz sicher sein, ob es tatsächlich funktioniert. Deshalb kommt er nach der Arbeit mit ein paar Kollegen her oder trifft sich hier mit einem Kunden entweder an einem Tisch oder an der Theke, bestellt was zu trinken und vielleicht noch eine Kleinigkeit zu essen, redet über seine Arbeit oder über das Geschäft und fällt nicht weiter auf.«

»So kaltblütig kann man doch gar nicht sein.«

»Anscheinend doch. Er behält einen kühlen Kopf. Er ist beherrscht, detailversessen, aber gleichzeitig auch aufgeregt. Er unterhält sich mit dem Theker, der Bedienung oder vielleicht auch mit beiden, und er denkt: ›Bald seid ihr tot. Bald werde ich euch töten, ohne dass auch nur ein Tropfen Blut auf meine blank polierten Schuhe spritzt. Heute bin ich Gott.‹«

»Oh Mann«, murmelte Peabody verstört.

»Genauso macht er es auch mit den Leuten, die er täglich bei der Arbeit trifft. Morgen kommt ihr nicht mehr ins Büro, denkt er, oder morgen kommt ihr nicht zu eurer nächsten Schicht. Ihr werdet niemals die Gehaltserhöhung oder die Beförderung bekommen, für die ihr euch die Ärsche aufgerissen habt. Und ich bin der Grund dafür, dass ihr sie nicht bekommt. Die Entscheidung über diese Dinge liegt bei mir.«

Sie spann den Faden weiter: »Vielleicht rast sein Puls bei dem Gedanken, doch das sieht man ihm nicht an. Oder zumindest nicht deutlich. Er guckt sich all die Leute – all die Anzugträger, all die Arbeitsbienen, all die Eifrigen und die Erschöpften – an, für die es hier bei Drinks zum halben Preis und kostenlosen Erdnüssen zu Ende gehen wird.«

»Gott«, stieß Peabody mit rauer Stimme aus, weil jetzt auch sie es deutlich vor sich sah.

»Es macht unglaublich Spaß, darüber nachzudenken, also denkt er pausenlos darüber nach. Aber sein Gesicht bleibt völlig ernst. Er trinkt nur was, isst eine Frühlingsrolle, redet über das Geschäft, regt sich über seine Arbeit, einen Kunden oder Vorgesetzten oder was auch immer auf.«

Sie schlenderte gemächlich durch den Raum und sah sich um. »Er sitzt an der Bar oder an einem Tisch, der in der Nähe steht. Wahrscheinlich hier in diesem Teil der Kneipe, weil von hier aus gleichzeitig die Bar, die Küche und auch die Toiletten zu erreichen sind. Die Klimaanlage ist direkt über seinem Kopf.«

Sie stellte sich den Tresen und die Tische in der Nähe vor.

»Die Aktentasche liegt auf seinem Schoß, und er nimmt den Behälter mit der giftigen Substanz heraus. Aber was macht er dann? Wo soll er damit hin? Unter den Stuhl, den Tisch, den Barhocker? Vielleicht lässt er etwas fallen, bückt sich, um es wieder aufzuheben, und stellt dabei den Behälter unauffällig auf dem Boden ab. Wem würde das schon auffallen? Vielleicht hat er sich auch die Hände eingesprüht, dann mit dem Zeug bestrichen und verteilt es dadurch, dass er Hände schüttelt oder anderen Leuten auf die Schulter klopft.«

»Hätte er sich dann nicht selber damit infiziert?«

»An dieser Stelle wird es knifflig. Die Substanz wirkt derart schnell, dass er augenblicklich Land gewinnen muss. Er muss umgehend an die frische Luft. Vielleicht hat er auch ein Gegenmittel, das er eingenommen hat. Aber so oder so kann er unmöglich bleiben, um zu sehen, ob das Mittel wirkt.«

»Ich muss los. Bis morgen. Ich schicke dir dieses Dossier per E-Mail, wenn ich damit fertig bin. Ciao, ciao.«

Sie öffnete die Tür, trat aus der Bar und wurde in den Lärm und die Bewegung auf der Straße eingehüllt. Wahrscheinlich war draußen noch mehr los gewesen, als der Killer aufgebrochen war. Dann hatte er sich unauffällig in den Strom der Fußgänger gemischt, die auf dem Weg nach Hause noch in eine andere Bar oder zum Einkaufen gewesen waren.

»Büros«, erklärte sie, als sie die vielen Türme mit den unzähligen Fenstern sah. »Wobei es hier auch Apartments gibt. Viele Leute leben gerne in der Nähe ihrer Firmen, weil man dann bei schönem Wetter auch zu Fuß zur Arbeit gehen kann. Aus vielen der Gebäude hat man einen guten Blick auf unsere Bar. Er kann nicht drinnen bleiben, und das Wagnis, eine Kamera zu installieren, wäre ebenfalls zu groß, aber wäre es nicht lustig, wenn er sich an eins der Fenster stellen und von oben auf die Kneipe schauen könnte, während sich die Gäste und die Angestellten gegenseitig an die Gurgel gehen? Vielleicht hat er es so getimt, dass er erst seinen Platz einnehmen kann, um zuzusehen, wie die anderen Leute direkt an der Tür der Bar vorbeigehen, ohne dass sie auch nur ahnen, dass dort gerade jetzt ein Massenmord geschieht.«

»Ich werde sehen, ob einer von den Gästen oder irgendwer vom Personal in Sichtweite des Tatorts wohnt.«

»Einen Versuch ist es wert.«

»Außerdem gibt's direkt gegenüber zwei Cafés. Vielleicht hat er also auch nur die Straße überquert, sich dort an einen Tisch gesetzt und von dort aus zugesehen.«

»Am besten schicken Sie zwei der Berittenen mit Fotos aller Leute los, die wir noch einmal vernehmen wollen. Vielleicht kann sich ja irgendwer vom Personal eines Cafés daran erinnern, dass zur Tatzeit einer dieser Menschen dort gesessen hat. Ja, vielleicht hat er sich einen leckeren Kaffee oder eine Kleinigkeit zu essen dort bestellt und das von ihm verursachte Gemetzel und danach die Ankunft von uns Bullen aus direkter Nähe verfolgt. Auszuschließen ist das nicht.«

Während Eve noch auf dem Gehweg stand und überlegte, dass der Killer vielleicht zugesehen hatte, wie die Polizei sein Werk in Augenschein genommen hatte, begann im beliebten *Café West* der mittägliche Hochbetrieb. Das Essen dort war einfach, aber gut, und die Gäste saßen dicht gedrängt und unterhielten sich über dem Klappern des Geschirrs.

Es duftete verführerisch nach Kürbissuppe, der Spezialität des Tages, und die meisten Gäste, die in ihrer einstündigen Mittagspause vielleicht auch noch kurz etwas besorgen oder noch gemütlich einen Kaffee trinken wollten, nahmen eine schnelle Suppe oder eine andere kleine Mahlzeit ein.

Lydia McMeara pickte zwischen Schlucken stillen Wassers lustlos an dem winzigen, naturbelassenen Salat, vor dem sie saß. Sie machte wieder einmal Diät, knabberte mit laut knurrendem Magen an dem blöden Grünzeug und versuchte, ihre Freundin Cellie nicht dafür zu hassen, dass sie schlank wie eine Gerte vor ihr saß. Und Brenda war vielleicht nicht wirklich dünn, aber mit ihren Smokey Eyes sah sie einfach fantastisch aus.

Die zwei jonglierten mit den Männern wie mit Tennisbällen, während sie selbst seit zwei Jahren mit dem langweiligen, biederen Bob zusammen war.

Aber wie sollte jemand mit dem langweiligen, biederen Namen Bob auch anders sein?

Alles würde anders, wenn sie endlich abgenommen hätte, was erheblich leichter wäre, wenn sie es sich leisten könnte, sich einfach das Fett an ihrem Bauch und ihren Oberschenkeln absaugen zu lassen, statt sich mit Kaninchenfutter zu quälen und den anderen beim Verschlingen ihrer Kalorienbomben zuzusehen.

Zumindest sparte sie, indem sie jeden Tag acht Blocks zur Arbeit und wieder nach Hause lief, ein hübsches Sümmchen Geld. Für Lebensmittel gab sie sowieso inzwischen kaum noch etwas aus.

Was würde sie nicht alles für ein paar Scheiben dick belegter Pizza und ein anständiges Bier geben.

»Hier, Lydia.« Ein mitfühlendes Lächeln auf ihren perfekt geschwungenen Lippen, bot die blöde Cellie ihr die Hälfte eines Sandwichs an. »Hier, nimm. Ein halbes Sandwich zählt nicht.«

»Danke, nein.«

»Warum kommst du nicht mit in meinen Fitnessclub?«
Auch Brenda mit den Smokey Eyes saß vor einem Salat.
Riesengroß, in einem Meer von Sahnedressing und dick mit
goldenen Käsescheiben und Croûtons belegt.

Lydia sah sie an und hasste sie.

»Ich hab dafür weder Zeit noch Geld«, fuhr sie sie an.

»Ich wünschte mir, du würdest dich nicht derart quälen, Lydia.« Cellie legte eine Hand auf ihren Arm und sah
sie unglücklich aus ihren riesengroßen braunen Augen an.
»Ich verstehe nicht, warum du dir das antust. Schließlich
bist du wunderschön.«

»Ich bin fett.« Am liebsten hätte Lydia ihren langweiligen, dämlichen Salat genommen und ihn Cellie ins Gesicht
geworfen, denn sie hasste Cellie und auch Brenda plötzlich
mit derselben Inbrunst wie sich selbst.

»Ich fühle mich fett und sehe auch so aus, weil ich es einfach bin. Aber das wird sich bald ändern.« Wütend schob
sie ihren Teller fort. »Ich habe keinen Hunger, und vor allem ist es hier viel zu laut. Ich kriege davon Kopfschmerzen
und gehe besser erst mal an die frische Luft.«

»Ich komme mit«, bot Cellie an.

»Nein. Bleib hier und hau genau wie Brenda einfach weiter rein. Ich bin schlecht drauf und will erst mal allein sein.«

Sie quetschte sich an den anderen Tischen vorbei und
marschierte, angetrieben von dem Zorn, der in ihrem Inneren wie ölig-schwarzes Wasser sprudelte, in Richtung Tür.

Na super, dachte sie, *ich hungere mich fast zu Tode,
doch statt dass die Pfunde schmelzen, tut mir davon nur
der Schädel weh.*

Sie riss die Glastür auf, sah sich noch einmal um und bemerkte Brendas kalten, hasserfüllten Blick.

Sie hatte immer schon gewusst, dass Brenda eine blöde Ziege war. Hatte es immer schon gewusst.

Am liebsten hätte sie noch einmal kehrtgemacht, wäre zurück an den Tisch gestürmt, hätte Brenda mit den tollen Augen eine reingehauen und ihr mit ihren Nägeln das Gesicht zerkratzt.

Stattdessen warf sie schlecht gelaunt die Tür hinter sich zu, bahnte sich mit ihren Ellenbogen einen Weg durch das Gedränge auf dem Gehweg ...

... und entkam auf diese Art dem sicheren Tod.

9

Sie waren gerade in der Nähe, als der Anruf der Zentrale kam, Eve schaltete umgehend die Sirene und das Blaulicht ihres Fahrzeugs ein.

»Sehen Sie nach, wem der Laden gehört«, bat sie ihre Partnerin, bevor sie in die Vertikale ging, um andere Wagen zu überholen, deren Fahrer Polizisten, die in Eile waren, keinerlei Respekt zollten.

Sie machte einen harten Schwenk nach rechts, drückte auf die Hupe, bahnte sich den Weg durch eine Horde Fußgänger, die wie die Fliegen auseinanderstoben. Als eine Frau in hochhackigen Stiefeln und mit einer blonden Turmfrisur die Chance nutzte, einem Cop den ausgestreckten Mittelfinger hinzuhalten, dachte sie nur: *Danke für die Unterstützung,* und trat abermals das Gaspedal bis auf den Boden durch.

»Das Lokal gehört einer Familie Greenbaum«, klärte ihre Partnerin sie krächzend auf, als sie an einem voll beladenen Maxibus vorüberschoss.

»Jetzt gucken Sie, wer der Besitzer des Gebäudes ist.«

Mit laut kreischenden Bremsen brachte Eve den Wagen direkt vor der Tür des Cafés zum Stehen und stürzte sich kopfüber in das grausige Geschehen.

Ein Droide und zwei Streifenpolizisten liefen hektisch hin und her und sicherten den Tatort schnellstmöglich mit gelbem Flatterband gegen Unbefugte ab.

Noch immer gingen Menschen schreiend aufeinander los, zwei Männer wälzten sich auf dem Asphalt und droschen mit geballten Fäusten aufeinander ein, eine Frau hockte hysterisch schluchzend auf dem Bürgersteig, während eine zweite tröstend ihre Arme um sie schlang, ein Mann mittleren Alters lag reglos auf dem Rücken, während ein anderer eine Herzmassage bei ihm durchführte.

Mehrere andere Leute saßen oder standen mit glasigen Augen blutend vor der offenen Tür, hinter der ein Haufen wild verknäulter Leichname zu sehen war. Einschließlich des Toten, der mit dem Gesicht nach unten direkt auf der Schwelle lag.

»Helfen Sie, den Laden abzusperren, und bestellen Sie ein paar Dutzend Krankenwagen, Peabody.«

»Die sind schon unterwegs«, rief einer der Beamten. »Verstärkung haben wir auch schon angefordert.«

»Um Himmels willen.« Sie packte einen der zwei Männer, die sich immer noch am Boden wälzten, wenig sanft am Kragen des Hemds und wich den wild fliegenden Fäusten seines Gegners aus, bevor ein Ellenbogen ihre Rippen traf.

»Verdammt noch mal!« Sie schaffte es, dem zweiten Kerl den Stiefel auf die Brust zu stellen, und wütend bäumte sich der Typ unter ihr auf. »Aufhören! Hört sofort auf, wenn ich nicht eure leeren Köpfe aneinanderschlagen soll.«

Sie ignorierte die Proteste, dass der jeweils andere angefangen hätte, und fauchte erbost: »Wenn ihr euch noch mal rührt, bekommt ihr Handschellen von mir verpasst und wandert in den Knast. Ihr solltet mich nicht auf die Probe stellen. Eine Bewegung reicht.«

Mit pochenden Rippen drehte sie sich um. »Jetzt hören alle zu! Zuhören, habe ich gesagt!« Sie legte eine Hand an ihre Waffe und fuhr mit so lauter Stimme, dass sie über all den Lärm hinweg zu hören war, fort: »Ich bin Lieutenant Dallas von der New Yorker Polizei. Niemand übertritt die Absperrung. Ich kriege jeden, der versucht, sich wie auch immer in die Arbeit der Beamten einzumischen, wegen Behinderung von polizeilichen Ermittlungen, Erregung öffentlichen Ärgernisses oder sonst was dran.«

Jemand brüllte: »Menschen sind verletzt!«

»Die Sanitäter sind schon unterwegs.«

»Die verdammten Bullen sind mit ihren Stunnern auf die Leute losgegangen, obwohl sie unbewaffnet waren. Ich habe es gesehen und aufgenommen«, rief der Kerl und schwenkte triumphierend sein Handy durch die Luft.

»Ich bin hier, um festzustellen, was geschehen ist. Meine Partnerin wird Ihre Aussage entgegennehmen.«

»Und die Sache dann vertuschen. Ihr verdammten Bullen seid doch alle gleich.«

Jetzt reichte es, sagte sich Eve und starrte ihn durchdringend an. »Hier liegen zahlreiche Verletzte, und meine Kollegen waren in Gefahr. Nehmen Sie die hier auf.« Sie hielt ihm ihre Marke vors Gesicht. »Ich bin Lieutenant Eve Dallas. Haben Sie auch die Nummer meiner Marke drauf? Und jetzt halten Sie die Klappe, bis meine Kollegin Ihre Aussage entgegennimmt. Wenn Sie nicht sofort aufhören, Unruhe zu stiften, lasse ich Sie festnehmen und aufs Revier verfrachten.«

Als er etwas sagen wollte, wurde ihre Miene eisig, und sie nickte ihm auffordernd zu. »Los, nun sagen Sie schon was. Und dann rufen Sie besser umgehend Ihren Anwalt an.«

Sie wartete, bis er verschämt zu Boden sah und wandte sich erneut der Menge zu. »Die Beamten werden Ihre Aussagen entgegennehmen, aber falls hier Ärzte oder Sanitäter sind, treten Sie bitte vor, und kümmern Sie sich um die Verwundeten. Bestellen Sie den Rest des Teams, und sprechen Sie mit den Leuten«, bat sie ihre Partnerin. »Nehmen Sie die Aussagen entgegen, lassen Sie sie reden und ziehen Sie vor allem das Handy dieses Arschlochs als Beweismaterial ein.«

»Ja, Ma'am. Wird mir eine Freude sein.«

»Haben Sie inzwischen rausgefunden, wer der Eigentümer des Gebäudes ist?«

»Nicht Roarke.«

»Was wenigstens ein kleiner Segen ist. Sichern Sie die Absperrung«, wies sie den Wachdroiden an und winkte einen der zwei Streifenpolizisten, die zuerst vor Ort gewesen waren, zu sich heran. »Und Sie erstatten erst einmal Bericht.«

»Wir waren gerade auf Streife, da kamen plötzlich mehrere Personen aus dem Laden hier gerannt. Als wir hielten, stürzte einer dieser Leute direkt auf uns zu und schrie, im *Café West* brächten sich die Leute gegenseitig um. Wir haben den Vorfall umgehend gemeldet und sind dann in das Lokal gestürmt.«

Er atmete tief durch.

»Als wir die Tür geöffnet haben, war da drin die Hölle los. Menschen lagen auf dem Boden, andere sind über sie hinweggetrampelt und haben mit bloßen Händen, Messern – Himmel – Gabeln und zerbrochenen Gläsern oder Flaschen aufeinander eingedroschen. Die Leute haben geschrien und geheult, einige haben wie verrückt gelacht.«

»Wir haben gerufen, dass sie aufhören sollen, dann sind einige der Leute auf uns losgegangen. Es stimmt, was dieser Typ eben behauptet hat. Ein paar der Gäste waren unbewaffnet, aber trotzdem haben sie sich weiter gegenseitig und auch uns beide attackiert. Wir hatten keine andere Wahl, als sie vorübergehend aus dem Verkehr zu ziehen.«

»Werden auf dem Film von diesem Arschloch irgendwelche Handlungen zu sehen sein, die Sie nicht vertreten können, Officer?«

»Nein, Ma'am, Lieutenant. Nein.«

»Dann braucht Sie nicht zu kümmern, was er sagt. Fahren Sie fort.«

»Okay. Die Leute gingen zu Boden, aber sofort kamen die nächsten auf uns zu. Ich weiß nicht, wie oft wir schießen mussten, bis wir die Situation zumindest annähernd unter Kontrolle hatten, bis dahin brach hier draußen auf dem Bürgersteig die Hölle los. Mehrere Passanten wollten ins Lokal, um nachzusehen, was passiert ist, und wurden dann selber attackiert.«

Er zeigte auf Streifenwagen, die inzwischen angekommen waren. »Da sind die Verstärkung und die Krankenwagen.«

»Wann haben Sie vor dem Lokal gehalten? Wann genau?«

»Um 13.11 Uhr, Ma'am.«

Inzwischen hatten sie 13.25 Uhr. Wahrscheinlich wäre die Gefahr also gebannt.

»Okay. Helfen Sie Detective Peabody, nehmen Sie die Aussagen der Leute auf, und notieren Sie sich Namen und Adressen.«

Damit ging sie zu den neu hinzugekommenen Beamten, bellte eine Reihe von Befehlen und wandte sich dann an zwei der Sanitäter. »Sie kommen mit mir. Sie sprühen sich die Hände und die Schuhe ein und holen die Verletzten raus.«

Auf dem Weg in das Café bemerkte sie die Risse und die

Löcher in der Eingangstür. Vielleicht hatten diese Löcher einige der Menschen vor dem Tod bewahrt.

Einer der beiden Sanitäter holte hörbar Luft. »Wir werden zusätzliche Krankenwagen brauchen.«

»Dann bestellen Sie sie.« Sie sprühte ihre Hände und auch ihre Stiefel ein, bahnte sich den Weg durch das Café und ging neben einigen der Opfer in die Hocke, um zu sehen, ob sie noch am Leben waren.

Dann markierte sie die Toten wie am Tag zuvor im *On the Rocks*, und während sie dies tat, setzten die ersten unterdrückten Schluchzer und das erste leise Stöhnen der Verletzten ein. Laute des Elends, dachte sie, doch immerhin bewiesen sie, dass die Personen noch am Leben waren.

»Reineke und Jenkinson sind angekommen«, meinte Peabody, nachdem sie ebenfalls hereingekommen war. »Sie nehmen die Aussagen der Zeugen auf. Mr. Constanzas Handy habe ich inzwischen eingesackt. Aber vorher haben wir uns noch die Aufnahme angesehen, die er gemacht hat. Er wurde ziemlich kleinlaut, weil man darauf gut erkennen konnte, dass die Horde die Beamten angegriffen hat.«

»Ich dachte sowieso nicht, dass er ihnen irgendetwas anhängen kann. Ist auf dem Film etwas zu sehen, was uns vielleicht weiterhilft?«

»Nicht viel. Er hat vom Gehweg aus gefilmt, aber man kann gut erkennen, wie die Leute drinnen kämpfen, und man hört sie deutlich schreien.«

Sie musste schlucken. »Es war wirklich grauenhaft.«

Als eins der Opfer seinen Arm ausstreckte, ging sie in die Hocke und nahm tröstend seine Hand. »Gleich kommt Hilfe«, sagte sie ihm zu. »Jetzt wird alles gut. Wir sind jetzt für Sie da.« Sie richtete sich wieder auf und wandte sich erneut an Eve: »Sie haben inzwischen an die zwölf Verletzte rausgeschafft.«

»Das Lokal ist kleiner als die Bar, das heißt, dass hier auch nicht so viele Menschen waren. Außerdem hat irgendwer die Glastür eingeworfen, was bedeutet, dass sich die Substanz wahrscheinlich schneller als vorgesehen verflüchtigt hat.«

»Vielleicht ist das der Grund dafür, dass auch die Leute draußen aufeinander losgegangen sind.«

»Das machen die New Yorker sowieso recht gern. Wir haben einundvierzig Tote. Fangen Sie schon mal mit der Identifizierung, mit den Todesursachen und mit dem Todeszeitpunkt an.«

Sie selbst trat wieder vor die Tür. »Baxter, Trueheart, Sie helfen Peabody.« Noch während sie dies sagte, schob sich Ian McNab in seiner grünen Cargohose wie ein Stängel Sellerie unter der Absperrung hindurch. »Sie gehen auch ins Haus und tüten alle elektronischen Geräte ein.«

Sie marschierte zu dem tröstlich knitterig-zerzausten Feeney. »Es ist nicht ganz so schlimm wie letztes Mal. Das Lokal ist kleiner, und durch die zerbrochene Tür kam Frischluft in den Raum. Drinnen sind keine Kameras zu sehen. Es gibt jeweils eine hier am Vorder- und am Hintereingang, aber bisher weiß ich nicht, ob darauf irgendwas zu sehen ist.«

»Das finden wir gleich raus.«

Feeney sah sich um, und Eve bemerkte, dass ein bisschen Blut am Ärmel seines Trenchcoats angetrocknet war. Blut von gestern, merkte sie. Der letzte Anschlag war nicht einmal vierundzwanzig Stunden her.

»Ich hätte nicht gedacht, dass er so schnell noch einmal zuschlägt«, stellte Feeney fest.

»Und ich hätte gedacht, dass er für seinen zweiten Anschlag einen größeren Laden wählt. Er hat also schneller und in kleinerem Rahmen als erwartet noch einmal zugeschlagen, wobei er auch dieses Mal vor allem Anzugträger ins Visier genommen hat. Geht es ihm also um Lokale und vielleicht auch Leute, die er kennt?«

Der Chef der elektronischen Ermittler verzog grimmig sein normalerweise melancholisches Gesicht. »Im *On the Rocks* war gerade Happy Hour, und in diesem Laden war wahrscheinlich gerade mittäglicher Hochbetrieb. Das heißt, die Lokale waren beide brechend voll.«

»Wir haben bisher keine Spur von ihm. Er hat über hundertzwanzig Leute umgebracht, und wir haben bisher keine Spur von ihm.«

»Am besten machst du es wie sonst und gehst die Sache planvoll an. Du weißt selber, Mädel, es gibt immer irgendwas, was einen weiterbringen kann.«

»Ja.« Sie ließ den Blick über die Menge und zurück zu dem Gebäude wandern. *Irgendwo hier in der Nähe,* dachte sie. *Ich weiß genau, dass du verdammtes Schwein ganz in der Nähe bist.*

In diesem Augenblick kam Reineke den Bürgersteig heruntergejoggt. »Lieutenant, da ist eine Frau, mit der Sie sicher reden wollen.«

Sie bahnte sich den Weg vorbei an Sanitätern und Verwundeten bis zu der Stelle, an der Jenkinson mit einer drallen, blonden Frau mit verlaufenem violettem Lidschatten am Rand des Gehwegs stand. Sie trug die typische New Yorker Uniform aus schwarzer Jacke, schwarzem Pulli, schwarzer Jeans und flachen Boots und zitterte wie Espenlaub.

»Lydia, dies ist Lieutenant Dallas«, stellte Jenkinson ihr

Eve mit väterlicher Stimme vor. »Ich möchte, dass Sie ihr erzählen, was Sie mir erzählt haben, okay?«

»Ich ... ich suche meine beiden Freundinnen. Wir waren in unserer Mittagspause hier.«

»Im *Café West*?«

Wieder strömten Tränen aus den ängstlich aufgerissenen braunen Augen und verschmierten noch den Rest ihres Make-ups. »Ja. Da drin. Wir waren da drin.«

Doch Lydia wirkte völlig unversehrt, bemerkte Eve. »Wann haben Sie das Café verlassen?«

»Ich bin mir nicht ganz sicher. Kurz nach eins. Wir haben dort zusammen gegessen.«

»Um wie viel Uhr sind Sie dort angekommen?«

»Ich ... wir ... nun, wir haben das Büro gegen halb eins verlassen, aber unser Fahrstuhl ist entsetzlich langsam, also haben wir eine halbe Ewigkeit bis ins Foyer gebraucht. Aber der Fußweg ist nicht weit. Vielleicht fünf Minuten, länger nicht. Dann haben wir uns einen Tisch organisiert und sind an den Tresen gegangen, um dort unser Essen zu bestellen. Das geht einfach schneller, als zu warten, bis einen jemand am Tisch bedient. Ich hatte nur einen Salat. Einen kleinen, einfachen Salat, denn ich bin gerade auf Diät. Ich hatte schlechte Laune, vielleicht weil ich Hunger hatte, und ich habe Cellie angezickt, als sie mir eine Hälfte ihres Sandwichs angeboten hat. Ich habe Cellie angezickt und bin dann einfach abgehauen.«

»Und Ihre Freundinnen sind noch geblieben, als Sie selbst um kurz nach eins gegangen sind. Hatten Sie Kopfschmerzen, Lydia?«

»Woher wissen Sie das? Plötzlich brummte mir der Schädel, und ich wollte nur noch weg. In dem Café war es entsetzlich voll und laut, ich hatte Hunger, und als dann auch noch mein Kopf anfing zu dröhnen, bin ich rausgerannt. Mir war ein bisschen übel, aber als ich an die frische Luft kam, hat sich das wieder gelegt. Trotzdem habe ich mich schlecht gefühlt, weil ich so eklig zu den beiden war. Deshalb wollte ich noch einmal zurück, mich entschuldigen und mit ihnen zusammen wieder zur Arbeit zurückgehen. Aber als ich hier ankam, haben die Leute furchtbar rumgeschrien, die Polizei war da, überall lagen Verletzte, und ich konnte meine Freundinnen nicht sehen.«

»Wir werden nach den beiden suchen«, sagte Eve ihr zu. »Sind Sie in Ihrer Mittagspause regelmäßig hier?«

»Sicher. Es ist in der Nähe unseres Büros, und das Essen ist echt gut. Aber man muss vor eins hier sein, wenn man einen Tisch bekommen will.«

»Wie war es im Café, als Sie gegangen sind?«

»Wie immer.« Sie lenkte den Blick auf das Lokal und sah Eve dann wieder an. »Außer ...«

»Außer?«

»Ich habe mich auf dem Weg zur Tür noch einmal umgedreht und Brendas bösen Blick bemerkt. Sie ist sonst immer nett, so hat sie noch nie jemanden angesehen. Das hat mich so wütend gemacht, dass ich am liebsten noch einmal zu ihr an den Tisch gegangen wäre, um ihr eine reinzuhauen. Dabei bin ich ganz sicher kein gewaltbereiter Mensch. Und jetzt kann ich sie nirgends finden.«

»Reineke, notieren Sie sich die Namen von Lydias Freundinnen, damit wir sie finden können, ja?«

Dann zog sie Jenkinson zur Seite und raunte ihm zu: »Ich will, dass man sie gründlich untersucht. Bringen Sie sie ins Krankenhaus und sagen, dass man dort ihr Blut, ihre Nase und den Rachen untersuchen soll. Sie wird nicht in die Klinik wollen, also überzeugen Sie sie davon, dass es auch zu ihrem Besten ist.«

»Wird erledigt, Ma'am. Wie viele Opfer haben wir?«

»Einundvierzig, und bisher sieht es aus, als hätten sechzehn überlebt. Vielleicht finden wir noch andere wie Lydia, die im letzten Augenblick entkommen sind. Also lassen Sie sie untersuchen«, wiederholte sie und stapfte wieder zu dem Chef der elektronischen Ermittler.

»Ich habe den zeitlichen Ablauf«, klärte sie ihn auf. »Wir haben eine Zeugin, die hier mit zwei Freundinnen zum Essen war, bevor sie Kopfschmerzen bekam und vor den beiden anderen wieder gegangen ist. Sie waren gegen 12.40 Uhr hier, und sie ging um kurz nach eins. Um 13.11 Uhr waren die ersten Beamten hier, da waren die Opfer im Café noch infiziert.«

»Dann ging es also los, als deine Zeugin das Café verlassen hat. Das heißt, wir konzentrieren uns auf die Zeit von 12.30 Uhr bis Viertel nach eins. Die Kameras waren in Betrieb, aber ich sehe mir die Aufnahmen am besten auf der Wache an.«

»Versuch, durch die Gesichtserkennung herauszufinden, ob du jemanden entdeckst, der gestern auch im *On the Rocks* gewesen ist oder mit einem von den Opfern in Verbindung steht.« Sie raufte sich die Haare. »Das Briefing findet statt um vier besser zwei Stunden später statt.«

Noch einmal sah sie sich die Straße und die umliegenden Häuser an. »Er war hier, Feeney, aber er muss gewusst haben, dass es hier Kameras über den Türen gibt. Er durfte nicht riskieren, dass es Aufnahmen von ihm an beiden Orten gibt, das heißt, er hat wahrscheinlich einen Weg gefunden, um in das Café oder die Kneipe zu gelangen, ohne dass er aufgenommen wird. Oder vielleicht war er nicht allein, und er und sein Komplize haben sich abgewechselt, damit es nur eine Aufnahme von jedem gibt. Außerdem muss er den Laden ungefähr zur selben Zeit verlassen haben wie die Zeugin, mit der Jenkinson gesprochen hat. Eine üppige Blondine ganz in Schwarz. Das heißt, ich brauche Aufnahmen von jedem, der den Laden im zeitlichen Abstand von bis zu fünf Minuten zu der Frau verlassen hat.«

»Ich fahre wieder aufs Revier. Willst du McNab noch hierbehalten?«

»Falls er inzwischen alle elektronischen Geräte eingesammelt hat, nimm ihn ruhig mit. Falls nicht, bekommst du ihn von mir geschickt, sobald er damit fertig ist.«

Sie ging zurück ins Haus, wo Baxter ihr entgegenkam.

»Sie bringen jetzt die letzten Überlebenden ins Krankenhaus. Insgesamt sind es vierzehn.«

»Ich habe sechzehn Überlebende gezählt.«

»Zwei der Opfer haben es nicht geschafft. Ich habe mit zwei anderen gesprochen, die noch halbwegs bei sich waren. Es ist genauso abgelaufen wie im *On the Rocks*, Dallas. Die Gäste und die Angestellten hatten plötzlich Kopfschmerzen und Halluzinationen und waren entweder total verängstigt oder furchtbar aggressiv.«

»Wir haben eine junge Frau, die gerade noch im letzten Augenblick mit Kopfschmerzen herausgekommen ist.«

»Gut.« Er lenkte seinen Blick zurück auf das Café und auf den blutverschmierten Bürgersteig. »Da hat sie gerade noch mal Glück gehabt.«

Er wühlte in der Tasche seiner schicken Jacke und zog einen Energieriegel daraus hervor. »Wollen Sie die Hälfte?«

»Nein. Das heißt, vielleicht doch. Was ist es denn für eine Sorte?«

»Joghurt Crunch.«

»Auf keinen Fall.«

Achselzuckend wickelte er den ihm ganz verbliebenen Riegel aus und biss hinein. »Ich habe schon Schlimmeres gegessen. McNab und zwei der anderen Elektronikfuzzis haben den Großteil der Geräte eingesackt, und wir wissen inzwischen, wer die Überlebenden und ungefähr die Hälfte unserer Todesopfer sind.«

»Dann schnappen Sie sich Trueheart, fahren wieder aufs Revier und fangen mit der Überprüfung aller Namen an, die Sie haben. Ich will eine Liste aller Personen, die bei irgendwelchen Unternehmen tätig sind, von denen auch schon gestern Gäste in der Kneipe waren. Ich bin sicher, dass sich einige der Namen überschneiden und dass das was zu bedeuten hat.«

Am Ende würde es um die Beziehung gehen, die der Täter zu bestimmten anderen Menschen und bestimmten Orten hatte. Darum, wen er kannte und woher.

»Dies ist seine Komfortzone, hier fühlt der Kerl sich wohl. Menschen neigen dazu, in der Nähe ihrer Arbeitsplätze einzukaufen und zu essen, weil das schneller und bequemer für sie ist. Also müssen wir nach Unternehmen suchen, die zwischen dem Tatort gestern und dem heute angesiedelt sind, und sehen, wer in dieser Gegend lebt und eine Beziehung zu einem der Überlebenden oder der Toten hat oder einen der beiden Tatorte verlassen hat, bevor die Leute aufeinander losgegangen sind.«

Baxter nahm den nächsten Bissen seines Energieriegels und kaute nachdenklich darauf herum. »Das dürfte ziemlich lange dauern.«

»Also fangen Sie am besten sofort mit der Arbeit an. Das Briefing habe ich auf achtzehn Uhr verschoben.«

Ehe Baxter sich zum Gehen wenden konnte, tauchte Jenkinson an seiner Seite auf und wandte sich an Eve. »Lieutenant. Lydia wird sich untersuchen lassen, aber nur wenn Reineke und ich sie in die Klinik fahren.«

»Dann tun Sie das. Und wenn Sie schon mal dort sind, fangen Sie mit den Befragungen der Überlebenden an, die dort behandelt werden. Wir dürfen schließlich keine Zeit verlieren.«

Um auch selbst so schnell es ging voranzukommen, kehrte sie zurück in das Café und sah dort Morris neben einem Todesopfer knien.

»Sie hätten nicht extra selber kommen müssen.«

»Sie brauchen sicher möglichst schnell eine Bestätigung dafür, dass dasselbe Zeug wie gestern Auslöser für diese Taten war. Es gibt ein paar Tests, die ich gleich hier vor Ort durchführen kann.«

»Und?«

»Die endgültige Bestätigung bekommen Sie innerhalb der nächsten Stunde, aber wie es aussieht, stimmen die Substanzen überein.«

Entschlossen hockte sie sich neben ihn. »Wovon erst einmal nichts nach außen dringen darf. Natürlich können wir die Sache nicht auf Dauer vor den Medien verbergen, aber tun Sie, was Sie können, ja?«

»Auf jeden Fall.«

Noch immer in der Hocke, blickte sie sich um. »Hat er es so von Anfang an geplant? Wollte er die beiden Anschläge von Anfang an begehen? Das Café ist kleiner als die Bar. Hat er das zweite Attentat spontan oder geplant verübt? Er ist nicht impulsiv, also … Aber warum gerade dieser Ort?« Sie sah die Toten an. »Wer hat sich hier aufgehalten, der dem Kerl ein Dorn im Auge war?«

Da Morris wusste, dass sie nur laut dachte, blieb er stumm.

»Ist er Stammgast hier? Bestimmt. Ein nach außen angenehmer, umgänglicher Typ. Wahrscheinlich wechselt er, wenn er hereinkommt, immer ein paar Worte mit dem Angestellten hinter dem Tresen oder der Bedienung, sagt Hallo und fragt, wie es ihnen geht. Er *will*, dass andere ihn bemerken, er will auffallen und dass man sich hinterher an ihn erinnert, dabei ist er nur einer von vielen, nur ein ganz normaler Kunde, hier und in der Bar. Ist er das an seinem Arbeitsplatz womöglich auch? Das reicht ihm nicht. Verdammt, das reicht ihm nicht, denn er hat schließlich Grips und jede Menge Potenzial. Er hebt sich von der Menge ab. Er ist mehr als all die anderen Anzugträger und die Arbeitsbienen, denen es bei ihrer Arbeit nur ums Geldverdienen geht. Verdammt noch mal, er ist etwas Besonderes. Keiner von den anderen kann ihm das Wasser reichen, keiner von den anderen ist wirklich von Bedeutung, aber trotzdem …«

Kopfschüttelnd sah sie sich noch einmal in dem Laden um. »Jemand hier in diesem Café oder irgendwas, was hier passiert ist, war ihm wichtig genug, um es für den Anschlag auszuwählen. Er hat diesen Ort nicht willkürlich gewählt. Und er wird sich mit dem Anschlag brüsten«, fuhr sie fort. »Wird uns deutlich machen, dass er keine Angst hat und nach Lust und Laune Dutzende von Menschen um die Ecke bringen kann.« Sie stand entschlossen wieder auf. »Er wird uns zu verstehen geben, dass auch wir ihm deutlich unterlegen sind.«

Schließlich rief sie Peabody zu sich, fuhr mit ihr zusammen wieder aufs Revier und drückte ihr dort einen dicken Stapel neuer Fotos in die Hand.

»Hängen Sie diese Fotos schon mal an die Tafel, und dann fragen Sie beim Sturschädel, ob's dort was Neues gibt.«

Sie selbst ging direkt in ihr eigenes Dezernat und baute sich vor Baxters Schreibtisch auf.

»Wir sind noch bei der Arbeit«, kam er ihrer Anfrage zuvor. »Aber Sie hatten recht. Wir haben schon eine Reihe Opfer und auch Überlebender ausfindig gemacht, die in denselben Unternehmen wie ein paar der Opfer gestern tätig waren. Auch die Zahl der Leute, die dort in der Gegend leben oder lebten, ist recht hoch.«

»Wie sieht's mit persönlichen Beziehungen zwischen den Opfern in der Bar und in dem Café aus?«

»Da sind wir noch dran.«

»Rufen Sie bei Feeney an, und sagen Sie, dass er Ihnen zwei von seinen Leuten überlassen soll. Und richten Sie ihm von mir aus, ich käme rauf, um kurz mit Callendar zu sprechen«, bat sie ihn und machte sich umgehend auf den Weg. Bestimmt ginge es schneller, selbst bei ihr vorbeizuschauen, als nach ihr zu schicken und zu warten, bis sie runterkam.

Bei den elektronischen Ermittlern herrschte das gewohnte bunte Treiben, doch als Eve sich unter all den grellen Mustern und den schrillen Neonfarben umsah, war die junge Frau, mit der sie sprechen wollte, nirgendwo zu sehen.

Als sie zu Feeney wollte, joggte einer von den Elektronikfuzzis gut gelaunt an ihr vorbei und nickte mit dem Kopf in Richtung des Labors. »Der Chef ist da.«

Also bog sie nochmals ab, ging ins Labor und sah, dass er an einem Ende des Bereichs vor einer Kiste hockte, während Callendar am anderen Ende, ebenfalls vor einem Bildschirm, fröhlich mit den Hüften wackelte und rhythmisch auf und nieder sprang.

»Hi, Dallas. Ich habe hier ein paar Einzelinfos, die ich aber noch zusammensetzen muss.«

»Haben Sie schon irgendetwas, was ich wissen sollte?«

»Abgesehen davon, dass die Roten Pferdler alle irre waren? Nicht viel. Allerdings habe ich eine Handvoll Namen von entführten Kindern, die entweder fliehen konnten oder die gerettet worden sind. Wobei ich, um Genaueres zu sagen, erst noch tiefer graben muss.«

»Dann schwingen Sie die Hufe.«

Statt der Hufe schwenkte Callendar die Arme und setzte ihr Tänzchen vor dem Bildschirm fort.

»Was siehst du?«, wandte Eve sich Feeney zu.

»Etwas, was womöglich für dich von Interesse ist.« Er wies auf seinen eigenen Monitor. »Am besten siehst du es dir selber an.«

Eilig spulte er die Aufnahme über der Eingangstür zurück, und plötzlich tauchte zwischen all den Leuten auf dem Gehweg eine junge Frau mit einem T-Shirt des Cafés unter ihrer offenen marineblauen Jacke auf. Sie blieb stehen, lächelte jemanden an, der nicht im Bild zu sehen war, rief ihm etwas zu und winkte kurz, bevor sie im Café verschwand.

»Der Zeitpunkt passt«, murmelte Eve.

»Ja. Vierzehn Minuten und neununddreißig Sekunden, nachdem die Zeugin und die beiden anderen jungen Frauen reingegangen sind. Die Zeugin verlässt das Café ...« Feeney spulte wieder vor und zeigte Eve, wie Lydia mit zornrotem Gesicht und zusammengebissenen Zähnen auf die Straße trat.

»Fünf Minuten, achtundfünfzig Sekunden nachdem die Frau im Café-West-T-Shirt hereingekommen ist. Plötzlich hat sie Kopfschmerzen, ist schlecht gelaunt und geht. Ja, das Timing passt.«

»Ich schätze, wenn die Zeugin auch nur zehn Sekunden länger dortgeblieben wäre, hätte es sie ebenfalls erwischt.«

»Da hat sie wirklich Glück gehabt. Geh noch mal zurück zu der Bedienung. Weißt du, was sie sagt?«

Er rief den Teil der Aufnahme noch einmal auf.

Kein Problem. Das mache ich doch gern.

»In Ordnung. Wissen wir schon, wer sie ist?«

Er rief ein Passfoto des Mädchens auf. »Jeni Curve, einundzwanzig Jahre, Studentin und Aushilfskraft in dem Café. Keine Vorstrafen und sauberer Bekanntenkreis. Hat in einer WG mit zwei anderen Studentinnen gewohnt, und meine Überprüfung hat ergeben, dass sie eins der Opfer ist.«

»Sie sieht für mich nicht aus, als hätte sie sich umbringen oder andere ermorden wollen«, überlegte Eve. »Sie ist kein bisschen nervös und wirkt auch nicht, als ob sie all ihren Mut zusammennimmt, bevor sie das Café betritt.«

»Ich habe auch noch andere, aber niemanden, bei dem mir irgendetwas aufgefallen ist. Ein paar Leute gehen rein, andere gehen raus, einige allein, die meisten aber haben jemanden dabei. Wobei deine Zeugin eindeutig als Letzte rausgekommen ist.«

Er spulte sechs Minuten vor, und Eve verfolgte, wie die Eingangstür des Cafés barst und ein Spinnennetz aus Haarrissen die Scheibe überzog. Die meisten Leute auf der Straße liefen einfach weiter, und die zwei Passanten, die die Köpfe drehten, lenkten ihre Blicke ebenfalls wieder nach vorn, ohne nachzuschauen, was genau geschehen war.

Dann trat ein Mann ins Bild und tippte auf dem Weg zur Tür etwas in seinen Handcomputer ein. Er öffnete die Tür, riss überrascht die Augen auf und stolperte entgeistert aus dem Bild.

»Er ist derjenige, der bei uns angerufen hat«, erklärte

Feeney Eve. »Und hier kommt dieser andere Typ, der offenbar noch abgelenkter war. Er betritt den Laden, ohne aufzusehen. Siehst du hier die Tür?«

»Ja. Sieht aus, als würde er versuchen, wieder rauszukommen. Was ihm aber nicht gelungen ist.«

»Im Gegensatz zu Lydia und dem Typen vor ihm hatte er kein Glück.«

»Jeni Curve.« Eve lenkte ihren Blick auf Jenis Passfoto zurück. »Die sehe ich mir noch genauer an. Hast du auch die Leute identifiziert, die das Café verlassen haben, nachdem sie hineingegangen und ehe Lydia rausgekommen ist? Vielleicht bekommen wir aus denen ja etwas heraus.«

»Ich habe dir die Infos schon geschickt, wobei die Standardüberprüfung bisher nichts ergeben hat.«

»Trotzdem soll Baxter gucken, ob er irgendwelche dieser Namen schon auf seinen Listen hat. Aber noch einmal zurück zu dieser Jeni Curve. Wie gesagt, sie wirkt nicht im Geringsten durchgeknallt auf mich.«

»Es gibt jede Menge durchgeknallter Typen, denen man nicht ansieht, wie verrückt sie sind.«

»Das ist natürlich wahr. Also hat sie vielleicht doch etwas damit zu tun. Auf alle Fälle sehe ich sie mir genauer an.«

Auf halbem Weg zurück in ihre eigene Abteilung klingelte das Handy und sie hob es an ihr Ohr. »Dallas.«

»Lieutenant«, grüßte Whitneys Sekretärin knapp. »Der Commander braucht Sie umgehend in seinem Büro.«

»Ich bin schon unterwegs.«

Sie machte wieder kehrt, bestieg ein Gleitband und betrachtete zwei Frauen, die ihren zerschlagenen Gesichtern nach Bordsteinschwalben waren. Aus ihrer Sicht war deren

Arbeit ebenso gefährlich wie ihr eigener Job, denn schließlich konnten diese Frauen niemals wissen, wann es einem Arschloch in den Sinn kam, auf sie loszugehen.

In Whitneys Vorzimmer bedeutete die Sekretärin ihr, gleich durchzugehen. Trotzdem klopfte sie kurz an, bevor sie das Büro betrat, in dem ihr Vorgesetzter hinter seinem breiten Schreibtisch saß.

Am Fenster stand Chief Tibble, dessen hochgewachsene Gestalt in einem schwarzen Anzug mit feinen Nadelstreifen vorteilhaft zur Geltung kam, und neben ihm stand eine Frau, die Eve noch nie gesehen hatte, die jedoch genauso mühelos wie die zwei Bordsteinschwalben auf dem Gleitband als Bundesbeamtin zu erkennen war.

Verdammt, sagte sich Eve, bevor sie resigniert die Schultern hängen ließ.

Denn schließlich hatte es so kommen müssen, dass eine der anderen Behörden die Ermittlungen in dieser Sache an sich zog.

»Lieutenant Dallas«, setzte Whitney an. »Agentin Teasdale, Heimatschutz.«

»Agentin.«

»Lieutenant.«

Schweigend nahmen beide Frauen aneinander Maß.

Teasdale, eine schlanke, zarte Frau in einem schwarzen Langweilerkostüm und flachen, schwarzen, blank polierten Stiefeln, hatte langes, schwarzes, streng zu einem Pferdeschwanz gebundenes Haar, leicht schräg stehende dunkelbraune Augen und den makellosen Porzellanteint, der das Markenzeichen vieler Halbasiaten war.

»Der Heimatschutz, vertreten durch Agentin Teasdale, bittet um Aufklärung über die beiden Anschläge, in denen Sie ermitteln.«

»Bittet?«, fragte Eve.

»Bittet«, bestätigte ihr Teasdale ruhig und breitete die Hände aus. »Und zwar mit allem gebührenden Respekt. Können wir uns vielleicht setzen?«

»Ich bleibe lieber stehen.«

»Also gut. Mir ist bewusst, infolge der Ereignisse im Herbst vergangenen Jahres haben Sie allen Grund, uns zu misstrauen.«

»Ihr Vizedirektor hat sich als Verräter, ein anderer Agent als Mörder herausgestellt. Ja, es könnte durchaus sein, dass meinerseits so was wie Misstrauen Ihnen gegenüber herrscht.«

»Was, wie gesagt, durchaus verständlich ist. Ich habe Ihren Vorgesetzten schon erklärt, dass die Verantwortlichen dieses unglücklichen Zwischenfalls nach umfänglichen internen Ermittlungen zu hohen Haftstrafen verurteilt worden sind.«

»Das ist schön für Sie.«

Teasdale behielt ihre freundliche, ruhige Miene weiter bei. »Auch die New Yorker Polizei hatte Schwierigkeiten, oder nicht? Lieutenant Renee Obermann hat über Jahre ihre Position missbraucht, um verschiedene strafbare Handlungen einschließlich einer Reihe Morde zu begehen, bevor man ihr auf die Schliche kam und sie zusammen mit den anderen Beamten, die in diese Angelegenheit verwickelt waren, festgenommen hat. Trotz ihres ehrlosen Verhaltens ist die Ehre der New Yorker Polizei auch weiterhin intakt.«

»Die Leute, mit denen ich hier arbeite, kenne ich schon seit Jahren. Wohingegen Sie eine vollkommen Fremde für mich sind.«

»Da haben Sie natürlich recht. Ich bin seit neun Jahren beim Heimatschutz. Man hat mich während meines

Studiums rekrutiert. Ich bin auf Inlandsterrorismus spezialisiert und gehe meiner Arbeit seit vier Jahren von New York aus nach.«

»Das ist super. Allerdings glauben wir nicht, dass diese Attentate auf das Konto eines Einzeltäters oder einer Gruppe mit politischer Agenda gehen. Falls sich daran etwas ändert, kriegen Sie von mir Bescheid.«

Teasdale lächelte sie an. »Es geht Terroristen manchmal auch um etwas anderes als Politik. Die willkürliche Ermordung unzähliger Menschen an zwei öffentlichen Orten ist nicht nur als Mord, sondern als Terrorismus anzusehen, und ich glaube, dass ich Ihnen nicht nur bei der Identifizierung, sondern auch bei der Verfolgung Ihres Täters oder Ihrer Täter helfen kann.«

»Ich habe schon ein grundsolides Team, Agentin Teasdale.«

»Aber haben Sie auch eine Terrorspezialistin mit neun Jahren Erfahrung, die dazu noch einen Abschluss in Chemie aufweisen kann und Expertin für biologische und chemische Waffen ist? Sie dürfen meine Referenzen gerne überprüfen, Lieutenant, denn das habe ich mit Ihren ebenfalls getan. Ich könnte wirklich nützlich sein.«

»Dem Heimatschutz.«

»Natürlich, aber deshalb ist nicht ausgeschlossen, dass ich gleichzeitig auch Ihnen und Ihrer Abteilung helfen kann. Zum jetzigen Zeitpunkt wollen wir den Fall nicht übernehmen, sondern Ihnen lediglich bei den Ermittlungen zur Seite stehen.«

»Natürlich kann ich Ihre Referenzen überprüfen, aber wie sieht's mit den Leuten aus, mit denen Sie zusammenarbeiten, oder mit denen, denen Sie Bericht erstatten sollen? Und was bedeutet ›zum jetzigen Zeitpunkt‹ genau?«

»Der Heimatschutz hat mich allein für diese Sache abgestellt, und ich erstatte nur Direktor Hurtz, dem Leiter der New Yorker Heimatschutzabteilung, in der Angelegenheit Bericht. Vielleicht ist Ihnen nicht bekannt, dass der Direktor, der den Posten nach den unglücklichen Vorkommnissen, die Sie anfänglich erwähnten, übernommen hat, die internen Ermittlungen, die zu den Festnahmen und Amtsenthebungen geführt haben, geleitet hat. Ich glaube, er und Polizeichef Tibble sind recht gut bekannt.«

»Ja«, mischte sich Tibble erstmals in die Unterhaltung ein. »Und Sie, Agentin Teasdale, sind nur deshalb hier, weil der Direktor mich darum gebeten hat. Doch wie ich auch Direktor Hurtz unmissverständlich zu verstehen gegeben habe, wird der Lieutenant selbst entscheiden, ob Sie sie in dieser Angelegenheit beraten sollen oder nicht.«

Ehe die Agentin widersprechen konnte, hob er abwehrend die Hand. »Mir ist durchaus bewusst, dass Ihre Behörde und Direktor Hurtz von Gesetzes wegen dazu befugt sind, sich in die Ermittlungen zu dieser Sache einzuklinken oder sie zu übernehmen. Aber Ihnen dürfte ebenso wie ihm bewusst sein, dass ein solches Vorgehen Gift für die Beziehungen zwischen Polizei und Heimatschutz und obendrein auch keine gute Werbung für Ihre Behörde wären.«

»Ja, natürlich, Sir, das ist mir klar.«

»Der Heimatschutz hat sich bei der New Yorker Polizei und abgesehen von Ihnen auch bei niemandem in diesem Raum sonderlich beliebt gemacht. Wenn ich Direktor Hurtz nicht so großen Respekt entgegenbringen würde, würde ich die Zeit des Lieutenants sicher nicht mit dieser Diskussion vergeuden. Die Entscheidung liegt bei Ihnen, Lieutenant«, wandte er sich abermals an Eve. »Lassen Sie sich die Zeit, die Sie brauchen, bis Sie wissen, was aus Ihrer Sicht das beste Vorgehen ist.«

»Könnte ich Sie und den Commander vielleicht kurz allein sprechen, Sir?«

Er zog die Brauen hoch. »Agentin Teasdale, würden Sie uns kurz entschuldigen?«

»Natürlich.«

Lautlos glitt sie aus dem Raum.

»Darf ich ganz offen sein?«

»Waren Sie das eben etwa nicht?«

Erwischt.

»Teasdale wäre sicher nicht so dumm gewesen, uns mit Blick auf ihre Referenzen zu belügen, und mit den von ihr erwähnten Fähigkeiten könnte sie uns durchaus nützlich sein. Ich kann den Heimatschutz nicht leiden. Diese Leute sind entsetzlich arrogant und aufdringlich und derart bürokratisch, dass dort über dem Papierkram die Ermittlungsarbeit oft vergessen wird. Aus genau den gleichen Gründen, doch vor allem, weil sie schon des Öfteren bewiesen haben, dass die öffentliche Meinung ihnen wichtiger als Opfer und Moral sind, traue ich ihnen nicht weiter, als ich eine Waschmaschine werfen kann.«

Sie legte eine kurze Pause ein und wog das Für und Wider der Zusammenarbeit ab. »Aber ich vertraue Ihnen, Sir. Ich vertraue Ihnen und auch dem Commander blind, und wenn Sie mir erklären, dass Sie diesen Hurtz für sauber halten und der Meinung sind, dass er Gerechtigkeit für unsere Opfer will und mich auch weiter meine Arbeit machen lassen wird, ist sie dabei.«

»Ich kenne Hurtz seit fünfzehn Jahren als einen Ehrenmann, der bisher immer Wort gehalten hat. Es geht ihm um die nationale Sicherheit, er bietet uns die Hilfe einer seiner besten Mitarbeiterinnen an und hält sich davon abgesehen solange es ihm möglich ist, aus der Geschichte raus.«

Er straffte die Schultern und fuhr fort: »Falls das für Sie okay ist, werde ich auch weiter in Kontakt mit dem Direktor bleiben, ihm Bericht erstatten und mich punktuell mit ihm beraten, falls das meiner Meinung nach für uns von Vorteil ist.«

Sie nickte kurz und schaute Whitney fragend an. »Commander?«

»Falls Sie die Zusammenarbeit verweigern, werde ich Ihre Entscheidung stützen, aber falls Sie einverstanden sind, werde ich dafür sorgen, dass die Kooperation entsprechend der Vereinbarung verläuft.«

»Dann ist sie mit im Boot. Und jetzt muss ich zurück zu meinem Team und meinen Leuten sagen, dass Verstärkung kommt.«

»Sie können gehen.«

Sie lief zur Tür und zog sie auf. »Um achtzehn Uhr findet ein Briefing im Besprechungsraum meiner Abteilung statt.«

Teasdale nickte knapp. »Vielen Dank. Ich werde pünktlich sein.«

»Beim ersten Fehler sind Sie draußen. Eine zweite Chance gibt es für Sie nicht.«

Wieder lächelte die andere Frau sie freundlich an. »Eine zweite Chance habe ich bisher noch nie gebraucht.«

»Dann hoffen wir, dass es so bleibt.«

10

Sie zog die Tür ihrer Abteilung auf und prallte gegen eine Wand aus Stimmen, surrender Computer und schrillender Links. Die Detectives Sanchez und Carmichael waren offenkundig unterwegs, um all den Fällen nachzugehen, die ihnen von den anderen nach dem Anschlag auf die Kneipe überlassen worden waren.

Auf Dauer aber kämen sie damit allein sicher nicht zurecht, und Eve müsste überlegen, wo am besten zusätzliche Leute auszuleihen wären.

»Alle zuhören! Wir nehmen eine Beraterin vom Heimatschutz an Bord.«

Sie ließ die Widersprüche, das Geschimpfe und das Augenrollen ihrer Leute über sich ergehen, denn sie konnte ihren Mitarbeitern nicht verdenken, dass sie alles andere als begeistert waren.

»Trotzdem bleibt es unser Fall. Agentin Teasdale ist Expertin für Inlandsterrorismus, und die Qualifikationen, die sie hat, können uns aus meiner Sicht bei der Suche nach dem Täter durchaus nützlich sein. Ich habe entschieden, dass sie uns beraten soll, also findet euch gefälligst damit ab.«

Sie wartete einen Moment und fügte dann hinzu: »Falls irgendwer zu irgendeiner Zeit ein nachvollziehbares Problem mit Teasdale hat, kommt er damit zu mir. Falls sie Probleme macht, werde ich ihr dafür in den Hintern treten, aber falls ihr jemand grundlos Ärger machen will, bekommt er an ihrer Stelle einen Tritt von mir verpasst.«

»Sie wissen selbst, wie die vom Heimatschutz Zusammenarbeit definieren, Lieutenant«, erklärte Jenkinson und starrte stirnrunzelnd auf seinen Tisch. »Sie lassen uns die ganze Arbeit und die Überstunden machen, überlassen uns die Drecksarbeit, und dann kommen sie anspaziert und lassen sich den Täter auf dem silbernen Tablett von uns servieren.«

»Dazu müssten sie erst mal an mir, an Whitney und dem Chief vorbei. Und was dieses Team betrifft ... Wir haben über hundertzwanzig Tote, also haben wir keine Zeit für irgendwelche Machtspiele oder für Jammereien. Jetzt sehen Sie zu, dass Ihre Berichte bis zum Briefing fertig sind.«

Damit trat sie wieder in den Flur hinaus, blieb stehen und lauschte dem Gejammer ihres Teams. Am besten machten sie sich einfach erst mal Luft, sagte sie sich und ging in den Besprechungsraum.

Sie war davon ausgegangen, dass sie Peabody dort treffen würde, und riss überrascht die Augen auf, als sie dort außer ihrer Partnerin auch Roarke vor einer Tafel stehen sah. Sie hatte nicht damit gerechnet, dass sie sich so schnell mit ihm über das Thema auseinandersetzen müsste, und sie überlegte grimmig, dass die Ehe mindestens so kompliziert und schwierig wie die Arbeit einer Polizistin war.

»Du hast mal wieder einen schweren Tag«, stellte er fest und sah sie forschend an.

Verdammt, erkannte sie, er konnte in ihr lesen wie in einem aufgeschlagenen Buch.

»Ja.«

»Den elektronischen Ermittlern kann ich momentan nicht helfen, und als ich dich nicht an deinem Schreibtisch angetroffen habe, dachte ich, ich gehe Peabody zur Hand. Sie hat schon wieder unzählige Fotos an der Tafel aufgehängt.«

»Zu viele«, stimmte sie ihm zu und wandte sich an ihre Partnerin. »Machen Sie eine kurze Pause.«

»Wir sind fast ... oh ... Dann rufe ich mal im Labor an, um zu hören, ob es dort was Neues gibt.«

Roarke wartete, bis sie verschwunden war, und schloss diskret die Tür.

»Was ist los?«

»Was ich dir zu sagen habe, wird dir nicht gefallen. Die Entscheidung war nicht leicht, aber ich habe sie getroffen, weil sie für die Menschen an der Tafel richtig ist.«

»Was hast du denn entschieden?«

»Dass uns eine Frau vom Heimatschutz beraten wird.«

Mit ausdrucksloser Miene trat er vor den AutoChef, und obwohl er täglich Kaffee für sie holte, wusste Eve, er wandte ihr den Rücken zu, weil er stinkwütend war.

»Wenn wir uns deshalb streiten wollen, müssen wir das später tun. Jetzt ist dafür keine Zeit. Aber ich muss dir sagen, Roarke, ich weiß, wie viel Überwindung es dich im letzten Jahr gekostet hat, die Typen vom Heimatschutz nicht umzubringen, die tatenlos mit angehört haben, wie mich mein Vater vergewaltigt und misshandelt hat. Ich weiß, dass du nur mir zuliebe davon abgesehen hast. Weil ich für dich an erster Stelle komme. Weil das, was wir zusammen haben, für dich an erster Stelle kommt. Das werde ich dir nie vergessen.«

»Trotzdem nimmst du diese Frau an Bord.«

»Ich kann weder mir noch uns den Vorrang geben vor all den Gesichtern, die du an der Tafel siehst. Ich kann und werde nicht zulassen, dass das, was mir vor Jahren widerfahren ist, Einfluss auf meine Arbeit hat. Wir müssen all die Trauer und den Schmerz, den wir deshalb empfunden haben, endlich überwinden und nach vorn sehen. Vielleicht hättest du dich gegen die Zusammenarbeit entschieden, aber ...«

»Ja, denn offenbar halte ich mehr von dir, als du es selber tust.«

Sie brächte es nicht über sich, mit ihm zu streiten, denn bei diesen schlichten Worten schwoll ihr Herz vor Dankbarkeit und Freude an. »So wie du hat niemand mich jemals zuvor gesehen. Auch das vergesse ich niemals. Trotzdem habe ich mich so entschieden, obwohl mir bewusst ist, dass du damit ganz bestimmt nicht einverstanden bist. Ich kann dir also nicht verdenken, wenn du deshalb sauer auf mich bist. Es tut mir leid.«

Er stellte den noch vollen Kaffeebecher fort. »Trotzdem ...«

»Sie heißt Teasdale. Miyu Teasdale, ist auf Inlandsterrorismus spezialisiert und seit neun Jahren dabei. Sie hat Abschlüsse in Bio und Chemie und erstattet ausschließlich Direktor Hurtz in dieser Angelegenheit Bericht. Tibble kennt den Mann persönlich und hat sich für ihn verbürgt. Nimm sie unter die Lupe, wenn du willst. Nutz alle Möglichkeiten aus. Ich muss es ja nicht wissen, und wenn du sie überprüft hast und mir sagst, dass diese beiden nicht völlig sauber sind, oder du aus anderen Gründen an meiner Entscheidung zweifelst, breche ich die Sache ab. Dann finde ich einen Weg, sie loszuwerden. Das verspreche ich.«

»Oh, ich werde sie unter die Lupe nehmen. Das verspreche *ich*.«

»Die Entscheidung ist mir alles andere als leichtgefallen, und ich hätte niemals zugestimmt, wenn da nicht diese hundertsechsundzwanzig Toten wären.«

»Hundertsiebenundzwanzig. Eben kam ein Anruf aus dem Krankenhaus, dass noch jemand verstorben ist.« Als er das Leid in ihren Augen sah, griff er nach dem vollen Becher und hielt ihn ihr tröstend hin.

»Ich brauche jede Hilfe, die ich kriegen kann. Natürlich kann es sein, dass sie uns doch nicht helfen kann oder, was noch schlimmer wäre, dass sie sich als Störfaktor erweist. Aber genauso ist es möglich, dass sie uns weiterbringt und so verhindert wird, dass es zu einem dritten Anschlag kommt, für dessen Opfer an den Tafeln hier kein Platz mehr ist.«

»Falls ich etwas finde, wirfst du diese Teasdale raus.«

»Versprochen«, wiederholte sie.

Er nickte, und um sich zu beruhigen, trat er wieder vor den AutoChef und holte auch sich selbst einen Kaffee. »Die Sache liegt dir schwer im Magen, stimmt's?«

»Ja. Ich habe Angst, dass diese beiden Attentate erst der Anfang waren, und sie ist eine Expertin, hat womöglich einen anderen Blick auf diese Angelegenheit und zusätzliche Quellen, die sie anzapfen kann. Bevor du etwas sagst – mir ist bewusst, dass ich auch dich um alles bitten könnte, du bist als Berater ebenso geeignet wie die Frau vom Heimatschutz.«

»Ja«, stimmte er zu. »Und damit hätte ich ein wesentlich geringeres Problem gehabt.«

»Ich auch. Aber dadurch, dass ich sie an Bord nehme, bleibt die Leitung der Ermittlungen auch weiterhin bei mir.

Der Heimatschutz hätte genauso gut versuchen können, den gesamten Fall an sich zu ziehen, und während dieses Tauziehens …«

Wieder schaute sie die Tafeln an, schweigend hob er seinen Kaffeebecher an den Mund und runzelte die Stirn. »Warum hast du den AutoChef nicht mit deiner eigenen Mischung aufgefüllt? Schließlich hast du mich angeblich deswegen geheiratet und einen unbegrenzten Vorrat an dem Zeug.«

Mit diesen Worten machte er ihr deutlich, dass die Krise abgewendet war. »Ich will meine Leute nicht zu sehr verwöhnen.«

»Also nimmst du die Verätzung ihrer Magenwände billigend in Kauf.«

»Anders als die Mägen von bestimmten Zivilisten sind die Mägen von uns Polizisten einiges gewöhnt«, klärte Eve ihn lächelnd auf.

Ebenfalls mit einem Lächeln trat er auf sie zu und glitt mit einem Finger über die Vertiefung in der Mitte ihres Kinns. »Dann kannst du sicher gut verstehen, dass ich für das Briefing etwas zu essen kommen lassen will.«

»Du …«

»Hast du seit dem Frühstück etwas in den Bauch bekommen?«

Sie runzelte die Stirn.

»Das habe ich mir schon gedacht. Dafür, dass ich deinen widerlichen Bullenkaffee trinke, wirst du gleich mein Essen essen, wenn du keinen Ärger mit mir kriegen willst.«

»Nur wenn's Pizza gibt.«

»Ich kenne meine Polizistin schließlich ziemlich gut.«

Oh ja, das tat er, dachte sie und sah ihn an. »Ich war übrigens bei Mira.«

Er nahm ihre Hand und hielt sie fest.

»Es hat mir nicht gefallen, wie du mich dazu gebracht hast, den Termin mit ihr zu machen, obwohl die Entscheidung richtig war.«

Er küsste ihre Hand und stellte lachend fest: »Ach, Eve, ich liebe dich. Und all deine Widersprüche auch.«

»Ich arbeite daran und möchte nicht, dass du dir Sorgen machst. Ich bin irgendwie erleichtert«, gab sie zu. »Auch wenn ich jetzt nicht darüber reden kann.«

»Das ist auch gar nicht nötig. Erst mal reicht es mir, dass du erleichtert bist.«

»Ich will nur, dass du weißt, dass ich es in den Griff bekommen werde. Aber jetzt ist Schluss mit diesem Thema, weil ich langsam mit der Arbeit weitermachen muss.« Sie atmete tief durch. »Ich werde vorerst nicht mehr an die Sache denken, denn das hat sie einfach nicht verdient, stattdessen werde ich weiter die sein, die ich bin, und weiter meine Arbeit machen. Und das tust du bitte auch.«

»Auf jeden Fall, Lieutenant.«

»Dann hole ich jetzt Peabody zurück.« Noch während sie ihr Handy aus der Tasche zog, klopfte es von außen an der Tür.

»Das wird das Essen sein. Ich kümmere mich darum.« Roarke machte auf und nahm den Lieferservice in Empfang.

In Bezug auf essen hatten Polizisten das Gespür von Bluthunden, sagte sich Eve, als Peabody direkt hinter dem Pizzaboten hereinkam.

Dicht gefolgt von Baxter, Jenkinson und Reineke.

»Um Himmels willen, lasst ihn erst mal alles aufstellen, bevor ihr wie die Heuschrecken darüber herfallt«, wies sie ihre Leute an. »Und lasst auch für die anderen noch was übrig. Peabody.«

Ihre Partnerin verzog bei dem Gedanken, dass sie zu den »anderen« gehörte, ängstlich das Gesicht. »Die meisten von uns haben schon ewig nichts mehr in den Bauch gekriegt.«

»Das ist mir klar. Wir bekommen übrigens Verstärkung«, meinte Eve und klärte ihre Partnerin über Teasdale auf.

Peabody runzelte erbost die Stirn und stellte fast beleidigt fest. »Ich mag sie nicht.«

»Sie wissen doch noch gar nicht, wer sie ist.«

»Das interessiert mich auch nicht, schon der Name Teasdale klingt nach einer Heulsuse. Nach einer Heulsuse, die obendrein noch eine fürchterliche Zicke ist.«

»Ach ja? Und der Name Peabody lässt all die bösen Buben in New York vor Angst erzittern?«

»Das sollte er auf jeden Fall. Vor allem ist sie vom Heimatschutz, das heißt, sie läuft in einem schwarzen, schlecht geschnittenen Kostüm herum.«

Nun, sagte sich Eve, zumindest mit der Kleidung hatte ihre Partnerin eindeutig recht. »Damit werden Sie leben müssen. Jetzt holen Sie sich erst mal ein Stück Pizza, und dann hängen Sie die letzten Bilder an der Tafel auf.«

Statt sich selber aufs Büfett zu stürzen, suchte sie sich eine ruhige Ecke und rief Infos über Jeni Curve auf ihrem Handcomputer auf.

Kurz darauf betrat die Frau vom Heimatschutz den Raum, kam langsam auf sie zu und ließ die argwöhnischen, feindseligen Blicke der Detectives über sich ergehen.

»Agentin Teasdale. Wenn Sie wollen, stürzen Sie sich erst mal in den Kampf um ein Stück Pizza.«

»Vielen Dank, aber ich habe schon gegessen.«

»Halten Sie das, wie Sie wollen, und suchen Sie sich einfach einen Platz.«

Als der Chief und der Commander durch die Tür traten, halbierte sich der Lärm.

»Wir fangen in ein paar Minuten an. Die meisten meiner Leute hatten heute keine Zeit zum Mittagessen«, klärte Eve die beiden auf.

»Ich auch nicht«, stellte Tibble fest. »Und diese Pizza riecht wirklich verführerisch.«

»Greifen Sie doch zu.«

Während sie das taten, drehte Eve sich um und hätte dabei beinahe Teasdale umgerannt. Die Frau bewegte sich so lautlos wie ein Stubentiger, und vor allem war sie lange nicht so schwerfällig wie Galahad.

»Gibt's ein Problem?«

»Nein. Ich frage mich, ob es hier Tee gibt, und falls ja, ob ich um eine Tasse bitten darf.«

»Im AutoChef ist irgendwelches Kräuterzeug, das Dr. Mira immer trinkt.«

»Dr. Charlotte Mira.« Teasdales Miene drückte ehrliches Interesse aus. »Ich habe mich mit ihrer Arbeit eingehend befasst und freue mich bereits darauf, wenn ich sie kennenlernen kann.«

»Sie wird auch zu der Besprechung kommen. Und, Teasdale?«

»Ja, Lieutenant?«

»Der AutoChef in diesem Raum ist dafür da, dass jeder sich daran bedient. Sie brauchen also nicht zu fragen, wenn Sie etwas wollen.«

»Danke.«

Teasdale ging in Richtung AutoChef, alle Cops im Raum

wichen ihr aus und verfolgten mit argwöhnischen Blicken, was sie tat.

»Anscheinend bin ich nicht der Einzige, der den Heimatschutz nicht riechen kann.«

Auch Roarke bewegte sich wie eine Katze, dachte Eve, stellte aber einfach achselzuckend fest: »Sie müssen akzeptieren, dass sie uns hilft.«

Als Detective Strong den Raum betrat, trat Eve auf den Detective von der Drogenfahndung zu. »Schön, Sie zu sehen.«

»Danke, dass Sie mich ins Team genommen haben. Auf Dauer hat der Schreibtischdienst mich echt genervt.«

»Sie schonen immer noch Ihr Bein.«

»Nur ein bisschen, denn der Bruch ist wunderbar verheilt.«

Sie hatte auch Gewicht verloren, merkte Eve. Aber ein Sturz von einem Gleitband, während einem ein Kollege auf den Fersen war, der einen töten wollte, verschlüge wahrscheinlich jedem kurzfristig den Appetit. »Wie kommen Sie mit Ihrem neuen Lieutenant klar?«

»Er ist ein anständiger Kerl. Wobei wahrscheinlich jeder besser wäre als die widerliche Oberman, die hoffentlich im Knast verrotten wird. Aber er ist echt okay, und ohne all die Dreckskerle von früher fühlt sich unsere Abteilung jetzt wie eine richtige Abteilung an.«

»Holen Sie sich ein Stück Pizza, und dann suchen Sie sich einen Platz. Wir fangen sofort an.«

Sie wartete, bis das gesamte Team versammelt war, und stellte fest, dass Teasdale neben Mira saß, während Roarke gewohnheitsmäßig an die Wand gelehnt verfolgte, was um ihn herum geschah.

»Wie Sie alle inzwischen wissen, haben wir ab jetzt eine Beraterin vom Heimatschutz«, eröffnete sie das Gespräch. »Agentin Teasdale bekommt Zugang zu sämtlichen Akten und Berichten und wird alle Infos an uns weiterleiten, die sie selber im Zusammenhang mit den Ermittlungen bekommt.« Sie betrachtete die abweisenden Gesichter in der Runde.

»Wie der Pathologe und auch das Labor bestätigt haben, waren heute Mittag zwischen 12.45 Uhr und 13.00 Uhr die Besucher und das Personal des *Café West* derselben chemischen Substanz ausgesetzt wie die Menschen gestern in der Kneipe. Wir haben vierundvierzig zusätzliche Todesfälle, aber da der Laden nicht so groß ist wie das *On the Rocks* und da die Polizei schnell eingegriffen hat, gab es mehr Überlebende als gestern Nachmittag. Jenkinson, Reineke.«

»Wir haben noch vor Ort Zeugen und auch einige der Überlebenden befragt«, begann Jenkinson seinen Bericht. »Die Infizierten sind selbst auf die beiden Streifenpolizisten losgestürmt, die zuerst vor Ort waren, in Notwehr haben die beiden mit ihren Stunnern auf die Angreifer gezielt und sie betäubt. Die meisten der Verletzten waren noch vollkommen benommen und kaum ansprechbar. Einige Verletzungen waren so schwer, dass noch zwei weitere Personen vor dem Abtransport ins Krankenhaus verstorben sind.«

»Die Verwundeten, mit denen wir im Krankenhaus gesprochen haben und die sich erinnern konnten«, führte Reineke die Ausführungen des Kollegen fort, »haben von einsetzenden Kopfschmerzen gefolgt von Halluzinationen, Angst und Aggression gesprochen. Haargenau dasselbe haben auch die Überlebenden des Anschlags auf die Kneipe gestern ausgesagt.«

»Wir haben Lydia McMeara wie befohlen medizinisch untersuchen lassen«, griff jetzt Jenkinson wieder den Faden auf. »Ihre Schleimhäute waren leicht gereizt, und in ihrem Blut fanden sich Spuren der chemischen Substanz. Sie war total zittrig, Dallas, aber es ist schwer zu sagen, ob das an dem Zeug in ihrem Blut oder einfach nur am Schock gelegen hat. Eine der beiden Frauen, mit denen sie im Café war, Brenda Deitz, ist tot. Die andere liegt im Krankenhaus, wobei ihr Zustand kritisch ist.«

»Wir haben zwei Überlebende befragt«, Reineke wies auf die Tafel, und als Eve knapp nickte, stand er auf und hängte dort zwei zusätzliche Bilder auf.

»Patricia Beckel und Zack Phips. Beide haben ausgesagt, sie hätten jemanden gekannt, der gestern umgekommen ist. Auf weitere Befragung hat Patricia Beckel ihre Nachbarin Allison Nightly und Zack Phips eine Kollegin, Macie Snyder, identifiziert. Also haben wir noch fünf andere Überlebende nach den Verletzten und den Todesopfern aus dem *On the Rocks* befragt. Drei von ihnen haben zusammen sieben dieser Leute identifiziert. Die anderen Überlebenden waren noch im OP oder nicht ansprechbar. Das heißt, wir fahren morgen noch einmal hin und gucken, ob aus ihnen etwas rauszukriegen ist.«

»Von den acht Überlebenden, die Sie befragen konnten, hatten also fünf eine Beziehung entweder zu einem oder mehreren der Opfer aus der Bar.«

»Mehr als die Hälfte. Was bestimmt kein Zufall ist.«

»Das kann ich mir auch nicht vorstellen. Gehen Sie der Sache weiter nach. Baxter?«, fragte Eve.

»Wir haben nach Übereinstimmungen bezüglich Arbeit, Wohnsitz und Beziehungen zwischen Opfern, Überlebenden, Zeugen oder anderen Personen von Interesse im Zusammenhang mit diesem Fall gesucht und unser Knabe Trueheart hier hat extra eine Grafik mit den Resultaten dieses Checks erstellt.«

»Es ist eher so etwas wie ein Arbeitsblatt«, schränkte der stramme junge Polizist errötend ein. »Wie Sie schon vermutet hatten, Lieutenant, stimmen jede Menge Daten überein. Ich habe die Verbindungen so dargestellt, dass sie möglichst problemlos zu erkennen sind. Peabody hat die Datei schon hochgeladen für den Fall, dass Sie sie auf dem Bildschirm sehen wollen.«

»Natürlich. Peabody.«

Die Partnerin rief Truehearts Skizze auf dem Bildschirm auf, und Eve sah sie sich an. »Erklären Sie uns die Zahlen, Trueheart.«

»Ma'am?«

»Erklären Sie uns das Bild.«

Er wurde etwas blass, stand aber auf und nahm den Laserpointer, den sie ihm entgegenhielt. »Wir haben sie nach Personentypen unterteilt – Todesopfer, Zeugen, Überlebende, Personen von Interesse – und nach Übereinstimmungen hinsichtlich der Arbeitsplätze, Wohnadressen und privaten Beziehungen gesucht. Für die Arbeit wurde Blau, für die Wohnadressen Grün und für die Beziehungen Gelb benutzt.«

»Ein farbenfrohes Bild«, bemerkte Eve.

»Ja, Ma'am. Wir gingen davon aus, dass es arbeitsmäßig zahlreiche Verbindungen zwischen den Leuten geben würde, denn die beiden Tatorte sind bei den Leuten, die dort in der Gegend arbeiten, durchaus beliebt. Außerdem gab es recht viele Treffer bei den Wohnadressen, wohingegen es beim Punkt Beziehungen nur eine Handvoll Querverweise gibt. Arbeitsmäßig wäre Stevenson und Reede das Unternehmen mit den meisten Querverbindungen zu beiden Orten, während wohnsitzmäßig dieser Teil der Franklin von größtem Interesse für uns ist. Die Wahrscheinlichkeit, dass der oder die Täter in der Gegend arbeiten oder gearbeitet haben, beträgt 68,3 Prozent.«

Er räusperte sich kurz. »Mit etwas mehr Zeit müsste es mir gelingen, ein paar dieser Verbindungen zu streichen und die Resultate unserer Überprüfung zu verfeinern.«

»Tun Sie das.« Geografie, dachte sie abermals. Geografie sowie Arbeit. »Schicken Sie Feeney diese Grafik zu, und drucken Sie sie aus, damit ich sie zum Arbeiten an eine Tafel hängen kann. Gute Arbeit, Trueheart, Baxter. Feeney, wie sieht's bei den elektronischen Ermittlern aus?«

Als ihr Handy schrillte, trat sie einen Schritt zur Seite, ging kurz in den Flur hinaus, und bis sie wiederkam, sahen die anderen sich verschiedene Aufnahmen an, die Feeney an die Wand geworfen hatte.

»Die brauchen wir nicht alle«, meinte sie. »Das Bild von Jeni Curve genügt.«

Feeney sah sie aus zusammengekniffenen Augen an. »Du hast etwas entdeckt.«

»Sie hat das Zeug in das Café gebracht. Morris hat sie extra noch einmal untersucht. Die Reizungen der Schleimhäute waren bei ihr deutlich ausgeprägter, sie hatte auch erheblich mehr als alle anderen von der Substanz im Blut. Augenblicklich werden im Labor ihre Kleider und ein winzig kleines Stückchen Glas aus ihrer Jackentasche untersucht.«

Eve setzte sich. »Außerdem hat Morris festgestellt, dass auch der Anteil der Substanz im Blut von Macie Snyder, einem Opfer aus dem *On the Rocks,* erheblich höher als der Anteil in den Blutproben der anderen Opfer war. Auch ihre

Kleider werden gerade untersucht, doch es ist jetzt schon davon auszugehen, dass sie im ersten Fall die Quelle war.«

»Rufen Sie noch einmal Truehearts Skizze auf«, bat Feeney Peabody.

»Sofort«, gab sie zurück und sah sich selbst das Arbeitsblatt noch einmal an. »Es gibt keine Verbindung zwischen den beiden Frauen.«

»Doch, auch wenn sie bisher noch nicht eingezeichnet ist. Für Verbindungen zum Killer nehmen wir am besten Rot. Es passt genau. Zeigen Sie noch einmal die Aufnahme von Curve, als sie zur Arbeit geht. Sie bleibt kurz stehen, lächelt, winkt und ruft jemandem zu: *Kein Problem. Das mache ich doch gern.* Das heißt, er hat ihr die Substanz in einer kleinen Flasche mitgegeben oder heimlich zugesteckt, ohne dass sie etwas davon mitbekommen hat. In beiden Fällen ist sie völlig ahnungslos. Vielleicht hat er sie gebeten, schon einmal ein Sandwich, eine Suppe oder sonst was für ihn zu bestellen, weil er noch schnell eine Besorgung auf der anderen Straßenseite machen muss. Sie kennt ihn, denn sie hat ihn schon des Öfteren bedient. *Kein Problem. Das mache ich doch gern.*«

Peabody schüttelte den Kopf. »CiCi, Snyders Freundin, die den ersten Anschlag überlebt hat, hat mit keinem Wort erwähnt, dass Snyder angesprochen worden ist. Das heißt … Moment. Sie ist mit jemandem zusammengestoßen. CiCi hat gesagt, dass ihre Freundin in der Kneipe angerempelt worden ist.«

»Es war dort proppenvoll, die beiden Frauen waren ins Gespräch vertieft, und bei dem Zusammenstoß hat er ihr heimlich etwas zugesteckt. Er hat echt Mumm«, bemerkte Eve. »Er hat den Behälter aufgemacht, ihr heimlich zugesteckt und sich dann aus dem Staub gemacht. Die kurze

Zeit, in der er selber in der Kneipe mit dem Zeug in Berührung gekommen ist, hat ihm anscheinend keine Angst gemacht.«

Teasdale hob die Hand, und Eve zog überrascht die Brauen hoch. »Agentin?«

»Wissen Sie schon über die Zusammensetzung der Substanz Bescheid? Hat das Labor sie schon bestimmt oder …«

»Ja. Peabody, wir brauchen den Laborbericht.«

Teasdale legte ihre Hände in den Schoß, sah sich die langen, fremdartigen Namen und die vielen seltsamen Symbole an, und nickte.

»Verstehe. Konzentriert und mit … aber dazu hätte er … hmm. Ja, ich glaube, ich verstehe. Trotzdem hätte ich gerne eine Kopie der Formel sowie aller Infos, die es dazu gibt. Ich nehme an, Sie haben meine Befugnisse inzwischen überprüft.«

»Das nehmen Sie richtig an. Peabody, kopieren Sie die Nerd-Akte für sie. Womit ich Ihnen nicht zu nahe treten will«, wandte Eve sich wieder der Agentin zu.

Lächelnd schüttelte die andere Frau den Kopf. »Das tun Sie nicht. Da Sie offensichtlich bei der Arbeit effizient und äußerst gründlich sind, wissen Sie sicher auch, woher die Formel stammt.«

»Offenbarung sechs«, gab Eve in kaltem Ton zurück. »Dann weiß also auch der Heimatschutz Bescheid.«

»Die genaue Formel taucht in unseren Akten nirgends auf, aber es wird eine Substanz darin erwähnt, die zumindest einen Großteil der Bestandteile und ein paar andere Ingredienzen, die zum Zeitpunkt der Entdeckung nicht bekannt waren, enthält. Mit dem wenigen, was dazu in den Akten steht, habe ich mich eingehend befasst.«

»Lust, uns zu erzählen, was in den Akten steht?«

»Es geht um die Sekte Rotes Pferd. Genauere Informationen dazu und auch zu dem Mann, von dem man annahm, dass er die Substanz verwendet hat, sind für mich nicht zugänglich. Doch ich kenne mich recht gut zum einen mit Geschichte und zum anderen mit der Sekte aus, meiner Meinung nach kann es kein Zufall sein, dass unser Täter bei den beiden Anschlägen genau dieselbe Formel, die bereits zur Zeit der Innerstädtischen Revolten offenbar von einem Anhänger des Roten Pferdes benutzt wurde, verwendet hat. Das heißt, dass es eine Verbindung zwischen diesen Anschlägen und den Attentaten damals geben muss. Obwohl die meisten Infos zu der Sekte und den Fällen vor Kriegsende vernichtet worden sind, soviel ich weiß.«

»Genau.«

»Ich kann und werde um Erlaubnis bitten, mir die Verschlussakten zu dieser Sache anzusehen.«

»Tun Sie das. Detective Callendar ist auch schon auf der Suche nach dieser Verbindung.«

»Ich habe ein paar Namen von Mitgliedern und Anhängern des Roten Pferdes und auch die Namen von Kindern, die von dieser Organisation gekidnappt worden sind. Von Kindern, die gefunden wurden, und von Kindern, die man nie wieder gesehen hat«, erklärte Callendar. »Ich gleiche diese Namen mit den Namen unserer Opfer, unserer Zeugen und Personen von Interesse ab. Das heißt, ich suche nicht die Nadel im berühmten Heuhaufen, sondern einen bestimmten Halm, der irgendwo in diesem Haufen steckt.«

»Dabei könnte ich womöglich helfen«, bot Teasdale ihr an. »Selbst mit Rückendeckung von Direktor Hurtz wird es wahrscheinlich eine Weile dauern, bis man mich die Akten einsehen lässt. Aber in dieser Sache kann ich sofort nützlich sein. Falls der Detective einverstanden ist.«

Callendar sah Dallas an, als die nickte, meinte sie: »Ja sicher, warum nicht?«

»Und was ist mit dem Netz?«

»Wir hören uns dort um. Ein paar kranke Hirne sind natürlich völlig aus dem Häuschen, doch das Rote Pferd wird nirgendwo erwähnt, und bisher bekennt sich dort auch niemand zu der Tat.«

»Hören Sie sich trotzdem weiter um. Detective Strong, wie sieht's bei Ihnen aus?«

»Diese besondere Mischung macht es mir nicht gerade leicht«, begann die Drogenfahnderin. »Das Peyote und die Pilze sind natürliche Substanzen, die man mühelos bekommt. Allerdings sind sie inzwischen ziemlich aus der Mode, und die meisten Dealer haben sie nicht mehr im Angebot. Zeus und LSD sind sicher leichter aufzuspüren. Ich zapfe gerade ein paar Quellen an und habe auch ein paar von meinen Informanten angespitzt. Der Kauf von einer großen Menge LSD bliebe bestimmt nicht unbemerkt, denn schließlich ist das Zeug nicht unbedingt beliebt. Aber keiner meiner Informanten hat von einem Kauf im großen Stil gehört, das heißt, dass unser Kerl es vielleicht selbst zusammenbraut.«

»Wenn dem so wäre, bräuchte er die passenden Geräte, einen sicheren Ort, am besten ein Labor, und vor allem profunde Kenntnisse in Chemie. Es ist schließlich ein hochgefährliches Rezept.«

»Wenn er die Formel hat, braucht er kein Chemiker zu sein«, widersprach Detective Strong. »Dann reicht das Wissen aus, das man in jeder ganz normalen Drogenküche lernt. Aber für die Zutaten bräuchte er Kohle und Kontakte, und wenn er Ergotamintartrat hätte besorgen müssen, wäre das auf alle Fälle aufgefallen. Außer er hätte eine

Quelle außerhalb der USA. Belize ist ein beliebtes Herkunftsland für diesen Stoff, und auch dieser Spur gehe ich nach.«

»Außerdem würde er Lösungsmittel, Reagenzstoffe, Hydrazin ...«

»Auch diese Spuren verfolge ich«, erklärte Strong. »Vielleicht ist er ja Chemiker oder arbeitet irgendwo in einem Labor. Aber falls ihm jemand das Rezept für die Substanz gegeben hat, hat er vielleicht auch das Rezept für LSD.«

»Könnten Sie das herstellen?«, wandte Eve sich der Agentin zu.

»Ja, aber ich habe schließlich einen Abschluss in organischer Chemie.«

»Abschluss oder nicht, er wäre auf alle Fälle motiviert genug gewesen, um herauszufinden, wie es geht. Wir werden unsere Namen noch mal durchgehen und sehen, wer von diesen Leuten einen Abschluss in Chemie oder etwas in der Richtung hat. Dr. Mira, haben Sie dem Profil noch etwas hinzuzufügen?«

»In beiden Fällen hat der Killer Frauen als Überbringerinnen der Substanz gewählt. Wie es aussieht, waren die beiden Frauen ahnungslos und wurden von dem Kerl als Mordwaffen missbraucht. Sie waren Mittel zum Zweck, da sie als Erste mit der Substanz in Berührung kamen, haben sie sich als Erste infiziert und sind wahrscheinlich auch als Erste auf die anderen losgegangen.«

»Dann musste er davon ausgehen, dass sie auch unter den ersten Todesopfern waren.«

»Das wäre logisch«, stimmte ihr die Psychologin zu. »Er genießt es, Frauen auszunutzen. Falls er eine Freundin oder Frau hat, spielt sie sicherlich das Dienstmädchen für ihn. Wobei es unwahrscheinlich ist, dass er körperliche Gewalt ausübt. Seine Gewalt ist intellektueller, psychischer Natur. Im Rahmen seiner Arbeit hat er sicher ein Problem mit übergeordneten Frauen, wobei er eher Intrigen gegen diese Frauen spinnt, als sie direkt zu konfrontieren.«

»Während er untergebene Frauen als Werkzeuge benutzt?«, erkundigte sich Eve. »He, Schätzchen, würdest du mir einen Kaffee holen? Ich hatte keine Zeit, um in der Wäscherei vorbeizugehen. Nimm dir also bitte einen Extrazehner in die Mittagspause mit und hol auf dem Rückweg meine Anzüge dort ab.«

»Ja, genau. Auf der Aufnahme vor dem Café sieht Jeni Curve den Mann mit einem echten Lächeln an. Also verpackt er seine Forderungen charmant. Vielleicht belohnt er Frauen, die ihm zu Diensten sind, auch mit kleinen Geschenken, großem Trinkgeld oder so. Ich an Ihrer Stelle würde nach jemandem suchen, dessen Mutter oder Mutterfigur eine eher zurückhaltende Frau ohne eigene Karriere oder höchstens einem unwichtigen Job und dessen Vater oder väterliches Vorbild dominant, ehrgeizig und machtbesessen ist. Wenn Ihr Mann politische, gesellschaftliche oder religiöse Ziele hätte, hätte er oder die Gruppe, die er mit den Anschlägen vertritt, längst ein Statement abgegeben. Da das nicht der Fall ist, ist seine Mission persönlicher Natur.«

Sie breitete die Hände aus. »Seine Verbindung zum Roten Pferd ist vielleicht familiär bedingt. Vielleicht war einer seiner Eltern oder Großeltern damals beim Militär oder hat der Sekte angehört.«

»Also gut. Dann beziehen wir den familiären Hintergrund in die Überprüfung dieser Leute ein. Suchen wir nach Zeugen und Kollegen, deren Mütter Hausfrauen waren«, meinte Eve. »Am besten nutzen wir dafür Truehearts

Methode und markieren dieses Element in ... welche Farbe ist noch übrig? ... ja, okay, Orange.«

»Der Täter müsste männlich sein. Er arbeitet und lebt, isst und kauft in dieser Gegend ein. Er ist sowohl im *On the Rocks* als auch im *Café West* bekannt. Sprechen Sie noch mal mit allen Leuten, und achten Sie darauf, wer sich auffallend kooperativ oder besorgt verhält. Er wird Antworten auf unsere Fragen geben, aber selbst auch Fragen stellen. Irgendwo gibt es eine Verbindung zwischen ihm und dem Roten Pferd. Finden Sie diese Verbindung, und suchen Sie weiter nach den Drogen, die der Kerl verwendet hat. Er hat einen Dealer oder eine Quelle, also finden Sie auch die. Wenn er sich weiter an das bisherige Muster hält, schlägt er innerhalb der nächsten vierundzwanzig Stunden noch mal zu. Callendar, Sie geben unserer Frau vom Heimatschutz einen Platz in Ihrem Labor. McNab, Sie schicken mir so schnell es geht das Arbeitsblatt von Trueheart zu. Peabody, Sie sorgen dafür, dass Agentin Teasdale umgehend Kopien sämtlicher Dateien bekommt. Ich selbst bin so lange im Dienst, bis unser Täter hinter Gittern sitzt. Falls irgendwer was findet, gibt er mir sofort Bescheid. Und jetzt fahren wir mit der Arbeit fort.«

11

Während sich der Konferenzraum leerte, trat sie vor die Tafel, nahm die Aufnahmen von Curve und Snyder ab und hängte sie nebeneinander wieder auf.

»Diese beiden.«

»Bist du dir sicher, dass sie nicht Komplizinnen des Täters waren?«, erkundigte sich Roarke und drückte ihr einen frischen Becher Kaffee in die Hand.

»Snyders Freundin und Kollegin CiCi Way hat uns beschrieben, wie es abgelaufen ist. Sie haben was mit Snyders Freund und dessen Kollegen getrunken und darüber gesprochen, ob sie anschließend noch essen gehen sollen. Dann sind die beiden Frauen aufs Klo gegangen. Auf dem Weg dorthin ist Snyder in Höhe der Theke mit jemandem zusammengeprallt. Auf der Toilette kriegt sie plötzlich Kopfschmerzen und zickt die Freundin an. Dann gehen sie wieder hoch, und auf dem Weg schubst Snyder einen Typen aus dem Weg ...« Eve überlegte.

»Wieder in Höhe der Theke. Weil er ihr im Weg gestanden hat. War das vielleicht derselbe Typ, von dem sie vorher angerempelt worden ist? Hat er unter Umständen extra gewartet, um zu sehen, ob es funktioniert?«

»Das wäre sehr gewagt gewesen«, meinte Roarke.

»Ein kalkuliertes Risiko. Er hatte circa vier Minuten Zeit. Wenn sie bis dahin nicht zurückgekommen wäre, wäre er wahrscheinlich abgehauen. Aber bestimmt fand er es cool, ihre Veränderung zu sehen. Dass sie gut gelaunt aufs Klo ging und bei ihrer Rückkehr total angefressen war. So könnte es gewesen sein.«

Sie speicherte die Überlegung in Gedanken ab. »Snyder ist für ihn nur ein Werkzeug, sie hat keine Ahnung, was passiert ist, sie weiß nur, dass ihr der Schädel dröhnt und sie plötzlich schlechte Laune hat. Ungefähr in dem Moment, in dem bei Way das Kopfweh einsetzt, schnappt sie sich die Gabel und sticht ihrem Freund damit ein Auge aus. Danach bricht die Hölle los.«

»Vor allem ist Snyder so wie Curve ein völlig unbeschriebenes Blatt. Natürlich werden wir noch tiefer graben, aber meiner Meinung nach hat er die beiden Frauen als Werkzeuge benutzt. Wie es aussieht, hat er Snyder nicht einmal gekannt. Vielleicht hatte er sie oder sie ihn vorher schon mal gesehen, weil sie öfter in derselben Kneipe waren, in derselben Gegend gearbeitet haben oder so. Vielleicht waren sie ja sogar beim selben Unternehmen oder wenigstens im selben Gebäude angestellt.«

»Wie es Truehearts berühmtes Arbeitsblatt vermuten lässt.«

»Genau. Das hat er wirklich gut gemacht. Im Fall von Curve gehe ich davon aus, dass der Täter einfach ein Kunde war. Sie hat auch Essen ausgeliefert, wahrscheinlich hat er öfter was bei ihr bestellt. Was heißt, dass er dort in der Nähe lebt.«

Sie blickte auf den Stapel leerer Pizzaschachteln auf dem Tisch. »Vielleicht hat er auch etwas zu essen ins Büro kommen lassen. Hatte keine Zeit, um in der Mittagspause aus dem Haus zu gehen, und hat sich etwas kommen lassen. Was bedeutet, dass er wusste, wie es in dem Café läuft. Wahrscheinlich hat er öfter in der Nähe abgehangen und das Personal beobachtet, wenn es zur Arbeit ging. Also hätte es statt Curve auch eine andere Angestellte treffen können oder eine Kollegin von der Arbeit, die dort essen wollte. Er hat die beiden Frauen zufällig gewählt. Das war ein wirklich guter Plan, weil man ihn so nicht direkt mit den beiden in Verbindung bringen kann.«

»Vielleicht hat er ja obendrein gedacht, dass nicht mehr festzustellen wäre, wer als Erstes mit dem Dreckszeug infiziert gewesen ist. Bei all den Toten und Verletzten hätte man dieses Detail auch übersehen können«, fügte Roarke hinzu.

»Ich würde gern zu Hause weiterarbeiten. Kannst du mir Truehearts Arbeitsblatt dort ausdrucken, damit ich es mir an die Tafel hängen kann?«

»Auf jeden Fall.«

In diesem Augenblick sah Peabody bei ihr herein. »Dallas. Tut mir leid. Christopher Lester ist noch einmal hier und sagt, dass er Sie sprechen will.«

»Ach ja?« Sie sah auf die Tafel und dachte kurz nach. »Bringen Sie ihn in den Verhörraum, in dem er schon letztes Mal gesessen hat.«

»Okay. Ich dachte, Sie hätten ihn und Devon von der Liste der Verdächtigen gestrichen.«

»Noch nicht ganz. Wenn Strong recht hat, kocht der Typ die Zutaten der Mischung selbst. Und wenn Teasdale recht hat, bräuchte er dafür Erfahrung und die passenden Geräte. Lester verfügt über beides. Wenn er schon einmal hier ist, sollte ich mir anhören, was er zu sagen hat.«

»Dann packe ich in der Zeit schon mal alles für Sie ein«, bot die Partnerin ihr an.

»Das wäre nett.« Während sich Eve zum Gehen wandte, klingelte ihr Handy, und sie hob es ans Ohr.

»Lieutenant, hier spricht Nancy Weaver.«

»Miss Weaver.«

»Wir haben von dem Anschlag auf das *Café West* gehört.«

»Sie kennen das Café?«

»Ja. Viele von uns gehen dort zum Essen hin oder bestellen sich was von dort. Lieutenant, es sind noch mehr von unseren Leuten umgekommen. Drei von meinen Leuten, die dort in der Mittagspause waren, sind nicht mehr zurückgekommen, und ich kriege keinen von den dreien ans Telefon. Ich habe in den anderen Abteilungen gefragt, und auch von dort sind ein paar Leute nach der Mittagspause nicht wieder an ihren Arbeitsplätzen aufgetaucht.«

»Ich kann Ihnen keine Einzelheiten nennen.«

»Bitte. Lew und Steve sind hier bei mir. Wir planen gerade eine Gedenkfeier für Joe, und als wir hörten ...«

Mit belegter Stimme fuhr sie fort: »Wir sind noch im Büro. Besteht vielleicht die Möglichkeit für Sie, vorbeizukommen oder uns auf der Wache zu empfangen? Bitte sagen Sie uns, was passiert ist. Wir kannten auch das Personal im *Café West*. Vielleicht können wir Ihnen ja helfen.«

»Ich bin in einer Stunde da.«

»Vielen, vielen Dank. Dann gebe ich dem Nachtportier Bescheid, dass er Sie raufschicken soll.«

Aber hallo. Endlich kam Bewegung in die Sache, dachte Eve auf dem Weg in den Vernehmungsraum.

»Brauchen Sie mich im Verhörraum?«, fragte Peabody.

»O ja. Wenn wir dort fertig sind, finden Sie alles raus, was es über die Familie Lester rauszufinden gibt, einschließlich der Eltern und Christophers Ehefrau. Sehen Sie sich auch die Familie von Devons Partner an. Das können Sie auch von daheim aus machen, aber auf dem Weg nach

Hause fahren Sie noch bei den Wohnungen der beiden vorbei und reden mit den Nachbarn.«

»Alles klar.«

»Nancy Weaver hat mich gerade angerufen, weil sie mit mir sprechen will. Sie, Callaway und Vann sind noch zusammen im Büro.«

»Interessant.«

»Nicht wahr?« Eve ging in den Verhörraum, stellte den Rekorder an und fand, dass Christopher erheblich müder und bei Weitem nicht mehr so adrett wirkte als noch am Tag zuvor.

»Sie brauchen mich nicht noch mal über meine Rechte aufzuklären«, sagte er. »Das haben Sie schließlich schon gemacht, und ja, ich habe sie immer noch im Kopf.«

»Gut. Dadurch sparen wir Zeit. Was kann ich für Sie tun?«

»Wir haben von dem Attentat aufs *Café West* gehört. Mein Bruder ... das ist abermals ein schwerer Schlag für ihn. Wir haben uns manchmal dort zum Lunch getroffen.«

»Dann hat Ihnen das Essen in der Kneipe also nicht geschmeckt?«

»Er ist manchmal einfach selbst gern ausgegangen, und wir waren häufiger im *Café West,* weil die Geschäftsführerin eine Freundin von ihm ist. Kimberly Fruicki. Ich kenne sie ebenfalls, weil sie immer auf Devons Partys ist. Er und Quirk waren letztes Jahr auf ihrer Hochzeit, jetzt ist er völlig außer sich, weil er sie nirgendwo erreichen kann. Er hat es auch im Krankenhaus versucht, aber sie wollten ihm nicht sagen, ob sie da ist, weil er kein Verwandter von ihr ist. Wenn ich ihm sagen könnte, dass es seiner Freundin gut geht ...«

»Ich kann die Namen der Opfer erst bekannt geben, wenn die nächsten Angehörigen verständigt sind.«

»Sie …« Er wandte sich ab und fuhr sich mit den Händen durchs Gesicht. »Oh Gott.«

Eve nickte Peabody kurz zu. »Detective Peabody verlässt vorübergehend den Vernehmungsraum. Wie oft haben Sie in dem Café gegessen?«

»Ein-, zweimal im Monat, entweder mit Devon oder mit ihm und Quirk. Lieutenant.« Er beugte sich vor und bedachte sie mit einem ernsten Blick. »Sie haben mich gestern vorgeladen, weil ich Chemiker bin. Mir ist natürlich klar, Sie haben Ihre eigenen Leute, aber ich bezweifle, dass sie so erfahren und so fähig oder so gut ausgestattet sind wie ich. Ich weiß, die Polizei zieht ab und zu zivile Berater zu Ermittlungen hinzu, und ich biete Ihnen hiermit meine Hilfe an.«

»Das ist ein großzügiges Angebot.«

»Gestern dachte ich, es hätte sich um einen fürchterlichen Unfall oder so gehandelt. Jemand hätte experimentiert und etwas wäre schrecklich schiefgegangen. Ich war aufgeregt, verstört und sogar wütend, aber heute ist mir klar geworden, dass es ganz bestimmt kein Unfall und auch ganz bestimmt kein fehlgeschlagener Versuch gewesen ist. Heute bin ich nicht mehr wütend, sondern habe nur noch Angst. Ich habe meine Familie in unser Haus in Oyster Bay geschickt. Ich will nicht, dass sie in New York sind, bis dieser Irre oder diese Irren hinter Gittern sitzen. Ich will, dass meine Frau und meine Kinder sicher sind.«

»Ich weiß Ihr Angebot zu schätzen, Dr. Lester«, antwortete Eve. »Aber wir haben bereits eine hoch qualifizierte Chemikerin an Bord, und im Augenblick wäre mir unbehaglich, zöge ich eine Zivilperson hinzu.«

»Ich kann mir nicht vorstellen, dass die Frau, von der Sie sprechen, so qualifiziert ist wie ich selbst oder dass sie dieselben Möglichkeiten hat. Vielleicht kann ich ja mit ihr zusammenarbeiten.«

»Ich werde es mir überlegen, erst mal vielen Dank. Und Ihre Frau konnte sich einfach Urlaub nehmen?«

»Was? Oh, meine Frau ist in verschiedenen Wohltätigkeitsorganisationen engagiert. Das kann sie von Long Island aus genauso machen wie hier in New York. Natürlich wollte sie nicht fahren und die Kinder einfach aus der Schule nehmen, aber die Sicherheit der Jungs geht nun mal vor. Vor allem will sie nicht, dass ich mir ständig Sorgen machen muss, wenn sie hier in der Nähe sind.«

»Sie haben doch bestimmt zu Hause ein Labor.«

»Ja.«

»Das wegen der Kinder gut gesichert ist.«

»Natürlich, obwohl meine Kinder wissen, dass der Raum für sie verboten ist.«

»Das ist sehr gut. Jetzt muss ich mich langsam wieder an die Arbeit machen. Die Vernehmung ist beendet.«

»Bitte, falls ich irgendetwas tun oder Ihnen noch Antworten auf irgendwelche Fragen geben kann, rufen Sie mich an.«

»Auf jeden Fall.«

In diesem Augenblick kam Peabody zurück und flüsterte Eve etwas ins Ohr.

»Sie können Ihrem Bruder sagen, seine Freundin läge im Tribeca und ihr Zustand wäre ernst, aber stabil.«

»Dann ist sie also noch am Leben.«

»Ja.«

»Gott sei Dank. Das wird Devon und auch Quirk sehr viel bedeuten. Vielen Dank. Ich rufe meinen Bruder sofort an.« Noch während er den Raum verließ, hielt er bereits sein Link ans Ohr.

»Jetzt sehen wir uns diese Kimberly etwas genauer an. Vielleicht hat sie ja was mit Chris.«

»Und hat ihm gedroht, es seiner Frau zu sagen.«

»Ja genau, denn Geliebte halten längerfristig nie den Mund. Der Anschlag heute war nicht so erfolgreich wie der gestern, weil die Polizei sofort vor Ort war und die Leute vorsorglich betäubt hat, damit es nicht noch mehr Tote gibt. Vielleicht wollte Chris einfach wissen, ob es ihm gelungen ist, die eigentliche Zielperson des Attentats aus dem Verkehr zu ziehen.«

»Für mich sah er echt fertig aus.«

»Auf alle Fälle nicht mehr so geschniegelt wie gestern.« Achselzuckend fügte Eve hinzu: »Wir gehen der Sache nach. Bisher ist er der Einzige, der uns seine aktive Hilfe angeboten hat. Als Nächstes höre ich mir an, was Weaver, Callaway und Vann mir sagen wollen.«

In diesem Augenblick kam Roarke mit zwei Aktentaschen in den Händen aus ihrem Büro. »Du kommst mit mir.«

»Oh Mann«, entfuhr es ihrer Partnerin. »Das würde ich auch gern hören. Wenigstens ein Mal.«

»Einmal würde reichen, wenn ich einen Eispickel in Ihre Augen rammen soll.«

»Aua. Aber trotzdem wäre es das vielleicht wert.«

»Einen stumpfen Eispickel«, erklärte Eve. »Und jetzt verschwinden Sie.«

»Gute Nacht, Peabody«, wünschte Roarke mit einem Lächeln, das sie denken ließ, *das wäre es sogar sicher wert.*

»Ein stumpfer Eispickel?«, erkundigte er sich, während er neben Eve zum Gleitband lief.

»Das war ein Frauengespräch«, erklärte sie und nahm ihm eine der zwei Taschen ab. »Ich hoffe, die drei geraten etwas aus dem Gleichgewicht, wenn sie dich sehen. Ich möchte wissen, was für einen Eindruck du von diesem Trio hast. Stevenson Vann habe ich bisher nicht getroffen, aber ich werde dir unterwegs erzählen, wer die drei Personen sind. Das heißt, ich rede, und du fährst.«

»Ich habe selber auch noch ein paar Dinge, die ich gern loswerden will.«

»Wegen Teasdale?«

»Lass uns erst mal losfahren.«

In einer Ehe gab es häufig Grund für irgendwelche kleinen Sorgen oder Ängste, und jetzt fürchtete sie, dass er vielleicht irgendwas gefunden hätte, das sie zwingen würde, die Zusammenarbeit mit der Frau vom Heimatschutz zu kündigen. Es wäre sicherlich nicht leicht, sie abzuschütteln, aber ...

Ein menschlicher Panzer in Handschellen und mit wild flatterndem, offenem Trenchcoat, unter dem ein erigierter Riesenpenis sichtbar war, kam aus dem Lift gestürzt und warf die Cops, die ihm entgegenkamen, wie Kegel um. Zwei Beamte stolperten ihm eilig hinterher. Während Eve zur Seite trat, ihr Bein ausstreckte und der Panzer mit verrutschter strohblonder Perücke durch die Luft flog, meinte Roarke: »Langweilig wird es hier nie.«

Der Panzer schrie: »Juhu!«, kam krachend auf dem Boden auf und brachte die nächste Reihe Cops zu Fall, als er über das Linoleum rutschte, mit dem Schädel an die Wand prallte und mit glasigen Augen und noch immer höchst beeindruckendem Ständer liegen blieb.

»Um Himmels willen, deckt dieses Ding bloß zu«, wies Eve die anderen an. »Sonst sticht der Kerl damit noch irgendwem ein Auge aus.«

Während die Kollegen sich auf den Gefangenen stürzten, sprang sie in den Lift und fuhr mit Roarke in die Garage, wo der Wagen stand.

»Wie schön«, stellte sie fest. »Normalerweise ist der Fahrstuhl immer proppenvoll.«

»Also schulden wir dem 150-Kilo-Flitzer einen Dank.«

»Ich tippe eher auf 140, aber ja.« Sie ließ die Schultern kreisen. »Vor allem bin ich jetzt wieder richtig wach.«

»Das kann ich mir vorstellen, denn Schlägereien sind für dich schließlich das reinste Lebenselixier.«

»Kann sein, aber ich habe diesem Typen nur ein Bein gestellt. Ich habe gerade einfach keine Zeit, um einem nackten Flitzer ordentlich den Hintern zu versohlen.«

»Es wird noch andere Flitzer geben, Schatz.«

»Darauf freue ich mich schon.«

Sie stieg aus dem Fahrstuhl und lief schnurstracks auf den Wagen zu. »Fang du an zu reden.«

»Also gut.« Er schwang sich hinters Lenkrad, sah sie von der Seite an und lenkte das Gefährt aus der Garage in den abendlichen Verkehr. »Teasdale hat einen beeindruckenden Lebenslauf. Vater pensionierter Air-Force-General, Mutter in hoher Funktion beim Außenministerium. Sie ist als Kind sehr viel gereist, spricht mehrere Sprachen und war eine brillante Schülerin. Der Heimatschutz hat sie noch während ihres Studiums rekrutiert, aber sie hat erst ihre Abschlüsse gemacht, bevor sie offiziell dort angefangen hat.«

»Und inoffiziell?«

»Hat sie bereits als junge Frau von dreiundzwanzig Jahren dort ihren Dienst versehen, bevor sie in aller Stille eine Stufe der Karriereleiter nach der anderen erklommen hat. Ebenfalls inoffiziell hat sie Hurtz bei den Ermittlungen gegen Bissel assistiert, wobei sie den Großteil der Beweise gegen ihn und andere Beteiligte zusammengetragen hat.«

»In Ordnung. Sag mir einfach, was du von ihr hältst.«

»Sie ist brillant und ehrgeizig, liebt ihren Job, und obwohl ihr Stil scheinbar das Gegenteil von deinem ist, finde ich, dass ihr euch überraschend ähnlich seid. Genau wie du gibt sie nie auf, ist nicht käuflich und glaubt offensichtlich fest an das Gesetz.«

»Dann ist es für dich also okay, wenn sie uns weiterhilft.«

»Wahrscheinlich ist es nie für mich okay, wenn jemand dieser Truppe angehört, aber mit ihr komme ich klar. Du glaubst, die Sache mit der Formel war ihr neu.«

»Oh ja, das glaube ich.«

»Sie ist eine professionelle Lügnerin.«

»Das bin ich auch. Aber sie wirkte durchaus ehrlich, Roarke. Falls der Heimatschutz schon damals etwas von der Sache wusste, haben sie die Angelegenheit auf jeden Fall vertuscht. Dann haben sie die Akten entweder unter Verschluss gehalten oder vielleicht gleich zerstört.«

Sie sah schweigend vor sich hin. »Wir brauchen den Heimatschutz auch weiter nicht zu mögen. Weshalb sollten wir auch? Vielleicht haben sie Ordnung in ihr Haus gebracht, das könnte durchaus sein. Das wäre dann natürlich schön für sie. Aber deshalb ist noch immer nicht okay, was vor all den Jahren in Dallas und im letzten Jahr hier in New York gelaufen ist. Dafür können sie mich immer noch am Arsch lecken.«

Sie atmete tief durch. »Aber mit Teasdale komme ich fürs Erste klar, zumindest bis ich ein Gefühl dafür entwickelt habe, wer sie ist. Wenn das für dich in Ordnung ist, ist es das für mich auch.«

Roarke nahm seine Hand vom Lenkrad und berührte ihren Arm. »Dann wäre das geklärt.«

»Okay. Und jetzt zu einem anderen Thema. Es ist immer noch nicht völlig auszuschließen, dass die Lesters in den Fall verwickelt sind. Es gibt einfach zu viele Elemente und Verbindungen, als dass ich sie schon von der Liste streichen kann.« Sie informierte Roarke über ihr Gespräch mit Devons Bruder.

»Massenmörder sehnen sich danach, im Mittelpunkt zu stehen. Sie wollen wichtig sein. Andere schockieren und sie in Ehrfurcht erstarren zu sehen, das ist es, worum es ihnen geht. Christopher Lester ist der Leiter eines eigenen Labors, aber trotzdem ein eher kleiner Fisch, denn schließlich hat er bisher keine großen, internationalen Preise oder etwas in der Richtung eingeheimst. Er verdient sehr gut und ist bei den Kollegen angesehen, trotzdem ist er nur eine Laborratte wie Hunderte von anderen Chemikern und Biologen auch. Auf spektakuläre Weise innerhalb von vierundzwanzig Stunden über hundert Menschen umzubringen, ist ein Riesending, mit dem der Täter einerseits berühmt, vor allem aber für seine Niedertracht berüchtigt werden will.«

»Würde er nicht noch berühmter, wenn er selbst ein Gegenmittel fände, um sich vor der Infektion zu schützen? Das wäre doch sicher ein noch deutlich größeres Ding.«

»Kommt drauf an, wie angepisst er ist. Vor allem wird sich niemand für das Gegenmittel interessieren, wenn er von den Infektionen gar nichts mitbekommen hat. Wenn die Infektion nicht in die Nachrichten gelangt, wird man von einem Gegenmittel dort erst recht nichts hören.«

»Das ist natürlich wahr.«

»Das fehlende Glied ist entweder das Rote Pferd oder jemand vom Militär. Ich glaube nicht, dass er einfach im

Labor herumgespielt hat und dabei genau dasselbe Mittel wie zur Zeit der Innerstädtischen Revolten herausgekommen ist.«

»Die Wahrscheinlichkeit ist eher gering.«

»Und jetzt haben wir die drei von S&R. Weaver, Callaway und Vann. Whistler sieht bisher sauber aus.«

»Kannst du mir noch einmal sagen, wer das war?«

»Der Anzugträger, der die Bar zur selben Zeit wie Callaway verlassen hat. Die beiden sind im selben Unternehmen, aber in verschiedenen Abteilungen beschäftigt. Whistler ist im Verkauf. Ich habe seine Aussage gelesen. Bekam plötzlich Kopfschmerzen und fuhr heim zu seiner Frau und seinem sechs Monate alten Kind. Wurde gerade erst befördert, und auch sein Gehalt wurde an die neue Stelle angepasst. Das heißt, er passt für mich nicht ins Profil.«

»Da haben er und seine Mutter aber Glück.«

»Was? Warum denn seine Mutter?«

»War einfach ein blöder Witz. Also zurück zu deinem Trio.«

»Ja, genau. S&R hat bei den beiden Attentaten jede Menge Personal verloren, vor allem aus der Abteilung, deren Chefin Weaver ist, und bisher sind sie die Einzigen aus dieser Firma, die direkt Kontakt zu mir gesucht haben und mich treffen wollten. Erst Callaway und jetzt die Frau.«

»Sie versuchen also, an Informationen zu gelangen, zeigen Interesse an der Sache und wollen auf die Art Einfluss nehmen.«

»Vier Anzugträger gehen zusammen in eine Bar.«

»Und wie sieht die Pointe aus?«

Sie wandte sich Roarke zu. »Nur drei kommen wieder raus. Die Sache ist die, wenn einer von den vier Kollegen die Zielperson des Täters gewesen wäre, hätte ich auf Vann getippt. Er ist reich, er hat Beziehungen, und während sich die anderen langsam hocharbeiten müssen, kommt er einfach anspaziert und kriegt sofort den besten Job. Aber er ist als Erster wieder rausgekommen. Und falls stimmt, was die anderen behauptet haben, wussten alle, dass er nicht so lange bleiben könnte. Falls also Cattery, das ist der tote Anzugträger, Ziel des Anschlags war, warum ausgerechnet er? Was haben einer, vielleicht zwei oder auch alle anderen seiner Kollegen zu gewinnen, wenn er nicht mehr lebt? Der Täter konnte auch nicht sicher sein, dass einer oder mehrere seiner Kollegen im richtigen Augenblick noch in der Kneipe wären.«

»Vielleicht war es ja Zufall, dass es Cattery erwischt hat.«

»Ich glaube nicht an Zufälle.« Sie runzelte die Stirn. »Zufälle nerven mich.«

Sie runzelte erneut die Stirn, als er auf einen Parkplatz fuhr. »Warum parkst du nicht einfach am Straßenrand, und ich schalte das Blaulicht ein?«

»Ein kurzer Spaziergang tut uns beiden gut.«

Das gäbe ihr noch etwas Zeit zum Nachdenken, sagte sie sich und stieg entschlossen aus. »Ich werde heute Abend etwas Zeit mit Joseph Cattery verbringen. Vielleicht fällt mir dabei noch irgendetwas auf.«

»Jetzt verbringst du erst mal einen Augenblick mit mir.« Er zog sie an seine Brust, presste ihr die Lippen auf den Mund und lachte, als sie ihn entschieden von sich stieß. »Dein Blaulicht ist nicht eingeschaltet, Lieutenant.«

»Doch. Auch wenn man es vielleicht nicht sieht.«

Sie betrachtete den Turm aus Stahl und Glas, der rot im Licht der Abendsonne schimmerte, und stellte fest: »Bis ganz nach oben ist es ein ziemlich weiter Weg. Da muss man jede Menge Stufen nehmen, jede Menge Überstunden machen, Hände schütteln, Leute schmieren.«

»So laufen diese Dinge nun einmal.«

»Genau deshalb ist es praktisch, dass du mitgekommen bist. Du kennst dich mit diesen Sachen aus. Diese Leute machen Marketing, das heißt, dass sie dir ständig irgendwas verkaufen wollen.«

»Einschließlich ihrer selbst. Es geht nicht allein um den Verkauf eines Produkts und darum, es in seinem besten Licht zu zeigen, sondern auch oder vor allem darum, Werbung für sich selbst zu machen, weil man bessere und frischere Ideen und mehr Muskeln als die anderen hat.«

»Alles klar. Zumindest in der Theorie. Sie sind Kollegen, und es gibt dort eine Hackordnung, aber zugleich sind sie auch Konkurrenten, weil sie permanent im Wettstreit nicht allein mit anderen Firmen, sondern auch oder vor allem miteinander stehen.«

»Genau. Es geht dabei um Kunden, ums Prestige und fette Boni, was bedeutet, dass die Arbeit immer auch ein Wettkampf ist.«

»Vielleicht hat ja einer von den dreien beschlossen, das Konkurrenzfeld zu verkleinern. Doch so einfach ist es sicher nicht.« Sie schüttelte den Kopf. »Das hätte man auch mit weniger drastischen Mitteln erreichen können. Hier geht es um Ego, Wut, um Grausamkeit und eine völlige Missachtung von Menschen, die man täglich sieht.«

Sie durchquerten das Foyer in Richtung des Empfangs, und Eve legte ihre Marke auf den Tisch. »Lieutenant Dallas und Berater. Wir wollen zu Weaver, Callaway und Vann von Stevenson und Reede.«

»Sie wurden bereits angemeldet, Lieutenant. Miss Weaver erwartet Sie. Die Fahrstühle sind rechter Hand. 43. Etage West. Ich werde Bescheid geben, dass Sie auf dem Weg nach oben sind.«

Im Fahrstuhl meinte Eve: »Er wollte keinen Ausweis von dir sehen. Bestimmt hat Weaver ihm gesagt, ich käme nicht allein. Wobei sie nicht mit dir, sondern mit Peabody gerechnet hat.«

»Dann werde ich versuchen, wenigstens halb so charmant zu sein.«

»Vergiss es, Kumpel. Du bist arrogant. Du bist nicht nur ein Boss, sondern ein Megaboss. Leute wie die Drei sind es nicht wert, dass du Notiz von ihnen nimmst. Ich tue einfach meine Pflicht. Es ist Routine, dass die Polizei noch mal mit verschiedenen Leuten spricht. Zwar stelle ich dich als Berater vor, aber es ist klar, dass du nur mitgekommen bist, weil wir gerade auf dem Heimweg sind. Du bist gelangweilt.«

Er lächelte sie an. »Ach ja?«

»Schließlich musst du noch Planeten kaufen oder Untergebene einschüchtern.«

»Jetzt bin ich echt gelangweilt, denn mit diesen Dingen bin ich heute längst durch.«

»Dann wird es dir bestimmt nicht schwerfallen so zu tun, als hättest du das alles nachher noch vor. Sei einfach Furcht einflößend roarkesch.«

»Wie bitte?«

»Du weißt schon, was ich meine. Ich will, dass sie etwas aus dem Gleichgewicht geraten. In die Hosen machen sollen sie sich nicht. Da wären wir.«

Die Fahrstuhltür ging auf, und Nancy Weaver kam ihnen entgegen, blieb dann wieder stehen und riss die Augen auf.

Perfekt, sagte sich Eve. »Miss Weaver, Roarke. Er berät die Polizei in diesem Fall.«

»Ja, natürlich. Danke, dass Sie so schnell gekommen sind. Ich war davon ausgegangen, dass der andere Detective Sie begleiten würde«, fügte sie hinzu und reichte Roarke die Hand.

»Detective Peabody kümmert sich momentan um eine andere Angelegenheit«, erklärte Eve, als Roarke mit einem kühlen Nicken Nancys Hand ergriff. »Sie haben gesagt, auch Mr. Vann wäre noch da?«

»Ja. Steve und Lew erwarten uns im kleinen Konferenzraum. Hier entlang.«

Abgesehen von den leuchtend roten Sohlen ihrer hochhackigen Schuhe war sie ganz in Schwarz gehüllt, bemerkte Eve. Sie hatte sich das Haar aus dem Gesicht gekämmt, und durch den strengen Stil wurden die Ringe unter und die Fältchen links und rechts von ihren Augen noch betont. Ihre raue Stimme zeugte davon, dass sie kaum geschlafen und zu viel gesprochen hatte, seit sie morgens ins Büro gekommen war.

»Ich habe alle meine Leute heimgeschickt«, erklärte sie und führte Eve und Roarke durch den Empfangsbereich, der elegant und leuchtend rot wie die Sohlen ihrer Schuhe war. Silberne Spiralen mit kleinen weißen Strahlern hingen von der Decke, und die Absätze von Weavers Schuhen klapperten vernehmlich auf dem Marmorboden, dessen wildes Muster einen schwindlig werden ließ.

Lautlos glitt eine Glastür auf, sie betraten einen breiten, stillen Gang.

»Eine Reihe Mitarbeiter aus dem Unternehmen haben ihre Kündigungen eingereicht«, fuhr Weaver fort. »Der Vorstandsvorsitzende gibt morgen früh eine Erklärung zu den Vorfällen ab. Im Moment stehen wir alle unter Schock und haben fürchterliche Angst.«

»Was durchaus verständlich ist.«

»Steve, Lew und ich haben uns Gedanken gemacht, da wir, kurz bevor es losging, in der Kneipe Gäste waren und da Mitarbeiter aus der Firma in dem Café waren, als … Vor einer Stunde habe ich erfahren, dass unter den Opfern Carly Fisher ist. Sie hat ihre Mittagspause dort verbracht. Sie war eine meiner Mitarbeiterinnen und hat ihre Ausbildung bei mir gemacht. Sie war in ihrer Collegezeit als Praktikantin hier, ich habe sie als Assistentin engagiert und hatte sie gerade erst befördert.«

Ihre Stimme zitterte, und in ihren Augen stiegen Tränen auf. »Ich habe sie noch in die Mittagspause gehen sehen und gebeten, mir einen Salat und eine Latte mitzubringen, nur dass sie nicht zurückgekommen ist.«

Ihre Stimme brach, und sie warf eine Hand vor ihren Mund. »Ich hatte so viel zu tun, dass mir das gar nicht aufgefallen ist. Sie kam nicht mehr zurück. Dann hörten wir von dem Vorfall im Café.«

»Mein Beileid zu Ihrem Verlust.«

»Ich denke die ganze Zeit, wenn ich sie nicht aufgehalten und gebeten hätte, mir noch was zu essen mitzubringen, hätte sie den Laden vielleicht schon verlassen, bevor es losging. Vielleicht wäre sie dann nicht mehr dort gewesen.«

»Das kann man nicht wissen.«

»Was das Allerschlimmste ist.«

Sie trat durch eine schallgeschützte Flügeltür, und Eve sah neben Lewis Callaway den großen, eleganten Mann stehen, den sie von einem Passfoto als Vann erkannte.

Vann trug einen gut sitzenden Maßanzug, eine schwarze Armbanduhr und hatte einen für die Reichen und die Schönen typischen goldenen Teint.

Der »kleine« Konferenzraum war erheblich größer als

der Raum auf dem Revier, der ihr für die Besprechungen mit ihren Leuten zur Verfügung stand, und Eve fragte sich flüchtig, wie groß wohl der große Konferenzraum dieses Unternehmens war. Durch zwei Glasfronten sah man hinunter auf die abendliche Stadt, hochlehnige Polsterstühle standen rund um einen langen, weich schimmernden Tisch, an einer Wand hing eine Reihe augenblicklich schwarzer Monitore, und auf einem schwarzen Tresen standen zwei moderne AutoChefs, silberne Wasserkrüge, Gläser sowie eine Schale mit frischem Obst.

Eve betrachtete den eleganten Raum und verfolgte aus den Augenwinkeln, wie die beiden Männer darauf reagierten, dass sie statt mit Peabody mit Roarke erschienen war.

Beide Männer strafften ihre Schultern, reckten ihre Köpfe, traten auf ihn zu, Vann erreichte ihn als Erster und gab ihm geschäftsmäßig die Hand. »Selbst unter diesen Umständen ist es mir eine Freude, dass ich Sie persönlich kennenlernen darf. Stevenson Vann«, erklärte er. »Und das muss Ihre entzückende Gattin sein.«

»Das ist Lieutenant Dallas«, antwortete Roarke mit kühler Stimme, ehe Eve Gelegenheit zu einer Reaktion bekam. »Sie leitet die Ermittlungen in diesem Fall.«

»Selbstverständlich. Lieutenant, danke, dass Sie hergekommen sind. Die letzten beiden Tage waren wirklich grauenhaft für uns.«

»Sie haben einen Teil der Zeit nicht in New York verbracht.«

»Ja, aber nach der Präsentation bin ich sofort hierher zurückgekehrt. Lew hat mich angerufen, um mir zu sagen, dass Joe gestorben ist. Ich war gerade beim Abendessen mit einem Klienten. Wir waren beide vollkommen schockiert, ich kann immer noch nicht glauben, was geschehen ist. Und jetzt folgt gleich dieser neuerliche Albtraum. Bitte, nehmen Sie doch Platz. Bitte sagen Sie uns alles, was Sie uns erzählen können, ja?«

»Erst einmal würde ich Sie gern allein sprechen.«

»Wie bitte?«

»Ich habe Sie bisher noch nicht vernommen, Mr. Vann. Am besten tue ich das jetzt. Falls wir diesen Raum dafür benutzen können, bleiben wir hier. Sonst gehen wir in Ihr Büro, falls Ihnen das lieber ist.«

»Oh, aber können Sie nicht erst mal …«, setzte Weaver an, brach dann aber ab und sank auf einen Stuhl. »Es tut mir leid. Ich wünschte mir, ich wüsste, wie mit dieser Sache umzugehen ist. Normalerweise bin ich gut im Krisenmanagement. Ich behalte immer einen kühlen Kopf. Aber das hier … Können Sie uns nicht erst einmal irgendetwas Neues mitteilen?«

»Das werde ich, wenn ich mit Mr. Vann gesprochen habe«, sagte Eve ihr zu. »Am besten gehen wir in Ihr Büro«, wandte sie sich wieder an den Mann. »Roarke? Du kommst mit mir.«

Sie ging zur Tür, blieb stehen, und die drei anderen tauschten überraschte Blicke aus.

»Kein Problem.« Umgehend hatte Vann wieder sein Vertreterlächeln im Gesicht. »Den Gang hinunter, bitte.«

Im Flur zog Roarke den Handcomputer, den er immer bei sich hatte, aus der Tasche und gab etwas darin ein. Unhöflich, fand Eve. Aber genauso hatte sie es gewollt.

Auf dem Weg den Korridor hinunter fielen ihr die Namensschilder an den Türen auf. Callaway, Cattery, ein großer Raum mit Schreibtischen für die diversen Assistenten und dann Vann. Sein Eckbüro war bestimmt dreimal größer als ihr eigener Hasenstall auf dem Revier.

»Ich habe Ms. Weavers Namen nirgendwo gesehen«, bemerkte sie.

»Oh, ihr Büro ist ganz am anderen Ende der Abteilung. Kann ich Ihnen etwas anbieten? Vielleicht einen Kaffee?«

»Nein, danke. Setzen wir uns doch.« Sie wies auf einen der Besucherstühle vor dem Schreibtisch und gab Roarke ein unauffälliges Signal.

»Sie haben doch nichts dagegen?«, fragte er und nahm bereits hinter dem Schreibtisch Platz.

»Nein.« Der andere breitete verwirrt die Arme aus. »Nehmen Sie Platz.«

»Ich kläre Sie jetzt über Ihre Rechte auf, dann schalte ich den Rekorder an«, erklärte Eve.

»Was? Warum denn das?«

»Das ist Routine und dient Ihrem Schutz.« Sie rasselte den Text herunter und schaute ihr Gegenüber fragend an: »Haben Sie alles verstanden?«

»Ja, natürlich, aber …«

»So gehen wir immer vor. Warum erzählen Sie mir nicht, was Sie gestern gemacht haben, bevor Sie zu Ihrem Shuttle gefahren sind?«

»Lew und Nancy haben Ihnen doch ganz sicher schon erzählt, dass wir – und Joe – seit Wochen mit einer großen Kampagne befasst waren.«

»Ihrer Kampagne, oder nicht?«

»Ja. Ich hatte den Kunden an Land gezogen, also habe ich die Arbeitsgruppe auch geleitet. Das ist immer so. Heute Morgen sollte ich unserem Kunden die fertige Kampagne präsentieren, deshalb habe ich gestern Abend mit dem Kunden gegessen und ihm dabei erzählt, worum es geht. Wie gesagt, wir waren im Restaurant, als Lew mich angerufen und mir das von Joe berichtet hat.«

»Sie waren alle zusammen in der Bar.«

»Das stimmt. Wir hatten etwas früher als gewöhnlich Schluss gemacht, um den Projektabschluss mit einem Glas zu feiern und alles noch einmal durchzugehen.«

»Wer hatte die Idee, auf einen Drink ins *On the Rocks* zu gehen?«

»Ich ... das weiß ich nicht mehr so genau. Es war mehr oder weniger eine gemeinsame Entscheidung, weil das *On the Rocks* so etwas wie die Stammkneipe von unserem Unternehmen ist. Es ist ganz in der Nähe, und vor allem ist es dort echt nett. Der Vorschlag, was zu trinken, kam von Joe, wenn ich mich recht erinnere. Ohne abzusprechen, wo wir hingehen sollen, sind wir einfach in die Kneipe gegangen, die wir immer besuchen. Wir sind zusammen losgegangen, kamen dort gemeinsam an und haben uns Plätze an der Bar gesucht. Das heißt, es war schon ziemlich voll, weshalb ich stehen geblieben bin. Ich konnte sowieso nicht lange bleiben, um kurz nach fünf bin ich dann aufgebrochen, und einer der Chauffeure unserer Firma hat mich zum Flughafen gefahren.«

»Dann hatten Sie die Präsentation, Ihr Reisegepäck und Ihre Aktentasche also schon dabei.«

»Im Wagen. Abgesehen von meiner Aktentasche hatte ich die Sachen dem Chauffeur gegeben, bevor ich noch ins *On the Rocks* gegangen bin.«

»Kam Ihnen in der Kneipe irgendetwas seltsam vor?«

»Nichts. Es war der ganz normale Hochbetrieb, der immer in der Happy Hour herrscht. Ich habe ein paar andere Leute aus der Firma dort gesehen.«

»Sind Sie oft im *On the Rocks?*«

»Ein-, zweimal die Woche, also ja. Mit Kollegen oder auch mit Kunden.«

»Dann kennen Sie also die meisten Leute dort.«

»Ja. Das heißt, vom Sehen. Wirklich kennen tue ich sie nicht.«

»Wie kam Joe mit Ihnen und den anderen im Büro zurecht?«

»Joe? Er war der Typ, zu dem jeder gegangen ist, wenn es Probleme gab. Wenn man eine Antwort, eine Meinung oder Hilfe brauchte, war auf ihn einfach Verlass.«

»Hatte er kein Problem damit, dass Sie sofort nach Ihrem Eintritt in die Firma dieses schicke Eckbüro bekommen haben?«

»Nein, so war er nicht.« Er breitete die Hände aus, und Eve konnte die Platinuhr an seinem Arm im Licht der Deckenlampe glitzern sehen. »Hören Sie, wahrscheinlich denken manche, dass ich meinen Posten den Beziehungen zur Firmenleitung verdanke, doch in Wahrheit bin ich einfach gut. Das habe ich inzwischen oft genug unter Beweis gestellt.« Er beugte sich ein wenig vor und fügte ernst hinzu: »Ich habe es nicht nötig, damit anzugeben, dass ich einen anderen Draht nach oben habe als die meisten anderen hier.«

»War es auch kein Problem, dass die Leitung der großen Kampagne, die Sie gerade abgeschlossen haben, Ihnen übertragen worden ist und dass Sie sie allein präsentiert haben?«

»Wie gesagt, ich hatte diesen Kunden auch geworben. Ich will keine Sonderbehandlung hier bei S&R, aber ich stelle mein Licht auch nicht unter den Scheffel, wenn ich erfolgreicher als andere bin. Aber was hat das alles überhaupt damit zu tun, was mit Joe passiert ist?«

»Ich versuche einfach, ein Gefühl für die Dynamik in dieser Firma zu kriegen«, antwortete Eve. »Das müssten

Sie verstehen. Ich versuche, ein Gefühl dafür zu kriegen, wie die Leute einzeln und im Team arbeiten, worauf sie aus sind, was sie wollen, und was sie dafür tun.«

Seine ernste Miene machte einem neuerlichen Lächeln Platz. »Wenn ich mich der Konkurrenz nicht stellen würde, wäre ich hier fehl am Platz. Der stete Wettkampf, der hier herrscht, liegt in der Natur der Sache und ist das, was frischen Wind und Leben in die Bude bringt. Aber wir können auch zusammenarbeiten, damit die Kundschaft die besten Kampagnen von uns bekommt.«

»Dann gibt es also keine Reibereien?«

»Ein gewisses Maß an Reibereien ist normal. Das gehört zum Wettbewerb dazu.« Er lenkte seinen Blick auf Roarke. »Wir sind nicht ohne Grund eine der führenden Marketingfirmen von New York. Roarke würde mir sicher zustimmen, dass ein gewisses Maß an Konkurrenzkampf für das Feuer sorgt, das nötig ist, wenn man etwas Besonderes kreieren und den Kunden zufriedenstellen will.«

Roarke sah ihn flüchtig an und brummte: »Hm.«

»Waren Sie und Joe auch privat befreundet?«

»Unsere Freundeskreise haben sich nicht wirklich überschnitten, aber trotzdem kamen wir prima miteinander aus. Unsere Jungs sind ungefähr im selben Alter, das war etwas, was uns verbunden hat. Sein Sohn ...« Er wandte sich kurz ab. »Er hat zwei nette Kinder, und die Gegend in Brooklyn, wo seine Familie lebt, ist durchaus anständig. Ich war letzten Sommer mal mit meinem Sohn zum Grillen dort. Die Jungen haben sich auf Anhieb gut verstanden. Gott ...«

»Und Carly Fisher?«

»Sie war Nancys Mädchen.« Er lenkte den Blick auf seine Hände. »Ich habe sie im Grunde kaum gekannt. Natürlich haben wir ab und zu ein paar Worte gewechselt, sie war gerade befördert worden, zusammengearbeitet haben wir nie. Ihr Tod macht die arme Nancy richtig krank.«

»Sind Sie sonst mit irgendjemandem von hier privat befreundet oder so?«

»Falls Sie wissen wollen, ob ich was mit jemandem hier aus dem Unternehmen habe: Nein. So etwas ist immer knifflig, am besten ist es, wenn man Arbeit und Privatleben so gut wie möglich auseinanderhält.«

»In Ordnung.« Eve stand wieder auf. »Dann setzen wir die Unterhaltung jetzt im Konferenzraum fort.«

»Ich hoffe, dass ich Ihnen helfen konnte. Ich würde Ihnen gerne helfen, auch wenn ich nicht weiß, wie ich das machen soll. Wir alle wollen helfen.«

»Davon bin ich überzeugt.«

12

Als Eve zurückkam, hatten Callaway und Weaver ihre Köpfe zusammengesteckt. Bei ihrem Anblick fuhren sie schuldbewusst zusammen und sprangen eilig auf.

»Bleiben Sie sitzen«, meinte sie und setzte sich zu ihnen an den Tisch. »Ich habe ein paar Fragen. Ist Joe Cattery gewohnheitsmäßig länger in der Bar geblieben, wenn Sie dort zusammen etwas getrunken haben?«

»Ich … nicht dass ich wüsste«, setzte Weaver an und wandte sich ihrem Kollegen zu.

»Wir waren ab und zu zusammen nach der Arbeit dort«, erklärte er. »Manchmal blieb er länger, manchmal gingen wir zusammen heim. Er war mit ein paar Stammkunden befreundet, deshalb blieb er gelegentlich länger und setzte sich, wenn ich gegangen bin, zu jemand anderem an den Tisch.«

»Sie sind gestern als Letzter Ihrer Gruppe aufgebrochen, Mr. Callaway. War er da noch mit jemand anderem zusammen, oder hat er noch mit jemandem gesprochen?«

»Mit dem Theker. Sie sind, das heißt, sie waren beide regelrechte Sportfanatiker. Sonst fällt mir niemand ein. Wir wollten in der Kneipe einfach etwas Dampf ablassen, nach einiger Zeit bin ich gegangen, weil ich total erledigt war. Ich glaube, ich habe Ihnen gestern schon erzählt, dass er noch etwas trinken wollte und gefragt hat, ob wir noch essen gehen sollen, aber ich wollte einfach heim und mich aufs Ohr hauen. Ich wünschte mir, ich hätte zu seinem Vorschlag mit dem Restaurant Ja gesagt. Dann säßen wir jetzt nicht hier.«

»Sein Verhalten war nicht ungewöhnlich, als Sie selbst gegangen sind?«

»Nein.« Er schüttelte den Kopf und griff nach einem Wasserglas, hob es aber nicht an seinen Mund. »Ich habe ein ums andere Mal darüber nachgedacht und versucht, mich an die kleinsten Kleinigkeiten zu erinnern. Aber es war alles vollkommen normal, so wie sonst auch. Wir haben uns über die Arbeit unterhalten und ein paar Banalitäten ausgetauscht, aber obwohl er ebenfalls total erledigt war, war er noch nicht bereit, gleich heimzufahren.«

Eve griff in ihre Aktentasche und zog Macie Snyders Aufnahme daraus hervor.

»Haben Sie diese Frau im *On the Rocks* gesehen?«

»Ich …« Er runzelte die Stirn. »Ich weiß es nicht genau. Sie kommt mir irgendwie bekannt vor.«

»Ich habe sie gesehen.« Weaver nahm das Foto in die Hand. »Ich habe sie dort häufiger gesehen, und ich bin mir sicher, dass sie gestern dort gewesen ist.«

»Dann kommt sie mir wahrscheinlich deswegen bekannt vor.«

Vann legte seinen Kopf ein wenig schräg. »Oh ja. Sie saß mit einer anderen Frau und mit zwei jungen Kerlen an einem Tisch. Sie haben geflirtet und gelacht.«

»Okay. Und wie steht es mit dieser Frau?«

Sie zog ein Bild von Jeni Curve hervor.

»Jeni«, stellte Nancy sofort fest. »Sie arbeitet im *Café West*. Sie liefert praktisch täglich Essen von dort in unserer Firma aus. War sie …«

»Ja. Es tut mir leid.«

»Oh Gott.« Die Marketingfrau kniff die Augen zu. »Oh Gott.«

»Haben Sie sie ebenfalls gekannt?«, wandte sich Eve den beiden Männern zu.

»Jeder hier kennt Jeni«, antwortete Callaway. »Sie ist ein echter Schatz, immer hilfsbereit und immer gut gelaunt. Steve hatte sogar einmal einen kleinen Flirt mit ihr.«

»Sie ist tot«, murmelte Vann und starrte Jenis Foto an. »Sie hat uns erst vor ein paar Tagen unseren Lunch vorbeigebracht. Wir mussten die Kampagne fertigstellen und haben deshalb etwas bestellt. Sie hat mir extra Sojafritten mitgebracht, weil sie weiß, wie gerne ich die esse. Jetzt ist sie tot.«

Er stand auf, trat vor die Anrichte und schenkte sich ein Glas Wasser ein. »Tut mir leid, aber das geht mir wirklich nahe. Ich habe mir noch letzte Woche abends im Café etwas geholt, und gerade als ich wieder gehen wollte, war ihre Schicht vorbei. Ich habe sie heimgebracht, bevor ich selbst mit einem Taxi nach Hause gefahren bin. Ich habe sie noch bis zu ihrer Haustür begleitet und überlegt zu fragen, ob ich noch mit raufkommen darf. Ich nehme an, sie hätte Ja gesagt. Aber ich hatte noch zu tun, also habe ich es nicht getan. Jetzt ist sie tot.«

»Dann haben Sie sich also für sie interessiert?«

»Sie ist wunderschön, intelligent und immer gut gelaunt. Das heißt, sie war. Ja, ich habe an dem Abend überlegt, sie näher kennenzulernen. Ich hatte einen langen Tag und mir im *Café West* etwas zu essen geholt, um abends noch mit meiner Arbeit fortzufahren. Dann war da plötzlich diese aufgeweckte, wunderschöne junge Frau, die mir die passenden Signale gab. Ich dachte, warum eigentlich nicht? Aus einem Impuls heraus«, schränkte er ein. »Aber dann kam mir diese Kampagne dazwischen.«

»Dann ist also zwischen Ihnen beiden nie etwas gelaufen?«

»Nein. Ich dachte mir, ich hätte noch genügend Zeit, das irgendwann mal nachzuholen. So denkt man schließlich immer, oder nicht?« Er bedachte Eve mit einem unglücklichen Blick. »Man denkt immer, man hätte noch genügend Zeit. Für aufgeweckte, schöne Frauen oder für den nächsten Drink mit einem Freund aus dem Büro. Man denkt, man hätte noch genügend Zeit, um samstags mal zusammen mit den Jungen in den Park zu gehen. Gottverdammt.«

Wortlos stand Weaver auf, trat vor einen Schrank, nahm eine Karaffe und ein Glas heraus und schenkte von der bernsteinbraunen Flüssigkeit zwei Finger breit für den Kollegen ein.

»Danke. Danke, Nancy. Tut mir leid«, wandte er sich abermals an Eve. »Aber irgendwie begreife ich erst jetzt, dass diese Menschen wirklich umgekommen sind.«

»Schon gut. Was ist mit Ihnen, Mr. Callaway? Wie gut haben Sie Jeni gekannt?«

»Ich fand sie nett. Jeder fand sie nett. Aber ich habe nie mein Glück bei ihr versucht, falls es das ist, was Sie wissen wollen. Sie hat das Essen ausgeliefert, und ich fand sie nett, mehr auch nicht.«

»Erzählen Sie mir von Carly Fisher.«

Callaway wirkte ein wenig überrascht. »Sie war ebenfalls ein nettes, aufgewecktes Mädchen. Nancys Protegé. Kreativ und fleißig.«

»Ich brauche auch etwas zu trinken.« Abermals nahm Weaver die Karaffe in die Hand. »Sonst noch wer?«

»Ich bin im Dienst«, erklärte Eve.

»Oh, richtig. Lew?«

»Nein danke.«

»Würden Sie sagen, dass Carly ehrgeizig gewesen ist?«, erkundigte sich Eve bei Lew.

»Sicher. Ohne Ehrgeiz bringt man es in unserem Metier nicht weit. Sie wollte es bis ganz nach oben schaffen.«

»Sie war wirklich engagiert«, stimmte ihm Weaver zu. »Sie hat jede Arbeit übernommen, die man ihr gegeben hat. Sie hatte gern zu tun und ist auch euch des Öfteren zur Hand gegangen, oder nicht?«, wandte sie sich den beiden Männern zu.

»Ja.« Vann hob sein Glas an den Mund und starrte durch das Fenster auf die abendliche Stadt.

»Und Sie?«, erkundigte sich Eve bei Callaway.

»Wenn man sie um etwas gebeten hat, hat sie's getan. Sie hat ihre Ausbildung bei Nancy absolviert, mit ihrem Ehrgeiz, ihrer Arbeitsmoral und mit ihren Fähigkeiten hätte sie es sicher ziemlich weit gebracht.«

»Auf jeden Fall«, stimmte Nancy ihm leise zu. »Ich habe immer zu ihr gesagt, in zehn Jahren würde sie diese Abteilung führen. Bitte, können Sie uns sagen, wie's jetzt weitergehen wird? Ob Sie schon etwas herausgefunden haben, oder ob wir irgendetwas tun können, was Ihnen vielleicht eine Hilfe ist?«

»Alles, was ich Ihnen sagen kann, ist, dass wir allen Spuren nachgehen und dass der Fall für mich und die Beamten meines Teams absoluten Vorrang hat.«

»Was für Spuren?«, fragte Callaway. »Sie haben uns gefragt, wie gut wir dieses Mädchen aus dem Café kannten. War sie in den Fall verwickelt? Und die andere Frau, die aus der Bar. Ist sie eine Verdächtige?«

»Konkrete Fragen zu den laufenden Ermittlungen kann ich nicht beantworten.«

»Wir sind nicht einfach neugierig. Wir waren in dieser Bar, zusammen mit Joe. Wir haben dort mit ihm gesessen, und ich habe ihn am Ende dort allein gelassen«, fügte er mit einer Spur von Bitterkeit hinzu. »Ich habe ihn zurückgelassen, als ich heimgefahren bin.«

»Oh, Lew.« Nancy legte eine Hand auf seinen Arm.

»Ich werde nie vergessen, dass ich ihn an diesem Ort allein gelassen habe. So, wie du niemals vergessen wirst, dass dir Carly eine Latte mitbringen sollte. Wir haben mit Menschen zusammengearbeitet, die bei den Attentaten umgekommen sind. Einer von uns hätte in seiner Mittagspause in diesem Café sein können, und wie sieht's morgen aus? Ich lebe, arbeite, ich esse und ich shoppe hier in dieser Gegend, also bin ich genau wie ihr direkt von dieser Angelegenheit betroffen.«

Er sah seine Kollegen an. »Wir sind in einer Position, in der wir vielleicht helfen könnten, wenn wir wüssten, was Sie wissen wollen.«

»Die Fragen, die ich bisher an Sie habe, habe ich bereits gestellt.«

»Aber auf unsere Fragen gehen Sie nicht ein«, stellte Weaver durchaus richtig fest. »Es ist genau, wie Lew sagt. Sie wollten vor allem etwas über Jeni wissen. Wir alle haben sie gekannt und hatten oft mit ihr zu tun. Falls sie auf irgendeine Weise in die Angelegenheit verwickelt war, möchte ich es wissen. Sie hat sich völlig frei in unserem Haus bewegt. Heißt das, dass auch hier etwas passieren könnte? Hier in diesem Haus?«

»Jeni Curve ist heute Nachmittag gestorben«, erinnerte Eve die Frau. »Die Überwachungskamera hat aufgezeichnet, dass sie wenige Minuten vor dem Vorfall das Café betreten hat. Aufgrund dieses Timings gehen wir einer möglichen Verbindung zu dem Anschlag nach und werden eingehend ermitteln, ob sie in das Attentat verwickelt war.«

»Lieutenant.« Callaway legte die Stirn erneut in Falten und massierte sein Genick. »Sie haben einen hervorragenden Ruf als Polizistin, und Sie haben Ihre Quellen«, fügte er mit einem Seitenblick auf Roarke hinzu. »Aber ich habe trotzdem das Gefühl, als gingen Sie in diesem Fall wie in einem ganz normalen Mordfall vor.«

»Es gibt keine normalen Mordfälle.«

»Es tut mir leid.« Er breitete die Hände aus. »Ich wollte Ihnen damit sicher nicht zu nahe treten, aber es ist offensichtlich, dass es sich bei diesen Anschlägen um irgendeine Art von Terrorismus handelt. Während Sie mit Steve gesprochen haben, haben ich und Nancy darüber geredet, und wir beide haben uns gefragt, wie viel Erfahrung Sie auf diesem Sektor haben.«

»Diese Frage sollten Sie den Leuten stellen, die eine Verbindung zu der Terrorgruppe hatten, die unter dem Namen Cassandra hier ihr Unwesen getrieben hat«, schlug Roarke ihm vor, ohne auch nur von seinem Handcomputer aufzusehen.

Eve bedachte ihn mit einem ärgerlichen Seitenblick und wandte sich dann abermals an Callaway. »Ich kann Ihnen versichern, dass ich selbst und meine Leute sehr gut ausgebildet sind und mithilfe des Heimatschutzes ...«

»Der Heimatschutz ermittelt in dem Fall?«, mischte sich Nancy ein, und Eve ließ sie und auch die beiden Männer deutlich sehen, dass sie über die Einmischung der anderen Behörde alles andere als glücklich war.

»Bisher wurde noch nicht offiziell bekannt gegeben, dass der Heimatschutz in die Ermittlungen zu diesen Attenta-

ten einbezogen worden ist. Ich muss Sie also bitten, Stillschweigen darüber zu bewahren, denn es könnte die Ermittlungen behindern, falls der oder die Täter mitbekämen,
dass sich nicht mehr nur die Polizei für die Attentate interessiert.«

Mit diesen Worten stand sie auf. »Das ist alles, was
ich Ihnen im Augenblick sagen kann. Falls Ihnen noch irgendetwas einfällt, ganz egal wie unwichtig es Ihrer Meinung nach auch sein mag, rufen Sie mich an. Wir werden
dann prüfen, ob die Information uns weiterhilft, doch davon abgesehen lassen Sie uns bitte einfach unsere Arbeit
tun.«

»Lieutenant.« Jetzt erhob auch Weaver sich von ihrem
Platz. »Die Öffentlichkeit hat das Recht zu erfahren, was
vor sich geht. Unschuldige Menschen sind gestorben, es
könnte auch noch weitere Opfer geben. Deshalb wäre es
doch sicher angemessen, irgendeine Warnung ...«

»Und wie sollte diese Warnung aussehen?«, fuhr Eve sie
ungehalten an. »Sperren Sie sich zu Hause ein? Verlassen
Sie die Stadt? Gehen Sie davon aus, dass das Gebäude, in
dem Ihre Wohnung liegt, vielleicht das Ziel des nächsten
Anschlags wird? Gehen Sie ja nicht einkaufen, bevor Sie
flüchten oder sich zu Hause einschließen, denn vielleicht
haben der oder die Täter es als Nächstes ja auf irgendeinen Laden abgesehen? Diese Leute wollen Panik schüren,
und sie sehnen sich danach, im Mittelpunkt zu stehen.
Also tun wir alles, was in unserer Macht steht, damit die
Lage ruhig bleibt und die Täter nicht die Aufmerksamkeit bekommen, um die es ihnen geht. Solange Sie meine
Ermittlungen nicht weiterbringen können, habe ich jetzt
keine Zeit mehr zu verschenken, denn ich habe alle Hände voll zu tun.«

Roarke marschierte Richtung Tür und öffnete sie haargenau in dem Moment, in dem Eve mit forschen Schritten darauf zugelaufen kam. Ohne sie wieder zu schließen, marschierten sie zusammen zurück in den Empfangsbereich.

»Du hast mal wieder zu viel Zeit damit vergeudet, irgendwelche Leute zu beruhigen.«

»Das ist Teil von meinem Job«, fuhr sie ihn ungehalten an.

»Ich finde das echt unnötig.« Vor der Glastür blieb er stehen. »Ich weiß, du bist frustriert, weil sich der Heimatschutz in diese Sache einmischt, aber vielleicht kriegst du so ja wenigstens ein bisschen Zeit zum Schlafen, denn seit dem verdammten Anschlag gestern hast du kaum ein Auge zugemacht.«

»Ich werde schlafen, wenn wir diese Schweinehunde haben.« Sie trat durch die Tür und drückte auf den Fahrstuhlknopf, bevor sie ihre Hände in die Hosentaschen schob.

Erst als sie auf der Straße standen, sagte sie wieder etwas.

»*Diese Frage sollten Sie den Leuten stellen, die eine Verbindung zu der Terrorgruppe hatten, die unter dem Namen Cassandra hier ihr Unwesen getrieben hat.*« Sie ahmte treffend den herablassenden Ton, in dem er Callaway den Vorschlag unterbreitet hatte, nach und stieß ihn fröhlich mit dem Ellenbogen an. »Das war echt gut.«

»Ich dachte, so bekämst du die Gelegenheit, den Heimatschutz ins Spiel zu bringen. Denn das wolltest du offenbar.«

»Falls einer von den dreien oder sie alle in den Fall verwickelt sind, hat sie das hoffentlich zum Nachdenken gebracht.«

»Vielleicht schlagen sie in dem Bewusstsein, dass der Heimatschutz an der Sache dran ist, nicht so schnell noch einmal zu.«

»Die Chance, dass es sie abschreckt, ist eher gering, aber es ist besser, als sie denken zu lassen, dass man allein ist und total im Dunkeln tappt. Etwas stimmt nicht mit den dreien. Ich kann noch nicht sagen, ob nur einer oder alle Dreck am Stecken haben, aber irgendwas ist da im Busch. Was zum Teufel hast du überhaupt die ganze Zeit in dein verdammtes Spielzeug eingetippt?«

»Dies und das. Wusstest du, dass Nancy Weaver mal verlobt war und nur Wochen vor der Hochzeit alles abgeblasen hat? Sie war damals dreiundzwanzig.«

»So etwas kommt öfter vor. Und dreiundzwanzig ist echt jung.«

»Nur dass diese Trennung zufällig mit einem Firmenwechsel und einer Beförderung für sie zusammenfiel. Genauso hat sie es noch einmal gemacht, als sie zu diesem Unternehmen kam. Abermals hat sie einen Verlobten sitzen lassen, als sie einen neuen Posten übernommen hat. Mit dem Mann, der vorher ihren aktuellen Posten hatte, hatte sie auch etwas laufen. Wobei es in dem Fall er war, der ging. Er wurde nach London versetzt, und sie bekam den Job.«

Langsam wurde es tatsächlich interessant. »Woher weißt du das?«

»Ich habe meine Quellen, und die habe ich eben über mein Spielzeug angezapft.« Er öffnete die Wagentür für sie und lächelte sie an.

»Dass sie Sex oder Beziehungen benutzt, weil sie Karriere machen will, macht sie noch nicht zu einer Mörderin.«

»Nein, aber es zeigt, dass sie ein bisschen oberflächlich

ist.« Er umrundete den Wagen, schwang sich auf den Fahrersitz und sah sie von der Seite an. »Sie kehrt männlichen Vorgesetzten gegenüber gern die weiche Frau heraus, bevor sie sie auf der Karriereleiter überholt. Was zeigt, dass sie ein bisschen oberflächlich, aber auch ziemlich durchtrieben ist.«

»Und jetzt gibt sie sich nervös und hochemotional«, pflichtete Eve ihm bei. »Sie hatte mal was mit Vann. Meiner Meinung nach war es nichts Ernstes, aber sie war eindeutig mit ihm im Bett. Das habe ich ihr angesehen, als er von Jeni Curve gesprochen hat.«

»Er hat den Ruf, ein Frauenheld zu sein.«

»Er hat mir bereitwillig erzählt, dass er mit Curve durchaus was hätte anfangen wollen, dass er ihr also näher als die beiden anderen stand. Er hat es zu einer persönlichen Angelegenheit gemacht.«

»Er ist es offenbar gewohnt, alles zu kriegen, was er will. Er ist gut in seinem Job, ein Marketingexperte, der dazu noch einen guten Draht zu anderen Menschen hat, aber Karriere machen will er nicht. Er hat keine Lust, sich hochzuarbeiten. Er mag sein Eckbüro und sonnt sich gern im Glanz seines Erfolgs, aber Weavers Posten will er nicht. Der wäre ihm zu anstrengend.«

»Woher weißt du das?«

»Das habe ich ihm angemerkt.«

»Genauso sehe ich das auch.« Während er fuhr, lehnte sie sich bequem auf ihrem Sitz zurück. »Ihn interessieren vor allem die Geschäftsessen in schicken Restaurants, die Bewirtung reicher Kunden, die Reisen und die One-Night-Stands, die er mitunter hat. Seine Nähe zur Geschäftsleitung ermöglicht ihm das alles. Sie geben eher ihm Gelegenheit zu glänzen als Weaver, obwohl die im Grunde seine

Vorgesetzte ist. Wovon sie sicher alles andere als begeistert ist.«

»Also geht sie mit ihm ins Bett, weil sie auf Nummer sicher gehen will, dass er ihr nicht gefährlich wird.«

»Genau. Sowohl Weaver als auch Vann haben Macie Snyder gleich erkannt, Vann hat sogar noch gewusst, dass sie mit einer anderen Frau und zwei Männern an einem Tisch gesessen und sich fröhlich unterhalten hat. Wogegen Callaway eher vage blieb. Und beide Männer haben Carly Fisher nicht als Frau, sondern als Mädchen tituliert. Vielleicht ist das nur eine Kleinigkeit, aber es zeugt von einem Mangel an Respekt gegenüber Frauen am Arbeitsplatz, wenn man sie nur als Mädchen registriert. Wobei für Callaway auch Curve ein Mädchen war.«

»Vielleicht sollte ich dich daran erinnern, dass Feeney seine Elektronikleute auch nur seine Jungs und Mädels nennt.«

»Als Zeichen der Zuneigung. Aber das hier ist was anderes, das ist eher herablassend gemeint. Ich bin mir sicher, dass da etwas läuft«, wiederholte sie. »Auch wenn ich bisher keine Ahnung habe, was. Zwei Schlüsselfiguren aus der Abteilung, Cattery und Fisher, sind jetzt nicht mehr da. Cattery, der Typ, an den sich jeder wenden konnte, wenn's Probleme gab, und Weavers ›Mädchen‹ Fisher, die sich für die Arbeit krummgelegt hat und es noch weit hätte bringen sollen.«

»Weaver hätte doch bestimmt auch einen Weg gefunden, sie zu feuern, wenn sie einen von den beiden oder beide hätte los sein wollen.«

»Ja. Wobei es nicht so leicht ist, jemanden zu feuern, der vielleicht was weiß, was er nicht wissen soll. Soweit wir wissen, waren mit der Kampagne, die jetzt gerade abgeschlossen wurde, fünf Leute befasst, von denen zwei nicht mehr am Leben sind. Da fragt man sich unweigerlich, ob das ein Zufall ist.«

»Es wäre ein sehr komplizierter und vor allem kaltblütiger Weg, einen Erpresser, einen Konkurrenten oder jemanden, der einfach unbequem ist, loszuwerden.«

»Findest du? In Unternehmen kämpft doch meistens jeder gegen jeden, oder nicht? Wir Amis sagen schließlich nicht umsonst, dass im Geschäftsleben der Hund die Katze frisst.«

»Den Hund.«

»Habe ich doch gesagt.«

Er lachte leise auf und bedachte sie mit einem amüsierten Blick. »Der Hund den Hund.«

»Das ist doch blöd. Schließlich weiß jeder, dass ein Hund am liebsten Katzen frisst.«

»Okay. Dann frisst ab heute im Geschäftsleben der Hund die Katze auf.«

»Genau. Und jetzt erinner dich, wie Mira uns den Kerl beschrieben hat. Er ist gewissenlos, sehnt sich nach Kontrolle und nach Macht und danach, im Mittelpunkt zu stehen, was ihm bisher anscheinend nicht gelungen ist. Und in beiden Fällen hat er eine Frau … das heißt ein Mädchen … als Werkzeug benutzt. Er ist angefressen und verdammt noch mal, allmählich ist es an der Zeit, das aller Welt zu zeigen. Aber er hat nicht den Mumm, direkt zu töten, weil dann vielleicht Blut an seinen Händen kleben bleibt. Also überlässt er diesen Teil der Arbeit jeweils einem Mädchen, das ihm unterlegen ist. Dem Mädchen aus der Bar, das eine kleine Angestellte war, und einer kleinen Servicekraft aus dem Café.«

Sie trommelte mit den Fingern auf den Knien herum.

»Damit scheidet Weaver aus, falls einer von den dreien der Täter ist.«

»Denn sie hätte einen Mann benutzt.«

»Genau. Das ist sie schließlich gewohnt. Falls es einer von den dreien war und Cattery die Zielperson des ersten Anschlags war, hätte sie ihn selbst als Werkzeug für das Attentat benutzt. Dann hätte sie ihm einfach heimlich den Behälter zugesteckt und sich aus dem Staub gemacht. Auch Fisher hätte sie das Zeug problemlos unterschieben können. Sagen wir, sie wären sich, wie sie uns erzählt hat, zufällig begegnet, bevor Fisher in die Mittagspause ging. Dann hätte sie mit ihr zusammen gehen und zu Fisher sagen können, dass sie schon mal vorgehen und einen Tisch besetzen soll, weil sie selbst noch kurz für kleine Mädchen muss.«

»Ja, das wäre deutlich einfacher gewesen, und weswegen hätte sie die Sache unnötig verkomplizieren sollen?«

»Vor allem ist sie von Natur aus keine Einzelgängerin. Sie war zweimal verlobt, und auch wenn sie es vielleicht nicht schafft, sich dauerhaft zu binden, stellt sie doch persönliche Beziehungen zu anderen Menschen her. Sie ist ein Teamplayer, auch wenn sie in dem Team gerne den Captain gibt.«

Sie hatten ihre Zeit bei S&R tatsächlich gut genutzt, erkannte Eve.

»Am besten sehe ich mir Fisher für den Fall der Fälle noch genauer an, obwohl sie für mich erst mal Weavers Schützling bleibt, der Karriere hätte machen sollen. Und diesen Aufstieg hätte Weaver sich dann selber ans Revers geheftet, richtig?«

»Auch wenn ich dich nur ungern korrigiere, heftet man sich so was an die Brust. Aber ja, das hätte sie getan.« Er bog in die Einfahrt ihres Grundstücks und fuhr langsam Richtung Haus. »Aber wer ist dann der Täter? Vann oder Callaway?«

»Ich habe keine Ahnung, ob es einer von den beiden ist. Vielleicht ist es ja auch unser Wissenschaftler Lester oder jemand, der mir bisher gar nicht aufgefallen ist. Bisher haben wir noch keinerlei Verbindung zwischen einem dieser Leute und dem Roten Pferd, wobei das Rote Pferd der Schlüssel zu der ganzen Sache ist.«

Sie stiegen zusammen aus dem Wagen, und er blieb im kühlen Herbstwind vor ihr stehen. »Aber du hast bereits einen Verdacht.«

»Der allerdings noch ziemlich vage ist. Durch ein Glas Wein bekäme ich wahrscheinlich wieder einen klaren Kopf und könnte überlegen, ob dieser Verdacht nicht vielleicht doch begründet ist.«

»Dann sorgen wir am besten dafür, dass du ein Glas Wein bekommst.«

»Das wäre toll.« Sie reichte ihm die Hand. »Du warst vorhin entsetzlich arrogant und ziemlich unhöflich.«

»In diesen Dingen bin ich ein Naturtalent.«

»Das stimmt.«

Lachend neigte er den Kopf, biss ihr zärtlich in die Unterlippe und bot grinsend an: »Wie wäre es mit Nudeln und Hackfleischbällchen zu dem Wein?«

»Vergiss, was ich gesagt habe. Ich nehme an, es ist dir furchtbar schwergefallen, den arroganten, unhöflichen Laffen rauszukehren. Man sollte dich für diese Leistung für den Oscar nominieren.«

»Allerdings. Und da wir gerade davon sprechen ... Nadines Film kommt in zwei Wochen raus.«

»Erinner mich bloß nicht daran.« Augenrollend trat sie durch die Tür und sah, dass Summerset mit ausdrucksloser Miene in der Eingangshalle stand. Bevor sie allerdings den Schlagabtausch eröffnen konnte, trat er auf sie zu. »Ich habe einen Namen. Guiseppe Menzini.«

»Und wer soll das sein?«

»Ein Wissenschaftler und der angebliche Führer einer der verschiedenen Sektionen des Roten Pferdes. Zwei Wochen nach dem Attentat in Rom wurde er auf Korsika verhaftet.«

»Hatte er das Attentat verübt?«

»Einen Augenblick«, mischte sich Roarke in das Gespräch. »Am besten gehen wir in den Salon. Eve möchte ein Glas Wein, und Sie sehen so aus, als ob Sie ebenfalls etwas vertragen könnten.«

»Allerdings. Ich werde eine Flasche holen gehen.«

Roarke legte eine Hand auf seinen Arm. »Sie setzen sich jetzt erst mal hin, ich hole den Wein. Haben Sie schon was gegessen?«, fragte er und trat vor einen mit glänzendem Japanlack gestrichenen Schrank.

»Ich müsste ja wohl eher Ihnen diese Frage stellen.«

»Sie sehen müde aus.«

Eve blieb, die Hände in den Hosentaschen, stehen und sah den Majordomus ihres Mannes forschend an. »Ich finde auch, Sie sehen noch toter aus als sonst.«

Der Ansatz eines Lächelns huschte über sein Gesicht. »Es war ein langer Tag.«

Am besten kämen sie wieder zu ihrem eigentlichen Thema, dachte Eve und nahm auf einer leuchtend roten Ottomane Platz. »Guiseppe Menzini. Was wissen Sie über den Mann?«

»Er kam 1988 in Italien zur Welt. Der Vater war ein

Priester, den man seines Amts enthoben hatte, nachdem eins von seinen Schäfchen schwanger von ihm war. Salvador Menzini hat die Bibel wörtlich ausgelegt, und nachdem dort steht, dass Frauen Kinder unter Blut und Schmerzen gebären sollen, musste die junge Mutter den Sohn ganz ohne Hilfe auf die Welt bringen. Aber offenbar gab es Komplikationen während der Geburt, und zwei Wochen später war sie tot.«

»Das heißt, Guiseppe hatte einen rauen Start ins Leben.«

»Allerdings. Danke«, sagte Summerset, als er von seinem Arbeitgeber ein Glas Wein gereicht bekam. »Salvador hat seinen Sohn allein großgezogen und ihn selber unterrichtet, während er als Prediger durch ganz Europa zog. Vielleicht hat er als Teil seiner Doktrin, dass es Aufgabe des Mannes sei, die Erde zu bevölkern, und dass Frauen sich dem Willen und den Wünschen eines Mannes unterwerfen sollen, auch noch andere Nachkommen gezeugt. Nach seiner Lehre gab es keine Vergewaltigung, denn er behauptete, es wäre das von Gott gegebene Recht des Mannes, nach Belieben jede Frau zu nehmen, wenn sie über vierzehn ist.«

»Wie praktisch«, stellte Eve sarkastisch fest.

»Wobei es dem Gesetz nach selbstverständlich nicht so war. Als Guiseppe zwölf war, nahm man seinen Vater wegen eines sexuellen Übergriffs in London fest. Bevor jedoch das Jugendamt den Jungen in ein Heim einweisen konnte, stellte ein betuchter Anhänger die Kaution für seinen Vater, der dann zusammen mit dem Jungen in den Untergrund ging. Mein Gewährsmann konnte mir nicht sagen, wie es in den nächsten Jahren mit den beiden weiterging, wusste aber, dass das Rote Pferd genau in dieser Zeit gegründet worden war. 2012 wurde Salvador bei dem Versuch, ein junges Mädchen zu entführen, von dessen Vater umgebracht.«

»Und was wurde aus dem Sohn?«

»Der war inzwischen ein begabter Chemiker und geriet zwei Jahre später ins Visier von CIA, MI6 sowie einer Reihe anderer Geheimdienste.«

Eve sah in ihren Wein und dachte: *Klick*. »Das passt.«

»Angeblich hat er unter falschem Namen irgendwo studiert, aber Beweise gibt es dafür nicht. Von 2012 bis zum Beginn der Innerstädtischen Revolten in Europa knapp vier Jahre später stellte er biologische Waffen für verschiedene Terrororganisationen her. Er stand keiner dieser Gruppen besonders nahe, nicht einmal dem Roten Pferd, auch wenn er angeblich Führer einer Splittergruppe dieser Sekte war und sich zu der Zeit meistens in Italien, Frankreich oder England aufgehalten hat.«

»Und wie sieht's mit den Staaten aus?«, erkundigte sich Eve.

»Hier war er anscheinend nicht. Er liebte Europa, hielt sich wie sein Vater vorzugsweise in den großen Städten auf und hat während der Innerstädtischen Revolten Sprengstoff, Munition und selbst gebaute Biowaffen an den jeweils Meistbietenden verkauft.«

»Offiziell hatte er keine Kinder«, führte Summerset mit ruhiger Stimme aus. »Aber Zeugen wie zum Beispiel einige der Kinder, die vom Roten Pferd gekidnappt und dann wieder aufgefunden worden waren, haben ausgesagt, er hätte eine ganze Reihe Nachkommen gehabt. Wobei natürlich niemand weiß, ob diese Kinder wirklich eigene Kinder oder von ihm angenommene Entführungsopfer waren. Es gab noch andere Männer wie ihn, von denen einige erheblich einflussreicher waren. Er galt nicht unbedingt als hohes Tier in dem Verein, obwohl er wiederholt entführt oder ermordet werden sollte. Einem sorgfältig unter Verschluss gehaltenen Bericht zufolge sind bei einem dieser Mordversuche angeblich fünf Kinder umgekommen. Zwei Monate später kam der Angriff auf das Londoner Café, und europaweit tauchte sein Name in den Fahndungslisten auf.«

»Manchmal ist spät genauso schlecht wie nie.«

Summerset trank einen Schluck von seinem Wein und sah ihr reglos ins Gesicht. »Die Welt war damals völlig aus dem Gleichgewicht, weil Plünderungen, Brandanschläge, Bombenattentate, willkürliche Morde, Vergewaltigungen an der Tagesordnung waren. Anfangs sah es aus, als könnten Polizei und Militär den Aufstand niederschlagen und wieder für Ruhe sorgen. Die Menschen sperrten sich in ihren Häusern ein oder flohen aufs Land, um abzuwarten, bis es wieder sicher wäre heimzukehren. Aber die Aufstände wurden nicht unterdrückt, und es kehrte über lange Jahre keine Ruhe ein, weil die Flutwelle des Zorns und der Gewalt, die sich über den ganzen Kontinent ergoss, nicht mehr aufzuhalten war.«

Er legte eine kurze Pause ein und nippte nachdenklich an seinem Wein. »Angeblich war er im Vergleich zu anderen, die auf Zerstörung aus waren, ein kleiner Mann, nicht viel mehr als eine Stechmücke, die einen zwar ärgern, doch im Grunde nicht wirklich verletzen kann.«

»Trotzdem sollte man sich gegen Mücken wehren.«

»Das stimmt, aber es gab damals noch viele, viele andere, die deutlich besser aufgestellt waren als er. Es gibt immer Menschen, die nur darauf warten, dass es irgendwo zu einem Aufstand kommt. Es gab Armeen, die planvoll Militärstützpunkte, Kommunikationszentren, Wasserreservoirs und Lebensmittellager angegriffen haben und die viel gefährlicher als das Rote Pferd und als Menzini waren. Sie bildeten sich ein, dass sie den Kampf gewinnen würden, doch am Ende wurden auch sie selbst von der Welle der Gewalt verschluckt. Stellen Sie sich vor, was Sie in den letzten beiden Tagen hier gesehen haben, würde überall zugleich passieren. All die Leichen und das Blut, die schreckliche Vergeudung von menschlichem Leben, die Panik und die Angst. Recht und Ordnung brachen vollständig zusammen, denn nicht viele haben sich damals wie Sie heute schützend vor den Unschuldigen aufgebaut. Außerdem war in jenen Zeiten nicht mehr wirklich zu erkennen, wer Täter und wer Opfer war. Sie sind beide zu jung, um etwas davon mitbekommen zu haben. Dafür sollten Sie von Herzen dankbar sein.«

»Ich kenne ein paar Menschen, die wie Sie damals für Recht und Ordnung eingetreten sind. Auch wenn kaum einer von ihnen je darüber spricht.«

»Weil es einfach keine Worte dafür gibt«, erklärte er und sah noch schmaler und bleicher als gewöhnlich aus. Schließlich meißelten sich schreckliche Erinnerungen den meisten Menschen unauslöschlich ins Gesicht.

»Was man in der Schule über diese Zeiten lernt und was darüber in den Büchern steht, nimmt sich verglichen mit der damaligen Wirklichkeit verstörend blass und harmlos aus. Es gibt noch immer Menschen, die dabei waren und sich gut daran erinnern können, wie es damals angefangen hat. Ich erinnere mich auch«, murmelte er. »Was in den letzten beiden Tagen hier passiert ist, macht mir Angst.«

Sie hatte nicht damit gerechnet, dass er diese Worte äußern würde, und in dem Versuch, ihn zu beruhigen, gab sie rau zurück: »Dies ist weder eine Bewegung noch befinden wir uns hier im Krieg. Wir haben es mit einem Mann zu tun, dem es allein darum geht, den Menschen Angst zu machen und im Mittelpunkt zu stehen. Ich glaube, dass ich schon mit ihm gesprochen und ihm ins Gesicht gesehen habe. Und seit ich den Täter kenne, weiß ich auch, dass ich ihn stoppen kann.«

»Das glaube ich. Ich muss es einfach glauben, wenn ich nicht vor Angst vergehen will.« Er atmete tief durch und nippte abermals an seinem Glas. »Der Bericht über die Festnahme kurz nach dem Attentat in Rom wurde nicht nur tief vergraben, sondern größtenteils zerstört. Es gibt also keine Bestätigung dafür, was mir berichtet worden ist. Angeblich hat Menzini die Substanz entwickelt, aber nicht persönlich an den Anschlagsorten deponiert. Er hat sie hergestellt, die beiden Ziele ausgewählt und den Befehl zu diesen Anschlägen gegeben, sie dann aber von zwei Frauen oder besser Mädchen ausführen lassen, statt das Wagnis selber einzugehen. Er hat also praktisch seine eigenen Kinder angewiesen, Selbstmord zu begehen. Jedes dieser beiden Mädchen hat einen Flakon mit der Substanz ans Anschlagsziel gebracht, ihn dort geöffnet, ist befehlsgemäß vor Ort geblieben und hat sich auf diese Weise selber infiziert.«

»Sind Sie sicher, dass es Mädchen waren?«

»Einen Beweis gibt es nicht.«

»Aber wissen Sie, ob es so war?«

»Ich glaube es auf jeden Fall.«

»Das genügt mir erst einmal.«

»Sie haben gesagt, dass Sie den Täter kennen. Können Sie mir sagen, wie er heißt?«

»Ich gehe davon *aus,* dass ich den Täter kenne«, korrigierte sie. »Ich habe bisher drei Verdächtige, wobei ich mich natürlich irren kann. Doch selbst wenn ich richtigliege, kann ich bisher nichts beweisen, weil mir noch die wichtigste Verbindung fehlt.«

»Sie wissen, welcher von den dreien der Täter ist. Ich brauche seinen Namen. Brauche seinen Namen, damit ich ihn nennen kann, wenn er von Ihnen aufgehalten worden ist.«

»Er heißt Lewis Callaway, aber ...«

»Das genügt mir erst einmal«, griff Summerset die Antwort auf, die sie ihm vorher selbst gegeben hatte, und da sie nicht wusste, wie sie darauf reagieren sollte, war sie fast erleichtert, als das Klingeln ihres Handys das Gespräch unterbrach.

»Das ist Nadine. Am besten nehme ich das Handy mit in mein Büro«, erklärte sie den Männern und ging an den Apparat. »Dallas. Warten Sie, Nadine.«

Jetzt fiel ihr eine Antwort ein. »Lewis Callaway«, erklärte sie erneut. »Er ist ein Feigling. Früher hat mich überrascht, wie feige viele Mörder sind, inzwischen aber bin ich es gewohnt. Wir werden diesen Typen stoppen. Alles, was Sie mir erzählt haben, wird uns helfen, die Verbindung zu entdecken und dafür zu sorgen, dass er bis ans Ende seines kranken, jämmerlichen Lebens hinter Gitter muss. Sie brauchen sich den Namen dieses Kerls nicht extra einzuprägen, denn das hat er nicht verdient. Anders als die beiden Frauen, die er benutzt hat, um die Morde zu begehen, ohne dass sie auch nur wussten, wie ihnen geschieht. Jeni Curve und Macie Snyder. Falls Sie Namen brauchen, nehmen Sie die. Weil sie im Gegensatz zu unserem Täter wichtig sind.«

Mit diesen Worten wandte sie sich ab und hob im Gehen erneut ihr Handy an ihr Ohr. »Was gibt's, Nadine?«

Auch Roarke stand auf und schenkte Summerset noch einmal nach. »Das ist echt rekordverdächtig.«

»Was?«

»Dass Sie und Eve sich seit zwei Tagen miteinander unterhalten, ohne sich Beleidigungen um die Ohren zu hauen.«

»Tja nun.« Der Majordomus seufzte leise auf. »Es wird eine Erleichterung für uns, wenn wieder alles so wie immer ist.«

»Sie brauchen was zu essen und vor allem Schlaf.«

»Das stimmt. Ich werde mir was machen, und dann gehe ich ins Bett. Vielleicht nehme ich den Kater mit. Die Gesellschaft tut mir sicher gut. Und Sie sehen zu, dass Ihre Frau was in den Bauch bekommt. Es überrascht mich, dass sie nicht verhungert ist, bevor sie Sie getroffen hat.«

»Ich füttere sie gern.«

»Ich weiß. Sie waren ein interessanter Junge, aufgeweckt, clever und begierig, mehr von allem zu haben und zu erfahren. Sie haben aus dem interessanten, klugen Jungen aus eigener Kraft einen interessanten, klugen Mann gemacht, doch erst Ihre Frau hat Sie zu einem wirklich anständigen Menschen gemacht.«

»Sie hat mehr aus mir gemacht, als meiner Meinung nach je möglich war.«

»Dann bringen Sie ihr jetzt etwas zu essen rauf. Wahrscheinlich wird es für Sie beide wieder eine lange Nacht.«

Nachdem Roarke den Raum verlassen hatte, blieb sein Majordomus mit Galahad zu seinen Füßen noch kurz sitzen, spielte mit dem Glas in seiner Hand und sah sich in dem wunderschönen Raum mit dem weich schimmernden Holz, dem glitzernden Kristall, den handgewebten Stoffen, den kostbaren Kunstwerken und dem marmornen Kamin, in dem ein heimeliges Feuer brannte, um. Ein Raum, in dem für einen Augenblick der Schmerz, die Angst und die Verluste, die er vor so langer Zeit erlitten hatte, wiederauferstanden waren.

Jeni Curve und Macie Snyder, dachte er. Der Lieutenant hatte recht. Er sollte und er würde sich die Namen dieser beiden Frauen merken, weil im Grunde nicht die Täter, sondern nur die unschuldigen Opfer von Bedeutung waren.

13

Roarke fand Eve in ihrem Arbeitszimmer, wo sie vor der Tafel stand.

»Nadine ist wirklich gut«, erklärte sie. »Sie hat einige der Infos ausgegraben, die uns Summerset gerade gegeben hat. Sie sind nicht so detailliert – *so* gut ist sie nicht – aber detailliert genug, um mich auf zwei Quellen zu stützen, wenn ich Teasdale frage, was es mit Menzini auf sich hat. Gemeinsam haben mir Nadine, Callendar und Teasdale eine ziemlich lange Liste mit Entführungsopfern aus der damaligen Zeit erstellt. Aufgeteilt in Opfer, die gefunden wurden, und in Opfer, die bis jetzt verschwunden sind.«

»Und was sagt dir das?«

»Das weiß ich nicht genau. Callaway ist viel zu jung, als dass man ihn in jener Zeit gekidnappt haben kann. Aber vielleicht einer seiner Eltern, oder vielleicht hatten seine Großeltern etwas mit dieser Angelegenheit zu tun. Das könnte durchaus sein. Am besten gehe ich der Sache weiter nach. Das Arschloch ist kein Wissenschaftler, also muss er auf andere Weise an die Formel für das Zeug gekommen sein.«

Roarke drückte ihr das Weinglas, das sie im Salon vergessen hatte, in die Hand. »Du hast bisher noch nichts davon getrunken.«

»Stimmt.«

»Gegessen hast du auch nichts.«

Sie wandte sich erneut der Tafel zu.

»Du kannst auch über diese Sache reden, während wir beim Essen sind. Ich habe Anweisung, dafür zu sorgen, dass du etwas in den Bauch bekommst.«

Instinktiv zog sie die Schultern hoch, ließ sie dann aber wieder sinken. »Geht es ihm gut?«

»Wie du besser als die meisten anderen weißt, ist es nicht leicht, in die Vergangenheit zurückzukehren und sich traumatischen Ereignissen zu stellen. Er hat heute Abend mehr von all dem Grauen erzählt als je zuvor in den Jahren, in denen wir jetzt schon zusammen sind. Ich weiß nicht wirklich, wer er war, bevor er mich gerettet und anstelle eines Sohns aufgenommen hat.«

»Du hast auch nie versucht, es herauszufinden. Auch meine Vergangenheit hast du dir erst genauer angesehen, als du von mir darum gebeten worden bist.«

»Weil Liebe ohne Vertrauen keine echte Liebe ist.«

Trotzdem wusste sie, dass er es als beunruhigend empfand, Summerset so müde und zerbrechlich wie vorhin im Salon zu erleben. »Lass mich das Essen holen und dann reden wir weiter, ja?«

Er glitt mit einer Hand über ihr Haar und küsste sie zärtlich auf den Mund. »Ich werde das Essen holen, weil man einen Befehl von Summerset schließlich befolgen muss.«

Wieder schaute sie die Tafel an und ging dann seufzend in die Küche und sah Roarke bei der Bestellung ihrer Mahlzeit zu. »Roarke? Wer er auch immer damals war, war er bereits in jener Zeit die Art von Mann, die einen kleinen Jungen zu sich nimmt, gesund pflegt und ihm gibt, was nötig ist. Natürlich ist er eine fürchterliche Nervensäge, aber das ist nicht so wichtig wie die guten Seiten, die er ganz eindeutig hat.«

»Ich schätze, ich verdanke ihm mein Leben, denn egal wie clever ich schon damals war, hätte mein Vater sicher einen Weg gefunden, mich genau wie meine Mutter aus dem Weg zu schaffen. Und selbst wenn ich es geschafft hätte zu überleben, wäre ich ohne ihn ganz sicher nicht der Mann geworden, der ich heute bin. Diese Dinge sind tatsächlich wichtiger als alles, was er vielleicht sonst noch ist oder womöglich einmal war.«

Sie setzte sich ihm gegenüber an den kleinen Tisch am Fenster und sah die tröstlichen Spaghetti und den Berg an Hackfleischbällchen an, die ihr Lieblingsessen waren.

Ob sie jetzt wohl hier zusammensäßen, hätte Summerset sich nicht des Jungen angenommen, der von seinem eigenen Vater beinah totgeschlagen worden war? Wenn er so wie andere einfach weggesehen oder Roarke ins Krankenhaus verfrachtet und ihn dort sich selber überlassen hätte, säßen sie dann jetzt zusammen mit Wein und Pasta hier an diesem Tisch?

Roarke würde sagen, ja, weil das ihr Schicksal war. Doch sie hatte dem Schicksal nie im selben Maß vertraut wie er.

All die Schritte und Entscheidungen, die Menschen unternahmen oder trafen, zeigten, dass das Leben ein komplexes Labyrinth mit unzähligen Lösungswegen war.

»Du bist sehr still«, bemerkte Roarke.

»Er hätte dir was anderes gewünscht. Du bist für ihn so etwas wie ein Sohn, und er hätte dir etwas oder eher jemand anderen gewünscht als mich. Er hat sich mit mir arrangiert, das heißt, wir beide arrangieren uns miteinander, aber trotzdem hatte er für dich etwas anderes im Sinn. Eltern haben immer ganz besondere Vorstellungen in Bezug auf ihre Kinder, oder nicht?«

»Wie auch immer seine Wünsche vielleicht ausgesehen haben, wollte er vor allem, dass ich glücklich werde, und er weiß, dass ich es bin. Genauso wie er weiß, dass ich durch dich ein besserer Mensch geworden bin. Das hat er eben selbst gesagt.«

Verblüfft klappte ihr die Kinnlade herunter, und sie brauchte einen Augenblick, bevor sie ihre Stimme wiederfand. »Dann geht's ihm im Moment wirklich schlecht.«

Als Roarke kopfschüttelnd sein Weinglas an die Lippen hob, wickelte sie ein paar Nudeln mit der Gabel auf. »Am besten rolle ich die Sache in Gedanken erst mal so wie die Spaghetti auf.« Sie schob sich die Gabel in den Mund, dann wickelte sie die nächsten Nudeln auf. »Die Entführer wollten Kinder in einem gewissen Alter, weil sie dann noch wehrlos und vor allem formbar sind. Die meisten Mitglieder des Roten Pferdes dürften völlig durchgeknallt gewesen sein. Aber nicht alle. Es gibt immer einige, die wissen, was sie tun. In dieser Sekte waren Kinder, die sie gewaltsam mitgerissen haben, Frauen, die Angst und das Gefühl hatten, sie hätten keine andere Wahl, und Männer, die zu wenig Grips oder zu wenig Rückgrat hatten, um sich dieser Sache zu entziehen.«

»Vor allem ging die Welt damals den Bach hinunter.«

»Was heißt eigentlich den Bach hinuntergehen? Was ist daran so schlimm, wenn irgendwas den Bach hinuntergeht?«

»Dass es dann für alle Zeit verschwindet.«

»Aber die Welt ist nicht verschwunden.«

»Doch, die Welt, so wie sie vorher war.«

Sie sah ihn mit zusammengekniffenen Augen an. »Ich hasse es, dass du immer das letzte Wort behalten musst.«

Er lachte. »Tut mir leid.«

»Was ich sagen wollte, ehe du die Welt den Bach hast hinuntergehen lassen, ist, dass manche Menschen diese Kinder doch wahrscheinlich hätten schützen wollen. Das liegt nun einmal in der menschlichen Natur. Und vielleicht haben diese Menschen ja eine besondere Bindung zu den Kids entwickelt, wenn sie länger dort geblieben sind. Die Sekte hat doch sicher Mitglieder als Betreuer für die Kinder abgestellt. Vor allem, wenn es noch Babys waren.«

»Und die haben dann eine Beziehung zu den Kindern aufgebaut. Ich verstehe, was du meinst.«

»Mit so einer Beziehung kommen die Wünsche, die man für die Kinder hat. Die Kinder hängen völlig davon ab, dass man ihnen Nahrung, Kleider, Schutz gewährt. Auf den Gedanken hat mich Mira heute früh mit ihrer Fragerei gebracht. Ich hatte Angst vor meinem Vater, und ich habe ihn auf einer Ebene schon als Kind gehasst. Aber gleichzeitig war ich auch abhängig von ihm. Nicht von ihr. Von ihr war ich das nie.«

War der Gedanke schmerzlich? Ja, vielleicht, wobei der Schmerz durchaus erträglich war.

»Ich denke, dass ich mich auch deshalb viel besser an ihn erinnern kann. Nicht nur, weil er mich deutlich länger hatte, sondern weil er sich um mich gekümmert hat. Trotzdem konnte er mich nicht verbiegen. Vielleicht weil ich stärker war als er, vielleicht auch, weil er bei Weitem nicht so schlau war, wie er angenommen hat. Es ist nicht schwierig, ein Kind oder sogar einen Erwachsenen zu verbiegen. Mit Zuckerbrot und Peitsche kriegt das praktisch jeder hin. Wechselweise Schläge und Belohnung, der Entzug von Nahrungsmitteln oder Schlaf, das Schüren von Ängsten und die permanente Wiederholung dieser Dinge kriegen praktisch jeden klein. Mit Freundlichkeit kann man dasselbe Resultat erzielen, wenn man intelligent zu Werke geht.«

»Da stimme ich dir zu, aber wie du selbst gesagt hast, ist Callaway doch viel zu jung, um damals entführt worden zu sein.«

»Vielleicht war nicht er selbst, sondern sein Vater eines der entführten Kinder und hat ihn entsprechend der Doktrin erzogen. Oder vielleicht kannte er ja jemand anderen, der als Kind gekidnappt worden war. Am besten gehe ich die Liste der Entführungsopfer noch einmal gründlich durch.«

»Warum überhaupt Callaway? Warum nicht Vann?«

»Im Grunde sind es lauter Kleinigkeiten, doch am Ende haben sie sich summiert. Er ist der Erste, der sich überhaupt bei uns gemeldet hat. Er ist mit Weaver auf der Wache aufgetaucht, weil sie in Sorge um den Freund und Arbeitskollegen war. Er hat zugegeben, dass er an der Theke saß, wo es, soweit wir wissen, losgegangen ist. Vann ist zu früh gegangen. Weaver hat schon eine Führungsposition inne, und wie gesagt, sie hätte einen Mann benutzt.«

»Warum hatte er's dann nicht auf Vann oder auf Weaver abgesehen? Vann hat die Beziehungen im Unternehmen und das schicke Eckbüro, und Weaver ist zwar eine Frau, doch gleichzeitig der Boss.«

»Vielleicht arbeitet er sich ja langsam hoch und zieht erst einmal die direkte Konkurrenz aus dem Verkehr. Vielleicht schlägt er auch wahllos zu und hatte einfach Glück. Im Verhältnis hat sein Unternehmen mehr Leute als alle anderen bei den beiden Anschlägen verloren. Das bedeutet, dass der Faktor zwischenmenschlicher Beziehungen gegeben ist. Außerdem wohnt und arbeitet er in der Gegend. Vann und Weaver wohnen eher am Rand, aber Callaway lebt mittendrin. Auch von der Geografie her haut es also hin. Außerdem drängt er auf Infos und macht Druck auf Weaver, damit sie uns ebenfalls bedrängt. Er ist alleinstehend«, fuhr sie fort. »Bisher habe ich keine längere Beziehung bei dem Mann entdeckt.«

»Wohingegen Vann verheiratet gewesen und dazu noch Vater eines Kindes ist und Weaver zwei Exverlobte aufzuweisen hat.«

»Vielleicht sind also auch die beiden nicht wirklich begabt für langfristige Bindungen, aber zumindest haben sie's versucht. Während Callaway anscheinend immer schon allein war. Während Vann von seinem Sohn gesprochen hat und Weaver, wenn auch beiläufig, ihre Mutter erwähnt hat, hat Callaway uns gegenüber …«

»… keine Menschenseele erwähnt«, beendete Roarke den Satz.

»Das sind natürlich lauter Kleinigkeiten, aber sie summieren sich«, wiederholte sie. »Er lebt allein und sitzt auf seinem Posten im mittleren Management, ohne dass es für ihn weitergeht. Er war heute Abend wesentlich beherrschter als die anderen beiden. Hat seine Worte mit Bedacht gewählt. Ich hatte das Gefühl, als ob er immer auf die Stichworte der anderen wartet, weil er unbedingt vermeiden wollte, während unserer Unterhaltung aufzufallen. Ich sollte mich vor allem auf die beiden anderen konzentrieren. Bis kurz vor Ende des Gesprächs. Da er nicht alles rausbekommen hatte, was er wissen wollte, musste er sich einmischen, statt sich auch weiter darauf zu verlassen, dass die beiden anderen mir die Infos, die er haben will, aus der Nase ziehen.«

Sie lehnte sich auf ihrem Stuhl zurück und atmete vernehmlich aus. »Aber das sind alles bloße Eindrücke, bisher leitet mich nur die Intuition. Ich habe bisher nicht einmal genug gegen den Typen in der Hand, damit ich ihn observieren lassen kann.«

»Dann müssen wir eben noch etwas finden.«

»Wenn ich recht habe, gibt's irgendwas in der Vergangenheit des Kerls, das uns bisher nicht aufgefallen ist. Während seiner Ausbildung, in der Familie oder sonst etwas. Und es muss einen Auslöser dafür gegeben haben, dass er plötzlich losgeschlagen hat. Er ist bestimmt nicht einfach eines Morgens aufgewacht und hat beschlossen, einen Haufen Leute umzubringen. Irgendwas hat ihn dazu gebracht oder irgendjemand hat es ihm erlaubt.«

»Wie es aussieht, haben sie sich während der letzten Wochen hauptsächlich auf die Kampagne konzentriert, und es hat sicher etwas zu bedeuten, dass der erste Anschlag ausgerechnet am Abend, nachdem die Kampagne abgeschlossen war und Vann zu dem Klienten flog, um sie zu präsentieren, stattgefunden hat.«

»Vielleicht kennst du ja jemanden, der seinerseits jemanden kennt, der dafür sorgen könnte, dass ich mit diesem Klienten sprechen kann. Ich würde gerne ein Gefühl dafür bekommen, wie die Kooperation gelaufen ist.«

»Überlass das einfach mir. Statt mit einer Polizistin über einen Mordverdächtigen redet dieser Klient wahrscheinlich eher mit mir über das Geschäft.«

»Okay, wenn du das übernimmst …«

»Gleich morgen früh.«

Sie runzelte die Stirn. »Warum nicht jetzt? Ich will keine unnötige Zeit verlieren.«

»Ich spreche ihn besser während seiner Arbeitszeit«, erklärte Roarke. »Wenn ich ihn jetzt anrufe, würde er sich fragen, was das zu bedeuten hat, aber ein Anruf während der Geschäftszeiten ist eine ganz normale Angelegenheit.«

»Du musst es ja wissen«, stimmte sie ihm widerstrebend zu.

»Allerdings. Und vor allem habe ich dadurch jetzt Zeit, dir auf andere Art zu assistieren. Welcher Sache soll ich nachgehen? Den entführten Kindern oder Callaways Vergangenheit?«

Sie überlegte kurz. »Befass dich erst einmal mit Callaway. Wahrscheinlich kümmert Teasdale sich schon um Kinder, die damals gekidnappt worden sind. Nicht so, wie ich es machen werde, aber trotzdem könnte das, was sie herausfindet, mir eine Hilfe sein.«

»Wirst du ihr sagen, was du machst?«

»Wenn ich damit fertig bin, klar. Es ist mein Fall«, meinte sie, als sie ihn lächeln sah. »Sie berät mich nur. Wahrscheinlich ist sie sauber, denn sonst hättest du bei ihrer Überprüfung was entdeckt, aber trotzdem weiß ich nicht hundertprozentig, wie sie tickt. Sie wird genau wie meine Leute bei dem Briefing morgen früh erfahren, wie ich weiter vorgegangen bin. Wenn nicht einer von uns beiden heute Abend noch was findet, aufgrund dessen ich den Kerl verhaften kann.«

»Dann fange ich am besten sofort mit der Arbeit an. Und nachdem ich was zu essen auf den Tisch gebracht habe, bringst du bitte die Teller weg.«

»Ich wusste doch, dass diese Sache einen Haken hat.«

»So laufen diese Dinge nun einmal, mein Schatz.«

Da hatte er wahrscheinlich recht. Vor allem hatte ihr das Essen neue Energie verliehen. Wenn sie sich jetzt noch einen Kaffee holte, hielte sie die nächsten Stunden locker durch.

Bis die Teller in der Spülmaschine standen und sie eine Kanne Kaffee auf den Schreibtisch stellte, hatte sie sich eine

Strategie zurechtgelegt. Am besten finge sie mit den Entführungsopfern an, die nie mehr aufgetaucht waren.

Achtundsiebzig Kinder, die verschwunden und inzwischen tot, aber vielleicht auch noch am Leben waren. Die meisten dieser Kinder hatten noch Familien gehabt, auch wenn mehrere Heimkinder und Kriegswaisen dabei gewesen waren. Leichte Opfer, dachte sie, die ohne Eltern, die nach ihnen suchten, offener für die Gehirnwäsche durch ihre Kidnapper gewesen waren.

Als Erstes sähe sie sich diese Kinder an, angefangen bei dem Jüngsten.

Das Erste, einen weiblichen Säugling von drei Monaten, hatte man der Gruppe nach dem Überfall auf ein provisorisches Waisenhaus in London zugeführt. Mutter tot und Vater unbekannt. Sie war eins von insgesamt acht Kindern, die bei diesem Überfall gekidnappt worden waren. Ihre DNA war nicht in der Akte, aber auf der Rückseite des linken Knies hatte sie ein kleines herzförmiges Muttermal gehabt.

Eve rief die Akten auf, studierte, wie man bei der Suche nach den Kindern vorgegangen war, sah sich die Aussagen verschiedener Zeugen an. Drei Frauen waren bei dem Versuch, die Kinder zu beschützen, umgekommen, aber zwei Überlebende – ein Mann und eine Frau – hatten detailliert beschrieben, wie der Überfall verlaufen und von wem sie angegriffen worden waren.

Das älteste der Kinder, ein erst elfjähriger Junge, hatte mit zwei anderen fliehen können. Sein Vater, ein Soldat, hatte ihm das Spurenlesen, aber gleichzeitig auch das Verwischen eigener Spuren beigebracht, er hatte seine beiden Freunde bis zu einer Militärbasis geführt und den Ort beschrieben, an dem sie von den Entführern festgehalten worden waren.

Dank seiner Beschreibung hatte man zwei weitere Kinder retten können. Eins der beiden anderen Entführungsopfer aber war schon tot gewesen, und den Säugling mit Namen Amanda sowie einen zweijährigen Jungen – Niles – hatte man nirgendwo entdeckt.

Sie wies ihren Computer an, Bilder von den beiden, wie sie heutzutage aussehen müssten, zu erstellen, sah sich die Gesichter an und rief daneben Bilder von Callaways Eltern, einer Schwester seines Vaters, deren Mann und selbst den Großeltern des Mannes auf.

Die Frauen hatten keinerlei besondere Merkmale, bemerkte sie. Doch obwohl man Muttermale mühelos entfernen oder überdecken konnte, stellte sie nicht die geringste Ähnlichkeit zwischen den zwei verschwundenen Kindern und den Mitgliedern von Callaways Familie fest.

Sie fragte sich, ob eins der Kinder vielleicht noch am Leben war, und falls dem so wäre, wo und wie. Doch sie dürfte nicht in einer Depression versinken, und so tat sie den Gedanken an die beiden jungen, unschuldigen Wesen ab und arbeitete sich weiter durch Beschreibungen und Fotos, Zeugenaussagen und die Vernehmungen von Kindern, die gerettet worden waren, deren Verwandte und Gefangene durch.

Es war eine schlimme Zeit gewesen, und so wie in allen schlimmen Zeiten hatten weniger die Übeltäter, die das Grauen verursacht hatten, als vielmehr die Unschuldigen einen hohen Preis bezahlt.

Es waren nicht nur Menschen umgekommen, sondern Leben waren in einem Maß zerstört oder zerbrochen worden, dass es in der Rückschau weder nachvollziehbar noch auch nur begreiflich war.

Sie arbeitete sich durch die halbe Liste der verlorenen

Kinder, bevor sie die Funktionsweise des Roten Pferdes auch nur annähernd verstand. Obwohl die Führung, die verschiedenen Missionen, Glaubensrichtungen, die Anhänger und selbst die Kommunikation zwischen den einzelnen Fraktionen alles andere als straff organisiert gewesen waren, waren sie alle auf dieselbe Weise vorgegangen, hatten Frauen eingesetzt, um Krankenhäuser, Kinderheime und Militärbasen zu infiltrieren und dort Informationen über die Routine, die Besetzung und die Sicherheit zu sammeln, und hatten dann ihre Überfälle durchgeführt. Wobei die größte Zahl dieser Spioninnen am Schluss geopfert worden war.

Sie hatten sich die Kinder dort geholt und alle oder möglichst viele der Erwachsenen umgebracht, die Kinder fortgeschafft und sich dann schnellstmöglich zerstreut.

Falls Kinder während dieser Einsätze gestorben waren, tja nun, dann hatten sie sich einfach anderswo neue Kinder geholt.

Da sie dringend eine Pause brauchte, trug sie ihren Kaffee zur Verbindungstür zu Roarkes Büro.

»Ein paar der Dinge, die ich herausgefunden habe, sind echt interessant«, erklärte er ihr, ohne aufzuschauen. »Wobei ich noch nicht ganz fertig bin.«

»Kein Problem. Ich brauchte einfach eine kurze Pause. Es ist wirklich hart.«

Jetzt sah er auf. Er hatte sie schon unzählige Male über irgendwelchen Toten stehen und deren Blut und Eingeweide mit nach Hause bringen sehen. Dass sie eine Pause brauchte, hieß, dass das hier etwas anderes war.

»Erzähl.«

Sie kam der Bitte nach, weil ihr das eine Hilfe war.

»Nachdem sie sich nach ihren Überfällen zerstreut und neu geordnet hatten, fing die Gehirnwäsche der Kinder, die nicht gestorben waren, an. Die Kinder unter vier haben sie mit Süßigkeiten und mit Spielsachen geködert, und die Älteren, die Stureren, haben sie durch den Entzug von Licht und Nahrung und mit Auspeitschungen kleingekriegt. Ein paar wenige von diesen Kindern konnten fliehen. Erheblich mehr haben die Gehirnwäsche nicht überlebt. Die Kinder, die gerettet wurden, haben ausgesagt, auf sexuellen Missbrauch oder physische und psychische Misshandlungen wären Trost und Fürsorge gefolgt, doch wenn das Kind auch weiter nicht bereit gewesen wäre, sich von der Herkunftsfamilie loszusagen und die Lehren der Sekte zu befolgen, hätte man es abermals misshandelt und missbraucht.«

»Das heißt, dass diese Kids gefoltert worden sind.«

»Und zwar im Namen irgendeines rachsüchtigen Gottes, der von den Leuten angebetet worden ist.«

»Gott hat damit nichts zu tun. Folter ist etwas, was der Mensch entwickelt hat.«

»Das stimmt. Wenn's darum geht, den anderen möglichst übel mitzuspielen, sind wir Menschen wirklich einfallsreich. Falls ein Kind Familie hatte, haben sie gedroht, die Eltern zu ermorden, wenn es nicht kooperiert. Oder sie haben behauptet, seine Eltern wären bereits tot. Oder ein ums andere Mal erzählt, seiner Familie wäre vollkommen egal, was aus ihm wird, und es bräuchte nicht darauf zu hoffen, dass jemand zu seiner Rettung kommt.«

»Diese Methoden wurden schon vor Hunderten von Jahren angewandt, um Kriegsgefangene zu brechen und umzudrehen.«

»Das ist noch deutlich schlimmer als die Dinge, die mir selber widerfahren sind.«

Sie wollte auf und ab stapfen, um einen Teil des heißen Zorns, der in ihr schwelte, abzubauen. Da sie aber ihre Energie noch brauchte, blieb sie weiter stehen und wippte auf den Fersen auf und ab.

»Diese Kinder haben Familien verloren, die sie geliebt haben, oder wurden ihnen entrissen und dann wiederholt gefoltert, während man Gehirnwäschen der schlimmsten Art an ihnen vorgenommen hat. Die Älteren, die Stärkeren mussten als Versuchskaninchen dienen, und die Mädchen haben sie gezwungen, nach Erlangung der Geschlechtsreife mit den Jungen ins Bett zu gehen. Sie haben das richtiggehend zelebriert und ihnen dabei zugesehen. Wie bei einem Fest.«

»Setz dich, Eve.«

Sie schüttelte den Kopf. »Ich bin okay. Ich bin ganz einfach furchtbar angefressen, und ich kann mich nicht auf meine Arbeit konzentrieren, wenn ich derart angefressen bin. Den Berichten nach haben diese Mädchen über dreißig Babys auf die Welt gebracht. Das Jüngste gerade mal mit zwölf. Um Gottes willen, sie war selber noch ein Kind. Dann haben sie den Mädchen ihre Babys weggenommen und sie gleich wieder schwängern lassen, wenn das möglich war. Eins der Mädchen war bei seiner Rettung fünfzehn Jahre alt und hatte schon drei Kinder auf die Welt gebracht. Ein halbes Jahr nach ihrer Rettung hat sie sich umgebracht, genau wie eine Reihe anderer Kinder, die gerettet wurden. Die Rate derer, die sich, noch bevor sie achtzehn waren, selbst getötet haben, wird auf fünfzehn Prozent geschätzt.«

Sie atmete tief durch. »Die Informationen über die Schwangerschaften und die Selbstmorde haben Callendar und Teasdale mir geschickt. Nadine hat nichts davon gefunden, weil die Akte mit den diesbezüglichen Berichten immer noch unter Verschluss gehalten wird. Ob der Informant von Summerset etwas von diesen Dingen wusste und sie ihm womöglich vorsätzlich verschwiegen hat, kann ich nicht sagen.«

»Das kann ich mir nicht vorstellen. Wenn ihm was davon bekannt gewesen wäre, hätte er ihm das auf jeden Fall erzählt.«

»Warum hat bisher niemand etwas davon gehört? Warum hat man, verdammt noch mal, nicht laut hinausposaunt, was dieser grässliche Verein damals getrieben hat?«

Es war für keinen Menschen leicht, sich vorzustellen, dass Kinder vergewaltigt und gefoltert worden waren. Aber wenn man diese Dinge selbst als Kind hatte erleiden müssen, ging es einem sicherlich besonders nah.

»Ich glaube, dass da eine Reihe von Faktoren zusammenkam.« Er stand auf, trat auf sie zu und glitt mit seinen Händen über ihre Arme, weil diese Berührung tröstlich für sie beide war. »Das enorme Durcheinander, das in diesen Zeiten herrschte, das verzweifelte Verlangen der Regierungen, zumindest einige der schlimmsten Details zu vertuschen, und der Wunsch der Opfer und ihrer Familien, alles hinter sich zu lassen und nach vorn zu sehen.«

»Man lässt diese Dinge niemals hinter sich.«

»Könntest du dir vorstellen, öffentlich zu machen, was dir selbst als jungem Mädchen widerfahren ist?«

»Das ist Privatsache. Das ist …« Sie atmete geräuschvoll aus. »Okay, verstehe. Wenigstens zum Teil. Aber es war doch wahrscheinlich jede Menge Arbeit, die Geschichte zu vertuschen, und vor allem hat man dafür jede Menge Geld gebraucht.«

»Den Behörden ist es damals nicht gelungen, unschuldige Kinder vor dem Zugriff einer radikalen, aber schlecht organisierten Sekte ohne große finanzielle Mittel zu bewahren. Für sie hat es sich also ganz bestimmt gelohnt, Arbeit und auch Geld zu investieren, damit niemand etwas davon erfährt.«

»Zumindest in den Staaten hat damals praktisch der Heimatschutz regiert.«

»... und hätte seine Macht zur Zeit des Wiederaufbaus sicher eingebüßt, wenn allgemein bekannt geworden wäre, was damals geschehen war? Ich weiß nicht, Eve.«

»Sie geben mir die Infos oder einen Teil der Infos jetzt.«

»Es wirkt, als wollte Teasdales Vorgesetzter wirklich einen sauberen oder möglichst sauberen Laden führen.«

»Da hat er aber jede Menge Dreck zu kehren.« Doch das ist zum Glück nicht mein Job, dachte sie. »Und jetzt muss ich allmählich weitermachen.«

»Warum sehen wir uns nicht vorher Callaways Geschichte an?«

»Hast du nicht gesagt, du wärst damit noch nicht ganz durch?«

»Ich denke, dass es für den Anfang reicht.«

»Ich darf die Sache nicht persönlich nehmen, aber irgendwie gelingt's mir nicht, mich zu distanzieren.«

»Wenn dir das gelingen würde, wärst du nicht die Frau und nicht die Polizistin, die du bist.«

»Ich hoffe, das ist wahr.«

»Ich weiß, dass es so ist. Und jetzt lass mich dich in die Arme nehmen«, bat er sie. »Das tut uns beiden gut.«

Dankbar schlang sie ihm die Arme um den Hals. Er gab ihr Halt, und das war ein Geschenk, das sie niemals als selbstverständlich nehmen wollte, weil es das nicht war. Sie hatte gedacht, sie kenne sich mit Dunkelheit, Verzweiflung und Entsetzen aus, doch andere Menschen hatten noch erheblich Schlimmeres erlebt, sie konnte nur hoffen, dass sie ebenfalls jemanden hatten, der ihnen den Halt gab, um mit ihrem Leben fortzufahren.

»Okay.« Entschlossen machte sie sich wieder von ihm los und legte ihm kurz die Hände ans Gesicht. »Jetzt zu Callaway.«

»Die grundlegenden Infos hast du sicher schon. Geboren in einer kleinen Stadt in Pennsylvania, Vater drei Jahre als Arzt beim Militär.« Während Roarke zusammenfasste, gingen sie in Eves Büro. »Nach seiner Entlassung hatte er diverse Assistenzarztstellen, weil die Familie nach der Geburt des Sohns sechsmal in genauso vielen Jahren umgezogen ist.«

»Interessant.«

»Die Mutter ist Hausfrau, inzwischen leben seine Eltern im ländlichen Arkansas. Sie haben dort eine kleine Farm. Callaway wurde zu Hause unterrichtet, bis er vierzehn war. Danach war er auf drei verschiedenen Highschools, weil die Eltern während seiner Jugend zwei weitere Male mit ihm umgezogen sind. Seine Noten lagen leicht über dem Durchschnitt, laut seinen Akten hat er sich nichts zuschulden kommen lassen.«

»Was bedeutet?«

»Dass es auch noch andere Berichte über ihn als ausgeprägten Einzelgänger gibt. Ärger hat er nicht gemacht, aber er hat weder irgendwelche Freundschaften geschlossen noch sich je in einer Gruppe eingefügt. Er tat, was man von ihm verlangte, nicht mehr. Als man ihn ermunterte, sich an Aktivitäten außerhalb des Unterrichts zu beteiligen, entschied er sich für Tennis.«

»Das ist eindeutig kein Mannschaftssport.«

»Auch darin war er ein wenig besser als der Durchschnitt, doch vor allem fiel sein ausgeprägter Ehrgeiz auf und dass er sich mitunter ziemlich unsportlich verhalten hat. Wobei es nie zu Schlägereien oder anderen körperlichen Auseinandersetzungen kam.«

»Das passt ebenfalls ins Bild.«

»Nachdem er zwei Jahre lang vor Ort auf einem College war, hat er es mit Ach und Krach geschafft, dass ihn die Uni von New York genommen hat. Er hat dort Marketing und BWL studiert und dabei Kreativität und ein Gefühl für das Gesamtbild an den Tag gelegt. Bei Präsentationen oder Gruppenarbeiten hingegen war er nicht so gut. Zumindest nicht zu Anfang. Irgendwann wurde es besser, und nach Abschluss seines Studiums ging er zu Stevenson und Reede. Seiner Personalakte zufolge zeichnet er sich dort wie auch schon während seines Studiums durch Kreativität und Arbeitseifer aus, während seine sozialen Fähigkeiten, die Präsentationen und auch die Beziehungen, die er zu Kunden unterhält, noch ausbaufähig sind. Wegen seiner Leistungen ist er trotzdem aufgestiegen, wobei dieser Aufstieg nicht so schnell vonstattenging, wie man hätte erwarten sollen, weil er kein wirkliches Talent hat, das Produkt, das er verkaufen will, gegenüber der Kundschaft anzupreisen oder die Kunden zu unterhalten, wie es bei Geschäftsessen und anderen Gelegenheiten üblich ist.«

Nach einer kurzen Pause fuhr Roarke fort: »Hingegen werden Joseph Catterys Beziehungen zu den Kunden und auch seine Fähigkeit zur Teamarbeit ausdrücklich gelobt. Obwohl Vann das Eckbüro besetzt, hat Cattery vor Kurzem einen dicken Bonus ausbezahlt bekommen und hätte in nächster Zeit befördert werden sollen. Den Bonus gab's für seine Arbeit an einem Projekt, an dem auch Callaway beteiligt war, wobei dessen Bonus wesentlich geringer ausgefallen ist.«

»Das wäre unter Umständen ein Grund, Cattery aus dem Verkehr zu ziehen. Aber nicht eine Kneipe voller Leute«, überlegte Eve und stapfte vor der Tafel auf und ab. »Es geht ihm nicht um irgendeine kranke Religion. Es geht nicht um die Offenbarung und nicht darum, Kinder zu missbrauchen, aber ein paar Elemente der Doktrin des Roten Pferdes tauchen trotzdem auf. Zum Beispiel, dass er Frauen für die Drecksarbeit benutzt, dass ihm vollkommen egal ist, wenn durch seine Taten Unschuldige in den Tod gerissen werden, und vor allem die Verwendung der Substanz zum Zweck des Massenmords. Er sucht sich die Aspekte dieser Religion heraus, die seiner Meinung nach für ihn von Nutzen sind. Aber wir haben noch immer nicht genug, um diesen Typen festzunageln«, seufzte sie.

»Eine interessante Sache hätte ich da noch. Seit seiner Zeit am College ist er jedes Jahr einmal bei seinen Eltern zu Besuch.«

»Wahrscheinlich nicht aus Zuneigung, sondern einfach aus Pflichtgefühl.«

»Ja, wahrscheinlich«, stimmte Roarke ihr zu. »Aber dieses Jahr war er bereits vier Mal in Arkansas. Wobei die Akten seiner Eltern nichts enthalten, was auf eine schwere Krankheit oder etwas in der Richtung schließen ließe, auch die Finanzen der Familie sind unverändert.«

»Er wollte dort was.« Sie raufte sich die Haare. »Suchte etwas, was er gefunden hat oder vielleicht noch immer sucht. Ich brauche mehr Informationen über seine Eltern.«

»Mit dem Vater bin ich durch. Er war bei seiner Heirat schon fast vierzig, während die Mutter gerade einmal zweiundzwanzig war.«

»Das ist ein ziemlich großer Altersunterschied. Das könnte durchaus von Bedeutung sein.«

»Er war damals bei einem ambulanten Pflegedienst und kam ins Haus der Mutter, um ihr bei der Pflege ihres Vaters beizustehen. Der Vater hatte bei den Innerstädtischen Revolten mitgekämpft, war dabei schwer verwundet worden und war depressiv. Die Ehefrau war bei einem Autounfall umgekommen, ungefähr ein halbes Jahr bevor Russell Callaway und Audrey Hubbard sich zum ersten Mal begegnet sind. Die Hochzeit der beiden fand nur ein paar Wochen nach dem Tod des Vaters statt.«

Eve trat vor ihren Schreibtisch und rief abermals die Liste der verschwundenen Kinder auf. »Jemanden mit Namen Hubbard gibt's hier nicht.«

»Die Mutter sehe ich mir noch genauer an. Vielleicht kommt ja dabei etwas heraus.«

»Was ist mit der Militärakte des Vaters?«

»Er ging als Hauptmann in Pension. Er hat an unzähligen Kämpfen teilgenommen, aber mit den Einsätzen gegen das Rote Pferd hatte er laut seiner Akte nichts zu tun. Wobei natürlich möglich wäre, dass man das einfach nicht schriftlich festgehalten hat.«

»Was ist mit der Mutter seiner Mutter?«

»Die habe ich mir bisher nicht genauer angesehen. Gib mir noch ein bisschen Zeit. Schließlich ist das alles ewig her, und abgesehen von ein paar Akten und Berichten gibt es kaum noch was.«

»Und ich halte dich auf. Die Infos sind echt gut. Sie füllen ein paar der Lücken aus. Callaway ist also von Natur aus eher ein Einzelgänger und sehr ehrgeizig. Seine Mutter hat in einer schweren Phase ihres Lebens einen wesentlich älteren Mann geheiratet, ihm einen Sohn geschenkt und ihn als professionelle Mutter jahrelang zu Hause unterrichtet. Das heißt, dass er die ganze Zeit in ihrer Nähe war. Außerdem hatte der Junge kaum Gelegenheit, Kontakte außerhalb zu knüpfen, weil die Eltern ständig mit ihm umgezogen sind. Der Vater ist wahrscheinlich ziemlich dominant. Hat ein ums andere Mal den Job gewechselt und seine Familie entwurzelt, wenn es ihm gefiel. Die Großeltern mütterlicherseits sind tot, und zu seinen Eltern hat er als Erwachsener nur noch lockeren Kontakt. Aber jetzt sucht er sie plötzlich innerhalb von ein paar Monaten gleich mehrmals auf. Diese Infos sind echt gut. Besorg mir mehr.«

»Ich lebe nur, um dir zu dienen, Lieutenant.«

Entschlossen ging er wieder in sein eigenes Büro, sie wandte sich ihrer eigenen Arbeit zu und schickte die Informationen, die ihr Roarke gegeben hatte, mit der Bitte um Beurteilung der Psychologin Mira zu. Dann nahm sie sich die nächsten Namen vor und ging die ganze Angelegenheit noch einmal in Gedanken durch.

Schließlich rief sie ganz spontan die Passfotos der callawayschen Eltern auf, sah sie sich gründlich an, und während der Computer die Gesichter weiterer entführter Kinder künstlich altern ließ, trank sie den nächsten Schluck Kaffee. Als der die zunehmende Müdigkeit nicht mehr vertrieb, erwog sie kurz, ob sie sich einen anderen Muntermacher holen sollte, als ...

»Moment mal.«

»Eve.«

»Moment. Ich habe was entdeckt.«

»Ich auch.«

»Hier, sieh dir das an, und sag mir, was du davon hältst.«

Neugierig trat er neben sie und schaute sich die Bilder

auf dem Monitor ihres Computers an. Ein Bild von Audrey Callaway und eins, das vom Computer angefertigt worden war.

»Sieht aus, als wäre es dieselbe Frau. Die Frisur und Haarfarbe sind unterschiedlich, aber das Gesicht ist gleich.«

»Auf dem computergenerierten Bild siehst du Karleen MacMillon, die mit anderthalb gekidnappt wurde und die seither als verschwunden gilt. Wie es aussieht, haben die Hubbards sie unter dem Namen Audrey aufgezogen, denn verdammt, ich weiß, dass sie es ist.«

»Audreys Geburtsurkunde ist gefälscht. Eine wirklich gute Fälschung, aber trotzdem ist das Ding nicht echt.«

»Weil sie keine geborene Hubbard, sondern eines der entführten Kinder ist. Wobei es keinerlei Vermerk über das Wiederauffinden des Kindes gibt.«

»Hubbard ist nach seiner Pensionierung zusammen mit seiner Frau und der vierjährigen Tochter aus Europa in die Staaten emigriert. Seine Frau hatte eine Halbschwester, Gina MacMillon«, meinte Roarke.

»Gina und William MacMillon, Karleens Eltern, kamen bei dem Überfall um, bei dem das Kind gekidnappt wurde. Das ist die Verbindung. Das ist die Verbindung zwischen Callaway, Menzini und dem Roten Pferd. Das reicht noch nicht für eine Festnahme, aber observieren lassen kann ich ihn damit auf jeden Fall.«

Wieder trat sie vor die Tafel. »Als er herausgefunden hat, dass seine Mutter eines der entführten Kinder war, hat das was bei ihm ausgelöst. Aber wie ist sie als vierjähriges Mädchen an die Formel für das Zeug gekommen oder woher hat sie überhaupt etwas davon gewusst? Vielleicht war ja Hubbard an Menzinis Festnahme beteiligt oder vielleicht hat er ihn verhört. Sie haben oder hatten irgendwas im Haus, und Callaway war deshalb so oft da, weil er danach gesucht hat oder weil er von der Mutter alles wissen wollte, was es über diese Angelegenheit zu wissen gab. Was bedeutet, dass ich dringend mit ihr reden muss.«

»Dann fliegen wir also nach Arkansas?«

»Nein, ich spreche hier auf meinem Territorium mit ihr. Als Mitarbeiterin vom Heimatschutz hat Teasdale die Befugnis, sie hierherzuholen. Nachdem sie Callaway erzählt hat, was sie weiß, wird sie es jetzt auch uns erzählen.«

»Aber zuerst brauchst du eine Mütze Schlaf. Ich lasse den Computer alle Infos über diese Halbschwester zusammentragen, und wir beide hauen uns ein paar Stunden aufs Ohr. Du hast getan, was du dir für den Abend vorgenommen hattest«, meinte er, als er sie zögern sah. »Morgen musst du fit sein, wenn du dir den Typen schnappen willst.«

»Das stimmt. Ich schicke das ganze Zeug nur noch schnell an Whitney und setze zwei meiner Leute auf die Observierung an. Schließlich will ich nicht, dass er, während ich schlafe, irgendwo in einem Supermarkt, der nachts geöffnet hat, noch mal zuschlägt.«

»Das kann ich gut verstehen. Dann stelle ich in der Zeit alles, was ich rausgefunden habe, für dein Briefing morgen früh zusammen, und dann gehen wir in die Falle.«

»Abgemacht.«

14

In dem Traum, den sie als Traum erkannte, ging die Welt in Flammen auf. Inmitten des mörderischen Rots und des giftigen Orange, das die Dunkelheit erhellte, stiegen ölig schwarze Rauchsäulen zum Himmel auf, während eine Reihe Explosionen den Grund, auf dem sie stand, wie unter wilden Faustschlägen erbeben ließ. Sie hörte das Krachen von Granaten und das Rattern von Gewehren und erkannte, dass Menschen in dem Krieg vor langer Zeit vor allem durch Bomben und durch Schüsse umgekommen waren.

Inzwischen brachten sich die Menschen eher auf andere Arten um, doch sie befand sich nicht im Hier und Jetzt, sondern war in die Vergangenheit zurückgekehrt.

Der grauenhafte Lärm der Innerstädtischen Revolten hallte durch die Häuserschluchten von New York.

Ein Traum, sagte sie sich, es war nichts weiter als ein Traum. Trotzdem bahnte sie sich mit gezückter Waffe vorsichtig den Weg über die menschenleere Straße. Denn obwohl ein Traum nicht töten konnte, konnte er sehr schmerzlich sein, und sie war bereits viel zu oft mit dem Phantomschmerz eines schlimmen Traums erwacht, um unbewaffnet unterwegs zu sein.

Manchmal zeigten Träume einem, was man wissen musste und wofür man wegen all der Dinge, die es während eines anstrengenden Arbeitstages zu bedenken galt, taub oder blind gewesen war.

Am besten spitzte sie also die Ohren und hielt ihre Augen auf.

Auf dem Gehweg lag ein junger Mann. Sie ging in die Hocke, tastete nach einem Puls und sah, dass ihm die Kehle durchgeschnitten worden war. Er war praktisch noch ein Kind. Sie hatten ihm die Schuhe und, falls er so was besessen hatte, auch die Jacke abgenommen, doch sein Körper war noch nicht ganz kalt.

Sie ließ ihn einfach liegen, denn sie konnte nichts mehr für ihn tun. Natürlich war es nur ein Traum, aber trotzdem überprüfte sie noch einmal ihre Waffe und erkannte, dass sie statt der Dienstwaffe der Polizei eine .38er Automatik in den Händen hielt. Diese Art von Waffe kannte sie bisher nur aus der Waffensammlung ihres Mannes, jetzt sah sie nach, ob sie geladen war, und wog sie prüfend in der Hand, bevor sie weiterging.

Vorbei an Fenstern und an Türen, die vernagelt waren, und an ausgebrannten Wagen, wie sie für gewöhnlich nur in Filmen aus der Zeit zu sehen waren.

Der Eingang einer U-Bahn-Station war mit einem Zaun und Ketten abgesperrt. Vorsichtig bahnte sie sich den Weg am schwarzen Schlund hinter dem Zaun vorbei. Die Handvoll Straßenlampen, die noch nicht geborsten waren, ragten dunkel in den Himmel auf. Ampeln blinkten rot und riefen die Erinnerung an das Zimmer in Dallas, wo sie Richard Troy getötet hatte, in ihr wach.

Aber darum ging es nicht, erinnerte sie sich. Es ging nicht um das Kind, das sie einmal gewesen, sondern um die Frau, die sie inzwischen war. Um das, was sie jetzt tat.

Sie kam zu einem Straßenschild, Leonard and Church, und stellte fest, dass sie nicht weit entfernt vom ersten Tatort war.

Vielleicht fände sie ja dort Antworten auf ihre Fragen.

Während sie die Straße überqueren wollte, drangen aus der Nähe erst das Rattern von Gewehren und dann Schreie an ihr Ohr. Sie änderte die Richtung und lief eilig darauf zu.

Sie sah den Panzerwagen und auf seinem Dach einen Soldaten mit einem MG. Im Inneren des Gebäudes, das der Mann bewachte, wurden weitere Schüsse, Schreie und ängstliches Weinen laut. Sie merkte, dass es Kinderstimmen waren. Sie waren gekommen, um die Kinder abzuholen.

Kurzerhand nahm sie den Typen auf dem Panzerwagen ins Visier. Er trug wahrscheinlich eine schusssichere Weste, also zielte sie direkt auf seinen Kopf.

Während er vom Dach des Wagens stürzte, rannte sie entschlossen los und tauchte in die Schatten des Gebäudes ein. Zwei Männer und zwei Frauen zerrten eine Reihe laut schreiender Kinder aus dem Haus, mit angehaltenem Atem drückte sie noch einmal ab.

Dank der Schießübungen, die sie regelmäßig absolvierte, oder vielleicht auch, weil so etwas in Träumen möglich war, zog sie die beiden Männer mit dem ersten Schuss aus dem Verkehr, aber die beiden Frauen rannten los.

Eine von den beiden hielt ein laut weinendes Baby in den Armen, und sie lief den beiden hinterher. Denn nicht einmal im Traum ließe sie zu, dass auch nur eines dieser Kinder in die Hände dieser Sekte fiel. Auf Höhe der Kinder, die verängstigt in der Tür des Hauses kauerten, blieb sie kurz stehen.

»Geht wieder rein, versperrt die Tür und wartet, bis ich wiederkomme«, sagte sie und setzte die Verfolgung fort.

Die beiden Frauen trennten sich, und sie lief der Frau hinterher, die das Baby in den Armen hatte.

»Polizei! Bleiben Sie stehen! Verdammt, bleiben Sie stehen, oder ich schwöre, ich knalle Sie rücklings ab.«

Die Frau blieb stehen und wandte sich ihr zu. »Das wäre typisch.«

Sie erkannte ihre Mutter, und sie sah das Blut, das aus dem aufgeschlitzten Hals auf ihren Brustkorb rann.

»Du bist schon tot.«

»Ich sehe nur so aus. Wie oft musst du mich töten, bis du endlich zufrieden bist?«

»Nicht ich habe dich umgebracht, sondern McQueen. Ich hätte dich festgenommen, aber getötet hätte ich dich nicht.«

»Wenn du dich um deinen eigenen Kram gekümmert hättest, wäre ich jetzt noch am Leben.«

Sie hatte sich um ihren eigenen Kram gekümmert, das wusste Eve. Aber warum sollte sie es Stella erklären? Nicht einmal in ihren Träumen würde Stella je verstehen.

»Immer die alte Leier, Stella. Langsam wird es langweilig. Leg das Baby auf den Boden.«

»Warum sollte ich? Weißt du, was bestimmte Leute für so eine kleine Hexe zahlen? Ich muss schließlich irgendwie über die Runden kommen, oder nicht? Du weißt nicht, wie es hier jetzt ist. Die Hölle auf Erden. Ich habe in dieser Zeit gelebt. Was meinst du wohl, warum ich die geworden bin, die ich jetzt bin?«

»Ich habe auch in dieser Zeit gelebt.« Mit einem Mal stand Mira neben Eve und fuhr mit ruhiger Stimme fort: »Genau wie viele andere von uns. Sie hat ihre Entscheidungen getroffen, Eve, genau wie ich und Sie. Das ist Ihnen klar. Nicht die Umstände, sondern sie selbst hat sich zu der gemacht, die sie jetzt ist.«

»Woher zum Teufel will diese verdammte Seelenklempnerin in ihrem schicken Fummel und mit ihrem arroganten Auftreten das wissen? Sie will dich durcheinanderbringen, so wie alle anderen auch. Aber ich habe dich im Bauch gehabt. Ich habe dich *gemacht*.«

Mit einem kurzen Seitenblick auf Stella stellte Mira fest: »Sie kennen die Wahrheit, und Sie wissen, was gelogen ist. Das wussten Sie schon immer. Sagen Sie mir, was die Wahrheit ist.«

»Ich habe mich selbst gemacht.«

»Oh ja. Sie haben sich selbst zu der gemacht, die Sie jetzt sind, und das, obwohl diese Frau Sie geboren hat. Stella hatte Sie nie unter Kontrolle. Warum also lassen Sie zu, dass Sie sie heute kontrolliert?«

»Das kann und darf ich nicht. Das muss endlich aufhören.«

»Dann sorgen Sie dafür«, bedrängte Mira sie. »Treffen Sie eine Entscheidung. Machen Sie der Angelegenheit ein Ende, jetzt und hier.«

»Leg das Baby auf die Straße, geh und komm nie mehr zurück, Stella.«

»Du kannst nicht verhindern, dass ich wiederkomme. Los, schieß mir ruhig eine Kugel in den Kopf. Selbst dann komme ich garantiert zurück. Vielleicht breche ich der Kleinen erst noch das Genick. Das ist bei all den weichen Knochen wirklich leicht. Ich habe oft daran gedacht, dir das Genick zu brechen, denn genau wie dieses Baby hast auch du mir permanent die Ohren vollgeheult.«

»Stattdessen hast du mich bei ihm zurückgelassen, damit er mich schlagen, vergewaltigen und quälen konnte. Doch am Ende bin ich ihm entkommen.«

»Indem du ihn getötet hast. Das Blut klebt immer noch an deinen Händen, Richies Blut und meins.«

»Damit komme ich zurecht.« Das war die Antwort, oder nicht? Mit dem Blut der beiden, das an ihren Händen klebte, kam sie klar. »Leg die Kleine vor dir auf den Boden.«

»Warum kümmert dich, was aus ihr wird?« Stella legte eine Hand um den winzig kleinen, weichen Hals.

Eve trat auf sie zu, um die Geschichte ein für alle Mal zu beenden, als das Baby plötzlich schrie.

»Das!«

Bella, Mavis' Bella, streckte weinend ihre kleinen Ärmchen nach ihr aus.

Erfüllt von glühend heißem Zorn presste Eve den Lauf der Waffe gegen Stellas Stirn. »Lass sie los, du Hexe, wenn dein Hirn nicht auf den Gehweg spritzen soll.«

»Sie bedeutet dir doch nichts.«

»Sie alle bedeuten mir etwas. Mira, nehmen Sie das Kind.«

»Natürlich. So ist's gut, mein kleiner Schatz.« Mira nahm der anderen Frau das Baby ab und vergrub ihr Gesicht in seinem feinen Haar. »Jetzt ist alles gut. Eve wird niemals zulassen, dass dir etwas passiert.«

»Sie ist doch nur ein namenloses Gör, wo sie herkommt, gibt's noch jede Menge anderer Gören.«

»Aber nicht für dich. Weil du erledigt bist.«

Stellas Augen fingen an zu funkeln. »Was? Wirst du mich jetzt erschießen?« Sie hob ihre leeren Hände in die Luft. »Wirst du mich jetzt erschießen, obwohl ich unbewaffnet bin?«

»Nein. Ich brauche dich nicht zu erschießen, denn du bist schon tot.« Eve schob ihre Waffe wieder in das Halfter, sah das breite Lächeln im Gesicht der anderen Frau und rammte ihr voll Wut und voll Verzweiflung eine Faust unter das Kinn. »Aber das hier hätte ich bereits vor Jahren machen sollen.«

Stella lag genau wie in McQueens Apartment auf dem Gehweg, ihr Blut bildete eine schwarze Lache in der zunehmenden Dunkelheit.

»Meinetwegen kannst du gerne noch mal wiederkommen, wenn ich dir noch mal in den Hintern treten soll.«

Die Psychologin nickte anerkennend. »Gut gemacht.«

»Wo ist Bella? Was haben Sie mit dem Kind gemacht?«

»Sie ist in Sicherheit. Sie alle sind erst mal in Sicherheit. Aber Sie haben den unschuldigen Opfern ein Gesicht verliehen. Es ist einfacher für Sie, den Kindern beizustehen als sich selber, doch heute Nacht haben Sie beides gleichzeitig getan, und deshalb bin ich furchtbar stolz auf Sie.«

»Es macht Sie stolz, dass ich auf eine Tote losgegangen bin?«

»So wörtlich darf man das nicht nehmen.«

»Trotzdem wird sie wiederkommen.«

»Dann gehen Sie wieder auf sie los. Sie sind ihr überlegen, das waren Sie schon als kleines Kind.« Mira nahm Eves Hand und blickte auf den Rauch des Feuers, der noch immer in den Himmel stieg. »Dies waren fürchterliche Zeiten. Doch in fürchterlichen Zeiten bilden sich neben den Schurken auch die Helden heraus. Manchmal ist der Unterschied so klein, dass er an einer einzigen Entscheidung hängt, die diese Menschen treffen. Also sehen Sie sich die Entscheidungen der Leute an.«

»Welche Leute meinen Sie?«

»Hier hat es angefangen, oder nicht? Jetzt muss ich wieder gehen.«

Sie erwachte in der warmen Dunkelheit des Bettes, in dem sie an Roarkes Seite lag. Sie war vollkommen ruhig, in ihrem Kopf hallten keine Schreie nach. Anscheinend hatte sie auch während ihres Traums reglos im Bett gelegen, denn der dicke Kater lag auf ihren Füßen, und der Mann an ihrer Seite schlief noch immer tief und fest.

Es war kein echter Albtraum und kein echter Traum gewesen, obwohl ihr Fall noch immer nicht gelöst war, hatte sie gewisse Fortschritte erzielt. Am besten dächte sie darüber nach, welche Entscheidungen bestimmter Leute wichtig waren und wie befreiend der Schlag in das Gesicht der toten Frau für sie gewesen war.

Sie wusste nicht genau, wie sie dazu stand, doch sie käme sicherlich damit zurecht.

Vor allem fühlte es sich immer noch fantastisch an. Sie war durch und durch zufrieden, und außerdem hatte ihr der Sieg über die tote Mutter neue Energie verliehen.

Sie stützte sich auf ihren Ellenbogen auf und lenkte ihren Blick auf ihren Mann. Es kam nur selten vor, dass sie ihn schlafen sah. Meistens stand er früher auf als sie. Genauso oft hatte sie selbst entweder erschreckend klare und beunruhigende Träume oder schlief wie eine Tote, weil sie vollkommen erledigt war.

Er wirkte ungeheuer friedlich und vor allem wunderschön, wie er an ihrer Seite lag. Wie stellten Gene es nur an, sich in einer Weise zu verbinden, dass das Resultat der schönste Mann auf Erden war? Das war den anderen Menschen gegenüber einfach nicht gerecht.

Und dieser schöne Mann gehörte ihr.

Der Rest der Menschheit könnte also ruhig zur Hölle fahren.

»Schon gut«, murmelte er und streckte einen seiner Arme nach ihr aus. »Schon gut. Ich bin ja da.«

Konnte er sie etwa denken hören, überlegte sie, ließ aber zu, dass er sie an sich zog.

»Hattest du einen Albtraum?«

»Etwas in der Art.«

»Jetzt ist es gut.« Er streichelte ihr sanft den Rücken und küsste sie zärtlich auf den Kopf. »Jetzt ist es gut.«

Bereits sein Anblick spendete ihr Trost. Außerdem war er stets bereit, sie sanft im Arm zu halten und mit leiser Stimme auf sie einzureden, bis sie wieder vollkommen in Ordnung war. Was hatte sie doch für ein grenzenloses Glück.

»Ich bin in Ordnung.«

»Ist dir kalt? Ich mache gern ein Feuer, wenn du willst.«

Eine Flutwelle der Liebe wogte in ihr auf. »Mir ist nicht kalt. Nicht mehr.« Entschlossen rollte sie sich über ihn und presste ihm die Lippen auf den Mund. »Und wie geht's dir?«

Er wirkte fast so überwältigt wie sie selbst.

»Im Augenblick bin ich vor allem neugierig.«

»Ich hatte einen Traum. Ich werde dir davon erzählen«, versprach sie ihm, bevor sie Dutzende von Küssen erst auf seine Stirn und dann auf seine Wangen regnen ließ. »Dann bin ich wach geworden, und sofort war alles gut. Du hast neben mir gelegen und geschlafen, Galahad hat meine Füße platt gedrückt, und es war alles gut. Die Welt ist ein beschissener Ort, aber hier ist alles, wie es sein soll, Roarke.«

Er glitt mit seinen Fingern über ihre Beine bis zur Hüfte und erklärte zustimmend: »So fühlt es sich auch an.«

»Wahrscheinlich bist du müde. Kein Problem. Du kannst einfach weiterschlafen, ich kümmere mich um den Rest.«

»Oh, ich nehme an, ich brauche einfach einen Grund, um wach zu bleiben.« Damit rollte er sich über sie und presste sein inzwischen hartes Glied an ihren Unterleib. »Ich finde, das ist Grund genug.«

»Manchmal ist es durchaus angenehm, dass Männer derart simpel sind.«

»Auf jeden Fall. Vor allem, wenn eine Frau so warm und weich wie du im Augenblick direkt unter ihnen liegt.«

»Okay.« Entschlossen schlang sie ihm die Beine um den Rücken, rollte sich erneut mit ihm herum und stellte fröhlich fest: »Aber genauso gern liege ich oben, wenn der Mann so heiß und hart, ist wie du es jetzt gerade bist.«

»Das muss ja ein echt toller Traum gewesen sein.«

Lachend zog sie mit den Zähnen die Konturen seines Kiefers nach. »Es war kein solcher Traum. Vor allem gefällt's mir besser, wenn der Sex real ist und nicht nur geträumt.« Sie richtete sich auf, zog sich ihr Schlafshirt aus und warf es achtlos hinter sich.

Seine Hände glitten über ihren Rumpf bis zu den Brüsten. »Womit wir schon wieder einer Meinung wären.«

Sie presste ihre Hände auf seine, schloss die Augen, und so mühelos, wie wenn sie Luft holte, stieg ein Gefühl der Freude in ihr auf. Seine Hände, die Haut, der straffe Körper unter ihr. Oh ja, das war viel besser als der allerschönste Traum.

Er richtete sich auf, schlang ihr die Arme um den Leib, und während sie sich innig küssten und sie ihm mit ihren Händen durch das dichte Haar fuhr, bildeten die Körper, die sie aneinanderpressten, eine Einheit in der Stille und der Dunkelheit des Raums.

Er zog die Konturen ihres Körpers nach, ihre allzu häufig angespannten Muskeln wurden warm und gaben nach. Seine faszinierende, komplizierte Polizistin, seine faszinierende, komplizierte Eve. Er suchte mit dem Mund den Puls an ihrem Hals und sog das Leben unter ihrer zarten Haut begierig in sich auf.

Dann ließ er sich wieder nach hinten fallen, packte ihre Hände und zog sie auf sich herab. Er sehnte sich so sehr nach ihrem Mund, nach der einfachsten und grundlegendsten Form der Paarung, ehe abermals die Hitze und die Eile ihrer beider Leidenschaft die Oberhand gewann.

Glücklich, weil er sie nicht weniger begehrte als sie ihn, gab sie sich ihm zur Gänze hin und hatte das Gefühl, als lege sich an all den Stellen, die er mit seinen Händen nachgezogen hatte, warmer Glanz auf ihre Haut. Und während sie in warmem Glanz erstrahlte, zog sie selbst mit ihren Lippen die Konturen seines fein geschwungenen Halses, seines muskulösen Oberkörpers und der breiten Schultern nach.

Es war kein Traum, obwohl sie sich zusammen wie im Traum bewegten, kosteten, berührten, obwohl sie taub waren für den lauten Plumps, mit dem der Kater sich erbost von ihrer Bettstatt auf den Boden fallen ließ.

Leise Seufzer, plötzlich angehaltener Atem, das Rascheln der Laken, und die ganze Welt drehte sich nur noch um das breite Bett, auf das das erste fahle Licht des Tages fiel.

Im perlmuttfarbenen Glanz der morgendlichen Dämmerung nahm sie ihn erschaudernd in sich auf. Das alles und noch mehr, ging es ihr durch den Kopf, während sich ihr Herz vor lauter Glück zusammenzog. Zusammen waren sie das alles und noch mehr.

Er sah ihr zu, wie sie ihn ritt. Sah das Leuchten ihrer goldenen Augen und das Auf und Ab des langen, durchtrainierten Leibs, bevor sie ihren Kopf mit seiner wild zerzausten Krone aus seidig weichem braunem Haar nach hinten fallen ließ. Dann trieb sie ihn noch weiter an, bis irgendwann ihr Bild verschwamm und er sie an sich zog, bevor er sich mit ihr zusammen in den Abgrund fallen ließ.

Sie waren immer noch verknäult, als sie wieder zu Atem kam. Der Kater kletterte zurück aufs Fußende des Bettes und starrte sie aus seinen zweifarbigen Augen an.

»Was hat er nur für ein Problem?«, erkundigte sie sich.

»Ich nehme an, wir haben seinen Schönheitsschlaf gestört.«

»Bei all dem Schlaf, den er bekommt, müsste er schon längst der Roarke der Katzen sein.«

»Der was?«

»Bevor du aufgewacht bist, ging mir durch den Kopf, wie wunderschön du bist. Nachdem du wach warst, dachte ich, ich nutze einfach aus, dass ich mit einem derart attraktiven Kerl zusammen bin.«

»Was mir durchaus gelegen kam.«

»Du hättest wahrscheinlich sowieso aufstehen wollen, um dich heimlich aus dem Raum zu schleichen und dir eine erste Dosis Herrschaft übers Universum zuzuführen.«

Er blickte auf die Uhr. »Wie's aussieht, fange ich damit heute ein bisschen später als gewöhnlich an.«

»Ich selbst sollte mich langsam sputen, wenn ich heute irgendwelche Schurken fangen will.«

»Aber vorher trinken wir noch einen Kaffee hier im Bett.«

Das klang nicht schlecht.

»Und wer steht auf und geht ihn holen?«

»Gute Frage. Stein, Schere, Papier?«

»Du schummelst doch bestimmt.«

»Wie soll das bitte gehen?«

»Durch Telepathie.«

»Ah ja. Dann kannst du ihn ja auch freiwillig holen, wenn du sowieso verlierst.«

»Vielleicht, vielleicht aber auch nicht.« Sie stützte sich

auf einem ihrer Ellenbogen ab, sie ballten jeder eine Faust und zählten laut bis drei.

»Verdammt«, murmelte sie, denn ihr Stein wurde von dem Papier eingehüllt, das er gebildet hatte.

Knurrend rollte sie sich aus dem Bett, fütterte den Kater und bestellte den Kaffee.

»Und jetzt erzähl von deinem Traum.«

»Er war total seltsam. Irgendwie ging alles durcheinander. Ich war zur Zeit der Innerstädtischen Revolten hier, hier in New York.«

Sie hielt ihm seinen Becher hin.

»Ich war total angefressen, aber nicht ... ich weiß nicht. Fertig oder aufgeregt? Keine Ahnung, wie ich es beschreiben soll. Ich habe Stella ins Gesicht gesehen und gehört, wie sie herumgezetert und mal wieder mir die Schuld an ihrem Tod und allem anderen gegeben hat. Dann war da plötzlich Mira. Völlig ruhig und unerschütterlich, wie sie immer ist. Das genaue Gegenteil von Stella. Auch Mira hat in ihrem Leben jede Menge Mist erlebt, ohne dass sie deswegen zu einem Unmenschen geworden ist. Dieses Mal hat Stella mich zum ersten Mal nicht wirklich aus dem Gleichgewicht gebracht. Was kann sie mir schon tun? Nichts, was ich nicht zulasse. Das ist mir klar. Das war mir auch schon vorher klar. Aber ...«

»Deine Erlebnisse in Dallas waren wirklich hart. Die musstest du erst mal verdauen.«

»Ich weiß, auch dir hat die Geschichte ziemlich zugesetzt. Und ich weiß, die Zeit danach war auch für dich nicht wirklich leicht. Aber jetzt wird's besser.«

»Ja, das sehe ich dir an.«

»Ich hätte niemals zugelassen, dass sie mit dem Kind verschwindet oder ihm was antut. Dann sah ich plötzlich, dass es Bella war. Oh Gott. Nur über meine Leiche, du wertloses Miststück«, stieß sie aus und holte hörbar Luft. »Sie wollte, dass ich sie erschieße. Seltsam, findest du nicht auch? Obwohl es mein Traum war und die Regie über den Traum deshalb bei mir lag, wollte *sie,* dass ich mit meiner Waffe auf sie ziele, denn dann wäre es gewesen, als hätte ich wirklich meine Hand bei ihrem Tod im Spiel gehabt. Wahrscheinlich ging's dabei um irgendwelche lächerlichen Schuldgefühle, die ich endlich überwinden musste. Und das habe ich durch diesen Traum getan. Auf alle Fälle hat es sich fantastisch angefühlt, ihr eine reinzuhauen. Wozu Mira sicher was zu sagen hat, wenn sie davon erfährt.«

»Ich nehme an, sie würde Bravo sagen.«

»Sicher wird es wie bei Troy, nachdem ich endlich mit ihm fertig war. Vielleicht kommt sie zurück, aber sie kann mir nichts mehr tun. Das ist vorbei.«

Er presste seine Braue gegen ihre Stirn. »Ich kann dir gar nicht sagen, was mir das bedeutet.«

»Das ist auch nicht nötig. Sicher habe ich noch irgendwelchen Mist im Kopf, den ich wegschaufeln muss, aber irgendwelchen Mist hat jeder, oder nicht? Es geht nur darum, was man damit macht. Darum, wie man sich entscheidet. Irgendwann muss ich mir überlegen, was ich mit dem Mist, den ich noch mit mir rumschleppe, anstellen soll, aber erst mal muss ich sehen, welche Entscheidungen von welchen Leuten bei den Innerstädtischen Revolten das verdammte Labyrinth haben entstehen lassen, in dem sich dann Callaway verlaufen hat.«

»Wie gesagt, das war ein wirklich toller Traum.«

»Du hast deine Telepathie, und ich habe meine Träume. Und die werde ich benutzen, um verschiedenen Leuten in den Allerwertesten zu treten und herauszufinden, wie es damals abgelaufen ist.«

Sie sammelte die Unterlagen für das morgendliche Briefing ein und wollte gerade gehen, als Roarke in ihr Arbeitszimmer kam.

»Ich muss los und alles vorbereiten.«

»Gina MacMillon«, meinte er und reichte ihr eine CD. »Vielleicht gehst du die Infos auf der Fahrt noch durch. Auf deinem Computer auf der Wache ist schon eine Kopie meines Berichts.«

»Danke. Hast du irgendwelche interessanten Dinge rausgefunden?«

»Allerdings. Ihr Ehemann William MacMillon ist der offizielle Vater ihres Kindes, aber die Geburtsurkunde wurde erst erstellt, als das Kind bereits ein halbes Jahr alt war.«

»Das ist wirklich interessant.«

»Acht Monate vor der Geburt der Kleinen hatte William die Scheidung eingereicht, weil er ein halbes Jahr zuvor von seiner Frau verlassen worden war.«

»Vierzehn Monate bevor die Tochter auf die Welt kam? Wenn die Angaben des Mannes stimmen, war das entweder die längste Schwangerschaft der Welt oder das Kind war nicht von ihm. Ich tippe eher auf Letzteres.«

»Ich auch. Es gibt noch eine Aussage des Mannes, der zufolge seine Frau sich einer religiösen Sekte angeschlossen hatte und unter dem Einfluss ihres Anführers Menzini stand.«

Mit aufgerissenen Augen wandte Eve sich ihrer Tafel zu. »Die Frau schließt sich also Menzinis Gruppe an, wird dort geschwängert, überlegt es sich noch einmal anders oder nutzt nach einer Weile wieder ihr Gehirn und kehrt schwanger zu dem Ehemann zurück, der ihr vergibt und die Verantwortung für dieses Baby übernimmt.«

Nach einer kurzen Pause fuhr sie fort: »Damit habe ich ein paar Probleme, wenn dieser MacMillon nicht als Heiliger in die Annalen eingegangen ist, aber dem zeitlichen Ablauf nach sieht es so aus, als ob es haargenau so abgelaufen ist.«

»Das stimmt. Wobei die Liebe, falls es Liebe war, aus den meisten Männern Heilige oder aber auch Sünder macht.«

»Ich nehme an, die meisten Menschen kommen schon mit diesen beiden Seiten auf die Welt. Vielleicht ist also der leibliche Vater dieses Kindes aufgetaucht und hat das Kind entführt.«

»Und hat Gina und William bei der Entführung umgebracht.«

»Dann findet die Halbschwester der Frau das Kind, nimmt es wie eine eigene Tochter bei sich auf und gibt ihm einen anderen Namen, weil sie es beschützen will.«

»So sieht es aus.«

»Wobei es uns nicht wirklich weiterbringt zu spekulieren, ohne dass es handfeste Beweise für die ganze Sache gibt. Am besten gehe ich der Sache weiter nach. Vielleicht gibt's ja noch lebende Verwandte oder Freunde, die mir sagen können, wie es abgelaufen ist.«

»Eine Sache hätte ich da noch. Ich habe mich mit Crystal Kelly unterhalten.«

»Und wer soll das sein?«

»Die Chefin von dem Unternehmen, für das die Kampagne war.«

»Sind dort denn schon Geschäftszeiten?«

»Für Leute, die die Weltherrschaft erringen wollen, auf jeden Fall. Sie hat selbstverständlich schon von dem Anschlag hier gehört und kannte Cattery. Sie war durchaus gesprächsbereit und hat gesagt, sie hätte ihn gemocht. Sie und Vann waren tatsächlich, wie er ausgesagt hat, zusammen in einem Restaurant, als Callaway ihn angerufen hat, um ihm zu sagen, dass Cattery nicht mehr lebt.«

»Sie war also dabei, als er mit ihm gesprochen hat. Wie praktisch.«

»Allerdings. Und weiter hat sie erzählt, dass Vann genau wie sie von dieser Nachricht sehr betroffen war. Sie hätten überlegt, die Präsentation erst einmal zu verschieben, dann aber beschlossen, sie so schnell wie möglich durchzuziehen. Denn schließlich hatte Joe Cattery sehr hart daran gearbeitet.«

»Genau wie Callaway.«

»Angeblich hat sie mit ihm weniger als mit den anderen zu tun gehabt. Sie meint, sie hätte keine wirkliche Beziehung zu ihm aufgebaut und angenommen, er hielte sich bewusst etwas im Hintergrund. Er hat keinen nachhaltigen Eindruck bei ihr hinterlassen, was uns meiner Meinung nach durchaus etwas über den Mann verrät.«

»Er hat es sicher nicht gut weggesteckt, dass sie ihn nur am Rande wahrgenommen hat.«

»Vor allem hat Vann, bevor er von dem Todesfall erfuhr, Cattery noch ausdrücklich für zwei Aspekte der Kampagne sowie Weaver für die Flexibilität, die sie bei dem Projekt bewiesen hat, gelobt. Callaway jedoch hat er nur einmal kurz und eher beiläufig als Teil des Teams erwähnt.«

»Er tut also noch immer nur das, was er muss. Und ist angepisst, als Cattery, der nette Kerl, der Ehemann, der Vater und der Fußballcoach, ihn karrieremäßig überholt.«

»Das ist nicht viel mehr, als du schon hattest.«

»Am Schluss summieren sich auch die kleinen Dinge.«

Zu einem Gesamtbild, dachte sie und nickte ihrem Gatten zu. »Danke für die Infos.«

»Ich habe heute mehrere Termine, aber am Nachmittag kann ich noch etwas tiefer graben, wenn du willst.«

»Danke.« Sie trat auf ihn zu. »Aber lass dich davon bitte nicht von deiner eigenen Arbeit abhalten, okay? Ich habe jede Menge Leute, du hast bereits mehr als genug getan.«

»Bei über hundertzwanzig Toten nehme ich mir ganz bestimmt die Zeit, wenn's nötig ist.«

»Ich werde es dich wissen lassen. Vielen Dank für die CD. Ich sehe sie mir auf dem Weg zur Wache an.«

»Die Welt dort draußen ist gefährlich. Pass auf meine Polizistin auf.«

»Mach dir keine Sorgen.«

Diese Bitte könnte er ihr leider nicht erfüllen, dachte er und sah ihr hinterher.

In Gedanken bei dem Fall, lief sie ins Erdgeschoss, wo Summerset mit ihrem langen Ledermantel stand.

»Er wurde mit demselben kugelsicheren Futter ausgestattet, das auch Ihre Jacke hat.«

»Ach ja?« Im Grunde hätte sie sich denken können, dass Roarke nie etwas übersah. Sie wog den Mantel prüfend in der Hand und sah sich das flexible, schusssichere Futter an.

Obwohl er sie beständig darum bat, auf seine Polizistin aufzupassen, übernahm er diese Arbeit meistens selbst.

»Wir haben gerade eine Kaltfront«, stellte Summerset mit ruhiger Stimme fest. »Wir hatten Nachtfrost, und es weht ein bitterkalter Wind.«

»Okay.« Sie zögerte, denn es kam selten vor, dass Summerset sie morgens in Empfang nahm und ihr sagte, wie das Wetter war. »Ich kann Sie nicht über alle Einzelheiten informieren, aber wir haben eine Verbindung zwischen dem Verdächtigen und dem Roten Pferd entdeckt. Ich muss die Fäden noch zusammenführen, aber die Verbindung ist auf alle Fälle da.«

»Vielleicht könnte sie nützlich sein.«

»Und Sie könnten ihm nützlich sein.« Sie blickte in den ersten Stock, wo Roarke zurückgeblieben war. »Er hat in den letzten beiden Monaten sehr viele Dinge schleifen lassen, und ich komme mit dem Fall jetzt auch allein klar.«

»Ich wünsche Ihnen einen möglichst produktiven Tag.«

Sie trat vors Haus, wo ihr tatsächlich ein eiskalter Wind entgegenblies, bevor sie in den – bereits vorgeheizten – Wagen unterhalb der Treppe stieg, schob die CD, die ihr Roarke gegeben hatte, in den Schlitz und gab sich die Erlaubnis, vor dem Abhören der Infos erst noch ein privates Telefongespräch zu führen.

Sie wählte eine Nummer, und Sekunden später erschien das verschlafene Gesicht von ihrer Freundin Mavis auf dem Bildschirm ihres Autotelefons.

»He. Ich nehme an, ich habe dich geweckt.«

»Oh nein, ich war schon wach. Wir haben einfach alle noch gekuschelt. Gestern Abend ist es ziemlich spät geworden, aber trotzdem war mein kleiner Schatz in aller Herrgottsfrühe wach.«

»Aha. Es tut mir leid, dass ich nicht eher zurückgerufen habe. Seid ihr immer noch in Florida, wie du in deiner letzten SMS geschrieben hast?«

»In Miami, ja. Ich hatte hier zwei Auftritte, und Leonardo trifft sich mit verschiedenen Kundinnen, die alle aussehen, als ob sie in der Sonne eingeschlafen und total verbrutzelt wären. Es geht uns supergut.«

»Warum bleibt ihr nicht dort, bis ich mich wieder melde?«

Im Hintergrund hörte sie Babybrabbeln und ein dumpfes Knurren, das offenbar von Leonardo kam.

»In Ordnung.« Mavis schüttelte sich ihre zuckerwattepinkfarbenen Haare mit den feinen Silbersträhnen aus der Stirn. »Das Wetter ist der Hit, wir haben einen eigenen Pool hinter dem Haus, und Bellarina-Schatz ist unsere kleine Meerjungfrau. Wir haben dich im Fernsehen gesehen. Was zum Na-du-weißt-schon-wer ist bei euch los?«

»Ich kann dir keine Einzelheiten nennen, aber wir sind an der Sache dran, ich melde mich bei dir, sobald ich kann.«

»Die Rede ist von Terrorismus.«

»Das ist Schwachsinn, aber trotzdem ist es alles andere als schön. Bleibt ihr einfach in der Sonne, ja?«

»Auf jeden Fall, aber … in Ordnung, meine kleine Süßkartoffel. Bella hat gehört, dass du es bist. Moment.«

»Das!«

Als Eve das niedliche Gesicht der Kleinen auf dem Bildschirm sah, dachte sie flüchtig an das weinende Gesicht aus ihrem Traum.

»Hallo, Kleine.«

»Das, Das, Das!« Das Mädchen hüpfte fröhlich auf und ab, setzte zu einer langen Rede in einer ihr fremden Sprache an und endete mit: »Ja, Das? Ja?«

»Das klingt wirklich super. Tu das.«

»Sag auf Wiedersehen, Belle. Sag deiner Patentante Tschüss.«

»Schüss, Das! Schüss!«

Sie spitzte ihre Lippen, drückte einen feuchten Schmatzer auf den Monitor des mütterlichen Handys, und nach einem kurzen Blick nach links und rechts, um sich zu vergewissern, dass die anderen Autofahrer nicht in ihre Richtung sahen, warf Eve der Kleinen einen Handkuss zu. »Bis dann.«

»Schüss, schüss!«

»Sie möchte, dass du ihr beim Schwimmen zusiehst«, klärte Mavis ihre Freundin auf.

»Und woher weißt du das?«

»Ich spreche ihre Sprache.«

»Wenn du meinst. Aber jetzt muss ich wirklich los.«

»Guck, dass dir nichts passiert.«

»So ist's auf jeden Fall geplant. Bis dann.«

Zufrieden und seltsam erleichtert wählte Eve die Audiofunktion ihres CD-Spielers und hörte sich die Infos über die MacMillons an.

Wenig später bog sie in die Tiefgarage des Reviers und wählte die Nummer ihrer Partnerin. »Wo stecken Sie?«

»Auf dem Weg zur Wache.«

»Gehen Sie nach Ihrer Ankunft erst in mein Büro, und bringen Sie mir einen anständigen Kaffee in den Konferenzraum mit. Ich muss mit Ihnen sprechen.«

»Alles klar.«

Ich muss wirklich dringend mit ihr reden, dachte Eve und quetschte sich in den wie immer überfüllten Lift. Weil es auf verschiedenen Ebenen jede Menge Neuigkeiten gab.

15

Eve schrieb die neuen Infos und Verbindungen sowie zeitlichen Abläufe an den im Konferenzraum aufgestellten Tafeln an.

Von Callaway erst über Hubbard und danach über Mac-
Millon zu Menzini, überlegte sie. Das Zusammenspiel der
Wendungen, Entscheidungen und Fehler, die in dieser Geschichte enthalten waren, hatte zu den aktuellen Attentaten in New York geführt.

Wie lange hatte Callaway wohl vor sich hin gekocht
und diese Anschläge geplant? Wie lange hatte dieser Anzugträger, während er versucht hatte, Produkte zu verkaufen, die die Leute meistens gar nicht brauchten, schon von
Mord geträumt?

Und wie lange hatte er gewusst, dass Mord ein Teil von
seinem Erbe war?

Wieder dachte sie an ihre jüngsten Träume. Mord und
Elend hätten auch ihr eigenes Erbe werden können, hätte
sie nicht einen anderen Weg gewählt.

Stattdessen stand sie hier und betrachtete die Opfer
und den Täter, das Warum und Wie der Morde, die von
jemand anders begangen worden waren. Hätte sie vor
Jahren einen anderen Weg eingeschlagen, wäre ihre eigene Entscheidung für ihr Leben anders ausgefallen, hinge
jetzt vielleicht ihr eigenes Gesicht an einer dieser Tafeln
und würde von jemand anders betrachtet, der versuch-

te zu ergründen, wie es zu diesen Gewalttaten gekommen war.

Mira hatte in der Wirklichkeit und auch in ihren Träumen recht gehabt, erkannte sie. Man hatte immer selber eine Wahl.

In diesem Augenblick kam Peabody den Flur heraufgestapft und hielt ihr einen Becher voll dampfend heißen Kaffees hin.

»McNab und ich hatten eine echt lange Nacht«, erklärte ihre Partnerin. »Aber dafür haben wir alles Wissenswerte über Jeni Curve und Macie Snyder rausgefunden, und wir haben Infos über fünf damals entführte Kinder, die inzwischen nach New York gezogen sind.«

Sie machte eine Pause und sah sich die neuen Daten an den Tafeln an. »Wow, wie's aussieht, war die Nacht für Sie genauso lang.«

»Haben Sie den Bericht über Menzini schon gelesen?«

»Sogar zweimal. Ein böser Mensch, ein Chemiker, ein religiöser Spinner und der Hauptverdächtige bei zwei Anschlägen mit der Substanz, die auch im *On the Rocks* und *Café West* verwendet worden ist. Er wurde damals festgenommen und wurde nach der Verhaftung nie wieder gesehen.«

»Es gibt eine Verbindung zwischen Callaway und diesem Mann. Durch seine Mutter, die eins der entführten Kinder war.«

»Callaway.« Mit zusammengekniffenen Augen sah sich Peabody das Bild des Mannes an. »Für mich war der bisher ein kleines Licht, und ich kann mich auch nicht daran erinnern, dass auf unserer Liste eine Audrey Hubbard stand.«

»Weil sie dort unter anderem Namen eingetragen ist.

Sie ist eine geborene Karleen MacMillon. Mutter Gina – Halbschwester von Tessa Hubbard – Vater unbekannt. Die MacMillons wurden während eines Überfalls auf ihr Zuhause und des gleichzeitigen Kidnappings der Tochter umgebracht. Hubbard hat das Kind gefunden, unter anderem Namen als die eigene Tochter ausgegeben und dann hierher nach Amerika gebracht.«

Eve trank einen ersten Schluck Kaffee. »Aber das ist noch nicht alles. Während ich den Rest erzähle, drucken Sie schon mal die Bilder dieser Leute aus.«

Nachdem sie mit dem Bericht geendet hatte, meinte sie: »Ich habe zwei von unseren Leuten auf ihn angesetzt. Roarke hat Infos über die leibliche Mutter ausgegraben, den Details, die er noch nicht rausgefunden hat, geht am besten Feeney nach.«

»Bei all den Spuren und all den Daten, die wir zu sortieren hatten, hätte ich niemals gedacht, dass wir so schnell dahinterkommen, wer für die Attentate verantwortlich ist.« Genau wie Eve sah sich auch Peabody noch einmal die Aufnahmen der Opfer an. »Als ich letzte Nacht ins Bett gegangen bin, dachte ich, er schlägt wahrscheinlich bald noch einmal zu, ich habe kaum ein Auge zugekriegt.«

»Wir werden diesem Typen nicht die Chance geben, die Zahl der Bilder hier an dieser Tafel zu erhöhen.«

»Jetzt kann ich sicher wieder besser schlafen«, stellte Peabody erleichtert fest. »Holen wir ihn gleich heute Morgen aufs Revier?«

»Ich will erst abwarten, was er macht. Aber ja, wir werden mit ihm reden. Außerdem will ich noch mit den Hubbards sprechen, aber da ich wirklich keine Lust habe, nach Arkansas zu fliegen, setze ich am besten Teasdale auf die Sache an. Sie soll die beiden hierherholen und wenn möglich dafür sorgen, dass sich die Kollegen in dem Haus der Leute umsehen, während sie auf Reisen sind.«

»Glauben Sie, dass sie dort etwas finden werden oder dass die beiden in die Anschläge verwickelt sind? Meine Güte, Dallas, glauben Sie, sie wüssten, was Callaway treibt?«

»Ich glaube, dass dort irgendetwas ist.« Eve trat einen Schritt zurück, hob ihren Kaffeebecher an den Mund und sah sich die Aufnahmen der Eltern an der Tafel an. »Ich habe keine Ahnung, was die beiden wissen, aber es gibt eindeutig eine Verbindung zwischen Lewis Callaway und dem Roten Pferd. Wahrscheinlich stammt er direkt von Menzini ab, auch wenn wir bisher nicht auch nur annähernd beweisen können, dass er etwas von dieser Verwandtschaft weiß oder dass er wie auch immer an die Formel für das Zeug, das bei den Anschlägen benutzt wurde, gekommen ist.«

»Trotzdem deutet alles darauf hin.«

»Wir brauchen das Gesamtbild, weil nur so bewiesen werden kann, dass er die Substanz hatte, mit der er die Taten durchgeführt hat. Auch das Motiv ist bisher noch nicht klar. Hatte er es bei den Attentaten auf bestimmte Leute wie zum Beispiel die Kollegen aus der Firma abgesehen, oder ging es ihm um Mord im großen Stil? Und wenn es ihm um Cattery und Fisher ging, warum? Die Möglichkeit, die Attentate zu verüben, hat er auf jeden Fall gehabt. Er war im *On the Rocks,* er lebt und arbeitet einen Katzensprung vom *Café West* entfernt, und er hat zugegeben, dass er regelmäßig dort zu Gast war.«

Seufzend nahm sie auf dem Rand des Konferenztischs Platz und sah sich die Bilder an den Tafeln an. »Aber wir brauchen mehr. Wir müssen ihm beweisen, dass er Zugang zu der Formel hatte, und wir brauchen ein Motiv, denn wir müssen um jeden Preis verhindern, dass der Kerl uns noch einmal durch die Lappen geht.«

»Mit den Informationen, die Sie haben, können Sie ihn auf alle Fälle schon mal in die Mangel nehmen.«

»Ja, das kann und werde ich. Trotzdem wäre es nicht schlecht, noch mehr zu haben, wenn er vor mir sitzt.«

Als die ersten Cops den Raum betraten, ging sie noch einmal ihre Aufzeichnungen durch und hob den Kopf, als ihr der Duft von frischem Backwerk in die Nase stieg.

Wie ein Rudel Wölfe kreisten die Kollegen um den Chef der elektronischen Ermittler, der mit einer Schachtel voll Kuchen durch die Tür getreten war.

»Meine Frau hat gestern Nachmittag in ihrem Kochkurs diesen Kaffeekuchen ausprobiert. Wahrscheinlich schmeckt er gar nicht mal so schlecht.«

Als ob das eine Rolle spielen würde, dachte Eve. Am besten ließe sie die anderen erst einmal zuschlagen und tränke selbst in Ruhe ihren Kaffee aus.

»Haut rein«, wies sie sie an. »Und wischt euch, um Himmels willen, die Krümel aus den Mundwinkeln, wenn ihr mit dem Essen fertig seid. Falls irgendwer noch ansatzweise an unseren Ermittlungen zu diesen Attentaten interessiert ist, freut es ihn vielleicht zu hören, dass es uns gelungen ist, eine Verbindung zwischen Callaway und dieser Sekte herzustellen.«

Es wurde totenstill im Raum, eilig setzten sich die anderen hin und sahen gespannt die Tafeln an.

Sie wartete noch einen Augenblick und nickte Peabody kurz zu. »Gina MacMillon«, fing sie an, während das Bild der Frau auf einem Monitor erschien. »Die leibliche Großmutter von Lewis Callaway. Auf diesem Foto ist sie dreiundzwanzig, es wurde aufgenommen, kurz bevor sie ihren

Ehemann verlassen hat und einer unbenannten Sekte beigetreten ist. Kurz nachdem sie aus der Sekte wieder ausge-
treten war, hat sie eine Tochter auf die Welt gebracht. Erst
sechs Monate später hat man die Geburtsurkunde für das
Kind erstellt, als Vater wird darin der Ehemann der Frau
genannt. Das Mädchen, Karleen MacMillon, wurde mit
achtzehn Monaten entführt und ist dann nie mehr unter
diesem Namen aufgetaucht. Allerdings ...«

Auf dem Monitor erschien ein anderes Bild.

»Dieses vom Computer generierte Bild zeigt Karleen,
wie sie wahrscheinlich mit einundzwanzig ausgesehen hat.
Und das hier ist das Passfoto von Audrey Hubbard Callaway, als sie im selben Alter war. Audreys Geburtskunde ist
gefälscht und weist sie als Tochter von Gina MacMillons
Halbschwester Tessa und deren Mann Edward aus. Als das
Mädchen vier war, sind die zwei mit ihr aus England in die
Staaten umgesiedelt, wo sie in Johnston in Ohio ansässig
geworden sind. Audrey Hubbard ist mit Russell Callaway
verheiratet und hat im Rahmen dieser Ehe einen Jungen
auf die Welt gebracht. Lewis Callaway.«

»Damit wäre die Verbindung klar«, warf Baxter ein.

»Genau. William MacMillon hatte ein paar Monate vor
der Geburt des Kindes die Scheidung eingereicht, weil seine Frau einer von einem Mann namens Menzini angeführ-
ten Sekte beigetreten war. Wenn MacMillon nicht gelogen
hat, machen das Datum seines Antrags und das Datum der
Geburt des Mädchens es unmöglich, dass sie seine Tochter war.«

Baxter riss verblüfft die Augen auf. »Er hat die Frau also
in Gnaden wieder aufgenommen und das Kind als seine
Tochter anerkannt? War der Mann vielleicht ein Heiliger?«

»Finden Sie es raus. Finden Sie und Trueheart alles, was

Sie können, über die Familie heraus, und suchen Sie jemanden, der ihn und die Familie kannte und uns vielleicht sagen kann, was damals wirklich abgelaufen ist. Angeblich wurden er und Gina im Zusammenhang mit der Entführung ihres Kindes umgebracht. Mich interessiert der Schmutz, mit dem in dieser Ehe herumgeworfen wurde. Solche Dinge vergessen die Leute nicht so schnell.«

Sie schaute im Raum herum. »Reineke, Jenkinson, Sie gehen denselben Dingen hinsichtlich der Hubbards nach. Warum gab es die Namensänderung des Kindes, die falsche Geburtsurkunde und den Umzug in ein fremdes Land?«

»Vielleicht hat ja der Samenspender Scherereien gemacht«, sinnierte Reineke. »Vielleicht wollten sie die Kleine von ihm fernhalten. Oder, verdammt, vielleicht wollten sie einfach noch mal ganz von vorn beginnen. So etwas kommt schließlich vor.«

»Ich selbst tippe auf Ersteres. Schließlich hätten sie das Kind auch adoptieren oder offiziell die Pflegschaft übernehmen können, aber nichts weist darauf hin, dass die Familie diesen Weg gegangen ist. Und warum nicht? Hubbard war beim Militär, er war dort Hauptmann, als er in Pension gegangen ist. Und Tessa war die nächste Blutsverwandte, abgesehen von den Großeltern, von Tessas Vater und von Ginas Mutter, die angeblich immer noch in England lebt. Finden Sie heraus, was es mit der Geschichte auf sich hat.«

»Ich denke, dass Detective Callendar und ich vielleicht was haben.« Teasdale sah die elektronische Ermittlerin kurz an, und als die nickte, fuhr sie fort: »Wir haben ziemlich viel über das Rote Pferd herausgefunden, obwohl viele dieser Infos bloße Anekdoten, Spekulationen oder nicht zu belegen sind. Am meisten haben wir uns dabei natürlich auf Menzini konzentriert und haben eine Handvoll Bilder und Berichte aus der Zeit vor seiner Festnahme entdeckt.«

»Die Bilder habe ich dabei, wenn Sie wollen, rufe ich sie auf dem zweiten Bildschirm auf«, erbot sich Callendar.

»Auf jeden Fall«, erklärte Eve. »Wir haben inzwischen herausgefunden, dass Callaway im Durchschnitt einmal jährlich zu Besuch bei seinen Eltern war. Inzwischen leben sie in Arkansas, doch dieses Jahr war er schon mehrmals dort. Außerdem hat Cattery für seine Arbeit an einem gemeinsamen Projekt der beiden einen deutlich größeren Bonus als er selbst kassiert und hätte bald befördert werden sollen. Vielleicht ging es beim ersten Anschlag also nur um Geld und eine bessere Position bei Stevenson und Reede.«

»Fertig, Lieutenant«, meldete Callendar.

»Dann zeigen Sie uns, was Sie haben«, befahl Eve.

»Die Bilder waren ziemlich grobkörnig und nicht besonders scharf. Ich habe sie ein bisschen aufgemotzt und kriege sie bestimmt noch besser hin. Das hier ist ein Bild aus einem Blog der *Daily Mail*. Es wurde in London aufgenommen, und es zeigt Menzini, der im East End während einer Feuerpause eine Predigt hält. Die Frau zu seiner Rechten wird als seine Partnerin bezeichnet, allerdings nicht namentlich genannt.«

»Vergrößern Sie die Frau«, bat Eve, während sie dichter vor den Bildschirm trat. »Ihr Haar ist rot gefärbt und länger, aber trotzdem bin ich sicher, dass es Gina ist.«

»Ich habe noch ein anderes Bild von ihr.« Sofort rief Callendar das nächste Foto auf. »Das ist bei einer Art Erweckungsritual. Ich finde, sie sieht ziemlich schwanger aus.«

»Und hat sich wieder direkt an Menzinis Seite aufgebaut. Vergleichen Sie das Bild mit ihrem Passfoto, damit wir sicher wissen, dass es wirklich Gina ist.«

»Es gibt kaum Aufnahmen von ihm während der Inner-städtischen Revolten«, stellte Teasdale fest. »Umso interessanter finde ich, dass man auf zwei der Bilder diese Frau an seiner Seite sieht.«

»Noch interessanter wird es, falls wir herausfinden, dass er der Vater ihres Kindes ist.«

»Auf jeden Fall«, stellte die Frau vom Heimatschutz mit einem gut gelaunten Lächeln fest.

»Ihr Verein weiß doch bestimmt, ob seine DNA bei der Akte ist.«

»Ich werde alles unternehmen, was in meiner Macht steht, damit ich sie einsehen kann.«

»Die leibliche Mutter und die Halbschwester sind tot, aber vielleicht gibt es auch von ihnen irgendwo noch einen Rest von Genmaterial. Die Großmutter ist noch am Leben. Doch vor allem brauche ich Menzinis DNA. Sorgen Sie dafür, dass ich sie kriege, Teasdale, und wenn Sie schon mal dabei sind, holen Sie mir auch die Eltern des Verdächtigen für eine Befragung nach New York.«

»Das müsste möglich sein.«

»Dann machen Sie, so schnell es geht.« Sie zog ihr Handy aus der Tasche und las sich die eingegangene Nachricht durch. »Der Verdächtige verlässt das Haus, in dem er wohnt. Er trägt seine Arbeitskleidung und hat eine Aktentasche in der Hand. Er wird weiter überwacht. Ich will mit seinen Eltern sprechen, ehe wir ihn zur Vernehmung auf die Wache holen.«

»Dann mache ich mich besser umgehend an die Arbeit.«

»Und ich will, dass man ihr Haus durchsucht, sobald die beiden aufgebrochen sind.«

Teasdale zog die Brauen hoch. »Wie Sie selber wissen, haben wir zahlreiche Indizien, aber keine handfesten Beweise, es dürfte ziemlich schwierig werden, die Erlaubnis zur Durchsuchung dieses Hauses zu bekommen, da es keinen Hinweis darauf gibt, dass die beiden jemals in Verbindung mit dem Roten Pferd gestanden haben oder in die Anschläge verwickelt sind.«

»Er war nicht ohne Grund in diesem Jahr schon viermal dort.«

»Wahrscheinlich nicht. Aber das Haus, um das es geht, gehört nun mal zwei offenbar gesetzestreuen Bürgern, deshalb muss ich meinen Vorgesetzten und den Richter erst einmal davon überzeugen, dass eine Durchsuchung dieses Hauses für die öffentliche Sicherheit unabdingbar ist.«

»Dann tun Sie das. Feeney, hier ist die CD mit allem, was Roarke bisher über Gina herausgefunden hat. Er hatte keine Zeit mehr, um der Sache weiter nachzugehen.«

»Dann setze ich die Suche fort.«

»Das tun die anderen am besten auch. Ich will bis Mittag alles wissen, was man über diese Leute wissen kann, selbst wenn es nur die jeweiligen Schuhgrößen betrifft. Also macht euch ans Werk«, verlangte sie und blickte die Kollegin von der Drogenfahndung an.

»Gibt's irgendetwas Neues zu den Drogen, Stone?«

»Ich habe eine frische Zeus-Quelle, die meinen Lieutenant glücklich machen wird, aber wie's aussieht, nicht mit unseren Attentaten in Verbindung steht. Beim LSD tappe ich immer noch im Dunkeln, bleibe aber weiter an der Sache dran. Ich habe überall herumgestochert, und ich kann Ihnen versichern, dass Christopher Lester oder sein Labor keine der Zutaten bestellt haben, die man für die Herstellung der Substanz braucht. Zumindest in den letzten beiden Jahren taucht sein Name auf keiner Kundenliste auf.«

»Suchen Sie trotzdem weiter, ja?«

»Lieutenant? Meiner Meinung nach hat unser Täter eine legitime Quelle für das Zeug. Ich meine, ein Labor oder einen Chemikaliengroßhändler. Um das LSD sowie die anderen Synthetikdrogen auf der Straße zu bekommen, bräuchte er einen Verbindungsmann.«

Strong rutschte nervös auf ihrem Stuhl herum. »Dieser Callaway treibt sich bestimmt nicht auf der Straße rum. Er ist ein Anzugträger, und nichts deutet darauf hin, dass er mal was genommen hat oder Verbindungen in dieser Szene hat. Wenn ein solcher Typ versuchen würde, sich die Sachen, die er für die Anschläge gebraucht hat, auf der Straße zu besorgen, wäre das sicher aufgefallen. Genauso wenig deutet irgendetwas darauf hin, dass er es aus dem Untergrund, dem Ausland oder vielleicht sogar von außerhalb der Erde hat kommen lassen.«

»Da haben Sie wahrscheinlich recht«, warf Teasdale ein. »Dazu kommt, dass er eindeutig kein Experte für Chemie ist. Selbst mit der Formel hätte er auf alle Fälle jemanden gebraucht, der ihm erklärt, wie er die Sache vorbereitet, was er alles dafür braucht und wie er mit den Einzelkomponenten umgehen muss. Man muss sich mit solchen Dingen auskennen, und ich kann mir nicht vorstellen, dass ein Laie so etwas hinbekäme, ohne dass ihm jemand dabei hilft.«

»Also suchen wir erneut nach einem Chemiker. Stone, am besten sprechen Sie mit Christopher. Fragen Sie ihn, wie man seiner Meinung nach an die Synthetikdrogen kommen kann und in welchen Labors hier in der Gegend routinemäßig solches Zeug verwendet wird. Irgendwo muss es eine Verbindung geben. Finden Sie sie.«

»Zu Befehl, Ma'am.«

»Russell Callaway ist Arzt, auch wenn er zwischenzeitlich eine Farm betreibt. Vielleicht hat er ja eine Quelle oder kennt sich selbst mit Chemikalien aus. Auch Bauern nutzen solches Zeug, vielleicht haben ja die Callaways in den vergangenen Monaten seltsame Chemikalien gekauft. Versuchen Sie das rauszufinden, Callendar.«

»Okay.«

»Dr. Mira, könnte ich Sie wohl kurz sprechen? Peabody, Sie sehen sich die Finanzen der Familie genauer an. Suchen Sie nach einem Hinweis darauf, dass sie vielleicht etwas von der Großmutter, die noch in England lebt, bekommen haben oder ob sie irgendwo in einem Chemikaliengroßhandel gewesen sind.«

Sie wartete, bis alle anderen gegangen waren, und wandte sich dann der Psychologin zu.

»Es gibt noch jede Menge offener Fragen«, fing sie an. »Ich hätte gern, dass Sie mit folgenden Überlegungen arbeiten. Am besten fangen Sie mit der Frage an, ob Audrey Hubbard ihre eigene Geschichte kennt und ihrem Sohn erzählt hat, wie es damals abgelaufen ist. Weisen unter Umständen die Infos, die wir über ihn zusammengetragen haben, darauf hin, dass er infolge dieses Wissens ausgerastet ist?«

»Das hinge selbstverständlich davon ab, wie er von alledem erfahren hat. Bisher deutet alles darauf hin, dass seine Kindheit relativ normal verlaufen ist, auch wenn er sich in diesen Jahren immer wieder umgewöhnen musste, weil die Eltern mehrfach mit ihm umgezogen sind. Er war ein Einzelgänger, aber in den Jahren, die ihn geprägt haben, wurde er ein ums andere Mal entwurzelt, was das Knüpfen lang anhaltender Beziehungen nicht unbedingt erleichtert hat. Er ist als Jugendlicher niemals straffällig geworden und hatte den Schulakten zufolge kein besonderes Problem mit Disziplin.«

»Genau das ist es, was mich stört. Abgesehen von den vielen Umzügen wirkt alles vollkommen normal. Aber sind sie deshalb so oft umgezogen, weil der Vater ein so ruheloser Geist ist oder weil der Junge nicht ganz sauber war?«

»Nicht ganz sauber?«

»Ja, genau. Vielleicht sind sie ja immer umgezogen, wenn es irgendwelchen Ärger mit ihm gab. Die Hubbards sind aus England in die Staaten umgezogen ... nur ein Mal, aber sie haben damals gepackt, sind aus Europa weg und haben noch einmal von vorn angefangen. Vielleicht haben Lewis' Eltern das ja öfter so gemacht.«

Sie trat vor die Tafel und legte den Finger auf das Bild von Callaway. »Vielleicht wusste er ja lange nichts von der Geschichte, weil die Mutter selbst nichts davon wusste oder weil sie ihm die Sache absichtlich verschwiegen hat. Und dann findet er plötzlich irgendwelche alten Unterlagen oder jemandem rutscht was heraus, was ihn ins Grübeln bringt. Also fährt er heim nach Arkansas und sucht dort nach der Bestätigung für das, was er erfahren hat.«

Sie tippte erst auf Audrey Hubbards und dann auf Menzinis Bild.

»Was macht ein Einzelgänger ohne dauerhafte feste Bindungen, der das Gefühl hat, auf der Karriereleiter festzusitzen, weil man anderen den Vorzug gibt, wenn er erfährt, dass er der Enkel eines solchen Mannes ist?«

»Sie gehen davon aus, dass das der Auslöser für diese Taten war.«

»Der Auslöser oder vielleicht auch die Entschuldigung dafür, auf dieselbe Weise wie sein Großvater ein Statement abzugeben, andere zu bestrafen, andere zu missbrauchen, damit er sich nicht die Hände selber schmutzig machen muss, endlich einmal ein Gefühl von Wichtigkeit zu haben und zugleich Kollegen aus dem Weg zu räumen, die ihm vorgezogen worden waren. Endlich gab es ein Ventil für die gewalttätige Neigung, die er über Jahre hatte unterdrücken müssen. Endlich durfte er das tun, was seinem Wesen immer schon entsprochen hatte. Endlich wusste er, woher er stammte und dass das Verlangen zu töten, Teil von seinem Erbe war.«

»Aber wie es aussieht, wurde er von anständigen Menschen großgezogen«, schränkte Mira ein.

»Bisher können wir das noch nicht sicher sagen«, widersprach ihr Eve. »Wir haben einen älteren, möglicherweise dominanten Vater sowie eine Mutter, die sich erst für ihre Eltern und danach für ihren Jungen aufgeopfert hat. Was dessen Meinung nach wahrscheinlich zeigt, wie schwach sie ist.«

»Und wie sehen Sie das?«

»Meiner Meinung nach hat sie sich freiwillig dafür entschieden. Ich für meinen Teil hätte das sicher nicht getan, aber sie hatte eine Wahl. Außer man hat sie dazu gezwungen, was sicher leicht herauszufinden ist. Ich sehe mich nicht selbst in Callaway, falls es das ist, was Ihnen bei dieser Sache Sorgen macht. Schlechte Gene? Ja natürlich habe ich die in mir, aber das ist ganz bestimmt keine Entschuldigung, mein Leben zu versauen. Und noch weniger ist es eine Entschuldigung für Mord. Vielleicht habe ich eine Neigung zur Gewalt, aber die habe ich ganz gut im Griff.«

Mit einem gleichmütigen Achselzucken fuhr sie fort: »Ich muss ihn auf die Wache holen, bevor er noch einmal zuschlagen kann. Und ich muss ihn hierbehalten, denn wenn ich ihn noch einmal hier herausspazieren las-se, schlägt er garantiert noch einmal zu. Dann findet er ganz sicher einen Weg. Ich muss ihn noch ein bisschen bes-ser kennenlernen, um zu wissen, was der Auslöser für diese Taten war und wo ich bohren muss.«

»Solange Sie nicht mit der Mutter gesprochen haben – mit der ich mich auch gern einmal unterhalten würde – sind das alles nur Spekulationen«, gab die Psychologin zu bedenken, und Eve nickte widerstrebend.

»Vielleicht habe ich keine Zeit, um vorher mit der Frau zu reden, aber Ihre Spekulationen sind mir mehr wert als die Überzeugungen der meisten anderen.«

Mira atmete geräuschvoll ein und sah sich nacheinan-der Lewis', Audreys und Menzinis Bilder an der Tafel an. »Also gut. Ich gehe davon aus, dass er es weiß. Keine Ah-nung, wie er es herausgefunden hat, aber meiner Meinung nach hat dieses Wissen ihn nicht abgestoßen, angewidert oder auch nur annähernd erschreckt, sondern im Gegen-teil befreit.«

»Okay.« Eve nickte zustimmend. »In Ordnung, damit kann ich arbeiten.«

»Er ist nicht im Mindesten wie Sie.«

»Da haben Sie völlig recht.«

Mira lenkte ihren Blick zurück auf Eve. »Sie sehen un-gewöhnlich … friedlich aus.«

»Der Ausdruck friedlich passt vielleicht nicht ganz. Schließlich muss ich einen Massenmörder stoppen, was bedeutet, dass ich augenblicklich eher auf Krawall gebürs-tet bin.«

Besser gesagt war sie nicht auf Krawall gebürstet, son-dern kampfbereit und energiegeladen. Und genau so soll-te es auch sein.

»Aber es geht mir gut. Um es kurz zu machen … ich habe von dieser Angelegenheit geträumt. In dem Traum kamen auch Stella und Sie selber vor. Es endete damit, dass ich Stella ins Gesicht geschlagen habe. Das ist eben Teil meines gewalttätigen Erbes, doch es hat sich gut und richtig angefühlt. Fast als hätte ich die Sache damit ein für alle Mal hinter mich gebracht. Oder zumindest fast. Und wenn ich ihn ansehe …«

Wieder sah sie auf das Bild von Callaway, das an der Tafel hing. »… dann sehe ich, dass ich denselben Weg hätte beschreiten können wie er. Aber ich habe einen anderen Weg gewählt. Einen Weg, der mir sehr gut gefällt. Meistens gefällt mir auch die Frau, die ich inzwischen bin. Was erst mal reichen muss.«

»Das reicht auf jeden Fall.«

»Ich habe Stella ins Gesicht geschlagen«, wiederholte Eve. »Was halten Sie davon?«

»Ich würde sagen, dass ein Glückwunsch angemessen ist.«

Sie war von ihrem eigenen Lachen überrascht. »Ist das so etwas wie ein Bravo?«

»Allerdings.«

»Dann hatte Roarke mal wieder recht«, murmelte Eve. »Aber wie dem auch sei, werde ich einen endgültigen Schlussstrich unter diese Sache ziehen, indem ich Peabody erzähle, was in Dallas abgelaufen ist. Das habe ich bisher vermieden, denn ich war noch nicht wirklich bereit dazu. Aber es wäre nicht richtig, meiner Partnerin so was auf Dauer zu verschweigen, also werde ich es ihr erzählen, und dann bin ich mit der Sache erst einmal so weit durch, wie es mir möglich ist.«

»Ich bin hier, falls Sie mich brauchen.«

»Ich weiß, ohne Sie hätte ich das alles nicht geschafft. Es fällt mir schwer, das zuzugeben und zu wissen, dass es tatsächlich so ist. Aber es ist nicht mehr so schwer, wie es früher für mich war.«

»Auch das ist gut zu wissen«, stellte Mira lächelnd fest. »Und jetzt lasse ich Sie erst mal weiter Ihre Arbeit machen. Ich bin sicher, dass Agentin Teasdale diese Leute holen wird, und wenn sie hier sind, wäre ich zumindest als Beobachterin gern bei dem Gespräch dabei.«

»Dann reserviere ich schon einmal einen Platz für Sie.«

Sie ging direkt in ihr Büro, sah das Blinklicht des ABs und stellte fest, dass beinah alle Nachrichten von Journalisten waren, die versuchten, auf direktem Weg herauszufinden, ob es irgendwelche Neuigkeiten gab. Sie schickte diese Anrufe an Kyung, hängte ein kurzes Update an und dachte an die vielen Toten, die im Leichenschauhaus lagen, weil das Studium und die Analyse ihrer Leiber noch nicht abgeschlossen waren.

Obwohl sie nichts entdeckte, was ihr bei der Arbeit weiterhelfen würde, trug sie die neu eingegangenen Infos über jeden Leichnam sorgsam in die Akte ein und rief bei Callaways Bewachern an.

Er war bei der Arbeit, und wenn er nicht vorhatte, ein Blutbad in der eigenen Abteilung anzurichten, stellte er zumindest augenblicklich keine wirkliche Bedrohung dar.

Also schnappte sie sich ihren Mantel und marschierte wieder los.

»Die Finanzen der Familie wirken vollkommen normal«, erklärte Peabody. »Die Callaways leben im Rahmen ihrer finanziellen Möglichkeiten und haben eine kleine Notreserve angespart. Im letzten Jahr gab's keine auffallend großen Einzahlungen oder Abbuchungen von ihrem Konto, und als Biobauern haben sie keine Chemikalien eingekauft.«

»Belassen Sie es erst mal dabei. Ich will die Witwe von Joe Cattery besuchen, weil ich ein Gefühl dafür bekommen möchte, wer er war, und wenn die Zeit noch reicht, fahren wir auch noch bei Fishers Mitbewohnerin vorbei.«

»In Ordnung.« Ihre Partnerin sprang auf. »Ich habe das Gefühl, im Datenstrom zu schwimmen, ohne dass es auch nur einen Meter vorwärtsgeht. Übrigens hat Mavis gestern Abend bei mir angerufen«, fügte Peabody hinzu und zog sich im Hinausgehen ihre Jacke an. »Sie waren nicht zu erreichen, deswegen hat sie ihr Glück bei mir versucht.«

»Ich habe heute Vormittag mit ihr gesprochen.«

»Sie haben Belle das Schwimmen beigebracht.«

»Das habe ich gehört.«

»Ich habe auch bei meinen Eltern angerufen«, meinte Peabody, während sie hinter Eve aufs Gleitband sprang. »Nach all den dämlichen Berichten in den Medien machen sie sich Sorgen, doch ich konnte sie etwas beruhigen und vor allem verhindern, dass sie ihr uraltes Wohnmobil in Gang setzen, um nach New York zu kommen und nach mir zu sehen. Wissen Sie, sie haben die Innerstädtischen Revolten selber miterlebt.«

»Daran habe ich noch nicht gedacht.«

»Tja nun, sie waren damals noch jung, im Grunde noch zwei Hippiekinder, die in der Kommune mit den anderen glücklich waren. Sie haben Kleidung hergestellt und Essen für die Menschen, die es brauchten, angebaut, aber in den wirklich heißen Gegenden waren sie nicht.«

»Da bin ich froh.«

»Mein Dad meinte, vom Roten Pferd hätte er damals

nichts gehört. Erst nachdem alles vorbei war, und auch dann war es nur eine Randnotiz. Die meisten Leute haben von der Sekte wenig oder nichts gehört, aber ich wette, dass inzwischen jeder diese Gruppe kennt.«

Auf dem Weg in Richtung Lift blieb Eve kurz stehen. »Genau das ist der Knackpunkt, glauben Sie nicht auch? Die Sekte hätte damals schon groß rauskommen können oder sollen, nur dass sie zerschlagen wurde und als Randnotiz in den Geschichtsbüchern geendet hat. Erst heute nimmt die Welt Notiz vom Roten Pferd.«

»Glauben Sie, dass es ihm darum geht?«

»Ich glaube, dass der Kerl ein Schwein, ein Egozentriker und obendrein ein Feigling ist, dass das aber zumindest eine Rolle für ihn spielt. Mit mehr Zeit und mehr Publicity hätte sein Großvater ein zweiter Hitler werden können, ehe man ihn seiner Macht beraubt und ihn dann totgeschwiegen hat. Es geht Callaway auf jeden Fall darum, dass man die Taten seines Vorfahren anerkennt.«

»Mein Gott, wer würde sich je wünschen, dass er Hitlers Enkel ist?«

»Jemand, der der Ansicht ist, dass immer noch nur weiße Menschen von Bedeutung sind, ein Verrückter oder eben auch ein feiger Egozentriker, der sich nach Anerkennung sehnt.«

»Okay, das könnte sein, aber ...«

»Also bitte, Peabody, kehren Sie nicht den unverbesserlichen Hippie raus. Es gibt jede Menge schlechter Menschen, die meisten dieser Menschen sind sogar noch stolz darauf, wie schlecht sie sind.«

Vielleicht war das die passende Eröffnung für die Unterhaltung, die sie führen müsste, dachte sie und zog die Tür des Wagens auf.

Sie schwang sich auf den Sitz, gab Catterys Adresse in das Navi ein und wandte sich an ihre Partnerin. »Sie sollten wissen, was in Dallas abgelaufen ist.«

»Zwischen Ihnen und McQueen?«

»Eher zwischen mir und seiner Partnerin.« Sie fuhr aus der Garage, konzentrierte sich auf den Verkehr und sagte sich, es würde vielleicht leichter, wenn sie während ihrer Rede vor sich auf die Straße sah. »Sie war ein schlechter Mensch und auch noch stolz darauf.«

»Wie's aussieht, war sie mindestens so schlecht wie er.«

»Genau.« Auch wenn ihr Magen sich bei diesem Satz zusammenzog, käme sie damit klar. Schließlich ging es nur darum, mit dieser Angelegenheit zu leben, um nichts sonst.

»Auf der Suche nach der Frau sind wir die Listen und die Bilder aller Frauen durchgegangen, die bei ihm im Gefängnis waren, wobei mir irgendwas an einer ganz bestimmten Frau – einer Schwester Suzan – bekannt vorkam. Ich dachte, vielleicht hätte ich sie schon mal festgenommen oder wenigstens verhört. Genauso ging es mir mit all den anderen Aliasnamen und den anderen Erscheinungsbildern, unter denen sie schon aufgetreten war. Ich kannte sie, aber ich wusste einfach nicht, woher.«

Peabody bedachte sie mit einem neugierigen Blick. »Und, hatten Sie sie schon mal festgenommen?«

»Nein.«

»Vielleicht haben Sie auch einfach instinktiv den Typ erkannt.«

»Das dachte ich auch, aber das war es nicht. Auf jeden Fall nicht nur. Sie kennen die Berichte, und Sie wissen, dass sie unter Überwachung stand. Wir waren direkt vor Ort, als sie aus ihrer Wohnung kam, um zu McQueen zu fahren. Aber dann hatten wir Pech, weil uns ein Kind auf einem Rad, ein kleiner Hund und ein heranbrausender Wagen in die Quere kamen. Dabei hat sie uns entdeckt und ist so schnell wie möglich abgehauen.«

»Ich wünschte mir, ich wäre dort gewesen, und Sie hätten sie nicht ganz allein in ihrem Van verfolgen müssen, bis es zu dem Unfall kam.«

»Der war nicht wirklich schlimm.« Ein bisschen Blut und ein paar blaue Flecken, dachte Eve. Das Schlimme hatte sich erst später zugetragen, nachdem Stella abermals die Flucht gelungen war.

»Sie hat mehr abgekriegt als ich ... in ihrem klapprigen Van gab's weder Airbags noch Sicherheitsgel. Und sie hatte sich nicht mal die Zeit genommen, um sich anzuschnallen.«

»Umso besser. Dieses Weibsbild hatte es verdient, dass es was abbekommt.«

»Ich war stinkwütend«, fuhr Eve fort. »Und hatte fürchterliche Angst, dass sie während der Flucht noch Zeit gefunden hatte, um McQueen zu warnen, und wir so die Chance vertan hätten, den Kerl zu finden und Melinda und das Kind zu retten. Ich war außer mir vor Zorn.«

Wie aus einer offenen Wunde war der Zorn aus ihr herausgequollen und ...

»Ich habe sie aus dem verdammten Van gezerrt, zu mir herumgedreht, ihr die blöde pinkfarbene Sonnenbrille heruntergerissen, und als ich ihr in die Augen sah ... wusste ich plötzlich, wer sie war.«

Eves Stimme klang so ausdruckslos, dass Peabody bei ihren Worten eine Gänsehaut bekam. »Das haben Sie nicht in dem Bericht erwähnt.«

»Nein. Es hatte nichts mit diesem Fall zu tun. Das war eine private Angelegenheit. Damals, in der Zeit, als ich sie kannte, nannte sie sich Stella. Ihre Augen, ihre Haare und auch ein paar andere Dinge hatten sich verändert, aber trotzdem wusste ich genau, dass sie es war. Ich habe sie erkannt. Ich wusste, dass sie Stella, dass sie meine Mutter war.«

»Mein Gott.« Obwohl ihre Finger zittern wollten, legte Peabody flüchtig die Hand auf ihren Arm. »Sind Sie sicher? Bisher dachte ich, dass Ihre Mutter nicht mehr lebt. Ich meine, dass sie schon viel länger nicht mehr lebt.«

»Ich hatte Blut an meinen Kleidern. Ihres und meins. Ich habe Roarke um einen DNA-Vergleich gebeten, doch ich wusste es auch vorher schon. Ich kann mich nur undeutlich an sie erinnern, weil sie mich bereits mit vier oder fünf Jahren bei ihm zurückgelassen hat. Die Erinnerung an sie ist vage, aber sie ist da.«

»Sie hat Sie bei ihm … wusste sie, was für ein Mensch er war?« Bereits bei dem Gedanken schnürte ein Gefühl der Übelkeit Peabodys Kehle zu. »Wusste sie, was er mit Ihnen machen würde?«

»Ganz bestimmt. Doch das war ihr egal.«

»Aber …«

»Es gibt keine bittersüße Seite der Geschichte, Peabody«, erklärte Eve. »Es war ihr vollkommen egal. Ich war eine Ware, und sie hatte keine Lust mehr, sich noch länger mit mir abzumühen, noch länger was in mich zu investieren. Zumindest denke ich, dass es so war.«

Die Übelkeit wurde durch glühend heißen Zorn ersetzt. »Hat sie Sie ebenfalls erkannt?«

»Nein. Weil ich ihr niemals wichtig war. Ich war für sie nichts weiter als der Cop, der ihre Pläne mit McQueen vereitelt hat, der schuld war, dass man sie ins Krankenhaus verfrachtet hat, und der dafür gesorgt hätte, dass sie bis an ihr Lebensende hinter Gitter kommt. Ich wollte sie selbst verhaften, aber vielleicht hätte ich sie besser von zwei Männern überwachen lassen sollen.«

»Ich habe den Bericht gelesen, Dallas. Sie haben die Frau in Handschellen legen und bewachen lassen, und bei ihrer Flucht waren noch andere Cops im Krankenhaus.«

»Sie wollte mir nicht sagen, wo McQueens Apartment war. Ich habe nichts aus ihr herausbekommen, obwohl ich sehr unsanft mit ihr umgesprungen bin. Vielleicht hätte ich nicht so hart sein sollen.«

»Hören Sie auf«, bat Peabody in rauem Ton, bevor sie mit fester Stimme weitersprach: »Sie haben Ihren Job gemacht. Wenn Sie nicht sicher davon ausgegangen wären, dass Sie dazu in der Lage sind, hätten Sie jemand anderen geholt, der sie an Ihrer Stelle in die Zange nimmt. Aber Sie haben Ihren Job gemacht.«

Es half ihr, das zu hören. Sie war jeden ihrer Schritte, jede einzelne Bewegung und Entscheidung unzählige Male in Gedanken durchgegangen und hatte auch ihrer Meinung nach alles in ihrer Macht Stehende getan. Trotzdem half es ihr, dass ihre Partnerin derselben Ansicht war. »Ich hätte sie mir noch mal vornehmen wollen. Ich wollte sie ein bisschen schmoren lassen und dann noch mal zu ihr gehen. Aber in der Zwischenzeit konnte sie fliehen, fuhr zu McQueen, und der hat sie dann umgebracht.«

»Und Sie haben sie gefunden.«

»Ihr Körper war noch warm. Wir hatten ihn nur knapp verpasst.«

»Sie haben Melinda Jones und Darlie Morgansten sicher dort rausgeholt. Wobei ich mir nicht einmal ansatzweise vorstellen kann, wie das für Sie gewesen ist.« Peabody holte leise Luft. »Und wie es seither für Sie ist. Sie hatten

Mira dort«, fiel es ihr wieder ein. »Gott sei Dank hatten Sie Roarke und Mira dort.«

Einen Augenblick starrte Peabody durchs Seitenfenster auf die Straße, aber schließlich meinte sie: »Sie hätten mich dazuholen können, Dallas. Ich wäre für Sie da gewesen, damit Sie mit dieser Sache nicht allein sind.«

»Ich weiß. Aber ich musste diese Angelegenheit allein klären. Und ich musste erst mal selber damit fertigwerden, ehe ich erzählen konnte, wie es war. Sie haben verdient, alles zu wissen, doch bevor ich es erzählen konnte, musste ich mich erst mal selber damit arrangieren.«

»Ich habe die Akte dieser Frau gelesen«, räumte Peabody mit plötzlich wieder fester Stimme ein und wandte sich ihr zu. »Ich weiß also, wer und was sie war. Und jetzt weiß ich auch noch, dass sie Sie als kleines Mädchen ganz allein bei einer Bestie zurückgelassen hat. Gut, dass sie nicht mehr lebt.«

Eve starrte sie betroffen an. »Das klingt aber nicht besonders hippiemäßig.«

Mit Augen, die wie Supernovas blitzten, fauchte Peabody sie an: »Weil man mit Toleranz und mit Verständnis hier einfach nicht weiterkommt. Ja, okay, Sie hätten dieses Weibsbild bis ans Ende seines jämmerlichen, bösen Lebens hinter Gitter bringen wollen. Aber vielleicht wäre ihr dort irgendwann ja eingefallen, wer Sie sind. Das hätte sie dann gegen Sie verwendet oder es auf jeden Fall versucht. Bevor Sie ihr hätten Todesangst einjagen können, falls Sie es geschafft hätten, vor Roarke oder vor mir bei ihr im Knast zu sein. Und es ist gut, dass sie ein derart egozentrisches und jämmerliches Wesen war, dass sie sich während all der Jahre nicht an Sie erinnert hat. Denn vielleicht hätte sie Sie sonst, vor allem nachdem Sie Roarke begegnet waren, erkannt. Sie hätte Sie vielleicht im Fernsehen gesehen, sich an Sie erinnert und Ihnen dann weiter Schmerzen zugefügt oder zumindest irgendwelche Scherereien gemacht. Deswegen ist es besser, dass sie nicht mehr lebt.«

Diese Rede war so untypisch für ihre Partnerin, dass Eve mit rauer Stimme feststellte: »Ich weiß nicht, wie ich darauf reagieren soll.«

»Am besten sollten wir erst mal was trinken gehen. Und zwar deutlich mehr als nur ein Glas.«

»Himmel, fangen Sie jetzt bloß nicht an zu heulen.«

»Verdammt, ich heule, wann's mir passt.« Schniefend wischte Peabody sich ein paar Tränen von den Wangen und stieß wütend aus: »Verdammtes Weib.«

»Es ist nicht nett, mich so zu nennen, nachdem ich Ihnen gegenüber derart offen war.«

»Damit habe ich nicht Sie gemeint. Ich meinte damit Ihre … nein, McQueens verfluchte Partnerin. Ich hätte für Sie da sein sollen.« Und typisch Peabody war ihr bewusst, dass die Bezeichnung *Mutter* in Bezug auf dieses Wesen tunlichst zu vermeiden war.

»Roarke hat Mira kommen lassen, nachdem Stella von McQueen ermordet worden war. Er hat ihr sogar aufgetragen, dass sie Galahad mitbringt.«

Jetzt brachen sich die Tränen Bahn, und Peabody wühlte in ihren Taschen, bis sie auf ein altes Taschentuch aus Leinen stieß. »Ich liebe ihn.«

»Als Kater ist er echt nicht schlecht.«

Sie lachte unter Tränen auf. »Ganz sicher nicht, aber Sie wissen, dass ich Roarke meine. Ich liebe ihn. Und falls McNab was Schreckliches passieren würde, würde ich mit Ihnen um ihn kämpfen. Ich habe meine Kampftechnik inzwischen deutlich ausgebaut.«

»Das heißt, ich bin gewarnt.«

»Sind Sie okay?«

Eve dachte kurz darüber nach.

»Ich bin okay. Wahrscheinlich wird es ab und zu noch etwas schwierig, aber eigentlich bin ich okay. Spermien und Eizellen – mehr waren die beiden nicht für mich. Acht Jahre war ich ihnen hilflos ausgeliefert. Sie haben mir Schmerzen zugefügt und mir vor allem fürchterliche Angst gemacht. Aber jetzt sind sie beide tot. Ich bin kein Opfer mehr. Sie schaffen es nicht mehr, mir Angst zu machen, und die Schmerzen sind inzwischen auch fast weg. Sie können mir jetzt nicht mehr wehtun, im Grunde spüre ich nur noch die Echos alter Schmerzen, die man mich hat erleiden lassen. Und eines Tages werden selbst die Echos vollkommen verklungen sein.«

Sie hielt vor einem kleinen Haus in Brooklyn und erklärte ihrer Partnerin: »Sie haben lauter rote Flecken im Gesicht.«

»Oh nein.« Hektisch klopfte Peabody sich Stirn und Wangen mit den Händen ab.

»Wozu soll das gut sein?«

»Das verteilt das Blut. Das hoffe ich auf jeden Fall. In ein paar Minuten sehe ich bestimmt wieder normal aus. Sorgen Sie bis dahin einfach dafür, dass sich Mrs. Cattery auf Sie allein konzentriert.«

»Meine Güte. Also gut, dann bleiben Sie am besten hinter mir.«

Peabody stieg aus und hielt die roten Wangen in den Wind. »Es ist wirklich kalt und furchtbar windig. Vielleicht denkt sie ja, ich wäre deswegen so rot.« Sie atmete tief durch. »Haben Sie mir das erzählt, als wir im Wagen saßen, damit ich Sie nicht umarmen kann?«

»Auf alle Fälle kommt mir das durchaus zupass.«

»Dann nehme ich Sie einfach später, wenn Sie gar nicht damit rechnen, in den Arm.«

»Wenn Sie genauso überraschend einen Tritt von mir verpasst bekommen wollen ...«

»Das nehme ich in Kauf.«

»Jetzt beenden wir das Thema und hören uns an, was uns die Witwe zu erzählen hat.«

»Es ist ein hübsches Haus«, bemerkte Peabody, als sie ein Stückchen hinter Eve die Treppe vor der Eingangstür erklomm. »Auch die Gegend wirkt echt nett.«

»Er war der Einzige im Team, der nicht zu Fuß zur Arbeit gehen konnte.«

»Dafür hatte er eine Frau und Kinder und dazu noch einen Hund.« Sie wies hinter das Haus. »Der Garten ist sorgfältig eingezäunt, und sehen Sie die Hundehütte dort?«

»Was ist denn eine Hundehütte? Gibt's dort einen Minifernseher und einen bis zum Rand mit Hundefutter vollgestopften AutoChef?«

»Wahrscheinlich eher eine zerlumpte alte Decke, ein paar alte Suppenknochen und so Zeug. Was macht mein Gesicht?«

»Es sah schon schlimmer aus.«

Eve klopfte an die Tür, und derart aufgemuntert hielt sich Peabody auch weiterhin im Hintergrund.

16

Die Frau, die an die Tür kam, mochte um die fünfundsechzig sein. Sie wirkte sportlich, und sie hatte kurzes Haar mit freundlich hellen Strähnen, aber ihr Gesicht sah müde aus, und sie bedachte sie mit einem argwöhnischen Blick.

»Ja bitte?«

»Lieutenant Dallas und Detective Peabody von der New Yorker Polizei. Wir ...«

»Ja, natürlich. Ich erkenne Sie. Haben Sie die Person gefunden, die Joe und die anderen auf dem Gewissen hat?«

»Wir gehen allen Spuren nach. Wir würden gern zu Mrs. Cattery, falls sie zu sprechen ist.«

»Elaine hat sich kurz hingelegt. Kann ich Ihnen vielleicht weiterhelfen? Ich bin ihre Mutter, Dana Forest, ich würde meine Tochter nur ungern stören, falls es keine Neuigkeiten gibt. Sie hat kaum ein Auge zubekommen seit ...«

»Ich bin wach, Mom.«

Am Kopf der Treppe tauchte eine junge Frau in einem schlabbrigen Sweatshirt, blau-grüner Pyjamahose und dicken roten Socken auf. Ihr dunkelbraunes Haar hatte sie zu einem schlaffen Pferdeschwanz gebunden, und die schwarzen Ringe unter ihren Augen waren die einzig auffallende Farbe in ihrem Gesicht. Schon ihre Mutter hatte müde ausgesehen, doch Elaine Cattery war offensichtlich abgrundtief erschöpft.

»Du brauchst dringend etwas Ruhe, Lainey.«

»Schon gut.« Sie kam ins Erdgeschoss und lehnte sich an ihre Mutter. »Wo sind die Kinder?«

»Sam und Hannah sind mit ihnen und dem Hund im Park. Sie mussten einfach kurz raus.«

»Es ist entsetzlich kalt.«

»Ich habe sie gut eingepackt. Mach dir keine Sorgen, ja?«

»Tut mir leid. Wir lassen Sie einfach in der Kälte stehen. Bitte kommen Sie doch rein.«

»Wie wäre es mit einem Tee?« Dana hatte schützend einen Arm um Elaine gelegt. »Am besten koche ich uns allen erst mal einen Tee.«

»Das wäre wunderbar.« Elaine trat einen Schritt zurück und führte Eve und Peabody ins Wohnzimmer, in dem ein buntes Sofa gegenüber bunt gestreiften Sesseln stand. Ein behagliches Zuhause mit fröhlichen Farben, weichen Kissen, hübsch gerahmten Fotos, Blumen und diversen kleinen Schalen auf den Tischen, dachte Eve.

»Nehmen Sie doch bitte Platz. Ich habe nicht damit gerechnet ... schließlich waren schon zwei Ihrer Kollegen hier.«

»Ich weiß. Wir gehen nur noch ein paar Details nach. Vielleicht könnten Sie uns ja noch ein paar Fragen beantworten, Mrs. Cattery.«

»Sprechen Sie auch mit allen anderen? Es sind so viele. Furchtbar viele. Ich habe aufgehört, die Nachrichten zu sehen. Sind noch mehr Menschen gestorben? Ist noch mal etwas passiert?«

»Nein, Ma'am. Mrs. Cattery, Sie haben recht damit, dass viel zu viele Menschen umgekommen sind. Jeder Einzelne von diesen Menschen hat die Aufmerksamkeit und die Zeit verdient, die wir ihm widmen können.«

»Wissen Sie, ich war nicht hier, als es passiert ist. Ich war mit den Kindern bei meiner Mutter und bei meinem Bruder zu Besuch. Jetzt sind sie beide hier bei uns. Aber ich war nicht zu Hause, als Joe umgekommen ist. Er arbeitete an einer Kampagne. Arbeitete hart und lange, und ich hatte gerade selber ein Projekt für meine Arbeit fertiggestellt. Deshalb dachte ich, es wäre gut, wenn er ein bisschen Ruhe hat, wenn er abends nach Hause kommt. Die Kinder konnten am Computer ihre Schularbeiten machen, und wir konnten meine Familie wieder mal sehen. Ich dachte, eine kurze Atempause täte Joe und auch uns anderen gut, deshalb waren wir nicht hier, und er kam nach der Arbeit nicht gleich heim. Wenn ich hier gewesen wäre ...«

»Mrs. Cattery.« Peabody ergriff tröstend ihre Hand. »Das dürfen Sie nicht denken.«

»Das sagt meine Mutter auch, aber ... ich bin schwanger.«

Sie warf eine Hand vor ihren Mund und stieß ein ersticktes Schluchzen aus. »Das weiß ich erst, seit ich bei meiner Mutter war. Die Schwangerschaft war nicht geplant. Eigentlich hätten wir es bei zwei Kindern belassen wollen, aber dann hat's uns mit einem Mal wieder gejuckt. Joe hat gesagt, wir sollten es drauf ankommen lassen und dann sehen, was passiert. Jetzt wird er niemals erfahren, dass ich noch mal schwanger bin. Ich wollte es ihm sagen, wenn ich heimkomme, doch da war es bereits zu spät. Ich weiß nicht, was ich machen soll. Ich habe einfach keine Ahnung, was ich machen soll.«

»Es tut mir leid«, murmelte Peabody. »Es tut mir wirklich leid. Wir werden alles in unserer Macht Stehende tun, um den Verantwortlichen dieser Tat zur Rechenschaft zu ziehen.«

»Glauben Sie, dass mir das helfen wird? Mein Bruder ist so wütend, und er ist sich völlig sicher, dass es helfen wird, wenn Sie herausfinden, wer hinter diesem fürchterlichen Anschlag steckt. Aber das bringt Joe auch nicht zurück. Er wird seine Kinder nicht aufwachsen sehen und kann auch nicht dabei sein, wenn sein drittes Kind das Licht der Welt erblickt. Ich weiß also nicht, ob es mir wirklich helfen wird zu wissen, wer den Tod von meinem Mann und all den anderen zu verantworten hat.«

»Es wird ganz sicher helfen«, meinte Eve. »Vielleicht nicht gleich, aber auf Dauer schon. Sie werden wissen, dass der Mensch, der das getan hat, niemals wieder jemandem ein Leid zufügen, dass er niemals wieder Kindern ihren Vater nehmen kann.«

»Joe konnte keiner Fliege was zuleide tun. Er war ein herzensguter, vollkommen entspannter Mensch. Ich habe oft zu ihm gesagt, manchmal wäre er sogar ein bisschen zu entspannt. Er war nicht übertrieben ehrgeizig in seinem Job, und die Kinder konnten ihn problemlos um den Finger wickeln. Er hat niemals einem Menschen irgendwas getan.«

»Er hätte befördert werden sollen.«

»Ach ja?« Der Hauch eines Lächelns huschte über ihr Gesicht. »Davon hat er mir nichts erzählt.«

»Vielleicht wusste er es selbst noch nicht, aber in der Personalakte war es vermerkt. Er hat in die letzte Kampagne sehr viel Arbeit investiert.«

»Das stimmt. Aber das haben die anderen auch.«

»Dann kennen Sie also auch die anderen aus dem Team?«

»Ja. Nancy Weaver, seine Vorgesetzte, hat mich schon besucht. Sie war wirklich wunderbar. Und Steve und Lew

haben mich beide angerufen, Steve hat einen Riesenfress-
korb für unsere Familie geschickt. Mit einem großen Schin-
ken, Brot und … anderem Zeug. Für Sandwiches.«

»Ich wünschte mir, du würdest etwas von den feinen Sachen essen.« Dana stellte ein Tablett mit Tassen, einer Kanne, Milch und Zucker auf den Tisch.

»Das werde ich. Versprochen.« Elaine nahm ihre Hand
und zog sie neben sich.

»Manchmal gibt's Konflikte, wenn mehrere Menschen
so eng zusammenarbeiten«, erklärte Eve. »Gab es Konflikte innerhalb des Teams?«

»Es ist schwer, mit Joe zu streiten«, gab Elaine zurück,
und ihre Mutter schenkte Tee für alle ein. »Er liebt seine
Arbeit, er ist wirklich gut in seinem Job und liebt es, Teil
von einem Team zu sein.«

»Wusste er, dass Vann und Weaver ein Verhältnis hatten?«

Abermals huschte der Anflug eines Lächelns über ihr
Gesicht. »Joe ist ein stiller Mann, und stille Menschen sehen viel. Natürlich wusste er Bescheid.«

»Hat ihn das gestört?«

»Nein. Im Gegensatz zu mir. Ich fand und habe auch zu
ihm gesagt, dass Steve ein Schürzenjäger ist und seine Frau
sich sicher deshalb von ihm hat scheiden lassen, aber darüber hat er nur gelacht. Vor allem leistet Steve hervorragende Arbeit und ist ganz vernarrt in seinen Sohn. Ich nehme
an, das war es, was uns für ihn eingenommen hat. Dass er
seinen Sohn abgöttisch liebt und dass ihm das deutlich anzusehen ist.«

»Und was ist mit Callaway?«

»Mit Lew?« Elaine zog ihre Beine unter sich und tat, als
nippe sie an ihrem Tee. »Er ist ebenfalls ein ruhiger Typ,

aber nicht so locker und so umgänglich wie Joe. Joe hat immer gesagt, dass sich Lew zum Lachen, aber auch zu harter Arbeit zwingen muss. Er war immer der Mann mit den großen Ideen, während Joe sich lieber ums Detail gekümmert hat. Manchmal war ich sauer, wenn er jede Menge Zeit damit verbracht hat, Lews Konzepte weiterzuentwickeln, bis mit ihnen etwas anzufangen war, falls Sie verstehen, was ich damit sagen will. Meistens hat er nicht mal irgendwem erzählt, dass die Detailarbeit im Grunde sein Werk war. Aber ich nehme an, das ist den Leuten trotzdem aufgefallen. Er hätte befördert werden sollen, Mom.«

»Das hätte er auf jeden Fall verdient.«

»Dann hat er sich also Ihnen gegenüber nie über die anderen aus dem Team beschwert?«

»Tja nun, er war kein Heiliger. Manchmal hat er schon ein bisschen rumgemotzt, weil Steve mal wieder eine zweistündige Mittagspause eingelegt hat oder wegen eines heißen Dates früher ging oder weil Lew viel zu viel am Grübeln war.«

»Am Grübeln?«

»So hat er's genannt. Lew kann einfach sehr gut schmollen, wenn seine Ideen nicht angenommen werden oder wenn das Team sie allzu sehr verändern will. An Joe prallt so was ab, doch Lew nimmt solche Dinge furchtbar schwer.«

»Kannten Sie auch Carly Fisher?«

»Nein, nicht wirklich. Nur vom Sehen, aber ich weiß, dass Joe sehr viel von ihr gehalten hat. Ich fand es furchtbar, als man mir erzählte, dass auch sie getötet worden ist. Sie war Nancys Liebling, sie hätte in dem Unternehmen ganz hervorragende Zukunftsaussichten gehabt.«

»Ach ja?«

»Auf jeden Fall. Ich nehme an, dass Carly Nancy an sie selbst erinnert hat. Joe hat immer gesagt, dass er in Carly seine zukünftige Chefin sieht.«

»Und das hat ihn nicht gestört?«

»Oh nein. Er hätte nie die Leitung der Abteilung haben wollen. Er war lieber Teil des Teams. Darin war er echt gut.«

Nachdem sie Elaine und ihre Mom verlassen hatten, blieb Eve kurz in Wind und Kälte stehen. »Also, was haben wir herausgefunden?«

»Dass Joe Cattery ein netter Bursche und mit seinem Job total zufrieden war. Seine Frau hat ihn geliebt, und sie hatten sich ein angenehmes Leben hier in Brooklyn aufgebaut.«

»Und davon abgesehen?«

»Aber genau das ist es, oder nicht? Ein netter Kerl mit einem netten Leben. Keiner von den Typen mit den hochfliegenden Plänen, ohne übertriebenen Ehrgeiz und auch niemand, der mit seinen Leistungen hausieren geht. Aber dieser nette Typ hätte befördert werden sollen, weil er seine Arbeit liebt und gut macht und weil er sich von Natur aus mühelos ins Team einfügt. Er ist hilfsbereit und macht kein großes Aufheben darum, wenn irgendeine Arbeit an ihm hängen bleibt. Was offenbar auch seinen Vorgesetzten aufgefallen ist. Also bekommt er den dicken Bonus und hätte befördert werden sollen. Im Gegensatz zu Callaway. Er ist der Mann mit den hochfliegenden Plänen, furchtbar ehrgeizig und alles andere als ein Teamplayer, auch wenn er den gezwungenermaßen mimt. Dauernd haben die anderen irgendwas an seinen Plänen auszusetzen und behindern seine Arbeit, damit jemand anderes an ihm vorbeiziehen kann. Also zieht er sich in die Schmollecke zurück, und das fällt seinen Vorgesetzten auf.«

»Genau.«

»Können wir vielleicht im Wagen weiterreden? Es ist wirklich bitterkalt.«

»Davon kriegt man einen klaren Kopf.« Trotzdem schloss Eve den Wagen auf und nahm hinter dem Steuer Platz. »Direkt nach Abschluss der großen Kampagne ist Joe plötzlich nicht mehr da und die eigene Beförderung dadurch zum Greifen nah. Vann sitzt schon in seinem Eckbüro, und Callaway muss denken, dass, verdammt noch mal, jetzt endlich *er* bemerkt und anstelle von Joe befördert wird. Auch Fisher ist jetzt nicht mehr da, weshalb ihm der Liebling der Abteilungsleiterin nicht mehr im Nacken sitzt. Er hat's ihnen gezeigt. Junge, hat er's dieser Arbeitsbiene und der Oberstreberin gezeigt. Er kann die Leute, die ihm in die Quere kommen, jederzeit aus dem Verkehr ziehen. Wann er will und wen er will. Und zwar indem er dafür sorgt, dass sich diese Schleimer gegenseitig um die Ecke bringen, ohne dass er auch nur in der Nähe ist.«

»Ich kriege Angst.«

»Das ist normal. Weil dieses Arschloch schließlich Furcht einflößend ist.«

»Nein, ich meine Sie als Callaway. Das macht mir Angst.«

»Sie hat ein genaues Bild von ihm für mich gezeichnet, und ich konnte deutlich spüren, dass er ihr nicht unbedingt sympathisch ist.«

»Auf keinen Fall.«

Eve startete den Motor und fuhr los. »Sie war relativ emotionslos, als sie von dem Kerl gesprochen hat, was zeigt, dass offenbar auch Joe nie wirklich mit ihm warm geworden ist. Aber als sie uns erzählt hat, Weaver hätte sie besucht, konnte ich deutlich hören, wie dankbar sie ihr dafür war. Genau wie Vann für seinen Riesenschinken, damit sie nicht extra Essen kaufen gehen muss. Das hat ihr was bedeutet.«

»Anlässlich des Todes schicken Menschen Essen.«

»Ach.«

»Das ist aus einem Buch. Ich weiß nicht mehr, aus welchem, aber es heißt darin, anlässlich des Todes schicken Menschen Essen und bei Krankheit Blumen. Ja, genau. *Wer die Nachtigall stört.* Ein Punkt für mich.«

»Das werde ich mir merken. Aber jetzt zurück zu unserem eigentlichen Thema. Weaver kommt extra den ganzen Weg nach Brooklyn, um die Witwe zu besuchen, und ich wette, sie hat während des Besuchs mit ihr zusammen um den toten Mann geweint. Aber Callaway hat sie nur angerufen. Hat getan, was er tun musste, und nicht mehr. Deshalb ist jemand wie Joe nicht wirklich mit ihm warm geworden, und deshalb mag auch seine Witwe ihn nicht. Auch Weaver mag ihn nicht, sonst hätte sie etwas mit ihm gehabt. Er leistet durchaus anständige Arbeit, hat ein paar gute Ideen, aber im Gegensatz zu Carly Fisher glänzt er nicht.«

»Wir sollten rausfinden, ob er auch noch im Schatten irgendwelcher anderen Leute steht, denn wenn wir ihn nicht schnappen können, nimmt er sicher einen von denen ins Visier.«

»Da haben Sie recht.« Eve trommelte beim Fahren mit dem Finger auf das Lenkrad. »Wir reden noch mit Fishers Mitbewohnerin und finden raus, mit welchen Kollegen sie vielleicht auch während ihrer Freizeit abgehangen hat. Danach holen wir ihn aufs Revier. Ich will noch mit den Eltern reden, um …«

Als ihr Handy schrillte, brach sie ab und legte den Anruf auf ihre Armbanduhr um. »Dallas.«

»Cool«, murmelte ihre Partnerin.

»Agentin Teasdale. Die Callaways sind unterwegs und müssten gegen vierzehn Uhr bei Ihnen auf der Wache sein.«

»Okay.«

»Der Antrag auf Durchsuchung ihres Hauses war ein bisschen problematischer, aber aufgrund des Umfangs der Ermittlungen und der Art dieses Verbrechens konnte ich den Richter dazu überreden, dass ihm stattgegeben wird. Falls Sie damit einverstanden sind, wird ein Team vom Heimatschutz den Leuten, die Sie schicken, assistieren.«

»Ebenfalls okay. Ich melde mich, sobald die Mitarbeiter unterwegs sind, weil ich erst selbst noch ein paar Vorkehrungen treffen muss.«

Nach Ende des Gesprächs nahm sie Kontakt zu Baxter auf.

»Schnappen Sie sich Trueheart, und rufen Sie Teasdale an. Sie fliegen mit einem Team vom Heimatschutz nach Arkansas und sehen sich dort im Haus von Callaways Eltern um.«

»Nach Arkansas? Da gibt es immer Barbecue!«

»Freut mich, dass ich Sie zum Lächeln bringen kann. Suchen Sie nach Souvenirs der Innerstädtischen Revolten, Briefen, Tagebüchern, Fotos und Disketten. Nach politischem und religiösem Zeug und nach allen persönlichen Dingen, die Callaway dort unter Umständen zurückgelassen hat. Nach Zeug aus seiner Kindheit. Büchern, Schulheften, Musik. Gucken Sie, ob irgendwas auf ein besonderes Interesse an oder auf ein Talent für Chemie oder Biologie hinweist.«

»Verstanden, Dallas. Wann fliegen wir los?«

»Teasdale wird Ihnen Bescheid geben. Und kontaktieren Sie die Polizei vor Ort, Baxter. Möglich, dass der Heimatschutz einen auf dicke Hose macht. Also sorgen Sie dafür, dass die Zusammenarbeit mit den Kollegen möglichst reibungslos verläuft.«

»Okay. Fliegen wir mit dem Jet von Roarke?«

»Vergessen Sie's«, beendete sie das Gespräch und wandte sich an ihre Partnerin. »Kontaktieren Sie Callaway.«

»Ich?«

»Quietschen Sie um Himmels willen nicht so, wenn Sie ihn in der Leitung haben. Rufen Sie ihn an, und sagen Sie ihm, der Lieutenant wäre dankbar, wenn er noch einmal auf die Wache kommen könnte, falls es seine Zeit erlaubt.«

»Dann soll ich also höflich sein.«

»Höflich, von mir aus sogar unterwürfig. Sagen Sie ihm, dass wir seine Hilfe brauchen, weil er mehrere der Opfer kannte und an beiden Anschlagsorten öfter war. Dabei könnte Ihnen rausrutschen, dass eine Spur im Sand verlaufen ist und wir wieder am Anfang stehen. Er möchte, dass wir ihn in unsere Arbeit einbeziehen, will wissen, wo wir stehen, und will selber eine Rolle spielen. Dazu habe ich ihm bisher kaum Gelegenheit gegeben, doch das hole ich jetzt nach. Er wird diese Chance begeistert nutzen, auch wenn er natürlich erst einmal behaupten wird, dass das zeitlich schwierig für ihn ist. Aber er wird kommen, und sobald er da ist, nehmen wir ihn mit in den Besprechungsraum.«

»Sie wollen, dass er die Tafeln sieht?«

»Nachdem sie von mir leicht verändert worden sind. Fragen Sie ihn, ob er gegen drei, halb vier auf dem Revier sein kann.«

»Nachdem seine Eltern angekommen sind.«

»Das gibt ihm Zeit zu überlegen, was er sagen und vor allem wie er sich uns präsentieren soll. Falls er die Absicht hatte, während seiner Mittagspause irgendwo in einem Schnellimbiss noch einmal zuzuschlagen, wird er durch die Einladung hoffentlich abgelenkt.«

»Soll ich ihn jetzt gleich anrufen?«

»Ja. Wir sind unterwegs, wobei die Spur im Sand verlaufen ist. Ich habe gerade den Commander an der Strippe. Oder eher den Polizeichef. Lassen Sie uns ganz nach oben gehen. Uns bricht langsam der Angstschweiß aus, weil wir nicht weiterkommen und nicht wissen, wann und wo der nächste Anschlag zu erwarten ist.«

»Kapiert.«

Während Peabody Kontakt zu dem Verdächtigen aufnahm, sah Eve auf ihre Uhr und nickte zustimmend, weil ihre Partnerin frustriert und unterwürfig klang. Oh ja, genauso hatte sie sich diesen Anruf vorgestellt.

Bis Ende des Gesprächs hatte Eve den Wagen einen halben Block von Fishers Haus entfernt in eine enge Parklücke am Straßenrand gequetscht.

»Genau wie Sie gesagt haben«, erklärte Peabody. »Er hat im Grunde keine Zeit, weil er mal wieder jede Menge Arbeit hat. Vor allem, nachdem er einige Projekte des verstorbenen Kollegen übernommen hat. Aber natürlich will er alles tun, um uns zu helfen. Was bedeutet, dass er kommen wird.«

»Okay, dann teilen wir uns jetzt auf. Sie reden mit der Mitbewohnerin und allen Freunden, die sie Ihnen nennt. Verschaffen Sie sich einen Eindruck wie bei Mrs. Cattery.«

»In Ordnung. Und was machen Sie?«

»Ich fahre aufs Revier und bereite dort die Bühne vor. Falls Sie nicht zurück sind, wenn die Callaways erscheinen, geben Sie mir einfach ein Signal und warten ab, bis ich Ihnen sage, wie es laufen soll. Nehmen Sie den Wagen.«

»Tut mir leid.« Peabody spitzte die Lippen und zupfte an ihrem rechten Ohr. »Ich glaube, seit ich vorhin in dem kalten Wind gestanden habe, kann ich nicht mehr richtig hören. Haben Sie tatsächlich gesagt, dass ich den Wagen nehmen soll?«

»Wenn Sie so weitermachen, gehen Sie zu Fuß.«

»Ich habe aber keine Lust, zu Fuß zu gehen. Dallas, es ist wirklich kalt.«

»Ich habe meinen Zaubermantel.« Eve klappte ihn auf und ließ die Partnerin das neue Futter sehen.

»Super! Wie die Jacke. Lassen Sie mich ...«

Ehe Peabody den Futterstoff berühren konnte, zerrte Eve den Mantel wieder zu und stieg entschlossen aus. »Falls Sie irgendetwas Neues haben, was uns weiterhelfen könnte, geben Sie Bescheid. Ansonsten schreiben Sie die Dinge einfach auf.«

»Sie wollen doch nicht wirklich den gesamten Weg zu Fuß gehen, oder?«

»Keine Angst. Ich habe nicht vergessen, wie man mit der U-Bahn fährt.«

Ihr Mantel blähte sich im Wind, als sie davonmarschierte und bei Mira anrief, um sie über den zeitlichen Ablauf der Vernehmungen zu informieren.

»Ich werde pünktlich sein«, versicherte die Psychologin ihr. »Ziehen Sie auch Agentin Teasdale zu Ihrem Gespräch mit Callaway hinzu?«

»Warum sollte ich das tun?«

»Sie ist ruhig und unerschütterlich, und vor allem ist sie eine Frau. Es würde ihm ganz sicher nicht gefallen, es gleichzeitig mit drei Frauen zu tun zu haben, gleichzeitig wäre er überzeugt davon, dass er Sie ganz problemlos hinters Licht führen kann.«

»Da haben Sie wahrscheinlich recht. Ich werde fragen, ob sie mit von der Partie sein will.« Am U-Bahn-Eingang blieb sie stehen, wog das Gedränge, die Gerüche und den Lärm gegen den kalten Wind ab, der ihr entgegenblies, und die ersten feinen Flocken, die vom Himmel fielen, und entschied sich für den Viertelstundenmarsch durch Kälte und durch Schnee.

»Ich bin auf dem Weg zurück zur Wache. Falls Sie Zeit haben, können Sie auch gerne das Gespräch mit seinen Eltern mitverfolgen und kommen dann um kurz vor drei in den Besprechungsraum.«

»Wo sind Sie jetzt?«

»Nicht weit vom ersten Tatort.«

»Gehen Sie etwa zu Fuß? Bei diesem Sauwetter sollten Sie mit einem Taxi fahren.«

»Die Bewegung tut mir gut«, erklärte Eve. »Bis dann.«

Auf der Straße herrschte wieder einmal Hochbetrieb. Die Menschen liefen schnell und mit gesenkten Häuptern durch den kalten Wind, und auf dem Weg an einem Schwebegrill vorbei nahm Eve rauchigen Geruch der Soja-Dogs, des ranzigen Fetts, in dem die Fritten brieten, und das bittere Aroma des unechten Kaffees wahr. Eine junge Frau in hohen Stiefeln, einem violetten Webpelzmantel und mehreren Schals in allen Regenbogenfarben wurde von zwei riesengroßen weißen Hunden, die wie Pferde tänzelten, den Bürgersteig heruntergezerrt. Ein Obdachloser hatte sich in derart viele Lagen alter Kleider eingehüllt, dass man nur noch seine eng zusammengekniffenen Augen sah. Er kauerte auf einer abgewetzten Decke vor der Wand eines Gebäudes und verkündete mit einem selbst gemalten Schild den nahenden Weltuntergang.

Sie fragte sich, ob irgendwer auf diese trübsinnige Botschaft hin wohl eine Münze in den Pappbecher des Mannes warf.

Dann blieb sie stehen und hockte sich kurz neben ihn. »Wozu brauchen Sie noch Geld, wenn die Welt doch sowieso bald untergeht?«

»Bis dahin muss man etwas essen, oder nicht? Man braucht etwas im Bauch. Und die Genehmigung zum Betteln steckt in meiner Jackentasche«, klärte er sie auf.

»In welcher Tasche welcher Jacke?« Sie zog etwas Kleingeld aus einer der Taschen ihres eigenen Mantels, auch wenn er das Geld wahrscheinlich weniger in eine Schale heißer Suppe als in irgendwelchen Billigfusel investieren würde, und schaute ihn fragend an. »Sitzen Sie immer hier?«

»Nein, aber da drüben wurden erst vor ein paar Tagen jede Menge Leute umgebracht. Die Leute kommen her, um sich den Tatort anzusehen, und ich dachte, dass ein Teil von diesen Leuten vielleicht etwas Kleingeld übrig hat. Genau wie Sie. Auch wenn das für einen Bullen eher ungewöhnlich ist.«

»Weil Bullen normalerweise nicht genug verdienen, um mit ihrer Kohle derart großzügig zu sein.« Damit stand sie wieder auf und setzte ihren Weg in Richtung Wache fort.

Als sie das *On the Rocks* passierte, widerstand sie der Versuchung, noch einmal hineinzugehen. Dort gäbe es nichts Neues mehr zu sehen, doch der Penner hatte recht gehabt. Verschiedene Leute standen vor der Tür und machten Aufnahmen vom Ort des Grauens, während ein Paar versuchte, durch das Fenster oberhalb der Tür ins Innere der Bar zu sehen.

Die Schauplätze von blutigen Verbrechen zogen Menschen wie die Fliegen an.

Am nächsten Schwebegrill besorgte sie sich Pommes sowie eine Dose Pepsi, denn sie konnte dem Geruch ganz einfach nicht auf Dauer widerstehen. Genüsslich schob sie sich die Fritten nacheinander in den Mund, während der dünne Schneefall einem kalten, nassen Graupel wich.

In ihrer Abteilung ging sie an verschiedenen verwaisten Schreibtischen vorbei, bis sie vor Sanchez stand.

»Wirkt gerade ziemlich einsam hier.«

»Baxter und Trueheart sind inzwischen auf dem Weg nach Arkansas, und Jenkinson und Reineke sind gerade aufgebrochen und gehen irgendwelchen neuen Spuren nach.«

»Weshalb der Großteil des Papierkrams hier an Ihnen und Carmichael hängen bleibt. Brauchen Sie etwas?«

»Wir kommen klar, Lieutenant.«

»Geben Sie Bescheid, falls sich das ändert.«

»Der Bruder des Opfers Stewart – irgendetwas stimmt nicht mit dem Kerl, aber es hat nichts mit unserem Fall zu tun. Es geht dabei um Veruntreuung und vielleicht um den verschwundenen Buchhalter. Wir gehen davon aus, dass er in beiden Fällen Dreck am Stecken hat. Die Sache ist die: Nachdem die Schwester umgekommen war, wurde der Treuhandfonds der beiden automatisch überprüft. Das war so ungefähr das Letzte, was der Kerl gewollt hätte. Wir glauben also nicht, dass er hinter dem Anschlag steckt.«

»Dann kriegen Sie ihn wegen dieser beiden anderen Sachen dran.«

»Wir sind dabei. Ich habe gehört, Sie hätten den Verdächtigen gebeten, aufs Revier zu kommen.«

»Stimmt. Mit etwas Glück können wir die Ermittlungen dadurch zum Abschluss bringen, dann kehrt hier wieder der ganz normale irre Alltag ein.«

Er war erst ein paar Monate in ihrem Dezernat und hatte sich problemlos an den dort herrschenden Rhythmus angepasst. Sie überlegte kurz, legte den Kopf ein wenig schräg und stellte fest: »Ich wette, dass Sie wissen, wer mir immer meine Schokoriegel klaut.«

Er bedachte sie mit einem ausdruckslosen Polizistenblick. »Was für Schokoriegel?«

»Dachte ich mir schon, dass Sie das sagen würden«, meinte sie und stapfte weiter in ihr eigenes Büro.

Sie hängte den Mantel auf, setzte sich an den Schreibtisch, schrieb ihren Bericht und ging danach in den Besprechungsraum.

Dort angekommen, drehte sie die Tafeln um, sammelte die Bilder ein, die sie brauchte, ordnete sie neu, zog Verbindungslinien zwischen einigen der Aufnahmen und trug den zeitlichen Ablauf ein.

Alles sollte etwas wirr und vage wirken, abgesehen von der Tafel mit den Opfern, an der man die Bilder all der Toten sah.

Sie sah sich um und merkte, dass die leere Kuchenschachtel, mit der Feeney morgens im Besprechungsraum erschienen war, noch immer auf dem Tisch lag, auch wenn nicht einmal mehr der allerkleinste Krümel Kuchen von der Meute im Karton zurückgelassen worden war.

Das war okay. Sie ließ die Schachtel liegen, warf noch ein paar Akten auf den Tisch, holte einen Becher widerlichen Cop-Kaffees, kippte die Hälfte aus und stellte ihn neben den Karton.

Während sie noch zusätzlichen Unrat suchte, drang eine bekannte Stimme an ihr Ohr.

»Ich habe gehört, Sie wären zurück auf dem Revier.«

»So sieht es aus.«

Teasdale kam herein und runzelte verwirrt die Stirn, als sie den Konferenztisch sah.

»Es ist wie im Theater. Es soll alles etwas desorganisiert aussehen und so, als brächten wir viel Zeit hier drinnen zu.«

»Das tut es. Die Tafelbilder sehen anders aus.«

»Ich bringe Callaway hierher, damit er das Gefühl bekommt, dass er so was wie ein Berater für uns ist. Die neuen Tafelbilder sind das, was er sehen soll.«

»Hmm.« Mit zusammengepressten Lippen baute Teasdale sich vor einer Tafel auf. »Alle Opfer. Das wird ihm gefallen. Und nur eine Handvoll von den Leuten, die mit ihnen in Verbindung stehen – einschließlich seiner selbst. Auch darüber wird er sich freuen. Der zeitliche Ablauf stimmt nicht ganz.«

»Ich weiß. Und Menzini und das Rote Pferd werden nirgendwo erwähnt. Das soll eine nette kleine Überraschung für ihn werden. Wollen Sie bei dem Gespräch dabei sein?«

»Wenn er uns *berät*? Ja, gern. Die Callaways sind unterwegs. Sie sind ein wenig in Verzug, aber spätestens Viertel nach drei sind sie auf alle Fälle hier.«

»Dann gehen wir erst mal zu mir, besorgen uns dort einen anständigen Kaffee, und ich bringe Sie auf den neuesten Stand.«

In ihrem Büro bestellte sie zwei Tassen von Roarkes Kaffee und bot der Agentin eine an. »Peabody spricht noch mit Fishers Mitbewohnerin und allen anderen, derer sie habhaft werden kann. Wir …«

»Oh.« Nach dem ersten vorsichtigen Schluck Kaffee atmete Teasdale blinzelnd aus und hob die Tasse abermals an ihren Mund. »So etwas bin ich nicht gewöhnt.«

Eve erinnerte sich noch sehr gut an ihre eigene Reaktion auf den ersten Schluck von Roarkes besonderem Kaffee. »Schmeckt ganz gut, nicht wahr?«

»Es schmeckt … phänomenal. Dürfte ich mich vielleicht setzen? Diesen Kaffee sollte ich nicht einfach runterkippen, sondern jeden Schluck genießen.«

»Nehmen Sie den Schreibtischsessel, auf dem anderen Stuhl sitzt man echt schlecht.« Eve selbst nahm auf der Kante ihres Schreibtischs Platz. »Peabody und ich haben Elaine Cattery besucht«, setzte sie an und berichtete von dem Gespräch.

»Dann geht er also immer noch nach seinem alten Muster vor«, warf die Agentin ein. »Falls er von Vanns Fresskorb wusste, hätte er bestimmt dasselbe machen oder ihn wenn möglich sogar übertrumpfen wollen. Mit einem größeren und noch teureren Korb.«

»Sie haben recht. Weil er sich überall hervortun will. Deshalb denke ich, dass Vann ihm nichts davon erzählt hat, was einen sehr guten Eindruck auf mich macht. Er wollte einfach Gutes tun, ohne dass ihn jemand dafür lobt.«

»Während Callaway die Anerkennung und das Lob von anderen wie die Luft zum Atmen braucht. Das Fehlen dieser Anerkennung stößt ihm sauer auf. Ich glaube, dass er sich deswegen früher oder später an die Medien wenden wird. Weil ihm die Berichterstattung, wie sie bisher läuft, nicht reicht.«

»Wahrscheinlich«, stimmte Eve ihr zu. »Nur dass er die Gelegenheit dazu nicht mehr bekommen wird. Ich will, dass er noch heute hinter Gitter kommt.«

»Das heißt, Sie glauben, dass Sie ihn dazu bewegen können, diese Taten zu gestehen.«

»Das habe ich zumindest vor.«

Vielleicht dank des Kaffees lehnte sich Teasdale vollkommen entspannt auf ihrem Stuhl zurück, schlug die Beine übereinander und stellte mit ruhiger Stimme fest: »Ich
glaube, dass sein Selbsterhaltungstrieb ausgeprägter als
sein Wunsch nach Anerkennung ist.«

»Das werden wir ja sehen.«

»Bisher haben wir keinen Lieferanten für die Drogen
und die anderen Zutaten gefunden. Wenn wir seine Quelle
kennen und verhaften könnten, würde das den Druck auf
ihn merklich erhöhen.«

»Wie wäre es, wenn Sie noch mal Ihre Beziehungen spielen lassen, damit man uns das Apartment von dem Kerl
durchsuchen lässt?«

Lächelnd hob die andere Frau ihre fast leere Kaffeetasse
an den Mund. »Ich hatte schon vermutet, dass Sie darum
bitten würden, und ich habe den Beschluss bereits dabei.
Man sagte mir, ich sollte mich deshalb an Staatsanwältin
Reo wenden, und sie hat das Ding für mich erwirkt. Wann
wollen Sie sich in der Wohnung umsehen?«

»Bevor er das Revier wieder verlässt. Ich hätte gerne
Roarke dabei, falls ich ihn rechtzeitig erreichen kann. Er
hat einen guten Riecher für Verstecke, und auch mit ver-
schlüsselten Dateien kennt er sich bestens aus.«

»Es ist bestimmt befriedigend, mit einem Mann verheiratet zu sein, der für Ihren Job Verständnis hat und obendrein bereit und in der Lage ist, als Berater einzuspringen,
wenn es nötig ist.«

»Auch der Kaffee kommt von ihm. Wollen Sie noch eine
Tasse?«

»Liebend gerne, aber trotzdem lasse ich es besser sein. Ich bin so guten und so starken Kaffee einfach nicht gewöhnt. Übrigens gefällt mir Ihr Büro«, stellte die andere Frau beim Aufstehen fest.

Ein wenig überrascht sah Eve sich um. »Ich glaube, Sie sind die Erste, die so etwas sagt.«

»Es ist klein und praktisch und lenkt nur wenig ab. Und vor allem gibt's hier diesen wunderbaren Kaffee«, fügte sie hinzu und stellte ihre leere Tasse auf den Tisch. »Es gibt da etwas, was ich Ihnen gerne sagen würde.«

»Meinetwegen.«

»Ihre Akten bei meiner Behörde wurden umgeschrieben, teilweise gelöscht oder gänzlich zerstört.«

»Ach ja?«

»Ach ja. Aber als wir angefangen haben, innerhalb des Heimatschutzes zu ermitteln, hatte ich Gelegenheit, mir einen Teil der Unterlagen anzusehen, und ich möchte Ihnen sagen, dass mir furchtbar leidtut, dass Sie derart Furchtbares erleiden mussten und dass die Behörde, die ich hier vertrete, so herzlos war und tatenlos mit angesehen hat, was damals passiert. Das war verkehrt.«

»Was geschehen ist, ist geschehen«, gab Eve tonlos zurück.

»Das stimmt. Aber ich frage mich, ob ich an Ihrer Stelle je bereit gewesen wäre, mit einer Vertreterin dieser Behörde zu kooperieren. Ich weiß es nicht und finde es bewundernswert, wie offen Sie mir gegenüber sind.«

»Sie haben nichts mit der Angelegenheit von damals zu tun.«

»Genauso wenig wie Direktor Hurtz. Mein Vorgesetzter ist ein Ehrenmann. In unserer Branche gibt es viel Geheimniskrämerei und jede Menge Täuschung, deshalb könnte ich niemals für einen Menschen arbeiten, der nicht völlig integer ist. Aber natürlich haben Sie keinen Grund, mir das zu glauben, und Sie können auch nicht sicher wissen, ob mein Mitgefühl nicht geheuchelt ist.«

»Ich weiß mit Sicherheit, dass über hundertzwanzig Tote es verdient haben, dass man ihren Mörder überführt. Und ich werde jedes Werkzeug, jede Waffe, jedes Mittel, das mir zur Verfügung steht, benutzen, damit das passiert.«

»Ich bin fest entschlossen, dazu beizutragen, dass Ihnen dabei Erfolg beschieden ist.«

»Dann sind wir quitt.«

Als das Handy der Agentin schrillte, blieb Eve abwartend vor ihrem Schreibtisch stehen.

»Ja, vielen Dank. Bitte bringen Sie sie in Verhörraum B.« Teasdale legte auf und wandte sich an Eve. »Die Callaways sind hier.«

»Dann holen wir am besten unser Werkzeug raus.«

17

Audrey und Russell Callaway saßen einander gegenüber an dem Tisch in der Mitte des Vernehmungsraums. Sie wirkte nervös, er kämpferisch.

Auch mit über siebzig strahlte er noch Stärke und Beständigkeit, Nüchternheit und ein gewisses Maß an Härte aus.

Eve passte ihren Ton und ihren Schritt an diese Härte an. »Mr. und Mrs. Callaway. Ich bin Lieutenant Dallas und dies ist Agentin Teasdale. Danke, dass Sie hergekommen sind.«

»Wir hatten schließlich keine andere Wahl.« Russell sah sie kalt aus wässrig blauen Augen an. »Ihre Leute sind einfach auf unserem privaten Grundstück aufgetaucht und haben uns nach New York zitiert. Niemand hat uns auch nur mit einem Wort gesagt, worum es geht. Es hieß nur, wir müssten sofort los. Dabei müssen wir die Ernte einfahren.«

Diesen Grund hatte bisher noch nie ein Mensch für seinen Widerwillen gegen eine Vorladung genannt.

»Wir werden versuchen, Sie so schnell wie möglich wieder auf den Hof zurückzubringen«, sagte sie ihm zu. »Wir werden unsere Unterhaltung aufzeichnen.«

»Kann ich Ihnen, bevor wir anfangen, etwas zu trinken holen?«, bot Teasdale an. »Kaffee, Wasser, Limo?«

»Wir brauchen nichts.« Russell verschränkte die Arme

vor der Brust und verzog herausfordernd das kantige, wettergegerbte Gesicht.

»Rekorder an«, bat Eve. »Lieutenant Eve Dallas und Agentin Miyu Teasdale vernehmen Russell und Audrey Callaway. Ich werde Sie jetzt erst einmal über Ihre Rechte aufklären.«

»Wir haben nichts getan. Russ.« Hilfe suchend ergriff Audrey Russells Hand.

Er tätschelte ungeduldig ihren Handrücken. »Keine Angst. Sie versuchen nur, uns einzuschüchtern.«

»Weshalb sollte ich Sie einschüchtern?« Eve klärte die beiden über ihre Rechte auf und fragte nach, ob sie verstanden worden war.

»Wir haben auch das Recht, uns nur um unsere Angelegenheiten zu kümmern. Und genau das tun wir auch.«

»Das weiß ich zu schätzen, Mr. Callaway. Aber trotzdem haben Sie doch sicher von den beiden Attentaten hier in New York gehört.«

»Sie berichten Tag und Nacht davon im Fernsehen, oder nicht?«

»Wahrscheinlich.«

»Aber das hat nichts mit uns zu tun.«

»Ach nein? Lewis Callaway, Ihr Sohn, war am Tag des Anschlags auf das *On the Rocks* bis wenige Minuten vor dem Attentat noch mit Kollegen in der Bar.«

»Lew war dort?« Audrey griff sich an den Hals und umklammerte das kleine goldene Kreuz, das sie an einer Kette trug.

»Das haben Sie nicht gewusst?« Eve lehnte sich zurück und wippte mit den Hinterbeinen ihres Stuhls. »In allen Medien wurde über dieses Attentat berichtet, Ihr Sohn hat seine Wohnung und auch seinen Arbeitsplatz nur ein paar

Blocks von beiden Tatorten entfernt. Und trotzdem sind Sie nicht auf die Idee gekommen, sich bei ihm zu melden und zu fragen, ob mit ihm alles in Ordnung ist?«

»Ich ...«

»Woher hätten wir bitte wissen sollen, dass diese Attentate in der Nähe seiner Wohnung oder seines Arbeitsplatzes stattgefunden haben?«, fragte Russ. »Wir kennen uns hier nicht aus. Wir sind heute zum ersten Mal in New York, und ich kann nicht behaupten, dass es uns gefällt.«

»Dann haben Sie Ihren Sohn also noch nie besucht?«, erkundigte Teasdale sich in nettem, mitfühlendem Ton.

»Er war es, der an diesen gottverlassenen Ort gezogen ist. Wir haben weder die Zeit noch die finanziellen Mittel, um quer durch das Land zu fliegen, nur um ihn zu sehen. Aber er kommt regelmäßig heim.«

Audrey riss erschreckt die Augen auf. »Geht es ihm gut? Ich habe wiederholt versucht, ihn zu erreichen, aber er geht nicht ans Telefon. Gestern Abend hat er eine SMS geschickt, in der es hieß, er hätte alle Hände voll zu tun, doch davon abgesehen ginge es ihm gut. Aber Sie haben gesagt, er wäre an dem Ort gewesen, an dem all diese Menschen umgekommen sind.«

»Das stimmt. Einer der Kollegen, mit denen er dort was getrunken hat, ist bei dem Anschlag umgekommen.«

»Oh.« Wieder schloss sie ihre Finger um das Kreuz. »Gott sei seiner Seele gnädig.«

»Er hat auch noch andere Mitarbeiter dort verloren, genau wie in dem Café, wo der zweite Anschlag stattgefunden hat.«

»Oh, das ist entsetzlich. Russ, wir müssen sofort zu ihm. Er muss vollkommen erschüttert sein.«

»Nicht erschüttert genug, um Ihnen mitzuteilen, dass er

jemanden verloren hat, mit dem er über Jahre eng zusammengearbeitet hat. Jemanden, mit dem er gerade noch auf einen Drink in einer Kneipe war.«

»Er wollte seine Mutter nicht beunruhigen.«

»Das ist natürlich möglich, Mr. Callaway, aber ich habe das Gefühl, dass sie bereits beunruhigt war. Deshalb hat sie schließlich mehrfach bei ihm angerufen. Wann haben Sie ihn zum letzten Mal gesprochen oder gesehen?«

»Er kam vor ein paar Wochen für zwei Tage heim. Reg dich nicht auf, Audrey«, wandte er sich an seine Frau.

»In den letzten Monaten hat er Sie häufiger in Arkansas besucht.« Eve schlug einen Ordner auf und sah sich kurz die Daten an. »Nachdem er sich zuvor nur ein Mal jedes Jahr bei Ihnen hat blicken lassen.«

Audrey saß gesenkten Hauptes da und stellte leise fest: »Er hat eben viel zu tun. Er hat eine wichtige Position in seinem Unternehmen und die anderen hängen von ihm ab. Er hat wichtige Kunden und eine sehr anspruchsvolle Tätigkeit.«

»Haben Sie je Kollegen von ihm kennengelernt?«

»Nein«, kam Russell seiner Frau zuvor. »Mit seiner Arbeit haben wir nichts zu tun.«

»Aber er hat doch sicher ab und zu etwas erzählt.« Teasdale breitete die Hände aus. »Von den Leuten, mit denen er zusammenarbeitet, von seinen Freunden und von seinem Job.«

»Wie gesagt, wir haben mit diesen Dingen nichts zu tun.«

»Aber er ist ein wichtiger Mann mit einem anspruchsvollen Job, und während der verschiedenen Besuche in der letzten Zeit hat er doch sicher etwas von seinem Leben hier erzählt.«

»Wir verstehen nichts von seiner Arbeit.« Audrey wandte sich nervös an ihren Mann.

»Warum war er in der letzten Zeit so oft zu Hause?«, fragte Eve.

»Es ist dort sehr erholsam. Er hat sich dort ausgeruht.«

»Es ist für ihn nur deshalb so erholsam, weil du ihn die ganze Zeit bedienst. Jede Nacht bleibt er bis in die Puppen auf, treibt Gott weiß was und kommt nicht vor Mittag aus dem Bett. Weil er seine weichen Hände schließlich nicht mit anständiger Arbeit schmutzig machen kann.«

»Also bitte, Russ.«

»Ich werde ja wohl noch die Wahrheit sagen dürfen, auch wenn das für Sie bestimmt nicht von Interesse ist«, wandte er sich abermals an Eve. »Was wollen Sie überhaupt von uns?«

»Ist das nicht klar? Wir interessieren uns im Zusammenhang mit diesem Fall für Ihren Sohn.«

»Was soll das heißen?« Audrey blickte zwischen Eve und Russell hin und her. »Ich weiß nicht, was das heißen soll.«

»Heißt das, Sie denken, er hat etwas mit den Anschlägen zu tun? Er hätte was damit zu tun, dass alle diese Menschen umgekommen sind?«

»Nein. Nein. Nein.« Audrey warf sich beide Hände vors Gesicht und rollte sich zu einem kleinen Ball zusammen, während Russell Eve mit kalten Blicken maß.

Sie sah es seinen Augen an. Er war schockiert, er hatte Angst, aber er verwarf diesen Gedanken nicht als unmöglich.

»Sie sind in seiner Kindheit und in seiner Jugend häufig umgezogen«, meinte Eve.

»Es ging immer dorthin, wo es Arbeit für mich gab.«

»Ich glaube nicht. Sie waren Mediziner, Mr. Callaway,

ein qualifizierter und erfahrener Arzt wie Sie braucht ganz bestimmt nicht ständig umzuziehen, damit er Arbeit hat. Er hat irgendwelche Sachen angestellt, nicht wahr? Hat immer wieder irgendwelche Scherereien gemacht. Anfangs waren es nur Kleinigkeiten. So was machen Jungen öfter, stimmt's? Aber egal wo Sie auch waren, hat irgendetwas nicht gestimmt. Die Nachbarn konnten ihn nicht leiden. Keins der anderen Kinder wollte mit ihm spielen. Mit der Zeit wurden die Probleme größer, schließlich hat er Sachen angestellt, die es zu leugnen oder zu vertuschen galt. Also sind Sie wieder umgezogen und haben wieder einmal einen Neuanfang versucht. Doch egal wo Sie auch waren, fand er niemals Freunde, und auf Dauer war er nie zufrieden, war ihm nichts jemals genug.«

»Sie haben ihn gemobbt«, behauptete die Mutter. »Er war immer schon sensibler als die anderen Jungs.«

»Grüblerisch«, schlug Eve ihr in Gedanken an die Worte von Joes Witwe vor. »Er hat viel gegrübelt und noch häufiger geschmollt. Saß auf seinem Zimmer und hat dort geschmollt. Sie haben ihn zu Hause unterrichtet, weil das für ihn besser war. Sie dachten, das wäre für ihn besser, weil er keine Freunde fand und es nicht mochte, wenn ihm jemand Vorschriften gemacht hat, wie es nun einmal an Schulen üblich ist.«

»Er brauchte einfach besondere Aufmerksamkeit. Die brauchen manche Kinder nun einmal. Aber er hat niemals irgendwem auch nur ein Haar gekrümmt.«

»Er hat Gerüchte in die Welt gesetzt«, warf Teasdale abermals mit ruhiger Stimme ein. »Hat dem Jungen nebenan erzählt, was das Mädchen, das mit seinen Eltern ein paar Häuser weiter wohnt, über ihn gesagt hat, selbst wenn das gelogen war. Er hat es genossen, wenn er Ärger machen konnte wie zum Beispiel dadurch, dass er irgendwelche Dinge stahl und sie dann jemand anderem unterschob. Danach hat er zugesehen, wie wegen dieser Sachen Streit unter den anderen ausgebrochen ist.«

»Das hat er mit Ihnen beiden auch gemacht«, griff Eve den Faden auf. »Vor allem mit Ihnen, Mrs. Callaway. Hat Ihnen kleine Lügen aufgetischt und kleine Sabotageakte ausgeübt, um Konflikte zwischen Ihnen zu schüren. Das tut er noch immer, wenn er die Gelegenheit dazu bekommt. Wenn er zu Besuch nach Hause kommt, gibt's immer wieder Aufregung und neue Spannungen. Deshalb ist es eine unglaubliche Erleichterung für Sie, wenn er nach ein paar Tagen wieder fährt.«

»Das ist nicht wahr, das ist nicht wahr. Er ist unser Sohn. Wir lieben ihn.«

»Aber diese Liebe hat ihm nicht genügt.« Eve sah es Audrey deutlich an. »Wenn er daheim ist, kochen Sie sein Lieblingsessen, waschen seine Kleider und bedienen ihn von früh bis spät. Aber trotzdem sieht er Sie voller Verachtung oder, schlimmer noch, total gelangweilt an.«

»Aber in letzter Zeit war's anders. Plötzlich zeigte er Interesse und hat Sie mit Fragen bombardiert. Wann hat er herausgefunden, dass Menzini sein Großvater war?«

»Oh nein. Nein.«

»Sei still, Audrey. Sei still.« Russell legte seine große, harte Hand auf die der Frau, doch diesmal wirkte die Berührung sanft. »Wir sind anständige Christen, leben unser Leben und tun niemandem etwas.«

»Davon bin ich überzeugt.« Teasdale faltete die Hände auf dem Tisch. »Sie hätten den Hubbards niemals Schande machen wollen, Mrs. Callaway.«

»Natürlich nicht.«

»Wann haben Sie erfahren, dass die beiden nicht Ihre leiblichen Eltern waren?«

»Oh Gott, Russell.«

»Hören Sie. Meine Frau wurde von anständigen Menschen großgezogen. Sie hat von Menzini erst erfahren, als Edward im Sterben lag. Er fand, sie müsste wissen, was damals geschehen war. Er hätte dieses Wissen besser mit ins Grab genommen, aber er war todkrank und hatte Angst, sie fände es vielleicht heraus, wenn er nicht mehr am Leben wäre und ihr sagen könnte, wie es damals war.«

»Der Mann war nicht mein Vater. Edward Hubbard war mein Vater, so wie Tessa Hubbard meine Mutter war. Die Frau, die mich geboren hatte, war auf Abwege geraten, sie hatte schlimme Dinge angestellt, doch am Ende hat sie sie bereut und ist bei dem Versuch gestorben, mich zu schützen, als man mich gekidnappt hat.«

»Wann haben Sie es ihm gesagt? Wann haben Sie Ihrem Sohn davon erzählt?«

»Russ ...«

»Falls er etwas verbrochen hat, ist es unsere Pflicht, der Polizei zu helfen, Audrey. Er ist unser Sohn, und wir müssen verhindern, dass er noch einmal eine solche Tat begehen kann.«

»Er könnte so was niemals tun.«

»Dann sollten Sie uns helfen, diese Angelegenheit zu klären, damit ich ihn von der Liste streichen kann.« Eve sah sie fragend an. »Was hat er gefunden? Was haben Sie ihm erzählt?«

»Da waren verschiedene Dinge – Tagebücher und Berichte, Bilder, Souvenirs. Ich weiß es nicht genau. Ich habe mir die Sachen niemals wirklich angesehen. Meine Mutter hatte das ganze Zeug in einer Kiste auf dem Dachboden verwahrt. Dad hat gesagt, sie hätten darüber gesprochen, diese Sachen zu zerstören, aber irgendwie hätte sich das nicht richtig angefühlt. Deshalb haben sie sie sorgfältig verpackt und weggeräumt, und mein Vater hat mir erst vor seinem Tod davon erzählt.«

»Was genau hat er erzählt?«

»Ich kann nicht, Russ.«

Er nickte nur. »Ich habe Audreys Vater bis zu seinem Tod gepflegt und nehme an, er konnte sehen, wie sehr Audrey mir ans Herz gewachsen war. Genauso wie ich ihr. Also hat er mir alles anvertraut, was er wusste. Tessas Halbschwester war offenbar ein ziemlich wildes Ding. Sie war mit einem anständigen Mann verheiratet, ist dann aber weggerannt, um sich der Sekte von Menzini anzuschließen, mit dem sie ihn betrogen hat. Sie haben Gottes Wort besudelt und verdreht, um sich an schwachen Menschen zu vergehen. Sie war einer dieser schwachen Menschen, und sie wurde schwanger, als sie sich ihm hingegeben hat. Aber dann wurde ihr klar, dass sie auf Abwege geraten war, sie kehrte zusammen mit dem Kind zu ihrem Ehemann zurück und flehte ihn und auch ihre Familie an, ihr zu verzeihen.«

»Und William hat sie zurückgenommen«, meinte Eve. »Und Sie als seine eigene Tochter anerkannt.«

»Er war ein guter Mann«, bestätigte ihr Audrey. »Er hat ihr vollkommen verziehen. Die Sekte hätte mich meiner Mutter wegnehmen wollen, also lief sie fort und kehrte heim.«

»Aber dieser Menzini hat sie dort gefunden«, setzte Russell ihre Rede fort. »Er hat sie getötet und das Kind entführt. William Hubbard war Soldat. Er und seine Frau haben nach dem Kind gesucht und es am Ende ausfindig gemacht. Menzini war verschwunden, aber trotzdem waren sie in Sorge um das Kind. Also haben sie ihr Zuhause, ihre Freunde, die Familie verlassen und flohen mit der Kleinen nach Amerika. Hier änderten sie ihren Namen und zogen das Kind wie eine eigene Tochter auf.«

»Sie haben mich geliebt. Sie waren gute Menschen und haben dafür gesorgt, dass ich ein gutes Leben habe. Ich bin ihre Tochter.«

»Mrs. Callaway, ich glaube nicht, dass Kinder für die Sünden ihrer Väter büßen sollen. Meiner Meinung nach entscheiden wir allein, was aus uns werden soll, meiner Meinung nach machen wir selbst etwas aus uns. Ich glaube, dass die Hubbards immer nur das Beste für Sie wollten, Sie geliebt haben, und dass Sie ihre Tochter waren.«

»Das war ich, und das bin ich noch.«

»Und Lewis hat die Kiste mit dem Zeug entdeckt?«

»Als er eines Tages heimkam, war er schlecht gelaunt und ruhelos. Es hatte irgendwas mit seinem Job zu tun. Jemand hatte eine seiner Ideen geklaut.«

»Audrey.« Russell Callaway stieß einen Seufzer aus.

»Sie haben ihn dort nicht genug geschätzt und auch nicht wirklich respektiert«, beharrte sie auf ihrer Position, wobei ihr die Verzweiflung deutlich anzuhören war. »Das hat er gesagt. Ich weiß nicht, warum er an jenem Abend auf den Speicher ging. Wir haben auf dem Feld gearbeitet, währenddessen hat er irgendwas gefunden und begonnen, uns seltsame Fragen über die Vergangenheit zu stellen. Wir haben darüber geredet und beschlossen, dass er es erfahren soll. Dass wir ihm sagen sollten, was vor langer Zeit geschehen war, um im Anschluss alle diese Dinge zu zerstören. Sie machen uns nicht aus.«

»Aber das hat er nicht gewollt.«

»Er hat gesagt, er hätte einen Anspruch auf die Sachen.

Sie wären sein rechtmäßiges Erbe, und er wolle seinen richtigen Familienstammbaum kennen. Er wirkte nicht glücklich, aber irgendwie befriedigt. Mit einem Mal war er viel ruhiger, so als hätte er die ganze Zeit gewusst, dass irgendwas nicht stimmt, und wäre jetzt zufrieden, weil er endlich wusste, was.«

»Dann kam er zurück und hat weitere Sachen aus der alten Zeit gesucht.«

»Ich hatte noch ein paar Dinge von meiner Mutter«, sagte sie und griff sich unglücklich ans Herz. »Und ein paar Sachen, die sie aus den Jahren aufgehoben hatte, als sie selbst und ihre Halbschwester noch jung gewesen waren. Ein paar von diesen Sachen habe ich im Haus. Das alte Geschirr von meiner Mutter und etwas von ihrem Schmuck. Er ist nicht wirklich wertvoll«, sagte sie und tastete erneut nach ihrem kleinen goldenen Kreuz. »Aber mir bedeutet er etwas. Lewis war sich sicher, dass es mehr Informationen über Gina und Menzini geben müsste und hat erst den Speicher, dann den Keller und danach auch noch die Scheune und die Stallungen des Hofs durchsucht. Er kam mehrmals wieder, um die Suche fortzusetzen, und hat mich bei jedem der Besuche mit denselben Fragen bombardiert.«

»Sie wissen nicht, was in der Kiste war? Sie haben sich den Inhalt niemals angesehen?«

»Zumindest nicht genau. Nach dem Tod von meinem Vater habe ich einmal kurz reingeschaut und in Ginas Tagebuch gelesen, doch die Einträge waren aus der Zeit, nachdem sie dieser Sekte beigetreten war, und haben mich furchtbar aus dem Gleichgewicht gebracht, deshalb habe ich wieder damit aufgehört. Sie starb, weil sie mich schützen wollte, deshalb konnte ich die Sachen nicht einfach entsorgen, doch ich wollte auch nicht lesen, was für schlimme Dinge sie geschrieben hatte, während sie vom rechten Glauben abgewichen war.«

»Aber er wollte diese Dinge lesen. Lewis hat sich für die Tagebücher interessiert.«

»Er hat gesagt, es wäre wichtig, darüber Bescheid zu wissen. Und …«

»Und was?«

»Nicht böse werden«, bat sie ihren Ehemann. »Bitte reg dich nicht auf.«

»Hat er dir wehgetan?« Er ballte wütend eine Faust.

»Nein, nein, das hat er nicht.«

»Aber er hat Ihnen vorher wehgetan«, mischte sich Teasdale ein.

»Das ist schon ewig her. Manchmal ist er einfach etwas aufbrausend.«

»Er wollte irgendwelche tollen Schuhe, die wir uns nicht leisten konnten. Und als seine Mutter ihn dabei erwischt hat, wie er Geld aus ihrer Haushaltskasse stehlen wollte, hat er ihr einen Schlag mit der geballten Faust verpasst. Er ist auf seine eigene Mutter losgegangen. Er war damals sechzehn, und obwohl sie wieder mal versuchte, sein Verhalten zu entschuldigen, wusste ich genau, dass eine Grenze von ihm überschritten worden war. Er kam mit den verdammten Schuhen heim, da habe ich zum ersten Mal Hand an ihn gelegt. Ich habe ihm eine verpasst so wie er ihr, die Schuhe habe ich verbrannt. Danach bat er uns um Verzeihung, und tatsächlich sah es eine Zeit lang aus …«

»… als hätte er aus dieser Angelegenheit gelernt«, beendete Teasdale seinen Satz.

»Aber wir wussten, dass er hinter der geläuterten Fassade immer noch der Alte war. Wir haben es gewusst.« Er wandte sich an seine Frau und nahm tröstend ihre Hand.

»Wir konnten ihn einfach nicht glücklich machen. Aber jetzt ist er erfolgreich. Jetzt ist er hier in der Großstadt und hat einen guten Job.«

Russell schüttelte den Kopf. »Er lügt, Audrey, das hat er immer getan. Er hat immer schon gelogen, ist herumgeschlichen und hat irgendwelche bösartigen Streiche ausgeheckt.« Er wandte sich an Eve. »Was, glauben Sie, hat er getan?«

»Ich glaube, er hat Informationen in der Kiste auf dem Dachboden gefunden und genau wie damals schon sein Großvater Gebrauch davon gemacht. Er ist verantwortlich dafür, dass über hundertzwanzig Menschen bei den beiden Attentaten umgekommen sind.«

»Das kann nicht sein. Das sagen Sie doch nur, weil Sie das von Menzini herausgefunden haben. Das benutzen Sie, um Lewis einen Strick daraus zu drehen. Russell, sag ihnen, dass das nicht geht!«

Doch er saß einfach da, und Eve sah überrascht und mitleidig, dass er den Tränen nahe war.

»Er ist unser Sohn. Wir haben uns so sehr ein Kind gewünscht«, stieß er mit rauer Stimme aus. »Wir haben unser Möglichstes für ihn getan. Wir wissen nicht, wie man es besser hätte machen können. Sie sagen uns, er ist ein schlechter Mensch. Wie sollen wir das glauben, und wie sollen wir damit leben, wenn es tatsächlich so ist?«

»Sie irren sich. Das muss ein fürchterlicher Irrtum sein.«

»Ich kann nur beten, dass der Lieutenant sich in unserem Jungen irrt. Aber im Grunde wussten wir es immer schon.«

»Du liebst ihn nicht.«

»Ich wünschte mir, es wäre so.«

Audrey brach zusammen, legte ihren Kopf auf den zerkratzten Plastiktisch und brach in hemmungsloses Schluchzen aus, während Russell ihr gesenkten Hauptes gegenübersaß und ein dichter Strom Tränen lautlos über seine Wangen rann.

Sie traten in den Flur, und Teasdale drehte sich noch einmal um. »Sie trauern.«

»Das tun jede Menge anderer Menschen auch.« Eve sah auf ihr Link und nickte knapp. »Peabody ist wieder da. Ich muss kurz mit ihr reden, und wir müssen dafür sorgen, dass die Callaways da drinnen sitzen bleiben, weil er jeden Augenblick erscheinen wird.«

Mira hatte mitverfolgt, wie das Gespräch verlaufen war, und kam aus dem Nebenraum. »Ich würde jetzt gern reingehen und mit den beiden sprechen.«

»Darf ich vorher noch einmal kurz mit ihnen reden?«, bat die Frau vom Heimatschutz. »Vielleicht verraten sie mir in der ersten Trauer noch ein bisschen mehr.«

»Callaway ist unterwegs«, rief Eve der Psychologin in Erinnerung. »Das heißt, ich brauche Sie gleich im Besprechungsraum. Warum beobachten Sie nicht ein paar Minuten länger, was hier abgeht, und falls Sie der Meinung sind, dass Teasdale klarkommt, lassen Sie sie hier allein weitermachen und gesellen sich zu uns. Sie kriegen von mir ein Zeichen, wenn er eingelaufen ist«, wandte Eve sich wieder Teasdale zu. »Und jetzt werde ich noch kurz erklären, wie es ablaufen soll.«

Nachdem das erledigt war, ging sie direkt zu Peabody in den Besprechungsraum. »Geben Sie mir alles, was Sie haben, und zwar möglichst schnell.«

»Um es kurz zu machen ... Fisher war nicht unbedingt

ein Fan von Callaway. Sie hat sich gegenüber ihrer Mitbewohnerin oft fürchterlich über ihn aufgeregt, weil er sie bei einem seiner Projekte nur die Laufarbeiten machen lassen wollte. Nachdem sie eine völlig neue Anzeigekampagne mit Absatzprognosen, Schlagwörtern, Plakaten und dem ganzen Kram entwickelt hatte, hat er die Lorbeeren dafür eingeheimst.«

»Hat sie Weaver davon erzählt?«

»Nein. Aber als er ihr beim nächsten Mal die Knochenarbeit aufgehalst hat, hat sie jede Seite der Dokumentation mit ihren Initialen versehen und datiert, ist damit zu Weaver gegangen und hat so getan, als wollte sie die Meinung der erfahrenen Kollegin dazu hören.«

»Das war echt schlau von ihr. Also hat sie die Lorbeeren dafür selber eingeheimst, und er konnte nichts dagegen tun.«

»Er hat sie nicht noch einmal derart benutzt. Außerdem bekam sie einen Bonus und die Leitung eines anderen, kleineren Projekts. Fisher war mit einer Frau befreundet, die genau wie sie an Callaways Projekt beteiligt war. Ich habe diese Frau besucht, sie hat umfänglich bestätigt, was die Mitbewohnerin berichtet hat.«

»Die Callaways sind im Vernehmungsraum, und Teasdale versucht gerade, noch etwas aus ihnen rauszukriegen, was uns vielleicht bisher von den beiden verschwiegen worden ist.« Sie legte eine Pause ein, als Mira durch die Tür des Konferenzraums trat.

»Kommt Teasdale mit den beiden klar?«

»Oh ja. Sie macht das wirklich gut. Ich werde später mit den beiden sprechen.«

»Ich muss Peabody noch kurz erzählen, wie das Gespräch verlaufen ist, und würde gerne Ihre Meinung dazu hören«, sagte Eve zu Mira. »Es sieht aus, als wären sie deshalb so oft umgezogen, weil es schon mit ihm als Jungen ständig irgendwelche Scherereien gab. Als seine Mutter ihn erwischt hat, wie er heimlich an das Haushaltsgeld gegangen ist, hat er ihr einen Faustschlag ins Gesicht verpasst.«

»Wie nett«, murmelte ihre Partnerin.

»Es ging dabei um irgendwelche Schuhe, die er haben wollte. Dafür hat der Vater seinerseits ihm angeblich zum ersten Mal in seinem Leben eine reingehauen und die Schuhe verbrannt. Das war zu der Zeit, als sie zum ersten Mal länger an einem Ort geblieben sind, und zwar bis er aufs College ging.«

»Nach allem, was wir wissen oder glauben, hat er durch den Zwischenfall gelernt, dass Autoritäten oder die, die stärker sind als er, ihn bestrafen und ihm wehtun können«, führte Mira aus. »Also hat er sein wahres Wesen unterdrückt und sich nach außen angepasst, nachdem sein Vater der Gewalt, die er verübt hatte, mit eigener Gewalt begegnet war.«

»Die Herzen dieser beiden Menschen sind gebrochen«, fügte sie hinzu. »Weil sie in der Tiefe dieser Herzen wissen, dass er zu den Attentaten fähig ist, und weil sie ihn lieben und ihr Möglichstes getan haben, damit ein anständiger Mensch aus ihrem Jungen wird.«

»Er hat seine Entscheidung selbst getroffen. Seine Eltern können nichts dafür.«

»Eltern empfinden immer Stolz oder Verantwortung für alles, was aus ihren Kindern wird.«

»Sie müssen ihnen helfen, denn es wird für sie noch schwerer, wenn sie erst erfahren, was genau ihr Sohn verbrochen hat. Sobald er vor Gericht steht, kommen sicherlich noch jede Menge anderer Dinge raus. Sachen, die er angestellt, Ärger, den er angezettelt, Menschen, denen er ans Bein getreten hat.« Eve sah auf ihre Uhr und sagte sich, dass Callaway wahrscheinlich schon im Anmarsch war. »Dazu hat er vor ein paar Monaten herausgefunden, dass sein Großvater Menzini war. Das war bestimmt der Auslöser für die Anschläge in New York.«

»Bestimmt.«

»Die Mutter hatte Dokumente, Fotos, Tagebücher aufbewahrt ... die würde ich gern sehen. Sie hatte sie in einer Kiste auf dem Speicher stehen, und neben allem anderen, was in dieser Kiste war, muss auch die Formel für die tödliche Substanz dabei gewesen sein.«

»Dadurch fiel ihm das Mittel zur Begehung dieser Taten in die Hand«, warf Mira ein. »Und vor allem gaben ihm die Formel und seine Verbindung zu Menzini quasi die Erlaubnis, als der Erbe dieses Mannes haargenau dieselben Taten wie damals der Sektenführer zu begehen.«

»Ich schicke gleich ein Team in seine Wohnung. Sie werden die Formel finden, und das ist genauso gut, wie ihn auf frischer Tat zu ertappen. Wenn der Staatsanwalt mit all diesen Indizien keine wasserdichte Anklage zusammenbringt, ist er eindeutig falsch in seinem Job. Trotzdem möchte ich, dass Callaway die Taten selbst gesteht. Jetzt aber zu unserem Vorgehen: Wir sind frustriert, wir übersehen irgendwelche Dinge, sind wieder bei null, und die Medien und unsere Vorgesetzten machen fürchterlichen Druck.«

»Wir sind also ein Haufen Frauen, der auf seine Hilfe angewiesen ist«, warf Peabody fast fröhlich ein.

»Genau so fangen wir es an. Geben Sie mir fünf Minuten, damit ich ein paar Kollegen in die Wohnung schicken kann. Wenn er ankommt, bringe ich ihn rein. Sehen Sie also möglichst beschäftigt, aber gleichzeitig auch planlos aus.«

»Ziehen Sie die Jacke aus«, bat Mira sie.

»Was?«

»Hängen Sie die Jacke über einen Stuhl. Dann sieht es aus, als brächten Sie die meiste Zeit am Schreibtisch zu, und vor allem kann er dann Ihre Waffe deutlich sehen. Es wird ihn stören, dass Sie bewaffnet sind. Sie sind eine Autoritätsperson und fähig zu Gewalt, aber dafür ist er viel cleverer als Sie.«

»Verstehe.« Eve zog ihre Jacke aus und stand mit gut sichtbarem Schulterhalfter über ihrem schwarzen Pulli da. »Teasdale kommt dazu, wenn er schon im Besprechungszimmer ist. Wir können sie nicht leiden.«

»Doch, ich schon.«

»Also bitte, Peabody.«

»Oh, wir *tun* nur so, als ob wir sie nicht leiden können.«

»Fünf Minuten«, sagte Eve und stapfte aus dem Raum.

Sie kontaktierte Jenkinson und Reineke und wies sie an, Cher Reo wegen der Durchsuchung des Apartments anzurufen und dann sofort loszufahren. Dann wählte sie Roarkes Nummer und holte sich eine frische Tasse seines köstlichen Kaffees.

»Ich hätte angenommen, deine Sekretärin käme an den Apparat«, erklärte sie, als sein Gesicht auf dem Display erschien.

»Ich habe gerade einen freien Augenblick.«

»Und ich erwarte Callaway auf dem Revier, damit er uns unfähigen Frauen bei den Ermittlungen zur Seite steht, während gleichzeitig ein Team von uns die Wohnung dieses Kerls durchsucht. Er hat im Haus der Eltern alte Unterlagen auf dem Dachboden gefunden, die ich dringend sehen muss. Außerdem findet sich in der Wohnung ja vielleicht ein Hinweis auf die Herkunft der verschiedenen Zutaten, die er für die Substanz benötigt hat. Ich muss wissen, wer ihm dieses Zeug geliefert hat. Jenkinson und Reineke besorgen die Erlaubnis zur Durchsuchung des Apartments und fahren dann sofort los. Falls du dich auch dort umsehen willst …«

»Das klingt nach jeder Menge Spaß.«

»Falls du beschäftigt bist …«

»Habe ich etwa keinen Anspruch darauf, mich zu amüsieren?«

»Du hast recht. Das ist das Mindeste, was ich zum Dank für deine bisherige Hilfe für dich tun kann. Ich werde Feeney fragen, ob er auch kommen oder Ian schicken kann. Ich will alle elektronischen Geräte dieses Kerls, und wenn er kein totaler Trottel ist, hat er in seiner Wohnung sicher ein Versteck, damit die Putzfrau oder Leute, die ihn dort besuchen, nicht versehentlich über die Brühe stolpern, die er dort zusammenbraut. Irgendwo muss er das Zeug ja herstellen.«

»Das klingt nach noch mehr Spaß.«

»Ich werde meinen Spaß haben, wenn der Kerl gesteht.«

»Wie sähe es danach mit einer kleinen Siegesfeier aus?«

»Und wie soll diese Feier aussehen?«

Ein verruchtes Lächeln huschte über sein Gesicht. »Mir fällt schon etwas ein. Mach ihn fertig, Lieutenant.«

»Was denn sonst?«

Auf das Signal, dass Callaway inzwischen auf dem Weg nach oben wäre, lief sie selber wieder los und traf auf Sanchez und Carmichael, die gerade im Aufbruch waren.

»Wir haben einen neuen Fall hereingekriegt«, rief ihr Carmichael zu.

»Der noch kurz warten muss, denn erst mal streiten Sie mit mir.«

»Wie bitte?«

»Der Verdächtige ist auf dem Weg hierher. Also streiten Sie mit mir, regen Sie sich auf, und dann stürmen Sie aus dem Raum. Vor allem Sie, Sanchez. Denn er sieht Frauen als schwach und überflüssig an.«

»Ach ja?« Carmichael verzog grimmig das Gesicht.

»Was, verdammt noch mal, erwarten Sie von uns?«, schrie Sanchez plötzlich los. »Ich arbeite rund um die Uhr und bin es einfach leid, dass immer alles an mir hängen bleibt.«

»Reißen Sie sich zusammen, Detective«, bat ihn Eve erschöpft.

»Ich reiße mich zusammen. Reiße mich, verdammt noch mal, die ganze Zeit zusammen, während Sie ein Tänzchen nach dem anderen mit den Feds aufführen und gucken, dass Sie möglichst oft im Fernsehen zu sehen sind, obwohl wir uns die ganze Zeit im Kreis drehen und bisher nicht einen Schritt vorangekommen sind.«

»Wir haben augenblicklich viel zu schultern, Lieutenant.«

»Wir?«, fuhr Sanchez die Kollegin an. »Ich schleppe dich mit, Schwester, so war es immer schon. Und während ich dich mit herumschleppe, zieht Dallas alle anderen Leute und Ressourcen ab. Sämtliche Fälle, die in dieser Woche reingekommen sind, laden Sie bei uns ab, und wir kommen nicht weiter, weil die Leute im Labor auf Ihre Anweisung nichts anderes tun, als irgendwelchen Spuren zu Ihrem einen Fall, die sowieso im Sand verlaufen, nachzugehen.«

»Ich habe einen Massenmörder, der zu jeder Zeit an jedem Ort hier in der Stadt noch einmal zuschlagen kann«, setzte sie an.

»Ja, und trotzdem kommen Sie mit den Ermittlungen kein Stück voran. Aber Sie nehmen ja eher in Kauf, dass unsere Abteilung vor die Hunde geht, als die Angelegenheit dem FBI zu überlassen, das auf solche Fälle spezialisiert ist. Ich sage Ihnen eins: Wenn Sie am Ende absaufen, weil Sie's vermasseln, werde ich ganz sicher nicht mit Ihnen untergehen.«

Er marschierte aus dem Raum, rempelte Callaway, der vor der Tür stand, unsanft an, und ängstlich wandte sich Carmichael ihrer Vorgesetzten zu, meinte entschuldigend: »Er ist vollkommen übermüdet«, und lief dem Kollegen hinterher.

Eve stieß einen lauten Seufzer aus, fuhr sich mit beiden Händen durch das auch schon vorher wild zerzauste Haar, sah Richtung Tür, zuckte zusammen und wünschte sich, sie hätte das Talent, auf Knopfdruck zu erröten, während sie verlegen das Gesicht verzog.

»Mr. Callaway. Es ist sehr nett, dass Sie gekommen sind.«

»Ihr Detective klang, als ob es wichtig wäre.« Er sah in die Richtung, in die Sanchez und Carmichael abgehauen waren, und konnte ein Feixen nicht verbergen, stellte dann aber mit mitfühlender Stimme fest: »Es ist für Sie im Augenblick bestimmt nicht leicht.«

»Niemand weiß hier mehr, wo ihm der Kopf steht, und die Atmosphäre ist entsprechend angespannt«, räumte sie widerstrebend ein. »Wenn Sie mir bitte in den Konferenzraum folgen würden.«

»Ich bin mir nicht sicher, inwieweit ich Ihnen helfen kann.«

»Sie kannten mehrere der Opfer beider Anschläge und kennen auch die Räumlichkeiten, Angestellten und die Nachbarschaft der Bar und des Cafés. Bei unseren bisherigen Gesprächen hatte ich den Eindruck, dass Sie ein guter Beobachter sind, und vielleicht hilft uns auch weiter, dass Sie selbst kurz vor dem ersten Attentat noch in der Kneipe waren.«

»Glauben Sie mir, ich bin den Abend bereits unzählige Male in Gedanken durchgegangen.«

»Aber vielleicht fällt Ihnen, wenn wir noch mal drüber reden, doch noch irgendetwas ein. Irgendeine Kleinigkeit, die uns womöglich weiterbringt. Ich will Sie nicht belügen …«, sagte sie und dachte: *Doch, genau das tue ich die ganze Zeit.* »Wir treten auf der Stelle, und ich habe keine Ahnung, wie es weitergehen soll.«

Sie öffnete die Tür des Konferenzzimmers, versperrte ihm für einen Augenblick wie zufällig den Weg und achtete darauf, dass ihre Stimme innerhalb des Raums gut zu hören war. »Natürlich ist es so, dass alles, was hier drin besprochen wird, und alles, was Sie sehen, vertraulich ist. Ich muss also darauf vertrauen können, dass Sie darüber Stillschweigen bewahren werden, Mr. Callaway.«

»Das können Sie auf jeden Fall. Bitte nennen Sie mich Lew.«

»Lew.« Erleichtert lächelnd, trat sie einen Schritt zur Seite und ließ ihm den Vortritt in den Raum. »Meine Partnerin, Detective Peabody, und Dr. Mira, unsere Profilerin.«

Peabody nickte kurz und setzte ihre Arbeit am Computer fort, während die Psychologin sich erhob und ihm mit ausgestreckter Hand entgegenkam. »Vielen Dank, dass Sie gekommen sind, um uns zu helfen.«

»Das betrachte ich als meine Bürgerpflicht.«

»Ich wünschte mir, mehr Menschen sähen das so.«

»Wollen Sie einen widerlichen Kaffee oder etwas anderes aus dem Getränkeautomaten?«, frage Eve.

Mit einem gut gelaunten Lächeln meinte er: »Ein widerlicher Kaffee wäre gut.« Dann trat er vor die Tafel und sah sich die Opfer an. »Alle diese Menschen. Nun, natürlich wusste ich schon aus den Medien, wie viele Menschen umgekommen sind. Trotzdem ist es ein Schock, sie alle zusammen an dieser Tafel zu sehen.«

»Für jeden Einzelnen von diesen Menschen müssen die Verantwortlichen dieser Attentate geradestehen«, stellte Mira fest.

»Dann suchen Sie also nicht nur einen Täter?«

»Wir sind zu dem Schluss gekommen, dass eine einzelne Person die Anschläge nicht hätte durchziehen können«, erklärte Eve, während sie eine Kanne Kaffee holen ging. »Die Vorgehensweise war einfach zu kompliziert und zu riskant. Die erforderliche Planung und die vielen Einzelschritte, die zur Umsetzung der Pläne nötig waren, hätte ein Mensch allein niemals auf die Reihe gekriegt.«

»Wir gehen deshalb davon aus, dass eine Gruppe hinter diesen Attentaten steckt«, warf Mira ein und zeigte nochmals auf die Tafel, an der man die über hundertzwanzig Opfer sah. »Und dass sich in beiden Fällen einer dieser Menschen hier für das große Ganze geopfert hat.«

»Mein Gott.« Als Eve mit einem Becher vor ihn trat, ergriff er ihn, ohne sie auch nur anzusehen. »Aber warum?«

»Wir haben verschiedene Theorien, vor allem geht's uns erst mal darum herauszufinden, wer der Kopf der Gruppe ist.« Eve setzte sich auf einen Stuhl. »Er muss dominant sein, charismatisch, gut organisiert und hochintelligent. Die beiden Lokale, die er ins Visier genommen hat, hatten vor allem Kundschaft aus den Unternehmen in der Gegend so wie dem, in dem Sie selber tätig sind.«

»Menschen, die dort in der Gegend arbeiten und leben.« Auch die Psychologin setzte sich und blickte Hilfe suchend zu ihm auf. »Wir haben erwartet und gehofft, dass er ein Statement abgibt und auf diese Weise seine Pläne oder seine Ziele offenbart. Die Tatsache, dass er es nicht getan hat, zeigt, dass er gewieft und sehr gefährlich ist. Ihm ist bewusst, dass fortgesetztes Schweigen für ihn selbst von Vorteil ist, weil sich dadurch die allgemeine Angst und Panik noch verstärkt. Diejenigen, die an ihn glauben, glauben auch an seinen Plan. Und solange wir nicht wissen ...« Sie warf hilflos ihre Hände in die Luft.

»Das ist der Punkt, an dem Sie uns womöglich helfen können«, meinte Eve. »Nachdem wir einige der Opfer nach der Überprüfung ihres Hintergrunds und nach Vernehmungen von Hinterbliebenen von der Liste streichen konnten, sehen wir uns jetzt einmal die Überlebenden der beiden Anschläge genauer an.«

»Ah.« Er nickte. »Ja natürlich, das macht Sinn. Wer auch immer von dem Anführer mit diesen Anschlägen beauftragt wurde, hatte größere Überlebenschancen als die anderen, weil er wusste, was passieren würde, und vielleicht gewappnet war.«

»Genau. Es ist uns wirklich eine große Hilfe, dass wir nicht alles erklären müssen, Sie verstehen auch so.«

»Das würde doch wahrscheinlich jeder, der nicht völlig auf den Kopf gefallen ist.«

»Inzwischen ist es dem Labor gelungen, eine potenzielle Quelle ausfindig zu machen, und wir haben das wahrscheinlichste Szenario der Anschläge am Computer nachgestellt.«

»Sie haben es nachgestellt? Vielleicht würde es meinem Gedächtnis auf die Sprünge helfen, wenn ich sehen könnte, wie es abgelaufen ist.«

Das würde dir so passen, dachte Eve. »Hoffen wir, dass das nicht nötig sein wird, Lew. Selbst am Computer sind die Szenen einfach grauenhaft.« Mit diesen Worten schlug sie einen Ordner auf.

»Diese Frau.« Sie tippte auf ein Bild von CiCi Way. »Erkennen Sie sie wieder?«

Er runzelte die Stirn. »Sie kommt mir irgendwie bekannt vor.«

»Sie ist eine der Überlebenden des ersten Attentats.«

Er nahm das Foto in die Hand und sah es sich genauer an. »Ja. Oh ja, jetzt fällt's mir wieder ein. Sie war mit der Frau zusammen, um die es Ihnen gestern Abend ging. Sie saßen mit zwei jungen Kerlen an einem Tisch.«

»Bitte versuchen Sie, sich zu erinnern«, drängte Mira ihn. »Stellen Sie sich die Kneipe, Ihren eigenen Platz, das Geschehen um Sie herum und diese Frau dort vor.«

»Ich hatte dem Raum die meiste Zeit den Rücken zugewandt.«

»Über der Theke hing ein Spiegel«, meinte Eve, und gespannt beugte sich Mira zu ihm vor.

»Wir speichern häufig Dinge ab, die wir in dem Moment, in dem sie sich ereignen, gar nicht richtig registrieren. Ich habe eine Ausbildung in Hypnotherapie und könnte Ihnen helfen, sich an Einzelheiten zu erinnern, wenn Sie damit einverstanden wären.«

»Lassen Sie mich überlegen. Ich versuche, es mir alles noch einmal bildlich vorzustellen.« Er kniff die Augen zu, und Eve und Mira tauschten vielsagende Blicke aus.

»Ich kann sehen, dass sie an dem Tisch sitzt«, fing er

langsam an. »Sie und die drei anderen. Sie lachen, trinken, essen. Aber sie … sie sieht sich um und schaut auf ihre Uhr. Ja, sie sieht sich gründlich um und rutscht auf ihrem Stuhl herum.«

»Als wäre sie nervös?«, hakte die Psychologin nach.

»Nun, zumindest kommt es mir so vor. Ich habe nicht genau darauf geachtet, vielleicht dachte ich auch einfach, sie hätte so was wie ein Blind Date und wäre deshalb aufgeregt.«

»Warum denken Sie, sie hätte ein Blind Date gehabt?«

Auf Eves Frage machte er die Augen wieder auf und starrte sie durchdringend an. »Wahrscheinlich habe ich gehört, wie sie davon gesprochen hat. Aber ich weiß nicht mit Bestimmtheit … warten Sie, ja, warten Sie. Sie und die andere Frau stehen auf. Ich bin mir nicht sicher, aber meiner Meinung nach haben sie den Tisch verlassen und gingen direkt an uns vorbei. Ich war selber gerade aufgestanden, um zu gehen. Dabei stieß sie mit mir zusammen. Sie hat sich nicht einmal entschuldigt, aber sie hat zu der anderen Frau etwas über ein Blind Date gesagt.«

»Dann kannte sie den Mann, mit dem sie dort zusammen war, also im Grunde nicht.«

»Ich glaube, nicht. Aber ich hatte das Gefühl, als ob die beiden Frauen befreundet wären. Großer Gott, wie konnte sie nur ihrer Freundin, die ihr vertraut hat, so was antun?«

»Vertrauen ist häufig eine Waffe«, sagte Eve. »Wobei wir nicht mit Bestimmtheit wissen, ob tatsächlich CiCi Way die Quelle war.«

»Aber Sie gehen davon aus.« Er schüttelte den Kopf und sah sich abermals das Foto an. »Sie ist noch jung, und junge Menschen sind leicht zu beeindrucken. Sie sind verführbar, und es ist sehr leicht, sie zu missbrauchen.«

»Haben Sie die beiden Frauen noch einmal zurückkommen sehen?«

»Wie gesagt, ich wollte gerade gehen, als Joe mich noch ein paar Minuten aufgehalten hat.« Er legte seinen Kopf zurück und sah aus halb geschlossenen Augen unglücklich die Zimmerdecke an. »Er hat gefragt, ob ich nicht noch ein bisschen bleiben will. Seine Frau war mit den Kindern weg, und er war nicht in der Stimmung, in ein leeres Haus zurückzufahren. Aber ich selbst wollte nach Hause, um mich dort aufs Ohr zu hauen. Ich war schon aufgestanden, ja genau. Ich stand und sagte Joe, wir sähen uns am nächsten Morgen im Büro. Ich stand an der Theke, und die beiden Frauen sind noch einmal an mir vorbeigekommen, als sie zurück an ihren Tisch gegangen sind.«

Er starrte Eve aus großen Augen an. »Sie hat nicht aufgepasst, wohin sie lief.«

»Ach nein?«

»Es herrschte noch immer ziemliches Gedränge, und da sie sich wieder umgesehen hat, ist sie noch einmal mit mir zusammengestoßen, hat mich aus dem Weg geschubst, als wäre sie in großer Eile, und hat mich zu allem Überfluss auch noch beschimpft. Meinte: ›Los, schwing deinen Arsch zur Seite, Alter‹, oder etwas in der Art. Das hatte ich total vergessen. Ich war so mit Joe beschäftigt, da habe ich an diese Sache gar nicht mehr gedacht. Als die zwei zurück an ihren Tisch gegangen sind, ging ich selbst zur Tür. Ich weiß noch, dass ich mich noch einmal nach ihnen umgesehen habe, weil die eine derart unhöflich gewesen war – und sie … sie hat sich hingesetzt und etwas aus der Handtasche genommen. Auch wenn ich nicht sehen konnte, was.«

»Sie ist es.« Wieder griff er nach dem Foto und bedeckte ihr Gesicht mit einer Hand. »Sie muss es sein.«

Während er dies sagte, wurde hinter ihm die Tür geöffnet, und Agentin Teasdale kam herein. Sie zögerte, als sie ihn sah, und wandte sich mit bösem Blick an Eve. »Ich müsste kurz mit Ihnen reden, Lieutenant. Allerdings allein.«

»Vielleicht haben wir einen Durchbruch«, fing Eve an.

»Es wäre mir lieber, diese Unterhaltung nicht in Gegenwart einer Zivilperson zu führen.«

»Das klingt nach einem Machtkampf«, meinte Callaway.

»So kann man sagen.« Peabody sah unglücklich von ihrer Arbeit auf. »Doch während sich die beiden *unterhalten*, gehen wir vielleicht noch einmal die Einzelheiten durch.«

18

»Ich habe seinen Eltern erst mal eine sichere Unterkunft besorgt. Außerdem habe ich sie überredet, mir noch ein paar Vorkommnisse aus seiner Kindheit zu erzählen.«

»Die Sie gern ins Spiel bringen können, falls sich die Gelegenheit dazu ergibt«, bot Eve ihr an. »Aber vermasseln Sie mir nicht mein Timing oder meinen Rhythmus, wenn ich bei der Arbeit bin. Er bildet sich ein, er hätte uns im Griff. Ich lasse ihn glauben, dass wir denken, eine von den Überlebenden hätte das Zeug beim ersten Anschlag freigesetzt. Er hat den Köder geschluckt und ist sofort losgerannt.«

»Wobei ein Fisch, vor allem wenn er erst mal an der Angel hängt, ziemliche Probleme mit dem Rennen hat.«

»Wie auch immer hat er uns inzwischen zahlreiche Details genannt, an die er sich angeblich erinnern kann.«

»Leute schmücken häufig aus Stolz und Freude die Geschichten, die sie anderen erzählen, noch aus.«

»Gleich bringe ich die Rede noch auf Jeni Curve. Wenn er merkt, dass Sie und ich Konflikte haben, bildet er sich sicher ein, er hätte das Heft auch weiter in der Hand, weshalb er sich vor lauter Stolz und Freude selber hinter Gitter bringen wird. Also.« Eve schob ihre Daumen in die Gürtelschlaufen der Jeans. »Ich halte Sie für eine aufdringliche Bürokratin, die sich für was Besseres hält, nur weil sie beim Heimatschutz beschäftigt ist.«

Teasdale zupfte ein winziges Stäubchen von ihrem Revers. »Und ich finde, dass Sie eine unfähige, übertrieben aggressive, kleine Polizistin sind.«

»Das sollte funktionieren.« Eve öffnete die Tür und knurrte schlecht gelaunt: »Bisher ist es noch mein Fall.«

»Nicht mehr lange. Entschuldigen Sie, Mr. Callaway, aber ich habe große Vorbehalte gegen die Beteiligung einer Zivilperson an den Ermittlungen zu einem so sensiblen Fall, vor allem wenn diese Person in Beziehung zu verschiedenen Opfern stand.«

»Dank dieser Beziehung wissen wir jetzt sicher, wer die erste Quelle war, Agentin Teasdale«, rief Eve der Kollegin in Erinnerung. »Sie und der Heimatschutz sollen uns bei den Ermittlungen nur assistieren, das heißt, dass auch Sie selbst, solange ich nichts anderes höre, nur beratend tätig sind.«

Sie kehrte ihr demonstrativ den Rücken zu und wandte sich an Callaway: »Ich würde jetzt gern über den zweiten Anschlag sprechen.«

»Ich war an dem Tag nicht dort.«

»Aber Sie kannten das Café und kennen mehrere der Leute, die dort verletzt oder getötet worden sind. Lassen Sie uns wie beim *On the Rocks* versuchen, uns den Laden bildlich vorzustellen.«

»Um Gottes willen«, murmelte die Frau vom Heimatschutz.

»Hören Sie, Agentin, vielleicht bekommen wir ja so einen Beweis dafür, dass Curve im zweiten Fall die Quelle war.«

»Jeni?«, fragte Callaway schockiert. »Sie haben doch nicht ernsthaft Jeni im Verdacht?«

»Ich will Ihre Erinnerungen nicht beeinflussen. Konzentrieren wir uns ganz auf gestern, ja? Sie haben Ihre Mittagspause im Büro verbracht?«

»Tatsächlich brauchte ich ein bisschen frische Luft, um einen klaren Kopf zu kriegen, deswegen bin ich kurz rausgegangen.«

»Erinnern Sie sich noch, um wie viel Uhr Sie losgegangen sind? Falls nicht, haben doch die Überwachungskameras vor dem Gebäude sicher aufgezeichnet, wann Sie vor die Tür getreten sind.«

»Es müsste ungefähr Viertel nach zwölf gewesen sein. Ich habe mir eine Veggie-Käse-Pita und ein Ginger Ale an einem einen Block entfernten Stand geholt. Wobei ich mir nicht sicher bin, dass der Verkäufer sich an mich erinnern kann. Er hatte alle Hände voll zu tun.«

»Und wo sind Sie dann hingegangen, was haben Sie gesehen? Lassen Sie sich Zeit«, ermunterte ihn Eve. »Versuchen Sie, die Dinge noch einmal zu sehen.«

»Ich habe an Joe gedacht. Deswegen war ich überhaupt an die frische Luft gegangen. Ich brauchte etwas Zeit für mich. Der Gedanke an ihn, an seine Frau und an die Kinder ging mir nicht mehr aus dem Kopf. Ich musste immer wieder daran denken, dass wir, kurz bevor es losging, noch zusammen an der Bar gesessen hatten. Vor Nancy wollte ich nichts sagen, aber wir beide waren häufig nach Dienstschluss noch zusammen im Büro, weil er mit einigen Projekten nicht allein zurande kam.«

»Und wenn er Probleme hatte, hat er sich damit an Sie gewandt?«

»Ich habe gern geholfen«, gab er beiläufig zurück, als wäre seine Freundlichkeit gar nicht der Rede wert. »Wie gesagt, er hat zwei Kinder, hatte einen ziemlich weiten Weg zur Arbeit und von dort zurück, und verständlicherweise wollte seine Frau, dass er sich abends um sie kümmert, statt zu Hause weiter seiner Arbeit nachzugehen. Manchmal hatte er Probleme, sich auf seinen Job zu konzentrieren ... wegen eines Streits mit seiner Frau oder weil es Ärger mit den Kindern gab.«

»Dann hatte er zu Hause also Schwierigkeiten?«, fragte Eve ihn interessiert.

»Oh, das wollte ich damit nicht sagen«, meinte er, doch seine Miene drückte etwas anderes aus. »Aber das hat den Druck auf ihn natürlich noch verstärkt, wenn er keine Zeit hatte oder wenn er gedanklich nicht ganz bei der Sache war, habe ich mir seine Arbeit angesehen und hin und wieder ein paar Vorschläge gemacht.«

»Wofür er Ihnen sicher dankbar war.«

»Das war keine große Sache«, schränkte er gespielt bescheiden ein. »Wenn ich ihn darum gebeten hätte, mir zu helfen, hätte er das sicher auch getan. Auf alle Fälle wollte ich einfach etwas spazieren gehen, also bin ich losgelaufen und habe mir mein Mittagessen draußen an dem Stand geholt. Nancy ist im Augenblick vollkommen durch den Wind. Sie lässt die Dinge deshalb etwas schleifen, und obwohl ich selbstverständlich gerne einen Teil von ihrer Arbeit übernehme, brauchte ich einfach mal etwas Luft.«

»Verstehe. Waren Sie je in Sichtweite des *Café West*?«

»Ich bin auf der anderen Straßenseite daran vorbeigegangen. Ich habe sogar kurz erwogen reinzugehen und mir eine Latte zu holen, aber der Gedanke an den Lärm und das Gedränge hat mich abgeschreckt. Dort ist um diese Zeit immer die Hölle los.«

»Genau«, bestätigte ihm Eve und blickte Teasdale triumphierend an. »Das wissen Sie, weil Sie dort häufiger in Ihren Mittagspausen waren.«

»Alle aus der Firma gehen dort hin und wieder hin. Ich bin einfach vor mich hin gelaufen, denn ich war noch immer ziemlich aufgewühlt. Beinah wäre ich in die andere Richtung gegangen, Richtung *On the Rocks,* um zu … aber das habe ich einfach nicht über mich gebracht.«

»Sie sind also vor sich hin gelaufen«, wiederholte Eve.

»Ja.« Er starrte unglücklich die Decke an. »Ich brauchte frische Luft. Es war ziemlich kühl. Nicht so kalt wie heute, aber die Bewegung und die frische Luft taten mir einfach gut. Mir ging so vieles durch den Kopf. Sie können sich nicht vorstellen, wie viele Leute im Büro über die Sache reden wollen, einem Fragen stellen, begierig auf Einzelheiten sind.«

»Weil Sie dort und dadurch quasi Zeuge des Geschehens waren.«

»Ja. Das ist etwas, was ich nie vergessen werde, denn selbst wenn ich dazu in der Lage wäre, brächten die Kollegen im Büro, die Journalisten und natürlich auch die Polizei mit all ihren Fragen die Erinnerung zurück.«

»Natürlich.« Eve bemühte sich um einen möglichst mitfühlenden Ton. »Steve und Weaver waren schon gegangen, aber Sie, Sie waren fast noch dort, als es angefangen hat.«

»Ja. Ich bin nur wenige Minuten vorher aufgebrochen. Ich … warten Sie, Moment. Ich habe Carly vor dem *Café West* gesehen.«

»Carly Fisher?«

»Sie muss es gewesen sein. Sie ging in das Café. Sie hatte ihre rote Jacke und dazu noch ihr geblümtes Halstuch an. Ich habe einen kurzen Blick auf ihre Jacke und das Tuch erhascht, bevor sie reingegangen ist. Unbewusst und ohne dass ich mir etwas dabei gedacht hätte. Aber jetzt frage ich mich natürlich, ob ich vielleicht auch aus diesem Grund selbst nicht reingegangen bin.«

»Dann kamen Sie also nicht mit ihr zurecht?«

»Nein, das war es nicht. Carly war sehr ehrgeizig und sehr darauf bedacht, ihre Karriere voranzutreiben. Sie hat mich oft um Rat gebeten, wenn's um ein Projekt oder um irgendeinen Arbeitsauftrag ging. Das war für mich okay.« Er winkte ab und wirkte wie ein Mann mit einer schweren Bürde, die er aber klaglos trug. »Aber gestern war ich nicht in der Stimmung, auf banale Fragen nach der Arbeit einzugehen. Jetzt fällt es mir wieder ein. Als ich sie gesehen habe, habe ich beschlossen, wieder ins Büro zu gehen und dort nach einem ruhigen Ort zu suchen, um noch kurz allein zu sein. Aber ich habe sie gesehen, die arme Carly. Wahrscheinlich war ich einer von den Letzten, die sie noch lebend gesehen haben.«

»Wie bei Joe.«

»Genau. Das bringt mich ziemlich aus dem Gleichgewicht. Könnte ich wohl ein Glas Wasser haben?«

»Ja, natürlich.« Eve stand auf, holte eine Flasche und bot sie ihm an. »Lassen Sie sich Zeit, Lew. Was haben Sie dann gemacht?«

»Vielleicht ging ich noch ein Stückchen weiter, machte kehrt und …«

»Sie haben was gesehen.« Begierig beugte Eve sich zu ihm vor. »Was haben Sie gesehen?«

»Wen«, murmelte er. »Es geht nicht darum, was, sondern *wen* ich gesehen habe. Jeni.«

Eve lehnte sich auf ihrem Stuhl zurück und starrte Teasdale an. »Sie haben Jeni Curve gesehen. Wo?«

»Auf der anderen Straßenseite, höchstens einen halben Block vom *Café West* entfernt. Aber ich bin es gewohnt, sie dort zu sehen. Also habe ich mir nichts dabei gedacht und es mir nicht einmal gemerkt, aber jetzt, wo Sie mich auf sie angesprochen haben, fällt's mir wieder ein.«

»Was hat sie gemacht?«

Er kniff die Augen zu und ballte seine Fäuste. »Sie hat mit jemandem gesprochen. Einem Mann. Er hat mir den Rücken zugewandt. Ich kann sein Gesicht nicht sehen. Er ist größer als sie. Ja, größer, breiter und mit einem schwarzen Mantel. Er … drückt ihr etwas in die Hand … Ich glaube, ja, oh ja, etwas, das sie in die Jackentasche steckt.«

»Und dann? Denken Sie nach!«

»Ich … ich habe kaum darauf geachtet. Er hat sie geküsst … ganz leicht, auf beide Wangen. Wie zum Abschied. Dann geht er weg, und sie geht weiter Richtung *Café West*. Das alles kommt mir irgendwie unwirklich vor.«

»Haben Sie den Mann auch noch mit jemand anderem zusammen gesehen?«, erkundigte sich Eve. »Haben Sie gesehen, wo er hingegangen ist?«

»Ich weiß nur, dass er in dieselbe Richtung ging wie ich, aber auf der anderen Straßenseite, etwas vor mir. Ich hatte es nicht eilig, wieder ins Büro zu kommen, also blieb ich stehen und sah mir noch das Schaufenster von einem Laden an. Dann war er verschwunden, und ich habe ihn und Jeni nicht noch einmal gesehen.«

»Lew, ich möchte, dass Sie noch einmal gründlich nachdenken. Haben Sie Jeni Curve jemals mit CiCi Way zusammen gesehen?«

»Ich bin mir nicht sicher. Jeni habe ich sehr oft gesehen … im Büro, wenn sie das Essen ausgeliefert hat, im Café und auf der Straße. Ich bin mir also nicht sicher, ob ich je gesehen habe, dass sie mit dieser anderen Frau zusammen war.«

»Sie haben also keine Ahnung, ob die zwei sich kannten«, stellte Teasdale fest. »Sie haben Curve, die das Lokal betritt, in dem sie arbeitet, und Way, die mit Freunden in der Kneipe war, gesehen. Sie haben nichts beobachtet, was sie mit diesen Attentaten in Verbindung bringt.«

»Wir werden Way noch einmal in die Zange nehmen. Wenn wir Lew mitnehmen, damit sie ihn sieht, bringt sie das vielleicht aus dem Gleichgewicht. Wären Sie dazu bereit?«, wandte sich Eve erneut an ihn.

»Wenn's Ihnen hilft.«

»Kehren wir noch einmal kurz zu Curve zurück. Sie haben also gesehen, wie sie mit jemandem gesprochen hat, bevor sie in das Café ging. Haben Sie sie auch schon vorher mal mit jemandem gesehen, wenn Sie sie auf der Straße trafen? Vielleicht mit demselben Mann?«

»Ich glaube … ja, das könnte durchaus sein. Ich wünschte mir, ich wüsste es genau.«

»Und wenn sie Essen ins Büro geliefert hat? Hat sie dort mit bestimmten Leuten mehr Zeit als mit anderen verbracht?«

»Nun, Steve hatte diesen kleinen Flirt mit ihr. Das hat er Ihnen gestern schließlich selbst erzählt. Ab und zu haben Jeni Curve und Carly einen kurzen Schwatz gehalten. Wahrscheinlich, weil sie im gleichen Alter waren.«

»Aber sie haben nie länger miteinander gesprochen.«

»Nein. Sie war einfach das Mädchen, das das Essen ausgeliefert hat.« Er riss entsetzt die Augen auf. »Glauben Sie, das war der Grund, aus dem diese Person – der Anführer der Gruppe – sie für dieses Attentat verwendet hat? Sie war jung und leicht beeinflussbar. Sie war niemand Besonderes, falls Sie wissen, was ich damit sagen will. Ich schätze, sie und diese andere, diese CiCi Way, für seine Zwecke einzuspannen, war für jemanden wie ihn das reinste Kinderspiel.«

»Für jemanden wie ihn?«

Er wandte sich der Psychologin zu. »Sie haben selbst gesagt, er wäre hochintelligent, charismatisch und hervorragend organisiert.«

»Das alles trifft auch auf Sie selber zu«, erklärte Eve.

Er winkte lachend ab. »Das ist sehr schmeichelhaft, aber ich glaube nicht, dass ich infrage komme.«

»Aber das ist nur ein Teil seines Profils, nicht wahr?« Eve blickte Mira an.

»Ja. Außerdem habe ich festgestellt, dass er ein Einzelgänger ist, der soziopathische Tendenzen hat. Er hat eine ausgeprägte Neigung zur Gewalt, die er jedoch rigide unterdrückt. Er sorgt lieber dafür, dass andere Gewalt ausüben.«

»Weil er selbst kein Blut an seinen Händen kleben haben will«, erklärte Eve. »Und weil er ein elender Feigling ist und nicht die Eier hat, um selbst zu töten.«

»Ich will mich ganz sicher nicht in Ihre Arbeit mischen.« Callaways Gesicht war eisig, doch er breitete jovial die Hände aus. »Aber meiner Meinung nach ist es ein Zeichen seiner Klugheit, dass er andere die Arbeit machen lässt. Wie wollen Sie ihn jemals finden, wenn er nicht aktiv an diesen Anschlägen beteiligt und zum Zeitpunkt beider Attentate nicht einmal vor Ort gewesen ist?«

»Er wird einen Fehler machen. Das machen sie alle. Sehen Sie sich nur mal an, wie viel Sie uns über den Kerl verraten konnten. So viel wussten wir bisher noch nicht.«

»Sie dürfen einer Zivilperson keine Details verraten«, setzte Teasdale an.

»Sagen Sie mir ja nicht, wie ich meine Arbeit machen soll«, fuhr Eve sie an. »Wir wissen jetzt, was für ein Typ er ist und was er braucht. Er lebt allein. Er hat keine echten Freunde und hat es bisher noch nie geschafft, längerfristig eine Beziehung einzugehen. Vielleicht, das heißt, wahrscheinlich ist er impotent.«

Sie warf ihm diesen letzten Satz als zusätzlichen Köder hin und sah, dass heiße Zornesröte seine Wangen überzog.

»Als Tatorte hat er zwei Lokale in der Nähe seines Arbeitsplatzes oder seiner Wohnung ausgewählt. Das hätte er nicht machen sollen. Besser wäre es gewesen, dafür den eigenen Dunstkreis zu verlassen, aber er hat es sich leicht gemacht und Orte sowie Menschen ins Visier genommen, die er kennt.«

Sie erhob sich, schob die Daumen in die Vordertaschen ihrer Jeans und baute sich vor einer Tafel auf. »Niemand kann ihn wirklich leiden, und die Leute, die ihn sich genauer ansehen, wissen, dass der Kerl nicht echt ist, dass er andere benutzt und ein übertriebenes Anspruchsdenken hat.«

»Sie haben gesagt, er wäre charismatisch.«

»Was vielleicht ein wenig übertrieben war. Er ist relativ verwandlungsfähig, und er passt sich an, aber seine sozialen Fähigkeiten sind nicht allzu ausgeprägt. Deshalb ist es mit seiner Karriere nicht so schnell vorangegangen, wie er es aus seiner Sicht verdient hätte. Sie kennen selbst den Typ, von dem ich rede, Lew. Sie haben beruflich doch bestimmt des Öfteren mit ihm zu tun. Dann sind da auf der anderen Seite Leute wie Ihr Kumpel Joe. Er hatte die sozialen Fähigkeiten, und er hat sich für sich selbst sowie für andere ins Zeug gelegt, was seiner Karriere offensichtlich dienlich war, denn schließlich hat er einen langsamen, doch gleichmäßigen Aufstieg innerhalb der Firma hingelegt. Oder Carly Fisher. Jung, intelligent und ehrgeizig – auf dem schnellen Weg nach oben. Aber dieser Typ? Er dümpelt einfach vor sich hin. Er bekommt weder die Anerkennung noch die Boni oder die Beförderung, die er sich sehnlich wünscht, und schmollt deswegen schon seit Jahren vor sich hin.«

»Wie gesagt, ich will mich sicher nicht in Ihre Arbeit mischen, aber mir kommt es so vor, als unterschätzten Sie den Mann.«

»Wenn er mich hören könnte, dächte er das sicher auch. Denn schließlich ist er alles andere als dumm und obendrein sehr selbstbewusst. Doch er benutzt sein Hirn, um querzuschießen und um andere für sich einzuspannen, statt je wirklich selber produktiv zu sein. Er ist ein fauler Hund, der nicht einmal den Plan für diese Attentate selbst entwickelt hat. Diese Arbeit hatte bereits jemand anderes erledigt, er selber heimst nur noch die Lorbeeren ein.«

Wütend wandte Callaway sich ab, doch vorher konnte Eve das Zucken seines Wangenmuskels und die fest zusammengepressten Lippen sehen. »Es überrascht mich, dass Sie die Person, die dies geleistet hat, als faul und schwach beschreiben, ich bin gespannt darauf zu hören, wie Sie sich selbst beschreiben, nachdem er Sie überlistet hat.«

»Überlistet? Dieser Volltrottel hat bisher einfach Glück gehabt. Er ist ein Dummkopf und nutzt die Verletzlichkeit von anderen aus, aber so etwas ist immer sehr riskant.«

Er ist wieder mal am Schmollen, merkte Eve, als er sie anschaute und von ihr wissen wollte: »Und weshalb?«

»Weil früher oder später jemand merken wird, dass er ihn ausnutzt, und sich ihm entgegenstellen wird. Ich kann Ihnen versichern, diese Attentate waren ein paar Zahlen zu groß für diesen Kerl.«

»Nummern«, korrigierte Teasdale automatisch.

»Wo ist da der Unterschied?«, tat Eve den Einwurf achselzuckend ab. »Das Arschloch leidet unter Größenwahn, aber in Wahrheit ist er eine Null. Ein Niemand. Nur ein kleiner Trittbrettfahrer, weiter nichts.«

»Ein Niemand?«, fauchte Callaway erbost. »Die Medien haben einen Star aus ihm gemacht. Die Leute reden von nichts anderem mehr als von den Attentaten auf die Bar und das Café.«

»Im Augenblick. So laufen diese Dinge nun einmal. Aber bald wir jemand anderes kommen, der wahrscheinlich schlauer ist als er und bessere Schlagzeilen macht, und zack …«, sie schnipste mit den Fingern, »… wird der Kerl Geschichte sein.«

»Sie irren sich. Die Leute werden *nie* vergessen, was ihm da gelungen ist.«

»Also bitte, Lew. Sobald sie hören, dass ein armer Irrer oder, schlimmer noch, ein armer religiös verblendeter Irrer hinter den Taten steckt, werden sie sich schieflachen.«

»Ich fürchte, die Leute lachen über Sie, wenn Sie behaupten, eine nicht mehr existente, religiöse Sekte wie das Rote Pferd hätte diese Leistungen vollbracht.«

Eve lächelte ihn freundlich an. »Ich nehme an, wir werden herausfinden, wer von uns am Schluss dumm dastehen wird. Aber Sie bestätigen meine These durch die Antwort, die Sie mir gegeben haben, denn die meisten Menschen haben vom Roten Pferd und vor allem von Guiseppe Menzini nie oder höchstens mal am Rande etwas gehört. Klar, wir wissen, wer das ist, aber derart alte Kamellen auszugraben, ist nun einmal Teil von unserem Job. Interessant, dass Sie davon gehört haben, Lew.«

»Wovon?«

»Vom Roten Pferd.«

»Im Grunde weiß ich gar nicht wirklich, was das ist. Mir

434

fiel einfach wieder ein, dass ich den Namen schon einmal irgendwo gehört oder gelesen hatte, als Sie plötzlich davon angefangen haben, dass ein religiöser Spinner hinter dieser Sache steckt.«

»Aber den Namen Rotes Pferd habe ich nie erwähnt.« Sie lehnte sich gegen den Tisch und lächelte ihn an. »Wir können uns die Aufnahme unseres Gesprächs gern noch einmal anhören, wenn Sie wollen.«

»Dann hatte ich wohl einfach angenommen, dass es um diese spezielle Sekte ging.«

»Und haben damit einen Volltreffer gelandet, aber schließlich ist es durchaus logisch, dass Sie gleich darauf gekommen sind.«

»Ich habe einfach zwei und zwei zusammengezählt, auch wenn mir die religiöse Komponente dieser Attentate bisher noch nicht aufgefallen ist.«

»Sie haben recht. Die gibt es nicht. Das war Sache Ihres Großvaters. Sie selber interessieren sich nicht für Religion.«

»Ich weiß wirklich nicht, wovon Sie reden. Ich habe Ihnen all die Zeit gegeben, die ich momentan erübrigen kann«, erklärte er und wandte sich zum Gehen.

»Falls Sie versuchen, dieses Zimmer zu verlassen, Lew«, erklärte Eve ihm ruhig, »werde ich Sie daran hindern. Was Ihnen ganz sicher nicht gefallen wird.«

»Ich bin gekommen, weil ich Ihnen helfen wollte. Aber damit ist es jetzt vorbei.«

Sie lachte und genoss es, als sie das erneut vor Zorn gerötete Gesicht des Mannes sah. »Sie sind gekommen, weil Sie ein Idiot sind. Und jetzt nehme ich Sie wegen Mordes in einhundertsiebenundzwanzig Fällen fest. Dazu wird Agentin Teasdale Sie noch wegen Inlandsterrorismus belangen, aber ich bin vor ihr dran. Sie können sich wieder setzen, und wir klären die Sache hier, oder ich lasse Ihnen Handschellen anlegen und sage meinen Leuten, dass sie Sie in den Vernehmungsraum verfrachten sollen. Die Entscheidung liegt bei Ihnen.«

Seine Stimme wurde kalt, doch die heiße Röte seiner Wangen blieb. »Ich kann nur annehmen, dass der Druck für Sie zu viel geworden ist und Sie deshalb nicht mehr wissen, was Sie tun. Sie können mich nicht festnehmen. Sie haben keinerlei Beweise gegen mich.«

»Sie würden sich wundern, wenn Sie wüssten, was ich alles habe. Es geht immer darum, wie man sich entscheidet, Lew. Als Nächstes müssen Sie entscheiden, ob Sie Platz nehmen oder versuchen abzuhauen. Ich persönlich hoffe, Sie versuchen, sich uns zu entziehen.«

»Ich werde meinen Anwalt und vor allem Ihre Vorgesetzten kontaktieren. Verlassen Sie sich drauf.«

»Bitte«, wandte Teasdale sich bei seinem ersten Schritt in Richtung Tür an Eve. »Darf ich?«

»Gern.«

Schnell und lautlos sprang sie auf, und als Callaway versuchte, sie zurückzustoßen, brachte sie ihn durch ihr flüssig ausgestrecktes Bein zu Fall, beugte sich über ihn wie eine Blüte, die auf einem zarten Stängel wippte, und nutzte sein Gewicht zu ihrem Vorteil aus. Wie bei einem hübschen Tanz rang sie ihn fast geschmeidig nieder, drückte ihm das Knie ins Kreuz, drehte ihm die Arme schwungvoll auf den Rücken und hielt seine beiden Handgelenke fest.

»Sauber«, gratulierte Eve.

»Danke, und vor allem vielen Dank für die Gelegenheit.«

»Gern geschehen. Peabody, Sie helfen bitte der Agentin und bringen den Gefangenen in Verhörraum A.«

»Dafür mache ich euch fertig! Dafür wird jedes einzelne von euch nutzlosen Weibern zahlen!«

»Oh, mit Ihrer rüden Ausdrucksweise machen Sie mir wirklich Angst. Schaffen Sie ihn weg, und geben Sie ihm etwas Zeit, sich zu beruhigen, Peabody.«

»Du elende Fotze bist erledigt!«, brüllte er, bevor er sich von Peabody und Teasdale aus dem Zimmer zerren ließ. »Du weißt ja nicht, wozu ich fähig bin!«

»Oh doch«, murmelte Eve und wandte sich der Tafel mit den Opfern zu. »Das weiß ich sogar ganz genau.«

»Das haben Sie wirklich gut gemacht«, beglückwünschte die Psychologin sie.

»Wobei ich es noch besser machen muss, wenn ich ihn sicher hinter Gitter bringen will. Ich vertraue darauf, dass die Spusi etwas in seiner Wohnung findet, was ihn mit den Taten in Verbindung bringt. Bis dahin muss ich seine Feigheit und sein aufgeblähtes Ego nutzen, damit er die beiden Attentate umfänglich gesteht.«

»Sie haben seinen Zorn entfacht, als Sie plötzlich davon gesprochen haben, dass er nicht intelligent, sondern vor allem schwach und feige ist, und es hat ihn verwirrt, Sie plötzlich nicht mehr ratlos, sondern selbstbewusst und zielstrebig zu sehen. Es hat ihn verwirrt, vor allem aber beleidigt, und obwohl er die Gewalt, die er hätte verüben wollen, mühsam unterdrücken konnte, habe ich ihm seinen Widerwillen deutlich angesehen. Er konnte nicht dort stehen und zulassen, dass Sie ihn ein ums andere Mal beleidigen.«

»Wobei ich mir nicht sicher bin, dass das gleich im Verhörraum noch einmal funktionieren wird. Also werde ich ihn mit Menzini und mit seiner eigenen Geschichte in die Zange nehmen.«

»Ich habe das Gefühl, dass er die religiöse Note regelrecht absurd und etwas peinlich findet.«

»Ja. Da setze ich am besten an. Sein Großvater war ein Idiot. Am besten nehmen Sie ihn sich erst einmal vor. Sagen Sie ihm, Sie hätten mir gesagt, er sollte erst mal die Gelegenheit bekommen, sich mit dem verrückten Kind in seinem Innern abzusprechen oder so. Könnten Sie die Unterhaltung vielleicht etwas in die Länge ziehen?«

»Auf jeden Fall.«

»Dann hat die Spurensicherung noch etwas Zeit.« Sie sah auf ihre Uhr und rechnete kurz nach. »Ich hoffe, dass er aus dem Gleichgewicht gerät, wenn er erfährt, dass seine Eltern hier waren, und vollends umfällt, wenn ich sage, dass die Spusi was gefunden hat. Er ist intelligent genug zu sehen, wenn die Beweise erdrückend sind, vielleicht versucht er dann noch, einen Deal herauszuschlagen.«

»Was in einem Fall wie diesem völlig ausgeschlossen ist, vor allem, da auch der Heimatschutz ihn auf dem Kieker hat.«

»Sogar wenn man von einer Klippe stürzt, hofft man bis zuletzt, man fände irgendwo noch einen Halt«, erklärte Eve. »Ich werde erst mal Ordnung an den Tafeln machen, und Sie geben Peabody und Teasdale bitte noch ein paar Minuten Zeit, bis sie mit diesem Typen im Verhörraum angekommen sind.«

»Eine Sache hat besonders viel über ihn ausgesagt«, stellte die Psychologin fest. »Er hat die Massenmorde als Leistungen bezeichnet.«

»Das ist mir auch gleich aufgefallen. Können Sie das nutzen?«

»Unbedingt.«

»Dann tue ich das auch.«

Während Eve in Ruhe Ordnung an die Tafeln brachte, kämmten die Spurensicherung und Roarke Callaways Wohnung durch.

Roarke fand sie zu modern, zu aufgeräumt und regelrecht steril. Schwarz, Weiß, Silber dominierten Wohnzimmer und Küche, und die Handvoll leuchtend bunter Tupfer wie das violette Kissen und die feuerrote Platte eines kleinen Tischs verstärkten das erschreckend nüchterne Ambiente der Umgebung noch.

Mit dem kalten Licht, den scharfen Kanten und der Sammlung teuren Nippes kam ihm das Apartment eher wie ein Bild aus einem Katalog als wie ein Ort zum Leben vor.

»Wollen Sie mit der Elektronik hier anfangen?«, fragte Feeney ihn.

»Macht es Ihnen etwas aus, wenn ich erst noch ein bisschen rumlaufe, um ein Gefühl für die Umgebung zu bekommen?«

Der wie stets zerknautschte elektronische Ermittler sah sich um. »Das habe ich bereits. Für mich fühlt es sich an, als wären wir in einem Möbelhaus, in dem noch nie jemand gemütlich auf der Couch gedöst oder sich ein Footballspiel im Fernsehen angesehen hat.«

»Aber es fühlt sich nicht so an, als hätte hier jemand Massenmorde geplant.«

»Was sollte man hier schon groß anderes tun? Wenn Sie auch nur fünf Minuten auf einem der knochenharten Stühle hier am Esstisch sitzen, kehrt wahrscheinlich frühestens in einer Woche das Gefühl in Ihren Arsch zurück. Und um sich davon abzulenken, bringt man vielleicht einfach ein paar Leute um.«

»Dann achte ich auf jeden Fall darauf, mich nicht zu setzen. Schließlich weiß man nie ...«

»Genau. Am besten laufen Sie also noch etwas rum, und ich fange schon mal mit dem Link und dem Computer an.«

Roarke ging ins Schlafzimmer, wo Reineke und Jenkinson schon systematisch Kleiderschrank und Schreibtisch durchsahen.

Von zarten Nebel- bis zu Schieferfarben war hier alles grau, erkannte er. Die Farbe war in diesem Jahr besonders angesagt, vielleicht hatte Callaway gedacht, dass Grau beruhigend wäre, doch derart geballt und ohne ein paar aufmunternde andere Töne wirkte es eher deprimierend.

Und um sich davon abzulenken, brächte man am besten ein paar Leute um ...

»Hier drinnen ist es wie in einer Nebelbank«, bemerkte Reineke. »Ich kann mir nicht vorstellen, dass ein Mensch in diesem Zimmer glücklich wird.«

»Wahrscheinlich lag ihm mehr daran, im Trend zu liegen, als dass hier drin jemals irgendetwas hätte laufen sollen«, gab Roarke zurück.

Der andere schüttelte verständnislos den Kopf. »Was für ein krankes Arschloch.«

Amüsiert trat Roarke zu Jenkinson und schaute in den offenen Schrank.

»Der Kerl hat jede Menge Zeug. Schuhe, die er nie getragen hat, und alles andere sieht ordentlich und frisch gebügelt aus.«

»Mmm.« Roarke sah sich den Fußboden, die Wände und die Decke an und ging dann weiter in das angrenzende Bad.

Das ganz in Weiß – in Auster, Schnee, Ecru, Creme und Elfenbein – gehalten war. Eine große Bodenvase voller Blumen in verschiedenen Herbsttönen verlieh ihm etwas Farbe und Textur, aber genau wie alle anderen Räume fühlte sich auch dieser kalt und unpersönlich an.

Als jugendlichem Einbrecher, erinnerte er sich, hatte ihm dieser Teil des Jobs den größten Spaß gemacht. Das Herumlaufen in fremden Wohnungen und Häusern, bis er ein Gefühl dafür bekommen hatte, wer dort lebte, wie das Leben dieser Menschen aussah und was man als reicher Mensch am liebsten aß, trank, trug.

Für einen Straßenjungen ohne jede Habe waren diese Häuser ihm wie Wunderwelten vorgekommen, die für ihn vollkommen unerreichbar waren.

Inzwischen hatte er ein Bild davon, wie Callaway in dieser Wohnung lebte, und es wunderte ihn nicht, als Reineke erklärte: »Keine Spur von Sexspielzeug, kein Viagra, keine Schmuddelhefte, keine Pornos, nichts.«

»Sex interessiert ihn eben nicht.«

»Das heißt, ich hatte recht damit, dass er ein krankes Arschloch ist.«

Das Schlafzimmer war nur zum Schlafen da, sagte sich Roarke. Zum An- und Ausziehen und zum Schlafen, aber nicht für seine Arbeit und auch nicht für möglichen Besuch. Nur zum Schlafen und um es zu zeigen, sollte er mal Gäste haben. Die jedoch bestimmt sehr selten waren, überlegte er und lief gemächlich weiter, um sich noch das Arbeitszimmer anzusehen.

»Aber hallo«, murmelte er überrascht.

Der Raum war eindeutig der Mittelpunkt der Wohnung. Hier gab es energiegeladene Farben, um die Sinne anzuregen, die zwar viel zu grell und viel zu zahlreich waren, aber der Umgebung ein Gefühl von Leben, von Bewegung, von Aktivität verliehen. Ein riesengroßer, schwarz schimmernder Schreibtisch stand vor dem Fenster, an dem eine Sichtblende vor fremden Blicken schützte, dahinter stand ein breiter Schreibtischsessel, der mit grell orangefarbenem Echtleder bezogen war. Auch das Kommunikations- und Datenzentrum auf dem Schreibtisch war natürlich allererste Sahne, und es würde sicher ein Vergnügen, sich das Ding genauer anzusehen. Dazu gab es noch ein langes, tiefes, leuchtend grünes Sofa, einen Tisch mit einer dunkelblauen Platte, einen Teppich, dessen wildes Muster einen schwindlig machte, und moderne, schwarz gerahmte Bilder in denselben grellen Farben wie der Rest der Einrichtung.

Abgesehen von einem schwermütigen, durchaus liebreizenden Aquarell eines der Wahrzeichen von Rom, der Spanischen Treppe, die im warmen Licht der Abendsonne lag.

Anders als der Rest der Einrichtung war es durchaus geschmackvoll, und entschlossen sah sich Roarke das Bild von allen Seiten an und hängte es, als er nichts fand, wieder an seinen Platz.

Der Raum war durchaus komfortabel eingerichtet. Es gab einen Mini-AutoChef und einen kleinen Kühlschrank, also hielte man es hier problemlos länger aus.

Er öffnete die Türen eines Schranks und lächelte, als er Bürobedarf, Ersatzdiscs und eine kleine Spülmaschine sah.

»Du bist nicht ganz so tief, wie ich erwartet hätte, und vor allem stehst du noch nicht wirklich lange hier.«

Er ging in die Hocke, sah sich die Regalböden von unten an, nahm einen Teil der Sachen aus dem Schrank, klopfte vorsichtig die Rückwand ab und nickte.

»Wusste ich es doch.«

Wahrscheinlich hielt sich Callaway wegen der falschen Wand für sehr gewieft. Einen flüchtigen Betrachter wie zum Beispiel eine Putzfrau oder ein sehr nachlässiges Team der Spurensicherung hätte er damit vielleicht getäuscht. Roarke aber brauchte weniger als drei Minuten, bis er auf den Öffnungsmechanismus stieß. Er drückte auf den Knopf, das Regal glitt auseinander und bot freien Blick auf einen kleinen zusätzlichen Raum.

Hier, erkannte Roarke, *hat der Kerl die tödliche Substanz gebraut.*

Die Gläser voll mit Pilzen, Samen, Chemikalien, Flüssigkeiten, Pulvern waren sorgfältig beschriftet, obwohl der Raum nicht wirklich groß war, hatte Callaway ihn sorgfältig geplant und eingerichtet, denn er hatte ein bestimmtes Ziel damit verfolgt. Brenner, Petrischalen, ein Mikroskop, verschiedene Mixer und ein kleiner, leistungsstarker Laptop – alles nur vom Feinsten und vor allem alles noch fast neu.

Er entdeckte auch das alte Tagebuch des Sektenführers, dessen Umschlag vollkommen verblichen war und Eselsohren hatte, blätterte darin herum, ging wieder in die Hocke, öffnete den Deckel einer Box und fand dort Bilder, weitere Tagebücher, eine abgegriffene Bibel, Zeitungsausschnitte sowie ein handgeschriebenes, von Menzini aufgesetztes Manifest.

Er kehrte in den Flur zurück und wandte sich den anderen zu. »Ich glaube, ich habe gefunden, wonach ihr sucht.«

Um den Leuten nicht im Weg zu stehen, ging er ins Wohnzimmer zurück, wo Feeney saß.

»Auf dem Computer hier ist nichts. Der Bastard hat ihn, wie es aussieht, kaum benutzt.«

»Das Ding und der gesamte Raum hier sind nur Schau.

Hinter einer falschen Wand im Schrank in seinem Arbeitszimmer ist ein winziges Labor.«

Feeney hob den Kopf und wirkte wie ein Wolf, dem der Geruch von Schafsblut in die Nase stieg.

»Er bewahrt dort alle Zutaten für das Gebräu zusammen mit diversen alten Tagebüchern, Fotos, einem von Menzini handgeschriebenen Manifest und einem Laptop auf, der sicher deutlich interessanter ist als der Computer hier. Vor allem steht die Formel der Substanz in einem von den Tagebüchern, in dem Callaway anscheinend selber noch verschiedene Notizen an den Rand geschrieben hat.«

»Dann haben wir den Hurensohn also am Haken.«

»So sieht's aus. Ich rufe erst mal den Lieutenant an und gebe ihr Bescheid.«

»Sagen Sie ihr, wir brächten alles aufs Revier. Sie kann währenddessen schon mal anfangen, ihn weichzuklopfen.« Feeney lief bereits in Richtung Arbeitszimmer, drehte sich aber auf halbem Weg noch einmal um. »Dafür lade ich Sie auf ein Bier ein, wenn die Sache abgeschlossen ist.«

»Das nehme ich mit Freuden an.« Roarke zog sein Link hervor und wartete, bis Eves Gesicht auf dem kleinen Monitor erschien.

»Ich hoffe, dass du etwas Gutes für mich hast.«

»Wären ein verstecktes Labor mit allen Zutaten und mit der Formel für die tödliche Substanz, Menzinis Tagebuch und ein Laptop, auf dem ihr wahrscheinlich seine Tatplanung und alles andere findet, gut genug?«

»Himmel. Meine Güte! Dafür gibt es jede Menge Sex!«

»Jenkins sagt: ›Juhu!‹«

»Um Gottes wi…«

»War nur ein Witz, mein Schatz. Es ist gerade niemand

in der Nähe, und ich nehme dieses großzügige Angebot mit Freuden an. Habt ihr ihn auf dem Revier?«

»Er sitzt mit Handschellen im Vernehmungsraum. Die Sachen, die ihm rausgerutscht sind, haben für eine vorläufige Festnahme gereicht, und mit dem, was du mir jetzt präsentierst, bekomme ich ihn sicher mühelos dazu, dass er die Anschläge gesteht.«

»Feeney sagt, wir brächten alles aufs Revier.«

»Gib mir trotzdem schon mal ein paar Einzelheiten, damit ich ein bisschen Druck auf ihn ausüben kann.«

»Das Labor liegt hinter einer falschen Wand im Arbeitszimmer. Der Umschlag des Tagebuchs, in dem die Formel steht, ist aus verblichenem hellbraunem Leder, und am Rand der Seiten hat jemand mit anderer Schrift Notizen angefügt. In der Kiste waren auch noch andere Tagebücher, eine alte Bibel und ein handgeschriebenes, von Menzini aufgesetztes Manifest, das *Das Ende aller Tage* heißt.«

»Das dürfte reichen. Augenblicklich kocht ihn Mira weich. Ich werde Peabody und Teasdale weitergeben, was wir haben, und dann bringen wir die Sache unter Dach und Fach.«

»Dann sehen wir uns bald.«

»Auf jeden Fall. Was ist? Du hast doch was.«

»Im Grunde ist es nichts. Wahrscheinlich liegt es nur an dieser Wohnung, die echt deprimierend ist. Sie liegt in einem schönen Haus, sie hat Charakter und ist durchaus hübsch, aber sie wirkt vollkommen leblos und entsetzlich kalt. Die einzigen Räume, wo er meiner Meinung nach je glücklich war und sich vielleicht sogar normal oder zumindest wie er selbst gefühlt hat, waren offenbar das Arbeitszimmer und dieses Labor.«

»Er hatte alle Chancen der Welt, er hatte eine Wahl. Hab ja kein Mitleid mit dem Kerl.«

»Das habe ich ganz sicher nicht. Aber ich kann ihn mir vorstellen, wie er hier gewerkelt und sich in Blut und Tod gesuhlt hat. Das ist ja wohl echt deprimierend.«

»Packt die Sachen ein und guckt, dass ihr von dort verschwindet. Wenn du möchtest, können wir uns vor dem Sex auch noch betrinken«, bot sie ihm großmütig an.

»Das klingt natürlich vielversprechend. Also dann bis später, Lieutenant.« Er legte auf und grinste, als sich Reineke verlegen räusperte, weil er vor Ende des Gesprächs hinzugekommen war.

»Tut mir leid, ich wollte ganz bestimmt nicht lauschen.«

»Kein Problem. Jetzt wissen Sie zumindest, dass ich kein so krankes Arschloch bin wie Callaway.«

Der andere lachte schnaubend auf. »Das hätte ich auch so nie vermutet. Also, Feeney dachte, vielleicht wollten Sie sich den Computer auch mal ansehen. Die Dateien sind verschlüsselt.«

»Umso besser. Wenn's zu einfach ist, macht's nämlich keinen echten Spaß.«

»Ah, vielleicht erwähnen Sie dem Lieutenant gegenüber nicht, dass ich den letzten Teil von Ihrer Unterhaltung mitbekommen habe.«

Abermals mit einem Grinsen meinte Roarke: »Ich schätze, dass das für uns alle besser ist.«

19

Eve marschierte in Richtung Observationsraum und rief bei ihrem Vorgesetzten an. »Stellen Sie mich durch«, herrschte sie Whitneys Sekretärin an. »Und zwar sofort.«

»Einen Augenblick, Lieutenant.«

Sie öffnete die Tür des Raums, in dem Peabody und Teasdale vor der nur auf ihrer Seite durchsichtigen Scheibe standen, um der Psychologin bei der Arbeit zuzusehen.

»Wir haben ihn.«

Als ihre Partnerin etwas sagen wollte, hob sie abwehrend die Hand. »Commander, Callaway sitzt momentan mit Mira im Vernehmungsraum. Wir haben ihn wegen der Anschläge vorläufig festgenommen, die Spusi hat in seiner Wohnung das Labor entdeckt, in dem er die Substanz entwickelt hat. Sie bringen seine elektronischen Geräte, die in dem Labor versteckten Tagebücher und die Chemikalien aufs Revier. Es war alles dort.«

»Dann bringen Sie die Sache jetzt zu Ende. Ich bin unterwegs.«

»Verhörraum A, Sir«, sagte sie, während Peabody die Fäuste reckte und die Frau vom Heimatschutz ihr eigenes Handy aus der Tasche riss. »Bevor ich zu ihm rübergehe, rufe ich die Staatsanwaltschaft an, damit sie uns jemanden schickt.«

»Warten Sie mit der Vernehmung, bis ich da bin. Wie gesagt, ich bin schon auf dem Weg.«

»Ja, Sir.« Wieder hob sie einen Finger in die Luft und rief die ihr bekannte Staatsanwältin an.

»Cher Reo.«

»Callaway sitzt in Verhörraum A. Wir haben genug Beweise gegen diesen Typen in der Hand, um ihn wegen Massenmordes dranzukriegen.«

Sie verfolgte, wie die zierliche Blondine hektisch die Kostümjacke von der Lehne ihres Schreibtischsessels riss. »Der Boss ist bei Gericht. Ich gebe ihm Bescheid und mache mich dann auf den Weg. Nennen Sie mir ein paar Einzelheiten.«

»Wir wissen, welcher Art seine Verbindung zu Menzini ist und dass die Formel und die Chemikalien in seiner Wohnung waren. Wenn Sie noch mehr wollen, beeilen Sie sich.«

Sie legte auf und sah die beiden anderen Frauen fragend an. »Hat er noch irgendwas gesagt, was ich verwenden kann?«

»Er leugnet die Verbindung zu Menzini und verlangt die ganze Zeit, dass man ihn mit seinen Eltern sprechen lässt. Er behauptet, sie würden sich Sorgen um ihn machen. Da Mira die Verständnisvolle spielt, bildet er sich ein, dass er sich irgendwie aus der Affäre ziehen kann.« Peabody holte hörbar Luft. »Verdammt, Dallas. Hatte er tatsächlich dieses ganze Zeug in seiner Wohnung?«

»In einem Labor neben dem Arbeitszimmer. Er hielt es nicht für nötig, diese Sachen zu entsorgen, denn wahrscheinlich dachte er, wir würden nie erfahren, dass er ein direkter Nachkomme Menzinis ist …«

»Ich habe meinen Vorgesetzten angerufen. Wie ich schon vermutet hatte, wird der Heimatschutz ihn wegen Inlandsterrorismus belangen.« Teasdale schob ihr Handy wieder in die Jackentasche und fügte, als sie Eves erboste Miene sah, besänftigend hinzu: »Zusätzlich zu dem von Ihnen erhobenen Vorwurf des zweifachen Massenmordes, Lieutenant. Nicht anstelle von.«

»Okay. Mir ist egal, in welchem Knast er bis zum Ende seines elenden Lebens sitzen wird. Jetzt werde ich Ihnen sagen, wie es laufen wird.«

Als Whitney durch die Tür trat, brach sie ab. »Commander.«

Nickend trat er vor die Scheibe, um sich den Verdächtigen genauer anzusehen. »Er sieht ziemlich gewöhnlich aus, nicht wahr? Wie der normale Durchschnittsmann, auch wenn er einen gut geschnittenen Anzug trägt.«

»Genau das ist sein Problem. Er hat es nicht ertragen, ein normaler Durchschnittsmann zu sein. Deshalb sitzt er jetzt da drüben, und genau deshalb wird er die Taten auch gestehen.«

»Wobei der Besitz der Formel und der Zutaten für die Substanz, die offiziellen Aussagen der Eltern und die Tatsache, dass er Menzinis Enkel ist, ein Geständnis überflüssig machen dürften«, warf Agentin Teasdale ein.

»Trotzdem will ich von ihm selber hören, was er in der Bar und dem Café verbrochen hat. Ich will, dass er mir in die Augen sieht und mir erklärt, dass er all die Menschen, die bei diesen Attentaten umgekommen sind, auf dem Gewissen hat. Peabody, ich möchte, dass Sie rübergehen. Sehen Sie ihn böse an, aber reden Sie kein Wort mit ihm, und reagieren Sie auch nicht, wenn er etwas zu Ihnen sagt. Flüstern Sie Mira zu, dass wir das Zeug gefunden haben und dass sie so lange weitermachen soll, bis ich dazukomme. Los, gehen Sie, stellen Sie sich an die Wand und kehren Sie die toughe Polizistin raus. Ich bin sicher, dass ihn das noch zusätzlich ins Schwitzen bringen wird.«

»Die toughe Polizistin.« Peabody schob ihren Unterkiefer vor, bemühte sich um einen möglichst kalten Blick und stapfte los.

»Ich würde selber gern mein Glück bei ihm versuchen«, setzte Whitney an.

»Mit Verlaub, Commander, meiner Meinung nach ist es geschickter, wenn er weiter nur von Frauen vernommen wird. Er wird denken, dass dieses Ungleichgewicht für ihn von Vorteil ist.«

»Verstehe.«

»Ich will ihn erst mal nur umkreisen«, wandte sie sich an die Frau vom Heimatschutz. »Bestimmt hat er sich darauf vorbereitet, dass er direkt von mir angegriffen wird. Also halte ich mit den Beweisen, die wir haben, erst einmal hinterm Berg und dresche einfach auf sein Ego ein. Okay?«

»Okay.«

»Commander, könnten Sie wohl Staatsanwältin Reo rüberschicken, wenn sie kommt? Er wird alles andere als begeistert sein, wenn wieder eine Frau statt eines Mannes auf der Bildfläche erscheint. Sind Sie bereit, Teasdale?«

»So bereit, wie es nur möglich ist.«

Eve marschierte vor der Frau vom Heimatschutz in den Vernehmungsraum. »Lieutenant Eve Dallas und Agentin Miyu Teasdale betreten den Vernehmungsraum. Entschuldigen Sie, Dr. Mira, aber wir müssen Ihr Gespräch beenden. Selbstverständlich können Sie gerne bleiben, wenn Sie wollen.«

»Was soll der Schwachsinn?« Callaway pikste mit einem Finger auf den Tisch. »Wie ich schon zu Dr. Mira sagte, liegt hier offenbar eine Verwechslung vor. Von diesem Menzini habe ich noch nie etwas gehört. Der Vater meiner Mutter war Hauptmann Edward Gregory Hubbard, ein mehrfach dekorierter Offizier beim Militär. Das kann ich beweisen. Ich verlange, dass man mich mit meinen Eltern sprechen lässt. Ich habe das Recht auf einen Telefonanruf.«

»Nicht, wenn es um Terrorismus geht.« Achselzuckend setzte Eve sich zu ihm an den Tisch. »In einem solchen Fall haben wir das Recht, Sie achtundvierzig Stunden festzuhalten, ohne Sie telefonieren zu lassen oder einen Rechtsbeistand für Sie hinzuzuziehen. Das ist natürlich ätzend, doch so laufen diese Dinge nun einmal.«

»Für den Fall, dass uns ein Fehler unterlaufen ist«, Mira hob die Hände in die Luft und sah den Lieutenant an, »wäre es vielleicht das Beste, seine Eltern herzuholen und zu fragen, wer der Vater seiner Mutter war. Dann wäre diese Frage schnell geklärt, und Mr. Callaway bliebe durch dieses Vorgehen zusätzlicher Stress erspart.«

»Ich werde nicht zulassen, dass jetzt auch noch meine Familie in diese Hexenjagd, die eine unfähige kleine Polizistin und ein kleines Licht vom Heimatschutz gegen mich veranstalten, einbezogen wird. Da warte ich doch lieber ab, bis man mich wieder gehen lassen muss. Ich habe in den nächsten achtundvierzig Stunden kein Wort mehr zu sagen.« Er verschränkte seine Arme vor der Brust und lehnte sich auf dem Stuhl zurück.

»Okay. Dann hören Sie mir eben einfach zu. Wir können und wir werden DNA-Tests durchführen und auf diese Art beweisen, dass Menzini Ihr Großvater war.«

»Versuchen Sie es doch! Meinetwegen gern.«

»Und wenn wir es bewiesen haben, werden wir Sie dem Gericht und den Geschworenen auf einem silbernen Tablett servieren«, sagte Eve ihm zu und sah ihn fragend an. »Wie haben Sie vom Roten Pferd erfahren?«

Er drehte wie ein Kind den Kopf und starrte an die Wand.

»Es war nämlich wirklich interessant, dass Sie selber im Zusammenhang mit diesen Attentaten auf das Rote Pferd gekommen sind, dessen Anführer zur Zeit der Innerstädtischen Revolten Ihr Großvater war. Menzini war ein völlig durchgeknallter Typ, der sich im Selbststudium Chemiekenntnisse angeeignet und eine Substanz entwickelt hat, die zu ausnehmend brutalen Wahnvorstellungen und zu extremer Paranoia führt. Genau diese Substanz wurde auch bei den Anschlägen auf das *On the Rocks* und das *Café West* benutzt.«

Sie verstummte, in der darauf folgenden Stille sah sie reglos auf seinen noch immer abgewandten Kopf.

Als er das Schweigen nicht mehr aushielt, blickte er sie wieder an. »Verdammt, ich bin kein Chemiker. Ich könnte so was nicht mal herstellen, wenn ich es wollte. Außerdem will ich es nicht.«

»Wie haben Sie vom Roten Pferd erfahren?«

»Wie gesagt, mein Großvater war Hauptmann der Armee und hat Geschichten aus der Zeit erzählt.«

»Aber er starb bereits, bevor Sie auf die Welt gekommen sind.«

»Aber die Geschichten haben überlebt, und ich habe mich mit einigen der Schlachten befasst, an denen er teilgenommen hat. Er hat gegen das Rote Pferd gekämpft, und als Sie von religiösem Fanatismus sprachen, fiel mir diese Sekte wieder ein. Sonst nichts.«

»Und Menzini wurde nie als Teil Ihrer Familiengeschichte erwähnt?«

»Diesen Namen habe ich vorhin zum ersten Mal gehört.«

»Das ist ziemlich seltsam, Lew, denn schließlich ist der Mann Ihr leiblicher Großvater.«

»Das ist totaler Unsinn, und wenn Sie nicht vollkommen verblödet wären, hätten Sie sich erst mal die Geburtsurkunde meiner Mutter angesehen.«

»Oh, zum Glück hat mein Verstand noch ausgereicht, um das zu tun. Und Ihre Mutter obendrein zu fragen, was es mit der Fälschung dieses Dokuments auf sich hat.«

Er starrte sie entgeistert an. »Was sagen Sie da?«

»Im Grunde geht es eher um das, was *sie* gesagt hat, glauben Sie nicht auch? Ich kann durchaus verstehen, dass Sie nicht wollten, dass wir uns mit Ihren Eltern unterhalten, aber manchmal bin ich eben ziemlich stur.«

»Es ist offensichtlich, dass Sie meine Mutter eingeschüchtert haben. Sie ist eine schwache Frau. Sie ist emotional zerbrechlich, das haben Sie schamlos ausgenutzt.«

»Das haben wohl eher Sie selber jahrelang getan. Jetzt haben Sie zwei Möglichkeiten«, fuhr sie fröhlich fort. »Sie können weiter leugnen, dass Sie etwas von Menzini und der Sekte wussten, weil mit Ihnen nie jemand über die Angelegenheit gesprochen hat.«

Sie wartete kurz ab, damit er Zeit zum Überlegen hatte, aber schließlich fuhr sie fort: »Oder Sie können zugeben, dass Sie es rausgefunden haben, als Sie auf die Dokumente stießen, die in einer Kiste auf dem Speicher Ihres Elternhauses lagen, und behaupten, die Entdeckung hätte Sie in einen Schockzustand versetzt. Schließlich hatte Ihre eigene Familie Sie jahrelang belogen, und jetzt mussten Sie sich plötzlich damit arrangieren, dass Ihr Großvater kein dekorierter Kriegsheld, sondern ein verrückter Massenmörder, religiöser Spinner und dazu noch der Entführer Dutzender von Kinder war.« Sie wandte sich der Psychologin zu. »Vielleicht hat er die Geisteskrankheit seines Opas ja geerbt, was meinen Sie?«

»Allein der Schock, den es für Sie bedeutet hat, als Sie all diese Dinge rausgefunden haben ...« Mira schüttelte den Kopf. »Vielleicht lässt dieses Trauma sich ja jetzt zu Ihrem Vorteil verwenden.«

»Ich will mit meiner Mutter sprechen.«

»Das erlauben wir nicht, Lew.«

»Eine Mutter, die gegen den eigenen Sohn aussagt«, mischte Teasdale sich mit ruhiger Stimme ein, »eine solche Aussage hat sehr großes Gewicht.«

Eve meinte fast zu hören, wie er mit den Zähnen knirschte, ehe er erklärte: »Das wird sie niemals tun.«

»Ich kann Ihnen versichern, dass ihr gar nichts anderes übrig bleiben wird. Und wenn dann auch noch Menzini ...«

»Er ist tot!«

Sie legte ihren Kopf schief und sah ihn forschend an. »Wie kommen Sie denn auf die Idee?«

»Ich ... ich nehme einfach an, dass er nicht mehr lebt.«

Lächelnd drohte sie ihm mit dem Finger. »Sie hätten sich lieber vergewissern sollen. Er wird die ganze Geschichte erzählen, von Ihrer leiblichen Großmutter, von der Entführung Ihrer Mutter und wie sie von ihren Stiefeltern gefunden worden ist. Es wäre also durchaus vorteilhaft für Sie zuzugeben, dass Sie das alles herausgefunden haben und dass das ein fürchterlicher Schock für Sie gewesen ist. Inzwischen ist auch jemand von der Staatsanwaltschaft hierher unterwegs. Ich will den Fall zum Abschluss bringen, heimfahren und dort in Ruhe etwas trinken, aber leider sieht die Staatsanwaltschaft es nicht gern, wenn ich Ihnen eine wenn auch nur geringe Chance gebe, sich herauszureden. Also, Lew, entscheiden Sie sich. Und zwar schnell.«

»Ich will jemanden sprechen, der hier was zu sagen hat.«

»Das tun Sie schon. Oh, Sie meinen einen Mann. Auch das wird nicht passieren. Entscheiden Sie sich, Lew. Ich weiß, dass Sie die Kiste mit den Dokumenten auf dem Dachboden gefunden haben und dass auch die Formel bei den Unterlagen war. Sie haben noch eine Chance, sich selbst zu helfen, wenn Sie endlich alles gestehen. Oder Sie belügen mich auch weiter, dann wandern Sie bis an Ihr Lebensende in den Knast.«

»Sie hatten mich belogen«, fing er an und wandte sich der Psychologin zu. »Mein Leben lang. Ich konnte nie verstehen, warum sie mich nicht lieben konnten und mir nie die Zuneigung geschenkt haben, ohne die kein Kind gedeihen kann. Mein Vater … er ist ein gewalttätiger Mensch. Die Geheimnisse in diesem Haus … ich kann nicht darüber sprechen.«

Mitfühlend beugte Mira sich zu ihm über den Tisch. »Ihr Vater hat Sie körperlich misshandelt.«

Callaway wandte sich ab und nickte knapp. »Auf jede vorstellbare Art. Sie hat ihn nie daran gehindert, hat es nie auch nur versucht. Sie ist meine Mutter, aber sie kam einfach nicht gegen ihn an. Sie ist schwach, und sie hat Angst vor ihm.«

»Weil er sie ebenfalls misshandelt hat.«

»Sie hat panische Angst vor ihm«, stieß Callaway mit leiser Stimme aus. »Und auch vor allem anderen. In meiner Kindheit und Jugend sind wir ständig umgezogen, ich hatte nie ein echtes Heim, Freunde, Wurzeln. Dann fand ich die verdammte Kiste und erkannte, warum sie mich nie vor ihm beschützt hat. Mein Anblick hat sie permanent daran erinnert, was ihr Vater ihre eigene Mutter – ihre leibliche Mutter – über Monate hat erleiden lassen. Ich sehe ihm sogar ein bisschen ähnlich. Von der Statur, der Haar- und Augenfarbe her. Damit fing für mich der Albtraum an.«

»Ich verstehe«, sagte Mira sanft.

»Wie könnten Sie das wohl verstehen? Wie könnte irgendwer das wohl verstehen? Wie es ist zu wissen, dass man so was in sich hat. Am liebsten hätte ich mich umgebracht.«

»Stattdessen sind Sie immer wieder nach Hause gefahren«, fiel ihm Eve ins Wort. »Und haben gehofft, Sie fänden dort noch mehr Informationen.«

»Ja, ja. Ich wollte alles finden, um es zu vernichten. Habe alles mitgenommen und hier entsorgt.«

»Also bitte«, meinte Eve und rollte mit den Augen. »Sie sind wirklich dümmer, als die Polizei erlaubt. Das wird Ihnen niemand abkaufen. Sie haben die Unterlagen mitgebracht und die Substanz noch einmal hergestellt. Um Gottes willen, geben Sie es endlich zu. Die Staatsanwaltschaft wird mehrere Male lebenslänglich in einem extraterrestrischen Gefängnis für die beiden Anschläge beantragen, Sie können sich nicht mal ansatzweise vorstellen, wie furchtbar es dort ist. Erzählen Sie mir, wie es abgelaufen ist, erzählen Sie mir alles ganz genau, wenn Sie noch eine minimale Chance haben wollen, dass man Sie hierbehält. Sie können ein verdammtes Buch darüber schreiben, Interviews fürs Fernsehen geben, endlich jemand sein. Aber dazu brauchen Sie Eier, Lew.«

»Ich wollte mich umbringen. Ich wollte die Substanz, die er entwickelt hat, benutzen, um mich selber zu zerstören. Ich stand eine Zeit lang völlig neben mir. Ich war mir nicht sicher, dass es funktionieren würde, aber trotzdem habe ich die Flasche in die Bar mitgenommen. Ich wollte warten, bis dort kaum noch jemand ist, aber Joe wollte einfach nicht gehen. Da habe ich den Mut verloren und wollte selber gehen, doch dann hat diese Frau mich angerempelt, stieß gegen die Flasche, und als sie zu Boden fiel, bin ich in Panik ausgebrochen und so schnell wie möglich abgehauen.«

Er warf sich die Hände vors Gesicht. »Alle diese Menschen.«

»Sie haben also die Substanz gebraut?«, vergewisserte sich Eve. »Und dann sind Sie mit diesem Zeug ins *On the Rocks* gegangen.«

»Ja. Gott steh mir bei, genauso war's«, erklärte er in dem Moment, in dem Reo auf der Bildfläche erschien.

»Staatsanwältin Cher Reo betritt den Vernehmungsraum«, erklärte Eve. »Nehmen Sie sich einen Stuhl. Lew tischt uns gerade Märchen auf.«

»Wie können Sie so kalt und oberflächlich sein?«

»Ich bin bei Weitem nicht so kalt oder so oberflächlich wie Sie selbst«, gab sie zurück und wandte sich dann wieder Reo zu. »Lew hat gerade gestanden, dass er die halluzinogene Mischung hergestellt und mit in die Bar genommen hat.«

»Ich war traumatisiert! Ich wollte mich umbringen.«

»Da gibt es deutlich einfachere Wege«, meinte Eve. »Ging es Ihnen auch um Selbstmord, als Sie Jeni Curve ohne ihr Wissen eine Flasche dieses Halluzinogens in die Tasche haben fallen lassen?«

»Falls es so war, weiß ich davon nichts mehr. Der Schock und all der Stress haben dazu geführt, dass ich mich nur noch bruchstückhaft erinnern kann. Ich will mit Ihrem Vorgesetzten sprechen!«

»Den Teufel wollen Sie!« Eve schlug mit beiden Händen auf den Tisch, stand auf und beugte sich so weit wie möglich zu ihm vor. »Sie brauchten ein Werkzeug, und da kam sie gerade recht. Sie haben sich eine Geschichte über einen Mann im schwarzen Mantel ausgedacht, aber der Mann sind Sie selbst, Lew. Sie sind dieser Mann. Wissen Sie, wie viele Häuser in der Straße Kameras über den Türen haben? Sie glauben doch wohl nicht im Ernst, dass Sie auf keiner dieser Aufnahmen zu sehen sind.«

»Sie sind eine Idiotin. Ich war niemals auch nur in der Nähe einer dieser Kameras.«

»Ach nein? Sind Sie sich sicher? Weist Ihre Erinnerung in dieser Hinsicht keine Lücken auf?«

»Ich weiß nicht. Sie verwirren mich. Ich will nicht mit Ihnen reden, sondern nur mit Ihrem Boss.«

»Reden Sie einfach mit mir«, schlug Reo vor. »Ich bin die stellvertretende Staatsanwältin hier.«

»Glauben Sie, ich unterhalte mich mit einer Stellvertreterin? Mit einer kleinen *Sekretärin?*«

»Geben Sie's ihr, Lew«, bat Eve. »Zeigen Sie ihr, wer in diesem Raum der Boss ist und das Sagen hat. Um Himmels willen, Sie haben schließlich hundertsiebenundzwanzig Leute umgebracht, ohne dass auch nur ein Tropfen Blut an Ihren Händen klebt. Und sie stolziert einfach in ihrem dämlichen Kostüm und ihren blöden Tussi-Tretern durch die Tür und erwartet, dass Sie tun, was sie verlangt.«

Eve holte tief Luft. »Das ist Schwachsinn. Das ist einfach Schwachsinn. Sie haben eine ganze Stadt in Unruhe versetzt, weil Sie dazu in der Lage waren, und nicht, weil Sie wie Ihr verrückter Großvater der Ansicht waren, das Ende der Welt stünde bevor. Sie werden als Buchautor und Drehbuchschreiber sehr erfolgreich sein. Die Verleger werden Ihnen vor Begeisterung die Tür einrennen, Sie mit Geld überhäufen, und dann endlich, endlich werden Sie berühmt. Alle Welt wird Ihren Namen kennen und Sie fürchten. Genau das wollen Sie doch, nicht wahr? Es geht Ihnen darum, endlich im Mittelpunkt zu stehen und dass man Ihnen den Respekt zollt, den Sie verdient haben.«

»Genau, und mit einem Haufen blöder Weiber rede ich ganz sicher nicht.«

»Los, Lew, zeigen Sie uns Ihre Eier. Zeigen Sie uns, wer der Chef hier ist. Wenn der echte Staatsanwalt erscheint, wird er sofort erkennen, dass er es mit einem *Mann* zu tun hat, der Respekt verlangen kann. Nicht mit einem Weichei wie Joe Cattery. Diese Hexe Weaver wollte ihn befördern und nicht Sie. Also war es an der Zeit, die Spielregeln zu ändern. Zeit, die Konkurrenz aus dem Verkehr zu ziehen. Und all die anderen Arschlöcher, die in der Happy Hour ihre Billig-Drinks geschlürft und wahllos rumgeflirtet haben, haben Sie doch sicher krank gemacht. Sie waren alle gleich, aber Sie – Sie sind etwas Besonderes, es war allerhöchste Zeit, dafür zu sorgen, dass die Leute Sie behandeln, wie sie es schon immer hätten machen sollen.«

»Joe war ein Nichts. Ein Speichel leckender Lakai.«

»Genau. Genau. Deswegen ist es Ihnen sicher sauer aufgestoßen, als er diesen dicken Bonus ausbezahlt bekommen hat.«

»Den Bonus hätte *ich* bekommen sollen. Weaver hat mich wieder mal verarscht.«

»Diese Hexe«, meinte Eve und stellte fest, dass die Beherrschung ihres Gegenübers einen ersten, tiefen Riss bekam. Mit seinen Reden hatte Callaway sich selber in die Ecke manövriert und war außer sich vor Zorn.

»Dabei ging's im Grunde gar nicht um das Geld, nicht

wahr? Es ging vor allem ums Prinzip. Was haben Sie getan, Lew? Los, beeindrucken Sie mich. Sie hatten die Formel und das Tagebuch, in dessen leicht verblichenem, braunem Ledereinband die Geheimnisse von Ihrem Großvater verzeichnet sind. Ja, natürlich haben wir das Buch entdeckt.«

Er blinzelte, doch sie starrte ihn weiter reglos an. »Die Männer haben gesagt, Sie hätten Ihre Sache wirklich gut gemacht. Sie hätten in den Bau und in die Einrichtung dieses Labors viel Zeit, Planung und Arbeit investiert. Vor allem war die Herstellung dieser Substanz nicht gerade ungefährlich. Aber schließlich sind Sie auch ein Mann, der Eier hat. Weil man für die Herstellung des LSD und für das Mischen aller Zutaten ein funktionierendes Gehirn und Eier haben muss. Genau wie *Fantasie*. Die Menschen werden noch in hundert Jahren darüber reden, was Ihnen erst mit dem Zusammenbrauen der Substanz und danach mit den beiden Anschlägen gelungen ist. Sie werden sagen, Lewis Callaway war ein Genie und hatte wirklich Mumm.«

»Dann geben Sie es zu. Dann geben Sie es also zu.« Callaway triumphierte.

»Natürlich fällt mir das nicht leicht«, räumte sie widerstrebend ein. »Aber niemand wird jemals vergessen, wer Sie sind und was Ihnen gelungen ist. Meine Güte, Lew, Sie spielen in einer ganz eigenen Liga, und wenn Sie mir gleich erzählen, wie Sie das geschafft haben, vergesse ich das ebenfalls nie mehr.«

Wieder wandte er sich ab und schüttelte den Kopf, aber sein Atem ging inzwischen merklich schneller, und sie konnte deutlich sehen, wie verführerisch der Vorschlag für ihn war.

Nicht mehr lange, und sie hätte ihn so weit.

»Falls Sie es waren«, warf plötzlich Teasdale ein, »und falls Sie das beweisen können, wäre die Behörde, die ich hier vertrete, sicher interessiert. Leute wie Sie sind dort gesucht, Mr. Callaway.«

»Moment mal«, fauchte Eve sie an.

»Es geht hier um globale Sicherheit«, erklärte die Agentin in herablassendem Ton. »Meine Vorgesetzten – und zwar die ganz oben – haben mich autorisiert, Mr. Callaway ein Angebot zu unterbreiten, falls er unter Nennung von Details, die diesen Raum niemals verlassen werden, zweifelsfrei beweisen kann, dass er hinter den Attentaten steckt.«

»Sie wollen mich für den Heimatschutz?«

»Menzini war uns mit seinen Talenten wirklich nützlich, und nach Meinung meiner Vorgesetzten fällt der Apfel wahrscheinlich nicht allzu weit vom Stamm.«

»Sie bieten diesem Kerl einen gemütlichen Bürojob an?«, erkundigte sich Eve empört. »Einen tollen, heimlichen Deal mit Ihrem Ministerium? Dafür, dass er ein Massenmörder ist? Ich hätte wissen sollen, dass es Ihnen darum geht. Dass Sie mir die ganze Arbeit überlassen und den Preis am Ende selbst einheimsen wollen.«

»Menschen mit besonderen Fähigkeiten auch auf diesem Gebiet können uns mitunter eben durchaus nützlich sein«, stellte Teasdale achselzuckend fest. »Der Heimatschutz weiß Kreativität und Mumm zu schätzen, aber ohne handfeste Beweise und vor allem ohne eine umfassende Aussage von Mr. Callaway wäre das Thema erst einmal vom Tisch.«

»Dann ist mein Großvater also beim Heimatschutz? Dann lebt er also noch und arbeitet für Sie?«

Sofort wurde Teasdales Miene völlig ausdruckslos.

»Mehr darf ich im Augenblick nicht sagen. Dazu bin ich nicht befugt.«

»Ich hätte wissen sollen, dass Sie mir die Tour vermasseln würden«, stellte Eve verbittert fest.

»Es geht hier um Prioritäten, Lieutenant. Und um Macht. Die Entscheidung liegt bei Ihnen, Mr. Callaway.«

Er wandte sich an Eve und verzog verächtlich das Gesicht. »Dachten Sie im Ernst, Sie hätten mich? Sie wissen eben nicht, mit wem Sie es zu tun haben. Ich wusste immer schon, dass ich etwas Besonderes, dass ich anders als die anderen bin. Aber das haben sie immer unterdrückt.«

»Sie?« Eve sah ihn fragend an.

»Meine Eltern. Trotzdem konnte ich schon immer alles haben, was ich haben wollte, ich habe die Leute entweder dazu gebracht zu machen, was ich will, oder sie dafür bezahlen lassen, wenn's mal nicht so lief. Ich wusste schon von Anfang an, dass sie mir nicht bieten können, was ich will. Weil meine Eltern nichts, weil sie total gewöhnlich sind. Als ich rausfand, woher ich in Wahrheit stamme, war ich überglücklich. Endlich. Endlich brauchte ich die blöden Spielchen nicht mehr mitzuspielen und nicht mehr zu tun, als ob mir irgendwas an anderen Leuten liegt. Sie haben mich niemals respektiert, dafür mussten sie bezahlen.«

»Joe Cattery und Carly Fisher.«

Mit einem verschlagenen Lächeln kreuzte er die Arme vor der Brust. »Ich verlange Straffreiheit.«

»Die kann ich nicht zusagen«, stieß Reo krächzend aus. »Mein Vorgesetzter muss ...«

»Als Vertreterin des Heimatschutzes kann ich anders als die Stellvertreterin des Staatsanwalts selbst bestimmen, wie in diesem Fall am besten vorzugehen ist«, klärte Teasdale die Kollegin selbstzufrieden auf. »Sobald mir Mr. Callaway die notwendigen Infos zu den Anschlägen gegeben hat, bin ich befugt, ihm alles anzubieten, was er haben will. Die Leute mussten also zahlen«, wiederholte sie und sah ihn fragend an. »Und Sie hatten die Möglichkeit, dafür zu sorgen, dass sie das auch endlich tun.«

»Ja, genau.« Er lächelte sie an. »Ich hatte alles, was für meinen Rachefeldzug nötig war. Cattery und Fisher hatten ein ums andere Mal den falschen Knopf bei mir gedrückt. Doch sie haben sich mit dem Falschen angelegt. Ich werde Ihnen sagen, was ich Ihnen anzubieten habe. Nämlich das erforderliche Wissen dafür zu sorgen, dass der Heimatschutz die weltweit mächtigste Behörde wird.«

»Ich höre.«

»Und was haben Sie Ihrerseits für mich im Angebot? Erklären Sie es mir genau.«

»Es kommt drauf an, was Sie mir gleich erzählen und was für Beweise es für Ihre Worte gibt. Was ich Ihnen aber jetzt schon sagen kann, ist, dass der Heimatschutz auf jeden Fall sehr interessiert an und gleichzeitig auch fasziniert von Ihren – angeblichen – Fähigkeiten ist.«

»Elende Bürokratenhexe«, fauchte Eve erbost und handelte sich ein herablassendes Lächeln ihrer Konkurrentin ein.

»Ich habe Sie einfach ausmanövriert, sonst nichts. Aber natürlich nur, falls Mr. Callaway beschließt, dass er mit uns kooperieren will.«

»Dazu müssten Sie meine Bedingungen erfüllen«, erklärte der.

»Wir können selbstverständlich über alles reden, aber vorher brauchen wir einen Beweis dafür, dass Sie nicht nur die Möglichkeit zur Ausführung der Attentate hatten, sondern dass die Anschläge tatsächlich auf Ihr Konto gehen.«

»Sie alle haben gemacht, was ich wollte, oder nicht? Sie alle haben getan, wozu sie von mir gezwungen worden sind. Ich habe jeden Einzelnen der Leute in der Bar und in dem dämlichen Café nach meiner Pfeife tanzen lassen, mit mir werden Sie jemanden bekommen, der seinen Job erledigt«, sagte Callaway ihr zu.

»Was haben Sie die Leute machen lassen, Mr. Callaway?«, hakte sie nach.

»Sie haben sich gegenseitig umgebracht. Haben sich gegenseitig abgeschlachtet. Haben ihre schlimmsten Ängste ausgelebt und sich gegenseitig abgemurkst. Es steht alles in den Tagebüchern meines Großvaters. Sein verrückter religiöser Fanatismus? Keine Angst, den habe ich ganz sicher nicht geerbt. Ich bin nicht verrückt und glaube einzig an mich selbst.«

»Das ist natürlich wichtig. Meine Vorgesetzten werden sichergehen wollen, dass es bei diesen Taten nicht um Religion gegangen ist.«

»Dieser bekloppte Joe saß da und hat herumgeheult, weil seine Frau und seine Kinder nicht zu Hause waren. Und ich dachte, du wirst nicht mehr lange heulen, du blöder Arsch. Auch Weaver hätte ich aus dem Verkehr ziehen wollen, aber wegen irgendeiner blöden Bettgeschichte ist sie früher losgegangen. Also habe ich mich zwangsläufig mit Joe und all den anderen begnügt. Diesem verfluchten Theker, dieser Fotze von Bedienung, dieser *dummen* Frau und ihren Freunden. Dazu musste ich ihr nur das Fläschchen in die Tasche fallen lassen, als sie aus Versehen mit mir zusammenstieß. Die Flasche war bereits geöffnet, aber bis das Zeug anfing zu wirken, dauerte es noch ein paar Minuten, und ich hatte meinen Abgang auf die Sekunde genau geplant. Da sehen Sie, wie gut ich bin. Ich hatte leichtes Kopfweh, aber davon abgesehen ging's mir gut. Ich war schon an der frischen Luft, als in der Bar die Hölle losgebrochen ist, ich bin, ohne mich noch einmal umzudrehen, einfach nach Hause marschiert.«

»Sie haben dieses Mittel selber hergestellt?«

Er nickte Teasdale zu. »Auch wenn das ziemlich knifflig ist. Wobei die Zutaten, wenn man sich Zeit lässt, recht einfach zu beschaffen sind. Aber dazu brauchte ich natürlich auch noch ein Labor. Ich habe selber eins gebaut. Es ist relativ klein, und ich hätte sicher nichts dagegen, bald in einem besseren Labor noch ein paar andere Ideen auszuprobieren, denn inzwischen bin ich wirklich gut.« Er tippte sich mit einem Daumen an die Brust. »Ich nehme an, das habe ich von meinem Großvater geerbt.«

»Das werde ich weitergeben«, antwortete Teasdale knapp.

»Ich schätze, dass ich die Substanz auf Dauer noch verbessern kann, damit sie schneller und vor allem länger wirkt. Beim zweiten Anschlag hätten sicher nicht so viele überlebt, hätte die Wirkung schneller eingesetzt und wäre sie nicht größtenteils wieder verebbt gewesen, als die Bullen kamen und die Leute vorsorglich betäubt haben, als sie auf sie losgegangen sind.«

»Wie kamen Sie auf das Café als zweiten Anschlagsort?«

»Wegen dieser Fotze Fisher, die sich ernsthaft eingebildet hat, dass sie auf meine Kosten Karriere machen kann. Sie und Weaver haben ständig hinter meinem Rücken irgendwelche Pläne ausgeheckt, um mich auszumanövrieren.« Er durchschnitt die Luft mit seinen Händen wie ein Schiedsrichter zum Ende einer Diskussion mit Spielern über einen angeblichen Fehlentscheid. »Aber damit ist es jetzt vorbei.«

»Wie sind Sie dabei vorgegangen?«

»Ich wollte selbst nicht ins Café, denn dann hätten die Bullen Grund gehabt, sich mich genauer anzusehen. Sehen Sie, ich denke Dinge immer bis zum Ende durch und beziehe alle Möglichkeiten ein. Also habe ich einfach gewartet, bis das Mädchen kam, das uns immer das Essen von dort bringt. Sie war wirklich dumm wie Bohnenstroh, ich habe sie angehalten und gebeten, ob sie einen Tisch für mich im Café reservieren und mir schon einmal ein Club-Sandwich bestellen kann. Ich habe gesagt, ich müsste schnell noch rüber in den Drugstore, wäre aber sofort da. Dann habe ich sie noch zum Dank umarmt und ihr dabei das Fläschchen zugesteckt, womit der Fall für mich erledigt war. Danach habe ich mir die Pita an dem Straßenstand geholt und bin gemütlich zurück ins Büro geschlendert.«

»Wo haben Sie das nächste Attentat geplant?«, erkundigte sich Eve. »Machen Sie mir doch die Freude, und erzählen Sie es mir.«

»Warum nicht? In der Nähe des Büros gibt's einen Italiener. *Appetito* heißt der Laden, und ich weiß, dass Weaver dort sehr häufig isst. Ich hätte also einfach einen Blick in ihren Terminkalender geworfen, um zu erfahren, wann sie sich dort wieder einmal mit einem ihrer Lover trifft. Ich habe mich extra mit einer Bedienung von dort angefreundet, die wollte ich als Überbringerin des Fläschchens nutzen. Cattery und Fisher hatte ich schon aus dem Weg geräumt, und wenn auch Weaver nicht mehr da gewesen wäre, hätte ich ganz sicher ihren Job gekriegt. Aber jetzt sollen sie mich bei S&R am Arsch lecken. Was sie mit mir verlieren, gewinnt dafür der Heimatschutz.«

»Auf jeden Fall«, stimmte ihm Teasdale zu.

»Genügt das, Reo?«, fragte Eve.

»Oh, ich würde sagen, Sie haben mir den Täter auf dem silbernen Tablett serviert.«

»Peabody, Sie holen bitte zwei Kollegen, die den Kerl in eine Zelle bringen sollen. Ihnen gegenüber ist er nämlich sicher nicht so kooperationsbereit, wie er es gegenüber Teasdale war.«

»Zu Befehl, Ma'am.«

»Vergessen Sie's.« Als Peabody den Raum verließ, lehnte er sich bequem auf seinem Stuhl zurück und stellte feixend fest: »Sie sperren mich ganz sicher nicht in eine Zelle ein. Ich bin nämlich beim Heimatschutz.«

»In etwa so, wie ich die Königin von Saba bin.«

»Du bist erledigt, Schlampe«, fauchte er sie an und wandte sich dann wieder Teasdale zu. »Wann kommt endlich Ihr Boss?«

»Es tut mir leid, falls Sie den Eindruck hatten, Mr. Callaway, dass dieses Angebot Sie vor einer Verurteilung bewahren kann. Natürlich ist der Heimatschutz der Überzeugung, dass wir Sie durchaus gebrauchen könnten, wenn Sie nach Verbüßung Ihre hundertsiebenundzwanzig lebenslangen Haftstrafen noch nicht zu alt für einen Posten bei uns wären. Wir bräuchten Sie dann, um Sie noch einmal für denselben Zeitraum wegen Inlandsterrorismus wegzusperren.«

»Das ist unverschämt. Sie haben gesagt ...«

»Ich glaube, dass die Aufzeichnung unseres Gesprächs belegen wird, dass kein konkretes Angebot von mir an Sie ergangen ist. Vor allem ist es bei Verhören gang und gäbe, dass man die Verdächtigen belügt. Ich glaube, Mr. Callaway, dass nicht der Lieutenant, sondern eher Sie selbst erledigt sind. Es ist mir eine große Freude, dass das wenigstens zum kleinen Teil auch mein Werk ist.«

Als er aufsprang, stellte Eve sich ihm entschlossen in den Weg. »Bitte, versuchen Sie's.«

»Diesmal bin ich dran«, sagte sie zur Frau vom Heimatschutz, doch ehe sie sich auf ihn stürzen konnte, tauchte Peabody mit den Kollegen auf.

»Tja nun, vielleicht beim nächsten Mal.«

»Ich will einen Deal«, rief er und kämpfte vehement gegen die stählerne Umklammerung, in der die Polizisten seine Arme hielten.

»Ja sicher. Fragen Sie am besten nach den ersten siebzig Lebenslänglich noch mal bei mir an«, bot die Staatsanwältin ihm mit einem raubtierhaften Lächeln an. »Dann bin ich gern bereit zu sehen, was sich machen lässt.«

»Ich verlange einen Anwalt.«

»Lassen Sie ihn einen Anwalt kontaktieren«, sagte Eve zu Peabody und blickte Teasdale an. »Das haben Sie wirklich sauber hingekriegt.«

»Sie auch, Lieutenant. Sie hatten recht, er ist tatsächlich stolz auf das, was er geleistet hat.«

»Ja, und furchtbar ehrgeizig. Das heißt, Sie hatten recht mit der Vermutung, dass die Anerkennung durch den Heimatschutz ihn dazu bringen würde, alles zu erzählen.«

»Dann informiere ich jetzt meinen Boss, erledige noch den Papierkram, und danach brauche ich erst einmal einen möglichst großen Drink.«

»Das kann ich gut verstehen. Eins noch. Ist Menzini wirklich noch am Leben?«

»Meines Wissens ist er vor ein paar Monaten gestorben.«

»Gut. Wir sprechen uns, okay?« Mit diesen Worten wandte sie sich Reo zu. »Sie machen ja wohl wirklich keinen Deal mit diesem Kerl.«

»Ich wüsste nicht, warum. Er hat uns schließlich alles ganz genau erzählt. Falls er einen anständigen Anwalt findet, wird der sicherlich auf Unzurechnungsfähigkeit plädieren.«

»Womit er ganz bestimmt nicht durchkommen wird«, warf Mira ein. »Die Sitzung, die ich vorhin mit ihm hatte, wurde aufgezeichnet und beweist, dass ihm durchaus bewusst war, dass er unmoralisch, ungesetzlich und ganz einfach falsch gehandelt hat. Weshalb eine Psychiatrierung nicht infrage kommt. Seine Moral und sein Gewissen sind gestört, doch geistig ist er vollkommen gesund.«

»Das ist gut zu hören. Ich schicke Ihnen alle Aufnahmen innerhalb der nächsten Stunde«, sagte Eve der Staatsanwältin zu.

»Dann warte ich solange im Büro. Was haben Sie übrigens damit gemeint, ich hätte Tussi-Treter an?«

»Ich wollte damit illustrieren, dass Sie weiblich sind.«

»Hmm.« Versonnen drehte sie einen ihrer Füße erst nach links und dann nach rechts und sah sich die Tussi-Treter, die sie trug, noch mal genauer an. »Ich finde, dass sie wirklich toll aussehen.«

»Auf jeden Fall«, stimmte ihr Mira zu.

»Genau wie Ihre. Was für eine super Farbe«, stellte Reo anerkennend fest.

»Könnten wir in einem Raum, in dem es immer noch nach Schurke riecht, vielleicht über etwas anderes als Schuhe reden?«, fragte Eve.

»Sie haben selber damit angefangen«, rief ihr Reo in Erinnerung und wandte sich sofort wieder der Psychologin zu: »Haben Sie noch kurz Zeit, um Ihren Eindruck von dem Typen mit mir durchzugehen? Ich spendiere Ihnen dafür einen Drink im Pausenraum.«

»Klingt gut. Eve?«

»Ich erledige in der Zeit den Papierkram«, meinte die und trat hinter den beiden anderen in den Flur, wo sie Roarke mit dem Commander stehen sah.

»Sir.«

»Gute Arbeit, Lieutenant. Oder eher ausgezeichnet«, lobte er.

»Danke, Sir. Aber wir hatten auch ein gutes Team aus wirklich talentierten Leuten, die bereit waren, jede Menge Überstunden einzulegen, bis der Täter hinter Gittern sitzt.«

»Da haben Sie recht. Das heißt, ich spreche auch noch mit dem Team. Wir geben innerhalb der nächsten Stunde eine Pressekonferenz, bei der ich Sie an meiner Seite sehen will.« Zum ersten Mal seit Tagen huschte ein schalkhaftes Lächeln über sein Gesicht. »Mir ist bewusst, dass das für Sie die reinste Strafe ist, aber die Menschen wollen nun einmal die Beamtin sehen, der sie es verdanken, dass die Stadt jetzt wieder sicherer ist.«

»Wenn Sie es sagen, Sir.«

»Und danach, schlage ich vor, fahren Sie nach Hause und machen sich einen schönen Abend. Denn das mache ich auf alle Fälle auch.«

»Ich frage mich, ob er dabei wohl auch an jede Menge Sex denkt«, meinte Roarke, als Whitney außer Hörweite von ihnen beiden war.

»Bitte«, wehrte sie verzweifelt ab. »Das will ich mir nicht einmal vorstellen. Jetzt muss ich mir dringend ansehen, was alles in seiner Wohnung war.«

»Abgesehen von den elektronischen Geräten, die die elektronischen Ermittler untersuchen wollen, habe ich das Zeug direkt in dein Büro gebracht. Ich wollte dir dabei zusehen, wenn du diesen Typen in die Zange nimmst, deshalb habe ich gesagt, dass Feeney sich die Sachen erst einmal allein anschauen soll. Aber gleich fahre ich zu ihm rauf und werfe selber einen Blick darauf. Der Schweinehund hat alle Einträge verschlüsselt, obwohl der Code nicht wirklich kompliziert ist, wird es etwas dauern, sämtliche Dateien durchzugehen.«

»Ich brauche alles, was ich kriegen kann, auch wenn's nicht wirklich eilig ist. Aber ich bin wahrscheinlich selbst noch mindestens zwei Stunden hier.«

»Lass mich einfach wissen, wenn du fahren und dir *einen schönen Abend machen* willst.«

»*Den* Code kann ich selbst entschlüsseln«, meinte sie und zog die Tür ihrer Abteilung auf.

20

Bevor sie ihr Büro betrat, blieb sie noch kurz bei Sanchez und Carmichael stehen. »Das haben Sie vorhin wirklich gut gemacht. Sie könnten echt zum Film gehen.«

Sanchez blickte sie durchdringend an. »Glauben Sie, ich hätte diesen Wutanfall gespielt?«

Jetzt durchbohrte sie ihn ihrerseits mit einem Blick. »Das kann ich nur für Sie hoffen, denn sonst müsste ich Sie einen Monat suspendieren.«

Carmichael prustete vergnügt. »Ich habe dir doch gleich gesagt, dass du das besser nicht versuchst. Schließlich ist der Lieutenant deshalb Lieutenant, weil sie einfach besser ist als du.«

»Verdammt.« Doch Sanchez grinste fröhlich und tat seine Niederlage achselzuckend ab. »Dann haben Sie ihn also überführt?«

»Wir haben ihn uns geschnappt. Sie können also anfangen, Fälle wieder auf die anderen zu verteilen. Lassen Sie mich einfach wissen, wer was übernimmt.«

»Ist es okay, wenn Baxter die schon halb verweste Leiche kriegt, die acht Tage lang in einer Wohnung voller Katzen vor sich hin gegammelt hat? Ich schulde ihm noch was.«

»Okay.«

»Dann hat die ganze Arbeit in den letzten Tagen sich gelohnt.«

Sie ging weiter bis in ihr Büro. Ja, der Neue hatte sich inzwischen so gut angepasst, als wäre er schon jahrelang dabei.

Sie überlegte kurz und drückte einen Kurzwahlknopf an ihrem Link.

»Hier Nadine, machen Sie schnell. Ich bin in einer Produktionsbesprechung.«

»Gehen Sie am besten mal kurz raus.«

Die Journalistin runzelte erbost die Stirn, doch dann hellte sich ihre Miene sofort wieder auf. »Ich muss diesen Anruf kurz entgegennehmen«, rief sie den Kollegen zu. »Macht einfach schon mal weiter, ja?«

Mit diesen Worten ging sie aus dem Raum und zog die Tür hinter sich zu. »Sagen Sie mir, dass Sie jemanden verhaftet haben.«

»Wir haben jemanden verhaftet. Warten Sie. Innerhalb der nächsten Stunde gibt es eine Pressekonferenz, aber Sie kriegen einen kleinen Vorsprung, weil die Infos, die Sie für mich ausgegraben haben, durchaus nützlich waren.«

»Ich brauche einen Namen und die Vorwürfe, die man gegen die Person erhoben hat.«

»Sie wissen selbst, dass ich Ihnen das nicht erzählen kann, Nadine. Aber Sie können schon einmal damit auf Sendung gehen, dass es einer Quelle bei der Polizei zufolge eine Festnahme wegen der Massenmorde in der Bar und dem Café gegeben hat. Eine offizielle Stellungnahme ist in Kürze zu erwarten, und genaue Einzelheiten werden später ausgestrahlt.«

»Schreiben Sie mir jetzt etwa meine Texte oder was?«

»Mehr kann ich nicht für Sie tun. Und bitten Sie mich ja nicht um ein Interview. Dann muss ich nämlich Nein sagen, weil ich total erledigt bin und wenn die Sache abgeschlossen ist, erst mal nach Hause fahren will. Fragen Sie mich einfach später.«

»Können Sie mir wenigstens noch sagen, ob es ein Einzeltäter war?«

»Zum jetzigen Zeitpunkt gehen wir davon aus. Er hat gestanden. Das ist eine große Sache, oder etwa nicht? Wir haben eine Person verhaftet, und diese Person hat umfänglich gestanden, die beiden Anschläge verübt zu haben, durch die hundertsiebenundzwanzig Menschen umgekommen sind. Sie sollten die Besprechung erst einmal verschieben, diese Meldung bringen und dann Ihren telegenen Hintern schwingen, um rechtzeitig zu der Pressekonferenz auf dem Revier zu sein.«

»Sie können Ihren Massenmörder stellenden Cop-Hintern darauf verwetten, dass ich pünktlich bin. Wir sprechen uns dann später.«

»Viel später«, erklärte Eve, und der Bildschirm wurde schwarz.

Ich bin tatsächlich hundemüde, dachte sie. Nun, da der Täter hinter Gittern saß, breitete sich die Erschöpfung, die sie hatte unterdrücken müssen, seit sie in das *On the Rocks* gekommen war, sintflutartig überall in ihrem Körper aus.

Doch sie hatte noch zu tun. Sie wollte den Bericht über die Festnahme persönlich schreiben, aber vorher wollte sie sich noch die Tagebücher und die anderen Dokumente ansehen, mit denen die Kollegen von der Spusi aus der Wohnung des Verdächtigen gekommen waren.

Sie öffnete die Kiste, setzte sich und schaute sich die Souvenirs des Wahnsinns an.

Die religiösen Hetztiraden in den Tagebüchern waren einfach ein Ärgernis für sie. Sie würde nie verstehen, wie jemand aus Gier nach Macht und nach Berühmtheit Gott als Waffe nutzen konnte, um in anderen Menschen Furcht zu wecken und sie gegen ihren Willen zu bekehren.

Wobei sie noch viel weniger verstand, dass irgendwer bereit war, sich dieses Geschwafel auch nur anzuhören.

Falls Gott sich je die Zeit nähme, herumzulaufen und Kopfnüsse zu verteilen, hoffte sie, er finge mit den selbstgerechten Wichsern an, die seinen Namen nur dazu verwendeten, ihr eigenes Ego aufzublähen.

Wobei von Gott für diesen Zweck vielleicht ja auch die Polizei erschaffen worden war.

In seiner winzig kleinen, krakeligen Handschrift hatte sich Menzini auf zahlreichen Seiten über die Erwählten ausgelassen, detailliert die rituellen Vergewaltigungen junger Mädchen dargestellt und diesen unverhohlenen Missbrauch Weihe oder Reinigung genannt.

Er hatte über die von Gott befohlene Läuterung der Sünder, Unwürdigen, Unreinen gefaselt, über seine heilige Mission, sich und seine Jünger für den drohenden Weltuntergang zu wappnen, und ausführlich seine Pläne dargelegt, nach der Reinigung die Welt ausschließlich mit Gerechten wiederzubevölkern.

Auch seine chemischen Experimente und die Frustration, wenn sie ihm nicht gelungen waren, hatte er ausführlich zu Papier gebracht. Ein Fehlschlag hatte eine Explosion verursacht, bei der einer seiner Helfer umgekommen und ein anderer erblindet war.

Was offenbar Gottes Wille oder Schuld gewesen war. Und für Menzini eine Prüfung, aus der er gestärkt und noch entschlossener hervorgegangen war.

»Na klar, du Arschloch, schließlich geht es immer nur um dich.«

Sie blickte auf, als Peabody den Raum betrat.

»Ich bin gerade an der Stelle, wo Menzini Gott in höchsten Tönen dafür lobt, dass er ihm gezeigt hat, wie sich diese tödliche Substanz herstellen lässt. Er hat sie an ein paar Gefangenen, darunter ein Junge von noch nicht einmal siebzehn, ausprobiert. Er war entsetzlich stolz auf dieses Zeug und hat ihm den Namen Gottes Zorn verliehen.«

»Da überrascht es nicht, dass auch sein Enkel ein krankhafter Egomane ist. Mein Gott«, entfuhr es Peabody entsetzt. »Es tut mir leid. Ich habe wieder mal nicht nachgedacht.«

»Kein Problem. Das kratzt mich nicht. Er hat die Egozentrik in sich, aber schließlich haben wir alle irgendetwas in uns, was schon unseren Vorfahren eigen war. Selbst im Stammbaum eines Hippies, der wie Sie am liebsten immer alles durch die rosarote Brille sieht, findet sich der eine oder andere Ast, der hoffnungslos verrottet ist. Es geht darum, was wir mit diesen Ästen machen, wie wir damit umgehen, ob wir uns den schlechten Dingen, die wir in uns haben, hingeben oder entgegenstellen.«

Peabody atmete erleichtert auf. »Da haben Sie völlig recht. Aber eine rosarote Brille fehlt mir noch zu meinem Glück. Sie können mir ja eine schenken, falls Sie mich für meine gute Mitarbeit belohnen wollen.«

»Ich schreibe es sofort auf meine Einkaufsliste«, sagte Eve ihr zu.

»Sie haben doch gar keine Einkaufsliste.«

»Das ist eben der Haken an der Sache«, antwortete Eve ihr gut gelaunt und sah sie fragend an. »Hat Callaway inzwischen einen Anwalt kontaktiert?«

»Noch nicht. Er hat erst einmal völlig dichtgemacht.

Ich hatte irgendwie ein ungutes Gefühl, also habe ich ihn in eine Einzelzelle bringen lassen, wo er für den Fall, dass er sich etwas antun möchte, unter Überwachung steht.«

»Gut. Wir wollen schließlich nicht, dass ihm etwas passiert. Whitney oder vielleicht eher der Chief gibt gleich ein offizielles Statement ab. Sie erwarten, dass wir zu der Pressekonferenz erscheinen.«

»Kein Problem. Auf diese Weise kann ich Freunde wissen lassen, dass der Job erledigt ist. McNab entschlüsselt noch den Code, in dem Callaway seine Dateien verfasst hat, und ich werde sowieso hier warten, bis er damit fertig ist. Die anderen sind inzwischen ebenfalls zurück, und nachher wollen wir alle noch zusammen etwas trinken gehen.«

»Da muss ich leider passen. Ich will einfach nur noch heim und mir einen ... schönen Abend machen.«

»Falls Sie es sich noch mal anders überlegen ... wir sind im *Blue Line*. Am besten feiern Polizisten schließlich einen großen Sieg in einer Polizistenbar. Soll ich den Bericht schreiben?«

Das Angebot war ausnehmend verführerisch ... doch nein.

»Ich fange sofort damit an. Gehen Sie schon mal los, und holen Sie die Aufnahmen aus dem Vernehmungsraum und eine Kopie der Liste der in Callaways Apartment aufgefundenen Dinge, und schicken Sie dann beides Reo zu. Am besten schicken wir außerdem noch jemanden mit der entsprechenden Erlaubnis ins Büro von diesem Kerl und holen dort alle elektronischen Geräte ab.«

»Ich bitte einfach Reo, sich darum zu kümmern.«

»Gut. Vorher schicken Sie schon mal einen Kollegen los, der das Büro versiegelt, damit niemand mehr die Möglichkeit bekommt, dort herumzuschnüffeln, wenn die Nachricht von der Festnahme die Runde macht.«

»In Ordnung. Wissen Sie, es fühlt sich wirklich gut an, dass wir diesen Typen festgenommen haben, aber ...« Peabody warf einen Blick auf die Papiere auf Eves Schreibtisch und schaute mit einem unglücklichen Achselzucken wieder auf.

»Sie wünschten sich, es würde sich noch besser anfühlen, stimmt's? Ich wette, auf seinem Computer finden wir eine Liste mit den Leuten, die er noch aus dem Verkehr ziehen wollte. Sobald Sie diese Liste durchgehen und an all die Leute denken, die jetzt einfach weiterleben können, fühlt es sich bestimmt noch besser an.«

»Ja. Wobei es sich schon besser anfühlt, wenn ich daran denke, dass er nicht noch mal zuschlagen kann.«

»Dann hauen Sie jetzt ab, damit ich meine Arbeit machen kann.«

Sie schrieb den Bericht über die Festnahme, kopierte ihn, fügte ihn der Akte hinzu und überlegte, sich auch noch Menzinis andere Tagebücher anzusehen. Sie waren keine leichte Kost, aber sie wollte einfach wissen, was genau in diesem Typen vorgegangen war.

Sie stand auf, um sich den nächsten Kaffee zu holen, doch das Klingeln ihres Links hielt sie zurück.

»Lieutenant, wir erwarten Sie, Detective Peabody und andere Kollegen, die Ihrer Ansicht nach dort nützlich sind, im Medienraum.«

»Ich bin schon unterwegs.«

Einen Kaffee würde sie sich später gönnen, oder besser noch ein Gläschen kühlen Wein, jede Menge Sex ...

... und danach eine noch größere Menge wohlverdienten Schlaf.

Sie trat vor ihr Büro und sah sich unter den Kollegen um. »Gute Arbeit, Leute. Damit meine ich auch die Detectives Sanchez und Carmichael sowie alle anderen Beamten, die die Fälle von den anderen übernommen haben, bis das Arschloch festgenommen worden ist. Falls irgendjemand Urlaub braucht ... macht er sich besser keine falschen Hoffnungen. Wir haben jede Menge Arbeit nachzuholen, für die in der vergangenen Woche keine Zeit gewesen ist.«

Das unterdrückte Stöhnen und die leisen Flüche ihrer Untergebenen waren Musik in ihren Ohren.

»Commander Whitney hat zu einer Pressekonferenz geladen.«

Noch viel schöner als das Stöhnen und die Flüche war die Panik, die die für gewöhnlich furchtlosen Kollegen dazu brachte, ängstlich ihre Köpfe einzuziehen.

Feixend meinte sie: »Das übernehmen Peabody und ich. Ihr anderen schließt noch euren eigenen Papierkram ab, spätestens pünktlich zum Ende eurer Schicht verschwindet ihr von hier, und genehmigt euch ein Bier.«

Baxter klatschte in die Hände. »Ja genau! Wir gehen zusammen ins *Blue Line*. Und, Dallas, Sie und Roarke kommen hoffentlich auch.«

»Damit er dort die Rechnung übernimmt? Ich glaube nicht. Ich werde heimfahren und mir einen ruhigen Abend machen«, meinte sie und stellte fest, dass Reineke bei diesen Worten mit den Augen rollte und dann eilig Richtung Decke sah.

»Ist was, Reineke?«

»Was?« Er blinzelte und wandte sich verlegen ab. »Nein, Ma'am, alles gut.«

»Das freut mich. Peabody, Sie kommen mit.«

Vor der Tür des Medienraums trafen sie Tibble, Whitney, Mira, Teasdale und den wie aus dem Ei gepellten Kyung.

Tibble hob den Kopf, steckte die Notizen ein, die er überflogen hatte, und gab den beiden Frauen die Hand. »Lieutenant, Detective, gratuliere. Das war grundsolide Arbeit, die Sie da geleistet haben.«

»Schließlich hatten wir ja auch ein grundsolides Team.«

»Ein Bild von sämtlichen Beamten, die an den Ermittlungen beteiligt waren, würde sich wahrscheinlich sehr gut in den Nachrichten machen«, meinte Kyung.

»Sie brauchen erst mal eine Pause.«

»Ja, natürlich. Ich für meinen Teil werde auf alle Fälle wieder besser schlafen, seit ich weiß, dass Lewis Callaway sicher hinter Gittern sitzt.«

»Ich brauche etwas mehr zu meiner Beruhigung als das«, erklärte Eve und wandte sich noch einmal an den Chief. »Sir, Sie kennen doch Direktor Hurtz. Agentin Teasdale sagt, er ist ein Ehrenmann. Es gibt eine Formel, mit der man problemlos massenweise Menschen töten kann. Nachdem Menzini offenbar bis kurz vor seinem Tod Gefangener des Heimatschutzes war, muss ich davon ausgehen, dass diese Behörde die Formel irgendwo in ihren Unterlagen hat.«

»Ich habe von der Formel bis zu diesem Fall nie etwas gesehen oder gehört«, warf Teasdale ein.

»Das glaube ich Ihnen«, antwortete Eve. »Aber das bedeutet nicht, dass sie nicht irgendwo unter Verschluss gehalten wird. Außerdem gibt es eine Kopie in einem alten Tagebuch, das momentan auf meinem Schreibtisch liegt. Unser Laborchef ist dabei, ein Gegenmittel zu entwickeln, was ihm höchstwahrscheinlich auch gelingen wird. Trotzdem ist es meiner Meinung nach zwingend erforderlich, dass unsere jeweiligen Vorgesetzten als die Ehrenmänner, die sie sind, eine Übereinkunft treffen, der zufolge diese Formel auch in Zukunft, wenn schon nicht zerstört, zumindest irgendwo sicher verwahrt wird, wo sie niemand einsehen kann.«

»Dafür werde ich sorgen.« Tibble blickte zwischen Eve und Teasdale hin und her. »Versprochen.«

»Danke, Sir.«

Er hielt sicher Wort, und wenn sich Teasdale nicht in ihrem Vorgesetzten irrte, täte der das auch. Aber Politik und Positionen unterlagen einem steten Wandel, deshalb würde sie Roarke bitten, über die nicht registrierten elektronischen Geräte, die er hatte, zu verfolgen, ob die Abmachung auf Dauer eingehalten würde, und im Notfall eine ihr bekannte Starreporterin um den Gefallen bitten, öffentlich zu machen, falls dem nicht so war.

»Jetzt werden wir alle besser schlafen«, sagte sie zu Kyung.

»Man sagte mir, Sie hätten auch Callaways Eltern hierherbestellt.«

»Sie sind für heute Nacht in einem sicheren Unterschlupf. Commander«, wandte sie sich Whitney zu, »ich hätte gerne, dass die beiden morgen früh in aller Stille wieder heim nach Arkansas begleitet werden und die Polizei dort jemanden zu ihrem Schutz abstellt, bis wir wissen, dass sie dort vollkommen sicher sind.«

»Das übernimmt der Heimatschutz«, bot Teasdale an.

»Man wird von ihnen eine öffentliche Stellungnahme fordern«, meinte Kyung. »Ich könnte ihnen dabei helfen, wenn Sie wollen.«

»Das wäre gut. Es sind anständige Leute, und es wird

auch so schon schwer genug für sie. Peabody, Sie kümmern sich um diese Angelegenheit, wenn wir hier fertig sind.«

»Wir wollten eigentlich noch auf den Bürgermeister warten«, klärte Kyung sie lächelnd auf. »Aber er wurde aufgehalten, weil die Nachricht von der Festnahme schon durchgesickert ist.«

»Ach ja?«

Mit einem noch breiteren Lächeln meinte er: »Channel 75 hat die Nachricht vor gut einer halben Stunde rausgebracht. Einzelheiten wurden nicht genannt, aber es hat gereicht, damit die Journalisten wie die Fliegen im Büro des Bürgermeisters eingefallen sind. Er schaltet sich von dort aus zu. Und jetzt geben der Chief und der Commander kurze Statements ab und drücken ihren Dank für die gute Arbeit aus, die Sie selbst, Ihr Team, Agentin Teasdale und der Heimatschutz geleistet haben. Ah, Staatsanwältin Reo.«

»Tut mir leid, ich wurde noch kurz aufgehalten.« Eilig kam sie durch die Tür und schob sich eine Wolke blonden Haars aus dem Gesicht. »Mein Vorgesetzter wollte gerade das Gericht verlassen, als die Neuigkeit im Fernsehen kam. Er spricht dort mit den Reportern, und er meint, dass ich ihn hier vertreten soll.«

»Perfekt«, erklärte Kyung und lächelte sie alle strahlend an. »Vier starke, wunderschöne Frauen haben die Sicherheit der Stadt gemeinsam wiederhergestellt. Das ist ein hervorragendes Bild. Wie sieht es aus, gehen wir rein?«

Wie nicht anders zu erwarten, herrschte Hochbetrieb im Medienraum. Unter dem Surren und Klicken unzähliger Kameras und dem Blinken zahlreicher Rekorder bestieg

Tibble festen Schritts das Podium und wartete dort in gebieterischem Schweigen ab, bis auch das letzte leise Murmeln noch erstarb.

»Nach umfänglichen und erschöpfenden Ermittlungen haben die Sicherheitsbehörde und die Polizei der Stadt New York in Zusammenarbeit mit dem Heimatschutz das Individuum verhaftet, das hinter den auf das *On the Rocks* sowie das *Café West* verübten Attentaten steckt. Angesichts der erdrückenden Beweise, die von Lieutenant Dallas, ihrem Team und der Heimatschutzagentin Teasdale gegen ihn zusammengetragen worden sind, hat Lewis Callaway die Planung und die Durchführung der beiden Anschläge gestanden.«

Eve verfolgte nur mit halbem Ohr die Statements ihres Chiefs und danach des Commanders sowie die Fragen, die wie aufgescheuchte Krähen Richtung Podium flogen, als die beiden Männer fertig waren.

Sie wollte schnellstmöglich nach Hause. Sehnte sich fast schmerzlich nach der Ruhe und der tröstlichen Vertrautheit ihres Heims.

Trotzdem ging sie noch auf ein paar Fragen ein und überlegte sich wie jedes Mal, warum die Journalisten ein ums andere Mal dieselben Dinge wissen wollten, als wären die von ihr gegebenen Antworten beim ersten Mal nicht verstanden worden.

»Lieutenant, Lieutenant Dallas!«, meldete sich einer ihrer Zuhörer zu Wort. »Kobe Garnet von den *New York News*. Sie haben Callaway verhört.«

»Zusammen mit Detective Peabody, Agentin Teasdale und der Psychologin Dr. Mira.«

»Hat er Ihnen einen Grund für diese Anschläge genannt? Warum hat er diese Anschläge verübt?«

»Ich bin nicht befugt, Einzelheiten der Vernehmung oder des Geständnisses zu erörtern, die bei der Verhandlung für die Staatsanwaltschaft wichtig sind.«

»Die Leute werden wissen wollen, warum er das getan hat.«

»Es ist Sache der Staatsanwaltschaft, die Motive zu enthüllen. Natürlich sind sie wichtig, und zwar nicht nur für die Polizei, damit sie ihn verhaften kann, oder den Staatsanwalt, damit er die Verurteilung des Täters sicherstellen kann, sondern auch oder vor allem für die Überlebenden und die Hinterbliebenen der Menschen, die bei diesen Attentaten umgekommen sind. Sie sollten wissen, dass uns das Motiv des Täters durchaus wichtig ist. Aber vor allem sollten sie erfahren, dass Lewis Callaway jetzt hinter Gittern sitzt. Die New Yorker Polizei und die Staatsanwaltschaft werden alles in ihrer Macht Stehende tun, damit es auch so bleibt.«

Genau wie alle anderen beantwortete sie weiter Fragen, bis sie sich am Ende wie ein Knochen fühlte, der von Geiern blank gefressen worden war.

Als sie das Vibrieren ihres Handys spürte, wollte sie es aus der Tasche ziehen, um unter einem Vorwand aus dem Raum zu flüchten, doch noch während sie die Hand in ihre Tasche gleiten ließ, trat Kyung auf das Podest und beendete die Qual.

Einige Reporter stürzten eilig aus dem Raum, doch andere riefen ihnen ein paar letzte Fragen hinterher, als Eve erleichtert hinter ihrem Boss den Raum verließ.

»Gut gemacht«, lobte er sie. »Und jetzt fahren Sie heim und ruhen sich erst mal aus.«

»Mit Vergnügen, Sir.«

Sie wandte sich zum Gehen, griff nach dem Handy, das

noch immer vibrierte, sah auf ihre Partnerin und stellte fest, dass die bereits telefonierte.

Worauf sich irgendetwas in ihrem Inneren zusammenzog.

Noch während sie ihr Handy aus der Tasche zerrte, kam McNab, sein eigenes Handy in der Hand, den Flur herabgestürzt. »Lieutenant, kommen Sie mit in unsere Abteilung, schnell.«

Ehe sie sich in Bewegung setzen konnte, legte Whitney eine Hand auf ihre Schulter und sah den Detective fragend an. »Was ist?«

»Sir. Wir haben den Code geknackt. Callendar hat sich die Tagebücher vorgenommen und darin Vermerke über Treffen zwischen Callaway und seiner Großmutter entdeckt. Gina MacMillon. Sie ist noch am Leben.«

»Peabody, besorgen Sie mir alles, was wir über Gina haben. Sie, Teasdale, besorgen mir weitere Informationen über sie. Wann und wo haben die beiden sich getroffen?«, wandte sie sich an McNab.

»Ich kenne nicht alle Einzelheiten. Callendar hat sofort Feeney alarmiert. Wir haben versucht, Sie zu erreichen, noch bevor die Presse irgendetwas von der Festnahme erfährt.«

»Zu spät. Sein Name ist schon raus. Commander, ich muss mich um diese Sache kümmern.«

»Gehen Sie. Ich selbst komme so schnell wie möglich nach.«

»Ich habe ein paar grundlegende Infos«, meinte Peabody, die direkt hinter ihr in Richtung Fahrstuhl lief. »Angeblich kam sie bei dem Überfall im Zusammenhang mit der Entführung ihrer Tochter Audrey Hubbard um. Ihre Überreste wurden eingeäschert. Das hat sie zum einen selbst gewollt und zum anderen war das damals üblich.«

»Welche Todesursache wurde genannt, und wer hat ihren Leichnam identifiziert?«

»Es wird ein bisschen dauern, diese ...«

»Ein Gewehrschuss mitten ins Gesicht«, las die Agentin laut von ihrem Handcomputer ab. »Eine Nachbarin, eine gewisse Anna Blicks, die 2048 selbst eines natürlichen Todes starb, hat sowohl William als auch Gina identifiziert.«

»Obwohl von dem Gesicht wahrscheinlich kaum noch etwas zu erkennen war. Das heißt, die Nachbarin hat sie aufgrund ihrer Statur, des Haars, der Kleider und des Schmucks und weil sie im Haus war, identifiziert, denn wer zum Teufel sollte sie schon anderes sein? Verdammt noch mal. Sie hat ihn dazu angestiftet, diese Taten zu begehen. Das war der Auslöser. Nicht die Dinge, die er über seinen Großvater herausgefunden hat, sondern die Großmutter, die noch am Leben ist.«

»Aber weshalb hätte sie den anderen ihren eigenen Tod vorspielen sollen?«, fragte Peabody.

»Lassen Sie mich nachdenken. Ich muss erst einmal nachdenken. Und lassen Sie vor allem Callaway noch zusätzlich bewachen. Jetzt sofort!«

»Vielleicht hat ja Menzini die angebliche Ermordung der Geliebten arrangiert«, schlug Teasdale vor. »Vielleicht wollte er sie und auch das Kind zurückhaben, hat sie ausfindig gemacht und eine andere Frau an ihrer Stelle umgebracht, damit niemand nach ihr sucht.«

»Nein, nein. So wichtig waren ihm Frauen nicht. Das Kind ... sie ist von seinem Blut und Teil der neuen Weltordnung, des von ihm angestrebten Neubeginns. Die Mutter aber nicht. Sie hat es selbst getan. Sie ist entweder auf Befehl Menzinis wieder nach Hause zurückgekehrt und hat gegenüber ihrem Ehemann zerknirscht und reumütig getan, oder die Gehirnwäsche hat wirklich funktioniert. Sie ist außer sich vor Angst, erwartet obendrein ein Kind und William öffnet ihr die Tür und nimmt sie wieder bei sich auf.«

»Nach all der Zeit?«, fing Teasdale an.

»Menzini brauchte jemanden von außen, denn wie hätte er wohl sonst an Geld, an Vorräte, an Informationen kommen sollen? Verdammt, ich weiß nicht, wie es abgelaufen ist, ich war schließlich nicht dabei. Aber läuft es so nicht immer? Wurden nicht schon immer überall Schläfer, Maulwürfe und verdammte Doppelagenten eingeschleust?«

Sie stürmte aus dem Lift und schlug den Weg zum Dezernat der elektronischen Ermittler ein.

»Die anderen sind im Labor.« McNab rannte an ihr vorbei, und wenig später sah sie Feeney, der mit wild zerzaustem, silbrig grau meliertem Haar hinter der Scheibe auf und ab lief, während Callendar mit grimmigem Gesicht, das in deutlichem Kontrast zu ihrem kessen Wackelhintern stand, vor einem Bildschirm saß.

Sie konnte Roarke erst sehen, als sie hinter Ian durch die Glastür trat. Er saß vor einem anderen Computer und gab irgendetwas mit der Tastatur ein, während er gleichzeitig verschiedene akustische Befehle gab. Dass er zwischendurch leise auf Gälisch fluchte, zeigte, dass die Arbeit ziemlich knifflig war.

»Tut mir leid, Lieutenant.« Callendar brach ihre Arbeit und das Hinternwackeln ab. »Wenn ich schneller gewesen wäre ...«

»Vergessen Sie's, und sagen Sie mir, was Sie haben.«

»Nachdem wir den Code entschlüsselt hatten, habe ich mir erst einmal das Tagebuch des Typen angesehen. Dabei habe ich mir Zeit gelassen, weil er schließlich bereits hinter

Gittern sitzt. Zuerst hat er sich ausführlich darüber ausgelassen, dass er etwas ganz Besonderes, dass er anders und viel wichtiger als andere Menschen ist. Es ging die ganze Zeit um ihn und darum, dass er endlich wüsste, was ihm schon als kleinem Jungen klar gewesen war. Dann ging es plötzlich um die Großmutter. Sie hatte sich als potenzielle Kundin ausgegeben und ein Treffen in der Bar des *St. Regis* arrangiert. Am besten lesen Sie es selbst, Dallas.«

Sie rief die Textstelle auf ihrem Bildschirm auf.

Für eine Frau in ihrem Alter ist sie wunderschön. Ihr Gesicht ist ausdrucksvoll, der Blick aus ihren leuchtend blauen Augen ist hellwach, und ihr Schmuck ist zwar dezent, sieht aber gleichzeitig sehr teuer aus. Sie scheint eine wohlhabende Frau mit ausgezeichnetem Geschmack zu sein, sie trinkt Martini, und das passt zu ihr. Ich gebe zu, ich fand sie bereits faszinierend, bevor ich wusste, wer sie wirklich ist. Sie sprach mit voller, aber leiser Stimme, und ich musste mich in ihre Richtung beugen, um sie zu verstehen.

Sie fragte mich, was ich über mein Erbe wüsste. Diese Frage kam mir seltsam vor, aber Klienten stellen oft seltsame Fragen. Da sie mich eingeladen hatte, wollte ich ein wenig Eindruck bei ihr schinden und erzählte ihr von meinem Großvater, dem Kriegshelden, und davon, wie er irgendwann mit Frau und kleiner Tochter, meiner Mutter, nach Kriegsende aus Europa nach Amerika gekommen war, um sich ein völlig neues Leben aufzubauen.

Ehe ich jedoch von meinen eigenen Eltern sprechen konnte, die ich nie so langweilig und so gewöhnlich darstelle, wie sie in Wahrheit sind, erklärte sie, die Dinge, die ich ihr erzählt hätte, wären allesamt nicht wahr.

Sie sagte mir, sie hätte sich bei unserer Verabredung am Telefon mit einem falschen Namen vorgestellt. In Wahrheit würde sie Gina MacMillon heißen, und auch wenn mir dieser Name irgendwie bekannt vorkam, fiel mir nicht gleich ein, dass so die Frau hieß, die angeblich meine in den Innerstädtischen Revolten umgekommene Großtante war.

Diese Frau mit den bezwingend blauen Augen sagte mir, sie wäre meine leibliche Großmutter, und mein Großvater wäre ein großer Mann gewesen. Kein Soldat, der einfach den Befehlen anderer Männer hatte folgen müssen, sondern ein Visionär, ein Anführer und Märtyrer.

Ich wollte ihr nicht glauben, doch ich musste ihr glauben. Weil ihre Worte die Erklärung für sehr viele Dinge waren. Sie und dieser große Mann hatten zusammengearbeitet, gekämpft und als Liebende das Bett geteilt. Das Kind, das sie dabei erschaffen hatten, meine Mutter, war geraubt worden, während sie selbst von ihrem ersten Ehemann gekidnappt und gefangen gehalten worden war. Sie hatte ein ums andere Mal versucht, zusammen mit dem Kind zu fliehen, bis ihr Peiniger sie irgendwann zusammenschlug und in der Überzeugung, dass er sie getötet hätte, einfach liegen ließ. Während sie versuchte, einen Weg zurück zu ihrem Kind und zu meinem Großvater zu finden, war die Welt nur noch ein Scherbenhaufen, und nachdem man ihr berichtete, dass die Regierung meinen Großvater gefangen hatte, blieb ihr keine andere Wahl, als in den Untergrund zu gehen.

Unter neuem Namen und neuer Identität kämpfte sie ums Überleben, bis sie schließlich eine neue Ehe einging und, ja nun, das Geld von ihrem Ehemann benutzte, um das Kind zu suchen, das ihr einst von dem ersten Ehemann gestohlen worden war. Nach jahrelanger Suche fand sie mich. Inzwischen war ihr klar, dass ihre Tochter ein für alle Mal für sie verloren war. Frauen, die meisten Frauen, sind entsetzlich schwach, doch dafür hat sie jetzt einen Enkel, der der Liebe ihres Lebens unglaublich ähnlich ist.

Ich fragte sie, was sie von mir wollte, und sie sagte, nichts. Aber sie selbst hätte mir viel zu geben, viele Dinge zu erzählen, vieles beizubringen, denn in mir steckten das Potenzial und auch die Macht, die ihr und meinem Großvater genommen worden waren.

Sein Name ist Guiseppe Menzini.

»Das ist noch längst nicht alles, Lieutenant«, meinte Callendar. »Es gibt noch jede Menge mehr.«

»Ich brauche den Namen, den sie bei dieser Verabredung verwendet hat, eine Beschreibung, und muss wissen, wo sie lebt.«

»Davon hat er nichts geschrieben, wenigstens nicht in den Texten, die ich bisher durchgegangen bin. Ich habe noch nicht alles gelesen, aber bisher spricht er immer nur von ihr als Gina oder Großmutter. Er hat mit diesem Tagebuch begonnen, weil sie ihm erzählt hat, auch Menzini hätte Tagebuch geführt, und sich dann auf die Suche nach den Aufzeichnungen seines Großvaters gemacht. Sie hat gesagt, dass sie sein Erbe wären und sein Tor zur Macht, und hat behauptet, seine Mutter hätte sie die ganzen Jahre heimlich irgendwo verwahrt.«

»Sie hat ihm einen Haufen Lügen aufgetischt. Menzini ist darin der Held, während MacMillon, der ihr verziehen und das Kind von einem anderen wie sein eigenes aufgenommen hat, den Schuft darstellt. Sie hat auch die Gefühle und Loyalität der Halbschwester missbraucht, denn sie sollte ihre Unterlagen und die anderen Sachen im Glauben aufbewahren, sie wäre gestorben. Dieses widerliche Weib. Peabody, sagen Sie Baxter, er und Trueheart sollen mit einer Aufnahme von Lewis ins *St. Regis* fahren. Vielleicht erinnert sich ja irgendwer daran, mit wem er an dem Tag des Tagebucheintrags dort saß. Es hat schließlich gedauert, diese hanebüchene Geschichte zu erzählen. Wo haben sich die beiden sonst noch getroffen, Callendar?«

»Vor allem bei ihr. Er schreibt nicht, wo das ist, aber er spricht davon, dass sie ihm eine Limousine schickt. Das gibt ihm das Gefühl, ein wirklich dicker Fisch zu sein. Sie sind am Fluss entlanggefahren, und dem super Blick aus ihrer Wohnung nach klingt es für mich nach Upper East Side. Türsteher, schickes Foyer, privater Fahrstuhl. Also hat sie eine Wohnung dort. Oh, und außerdem hat ihm gefallen, dass sie nur Droiden hat und sie beide ganz allein dort waren.«

»Das bedeutet, dass sie Geld oder zumindest Zugang dazu hat. Sie hat ihn aufgesucht, sie hatte also etwas mit ihm vor. Sie hat ihm das Gefühl gegeben, etwas Besonderes zu sein, das heißt, sie wusste ganz genau, wie sie ihn packen kann.«

»Sie hat sich also eingehend mit ihm befasst«, warf Teasdale ein.

»Wahrscheinlich hat sie all die Zutaten für die Substanz und auch die Einrichtung seines Labors bezahlt. Deshalb tauchen diese Posten nirgends bei ihm auf. Vielleicht hat sie ja irgendwelche Lieferanten aus der alten Zeit, deswegen hat Strong sie nirgendwo entdeckt. Irgendwo im Ausland oder irgendwo im Untergrund hat sie anscheinend noch Kontakte aus der Zeit des Roten Pferdes.«

»Nach all den Jahren?«

»Auch Menzini hat bis vor ein paar Monaten gelebt, nicht wahr? Vielleicht war ja sein Tod der Startschuss für sie. Ich werde sie danach fragen, wenn sie mir hier gegenübersitzt. Sie hat ihn ausgebildet und ihm alles beigebracht. Sie hat die Lunte angezündet«, stellte Eve mit ausdrucksloser Stimme fest. »Jetzt sitzt er in seiner Zelle und überlegt, wie er sie am besten kontaktieren kann. Wahrscheinlich geht er davon aus, dass seine reiche Großmutter ihm einen Topanwalt besorgt und ihn vom Strick schneidet. Das denkt er ganz bestimmt.«

»Doch das wird sie nicht tun«, warf Teasdale ein.

»Oh nein, auf keinen Fall. Wir haben ihn erwischt, was heißt, dass er ihr nicht mehr nützlich ist. Hat tatsächlich alles mit Menzinis Tod begonnen?«, überlegte Eve. »Hat sie Callaway zu diesen Anschlägen verführt, weil sie sich rächen oder ihrem toten Liebhaber Tribut zollen will?« Sie raufte sich die Haare. »Ach, verdammt.«

»Wir haben sie im Computer künstlich altern lassen«, mischte Feeney sich in das Gespräch. »Also wissen wir, wie sie in etwa heute aussehen sollte, wobei …«

»… sie wahrscheinlich ihr Gesicht hat verändern lassen«, beendete Eve den Satz. »Das alles ist inzwischen ewig her. Nachdem sie ihre eigene Ermordung vorgetäuscht hat, brauchte sie ein anderes Gesicht. Bestimmt hat sie gehört, dass wir ihn festgenommen haben. Wird sie deshalb jetzt befürchten, dass er sie verrät?«

»Das hätte er doch längst gekonnt«, erklärte Teasdale,

und zum ersten Mal, seit Eve sie kannte, sah sie ziemlich unglücklich und etwas ratlos aus. »Dann hätte er noch etwas für Verhandlungen gehabt.«

»Vielleicht behält er diesen letzten Trumpf noch in der Hinterhand, um ihn erst auszuspielen, falls sie ihm entgegen seiner Hoffnung nicht zu Hilfe eilt.«

»Ich nehme an, sie taucht jetzt einfach ab. Das ist nicht deine Schuld«, wandte McNab sich der Kollegin zu. »Das ist ganz einfach Pech. Mit ihrem Geld und den Beziehungen, die sie anscheinend hat, geht sie bestimmt auf Tauchstation.«

»Checken Sie alle privaten Shuttles, die nach unserer Pressekonferenz gebucht oder startklar gemacht worden sind. Und überprüfen Sie auch alle teuren Wohnungen mit Aussicht auf den Fluss, schicker Eingangshalle und Portier, die es in der Upper East Side gibt.«

»Mit Terrasse«, fügte Callendar hinzu. »Hier steht, dass sie zusammen Drinks auf der Terrasse nehmen. Die nach Osten geht, weil er von dort aus Roosevelt Island sehen kann.«

»Sie kann ihm nicht helfen«, stellte Teasdale fest. »Sie weiß, dass wir sie haben, sobald sie es versucht. Aber auch wenn sie ihren Enkel einfach hängen lässt, erwischen wir das Weib. Mit all den Mitteln, die meiner Behörde zur Verfügung stehen, werden wir sie früher oder später finden, deshalb weiß ich nicht, warum Sie so in Eile sind.«

»Sie hat die Formel.«

»Ich vermute, dass sie die schon lange hat, und mit ihren finanziellen Möglichkeiten hätte sie diese Substanz auch schon vor Jahren herstellen und zum Einsatz bringen können.«

»Vielleicht hat sie bisher einfach keinen Grund dazu gehabt.«

»Und jetzt wendet sie sie seinetwegen an?« Teasdale schüttelte den Kopf. »Ich glaube nicht, dass sie zu derart tiefen Emotionen fähig ist.«

»Menzini lebt nicht mehr, ihre Tochter ist ihr weder nützlich noch bedeutet sie ihr was. Aber sie hat ihren Enkel ausfindig gemacht, und er hat ihr zweimal eindrücklich bewiesen, dass er sehr viele Charaktereigenschaften von Menzini besitzt. Aber jetzt haben wir ihn ihr weggenommen, und dafür wird sie sich rächen wollen. Mist, verdammt!«, entfuhr es Eve, während sie bereits ihr Handy aus der Tasche riss. »Weaver und Vann. Vielleicht will sie zu Ende bringen, was er angefangen hat.«

Auf Weavers Handy sprang die Mailbox an, und sie sprach eine eindringliche Warnung auf das Band, doch Vann erreichte sie.

»Lieutenant. Wir haben das von Lew gehört. Ich kann einfach nicht glau...«

»Wo sind Sie gerade, Mr. Vann?«

»Zu Hause. Wir haben auf der Arbeit früher Schluss gemacht und ...«

»Bleiben Sie, wo Sie sind, öffnen Sie niemandem die Tür, bis meine Beamten da sind.«

»Ich verstehe nicht.«

»Das brauchen Sie auch nicht. Bleiben Sie in Ihrer Wohnung, und verriegeln Sie die Tür. Wo ist Weaver?«

»Keine Ahnung. Sie war völlig fertig, als die Mitteilung im Fernsehen kam, wahrscheinlich ist sie erst mal heimgefahren.«

»Bleiben Sie in Ihrer Wohnung«, wiederholte sie und kontaktierte Jenkinson.

»Fahren Sie zu Steve Vanns Apartment, und verrammeln Sie dort alles, bis Sie wieder von mir hören. Niemand darf hinein und niemand raus. Sanchez und Carmichael sollen zu Nancy Weavers Wohnung fahren. Falls sie dort ist, sollen sie sie dort festhalten, falls nicht, sollen die beiden sich bei mir melden. Los, beeilen Sie sich.«

Sie ging direkt zu Whitney, als er das Labor betrat. »Bringen Sie den Chief, sich selbst, Mira und Reo schnellstmöglich in Sicherheit. Gina MacMillon nimmt vielleicht die Leute ins Visier, die für die Verhaftung ihres Enkels verantwortlich sind.«

»Verstehe«, meinte er und rief sofort bei Tibble an.

»Was wissen wir über die Frau?«, wandte sich Eve wieder den anderen zu. »Sie ist Ende siebzig, Anfang achtzig, attraktiv, vermögend und wie eine Spinne, die geduldig abgewartet hat, bis ihr Callaway ins Netz gegangen ist. Sie ist ausgebildete Soldatin, und sie hatte in der Sekte eine leitende Funktion. Hätte sie Menzini kontaktieren können, als er noch am Leben war?«

»Das kann ich nicht sagen«, stellte Teasdale abermals mit unglücklicher Stimme fest. »Aber ich bezweifle es.«

»Warum wurde er nicht hingerichtet? Schließlich haben sie das damals noch gemacht. Er war ein Kriegsverbrecher und ein Massenmörder, er hat Dutzende von Kindern entführt und vergewaltigt.«

»Ich schätze, dass er nützlich war.«

»Dann hat er also weiter chemische und biologische Waffen hergestellt?«

»Das wäre möglich. Obwohl er total verrückt war, war er gleichzeitig auch ein Genie.«

»Genial genug, um einen Weg zu finden, sich bei ihr zu melden und dafür zu sorgen, dass das Feuer weiterbrennt. Der Weltuntergang hat nicht stattgefunden, trotzdem hat er vielleicht bis zum Ende darauf hingewirkt. Vielleicht hatte er sich auch ein neues Ziel gesetzt. Seinen Lebensunterhalt hat sich der Mann durch den Verkauf chemischer Waffen oder Kampfstoffe verdient. Vielleicht macht Gina das ja auch.«

Bei diesem Satz hellte sich Teasdales Miene wieder auf. »Dann mache ich mich sofort auf die Suche nach bekannten Händlern, die in ihrem Alter sind.«

»Vergessen Sie's.« Roarke lehnte sich auf seinem Stuhl zurück und zog das Lederband aus seinem Haar. »Ich habe sie.«

»Mein Gott. Wie hast du das gemacht?« Eve stürzte auf ihn zu. »Lass mich sehen.«

»In Callaways Arbeitszimmer fiel mir ein Gemälde auf. Der einzig geschmackvolle Gegenstand im ganzen Raum. Trotzdem habe ich mir nichts weiter dabei gedacht. Als es mir jetzt wieder einfiel, hat es ein bisschen gedauert, bis ich das Gemälde im Computer fand.«

Er rief es auf, und Eve betrachtete verständnislos das Bild der lang gezogenen, blumengeschmückten Treppe, über die man von einem steinernen Brunnen zu einem alten Gebäude kam.

»Na und?«

»Das ist die Spanische Treppe in Rom.«

»Menzini hat ein Attentat in Rom verübt und wurde dort verhaftet.«

»Was mir, wenn auch etwas verspätet, wieder eingefallen ist. Das Gemälde ist das Werk eines italienischen Künstlers, der bei diesem Anschlag umgekommen ist.«

»Das kann ja wohl kein Zufall sein.«

»Genau das habe ich mir auch gesagt und nachgesehen, wer das Bild hat versichern lassen. Es ist ein wirklich schönes Stück und Teil von einer Sammlung, die einer gewissen

Gina M. Bellona gehört. Wobei Bellona eine Kriegsgöttin der alten Römer war. Hier kommt ein Bild der Frau.«

»Wir haben sie«, murmelte Eve.

Sie war tatsächlich attraktiv. Mit kantigen Knochen, samtiger olivfarbener Haut und dichtem dunklem Haar, in dem man ein paar feine Silbersträhnen blitzen sah. In den Akten der Versicherung hieß es, dass sie eine verwitwete Mrs. Carlo Corelli war.

»Finden Sie heraus, was mit dem Ehemann passiert ist«, bat sie ihre Partnerin, als die den Raum betrat. »Und zwar von unterwegs aus, ja? Wir haben eine Adresse in der Upper East Side, wie Callendar bereits vermutet hat. Teasdale, bitte bleiben Sie hier im Labor, und überwachen Sie sämtliche Gespräche, die der Tatverdächtige womöglich führen will. Und nutzen Sie Ihre diversen Zauberkräfte, um herauszufinden, ob die Frau über Transportmittel hier in der Stadt verfügt und wo die stehen, damit sie keine Möglichkeit bekommt, mit einem davon abzuhauen.«

»Wird erledigt«, sagte die Agentin zu. »Aber zuerst schicke ich ein Kampfmittelräumkommando zum Apartment dieser Frau.«

»Okay, aber die Leute müssen warten, bis wir selbst dort sind. Außerdem frieren Sie die Konten dieses Weibes ein. Das kriegen Sie erheblich schneller hin als wir.«

»Sofort.«

»Ich schicke das SEK, damit es das Gebäude sichert«, bot Commander Whitney an.

»Ja, Sir«, antwortete Eve. »Falls Baxter und Trueheart noch nicht ins *St. Regis* aufgebrochen sind, nehme ich außer Peabody auch noch die beiden mit. Ich nehme an, dass wir zu viert für die Verhaftung einer alten Dame ausreichend gerüstet sind.«

»Zu fünft«, erklärte Roarke. »Ich bin nämlich auf alle Fälle mit von der Partie.«

»Okay. Das hast du dir verdient. Und jetzt sollten wir endlich loslegen.«

21

Unterwegs ging Eve gedanklich die verschiedenen Strategien und Schritte durch, die sie unternehmen müssten. »Gina Bellona, Peabody. Ich will wissen, ob sie sonst noch irgendwelche Immobilien hat. Falls ja, sollen die Kollegen sich dafür einen Durchsuchungsbefehl holen und alles beschlagnahmen, was mit unserem Fall zusammenhängt. Außerdem brauche ich sämtliche Transportmittel, Verwandten, Anstellungen oder Unternehmen, die sie hatte oder hat, und selbst die Namen ihrer blöden Haustiere.«

Sie zog das Handy aus der Tasche und war dankbar, dass es in dem Lift zur Abwechslung einmal ein wenig Raum zum Atmen gab.

»Reo?«, fragte sie direkt, als das Gesicht der anderen Frau auf dem Display erschien. »Werden Sie und Mira ausreichend geschützt?«

»Ja, wir sitzen wieder im Besprechungsraum. Was zum ...«

»Hören Sie mir einfach zu. Ich brauche auf der Stelle Durchsuchungsbefehle für die Wohnungen, Geschäftsräume und sämtliche Transportmittel von Gina MacMillon oder Gina Bellona, wie sie sich anscheinend augenblicklich nennt. Wir sind auf dem Weg zu ihrem New Yorker Hauptwohnsitz und gehen zur Not auch ohne die Erlaubnis eines Richters rein. Sorgen Sie dafür, dass wir diese Erlaubnis kriegen, Reo. Die Frau stellt eine unmittelbare Bedrohung für New Yorks Bewohner dar, falls es ihr gelingt, sich aus dem Staub zu machen, droht der ganzen Welt Gefahr.«

»Sie werden den Befehl bekommen.«

»Benutzen Sie, um Zeit zu sparen, einfach eines der Telefone im Besprechungsraum. Und jetzt geben Sie mir Mira.«

»Eve«, setzte die Psychologin an.

»Ist Ihr Mann zu Hause?«

»Er hat gerade eine Vorlesung an der Columbia. Er …«

»Keine Angst. Ich kümmere mich um ihn. Gehen Sie bitte zu Callaway. Sie müssen mit ihm reden, ihn beschäftigen, ihn ablenken. Aber sagen Sie nichts über die Großmutter. Sie wissen selbst am besten, was Sie zu tun und sagen haben. Sehen Sie einfach zu, dass er beschäftigt ist. Er soll keine Gelegenheit bekommen, seine Großmutter zu kontaktieren. Weder vor noch während noch nachdem sie von uns festgenommen wird.«

»Verstehe«, meinte Mira ruhig, in ihren Augen aber blitzte nackte Furcht. »Glauben Sie, dass sie versuchen könnte, meinem Mann oder den Kindern etwas anzutun?«

»Sie hatte bisher keine Zeit, um einen Anschlag dieser Art zu planen. Keine Angst, ich werde dafür sorgen, dass sie alle sicher sind. Versprochen. Sie braucht Zeit und Platz zum Planen und zum Recherchieren. Den werden wir ihr ganz bestimmt nicht geben, trotzdem ist es besser, wenn wir nichts riskieren. Und jetzt gehen Sie zu Callaway.«

Sie legte auf, doch ehe sie Personenschutz für Mr. Mira und die anderen organisieren konnte, legte Roarke die Hand auf ihren Arm.

»Schon erledigt«, sagte er und stieg mit ihr gemeinsam aus dem Lift. »Miras Familie, Peabodys und McNabs Apartment, Reos Wohnung und die anderen werden ab sofort von meinen eigenen Personen- und Objektschützern bewacht.«

»Das sollten Polizisten tun«, erklärte sie, doch dann holte sie Luft und meinte: »Danke, das ist wirklich umsichtig von dir.«

»Dadurch habt ihr eine Sache weniger, um die ihr euch Gedanken machen müsst.«

»Okay.« Sie hakte dieses Thema ab.

»Ich brauche einen Grundriss ihrer Wohnung, in dem auch die Ein- und Ausgänge verzeichnet sind und der mir zeigt, auf welche Weise sie gesichert ist. Ich werde fahren, sobald wir in die Nähe ihres Hauses kommen, schalte ich das Blaulicht und vor allem die Sirenen aus.«

Sie schwang sich auf den Fahrersitz und schoss so schnell aus der Garage, dass Peabody schlucken musste und danach nur mit Mühe ihre Stimme wiederfand.

»Gina Bellona«, fing sie krächzend an. »Neben ihrer Wohnung hier in New York hat sie ein Haus in London, eine Wohnung in Paris und eine Villa auf Sardinien. Ihrem verstorbenen Ehemann wurde der Ritterschlag für verschiedene wissenschaftliche Projekte und humanitäres Engagement verliehen.«

»Wissenschaftliche Projekte«, wiederholte Eve, bevor sie in die Vertikale ging und eine dicht befahrene Kreuzung überflog.

»Carlo Corelli, Mutter Britin, Vater Italiener, doppelte Staatsbürgerschaft. Er hat vor allem im Bereich der Molekularchemie geforscht, und zwar bei einem Unternehmen, das sein Vater mitbegründet hat. Biotech Industries.«

»Einer der Marktführer bei der Entwicklung künstlicher Organe, Krebsimpfungen und bei Studien zu Fruchtbarkeit und Autoimmunerkrankungen«, erklärte Roarke.

»Sie haben Kliniken in Gegenden gebaut, in denen es bis dahin für die meisten Menschen keine medizinische Versorgung gab.«

»In der Pharmakologie geht's um die Erforschung und Entwicklung von Medikamenten.«

»Unbedingt.«

»Das kam ihr sicherlich zupass. Wie ist der Mann gestorben, Peabody?«

»Er ist vor sieben Monaten unter der Dusche ausgerutscht.«

»Ungefähr zur selben Zeit, als Menzini laut Teasdale den Löffel abgegeben hat. Ich wette, dass bei diesem Ausrutscher ein bisschen nachgeholfen worden ist.«

»Der polizeilichen Untersuchung nach war es ein Unfall, aber seine erste Frau und seine Kinder behaupten, dass die Witwe bei der Angelegenheit die Hand im Spiel hatte. Ich nehme an, dass irgendwas dazu auch in den Zeitungen gestanden hat, und kann gerne einmal nachsehen, wenn Sie wollen.«

»Durch die Heirat ist sie also reich geworden, hatte Zugang zu sämtlichen Chemikalien, die sie brauchte, und dazu noch jemanden, der ein Experte auf dem Sektor war, doch nach Menzinis Tod hatte Corelli für sie ausgedient. Also hat sie ihn aus dem Verkehr gezogen, fett geerbt und kam, um Menzinis Tod zu rächen, ihm Tribut zu zollen oder sonst aus irgendeinem kranken Grund, hierher nach New York.«

»Hier hat sie sich eine großzügige Maisonettewohnung gekauft«, erklärte Roarke. »Mit privatem Fahrstuhl, einem zweiten Eingang auf der Südseite der unteren Etage sowie einer zusätzlichen Tür im oberen Geschoss. Alle Eingänge sind videoüberwacht, es gibt einen Innenlift, falls sie mal nicht die Treppe nehmen will. In beiden Stockwerken gibt es Terrassen, wobei die im zweiten Stock der Wohnung eine Dachterrasse ist. Sie wohnt in der Südostecke der 52. und der 53. Etage.«

»Was gibt's in dem Haus sonst noch?«

»Noch drei andere Wohnungen ... in jeder Ecke eine.« Während Eve erneut das Gaspedal bis auf den Boden durchtrat, fuhr er kaltblütig mit seiner Arbeit fort. »Es gibt einen zentralen Fahrstuhl sowie einen Hauswirtschaftsbereich mit ein paar Servicelifts. Drei Treppen ... Nord und Süd und abermals im Hauswirtschaftsbereich.«

»Okay. Peabody, schicken Sie Reo die Informationen über die verschiedenen Wohnungen und Häuser, die Mac-Millon besitzt.«

»Neben der von Callaway beschriebenen Limousine hat sie ein privates Shuttle in New York.« Sie kreischte leise auf, als Eve um Haaresbreite erst an einem LKW und dann an einem Maxibus vorüberschoss. »Auf Sardinien hat sie eine Jacht und einen tollen Geländewagen, in London und Paris genauso schicke Limousinen wie die hier. BioTech hat übrigens auch je ein Werk in Jersey City und New York. Das Werk selbst ist auf Long Island, die Büros hingegen liegen in der Park.«

»Geben Sie das alles an Reo weiter«, wiederholte Eve. »Wir brauchen die Durchsuchungs- und Beschlagnahmungsbefehle jetzt sofort, und sagen sie ihr, dass sie sich so schnell es geht mit den Kollegen in Europa in Verbindung setzen soll. Sie kann auch Tibble und den Heimatschutz einbeziehen, falls es dann schneller geht. Ich will, dass sämtliche Transportmittel der Frau gefunden und beschlagnahmt werden, und zwar innerhalb der nächsten halben Stunde, wenn das geht.«

»Oh neeein.« Peabody murmelte ein Stoßgebet, denn Eve setzte zum Bocksprung gleich über drei Taxis an. »Das Shuttle hat McNab bereits lokalisiert. Er hält mich immer auf dem Laufenden.«

»Gleich sind wir da.« Eve stellte die Sirenen aus und nahm den Fuß vom Gaspedal.

»Der ganze Angstschweiß, den ich auf der Fahrt verloren habe, macht bestimmt zwei Kilo aus.« Peabody tupfte sich die Schweißperlen von der Stirn. »Und warum auch immer, hätte ich jetzt gerne ein Stück gefülltes Blätterteiggebäck.«

Roarke wandte sich ihr grinsend zu. »Wenn wir hier fertig sind, bekommen Sie von mir ein Dutzend.«

»Wie könnt ihr jetzt an Kuchen denken?«, fragte Eve und parkte in der Ladezone direkt vor dem Haus. Irrtümlicherweise hielt der Türsteher, ein Mann in rot-goldener Livree, den Wagen für die Schrottkiste, die sie dem Aussehen nach war, und kam mit großen Schritten auf sie zu.

»Sie können nicht …«

»Ich kann.« Eve zückte ihre Dienstmarke und stieg entschlossen aus.

»Was …«

»Ich bin die, die hier die Fragen stellt«, erklärte sie. »Gina Bellona. Ist sie momentan in ihrer Wohnung?«

»Miss Bellona? Sie ist weder aus dem Haus gegangen, noch hat sie die Limousine bestellt. Was …«

»Wie lange sind Sie heute schon im Dienst?«

»Seit vierzehn Uhr. Vor drei Stunden habe ich ihr die Tür persönlich aufgehalten, denn anscheinend war sie einkaufen, sie hatte beide Hände voll. Wenn sie noch mal weggegangen wäre, hätte ich das mitgekriegt.«

»Okay. Was ist mit den anderen Leuten, die im selben Stock wohnen wie sie? Sind die auch zu Hause?«

»Die Cartwrights sind in Afrika. Sie sind dort auf Safari oder so. Mr. Bennett ist noch im Büro und Mrs. Bennett und die Jungen sind vor circa einer Stunde weggegangen. Mr. Jasper ist vor einer Viertelstunde raufgefahren, und seine Frau und seine Kinder waren den ganzen Tag im Haus.«

»In welcher Wohnung sind sie?«

»In der 52-0-4.« Er riss die Augen auf, als er drei Streifenwagen und zwei SEK-Vans um die Ecke biegen sah. »Mein Gott. Was ist hier los?«

»Peabody, wenn Sie nicht mehr von süßen Teilchen träumen, lassen Sie sich von Curtis hier zum Verwalter des Gebäudes bringen, und erklären Sie ihm kurz, worum es geht.« Sie selber ging zum Einsatzleiter des SEK und nickte ihm knapp zu. »Lowenbaum.«

»Dallas. Ganz schön frisch ist es geworden.«

»Keine Bange, gleich wird Ihnen sicher wieder warm.«

Sie hatte schon des Öfteren mit ihm kooperiert und wusste, dass er klug und zuverlässig war. Genau wie seine Leute trug er eine schwarze, schusssichere Weste, einen Helm und ein Gewehr; er schaute sich bereits aus seinen täuschend milden, grauen Augen prüfend um. »Haben Sie sich den Grundriss des Gebäudes und der Wohnung angesehen?«

»Ja.« Er zog ein Päckchen Kaugummis hervor und bot ihr einen Streifen an. Sie konnte sich aus irgendeinem Grund daran erinnern, dass die Dinger, die er aß, nach Blaubeere schmeckten, und als sie ablehnte, schob er sich genüsslich selber einen Streifen in den Mund, zog sein Tablet aus der Tasche, und sie sahen sich den Grundriss noch einmal gemeinsam an.

»Mein Elektronikfachmann schaltet die Alarmanlage in der Wohnung aus«, erklärte Eve. »Sichern Sie mit Ihrem Team den Eingang, dann bleiben Sie in Position.«

Sie zog ihr Handy aus der Tasche, druckte den Durchsuchungsbefehl aus und richtete sich wieder auf. »Wir gehen jetzt rauf. Der Kampfmittelräumdienst ist schon unterwegs, aber wir warten nicht auf sie. Wenn sie kommen, schicken Sie sie sofort zu uns.«

»Wir haben Gasmasken dabei. Wollen Sie eine haben?«

»Davon bekommt man immer einen ekligen Geschmack im Mund.«

»Wem sagen Sie das?« Er nickte zustimmend und tippte kurz gegen den Knopf in seinem Ohr. »Sie können in der Wohnung weder etwas hören noch sehen. Sie ist anscheinend sehr gut abgeschirmt.«

»Dann machen wir es so: Wir gehen rein, ein paar von Ihren Leuten kommen nach und dann räumen wir zusammen in der Bude auf. Sie war schon in der Wohnung, als die Meldung kam, der Portier hat sie danach nicht noch einmal runterkommen sehen. Falls sie also, wie ich vermute, noch in ihrer Wohnung ist, nehmen wir sie fest und machen sie, wenn nötig, unschädlich.«

Sie zögerte einen Moment. »Sie kennen mich, nicht wahr?«

Er sah sie grinsend an. »Früher hatte ich einmal gehofft, ich könnte Sie noch besser kennenlernen, nur dass daraus leider nie etwas geworden ist.« Noch immer grinsend meinte er zur Roarke: »Sie hat mir leider niemals grünes Licht gegeben.«

Ebenfalls mit einem breiten Grinsen antwortete der: »Da haben Sie und ich ja echtes Glück gehabt.«

Eve schüttelte verständnislos den Kopf. »Könntet ihr

beide euch jetzt vielleicht wieder auf die Arbeit konzentrieren? Lowenbaum, am besten kommen Sie selbst mit rauf, wenn ich es Ihnen sage, ziehen Sie uns mit einem Stunner aus dem Verkehr.«

»Das ist ziemlich … ungewöhnlich.«

»Möglich, aber trotzdem tun Sie es, okay? Außerdem machen wir in allen Räumen Türen und Fenster auf. Abgeschlossene Türen brechen Sie im Notfall einfach auf. Ich melde mich, wenn Sie sich in Bewegung setzen sollen.« Damit ließ sie ihn stehen und lief auf Baxter und auf Trueheart zu. »Es gibt auch Gasmasken, falls Sie eine wollen.«

»Davon hat man ewig einen ekligen Geschmack im Mund«, beschwerte Baxter sich.

»Halten Sie das, wie Sie wollen. Wir nehmen den zentralen Lift. Roarke, du schaltest bitte den privaten Fahrstuhl aus. Trueheart, Sie gehen in die 52-0-4 und schaffen die Familie aus dem Haus. Baxter, Sie und Peabody gehen durch die obere Etage rein und machen alle Türen und Fenster auf. Falls sie dort oben ist, nehmen Sie sie fest oder zielen zur Not auf sie. Roarke und ich gehen unten rein. Lowenbaums Männer sichern die Terrassen und die Fluchtwege, die sie dort oben hat.«

»Es ist nur eine alte Dame, richtig? Eine Oma. Meine backt auch heute noch den besten Apfelkuchen auf der ganzen Welt.«

»Sie ist ganz sicher keine liebe Oma, ich kann mir auch nicht vorstellen, dass sie jemals Apfelkuchen backt. Auf geht's.«

Die Eingangshalle war gesichert und geräumt, die Teams nahmen ihre Positionen ein, und Roarke schaltete einen Fahrstuhl nach dem anderen aus.

»Sie haben keine schusssichere Weste, Lieutenant.«
Trueheart begann, seine eigene Weste auszuziehen.

»Behalten Sie Ihre Weste an. Ich habe einen Zaubermantel.«

Ehe Trueheart etwas sagen konnte, nickte Peabody ihm
zu. »Im Ernst.«

»Okay. Und jetzt seid still.«

Zusammen mit Roarke und Trueheart stieg sie aus dem
Lift, ließ die anderen weiter in die dreiundfünfzigste Etage
fahren und schickte Trueheart durch den ganz in Weiß und
Gold gehaltenen Flur zur Wohnung 52-0-4. Als ein Mann
vom SEK einen Rammbock brachte, schüttelte sie knapp
den Kopf und wies auf Roarke.

Er studierte kurz die Schlösser, während er schon einen
Dietrich aus der Tasche zog, und wieder grinste Lowen-
baum, denn wie nicht anders zu erwarten, sprangen die
Schlösser völlig lautlos auf.

Wieder nickte Eve und hielt mehrere Finger in die Luft.

Drei, zwei, eins.

Die Tür flog krachend auf, und dicht gefolgt vom SEK,
sprangen sie und Roarke, der eine in geduckter Haltung
und der andere aufrecht, in den Flur der Wohnung und
teilten sich auf.

»Macht die Terrassentüren auf!«

Das Wohnzimmer war leer, doch in dem großen Esszimmer roch es verbrannt, und auf dem Boden lag ein Haus-
wirtschaftsdroide, dessen durchgeschmorte Kabel in dem
aufgeklappten Hinterkopf deutlich zu sehen waren.

Zu spät, sagte sie sich. Sie waren zu spät. Den Beweis
dafür entdeckte sie, als sie noch immer mit gezückter Waffe in die große, einladend in hellem Grün und Gold gehal-
tene Küche kam.

Sie hatte nicht mehr aufgeräumt, sondern die Bunsenbrenner, Kolben, Reagenzgläser und die Gefäße mit den Zutaten für jeden sichtbar stehen lassen.

Sie hatte tatsächlich gekocht, allerdings keine leckeren Hauptgerichte oder Süßspeisen.

»Sauber!«, »Sauber!«, »Sauber!«, riefen die Kollegen, die kurz nach ihnen hereingekommen waren.

Ja, natürlich sind die Räume sauber, dachte sie erbost. *Das Weib ist abgehauen und hat das verdammte, selbst gebraute Gift dabei.*

Roarke tauchte bei ihr in der Küche auf. »Die beiden Droiden haben durchgeschmorte Leitungen, der Tresor im Schlafzimmer steht offen und ist leer.«

»Sie wollte, dass wir die Droiden und den offenen, leeren Safe hier finden. Mist.« Sie steckte ihre Waffe wieder ein. »Sie hat Kohle, einen falschen Pass und verfügt ganz sicher auch über die Mittel und die nötigen Kontakte, damit sie noch einmal ihr Gesicht verändern kann. Entweder hat sie New York bereits verlassen oder hält sich irgendwo versteckt, bis sie ihre äußere Erscheinung und ihre Identität verändern kann.«

»Lieferanteneingang«, überlegte Roarke. »Wahrscheinlich ist sie uns auf diesem Weg entwischt. Entweder hat niemand sie dabei gesehen, oder sie hat ein paar Leute geschmiert.«

»Ihr Shuttle haben wir entdeckt. Damit kommt sie nicht mehr weg.«

Sie riss ihr Handy ans Ohr. »McNab, ich hoffe nur, Sie haben inzwischen auch die Limousine ausfindig gemacht.«

»Ja. Was …«

»Sie hat sich aus dem Staub gemacht. Moment, bleiben Sie dran. Sag den Personenschützern, dass sie ihre Augen offen halten sollen«, wandte sie sich an ihren Mann. »Wir selber bleiben erst mal hier und sehen uns genauer um. McNab, schicken Sie Leute in die BioTech-Filialen in New Jersey und New York. Sie sollen sich alle Aufnahmen der Überwachungskameras dort ansehen und schauen, ob die Verdächtige darauf zu sehen ist. Sie ist bewaffnet und gefährlich.«

Wütend steckte sie ihr Handy wieder ein. »Sie hat hier drinnen nicht viel Zeit gehabt. Ich habe ihr etwas mehr Zeit verschafft, weil ich zugelassen habe, dass Nadine noch vor der Pressekonferenz mit der Nachricht von der Festnahme auf Sendung geht. Verdammt und zugenäht. Wie viel von diesem Zeug hat sie wohl hergestellt? Und warum hat sie sich die Mühe überhaupt gemacht? Warum ist sie nicht einfach abgetaucht?«

Sie stapfte in der Küche auf und ab. »Sie hätte auch ganz einfach vorn rausgehen können, doch das hat sie nicht getan. Wir sollten denken, dass sie hier ist, und auf diese Weise Zeit verlieren. Was sie selber unnötige Zeit gekostet hat. Zeit, in der sie es noch bis zu ihrem Shuttle hätte schaffen und von hier hätte verschwinden können. Aber jetzt haben wir das Shuttle und die Limousine beschlagnahmt und ihre Konten eingefroren.«

»Wahrscheinlich hat sie bereits irgendwo Gelder gebunkert«, meinte Roarke.

»Sie will New York noch nicht verlassen.«

»Das heißt, sie hat noch irgendetwas vor. Aber wen kann sie ins Visier nehmen? An den Bürgermeister kommt sie heute unmöglich heran, und auf dem Revier haben alle diensthabenden Beamten längst ein Bild von ihr.«

»Sie denkt, dass sie uns noch entkommen kann. Sie hat

Wertsachen und Kleider eingepackt. Das macht man nur, wenn man denkt, dass man die Sachen braucht.«

»Ich kann mir irgendwie nicht vorstellen, dass sie ihren Enkel einfach dort in seiner Zelle schmoren lassen will«, erklärte Peabody. »Dass sie einfach abhaut und ihn seinem Schicksal überlässt.«

»Wenn's hart auf hart kommt, dürfte ihr sogar der eigene Enkel völlig schnuppe ein. Es geht ihr um Menzini, ums Prinzip, um die Mission.«

»Ich glaube doch, dass ihr was an dem Enkel liegt. Im Schlafzimmer hat sie ein Bild von ihm auf der Kommode stehen. Im Gästezimmer steht ein Bild von ihnen beiden, und im Schrank habe ich ein paar wirklich schöne, nagelneue Anzüge in seiner Größe hängen sehen. Das erscheint mir, nun, ich weiß nicht, fürsorglich und irgendwie sentimental.«

Eve schob sich an ihr vorbei und stapfte durch das Wohnzimmer. »Ihre Männer können erst mal Pause machen, Lowenbaum. Aber sie bleiben trotzdem besser hier.«

Sie selber stürmte in den zweiten Stock.

Im Schlafzimmer, das ebenfalls in Gold und hellen, weichen Grün- und Blautönen gehalten war, stand auf der Kommode gegenüber Ginas Bett ein goldgerahmtes Bild von ihrem Enkelsohn. Sie hatte Lewis also sehen wollen, bevor sie abends eingeschlafen war.

»Das Foto wurde hier gemacht.« Eve nahm es in die Hand, trat vor die breite Fensterfront und sah hinaus. »Vielleicht auf der Terrasse. Sehen Sie den Fluss im Hintergrund? Ich brauche noch das andere Bild«, wandte sie sich an ihre Partnerin und lief mit dem Foto in den Händen durch den Raum.

»Womöglich habe ich mich doch getäuscht, und ihr liegt

wirklich was an ihm. Er ist von ihrem und Menzinis Blut. Er ist ein Mann, gesund und attraktiv, intelligent und willens, dem Beispiel seines Großvaters zu folgen und zu töten, wenn er sich etwas davon verspricht. Menzini lebt nicht mehr, das heißt, jetzt bleibt ihr nur noch Callaway. Die Tochter ist ein Nichts, doch zumindest hat sie ihr den Enkelsohn geschenkt, und Menschen haben ihre Hoffnungen und Träume immer schon am liebsten in die eigenen Nachkommen gesteckt.«

Als Peabody zurückkam, griff sie nach dem zweiten Foto, auf dem Callaway mit seiner Großmutter zu sehen war. Er hatte lächelnd einen Arm um sie gelegt, ihre Miene drückte Stolz, vielleicht etwas wie Zuneigung, vor allem aber Ehrgeiz aus.

»Sie hat ihm die Möglichkeit gegeben, diese Morde zu verüben«, überlegte Eve. »Sie hat ihm die Chance geboten, seine Feinde, seine Konkurrenten, alle zu zerstören, die ihm seiner Meinung nach im Weg waren. Dabei ging es nicht um die Mission oder Menzinis Credo, sondern das war eine rein private Angelegenheit. Sie hat ihm um seinetwillen die Möglichkeit eröffnet, Angst und Panik unter den Menschen, die ihm ein Dorn im Auge waren, zu schüren. Um das große Ganze ging es dabei nicht. Erst danach hätten sie weitermachen, hätten sie sich zusammen ihrem eigentlichen Auftrag widmen wollen. Ist es das? Hat Gina im Verlauf der Zeit Gefühle für den Enkelsohn entwickelt, der als einziger noch lebender Verwandter etwas taugt? Nein, sie kann ihn jetzt nicht einfach seinem Schicksal überlassen.«

»Was soll sie machen?«, fragte ihre Partnerin. »Wie soll sie an ihn herankommen, wenn er in einer Zelle sitzt?«

»Sie hat hier in ihrer eigenen Küche einen super Trumpf

zusammengebraut. Sie kann beenden, was er angefangen hat, kann tun, was er als Nächstes hätte machen wollen. Weaver. Dieses Restaurant. Wie hieß es noch einmal? Was zu … *Appetito,* ja genau.«

Die kühle, frische Nachtluft fühlte sich fantastisch an, Nancy schlenderte mit ihrem Date den Bürgersteig hinab und hakte sich vertraulich bei ihm ein.

»Danke, Marty.«

»Wofür?«

»Dafür, dass du mich so verwöhnt hast.«

Lachend legte er den Arm um ihre Taille. »Wenn ich mich nicht irre, hast du mich nicht weniger verwöhnt.«

»Das hoffe ich. Obwohl ich völlig fertig war, als ich vorhin auf deiner Schwelle stand.«

»Du hast auch schlimme Tage hinter dir. Die hatten wir zwar alle, aber dir hat die Geschichte ganz besonders zugesetzt.«

»Es war der reinste Albtraum, aus dem es ganz einfach kein Erwachen für mich gab. Als es plötzlich hieß, dass Lew … mein Gott, ich war jahrelang seine Vorgesetzte, aber trotzdem wäre ich niemals auf die Idee gekommen, dass der Mann zu solchen Taten fähig ist.«

»Heißt es nicht, dass man oft bei Menschen, die einem am nächsten stehen, blind für solche Dinge ist?«

»Möglich, aber ich bin dafür ausgebildet, anderen hinter die Stirn zu sehen. Verdammt, Marty, ich bin für so was ausgebildet, und ich bin echt gut in meinem Job. Zumindest habe ich das bis vorhin gedacht. Ich wäre nie darauf gekommen, dass so etwas in ihm steckt. Er mag schwierig sein und grüblerisch, er kann einem mit seiner passiv-aggressiven Art entsetzlich auf die Nerven gehen, aber, Marty, er hat alle diese Menschen umgebracht. Darunter unsere eigenen Leute. Unseren Joe und unsere Carly.«

»Denk nicht mehr darüber nach, sonst regst du dich nur wieder auf.«

»Ich kriege es ganz einfach nicht mehr aus dem Kopf. Nun, für eine Weile ist es mir durchaus gelungen.« Sie sah lächelnd zu ihm auf. »Dabei hätte ich unsere Verabredung für heute Abend beinah abgesagt.«

»Ich bin froh, dass du das nicht getan hast. Nicht nur wegen des Verwöhnprogramms vorm Abendessen, sondern weil du nicht allein sein solltest, während du in diesem aufgewühlten Zustand bist.«

»Ich habe heute in der Arbeit einfach früher Schluss gemacht.« Sie lehnte ihren Kopf an seine Schulter. »Ich habe es dort nicht mehr ausgehalten, also bin ich einfach losgelaufen, und am Ende stand ich zwei Stunden zu früh vor deiner Tür. Ich gebe zu, das hat mir durchaus gutgetan, aber ich muss auch an alle anderen aus meiner Abteilung denken. Und, oh Gott, ich habe bisher nicht einmal mein Handy wieder angestellt.«

»Lass es einfach noch ein bisschen länger aus«, empfahl er ihr und nahm sie tröstend in den Arm. »Nimm dir diesen Abend nur für dich. Es reicht, ab morgen wieder für die anderen da zu sein.«

»Das fühlt sich furchtbar egoistisch an.«

»Als Geschäftsführer von Stevenson und Reede versichere ich dir, dass das nicht egoistisch, sondern einfach nötig ist. Du brauchst ein bisschen Zeit für dich, Nancy. Ich mache es genauso, denn schließlich werden wir die Konsequenzen dieser Angelegenheit bestimmt noch wochen- oder monatelang spüren.«

»Ich muss morgen Elaine, Joes Witwe, kontaktieren und

fragen, wie es ihr geht. Wir müssen etwas für sie tun, Marty, für sie, für die Familie von Carly und für die Familien all der anderen. Wobei ich noch nicht weiß, wie wir das machen sollen, weil ich im Augenblick einfach nicht denken kann.«

Er zog sie noch ein wenig enger an sich und versprach: »Uns fällt schon etwas ein. Aber erst mal nimm dir etwas Zeit für dich. Wir gehen jetzt was essen und bestellen uns eine Flasche guten Wein, dann kommst du wieder mit zu mir, und wir gehen die ganze Sache noch einmal gemeinsam durch.«

»Wenn ich an dem Abend nicht mit dir verabredet gewesen wäre, an dem Abend, als wir alle in der Kneipe waren ...«

Er neigte seinen Kopf und küsste sie aufs Haar. »Denk nicht darüber nach. Du bist in Sicherheit. Du bist mit mir zusammen, und Lewis Callaway sitzt auf dem Polizeirevier. Er wird nie wieder einem Menschen etwas tun.«

»Gott sei Dank.« Sie schaffte es, ihn anzulächeln, als sie vor der Tür des *Appetito* standen. »Ich bin wirklich froh, dass du mich überredet hast, noch mit dir hierherzugehen. Hier wird man richtig schön verwöhnt, genau das brauche ich jetzt.«

»Ich nehme an, das tut uns beiden gut.«

Dankbar für die gut gelaunten Stimmen all der anderen Gäste, die verführerischen Düfte und das einladende Licht, trat sie vor Marty durch die Tür. Sie nähme jeden Trost, den sie im Augenblick bekommen könnte, und würde versuchen, ein, zwei Stunden länger nicht daran zu denken, welcher Albtraum über sie hereingebrochen war.

Der Empfangschef kam mit ausgestreckten Händen auf sie zu. »Miss Weaver, was für eine Freude, Sie zu sehen. Ich führe Sie sofort an Ihren Tisch. Ihre Assistentin hat schon angerufen, um die Reservierung zu bestätigen.«

»Oh, ich wusste gar nicht …«

»Wir haben bereits Ihren Lieblingswein für Sie geöffnet, denn wir möchten, dass Sie sich entspannen und Ihnen bewusst ist, dass wir alle Sie sehr gerne haben und uns freuen, dass Sie gesund und munter sind.«

»Oh, Franco.« Ihre Augen füllten sich mit Tränen. »Vielen, vielen Dank.«

»Jetzt entspannen Sie sich und genießen Sie den Abend. Bitte hier entlang.«

Weaver blinzelte die Tränen fort und drückte Martys Hand. Die attraktive alte Dame an der Theke, die an einem Martini nippte und aus kalten blauen Augen zu ihnen herüberblickte, bemerkte sie nicht.

Gina schob verstohlen eine Hand in ihre Tasche und glitt mit den Fingern über die drei kleinen Fläschchen, die sie vorbereitet hatte – und das Kampfmesser, das ihr vor vielen, vielen Jahren von Menzini überlassen worden war.

Nach all den Jahren schlösse sich jetzt der Kreis.

Sie würde diese Tat für ihren Enkelsohn begehen. Die gemeine Hexe, die sein Potenzial nicht hatte sehen wollen und ihm immer andere vorgezogen hatte, würde einen hohen Preis für ihre Ignoranz bezahlen, während die verdammten Cops in ihrer Wohnung nach ihr suchten – falls sie überhaupt so weit gekommen waren.

Natürlich würden sie all ihre Konten sperren. Doch sie hatte jede Menge Bargeld, Schmuck und neue Pässe in dem Wagen eingeschlossen, den sie aufgebrochen und mit wenig Mühe kurzgeschlossen hatte, weil sie eben durch und durch ein Profi war.

Nach Abschluss dieses kleinen, ganz privaten Rachefeldzugs, wenn die Stadt nach diesem neuerlichen kleinen Blutbad abermals in Panik wäre, hätte sie die Oberhand.

Als Vertreterin des Roten Pferdes würde sie sich zu den Anschlägen bekennen, und wenn Guiseppe sie von seinem Platz an Gottes Seite sähe, wäre er entsetzlich stolz auf sie.

Sie würde verlangen, dass ihr Enkel auf der Stelle freigelassen würde, wenn es nicht zu einem neuerlichen Anschlag kommen sollte, dieses Mal noch größer und noch schrecklicher als zuvor.

Wenn sie auf die Idee kämen, auf stur zu schalten, schlüge sie noch einmal zu. Dann gäben sie auf alle Fälle nach. Die Polizei und die Regierung waren schwach und zitterten, sobald der kalte Blick der öffentlichen Meinung auf sie fiel.

Notfalls würde sie die ganze Stadt auslöschen, um dafür zu sorgen, dass ihr Enkel freigelassen würde, der Menzinis einzig legitimer Erbe war.

Sie hatte die Geräte und die Zutaten, um mehr von der Substanz zu brauen, und bräuchte nur ein ruhiges Plätzchen, wo man sie in Frieden werkeln ließ.

Natürlich müsste sie sich äußerlich verändern. Aber das war einfach und vor allem hatte sie das schon des Öfteren getan.

Sobald sie Lewis wieder in die Arme schließen könnte, würde sie sich überlegen, wie sie weitermachen sollte. Schließlich gab es immer noch genügend Leute, die sie unterstützten, und die Möglichkeiten, Unheil anzurichten, gingen ihr nie aus.

Aber erst mal wäre diese Nancy Weaver dran.

Sie überlegte, ob sie warten sollte, bis die Frau auf die Toilette ginge, was bestimmt nicht lange dauern würde, da die meisten dummen Weiber ständig einen Spiegel brauchten, um ihre Frisur zu richten oder ihren Lippenstift noch einmal nachzuziehen. Vielleicht sollte sie ihr einfach kurzerhand den Hals aufschlitzen. Der Gedanke an das warme Blut, das nach dem Schnitt auf ihre Hände spritzen würde, rief eine gewisse Wehmut in ihr wach, denn schließlich hatte sie schon ewig niemanden mehr eigenhändig umgebracht.

Doch obwohl sie dieses Vorgehen durchaus befriedigt hätte, ginge sie es diesmal anders an. Weaver sollte ihre Angst und Wut herausschreien und selber töten, ehe sie getötet wurde. Auf die von Menzini vorgesehene Art.

Doch sie sollte wissen, wer dahintersteckte und warum sie sterben musste, denn das würde Lewis wollen.

Sie trank den Rest ihres Martinis, bahnte sich geschmeidig wie ein Raubtier einen Weg zu Weavers Tisch, schob erneut die Hand in ihre Tasche, setzte sich zu Nancy in die Nische und pikste sie sachte mit der Spitze ihres Messers an.

»Ich halte dieser Frau ein Messer an den Bauch«, klärte sie Marty freundlich lächelnd auf. »Falls Sie etwas unternehmen, um sie zu retten, schneide ich ihr vor den Augen aller Leute hier die Eingeweide heraus. Schön lächeln, alle beide. Lächeln Sie erst mich und dann einander an.«

»Was wollen Sie von uns?« Panisch versuchte Nancy, von ihr abzurücken, und erstarrte, denn umgehend nahm der Druck des Messers zu.

»Ich möchte, dass Sie beide Ihre Hände auf den Tisch legen, und wenn der Ober kommt, erbitten Sie ein drittes Glas für Ihre alte Freundin, Ihre gute alte Freundin Gina, und lächeln ihn freundlich an.«

Marty riss entsetzt die Augen auf. »Um Himmels willen, warum tun Sie das? Wollen Sie Geld?«

»Leuten wie Ihnen, kleinen Lichtern, die im Grunde nichts zu melden haben, geht es immer nur um Geld. Doch Geld wird nichts mehr wert sein, wenn das Rote Pferd die Macht ergreift.«

»Ich verstehe nicht.« Verzweifelt legte Nancy ihre wild zitternden Hände auf den Tisch.

»Ich bin Lewis' Großmutter, und ich werde Sie ausnehmen wie einen Fisch«, erklärte sie, als Weaver instinktiv zusammenfuhr. »Und Ihnen schneide ich die Eier ab«, warnte sie Nancys Boss. »Ich kann sehr gut mit einem Messer umgehen, und ich bin echt schnell. Jetzt lächeln Sie endlich, weil Sie sich über die Begegnung mit der alten Freundin freuen.«

Weaver brauchte alle ihre Selbstbeherrschung, um nicht laut zu schreien, als der Ober kam.

»Könnten wir wohl noch ein Glas bekommen, um mit meiner Freundin anzustoßen, Tony?«, fragte sie und lächelte verkrampft.

»Natürlich. Kommt sofort.«

»Braves Mädchen. Mir kommt es tatsächlich vor, als ob Sie eine alte Freundin wären, denn schließlich hat mir Lewis alles über Sie erzählt. Wie zum Beispiel, dass Sie sich auf Ihre Position geschlafen und mit aller Macht verhindert haben, dass er selber weiterkommt. Dass Sie am liebsten hier im *Appetito* essen gehen. Das hat es mir leicht gemacht, Sie aufzuspüren.«

»Sie haben hier angerufen und gesagt, Sie wären meine Assistentin.«

»Lewis wollte nicht mit Ihnen schlafen, also haben Sie seine Karriere sabotiert. Was einfach typisch für Frauen wie Sie ist.«

Unter dem Tisch trat Weaver gegen Martys Bein. »Er

hat mir einfach Angst gemacht ... seine Intelligenz, seine Ideen, seine Originalität. Sie sind doch sicher furchtbar stolz auf ihn.«

»Du blödes Weib bildest dir doch nicht ein, dass du mich um den Finger wickeln kannst?«, fuhr Gina sie mit barscher Stimme an und wandte sich charmant dem Ober zu, als der mit ihrem Weinglas kam. »Oh, vielen Dank! Was für ein wunderbarer Zufall, dass wir uns hier über den Weg gelaufen sind.« Sie strahlte wie ein Honigkuchenpferd, während sie eingeschenkt bekam. »Darauf müssen wir anstoßen!«

»Gina«, setzte Marty leise an. »Nancy hat nur Anweisungen befolgt. Sie hatte keine andere Wahl. Ich bin der Geschäftsführer von Stevenson und Reede. Wenn Sie jemandem die Schuld dran geben wollen, dass Lewis dort nicht wie gewünscht vorangekommen ist, sollten Sie sich an mich halten und nicht an sie. Die Entscheidungen in diesen Angelegenheiten treffe schließlich ich.«

»Marty ...«, setzte Nancy an.

»Wie rührend und wie ... widerlich. Wollen Sie den Helden spielen oder was? Los, trinken Sie. Sie alle beide. Schließlich sind wir nur drei gute Freunde, die sich eine Flasche Rotwein teilen.« Sie griff nach ihrem eigenen Glas und prostete den beiden beinahe fröhlich zu. »*Zum Wohl.*«

22

»Ich sehe sie.« Von der anderen Straßenseite aus beobachtete Eve durch ein Fernglas das Restaurant. »Sie sitzt in einer Nische hinten links und hat dort Weaver eingezwängt. Ihnen gegenüber sitzt ein Mann, Ende vierzig, braune Augen, braunes Haar.«

»Okay, ich habe sie.« Auch Lowenbaum schaute mithilfe eines Feldstechers durch die schmale Glasscheibe der Tür, um die Zahl der Gäste und des Personals und die Bewegungen der Leute einzuschätzen, dann sah er sich kurz nach beiden Seiten um. Der Häuserblock wurde bereits von Polizisten abgesperrt und der Straßen- und der Fußgängerverkehr entsprechend umgelenkt. Zufrieden schloss er die Augen und spürte der Geschwindigkeit und Richtung nach, aus der ihm der frische Wind entgegenblies.

»Das Fenster ist relativ schmal«, bemerkte Eve.

»Aber es reicht. Das Restaurant ist gut besucht. Vielleicht sollten wir zwei Leute in Zivil reinschicken, um uns dort den Weg zu ebnen. Wenn sie's richtig anstellen, haben wir freie Bahn für einen sauberen Schuss.«

»Ich kann es zwar nicht sehen, aber ich bin mir sicher, dass sie eine Waffe hat und damit auf Weaver zielt. Außerdem hat sie auch noch den anderen Scheiß dabei. Wenn Sie von hier aus auf sie zielen, könnte es passieren, dass sie Weaver mitnimmt, wenn sie selbst über den Jordan geht. Und dass sie vorher noch das Gift freisetzt.«

Nachdenklich ließ Eve das Fernglas sinken. »Vielleicht schaffen wir es, alle rauszuschaffen, bevor dieses Zeug anfängt zu wirken, aber vielleicht endet es auch damit, dass wir einen Haufen durchgedrehter Zivilisten kaltstellen müssen, weil sie sich im Streit um die Ravioli gegenseitig an die Gurgel gehen. Vielleicht hat sie diesmal auch ein anderes Gift dabei, und wir haben keine Ahnung, was das Zeug bewirkt.«

»Das ist natürlich ein Problem«, stimmte ihr Lowenbaum auf die gewohnte gleichmütige Weise zu und sah sie an. »Lassen Sie uns überlegen, wie dieses Problem am besten in den Griff zu kriegen ist.«

»Auf direktem Weg. Indem Sie mich verkabeln, ich dort reingehe und mit ihr rede«, schlug sie vor.

»Und wenn sie eine Knarre hat und damit auf Sie zielt?«

»Das glaube ich nicht.« Eve konnte praktisch hören, wie Roarke in ihrem Rücken Gift und Galle spuckte, weil sie wieder einmal bereit war, ein enormes Wagnis einzugehen. Doch auch ohne dass er seinen Einwand formulierte, wusste sie, sie setzte durch das Betreten des Lokals ihr Leben vorsätzlich aufs Spiel. »Wenn ich zu der Nische gehe und mich setze, weiß sie, dass der Laden abgeriegelt ist, und wird verhandeln wollen.«

»Aber es gehört nun einmal zu den Regeln dieses Spiels, dass sie nicht noch eine zusätzliche Geisel von uns kriegt, vor allem keinen Cop.«

»Die Regeln dieses Spiels sind mir bekannt, aber manchmal muss man sie eben ein bisschen dehnen. Stellen Sie sich einfach vor, dass das so etwas wie ein Showdown wird. Verhandlungen zwischen zwei Mafiabossen oder so.«

»Ist das Ihr Ernst? Wir sind vielleicht bei einem Italiener, aber ich kann mir nicht vorstellen, dass sich dieses Weib an die Gepflogenheiten der *Familie* hält.«

Sie lächelte ihn an. »Weaver ist für sie ein eher unwichtiges Ziel, mit dem sie uns eine Ohrfeige verpassen will. Sie hat Größeres im Sinn, sie will vor allem ihren Jungen aus der Zelle holen. Sie hat Gefühle in ihn investiert, und das können wir nutzen. Das dürfte für uns von Vorteil sein. Wenn ich verkabelt zu ihr reingehe, werden Sie wissen, was sie bei sich hat. Und ich bekomme vielleicht die Gelegenheit, sie unschädlich zu machen, ohne dass noch jemand anderes gefährdet wird. Schalten Sie auch Mira zu, damit sie mir bei der Gesprächsführung helfen kann.«

»Wir sichern die Ausgänge und gehen währenddessen durch die Küche rein.«

»Ja, okay. Aber gleichzeitig muss jemand nah genug an sie heran, um sie von Weaver und dem Typen abzulenken und vor allem daran zu hindern, dass sie das verdammte Gift freisetzt.«

»Zur Vorsicht nimmt mein bester Mann, das heißt ich selbst, die Zielperson, sobald Sie reingehen, ins Visier. Wenn sie auch nur eine falsche Bewegung macht, gebe ich mir grünes Licht. Wir haben circa siebzig Leute im Lokal, und dazu kommt noch das Küchenpersonal. Wenn nötig, ziehen wir sie durch großräumigen Einsatz unserer Stunner alle gleichzeitig vorübergehend aus dem Verkehr.«

»Lassen Sie uns versuchen, das zu vermeiden.«

»Sie wird dein Gesicht sofort erkennen«, stellte Roarke in ihrem Rücken fest, sie drehte sich um und nahm das kalte Blitzen seiner Augen wahr. »Falls sie eine Waffe hat – und davon gehen wir sicher aus –, was soll sie daran hindern, sie zu nutzen, ehe du auch nur den Tisch erreichst?«

»Dann werde ich mich eben tarnen. Peabody, Sie ziehen erst mal diese lächerlichen Stiefel aus.«

»Meine Stiefel? Aber …«

»Bildest du dir allen Ernstes ein, dass du in pinkfarbenen Cowboystiefeln nicht mehr zu erkennen bist?«

»Die sind erst der Anfang«, sagte sie zu Roarke. »Jetzt geben Sie mir noch die lächerliche Regenbogensonnenbrille, die Sie in der Tasche haben«, wandte sie sich abermals an ihre Partnerin. »Und diesen blöden Schal.« Sie zerrte an dem kunterbunt gestreiften Schal, den Peabody zum Schutz gegen die Kälte trug. »Wickeln Sie mir den wie einen Turban um den Kopf. Dann sehe ich ein bisschen wie ein Hippie aus.«

»Moment, Lieutenant.« Roarke packte sie am Arm, zog sie an die Seite und erklärte: »Das ist doch totaler Wahnsinn.«

»Ist es nicht. Ich habe schließlich meinen Zaubermantel an.«

»Aber dein Dickschädel wird davon nicht geschützt.«

»Okay, hör zu, wir können von hier draußen aus nicht sehen, was sie unter dem blöden Tisch versteckt. Womöglich hat sie eine Knarre in der Hand, aber ich gehe eher von einem Messer aus. Das könnte sie Weaver jederzeit problemlos in den Bauch rammen, aber aus meiner Sicht ist es wahrscheinlicher, dass sie sie nur verletzen will, bevor sie die Substanz freisetzt und selber flieht. Ich kann sie von Weaver ablenken und sie zum Reden bringen. Sie wird schließlich verhandeln wollen, damit ihr Enkel freigelassen wird. Weil er ihr Erbe und vor allem ihre Hoffnung für die Zukunft ist.«

»Die Verhandlungen kannst du doch von hier aus führen.«

»Roarke, da drinnen sind auch Kinder, und wenn sie das Dreckszeug freisetzt, haben wir zwar keine Ahnung, wie genau sie darauf reagieren werden, aber sicher wird's bei ihnen noch erheblich schneller wirken, weil sie kleiner und vor allem deutlich leichter sind als unsereins. Ich habe keine Ahnung, wie die Kinder darauf reagieren werden, aber ich bleibe ganz sicher nicht hier stehen, um aus sicherer Entfernung zu verfolgen, wie sie von dem Weib vergiftet werden und vielleicht der eigenen Mutter eine Gabel ins Gesicht rammen, bevor die Lage wieder annähernd unter Kontrolle ist.«

»Verflixt und zugenäht.«

»Wir können ein paar der Leute rausholen. Sie sitzt mit dem Rücken Richtung Küche, und wir können einige der Leute rausholen, während ihr Blick auf mich gerichtet ist. Ich ändere die Regeln dieses Spiels. Bisher bildet sie sich ein, dass sie das Sagen hat. Durch mein Erscheinen bringe ich sie aus dem Gleichgewicht, und sie muss sich überlegen, wie es weitergehen soll.«

»Wenn du reingehst, gehe ich auch.«

»Hör zu.«

Er rahmte ihr Gesicht mit beiden Händen und erklärte abermals: »Wenn du reingehst, gehe ich auch. Das ist nicht verhandelbar. Wenn wir erschossen werden oder wegen dieses Giftes durchdrehen sollen, tun wir das zusammen.«

»Verdammt. Verdammt. Aber du musst weniger reich und toll aussehen.«

Bei Gott, sogar in dieser Lage brachte ihn die Frau zum Grinsen, und mit einem leisen Lachen sagte er ihr zu: »Ich werde sehen, was ich machen kann.«

»Verkabeln Sie ihn auch«, wandte sich Eve an Lowenbaum. »Und jetzt her mit diesen blöden Stiefeln, Peabody.«

»Ich kann mir nicht vorstellen, dass sie Ihnen passen.«

»Die paar Meter schaffe ich damit auf jeden Fall.«

Sie ließ sich von einem Elektronikmann mit Mikrofon und Ohrstöpsel versehen und quetschte ihre Füße in die pinkfarbenen Stiefel, die tatsächlich deutlich enger als erwartet waren. Aber damit käme sie zurecht.

»Ich muss es nur bis zu dem Tisch schaffen«, erklärte sie, als Peabody den grellen Schal geschickt zu einem Turban band.

»Es schadet trotzdem nichts, so gut wie möglich auszusehen. Sind Sie sicher, dass Sie diese Sache durchziehen wollen?«

»Ich bin mir sicher, dass mich der komische Schal und vor allem die Sonnenbrille einmal durchs Lokal bis zu der Nische bringen.«

»Dallas.«

»Ja, ich bin mir sicher, dass ich diese Sache durchziehen will. Und Sie gehen nach hinten in die Küche, denn wir holen möglichst viele Leute raus. Sie müssen dafür sorgen, dass das lautlos und vor allem schnell über die Bühne geht. Wenn ich es Ihnen sage, kommen Sie nach vorn ins Restaurant. Aber nicht einen Moment früher, Peabody. Sie, Baxter und Trueheart kommen rein, wenn ich es sage und wenn die Bestätigung durch Lowenbaum erfolgt. Eher nicht.«

»Verstanden.«

Mit gesenkter Stimme fügte Eve hinzu: »Lowenbaum wird mich betäuben, wenn es nötig ist, und Sie machen dasselbe dann mit Roarke.«

»Oh Gott.«

»Wenn's schiefläuft, setzen Sie ihn kurzfristig außer Gefecht und schaffen ihn dort raus. Das ist kein Befehl, sondern die Bitte einer Freundin, Peabody. Sie setzen ihn außer Gefecht und schaffen ihn dort raus. Versprechen Sie mir das.«

»Okay. Ich werde ihn dort rausholen. Und Sie auch.«

»Keine Angst. Um mich als Polizistin kümmert sich das SEK.«

Das hoffte sie auf jeden Fall, während sie sich die von Peabody geborgte Sonnenbrille vor die Augen schob. »Na, wie blöd sehe ich aus?«

»Sie sehen total cool aus«, meinte ihre Partnerin und schob ein letztes Mal den Schal auf ihrem Kopf zurecht. »Weltgewandt und künstlerisch.«

Oh Gott.

»Dr. Mira? Sind Sie da?«

»Ja«, drang eine hörbar angespannte Stimme durch den Knopf in ihrem Ohr. »Sie gehen aus meiner Sicht ein unnötiges Wagnis ein.«

»Ein kalkuliertes Risiko«, erklärte Eve. »Ich habe jede Menge Rückendeckung, und am Nachbartisch von unserer Zielperson sitzt ein kleines Kind auf einem Hochstuhl und schmiert sich Spaghettisoße ins Gesicht. Sobald ich auf Position bin, sagen Sie mir, was ich machen soll, und pfeifen mich zurück, wenn das Gespräch aus Ihrer Sicht die falsche Richtung nimmt. Ich will sie so lange ablenken, bis möglichst viele Zivilisten in Sicherheit sind.«

»Sie ist eine Soldatin, die bereit ist, sich für die Mission zu opfern.«

»Ich verlasse mich darauf, dass die Mission vor allem darin besteht, den Enkel freizupressen, wofür sie am Leben bleiben muss. Lowenbaum, sind Sie bereit?«

»Wir sind auf Position.«

Sie sah sich um. Sie waren wirklich schnell gewesen. Die Umgebung war weiträumig abgesperrt, ein paar erste Gaffer hatten sich bereits hinter dem Absperrband versammelt und verfolgten ungeduldig das Geschehen.

»Wenn Sie mich betäuben müssen, zielen Sie nicht auf meinen Körper, weil der Mantel, den ich anhabe, ein schusssicheres Futter hat«, wandte sie sich an den Chef des SEK, der mit gezückter Waffe hinter seinem Schießstand lag.

»Sie wollen mich doch verarschen.«

»Nein. Sie können es sich nachher ansehen, wenn Sie wollen.«

»Drinnen ist viel los«, erklärte er. »Ein Kellner läuft direkt an ihrem Tisch vorbei, die Zielperson wird teilweise von einem anderen Tisch verdeckt. Falls Sie die Leute, die dort sitzen, aus dem Weg räumen könnten, wäre das nicht schlecht.«

»Ich werde es versuchen«, sagte sie ihm zu und rollte mit den Augen, als sie Roarke in ihre Richtung kommen sah.

Er hatte seine Anzugjacke und den Mantel gegen eine abgewetzte kunstlederne Jacke eingetauscht und das zum Pferdeschwanz gebundene Haar unter einer knallroten I-love-NY-Skimütze versteckt.

»Wie viel hast du für diese lächerliche Mütze hingelegt?«

»Eindeutig zu viel.«

»Nun, zumindest siehst du jetzt nicht mehr nach reichem Pinkel aus.« Sie nahm seine Hände und nickte ihm zu. »Jetzt sacken wir die Hexe ein. Lowenbaum? Wir gehen jetzt los.«

»Verstanden.«

»Ich wette, dass die Nudeln dort echt lecker sind«, bemerkte Roarke, während sie die Straße überquerten.

»Vielleicht können wir ja etwas von dort mitnehmen, wenn wir fertig sind. Von hier aus ist die Zielperson zu sehen«, erklärte sie und öffnete die Tür. »Wir gehen jetzt rein.«

»Team Alpha, los.«

Das SEK begab sich also in die Küche, dachte Eve, als ihr fröhlicher Lärm, vor allem aber ein verführerischer Duft entgegenschlug. Sie stopfte die Hände in die Taschen ihres Mantels, als ihnen der lächelnde Empfangschef des Lokals entgegenkam.

»Willkommen.«

Ehe er noch etwas sagen konnte, zeigte sie ihm ihre Marke und verlangte leise: »Konzentrieren Sie sich ganz auf mich. Wie heißen Sie?«

»Ich ... Franco. Gibt es ein Problem?«

»Auf jeden Fall, und deshalb müssen Sie mich ansehen, mir zuhören und genau das machen, was ich Ihnen sage. Haben Sie gute Nerven, Franco?«

»Ich ... tja nun, ich glaube, schon.«

»Dann behalten Sie auch jetzt die Nerven, ja? In diesem Augenblick schleichen sich Cops in Ihre Küche und bringen das Personal in Sicherheit. Nein, sehen Sie mich weiter an. Hinten in der Nische auf der Westseite sitzt eine Frau.«

»Miss Weaver, aber ...«

»Die Frau neben ihr. Sie ist gefährlich, wahrscheinlich hat sie eine Waffe in der Hand. Behalten Sie die Nerven, Franco. Wenn ich und mein Begleiter zu ihr an den Tisch gehen und sie ablenken, bringen Sie die Gäste an den Tischen, die die Frau nicht sehen kann, durch die Küche raus. Sie müssen dabei völlig lautlos sein. Nehmen Sie sich die Tische nacheinander vor. Sie können behaupten, dass es in der Küche eine Überraschung für sie gibt. Erzählen Sie ihnen irgendwas, bringen Sie sie in die Küche, dort übernehmen wir. Dasselbe machen Sie mit Ihren Angestellten, aber bringen Sie die Leute wie gesagt ganz leise und am besten einzeln raus. Kriegen Sie das hin, Franco?«

»Ja. Aber Miss Weaver ...«

»Um die kümmere ich mich«, sagte Eve ihm zu. »Und Sie machen sich an die Arbeit, ja? Beginnen Sie am besten mit dem Tisch, der direkt vor der Nische steht und an dem das Kind voller Tomatensoße und der größere Junge sitzen, der so tut, als ob er sein Gemüse isst. Die Familie bringen Sie als Erste raus. Am besten machen Sie ein bisschen Aufhebens darum. Strahlen Sie wie ein Honigkuchenpferd, und sagen Sie, dass die Eltern mit den Kindern in die Küche kommen sollen, weil es dort eine große Überraschung für sie gibt. Verstanden?«

»Ja.«

»Jetzt fangen Sie an zu lächeln, Franco, und marschieren Sie los.«

Sein Lächeln wirkte leicht gezwungen, doch das fiele der Familie, die nicht wusste, dass etwas nicht stimmte, sicherlich nicht auf. Sie wartete, bis er den Tisch erreichte, in die Hände klatschte und mit seiner Vorführung begann. Gina schaute kurz in seine Richtung, schätzte die Situation als ungefährlich ein und wandte sich erneut den Leuten zu, die mit ihr zusammensaßen.

»Auf geht's«, wandte sich Eve an Roarke, als die Familie unter lautem Juchzen beider Kinder aufstand, um sich die versprochene Überraschung anzusehen.

Sie schlenderte gemächlich durch das Restaurant, Gina sah kurz auf und wandte sich dann sofort wieder ab.

Sobald die Küchentür ins Schloss gefallen war, marschierte sie schnurstracks an Ginas Tisch.

»Nancy! Nancy Weaver? Ist es denn die Möglichkeit?«

Sie nutzte Ginas Überraschung aus und warf sich lachend auf den freien Stuhl neben dem Mann. »Dich habe ich ja schon seit einer halben Ewigkeit nicht mehr gesehen! Wie geht es dir?«

»Ich ... gut.« Weavers aufgerissene Augen zeigten, dass sie wusste, wer sie war, doch sie hatte sich sofort wieder im Griff und stieß mit rauer Stimme aus: »Es geht mir gut.«

»So siehst du auch aus«, erklärte sie, als Roarke sich einen freien Stuhl vom Nachbartisch heranzog und so stellte, dass er dicht an ihrer Seite saß.

»Tut mir leid«, erklärte Gina kühl. »Aber dies ist ein geschäftlicher Termin. Am besten feiern Sie Ihr Wiedersehen an einem anderen Tag.«

»Also bitte, Gina, seien Sie doch keine solche Spielverderberin. Ich habe eine Schusswaffe auf Sie gerichtet, und falls Sie auch nur eine falsche Bewegung machen oder vorhaben, Ihre eigene Waffe zu benutzen, um Miss Weaver wehzutun, drücke ich ab. Lassen Sie uns einfach miteinander reden, ja?«

Aus dem Augenwinkel sah sie, dass der nervenstarke Franco mit den Leuten an einem der Tische, die Gina nicht sehen konnte, sprach. Um sie weiter abzulenken, nahm Eve Schal und Brille ab und lehnte sich auf ihrem Stuhl zurück. »So ist es besser.«

»Ich habe genug Zorn Gottes in der Tasche, um in diesem Restaurant die Hölle losbrechen zu lassen«, drohte Gina ihr.

»Bevor es uns gelingt, einander umzubringen, werden wir von den rund ums Lokal positionierten Scharfschützen betäubt. Sie hätten dadurch nichts gewonnen, also sehen wir am besten zu, dass es gar nicht erst dazu kommt. Legen Sie Ihre Waffe auf den Tisch.«

»Nie im Leben. Vorher schneide ich das Weib wie einen reifen Pfirsich auf.«

Dann hatte sie also ein Messer, was auf alle Fälle besser als eine Pistole war.

»Nancy ist nicht wichtig«, hörte Eve Miras vertraute Stimme durch den Knopf in ihrem Ohr. »Nur eine kleine Angestellte, weiter nichts.«

»Dann stechen Sie das nächste kleine Licht aus diesem Unternehmen ab. Na und? Noch während Sie das versuchen, knalle ich Sie bereits ab. Aber Sie sind ganz sicher nicht so dämlich, sich auch noch des letzten Faustpfands zu entledigen, das Ihnen geblieben ist.«

Ginas scharf geschnittene Züge zeigten eiserne Entschlossenheit. »Als zusätzliches Faustpfand habe ich drei Fläschchen meines Gifts dabei.«

»Seien Sie respektvoll, und eröffnen Sie die Verhandlungen«, riet Mira Eve.

»Nun, das ist ein Argument. Schließlich wollen wir vermeiden, dass es hier genauso abläuft wie im *On the Rocks* und im *Café West*. Hier drin sind jede Menge Kinder, Gina.«

»Richtig, und Sie müssen wissen, dass das Gift bei Kindern noch viel schneller wirkt«, klärte die andere Frau sie lächelnd auf. »Sie werden es nicht schaffen, sie rechtzeitig hier rauszuholen. Und wenn Sie sie betäuben, zerreißen die Medien Sie dafür in der Luft.«

»Da haben Sie natürlich recht. Also, was wollen Sie?«

»Ich will diesen Polizeistaat stürzen und Leute wie er …« Sie wies auf Roarke. »Natürlich weiß ich, wer er ist. Leute wie er sollen auf der Straße landen, und man soll das ganze Geld und all die anderen materiellen Besitztümer, die diese Leute gehortet haben, zerstören.«

»Sie stellt Sie auf die Probe«, meinte Mira. »Bringen Sie die Sprache auf den Enkel, damit es persönlich wird.«

»Solche Dinge stehen nicht in meiner Macht. Verlangen Sie etwas, was ich Ihnen geben kann. Für mich geht's hierbei schließlich auch um alles, Gina. Seien wir doch realistisch. Wenn Sie einen Anschlag auf den Laden hier verüben, stehe ich wie eine Vollidiotin da, nachdem ich gerade stolz verkündet habe, dass der Täter hinter Gittern sitzt. Das heißt, dass nicht nur Lew und Sie, sondern auch ich selbst am Schluss die Dumme bin.«

»Ich will mit meinem Enkel sprechen.«

»Dafür kann ich vielleicht sorgen.«

»Hier. Ich will, dass man ihn herbringt und er mir hier gegenübersitzt.«

»Das wird ein bisschen dauern. Wie soll's dann weitergehen? Wenn ich Ihren Enkel holen lasse, sitzt er selbst in der Gefahrenzone wie wir anderen auch. Aber vielleicht ist Ihnen ja egal, wenn auch er sich mit dem Dreckszeug infiziert.«

»Ich will ihn sehen. Hier. Dann werden wir beide mit der kleinen Angestellten und mit Ihrem habgierigen Ehemann als Schutzschilder hier rausmarschieren.«

»Nun, die kleine Angestellte ist mir nicht so wichtig, aber meinen habgierigen Ehemann habe ich doch recht gern.«

»Wie können Sie so was sagen?«, fragte Weaver und trat Eve zum Zeichen, dass ihre Empörung nur gespielt war, zweimal auf den Fuß. »Sie sind die Polizei. Sie müssen mich beschützen.«

»Und wovon träumst du nachts?«, fuhr Gina Nancy an. »Die Bullenschweine sind doch alle machtversessen und korrupt. Bringen Sie Lewis her, und geben Sie mein Shuttle wieder frei, wenn ich dieses Lokal nicht in ein Irrenhaus mit mordlüsternen Kids verwandeln soll.«

»Sie sollten langsam wissen, wie das Spiel funktioniert. Sie müssen selbst was geben, wenn Sie etwas von mir wollen. Sie müssen mir schon irgendetwas bieten, wenn ich einen Massenmörder aus der Zelle holen und Ihnen obendrein noch zwei zivile Geiseln überlassen soll.«

»Wie wäre es mit einem kleinen Tauschgeschäft als Zeichen meines guten Willens?«, schlug Eve vor und legte ihre Waffe auf den Tisch. »Meine Waffe gegen Ihre. Nehmen Sie meine Waffe, die vielleicht nicht tödlich, aber trotzdem alles andere als nutzlos ist, und geben mir das Messer.«

»Verdammt, was soll das, Dallas?«, fragte Lowenbaum entsetzt.

»Als Zeichen der Zusammenarbeit und des gegenseitigen *Vertrauens*.« Eve sah Gina reglos an. »Denn es wäre mir einfach lieber, Nancys Blut nicht durch den Raum spritzen zu sehen.«

Als Gina nach der Waffe griff, schlug Eve ihr auf die Hand. »Lassen Sie mich erst das Messer sehen.«

Den Anflug eines selbstzufriedenen Lächelns im Gesicht, zog sie die Hand, in der das Messer lag, unter dem Tisch hervor. »Ich habe die drei Fläschchen in der anderen Hand, und wenn Sie auch nur eine falsche Bewegung machen, lasse ich sie fallen. Diesmal werden sich die Leute noch viel schneller infizieren, denn ich habe die Dosis erhöht. Und die Kinder hier? Sie werden nicht nur töten, sondern auch sterben. Selbst wenn sie überleben würden, trügen sie auf alle Fälle schwere Hirnschäden davon.«

»Woher soll ich wissen, dass Sie mir keinen totalen Schwachsinn erzählen?«

Gina hob die andere Hand und hielt sie so, dass Eve

die Fläschchen sah. »Wenn ich diese Flaschen fallen lasse, spritzt hier noch viel mehr Blut als nur das von dieser Hexe neben mir.«

»Okay.« Zum Zeichen ihrer Kooperationsbereitschaft legte Eve die Hände auf den Tisch und rührte sich auch nicht, als Gina nach ihrer Waffe griff.

Sofort drückte sie den Stunner Weaver an den Hals. »Sie wissen, was passiert, wenn ich auf höchste Stufe stelle. Ein Schuss aus dieser Nähe und die Frau ist tot.«

»Das wollen Sie gar nicht, Gina«, setzte Eve mit etwas unsicherer Stimme an. »So kriegen Sie Lew bestimmt nicht aus dem Knast.«

»Bringen Sie ihn endlich *her!* Und Sie.« Sie wies mit ihrem Kinn auf Roarke. »Sie stehen auf und kommen zu mir.«

»Tu, was sie sagt«, bat Eve ihn ruhig. »Sie ist momentan im Vorteil.«

»Allerdings.«

»Jetzt steht er mir im Weg«, erklärte Lowenbaum, als Roarke vor Gina trat.

»Schon gut. Schon gut. Vertrauen Sie mir.«

»Ich soll Ihnen vertrauen?« Gina lachte auf. »Ganz sicher nicht. Sagen Sie Ihren Leuten, dass Sie meinen Enkel bringen sollen. Danach will ich, dass sie verschwinden – all diese verdammten Cops. Ich werde mit meinem Enkel, diesem Weib und Ihrem Mann hier in aller Ruhe rausmarschieren.«

»Roarke.«

»Schon gut.« Er sah Eve ins Gesicht. »Verstehe.«

»Sie verstehen gar nichts«, fuhr Gina ihn zornig an. »Aber Sie werden noch verstehen.«

»Nehmen Sie mich an ihrer Stelle mit.« Flehend beugte Marty sich über den Tisch. »Lassen Sie Nancy gehen, und nehmen Sie mich. Ich habe die Verantwortung bei Stevenson & Reede. Ich bin derjenige, der dort die Anweisungen gibt. Ich bin es, den Sie wollen.«

»Sie wollen, dass ich Sie mitnehme? Sie wollen also den Helden spielen? Stehen Sie auf. Sie und die Bullenfotze, stehen Sie auf, gehen auf die Knie und verschränken Ihre Hände hinter Ihren Köpfen. Los, schwing deinen Hintern«, wies sie Weaver an und glitt, durch Roarke vor einem gut platzierten Schuss von Lowenbaum geschützt, von ihrem Platz.

»Was machen Sie da, Eve?«, erkundigte die Psychologin sich entsetzt. »Sagen Sie Ihr, Sie würden dafür sorgen, dass Ihr Enkel kommt.«

»Ich will, dass niemand hier verletzt wird. Darum geht es mir vor allem anderen.« Langsam erhob sich auch Eve von ihrem Platz. »Deshalb habe ich dafür gesorgt, dass inzwischen beinahe alle das Lokal verlassen haben. Sehen Sie sich um, Gina. Inzwischen sind hier nicht mal mehr zwei Dutzend Leute, und … oje … die hauen jetzt auch noch ab.«

»Dann sind Sie schuld am Tod von dieser Frau.« Sie drückte ab, und Nancy schrie, bevor ihr vor Verwunderung die Kinnlade herunterfiel.

»Ich nehme an, ich habe nicht daran gedacht zu erwähnen, dass die Waffe nicht geladen ist«, erklärte Eve, während sie eine zweite Waffe aus der Tasche zog. »Im Gegensatz zu dieser hier.«

»Na los«, kreischte die andere Frau erbost. »Drücken Sie doch ab, wenn diese Flaschen auf dem Boden landen sollen. Damit richten Sie die Waffe gegen Ihren eigenen Mann.«

»Es ist vorbei, Gina. Wenn Sie die Flaschen fallen lassen,

werden meine Kumpel draußen dafür sorgen, dass wir alle zwangsweise ein Nickerchen machen. Das wird sicherlich nicht angenehm, aber damit kann ich leben.«

»Du vielleicht«, bemerkte Roarke.

»Probieren Sie es aus«, forderte Gina sie heraus. »Probieren Sie ruhig aus, ob Ihre Leute schnell genug sind für das Gift. Probieren Sie es aus! Schießen Sie auf mich, und sehen Sie, ob Sie damit leben können oder nicht.«

Eve dachte kurz an ihren Traum und das Gesicht von ihrer Mutter, das von haargenau demselben bösartigen Hass erfüllt gewesen war. »Das wird nicht nötig sein. Am besten machen wir es einfach so.« Sie drehte ihre Waffe um, als böte sie sie Gina an, und als Gina auf den Griff des Stunners blickte, nutzte sie die Chance, rammte die geballte Faust in ihr Gesicht und fand es höchst befriedigend, das Blut aus der gebrochenen Nase ihrer Gegnerin spritzen zu sehen.

Die Frau fiel hintenüber, öffnete die Hand und ließ die Fläschchen fallen.

Doch Roarke hatte bereits mit dieser Aktion gerechnet, machte einen Sprung nach vorn und fing sie dicht über dem Boden auf.

»Nur für den Fall der Fälle«, meinte er.

»Das hast du wirklich gut gemacht.«

»Danke. Nur die leichten Kopfschmerzen, die ich jetzt habe, sind nicht ganz so schön. War nur ein Witz«, beeilte er sich zu erklären, als er in den Lauf ihres Stunners sah. »War nur ein Witz.«

»Haha. Lowenbaum, Sie können reinkommen.« Sie drehte die leicht benommene Gina auf den Bauch und band ihre Hände auf dem Rücken fest. »Die Zielperson wurde außer Gefecht gesetzt.«

»Das sehe ich. An alle Teams: Der Einsatz ist beendet. Die Zielperson wurde unschädlich gemacht.«

»Danke für die Hilfe, Dr. Mira.«

»Sie hätten mir ruhig vorher sagen können, was Sie genau im Schilde führen.«

»Ich habe größtenteils improvisiert und mich an ihrem Blick orientiert. Ihr Blick hat mich geführt.« Sie drehte Gina wieder um, zerrte sie halb hoch und sah ihr noch mal ins Gesicht. »Sie sind körperlich und geistig nicht mehr auf der Höhe. Sie sind alt und langsam, anscheinend hat das gute Leben, das Sie doch angeblich so verabscheuen, Sie ein bisschen faul gemacht. Sie hätten Kinder infiziert, obwohl Kinder doch die Hoffnung, der Anfang und der Grundstock unser aller Zukunft sind. Trotzdem hätten Sie sie infiziert, nur um Ihren Willen durchzusetzen. Ihnen ging es nie um irgendwelche rachsüchtigen Götter oder um die Offenbarung, sondern immer nur um Blut und Tod und darum, die gesamte bisherige Ordnung auf den Kopf zu stellen. Das haben Sie mich sehen lassen und mir auf diese Weise Ihre eigenen Schwachstellen aufgezeigt.«

»Das Ende Ihrer Zeit wird kommen.«

»Ja, ganz sicher, aber Sie werden nicht daran beteiligt sein. Da Sie mir gegenüber fünfzig Jahre Vorsprung haben, wird Ihr Ende wahrscheinlich erheblich früher kommen als meins. Die Zeit, die Ihnen noch verbleibt, werden Sie im Knast verbringen. Genau wie Ihr Enkel auch. Das heißt, er setzt das Erbe seines Großvaters tatsächlich fort.«

»Es wird andere geben, die genauso sind wie wir.«

»Meinetwegen denken Sie das ruhig. Baxter, Sie und Trueheart bringen die alte Dame bitte aufs Revier.«

»Mit Vergnügen.«

»Sie kennt die verdammte Formel«, raunte Roarke Eve zu.

»Ja, deshalb haben Teasdale und der Heimatschutz auch schon eine besondere Unterkunft für sie. Schließlich hat Menzini sie rechtzeitig frei gemacht.«

»Das ist natürlich bitter.«

»Das denkt sie wahrscheinlich auch.«

»Was soll ich hiermit machen?«, fragte er und hielt die Fläschchen in die Luft.

»Himmel. Der Kampfmittelräumdienst soll die Dinger übernehmen, und zwar jetzt sofort! Peabody, Sie rufen Teasdale wegen Gina an. Sagen Sie ihr vielen Dank für die Hilfe und dass die New Yorker Polizei ihr mit Freuden die Gefangene und auch die Durchsuchung aller ihrer Immobilien überlässt.«

»Gerne, aber … kann ich vielleicht erst mal meine Stiefel wiederhaben?«

Eve setzte sich und zerrte wild daran herum. »Au. Ich habe Hunger«, fiel ihr plötzlich auf. »Anscheinend macht es Appetit, verrückten alten Frauen eine reinzuhauen.«

»Ich wette, hier gibt's feines Blätterteiggebäck«, stellte Roarke mit einem leisen Lächeln fest, und Peabody, die gerade ihre Stiefel wieder anzog, sah begeistert auf.

»Au ja.«

»Ich würde Sie zum Dank gerne zum Essen einladen«, bot Nancy Weaver an. Sie saß auf einer Bank, wurde von einem Sanitäter untersucht und schmiegte sich vertrauensvoll an Marty.

»Das müssen wir leider verschieben«, antwortete Eve. »Aber Sie hatten recht, als Sie gesagt haben, Sie könnten gut mit Krisen umgehen. Sie beide haben Ihre Sache wirklich gut gemacht.«

»Ich hatte Todesangst. Ich dachte, ich käme hier nicht mehr lebend raus.«

»Sie haben es geschafft, und wie gesagt, Sie haben Ihre Sache wirklich gut gemacht. Sie müssen bitte aufs Revier kommen, um eine Aussage zu machen. Aber morgen reicht.«

»Wir werden da sein«, sagte Marty zu.

»War Lew ... war er schon immer so, oder hat diese Frau ihn erst zu einem Monster gemacht?«

»Ich nehme an, teils, teils. Und jetzt gehen Sie erst mal heim.« Sie ließ die beiden sitzen, ging zu Lowenbaum, gab ihm die Hand und nahm ihm ihre eigenen Stiefel ab. »Danke.«

»Ich hatte sie vom ersten Augenblick an im Visier.«

»Es waren noch zu viele Zivilisten im Lokal, und vor allem habe ich die ganze Zeit auf eine Möglichkeit gehofft, an die Fläschchen zu gelangen, bevor sie das Zeug freisetzen kann.«

»Das war ein wirklich schöner Schlag.«

»Das fand ich auch.«

Als jemand »Lieutenant!« rief, drehten sich beide um.

»Der Ruf galt mir«, erklärte Lowenbaum.

»Wir sind zum Essen eingeladen. Dürfen wir?«

»Warum eigentlich nicht? Ich könnte selber was vertragen. Bis zum nächsten Einsatz, Dallas«, meinte er und wandte sich zum Gehen.

Roarke trat auf sie zu, legte eine Hand an ihren Rücken und schaute sie fragend an. »Wohin fahren wir?«

»Erst mal aufs Revier. Ich will den Fall zum Abschluss bringen, kurz mit Teasdale sprechen und auf einen Sprung zu Lew. Ich will ihm ins Gesicht sagen, dass seine Großmutter ihn hängen lassen hat. Natürlich ist das kleinlich, aber einen kleinen Lohn für all meine Mühen habe ich doch sicherlich verdient.«

»Apropos Belohnung, gib mir drei Minuten in der Küche«, bat er sie und stapfte los.

»Gleich bekommen Sie Ihr Dutzend Teilchen«, sagte Eve zu ihrer Partnerin.

»Ah.« Glücklich, dass sie ihre pinkfarbenen Stiefel wiederhatte, drehte Peabody die Füße erst nach links und dann nach rechts. »An meinen dicken Hintern werde ich erst morgen wieder denken. Wobei übermorgen auch noch reicht.«

»Sie hatten recht damit, dass sie etwas für Callaway empfindet. Das war ihre Schwachstelle.«

»So geht es uns doch allen.« Peabody stand wieder auf. »Miss Weaver, Sir, ein Kollege könnte Sie nach Hause bringen, wenn Sie wollen.«

»Danke.« Weaver legte ihren Kopf auf Martys Schulter. »Aber ich werde noch etwas hier sitzen bleiben, bis mich meine Beine wieder sicher tragen, und dann täte ein Spaziergang mir wahrscheinlich gut.« Sie sah ihren Begleiter fragend an. »Wäre das für dich okay?«

»Klingt gut.«

Roarke kam wieder aus der Küche und hielt eine große Tüte in der Hand.

»Was ist denn das?«, erkundigte sich Eve.

»Etwas zu essen, glaube ich.« Er wandte sich an ihre Partnerin. »Ihre Teilchen werden auch gleich eingepackt.«

»Lecker. Vielen Dank.«

Lächelnd blickte er auf Eve, bedeckte ihr Mikrofon mit einer Hand und fragte leise. »Was ist jetzt mit dem Sex?«

»Der steht noch immer auf dem Plan. Peabody, ich fahre aufs Revier, kümmere mich um die Überstellung der Gefangenen an den Heimatschutz, und dann fahre ich heim. Sie warten noch auf Ihr Gebäck, dann machen Sie Feierabend.«

»Halleluja.«

»Eine Frage noch«, forderte Roarke, als Eve das Mikrofon abnahm, und trat mit ihr zusammen vor die Tür. »Deine Hauptwaffe war nicht geladen. Aber wie sah es mit deiner zweiten Waffe aus?«

»Die hatte ich auf halbe Kraft gestellt. Die ist nicht tödlich, nicht mal, wenn man jemandem die Waffe direkt an die Kehle hält. Ich hielt das einfach für sicherer, falls wir in Berührung mit dem Gift gekommen wären.«

»Das stimmt. Dir ist natürlich klar, dass auch ich selbst nicht unbewaffnet war.«

»Natürlich.« Als sie neben ihrem Wagen standen, schaute sie ihn fragend von der Seite an. »Hattest du sie ebenfalls auf halbe Kraft gestellt?«

»Das fand ich einfach sicherer.« Er rahmte ihr Gesicht mit beiden Händen und obwohl der Gedanke, dass vielleicht noch andere Polizisten in der Nähe wären, sie zusammenfahren ließ, küsste er sie zärtlich auf den Mund. »Ich will mit dir für alle Zeit zusammen sein. Bis zum Ende aller Tage.«

»Damit kann ich leben. Auch wenn ich jetzt erst mal froh bin, dass dieser spezielle Tag zu Ende ist.«

Sie stieg ein, bewegte vorsichtig ihre gequetschten Zehen, und während Roarke den Motor anließ, stellte sie die Waffe wieder auf die höchste Stufe ein.

Normalerweise war es schließlich sicherer, wenn man im Notfall auch aufs Ganze gehen könnte.